ALLES IS ZOALS HET ZOU MOETEN ZIJN

Ander werk van Daphne Deckers bij Uitgeverij Carrera:

Manlief, over mannen, seks en relaties
Laat maar waaien, over liefde, leven en lust
III x Daphne, over mannen, moeders, en meer!
De dikke van Daphne, over zwanger zijn en moeder worden
De geboorte van een moeder

Daphne Deckers

ALLES IS ZOALS HET ZOU MOETEN ZIJN

Uitgeverij Carrera, Amsterdam 2012

Eerste druk september 2012
Tweede druk september 2012
Derde druk september 2012
Vierde druk september 2012

Omslagontwerp Riesenkind
Auteursfoto Nick van Ormondt
Typografie Perfect Service

ISBN 978 90 499 5245 7
NUR 301

www.daphnedeckers.nl
www.uitgeverijcarrera.nl

Carrera is een imprint van Dutch Media Uitgevers bv.

MIX
Papier van verantwoorde herkomst
FSC® C013683
www.fsc.org

carrera
Dit boek is ook leverbaar als e-book:
ISBN 978 90 488 1667 5

Ware liefde, geloof me, begint altijd bij jezelf.

HARRIE JEKKERS, 'Ik hou van mij'

I

Alles is zoals het zou moeten zijn.

Ik ben net bevallen van een gezonde zoon, en Pieter is op één knie gaan zitten naast het ziekenhuisbed. Ik weet wat hij gaat vragen.

Ik voel het, dit is het. Ik ken hem zo goed.

Pieter houdt niet van opgelegde romantiek; iets als Valentijnsdag vindt hij allemaal maar commerciële poppenkast. Het is een man van weinig woorden, maar als hij de moed bij elkaar heeft geraapt om iets gevoeligs te zeggen, krijgt hij altijd zo'n schattig zenuwtrekje tussen zijn wenkbrauwen. Ook nu trekt er een klein spiertje boven zijn neus.

Zodra hij mijn hand pakt, weet ik niet waar het harder bonst: in mijn hart, in mijn hoofd of tussen mijn benen.

Ik was eerlijk gezegd niet echt voorbereid op het geweld van een bevalling. Mijn vriendin Babette had me wel gewaarschuwd dat het zou voelen 'alsof er een paraplu wordt geopend in je reet', maar stiekem had ik toch op iets meer poëzie gehoopt. Die kwam niet.

Terwijl ik lag te persen, dacht ik eigenlijk maar één ding: *dit past niet.*

Daarbij had niemand me verteld dat de baby ook de inhoud van je darmen mee naar buiten duwt. En dan dat geleuter in die zwangerschapsboeken: *Het passeren van de baby door het geboortekanaal kan door sommige vrouwen als pijnlijk worden ervaren.* Je meent het! Mijn 'geboortekanaal' lijkt momenteel nog het meest op een rauw tartaartje.

Maar ik klaag niet, en al helemaal niet tegen Pieter, want ik heb eindelijk wat ik wil: een baby. Om te zeggen dat ik Pieter over de streep heb moeten trekken, is een understatement. Ik heb hem over de streep moeten slaan.

Ik ben er niet trots op, maar er zijn nachten geweest dat ik wakker bleef totdat Pieter in slaap was gevallen, om vervolgens allerlei mantra's in zijn oor te fluisteren: *Ik wil heel graag een baby. Vader worden is mijn grote droom. Ik word een leuke papa.*

Ik had namelijk ergens gelezen dat de remslaap een belangrijke rol speelt in het opslaan, rangschikken en organiseren van je geheugen. Dus ik dacht: *Waarom help ik 'm niet een handje? Misschien wordt Pieter wel wakker en 'herinnert' hij zich dat hij graag een kind wil. Baat het niet dan schaadt het niet, toch?*

Voordat je denkt dat ik helemaal gestoord ben: ik fantaseerde als kind al over een compleet gezinnetje, mét een papa. En Pieter is de man van mijn leven. Wij zijn voor elkaar gemaakt. Dat wist ik vanaf het moment dat ik hem voor het eerst zag bij een concert van De Poema's in 2001. We raakten in gesprek aan de bar van die tent naast de HMH, en hadden meteen een pittige discussie over 'Zij maakt het verschil'. Want is dat nou een liefdesliedje of niet?

Ik vond het nogal een vage tekst, over alles wat ze niet is, maar Pieter vond het juist de ultieme liefdesverklaring.

Apart eigenlijk, nu ik erover nadenk, dat ons eerste contact meteen een meningsverschil was. Dat hebben we daarna zelden nog gehad. Ja, behalve dan over het krijgen van kinderen.

Maar de baby is binnen.

En nu Pieter daar zo aandoenlijk nerveus op één knie naast het bed zit, weet ik wat hij gaat vragen. God, wat houd ik van die man. Ik kijk naar zijn krachtige handen, waarmee hij in het ziekenhuis zo zelfverzekerd te werk gaat, maar die nu zenuwachtig in de mijne knijpen. Hoelang heeft hij dit al gepland? En hoe heeft hij het verborgen kunnen houden? Hij vertelt me altijd alles, die schat.

Ik laat mijn ogen langs zijn lichaam glijden. Zit het in zijn broekzak? In de binnenzak van zijn colbertje? Ik zie nergens de bolling van een doosje, maar hij kan de ring natuurlijk ook gewoon ergens los hebben zitten.

'Krijg je eigenlijk een perspremie?' had Cassandra me nog gevraagd. Maar dit was mooier. Romantischer. De kers op mijn taart.

Pieter schraapt zijn keel.

'Iris?'

'Ja schat?'

Hij begint te hakkelen.

'Iris... ik, eh... ik wil je iets belangrijks vragen...'

Er springen zachte tranen in mijn ogen, want ik weet dat ik me dit moment mijn hele leven zal herinneren. De baby, het aanzoek...

Alles is zoals het zou moeten zijn.

Ik begin alvast met ja te knikken... *ja, ja, ja*!

Dan haalt Pieter diep adem en zegt: 'Weet je zeker dat dit kind van mij is?'

2

Dit gaat totaal niet zoals ik het me had voorgesteld.

'Verwacht het onverwachte,' had mijn verloskundige Janneke van tevoren gezegd.

Wat ze bedoelde, is dat je een totaalruptuur kunt krijgen waarbij je openscheurt tot aan je reet, of dat de baby er overdwars uit kan komen. Wat ze volgens mij níét bedoelde, is dat je man terwijl de placenta nog warm is gaat vragen of-ie eigenlijk wel de vader is.

'I-ik begrijp het niet...' stamel ik totaal overdonderd.

'Nou, het is anders niet heel ingewikkeld,' komt het norse antwoord. 'Is deze baby wel van mij? Want negen maanden geleden zat jij voor Addy met twee cameraploegen in Milaan. Daar kon het best weleens gezellig zijn geweest. Begrijp je?'

Mijn hoofd duizelt. Nee, ik begrijp er helemaal niks van. Ben ik soms nog onder narcose? Maar ik heb toch helemaal geen ruggenprik gehad? Of is dit een hallucinatie?

Vijf minuten bevallen en nu al een psychose. Dat moet een record zijn.

Misschien had ik de afgelopen maanden toch wat meer groente en fruit moeten eten. En wat minder rauwe vis. Maar ja, Pieter zei steeds dat zwangere vrouwen in Japan ook gewoon sushi eten, en dat het heus geen kwaad kon. Hij zou zoiets toch moeten weten? Maar nu zie je wat ervan komt.

Sommige vrouwen met een kraambedpsychose denken dat ze stemmen horen; andere menen een buitenaards wezen te zien. Ik denk het allebei. Ik meen Pieters stem te horen, maar zijn lichaam is overgenomen door een *alien*.

Opeens heb ik 'm door.

Schaterlachend laat ik me achterovervallen in de kussens. De baby op mijn buik schudt vrolijk met me mee. Alle stress, spanning en vermoeidheid komen er in één keer uit. De tranen springen in mijn ogen en het snot loopt uit mijn neus. Geen fraai gezicht, maar een halfuur geleden lag ik nog met mijn benen wijd in een onwelriekende mix van poep, bloed en vruchtwater, dus ik geef niet zoveel meer om decorum.

Geschrokken van mijn wilde uithalen laat Pieter mijn handen los. Hij komt net iets te snel overeind en stoot daarbij tegen het nachtkastje. De glazen kerstbal met BABY'S EERSTE KERSTFEEST die mijn schoonzusje gisteren is komen brengen, komt vervaarlijk aan het rollen. Uiteindelijk kiept hij over het randje en spat in stukjes uiteen op de grond.

'Sjezus, Iris, kijk nou wat je doet met dat hysterische gelach!'

'O, schat, h-hou op,' hik ik tussen de tranen door. 'Het is maar 'n ding van de Blokker. En scherven brengen geluk.'

Ik kom weer een beetje op adem. Wat een heerlijk gevoel is dat toch, de slappe lach.

'Goh, je had me net écht even te pakken hoor,' verzucht ik opgelucht. 'Kun je me de doos met tissues even aangeven?'

Pieter reikt naar de Kleenex, en zet die bij me op bed. Zwijgend kijkt hij toe hoe ik uitgebreid mijn neus snuit. Dan trekt hij zelf ook een aantal tissues uit de doos, en gaat op zijn knieën de restanten van de kerstbal bij elkaar vegen.

'Ik dacht dat je me ten huwelijk ging vragen, klootzak,' grijns ik naar beneden. 'Ik weet dat ik aan je kop heb lopen zeuren, maar *touché* – je hebt me flink op mijn nummer gezet. Ik dacht dat je het meende!'

Pieter gooit de stukjes glas in de prullenbak en gaat op de stoel bij het raam zitten. Door het licht van achteren lijkt hij gehuld in een donkere schaduw. Hij zegt nog steeds niks.

Ik word zo langzamerhand een beetje ongemakkelijk van zijn houding. Het zou kunnen dat mijn gevoel voor humor samen met het vruchtwater mijn lichaam heeft verlaten, maar de grap is nu wel voorbij, vind ik.

Want waar is de fotocamera?

Waar zijn de tranen, de zoenen, de telefoontjes?

De hoop op een klein blauw doosje van Tiffany's heb ik inmiddels al laten varen, maar een paar fotootjes van ons prachtige mannetje is toch niet te veel gevraagd? Kunnen we nu weer normaal doen?

En waar blijft Janneke?

'Zou je mijn tas ook even willen aangeven?' vraag ik – nu iets nerveuzer. 'Ik heb mijn spiegeltje nodig want ik geloof dat mijn mascara is uitgelopen, en ik heb een rode neus...'

Zuchtend tilt Pieter mijn tas aan één hengsel uit de vensterbank.

'Schattie... niet doen,' zeg ik geschrokken. 'Dat is die vintage Hermès van m'n moeder, die kan daar niet tegen.'

'Ja, en híér kan ik dus niet tegen,' snauwt Pieter. 'We zitten midden in een situatie, en jij maakt je druk over je mascara! De kerstbal van mijn zus mag kapot vallen want die is toch maar van de Blokker, maar o wee als er iets met je tás zou gebeuren!'

Hij spreekt het woord tas zo spottend uit dat hij er een beetje van spuugt. Nu is het lachen me echt vergaan.

'Situatie?' vraag ik voorzichtig. 'Zitten we in een "situatie"?'

'Ja,' antwoordt Pieter kortaf. 'Je hebt nog steeds geen antwoord gegeven op de vraag of ik wel de vader van dit kind ben.'

Het lijkt wel of iemand me in mijn maag heeft gestompt.

Nou ja, 'iemand' – het lijkt wel of Pieter me in mijn maag heeft gestompt. Dit had de mooiste dag van mijn leven moeten worden, maar hij begint steeds meer op een nachtmerrie te lijken.

Ik heb alleen nog maar mijn moeder kunnen sms'en (**Je bent omaaaa!**). Door deze onverwachte 'situatie' heb ik nog niet eens de tijd gehad om mijn twee beste vriendinnen in te lichten. Daar ben ik stiekem ook wel blij om. Want wat had ik moeten zeggen? Dat mijn man denkt dat ik een bastaard op de wereld heb gezet?

'Natuurlijk is dit jouw kind,' zeg ik met trillende stem. 'Hoe durf je verdomme iets anders te denken? Hij heet Pietertje, godbetert – naar jóú!'

Pieter haalt zijn schouders op. 'Dat zegt niks.'

Nu heb ik het helemaal gehad.

'Dat zegt niks?! Heet je vader soms geen Pieter? En je zus Pieternel? Jíj wilde toch zo graag een zoon om die idiote familietraditie voort te zetten? Nou, hier is-ie dan!'

Terwijl ik de baby optil om hem aan Pieter te overhandigen, fladdert het arme kind verschrikt met zijn armpjes.

Fronsend neemt Pieter het warme bundeltje van me over.

'Doe eens rustig, Iris, je maakt hem bang.'

'Nee, lieve schat, jij maakt *míj* bang. Negen maanden geleden stonden we samen te huilen van geluk boven een staafje met twee blauwe streepjes, en nu durf je mij te vragen of ik niet toevallig met een ander heb geneukt?'

'*Jíj* stond te huilen van geluk, Iris. Jij hebt met dit kind je zin doorgedreven, zoals altijd. Waarom denk je dat ik je vorig jaar Boris heb gegeven? Ik hoopte dat een puppy je nestdrang tot bedaren zou brengen.'

Ugh. Boris. Onze langharige Duitse staander die alles onderkwijlt en met zijn staart hele serviezen van de tafel veegt.

Ik haal mijn neus op. 'Je weet dat ik niet van honden hou. Knap dat je dan als verjaardagscadeautje met zo'n kalf thuiskomt.'

'En *jíj* weet dat ik nog geen kinderen wil, en nu hebben we er toch een. Rara, hoe kan dat? Als jij dan ook nog...'

'Iedere dag hoop ik dat die kuthond de weg vindt naar de AIO!' val ik hem in de rede. 'Hij ziet jou als zijn baasje, maar jij bent dag en nacht in het ziekenhuis. Dat kreng luistert totaal niet naar mij!'

'En jij luistert niet naar *míj*! Mijn god, Iris, waarom moet het altijd alleen maar over jou gaan? Heb je je ooit afgevraagd hoe ik me de afgelopen maanden heb gevoeld?'

Nee, nou hij het zegt... eigenlijk niet. Ik dacht dat hij óók in blijde verwachting was, net als ik. Hij zei op feestjes gelukkig niet van die burgerlijke dingen als: 'Wij zijn zwanger', maar nu ik erover nadenk, heeft hij er bijna nooit wat over gezegd. Hij liet mij altijd maar een beetje begaan.

Cassandra zei vorige week nog dat ze het best raar vond dat ik in mijn eentje alle babyspulletjes had uitgezocht. En dat Pieter nooit meeging naar de Prénatal. En dat-ie bij de verloskundige had gezeten als een man die door zijn vrouw bij het winkelen op een krukje was geparkeerd met haar handtas op schoot. Maar ik dacht dat hij gewoon moe was.

Hij draait ook zoveel diensten. We hebben er samen tien jaar voor geknokt, en in het begin moet je vlieguren maken. Ook 's nachts. Dan ga ik hem toch niet meeslepen naar zo'n babywinkel? Daar moet je dan op zoek naar de juiste flessen, met de bijbehorende flessenborstel, flessenwarmer en flessensterilisator. En dan moeten er ook nog spenen op: kers en dental, melk en pap. Molton onderlakens, katoenen bovenlakens, stretch hoeslakens. Rompertjes en hemdjes, slabbetjes en spuugdoekjes. En hydrofiel luiers. Of zoiets. Daar ga ik die man toch niet allemaal mee lastigvallen?

Ik heb mijn relatie met Pieter altijd gezien als een sterke unit. Echt een twee-eenheid. Het is geen seconde in me opgekomen dat er iets door zijn hoofd spookte. Ik dacht dat hij het mij allemaal liet uitzoeken omdat ik zo'n goede smaak heb.

Tijdens de bevalling is hij zelfs twee keer weggelopen.

Ook dat vond ik niet raar, want hij werkt hier in het VUmc als kaakchirurg. Pieter zei dat hij dringende sms'jes kreeg van zijn afdeling, en ik vond het eigenlijk wel prima.

Want zeg nou zelf: je hebt er toch verder niks aan? Babette vertelde dat Barry de hele tijd met een nat washandje haar voorhoofd had willen deppen, maar het enige wat zij had gedacht, was: *rot op, dader!*

In ons geval ben ík misschien wel de dader. Heb ik hem dit kind echt zo rücksichtslos opgedrongen? En wat is dat idiote gedoe over Milaan?

Wij waren altijd vier handen op één buik. Of is het twee handen op één buik? Dat klinkt zo raar want je hebt er zelf al twee. Samen vier toch? En dan op één buik.

Nou ja, hoe dan ook – ik heb nu vooral pijn in mijn buik.

Hoe kan het dat een man van wie je al tien jaar houdt binnen een kwartier verandert in een vreemde?

'Nee,' zeg ik, 'ik heb me eerlijk gezegd nooit afgevraagd hoe jij je voelt. Ik ging ervan uit dat jij dit kind net zo graag wilde als ik. Ik vind het vreselijk dat jij denkt dat ik je dit kind heb opgedrongen, en nog erger: dat jij de vader niet bent! Maar lieve schat, waarom kom je hier nú pas mee? Waarom heb je...'

Er wordt op de deur geklopt. Een witte jas steekt zijn gezicht om de hoek. 'Kraal! Kerel! Gefeliciteerd!'

Het is opmerkelijk om te zien hoe Pieters gezicht in één keer helemaal opklaart. 'Hey P! Wat leuk dat je even langsloopt, ouwe pikkebaas!'

Ouwe pikkebaas?

Mijn god – zouden mannen zich ooit écht losmaken uit hun studententijd? Peter-Paul is inmiddels gynaecoloog; tamelijk opmerkelijk voor iemand die uitblonk in allerlei kleurrijke soa's: de studie ontwijkende activiteiten.

P is totaal niet mijn type; al kan ik wel zien waarom vrouwen hem zo geweldig vinden. Het is een joviale vent met een lekkere bos warrig haar. Esthetisch warrig, zoals Chris Zegers; niet warrig-warrig zoals Jeroen Pauw. *Strawberry blond*, zouden de Engelsen zeggen.

Maar ik blijf het een tikje wonderlijk vinden, een man die gynaecoloog wil worden. Alsof je een garage gaat beginnen terwijl je zelf geen rijbewijs hebt.

Toen ik in de brugklas zat, moesten we in onze eerste les maatschappijleer elkaar wat beter leren kennen. Mevrouw Jaspers gaf zomaar wat kinderen de beurt om te vertellen wie ze waren, en wat hun ouders deden.

En toen kwam Maarten. Een brutaaltje met sluik, peper-en-zoutkleurig haar en dure Bikkembergs-schoenen.

'Mijn vader doet in zieke kutten,' zei hij met een uitgestreken gezicht.

De hele klas bulderde van het lachen, maar Maarten mocht meteen zijn tas pakken. Typisch voor die Jaspers. Altijd de mond vol over respect en tolerantie, maar o wee als je een geintje maakte. Waarom hebben wereldverbeteraars altijd zo'n stuitend gebrek aan humor? Misschien ga je moeilijk poepen van al die biologische muesli.

In de pauze raakte mijn klas er niet over uitgepraat. Stel je toch voor dat je een vader had die 's avonds aanschoof aan de eettafel, terwijl je wist dat hij de hele dag in zieke kutten had gegraven. *Iewww!*

Ik lachte gewoon met iedereen mee, maar diep in mijn hart had ik graag zo'n vader gehad. Ik had er namelijk geen. Die van mij is de dag vóór mijn eerste verjaardag vertrokken, en daarna heb ik hem nooit meer gesproken of gezien. Ik kan me hem dan ook totaal niet herinneren. Mijn moeder had het ook nooit over hem; het leek wel of hij niet had bestaan.

Hij heette René van Amerongen, dat is alles wat ik weet. Toen ik aan het einde van groep vier zat, kregen we het bericht dat hij bij een auto-ongeluk om het leven was gekomen.

'Vandaag is je vader voor de tweede keer gestorven,' was alles wat mijn moeder zei. Dat vond ik zo wonderlijk.

Eerst had ik geen vader, en toen was-ie ook nog dood.

'Iris, schoonheid!' buldert Peter-Paul. 'Wat heb je dat goed gedaan, meissie!'

Pieter doet zijn beste impressie van 'gelukkige vader' door ons mooie mannetje zachtjes in zijn armen te wiegen. En verdomd, hij overtuigt mij zelfs – bijna.

Peter-Paul knipoogt naar me. 'Viel zeker niet mee, hè? Die grote, harde kop zit bij Kraal in de familie, dus het duurde zeker wel even voordat dat bolletje de bocht om was. Hé – heeft de kleine nog geen polsbandje om? Het wordt Pieter van Kralingen júnior, begreep ik?'

'Ja, eh...nee,' hakkelt Pieter. 'Janneke is ergens een naambandje halen want hier op de afdeling waren ze op, geloof ik, en ze zou ook meteen het beschuit met muisjes meenemen, maar ze is nog niet terug...'

De baby laat een klein smakkend geluidje horen.

'Is-ie al eens aangelegd?' vraagt Peter-Paul, terwijl hij met zijn wijsvinger over het zachte, rozige wangetje strijkt. Het jongetje hapt meteen. 'Kijk eens wat een mooie zoek-, zuig- en slikreflex. Apgar-score zeker ook goed?'

'Ja, een dikke tien,' glundert Pieter, die ik zo langzamerhand wel op zijn gezicht kan slaan. Had hij deze blije-vader-act niet voor míj kunnen bewaren?

Peter-Paul komt bij me op het bed zitten. 'Het is jammer voor je Iris, maar deze baby heeft geen naambandje nodig. Hij lijkt sprekend op zijn vader. Of dat een voordeel is, moet nog blijken!'

Er komt een lach van onderuit mijn tenen. Peter-Paul heeft geen idéé hoe blij ik ben met deze observatie. Pieter daarentegen staat er wat schaapachtig bij; hij voelt zich duidelijk niet op zijn gemak.

'Er is altijd maar één ding zeker,' gaat Peter-Paul verder, 'en dat is wie de moeder is. Daarom lijken pasgeboren baby's grotendeels op hun vader. Dat schept meteen een band. Goed geregeld, vind je niet?'

Peter-Paul geeft me een kus, staat op en loopt naar de deur. 'Take care, sheriff,' zegt hij tegen Pieter. 'Voorlopig heb je zeker geen dienst?'

'Jawel, jawel,' haast Pieter zich te zeggen. 'Ik ehm... ik kan mijn patiënten niet in de steek laten...'

'Man, rot toch op,' wuift Peter-Paul hem weg, 'ga lekker van je baby genieten...' Hij knikt nog even naar mij: '... en van moeders! Als ik Janneke zie, zeg ik meteen even dat er op haar gewacht wordt. Ciao!'

'Dag P,' roep ik hem na. 'Dank je wel!'

Ik heb nooit helemaal begrepen wat ze nu precies bedoelen met de uitdrukking 'oorverdovende stilte', maar nadat de deur in het slot is gevallen, zit ik er opeens middenin.

Woordeloos legt Pieter de inmiddels weer zoet slapende baby in het plexiglas ziekenhuiswiegje naast mijn bed. Daarna leunt hij met zijn armen over elkaar tegen de vensterbank.

Man, wat is-ie toch aantrekkelijk.

Ik weet het – ik zou op dit moment heel andere dingen aan mijn hoofd moeten hebben, maar kijk dan naar hem! In afzonderlijke onderdelen mankeert er nogal wat aan: zijn neus is te groot en zijn benen zijn te kort. Hij heeft geen kuiten en zijn kont stelt geen reet voor.

En toch werkt het.

Voor mij is Pieter *sex on legs*, en dat vond ik al vanaf het eerste moment dat ik hem zag. Toen stond hij precies zo tegen de bar geleund. Waren het zijn smalle heupen? Of toch die gespierde bovenarmen?

Volgens mijn vriendinnen heb ik een ongezonde fetisj voor bovenarmen, en daar hebben ze eigenlijk wel gelijk in. Alleen vind ik het zelf bepaald niet ongezond. Een mooi gewelfde schouderkop grenst voor mij aan porno. En dan bedoel ik niet van die wanstaltige bodybuildersarmen, want die gasten hebben een lijf als een condoom gevuld met walnoten. Nee, ik houd van échte armen. Je mag uiteraard wel trainen, maar liever nog sporten of werken met je handen. Of allebei.

Pieter had zijn studie tandheelkunde net afgerond, en wilde gaan beginnen aan geneeskunde. Voor mij als eerstejaarsstudentje Journalistiek leek hij een man van de wereld maar nu ik erop terugkijk, waren we allebei nog behoorlijk bleu.

Zo was Pieter niet erg bedreven in het flirten. Telkens wanneer hij iets stouts probeerde te zeggen, trilde er een klein spiertje boven zijn neus. Ook trok hij tijdens het praten de onderkant van zijn shirt onwillekeurig een stukje omhoog om over zijn buik te wrijven. Daarbij ving ik steeds een glimp op van een streepje donker krullend haar, dat uitnodigend onder de witte band van zijn Calvin Klein-boxershort verdween.

Ik kon er gewoonweg niet níét naar kijken.

Door de harde muziek moest ik mijn mond steeds helemaal naar zijn oor brengen. De geur van zijn hals was bedwelmend; het leek wel of ik met tal van onzichtbare draadjes naar hem werd toe getrokken.

'Waarom draag je eigenlijk geen Björn Borg?' riep ik in zijn oor, terwijl ik me moest bedwingen om niet ongegeneerd zijn hals te likken. 'Is Calvin Klein niet 'n beetje *old skool*?'

Hij keek me even vragend aan, streek toen per ongeluk met zijn warme mond langs mijn oorlelletje en antwoordde: 'Björn Borg is best leuk, maar Calvin Klein heeft meer ruimte aan de voorkant.'

Verkocht. Misschien viel het achteraf gezien toch wel mee met dat gebrekkige flirten.

Toen we later die avond met de metro naar huis reden, werd ik keihard uitgelachen door Cassandra en Babette: 'Vandenberg, ga je schamen. Je leek wel een drugshond die een koffer had geroken om in te duiken!'

Geen charmant beeld, maar onmiskenbaar waar. Ondanks onze verschillende interpretaties van 'Zij maakt het verschil' rook ik gewoon dat het goed zat.

De avond dat ik Pieter ontmoette, leek het wel of ik hem al jaren kende.

Maar nu zit er een vreemde tegenover me.

Ik dacht eigenlijk dat ik heel goed was in het lezen van gezichten; als eindredacteur bij Media Nox doe ik tenslotte niets anders. Ik weet precies wanneer ik voor de *close* moet gaan, wanneer iemand gaat huilen, wanneer ze liegen en wanneer er meer aan de hand is.

Ik maak het realityprogramma *Crimineel goed*, met ex-criminelen die tips geven over hoe je bijvoorbeeld je huis tegen een inbraak kunt beschermen.

En natuurlijk *Orgastronomie*, van de Vlaamse chef-kok Bart de Muyselaer. Ik snap eerlijk gezegd niet waarom mensen nog steeds niet zijn uitgekeken op al die kookprogramma's, maar waarschijnlijk is Bart vooral zélf lekker om naar te kijken. Toen een journalist hem laatst op de persdag vroeg waarom chef-koks toch zo'n aantrekkingskracht hebben op vrouwen, antwoordde hij: 'Awel, ik denk dat wij hebben bewezen dat we alles kunnen klaarmaken...' Daarbij keek hij schuin met dat befaamde schalkse lachje van hem mijn kant op, maar ondanks zijn onverholen versierpogingen heb ik nooit de behoefte gevoeld om mijn vlees eens door hem te laten marineren.

Vreemdgaan zit gewoon niet in me; zelfs niet met een Daniel Craig-lookalike die ook nog eens heerlijk kan koken.

En daarbij: er is iets met dat Vlaams. Dat taaltje is gewoon niet geil. Sommige woorden vind ik nog wel schattig: Bart noemt snacken sjababbelen en een lolly heet een lekstok. Hartstikke leuk – maar poep voor kont, foef voor kutje en pinnen voor neuken? Het is mij iets te Kuifje allemaal.

Cassandra daarentegen is – net als hordes andere vrouwen – helemaal weg van de Vlaamse charmeur. Ze heeft totaal geen moeite met zijn accent, onder het motto: 'daar voel je niks van'. Daar heeft ze natuurlijk gelijk in, maar desondanks heb ik die twee nog steeds niet aan elkaar voorgesteld. Ze mogen dan allebei single zijn, maar Cassandra verdient beter dan zich als de zoveelste gamba op die Belgische sjasliek te laten pinnen.

'Weet je zeker dat dat de échte reden is?' heeft Babette me weleens gevraagd na een avondje bomen over het leven, de liefde en het lichaam van Jennifer Aniston. Ja, dat is de echte reden. Zo ongeveer.

Maar los van Bart en de criminelen ben ik het meest trots op *Fashion Forward*, de docusoap rond de internationale doorbraak van Addy van den Krommenacker. Dat was namelijk mijn idee. Niet dat ik formatrechten heb gekregen, want een docusoap is niet echt in een format te vangen, maar ik zie het toch als míjn kindje. En Addy is een schat.

Voor één van zijn modeshows was ik eind februari met twee cameraploegen in Milaan: Rodger en Antoine waren bij Addy, Joris en Lamar draaiden backstage en een Italiaanse ploeg registreerde de *runway*.

Niet lang daarna bleek ik zwanger te zijn.

Pieter krabt met beide handen op zijn achterhoofd en wrijft een paar keer over zijn kortgeschoren haar – iets wat bij de meeste mensen duidt op nervositeit. Hij lijkt echter niet bepaald nerveus; eerder ongeduldig, alsof hij zit te wachten op een bekentenis.

Da's dan jammer voor hem, want ik heb niks te verbergen.

Nou ja, oké, dat laatste is misschien niet helemaal waar, maar dat weet hij niet. Of wel?

Ik voel een kriebel opkomen in mijn keel en pers er een nerveus kuchje uit. 'Wat is-ie toch grappig hè, die Peter-Paul...' zeg ik met een geforceerde opgewektheid. 'Dat van die grote kop en zo,' ratel ik verder, 'dat zit inderdaad bij jou in de familie...'

Helaas kan er bij Pieter geen lachje vanaf. Hij wipt de Maxi-Cosi die uitnodigend op de tafel staat te wachten, aan één kant naar beneden.

Het babyzitje gaat op en neer. En op en neer.

Totdat Pieter het plotseling tegenhoudt. Hij kijkt me aan met de doordringende blik die hij normaal gesproken voor slechtnieuwsgesprekken bewaart, en zegt: 'Misschien wil je me nu eindelijk eens vertellen wat er in Milaan is gebeurd?'

'Maar wat ehm... wat wil je horen dan?' vraag ik onzeker.

'Wat dacht je van de waarheid? Je kwam terug en je was zwanger.'

'Nou, nou,' sputter ik, 'daar zaten anders nog wel twee weken tussen hoor...'

'Dat zal wel,' gaat Pieter verder, 'maar je was aan de pil, weet je nog? Je zei dat het misschien nog wel een beetje vroeg was, en dat ik er wellicht nog niet aan toe was, maar dat het een onverwacht cadeautje was en blablabla. Ik heb geprobeerd om erin mee te gaan, want je weet: ik wil óók kinderen. Alleen niet nu. Ik wil nog reizen, ik wil nog vrij zijn. Er zijn nog zoveel plekken die ik wil zien...'

Er trekt een hevige pijnscheut door mijn onderlijf. Komt dat doordat mijn baarmoeder het gewicht van vier pakken suiker naar buiten heeft moeten persen? Of doordat de man van wie ik al tien jaar houd opeens zo opzichtig in de ik-vorm is gaan praten?

Pieter negeert mijn van pijn vertrokken gezicht, en gaat verder: '... maar jij was altijd maar bezig met dat huisje-boompje-beestje...'

'Correctie – het is jóúw beestje,' kreun ik, vooral tegen mezelf.

'... en je bleef maar drammen over wanneer we het zouden gaan proberen, alsof dát zo aantrekkelijk is: seks omdat het moet. Maar wat denk je? Opeens ben je, met pil en al, gewoon zwanger, terwijl iedere basisarts weet dat zoiets in minder dan één procent van alle gevallen kan voorkomen.'

Mijn hart begint te zinken.

'Is dat wat ik ben?' fluister ik ontdaan. 'Een gevál? We zitten hier niet op één van je spreekuren, hoor. Dit is ons léven. En daar ligt ons kind!'

'Dat valt nog te bezien,' zegt Pieter zuinig. 'Ik kan me namelijk herinneren dat jij in Milaan voedselvergiftiging hebt gehad.'

Even ben ik in verwarring, maar dan herinner ik het me weer: 'Eh... ja, hoezo? Dat was van die penne carbonara in het Cavalieri Hilton. Het zullen die eidooiers wel zijn geweest. Ik heb twee hele dagen niks binnen kunnen houden.'

Er komt een triomfantelijke grimas over Pieters gezicht. 'En de pil dus ook niet.'

'Sorry?'

'Een anticonceptiepil werkt niet als je aan de diarree bent of moet overgeven. Of dacht je soms dat ik een en ander niet had teruggerekend? Ik weet niet hoe ziek je bent geweest, maar blijkbaar heb je toch nog ergens de energie gevonden om je te vermaken.'

Ik ben met stomheid geslagen. Vijftien jaar medische studies – en dít is het beste wat meneer kan bedenken? Wat een anticlimax. Als dit een van mijn afleveringen was, zou ik 'm laten hermonteren.

'Ben je helemaal besodemieterd?' fluisterschreeuw ik, om de baby niet wakker te maken. 'Denk jij nu werkelijk dat ik me van achteren laat nemen terwijl ik kotsend over de wc hang? Dit had de mooiste dag van mijn leven moeten zijn, en die heb jij spectaculair geruïneerd met je stupide verdenkingen!'

Pieter lijkt even uit het veld geslagen. Hij vindt zijn verdenkingen blijkbaar niet zo stupide; zeker niet nadat hij er negen maanden op heeft zitten broeden.

'Alsof ik me verdomme door een geluidsman laat hengelen,' foeter ik verder. 'Heb je enig idee hoe kléín het televisiewereldje is? Het domste wat je kunt doen, is seks hebben met je collega's. Dat geldt toch ook voor jou? Jij gaat toch ook niet in een lege verkoeverkamer op een van je coassistenten liggen?'

Heel even trekt er een schrikreactie over Pieters gezicht, maar hij herpakt zich snel: 'Je bent altijd goed geweest met woorden, Iris, maar we hebben het nu even over je daden.'

'Ach, zeik toch niet,' kap ik hem af. 'Ga hier op de gang een DNA-testje halen als je me niet gelooft.'

'Misschien doe ik dat wel. Want ik blijf het een wonderlijk toeval vinden dat je precies zwanger bent geworden in die twee dagen dat je pil niet werkte.'

Ik haal adem om iets te zeggen, maar bedenk me. Misschien is dit niet het juiste moment voor de naakte waarheid. Of juist wel?

Bozer dan dit kan hij volgens mij niet worden.

'Je doet net of wij nooit seks hadden,' zeg ik, terwijl ik mezelf voorzichtig uit bed manoeuvreer. Ik voel een hevige aandrang om te plassen, maar durf eerlijk gezegd niet naar het toilet te gaan.

Babette heeft me verteld dat een wc-bezoek na de bevalling nog het best valt te vergelijken met een vuilniszak die aan de onderkant openscheurt. Ik weet niet wat ik me daarbij moet voorstellen, maar het klinkt niet gezellig.

'Als ik je er even aan mag herinneren: we hadden heel veel seks, jij en ik. Ik ben heus niet onbevlekt ontvangen, Kraal.'

'Onbevlekt ontvangen betekent niet dat je zwanger wordt zonder man,' zucht Pieter geïrriteerd. 'Maria Onbevlekt Ontvangen betekent dat ze bij haar geboorte niet belast is geweest met de erfzonde, en deze dus ook niet aan Jezus heeft kunnen doorgeven.'

Sjezus – whatever. Niet echt het moment voor een theologische discussie.

Pieter staat op, zet een bekertje onder de thermoskan en drukt op het pompje. Het klaterende geluid van de lauwwarme koffie geeft me het laatste zetje.

'Help me even, schattie,' vraag ik.

Mijn 'schattie' lijkt te blijven hangen in de ruimte. Het koosnaampje dat nog geen uur geleden zo gewoon had geleken, voelt nu vreemd en ongepast. Pieter laat zijn koffie staan en ondersteunt me terwijl ik naar het toilet schuifel.

'Romantisch hè?' probeer ik de ijzige sfeer te doorbreken. 'Weet je nog dat je thuiskwam met dat verhaal van Peter-Paul? Dat uit wetenschappelijk onderzoek was gebleken dat je minder kans had op een zwangerschapsvergiftiging als je het sperma van je partner zou doorslikken?'

Verrek, er komt zowaar een glimlach rond zijn mond.

Nadat Pieter me zachtjes op de wc-bril heeft geposteerd, voel ik me behoorlijk duizelig, maar ik besluit er niet aan toe te geven. Hoewel ik het antwoord al weet, gooi ik 'm gewoon nog een keer op: 'Het had toch te maken met het opbouwen van immuniteit tegen eh, help me even...'

'... tegen de vreemde proteïnen van de mannelijke genen. Dat werkt ook met gewone seks, maar bij orale seks is de opname beter,' vult Pieter grijnzend aan. *Bingo!*

Ik lach iets te hoog en iets te hard, zoals vrouwen wel vaker doen als ze krampachtig bij een man in de smaak proberen te vallen.

'Hé – alles voor een gezonde baby,' gooi ik er hoopvol achteraan, maar Pieter draait zich alweer om.

Ik heb nog niet 'Laat je me hier alleen?' gezegd, of ik heb er al spijt van. Als íéts niet werkt bij een bokkige man, dan is het wel dat je aan zijn broekspijpen gaat hangen.

'Moet ik soms je handje vasthouden terwijl je op de pot zit?' komt dan ook het spottende antwoord. 'Ik ga liever even die koffie vasthouden.'

'O – oké,' mompel ik.

Het moment is blijkbaar weer voorbij.

3

'Je bent veranderd, Iris,' klinkt het opeens uit de andere kamer.

Dat kun je wel zeggen, denk ik, terwijl ik voorzichtig mijn shirt optil. Voor het eerst zie ik mijn babyloze buik in al haar wobbelige glorie. Dag strakgespannen huid, dag *outie*, dag blauwe aderen. En hallo – waterbed gevuld met pap.

Maar je krijgt er zoveel voor terug, hoor je dan te zeggen. *Een kind neem je niet, dat kríjg je; het is een geschenk*. Ja, ja. Het is alleen jammer dat het cadeaupapier zo verfrommelt.

Gelukkig ligt er nergens een handspiegel. Babette had me nog zo gewaarschuwd: wat je ook doet, ga níét met een spiegel tussen je benen kijken. Maar het is net als met een pasgeverfd bankje in het park: NAT, hangt er dan met zo'n briefje op. Dan moet ik dat toch even voelen.

Dat heb ik ook in musea. Zodra er bij een eeuwenoud beeld expliciet staat aangegeven: NIET AANRAKEN!, moet ik het toch even doen. Die beelden zijn vaak ook het meest beduimeld, waardoor ik me afvraag wat eerder kwam: de behoefte om nu juist dát beeld aan te raken, of het bordje. Ik denk het bordje. Dat brengt je op ideeën.

'Hé, Iris – alles goed daarbinnen?' roept Pieter.

Alles goed? In welk parallel universum? Mijn grote liefde denkt dat ik me heb laten bezwangeren door een collega, ik kan mijn buik over mijn schouder slaan en ik durf verdomme niet eens te plassen. Maar verder gaat het uitstekend – eikel.

'Ja, hoor...' verzucht ik.

'Ik vind het jammer dat je zo veranderd bent,' zegt hij nogmaals, alsof ik het de eerste keer überhaupt gemist zou kunnen hebben.

Terwijl ik krampachtig mijn plas ophoud, steekt Pieter aan de andere kant van de deur van wal. Dat hij vroeger zo met me kon lachen, maar dat ik nu alleen nog maar aan het werk ben. En dat ons huis eigenlijk te hoge maandlasten heeft, maar dat ik 'nu eenmaal' gefixeerd ben op dure spullen.

Nu begint het me echt te duizelen. Eerst een overspelige slet, en nu ook nog een materialistische workaholic? Noem me gevoelig, maar ik vind het een beetje veel voor één dag. Plotseling gutst er iets uit mijn onderlijf. Het is de lochia.

De toiletpot is besmeurd met bloed, slijm en weefsel. Ik heb het allemaal van tevoren gelezen, maar toch begin ik van schrik te plassen. Het urineren voelt inderdaad alsof de bodem onder me vandaan zakt. Eerst biggelt er één dikke traan over mijn rechterwang, maar al snel volgen er meer. Het duurt niet lang of het stroomt over mijn gezicht.

Kijk me hier nou zitten.

Ik loop verdomme van boven en van onderen leeg. Ik wist wel dat de roze wolk niet bestond, maar dit slaat echt alles.

'Iris?' vraagt Pieter weer. Zijn stem klinkt nu oprecht bezorgd, alsof hij net is komen binnenwandelen en niets te maken heeft gehad met de ellendige staat waarin ik mij nu bevind.

'Iris, ik vind dat je...'

Ik sla met mijn vlakke hand op de wc-deur. 'Stóp! Alsjeblieft!'

Pieter steekt zijn hoofd om de deur.

'Huil je?' stamelt hij – een vraag die ik zou willen nomineren als een van de meest overbodige opmerkingen van het jaar.

Pieter gaat op zijn knieën zitten, pakt het bovenste kraamverband uit de verpakking die naast het toilet staat en begint sussend mijn ogen en mijn wangen droog te deppen. Het absorbeert goed, zoveel is zeker.

Trillend hap ik naar adem.

'Het s-spijt me,' begin ik haperend. 'Ik weet dat het verkeerd was en dat ik het nooit had moeten doen...'

Pieters lichaam verstrakt. 'Wát had je nooit moeten doen?'

'... maar jij twijfelde zo lang en de tijd tikte maar door...'

Hij pakt mijn polsen stevig beet. 'Wat heb je gedáán, Iris?'

'... en ik dacht dat je toch wel van de baby zou gaan houden als je hem eenmaal zou zien...'

De knokkels van Pieter worden akelig wit, en de kracht waarmee hij in mijn polsen knijpt, is op het randje van mishandeling. Maar het maakt me allemaal niet meer uit.

Ik heb het verdiend.

In wat voor hormonale bewustzijnsvernauwing heb ik gezeten? Waarom heb ik dat arme hummeltje opgezadeld met een vader die er nog niet aan toe is? Dacht ik écht dat Pieter het ook wilde? Of wilde ik dat denken?

'Ik heb er zo'n spijt van,' fluister ik, terwijl de tranen blijven komen.

Pieter laat mijn polsen los en tilt met één hand mijn kin op. Hij dwingt me om hem aan te kijken. 'Waar heb je spijt van? Zeg het me nú, Iris, ik heb recht op antwoorden!'

Op dat moment komt Janneke met een vrolijk 'Ta-daaa!' de kamer binnen. 'Zo, *happy family*, hebben jullie me gemist? Het duurde even, maar ik heb het identificatiebandje, hoor. En het beschuit met blauwe muisjes. Ze hadden alleen nog maar de roze, dus ik moest... oei!'

Ze botst met haar dienblad bijna tegen Pieter op, die niet weet hoe snel hij uit de kamer moet verdwijnen.

'O – sorry,' mompelt hij, 'ik moet even langs mijn afdeling...'

Dan ziet Janneke mij als een zielig hoopje ellende op het toilet zitten. 'Iris, meid, wat is er gebeurd? Heb je pijn? Of zijn het de kraamtranen?'

'N-nee...' stamel ik opgelaten, 'het is de kraamheer.'

'Pieter? Heeft-ie een opvlieger?'

'Dat... is een beetje een lang verhaal.'

'Ach schat,' zegt Janneke schouderophalend. 'Je moet maar zo denken: mannen hebben ook last van de hele hormonenkermis, want eigenlijk zijn ze ook een beetje zwanger. In de weken rond de bevalling maken ze minder testosteron en meer oestrogeen aan. Grappig hè? Zo worden ze wat verzorgender. Wat vrouwelijker, zeg maar.'

'Wat vrouwelijker?' lach ik snotterend. 'Die van mij is een bitch. Maar dat heb ik eerlijk gezegd aan mezelf te danken.'

'Dat kan ik me nauwelijks voorstellen,' zegt Janneke kordaat. 'En Pieter is vast niet écht boos. Ik zie het wel vaker, hoor. Het zijn de emoties. Het prille geluk.'

Met een zuur lachje ga ik voorzichtig rechtop staan. *Het prille geluk.*

'Moet ik je helpen met het kraamverband?' vraagt Janneke.

'Nee, bedankt. Nu ik er eindelijk weer fatsoenlijk bij kan, droog ik de benedenverdieping liever zelf af.'

Ik heb het nog niet gezegd, of er valt een klodder bloedslijm op mijn zijden pyjamabroek. Een voltreffer. Zo'n vlek waarvan je nu al weet: die gaat er nooit meer uit. Volgens de *Jackie Mama* was het zijden pyjamasetje van Marni dé *musthave* voor de modebewuste kraamvrouw. Poederroze, peperduur – en niet te wassen. Toch moest ik 'm hebben.

Cassandra, bij wie ik het setje heb gekocht, was het helemaal met me eens. Ze zei: 'Straks lig je daar in een gaasonderbroek met dikke voeten en opgeblazen tepels – mag je kraampyjama dan tenminste een beetje esthetisch zijn?' Van mij wel.

Ik dep de bloedvlek voorzichtig droog en leg nieuw kraamverband in mijn onderbroek. Eigenlijk zou ik mijn zijden pyjama nu eerst in een koudwaterbadje met aspirines moeten laten weken, maar Janneke roept dat de baby zijn hielprikje gaat krijgen.Of ik hem even wil vasthouden? *Dilemma!*

Uiteindelijk hijs ik de bevlekte broek toch maar op (waarmee ik niet geheel vrijwillig afscheid neem van 317 euro) en schuifel terug naar het bed. Terwijl ik rechtop probeer te zitten met de bultige ziekenhuiskussens in mijn rug, haalt Janneke de kleine uit het wiegje.

PIETER VAN KRALINGEN JR, lees ik op zijn polsbandje, 27-12-2011, 15.01 UUR.

Onwillekeurig tel ik de nummers bij elkaar op, en reken uit dat niet alleen zijn geboortedatum numerologisch uitkomt op een zeven, maar ook zijn geboortetijd. Ik meen me te herinneren dat zo'n dubbele zeven staat voor introspectie, rust opzoeken in jezelf en 'wijsheid vinden door naar binnen te kijken'.

Nee, ik ben geen zweefteef, maar als eindredacteur van BV *De Toekomst* heb ik me vier maanden moeten verdiepen in mensen die hun geld verdienen met het voorspellen van de toekomst: numerologen, theebladenlezers, kaartenleggers. Het programma werd niet zo heel goed bekeken, en heeft ook maar één seizoen gelopen. Maar dat kan voor de deelnemers nooit een verrassing zijn geweest – al hielden ze bijna allemaal een slag om de arm over hun profetische gaven.

Zo zei een handlijnenlezer tegen mij: 'Weet je wat het moeilijke is van voorspellingen? Dat mensen de toekomst door hun eigen handelen voortdurend kunnen veranderen. Het enige wat altijd hetzelfde blijft, is dat alles altijd verandert.'

Ja, zo kan ik het ook.

Het leukste vond ik de aflevering met de Engelse *rumpologist*; een kontkijker in gewoon Nederlands. Deze man kon je karakter en je toekomst ontleden door je blote billen te betasten. Je reinste windhandel, zou je zeggen, maar mensen betaalden er grof geld voor. Volgens de rumpologist symboliseerde je linkerbil het verleden, en stond je rechterbil voor de toekomst.

'Het heden ligt dan waarschijnlijk precies in het midden,' zei ik nog met een knipoog, maar daar kon hij niet om lachen.

Als Janneke de kleine wurm zachtjes in mijn armen legt ('Dit is de Madonnahouding,' zegt ze, 'als in Maria, niet de popzangeres.'), voel ik dat hij nog maar nauwelijks billetjes heeft.

Geen wonder, denk ik somber. Hij heeft nog geen verleden, en gezien de ontwikkelingen van het afgelopen uur weet ik eerlijk gezegd niet wat hem in de nabije toekomst te wachten staat. Maar wat er na vandaag ook gaat veranderen in mijn leven – in óns leven – het is in gang gezet door mijn eigen handelen. Ik kan niemand de schuld geven, en Pieter al helemaal niet.

Voorzichtig stroopt Janneke een van de blauwe minisokjes af.

De baby murmelt een beetje, maar verder protesteert hij niet. Ook bij het gemene hielprikje geeft hij geen kik.

'Wat is het toch een lieffie,' kirt Janneke terwijl ze het sokje weer over de minuscule teentjes schuift. 'Als bekende mensen een kindje krijgen, hebben de roddelbladen het altijd over een liefdesbaby. Alsof er nog een andere soort is!'

Nou, denk ik, je hebt de excuusbaby, voor vrouwen die niet meer willen werken; de laatstekansbaby voor vrouwen die zichzelf graag 'ongeveertig' noemen en natuurlijk de balansbaby, die niet zelden als laatste redmiddel wordt ingezet bij problematische relaties.

Hoe zou mijn soort baby heten? Zou daar ook een woord voor zijn?

Plotseling word ik overspoeld door een hevig gevoel van schaamte dat zich vanuit mijn buik een weg naar boven brandt. *Ik verdien dit kind helemaal niet. Ik heb zijn vader voorgelogen en mezelf van alles wijsgemaakt.*

'Zullen we hem eens aanleggen?' doorbreekt Janneke mijn gedachten. 'Er komt nog geen echte melk uit je tepels, maar een pasgeboren baby moet je meteen laten happen.'

'Laten happen?' vraag ik benauwd. 'Bedoel je niet zuigen?'

Janneke trekt haar wenkbrauwen iets te veelbetekenend op, en gebaart dat ik mijn pyjamajasje moet openknopen. Er vallen twee vlezige, blauwgeaderde borsten naar buiten die ik nauwelijks nog herken. Zijn ze echt van mij?

Voordat ik goed en wel begrijp wat er gebeurt, pakt Janneke een van mijn borsten beet en wrijft met de tepel over het wangetje van de baby. Dit is nu precíés het gesjor waar ik de afgelopen negen maanden niet aan heb kunnen wennen en dat ik absoluut niet zal gaan missen: benen in de beugels, iedereen staat er met zijn neus bovenop, hele handen gaan erin om te toucheren. 'Vind je het goed als er een stagiaire meekijkt?' Welja. Ik heb nu toch al open huis.

'Kijk,' straalt Janneke, 'Pietertje reageert meteen!'

En inderdaad: als een hongerig klein vogeltje snuffelt de baby aan mijn tepel.

'Ik hoorde dat Peter-Paul jullie al had verteld over de zoek-, zuig- en slikreflex?' zegt Janneke. 'Die is aangeboren, maar het is belangrijk dat hij meteen de goede techniek aanleert. Dus de héle tepelhof moet in zijn mondje, anders krijg je tepelkloven.'

Terwijl ik me nog een mentale voorstelling probeer te maken van een tepelkloof, neemt de baby opeens een grote hap en zit zijn mondje muurvast. Het is alsof ik klem zit in een knoflookpers.

Volgens de zwangerschapsliteratuur 'masseert' de baby met zijn kaakjes de melk uit de borst, maar geloof me: het is gewoon ordinair knijpen wat ze doen. Door de onverwachte scherpe pijn springen er tranen in mijn ogen. Had dit niet een gelukzalig moment moeten zijn?

Eén uur moeder en nu al gezakt op alle fronten.

Als Pieter opeens weer in de deuropening verschijnt, heeft Janneke net haar jas aangetrokken. Ze is opgepiept door een moeder wier vliezen ruim drieënhalve week te vroeg zijn gebroken.

'Dat wordt een randprematuur,' fronst ze. 'Net wel of net niet in de couveuse.'

Terwijl ik de besmeurde pyjama in mijn kraamkoffertje opberg, denk ik aan mijn eigen relatie. Zou die ook aan de beademing moeten? Zou Pieter enig begrip kunnen opbrengen voor wat ik ga zeggen? Misschien had ik vandaag geen Uggs moeten dragen. Pieter heeft die gerangschikt in de categorie 'zaaddodende schoenen', en iedere associatie met zaad had ik wellicht beter kunnen vermijden.

Ik ga hoe dan ook volkomen eerlijk tegen hem zijn.

Mijn oma had vroeger een sierkussen waarop zij in duizenden minutieuze kruissteekjes *De waarheid zal u vrijmaken – Johannes 8:32* had geborduurd. Als kind had ik veel bewondering voor het enorme aantal uren dat zij in het kussen had gestoken, maar inmiddels ben ik meer geïntrigeerd door de vraag wat mijn oma tot dit monnikenwerk had geïnspireerd.

'Je kunt een ander niet in de kop kijken,' concludeerde mijn groenteboer laatst in een onverwacht (en ongevraagd) persoonlijk verhaal dat iets te wijdlopig is om hier te herhalen. Maar hij had wel gelijk.

In hoeverre ken je je dierbaren écht?

Janneke klopt Pieter in het voorbijgaan bemoedigend op de rug.

'Dag paps! De papierwinkel is ingevuld en je zoon ligt ingepakt in de Maxi-Cosi, dus jullie kunnen zo naar huis. Morgenochtend komt de kraamverzorgster, en ik kom over twee dagen op nacontrole. Geniet ervan!'

En weg is ze.

Pieter kijkt me aan met een blik die ik niet goed kan duiden en gaat weer in de inmiddels bekende stoel zitten. Zijn gezicht lijkt opgeklaard, alsof er een last van zijn schouders is gevallen. Hij beseft waarschijnlijk dat de waarheid boven tafel gaat komen, en die gedachte – hoe pijnlijk ook – is beter te verteren dan onzekerheid.

Ik denk aan mijn oma. En aan Johannes 8:32.

En dat ik mezelf nu het liefst met een kussen zou willen smoren.

'Ik ben al op 1 januari van dit jaar met de pil gestopt,' gooi ik eruit.

Pieters ogen worden groot. Hij doet zijn mond open om iets te zeggen maar er komt niets uit. Hij lijkt met stomheid geslagen.

'Ik weet dat jij denkt dat ik in Milaan zwanger ben geraakt omdat mijn pil daar niet gewerkt zou hebben, maar in werkelijkheid gebruikte ik toen al twee maanden geen anticonceptie meer...'

Pieter is nog steeds sprakeloos.

De verwarring op zijn gezicht grijpt me naar de strot. Ik zou nu wel een paar dikke tranen kunnen gebruiken om mijn hevige gevoelens van schaamte en spijt te onderstrepen, maar uitgerekend nu komen ze niet. Waarom zegt hij niks? Roep wat, gooi iets, scheld me de huid vol – maar niet dit gekwetste zwijgen.

Er klinkt gelach op de gang. Er knalt een kurk en mensen feliciteren elkaar uitbundig. Had onze zoon niet ook zo'n welkom verdiend? We hebben nog niet één foto gemaakt, en zijn allereerste cadeautje is door mijn toedoen al in duizend stukjes gevallen. Voorlopig lijkt het erop dat zich weinig goede feeën boven zijn wiegje hebben verdrongen.

Pieter ademt diep in, sluit zijn ogen en blaast lang uit. *(Wat is dit – yoga? De pranayama? Zég iets, man!)* Dan steunt hij met zijn ellebogen op zijn bovenbenen, en verbergt zijn gezicht in zijn handen.

'Ik wilde zó graag een kind van je,' fluister ik tegen zijn onstuimige kruin.

De reden dat Pieter zijn haar zo kort scheert, zijn de twee hardnekkige wervelwinden op zijn hoofd. Van bovenaf bezien lijken het wel orkanen op een satellietfoto. 'Da's een teken van dwarsigheid,' meende mijn moeder. 'Mensen met kruinen hebben de haren de verkeerde kant op staan. Vroeg of laat zullen ze iets doen wat je totaal niet van ze verwacht.'

Ach ja, mijn moeder. Wat zal ik daar nu eens van zeggen.

Sinds ze met mij is blijven zitten, ziet ze in iedere penis een probleem.

Pieter heeft bijna tien jaar geprobeerd om bij zijn schoonmoeder in de smaak te vallen, totdat we – nadat ik de cruciale driemaandentermijn was gepasseerd – bij haar langsgingen om het blijde babynieuws te brengen.

'Goh...' zei ze *(nooit een goed begin; ik had op iets klassiekers als 'gefelici-*

teerd' gehoopt), 'ga je nu dan eindelijk eens voor Iris zorgen, in plaats van andersom? Zij is ooit, tegen mijn uitdrukkelijke wensen in, met haar eigen studie gestopt om die van jou te financieren, dus het lijkt me niet meer dan billijk dat mijn dochter straks eindelijk eens achterover kan leunen met de kleine.'

Hoewel ik nooit van plan ben geweest om achterover te gaan leunen, heb ik er wel stiekem over gefantaseerd om na de geboorte mijn oude liefde, het schrijven, weer op te pakken. Ik had ook al een boek bedacht: *De Moeddha*, over innerlijke balans bij het moederen.

Wordt een dun boekje, vrees ik nu.

Toen we weer naar huis reden, kwam bij Pieter het stoom uit de oren: 'Ik ben he-le-maal klaar met die vrouw! Als ze ooit in brand staat, dan pis ik er nog niet overheen!'

Mijn moeder is nu eenmaal gespecialiseerd in emotionele shiatsu: ze vindt bij iedereen feilloos de pijnpunten, en gaat daar dan nog eens extra op drukken. Soms vraag ik me af of ze zo bitter is geworden omdat mijn vader is vertrokken, of dat mijn vader is vertrokken omdat ze altijd zo bitter is geweest.

Hoe het ook zij – zoals bijna alle kinderen wilde ik het later allemaal 'heel anders' gaan doen. En kijk eens hoe goed me dat is afgegaan.

Bij Media Nox hangt op de inspiratiewand – die vóór het seminar *Creativiteit is een Keuze* nog gewoon het prikbord heette – een citaat van de Italiaanse filmregisseur Federico Fellini: *'In een relatie komt het draaiboek en de regie van de man; tekst en geluid stammen van de vrouw.'* Nu valt daar wel wat op af te dingen, maar ik denk dat Fellini vooral bedoelde dat een relatie een gezamenlijke onderneming is.

Ik was echter zo overtuigd van mijn eigen verhaal dat ik de hele productie naar me toe heb getrokken.

En de voorlopige recensies zijn niet goed.

'Ik wist zeker dat je een geweldige vader zou zijn,' probeer ik mezelf te verduidelijken. 'En jij wilde het ook, want dat zei je, maar je schoof het steeds verder voor je uit. Eerst was het: ik wil klaar zijn met mijn studie. Daarna zei je: we kopen eerst een huis. En toen droomde je opeens van Afrika. We zijn al tien jaar samen, Kraal. Al tíén jaar! Dus op oudejaarsavond heb ik na iets te veel champagne besloten om... eh, nou ja, om...'

'... om me erin te luizen?' kijkt Pieter vragend op.

'Nee! Zo was het niet. Zo stond ik er niet in. Ik deed het voor óns. Op oudejaarsavond heb ik besloten om mijn pillenstrip weg te gooien.'

'Maar wat lag er dan al die maanden op je wastafel?' vraagt hij korzelig. 'Dat was toch gewoon de pil?'

'Ja, dat klopt. Het leek me iets te opvallend als ik de hele strip zou weghalen, dus ik spoelde iedere dag één pilletje door de wc...'

Pieters ogen schieten vuur. 'Jezus, Iris, wat onverantwoord,' roept hij uit. 'Weet je wel hoe slecht dat is voor de kwaliteit van het oppervlaktewater?'

Nu is het mijn beurt om sprakeloos te zijn.

'Vrouwen plassen al een heleboel synthetische hormonen uit die allemaal in het rioolwater terechtkomen,' doceert Pieter verder, 'maar stel je voor dat iedereen ook nog eens hele pillen zou gaan doorspoelen! Zulke hoeveelheden zijn echt desastreus voor het watermilieu.'

Ik had veel verwacht, maar geen college over het fokking watermilieu.

Pieter kijkt naar mijn verbaasde gezicht, en zegt schouderophalend: 'En verder is het natuurlijk ook nog een klotestreek.'

'Een klotestreek?' herhaal ik. '*That's it*?'

'Nee, Iris, that's niet it,' antwoordt hij schamper. 'Wat wil je dat ik zeg? Je hebt me belazerd. En als je in staat bent geweest om mij over zoiets wezenlijks voor te liegen, wie garandeert mij dan dat jij niet wél in Milaan zwanger bent geraakt?'

'Jeetje,' stamel ik bedremmeld, 'je hebt wel moeite om die Milaanhypothese los te laten, hè?'

'Kom,' zegt Pieter bruusk. 'We gaan.'

Niet veel later zit ik in een keiharde rolstoel op het licht besneeuwde parkeerdek van het VU-ziekenhuis. Mijn benen zijn nog te wiebelig om te kunnen lopen, en mijn gemaltraiteerd 'geboortekanaal' is gezwollen tot het formaat van een voorgesneden pistolet.

'Harde ondergronden zijn goed voor de zwelling,' had een kordate verpleegkundige gezegd, waarna ze me zonder pardon in die stoel duwde. Vervolgens kreeg ik de verrassend zware Maxi-Cosi op schoot *(voor de tegendruk?)* en de hartelijke groeten.

Maar dat was allemaal nog niks vergeleken bij de gênante vertoning die daarop volgde. Ons ritje van de verloskamer naar het parkeerdek leek verdomme wel de uittocht van Sinterklaas. Langs de balie, in de lift, door de gangen – Pieter speelde de vaderrol met verve.

Het was me eerlijk gezegd nooit eerder opgevallen wat een komediant hij kan zijn, al ben ik natuurlijk de laatste die daar een oordeel over mag hebben.

Iedereen trad ons breed lachend tegemoet.

'Gefeliciteerd, dokter Van Kralingen!'

'Lekker genieten hè!'

'Stripje valium mee, Kraal?'

Ja, voor *míj* graag. Met een vervolgrecept, alsjeblieft.

In onze haast om weg te komen, waren we helemaal vergeten het parkeerkaartje te betalen. Pieter wilde ons eerst omstandig in zijn auto helpen en dan samen naar de automaat rijden, maar ik zei dat ik liever even buiten wilde wachten.

Ik kon wel wat frisse lucht gebruiken.

Het sneeuwt lichtjes, maar de baby staat veilig naast me op de grond in de Maxi-Cosi, tot aan zijn neusje toegedekt met een warm dekentje; het wollen colbertje van Pieter daar nog overheen gedrapeerd. Op zijn kleine bolletje prijkt het mutsje van Babette. BAD HAIR DAY, staat erop. Als dat alles is, denk ik, terwijl ik zachtjes over zijn hoofdje aai.

In de verte zie ik Pieter in de rij staan bij de parkeerautomaat. Ik hoop dat hij begrijpt dat hij zich vooral niet hoeft te haasten. Het is een weldaad om even alleen te zijn.

Maar dan trilt mijn telefoon. En nog eens. En nog eens.

De sms'jes en whatsapp'jes stromen binnen: mijn moeder, Babette, Cassandra. Zelfs Bart de Muyselaer. Ik durf hun berichten niet te openen. Ik weet wat erin staat, maar ik heb er geen antwoord op.

Uiteindelijk open ik alleen die van mijn moeder, omdat ze anders aan de gang blijft.

Dag jong geluk! Ik begrijp dat de telefoons uit moeten in het ziekenhuis, maar kun je me zo langzamerhand niet even laten weten hoe laat jullie thuiskomen? Toedels! 'Oma' Marjan. X

'Toedels.' Ik moet toch eens tegen haar zeggen dat dat echt niet meer kan – voor zover het ooit gekund heeft.

Het wordt straks nog een hele klus om mijn moeder de deur uit te werken, maar jezus, wat ben ik blij dat ik verder helemaal níémand hoef te zien. Tegelijkertijd kan ik wel janken.

Mijn vriendinnen hebben zo met me meegeleefd. De babyshower die ze voor me hadden georganiseerd was er één voor in de annalen; niet in de laatste plaats vanwege het hysterische 'proef de poep'-spelletje, waarbij ik al ruikend en proevend verschillende soorten remsporen in luiers moest identificeren. Nooit geweten dat chiliconcarne en chocoladevla zo weerzinwekkend konden zijn.

Het liefst zou ik nu met een paar flessen wit deze hele bizarre middag nog eens van A tot Z met hen doorlopen, waarbij ik me vooral verheug op het stuk over de kwaliteit van het oppervlaktewater. Maar dan moet ik wél met de billen bloot.

Babette en Cassandra weten alles van mij.

Nou ja – bijna alles.

Zo weten ze bijvoorbeeld dat ik vorig jaar een tampon ben vergeten die ruim drie weken later als een druipende Franse stinkkaas uit de krochten van mijn baarmoeder moest worden verwijderd.

Ze weten ook dat ik geregeld youporn.com uit de zoekgeschiedenis van mijn computer moet verwijderen, omdat Pieter anders zwart op wit kan zien hoeveel tijd ik nu eigenlijk écht op die ranzige site doorbreng.

Ze weten zelfs dat ik soms op mijn teennagels bijt!

Maar als ik had verteld dat ik stiekem met de pil wilde stoppen? Ik denk dat Babette mij met een ferme *bitch slap* tot de orde zou hebben geroepen.

En terecht.

Nu trilt ook Pieters BlackBerry in een van de zakken van zijn colbertje.

Sjezus, mam, denk ik, *get the fucking message.*

Dat doet ze nu altijd: als ze mij niet kan bereiken, gaat ze Pieter stalken; zelfs tot in het ziekenhuis. En omdat ze verdraaid goed weet dat hij haar telefoontje liever niet opneemt, belt ze liefst ook nog met een onderdrukt nummer.

Met de nodige moeite vis ik Pieters BlackBerry uit zijn jasje en zie één nieuw sms'je van een naamloos nummer. Als ik het aanklik, lees ik de eerste vijf woorden in het schermpje: **Hey dr. Love, wat heerlijk dat ik je...**

Het bloed trekt dusdanig snel uit mijn hoofd dat ik er misselijk van word. Eén ding is zeker: dit is mijn moeder niet.

Dr. Love – staat het er echt? Mijn hart gaat als een razende tekeer.

Ik werp een gejaagde blik op Pieter, die inmiddels aan de beurt is bij de parkeerautomaat, en open daarna met trillende handen de rest van het berichtje.

Hey dr. Love, wat heerlijk dat ik je vandaag toch nog heb kunnen zien – en voelen ;-p Sterkte met de hele toestand! Ik denk aan je, lekker ding. Kus! PS: Heb twee kadootjes in je jasje gedaan. Suus x

Kadootjes?

Koortsachtig klauw ik aan het colbertje – wáár zitten die verdomde dingen? De baby opent heel even zijn oogjes, om ze daarna weer soezelend dicht te doen. In de binnenzak, op de plek waar ik nog niet zo lang geleden een doosje met een trouwring vermoedde, voel ik een bobbel.

Het lijkt wel of mijn hand niet meer aan mijn lichaam vastzit.

In een waas haal ik een wit speentje naar boven, met daarop in rode letters: MIJN PAPA IS DE KNAPSTE! En een Big Daddy-condoom. Met aardbeiensmaak. Tenminste, dat denk ik, want het cartooneske stijve pikje op de verpakking likt aan een aardbei.

Het begint iets harder te sneeuwen, maar ik heb het niet koud.

Ik kook vanbinnen. Een speentje én een aardbeiencondoom? Bestaat er een grotere wansmaak? Voordat ik mezelf op andere gedachten kan brengen, zet ik de cursor op de sms en druk op het groene telefoontje.

OPROEPEN? vraagt de BlackBerry.

Nou en of.

De telefoon gaat maar één keer over, of ze neemt al op.

'Hey, dokter Love, da's snel!' kirt een enthousiaste jonge vrouwenstem.

'Dag Súús,' zeg ik zo standvastig mogelijk terwijl ik stilletjes hoop dat ze mijn hart niet door de telefoon heen hoort bonzen. 'Je spreekt met mevróúw Love.'

Ik heb geen idee wie ik eigenlijk aan de lijn heb, maar ik zal deze roofkip eens even terugjagen naar het hok waar ze vandaan is gekomen.

Het blijft oorverdovend stil aan de andere kant van de lijn. Mooi zo. Kom niet aan mijn kerel, want dan heb je de verkeerde voor je. Maar dan klinkt er een spottend lachje: 'Mevróúw Love? Je bent toch niet getrouwd met Pieter, of heb ik wat gemist?'

Verdomme.

Dit was werkelijk het laatste antwoord dat ik had verwacht. Die Suus klinkt niet erg geschrokken – of berouwvol.

'Eh – n-nee,' hakkel ik, 'maar wat je misschien wél gemist hebt: we zijn al tien jaar samen. Deze man is bezet!'

'Je kunt een ander mens niet bezitten, Íris,' imiteert ze mijn eerdere intonatie. 'En je weet wat ze zeggen: bezet geldt alleen voor het toilet.'

Nu ben ik echt van mijn à propos. Met een schok ben ik terug op de middelbare school; pijnlijk verlegen en onzeker, een dankbaar doelwit voor de hockeymeisjes.

'Pieter en ik hebben anders net een baby gekregen,' weet ik er nog net uit te persen.

'Jíj hebt net een baby gekregen, Iris. Het valt nog te bezien of Kraal wel de vader is.'

Hierop breken mijn vliezen opnieuw – maar dit keer in mijn hoofd.

'Je moet je bek houden,' blaf ik in de telefoon. 'Je kunt vast heel goed zuigen, maar als je niet de rest van je leven door een rietje wilt eten, dan zou ik maar bij Pieter uit de buurt blijven!'

Heel sjiek, Vandenberg. Heel sjiek.

'Dat wordt lastig,' komt het gekmakend beheerste antwoord, 'want ik loop coschappen bij Kraal. En het is natuurlijk nog maar de vraag of hij wel bij míj uit de buurt wil blijven.'

Wat? Kent Pieter haar uit het ziekenhuis?

Met een ruk draai ik me om naar het VUmc en speur het gebouw af. Ik weet niet zo goed waarom. Denk ik soms dat die kuthola ergens voor het raam staat te zwaaien?

Ik heb Pieter nog nooit over ene 'Suus' gehoord.

Zou hij zijn twijfels echt met háár besproken hebben?

Onmogelijk.

Vorige maand, tijdens het Rode Kruis Gala, heeft Peter-Paul onze tafel vermaakt met zijn geanimeerde verhalen over de 'wittejassenkoorts'; een schijnbaar veelvoorkomend fenomeen onder jonge studentes. Terwijl hij nadrukkelijk in mijn richting knikte, zei P: 'Je vult voor *De Bachelor* gewoon *De Medicus* in, en je hebt binnen no time acht scandaleuze afleveringen. Er gebeurt in zo'n ziekenhuis meer dan je denkt!'

Ik dacht toen eerlijk gezegd dat Peter-Paul het zoveelste programma-idee aan me zat te pitchen (dat overkomt me namelijk altijd op feesten en partijen) maar inmiddels dringt zich een andere, misselijkmakende gedachte aan me op.

Wie denkt deze chick wel dat ze is – Hanna Verboom? Rommelen met je coassistent lijkt misschien hartstikke leuk op Net5, maar in werkelijkheid is het tegen het protocol.

'Maarreh... volgens mij is dit Pieters telefoon,' onderbreekt Suus mijn voortrazende gedachten. 'Mag ik 'm even aan de lijn?'

'W-wat? Eh, nee,' stamel ik, verward over zoveel ongegeneerde directheid. 'Hij staat verderop bij de kaartjesautomaat...'

'Ach gossie. Was je stiekem door zijn telefoon aan het *snoopen*? Vraag maar of hij me straks even terugbelt, oké? Da-hag.'

En ze hangt op. *Klik.*

In totale verbijstering kijk ik naar de BlackBerry.

Wacht eens even – zo werkt dit toch niet? Ík zou toch degene moeten zijn die met een scherpe, welgeplaatste oneliner een einde aan dit gesprek maakt?

Na vermelding van de gespreksduur (1 minuut en 12 seconden – meer dan genoeg om jezelf compleet belachelijk te maken) springt de telefoon terug naar het sms-scherm. En daar staat het weer: **Hey dr. Love, wat heerlijk dat ik je...**

Op dat moment legt iemand van achteren een hand op mijn schouder. Ik vlieg wel een meter overeind.

'Slecht geweten?' vraagt Pieter met een scheef lachje dat het midden houdt tussen een geamuseerde grijns en een sarcastische grimas.

Hij opent het achterportier van de auto en tilt de slapende baby voorzichtig op de achterbank. Dan knikt hij naar de BlackBerry: 'Hé, is dat mijn telefoon?'

'Ehm – ja,' zeg ik met een nog steeds bovenmatig bonzend hart. 'Je krijgt de groeten van ene... Suus.'

Even lijkt Pieter ter plekke te bevriezen, maar hij herpakt zich snel. 'Wat bedoel je?' vraagt hij zo neutraal mogelijk.

'Welk deel van: "je krijgt de groeten van Suus" begrijp je niet?'

Pieters rood aangelopen hoofd verdwijnt schielijk in de auto, waar hij druk in de weer gaat met de baby en de luiertas en het dekentje. 'Goh,' zegt hij, terwijl hij opzichtig staat te stuntelen met het aanbrengen van de autogordels rond de Maxi-Cosi. 'Dit is eh... ingewikkelder dan je denkt.'

'O ja?' glimlach ik met een geforceerde vriendelijkheid. 'Ben je ergens in verstrikt geraakt?'

Ik vind het nogal een royale voorzet, maar Pieter kopt hem niet in. De plotselinge hoffelijkheid waarmee hij me van mijn rolstoel in de auto helpt, staat in schril contrast met het barse 'we gaan' van een kwartiertje geleden.

Terwijl Pieter de rolstoel terugbrengt naar de hal, breek ik mijn hoofd over het juiste plan van aanpak. Moet ik hem confronteren? Een scène maken? Of juist niets van dat alles? Er móét een logische verklaring zijn voor het sms'je.

Is die Suus een stalker? Of misschien wel een *bunny boiler*? Een normaal mens geeft toch geen babyspeentje met een aardbeiencondoom? En als er écht iets gaande was, dan zou ze mij toch niet doodleuk vragen of Pieter haar even terugbelt? Moet ik het niet gewoon laten rusten?

Hoort vandaag niet over de baby te gaan, over het nieuwe mensje dat we samen op de wereld hebben gezet? En daarbij: heb ik een eventuele flirt niet over mezelf afgeroepen?

Dan begint Pieters telefoon, die ik nog steeds krampachtig in mijn rechterhand heb geklemd, te trillen. Een nieuwe sms. Van hetzelfde nummer!

Ik open mijn hand en lees: Kheb Irizzz net gesproken. Begrijp nu precies wat je bedoelt ;)

Het is alsof er voor mijn geestesoog een groot theaterdoek wordt opengetrokken en ik voor het eerst zie welke voorstelling er wordt gespeeld. Dit is geen spielerei, dit is een hardcore affaire.

Los van het onuitstaanbaar puberale *kheb*, val ik vooral over *Irizzz*. Is dát de benaming die ze met z'n tweetjes voor mij hebben bedacht? Zo'n klein gezamenlijk grapje, zo'n overduidelijke *inside joke* ten koste van mij – dat raakt mij misschien nog wel meer dan de gedachte aan de 'vleselijke ontrouw'; een relatietherapeuterig eufemisme voor 'buiten de deur neuken'. Daar komt nog bij dat Pieter haar blijkbaar weinig flatteuze dingen over mij heeft verteld die ze in één minuut en twaalf seconden bevestigd heeft gezien.

Met een baksteen in mijn maag scrol ik terug naar het vorige sms'je.

Waar ik de eerste keer mentaal ben blijven haken bij 'dr. Love' en de cadeautjes, dringt de rest van de tekst nu pas in volle hevigheid tot me door.

Wat heerlijk dat ik je vandaag toch nog heb kunnen zien – en voelen.

Dat ik daaroverheen gelezen heb!

Met een schok herinner ik me dat Pieter tijdens de bevalling twee keer is weggelopen. Én dat hij, nadat hij de verloskamer voor de derde keer had verlaten, zo opgelucht was teruggekomen; alsof er een last van hem was afgevallen. Geen wonder – meneer had zijn zak leeggeschud, zeker!

En dan deze: **Sterkte met de hele toestand.**

Het gaat hier verdomme over de geboorte van onze baby.

Plotseling galmt die ene, verbeten regel uit het toneelstuk *De Russen* in mijn hoofd: 'Hij bedriegt me! Waar ik bij sta! In mijn gezicht!'

Het is mij opeens volkomen duidelijk waarom mensen tot moorden komen. Als ik hier ter plekke een loeiende föhn in het badwater van dit secreet had kunnen droppen, had ik het gedaan.

Als Pieter even later instapt, doet hij zijn best om mijn priemende ogen zo veel mogelijk te ontwijken. Na wat onduidelijk gerommel start hij met een nerveus kuchje de auto en rijdt van het parkeerterrein af.

Hoewel ik in gedachten alvast de gebruikelijke clichés afvink (*Ik voelde me verwaarloosd; het aanstaande vaderschap maakte me onzeker; ze betekent niets voor me)* hoop ik vurig dat Pieter met een beter excuus op de proppen gaat komen.

Ik weet dat mannen niet zelden vreemdgaan tijdens de zwangerschap en dat een derde van de jonge stellen uit elkaar gaat vóór hun kinderen drie jaar oud zijn. Maar onze baby is nog geen drie úúr oud. En daarbij: ik heb die statistieken altijd terzijde geschoven als iets wat anderen overkomt. Niet mij.

En al helemaal niet Pieter.

4

'Wie is Suus?' val ik met de deur in huis.

'Een... collega,' komt het afgemeten antwoord.

'Een colléga? Peter-Paul is een collega. Volgens mij heet dit een studente geneeskunde.'

'Als je het zo goed weet,' sneert Pieter, terwijl hij de bocht naar de Amstelveenseweg net iets te scherp neemt, 'waarom vraag je het dan?'

Ik kijk naar zijn profiel; naar zijn scherpe neus en zijn mooie mond. Zou hij nu écht ergens in een lege verkoeverkamer hebben staan flikflooien met een ander?

Boris Becker maakte ooit een wip in de bezemkast van een restaurant terwijl zijn echtgenote met voortijdige weeën in het ziekenhuis lag. En Wayne Rooney ging met prostituees aan de rol terwijl zijn vrouw hoogzwanger was. Maar vreemdgaan tíjdens de bevalling? In het ziekenhuis zelf? Dat zou toch werkelijk alle schaamte voorbij zijn.

Ik haal diep adem en vraag: 'Is dat alles wat je erover te zeggen hebt?'

'Wat wil je nou, Iris? Je zei dat ik de groeten van haar kreeg. Is dat soms verboden?'

'Je krijgt iets meer dan alleen de groeten,' antwoord ik, en bungel het aardbeiencondoom en het speentje onder zijn neus.

'Hoe kom je daaraan?' vraagt Pieter verschrikt.

'Het is meer een kwestie van: hoe kom ik eraf? Deze smakeloze cadeautjes zijn van Suus. Is dit nu zo'n geval van wittejassenkoorts?'

'Van wát?'

'Je weet wel, waar Peter-Paul het over had op het Rode Kruis Gala: gruizige coassistentes die per se een dokter willen scoren.'

'Sjezus, Iris, grúízig is echt een heel ordinair woord.'

'Met je coassistent staan bekken terwijl je vrouw ligt te bevallen is anders ook niet heel sjiek!'

Zo. Die zit.

Pieter doet er het zwijgen toe, maar er parelt een dikke zweetdruppel langs de zijkant van zijn gezicht. En dat in december.

We naderen de kruising bij het Olympisch Stadion. Het stoplicht springt op oranje, maar Pieter lijkt niet van plan om af te remmen.

Pas als ik hem verschrikt aankijk, maken we alsnog een ferme stop.

Dan draait hij zich nijdig naar me toe.

'Luister eens, ik begrijp dat je de aandacht wilt afleiden van het feit dat je mij hebt voorgelogen, maar dat spel speel ik niet mee.'

'Schatje...' begin ik zo rustig mogelijk, 'ik geef je de kans om schoon schip te maken. Maar dan moet je wél eerlijk tegen me zijn. Ik realiseer me dat ik een grote fout heb gemaakt, en dat daar geen enkel excuus voor is. De afgelopen maanden heb ik op een roze wolk gezeten, en ik besef dat ik daardoor veel te weinig rekening heb gehouden met jouw gevoelens. Dat spijt me enorm.'

Ik wacht op een bevestiging, een knikje, een bemoedigende blik.

Maar er komt niets.

Het licht springt weer op groen. Terwijl Pieter een flinke dot gas geeft, besluit ik er nog een schepje bovenop te doen. 'Ik zie nu ook dat jij al die tijd heb gevoeld dat er ergens iets niet goed zat. Dus als jij *(en ik zoek nu razendsnel een nette formulering voor: 'je lul ergens anders in hebt gestoken')* met je ziel onder je arm hebt gelopen, dan begrijp ik dat. Maar daar kunnen we toch als twee volwassenen over praten? Ik weiger me op stang te laten jagen door de eerste de beste studente die jou geile sms'jes stuurt.'

'Geile sms'jes?' stamelt Pieter, die de rest van mijn mea culpa blijkbaar niet heeft geregistreerd. 'Dat lijkt me sterk. We hebben duidelijk afgesproken dat we geen...'

'Wé?' val ik hem in de rede. Ik voel me plotseling licht in mijn hoofd; alsof ik draai en draai rond het afvoerputje waar mijn leven in dreigt te gaan verdwijnen.

'Praat je al in wé? Even voor alle duidelijkheid: jij en ik zijn wé!'

Pieter stoot een gepijnigde zucht uit en knijpt met zijn handen in het stuur. Hij houdt zijn ogen strak op de weg en zegt dan met krakende stem: 'Ik ben verliefd.'

'Je bent wát?'

'Verliefd! En ik heb geen zin meer om erover te liegen; zeker niet na die stunt die jij hebt uitgehaald met de pil.'

Ik rol met mijn ogen. 'Je bent helemaal niet verliefd. Verlust misschien – maar verliefd? Hoelang ken je haar nu helemaal?'

'Ik wilde het je in het begin van het jaar al vertellen, maar...'

'In het begin van het jáár?'

'... maar toen was jij opeens zwanger, en het leek me onwenselijk om jou die hele zwangerschap alleen te laten doen. Stress is natuurlijk niet goed voor een foetus...'

'Een fóétus? Dáár ligt-ie verdomme, je eigen vlees en bloed!'

Het lijkt wel of Pieter in een soort trance is. Hij ratelt maar door: '... maar toen opperde Suzanne dat het kind misschien wel niet van mij was...'

'Dus die sloerie is daarmee gekomen?!'

Dát brengt Pieter weer bij de les.

'Suzanne ís geen sloerie,' zegt hij fel. 'Ze is een briljante studente; echt een genot om mee te werken, uitmuntend in de bètavakken.'

'O, ik geloof best dat ze heel goed kan optellen,' schamper ik, 'maar ze is vast nog veel beter in aftrekken!'

Pieter zucht geïrriteerd. 'Kijk – dit ergert mij zo aan jou, Iris. Jij maakt alles zo plat. Ik denk echt dat we uit elkaar zijn gegroeid. En dat jouw realitywerk je heeft veranderd.' Hij vormt met zijn vingers aanhalingstekens in de lucht en zegt theatraal: ' "Alles voor de kijkcijfers", weet je wel.'

Ugh, dat *airquoting* vind ik zo tweeduizendnul.

En meneer heeft ook nog last van selectief geheugenverlies.

'Hallo – mag ik even? Ik ben met míjn journalistieke opleiding gestopt om jóúw ellenlange studie te helpen financieren. Je hebt al die jaren goed kunnen leven van mijn baan bij Media Nox, en nu is het je opeens te min?'

We stoppen voor het zebrapad op de hoek van de De Lairessestraat, en kijken zwijgend hoe een bejaard echtpaar innig gearmd door de natte sneeuw schuifelt. Ik had het zelf niet beter kunnen produceren; die twee oudjes lijken wel speciaal gecast vanwege hun symboliek.

Tot een paar uur geleden was ik er vast van overtuigd dat ik oud ging worden met deze man. En dat wil ik nog steeds. Maar dan wel met de echte Pieter; míjn Pieter, en niet deze *pussy whipped*-variant.

'Misschien willen wij wel gewoon verschillende dingen in dit leven, Iris,' zegt hij zodra we weer optrekken.

'Sinds wanneer is dát dan?' vraag ik ongelovig. 'In het ziekenhuis zei je opeens dat ik *(en nu is het mijn beurt om opzichtig te vingerquoten)* "met mijn materialistische inslag" ons met te hoge maandlasten heb opgezadeld. Maar jij wilde toch ook een groter huis met een extra kamer voor je plastic vliegtuigjes?'

Hier raak ik een teer punt, maar ik doe het toch. Misschien lijk ik wel meer op mijn moeder dan ik zou willen.

'Die plastic vliegtuigjes zijn zeldzame *Star Wars*-collectables!' snauwt Pieter – duidelijk in zijn wiek geschoten. 'En dat weet jij verdomd goed. Heel wat anders dan die Viktor&Rolf-Bugaboo-kinderwagen die jij zo nodig moest hebben.'

Opeens imiteert hij mijn stem op een kinderlijke manier en wappert opgewonden met zijn handen: 'O Pieter, kijk, deze *stroller* heeft een handgestikte duwstang, leren wieldoppen en een heuse nummerplaat!'

'Sorry,' vraag ik gepikeerd, 'maar gaat deze discussie over een kinderwagen?'

'Nee, natuurlijk niet. Maar het is exemplarisch voor wie jij bent. Of beter gezegd: voor wie jij bent geworden. Weet je hoeveel Afrikaanse kinderen een levensreddende tetanusvaccinatie zouden kunnen krijgen voor de prijs van één zo'n hippe stroller?'

Ik schiet in de lach. 'Mijn god, Bóno, wat een kulargument. Ik heb jou nog nooit over Afrika gehoord.'

'Klopt. Maar Suzanne heeft me de ogen geopend. Zij heeft nog echte idealen. Ze wil binnenkort naar Malawi gaan om daar in een klein ziekenhuis te gaan werken.'

Hij pauzeert even, kijkt me indringend aan en zegt dan: 'En ik ga mee.'

Ik ben met stomheid geslagen.

'Kom toch eens bij zinnen, man! We hebben net een kind gekregen! Je hebt een affaire gehad – *shit happens.* Ik heb ook fouten gemaakt.

Maar dit is het moment waarop je dan zegt: het spijt me, ze betekent niks voor me, ik kies voor jou en voor mijn gezin. Net als Barry toen heeft gedaan.'

Pieter haalt zijn neus op. 'Tss, alsof Barry het echt bij die ene keer heeft gelaten.'

Even ben ik in verwarring en zeg dan: 'We parkeren Barry even, want het gaat nu over jou. Wees eens eerlijk: dat hele verhaal over Milaan, over dat jij zogenaamd niet weet of dit kind wel van jou is – da's gewoon bullshit, toch? Dat hebben jullie elkaar wijsgemaakt om je minder schuldig te voelen. Eén wattenstaafje door je mond en jouw DNA zal een perfecte match blijken met deze baby.'

'Dit kind ís niet van mij. Het is van jou. Jij hebt in je eentje besloten om het te krijgen. Ik wilde geen kind. Nog niet, tenminste. En misschien ook wel niet met jou.'

Bam! Dat doet pijn.

Het bloed schiet naar mijn hoofd, en ik voel tranen van woede achter mijn ogen prikken. 'Dus als ik het goed begrijp,' zeg ik, steeds meer over mijn toeren, 'dan heb jij onze relatie negen maanden uitgezeten, zodat je nu eindelijk de Afrikaanse kindertjes kunt gaan redden? Geloof je het zelf? Je geilt gewoon op dat wijf! "Een genot om mee te werken" – je had het verdomme niet beter kunnen formuleren!'

'Schreeuw niet zo, Iris,' maant Pieter, terwijl hij veelbetekenend achteromkijkt naar het ingepakte bundeltje op de achterbank. 'Baby's zijn uitzonderlijk gevoelig voor spanningen, en ik zou niet willen dat Pietertje meteen getraumatiseerd wordt.'

Dat doet de deur dicht. 'Als je zo begaan bent met het lot van die kleine, moet je misschien niet aftaaien naar Malawi! En over dat "Pietertje" – je denkt toch zeker niet dat ik mijn kind nog steeds naar jóú ga noemen?'

Ik grabbel in mijn tas en haal het identificatiebandje naar boven. Dan open ik mijn raam en laat het bandje aan twee vingers wapperen in de natte sneeuw: 'Zeg maar dag tegen je stompzinnige familietraditie!'

'Iris, nee!' roept Pieter ontdaan – en zijn ontredderde gezicht is precies het duwtje dat ik nodig heb om het bandje los te laten.

'Ik bedenk zelf wel een naam,' zeg ik triomfantelijker dan ik me voel.

Nadat ik het raam weer heb gesloten, beginnen mijn wangen te gloeien. Is het de gure decemberwind? Of is het mijn geweten? Sinds ons mannetje is geboren, hebben we nog geen enkele foto van hem gemaakt. En nu heb ik ook nog het enige tastbare aandenken uit het raam geflikkerd. Qua dramatisch effect blijkt het echter behoorlijk doeltreffend, want Pieter is wit weggetrokken.

'Dat naambandje is belangrijk,' stamelt hij. 'Zijn bloedgroep staat erop, zijn identificatienummer en zijn geboortetijd...'

'Ík weet zijn geboortetijd nog, hoor,' schamper ik. 'Dat was 15.01 uur. Ik heb de bevalling namelijk wél bewust meegemaakt. Ik weet niet waar jij met je hoofd zat? Tussen Suus d'r benen, misschien?'

'Jeetje Iris...waar zijn we mee bezig?' mompelt Pieter verslagen.

In zijn gekwetste ogen zie ik heel even een glimp van de man die ik zo goed dacht te kennen. Ik wil het wel uitschreeuwen: 'Ik hou van je, sukkel!' maar na het grote gebaar dat ik net heb gemaakt, durf ik niet meer zo goed.

De laatste paar straten luisteren we zwijgend naar het hypnotiserende gezwiep van de ruitenwissers. Ik zie hoe de natte sneeuwvlokken eerst dapper samenklonteren tot stukjes ijs voordat ze alsnog van de voorruit worden gevaagd.

'Misschien moesten we thuis maar eens rustig praten,' doorbreekt Pieter de stilte. Hij pakt mijn hand en geeft er een zacht knijpje in.

Mijn hele arm tintelt ervan; van het onverwachte, het intieme. Ik snak zo naar een liefdevolle aanraking, een knuffel, of zelfs maar een aai over mijn bol. Maar tegelijkertijd wil ik ook zoveel weten, vragen, uit hem rammen!

Hoe ik *Irizzz* ben geworden, bijvoorbeeld. En of ik een foto van die Suzanne mag zien. Dat is een vorm van zelfkastijding, maar het geeft ook houvast. Je wilt toch weten waar je tegenop moet boksen.

Toen Barry anderhalf jaar geleden een affaire bleek te hebben, was Babette – hoofdredacteur van het populairwetenschappelijk tijdschrift QED – nog het meest aangeslagen over het feit dat meneer het bleek te doen met een chickie dat achter de bar staat bij een bowlingcentrum.

Ik zei nog: 'Een bowlingcentrum? Wat moet Barry nou in een bowlingcentrum?' Maar ze bleken er een personeelsfeestje te hebben gehad. Met steengrillen.

Dat meisje heette Sas. Natuurlijk, zou ik bijna willen zeggen. Ze hebben altijd van dat soort namen. Sas. Of Suus. Of Kim. En weet je wat Barry had gezegd? 'Ik kan zo goed met d'r praten.' Welja. Zeg dan gewoon eerlijk dat je je vingers graag in drie gaten steekt! Dan ben je tenminste een kerel.

'Ik heb er een theorie over ontwikkeld,' zei Babette destijds, met een verbeten trekje rond haar mond dat helaas een behoorlijke tijd is blijven zitten. 'Als mannen vreemdgaan, neuken ze altijd omlaag. Hebben ze thuis iedere dag een biefstuk, dan willen ze een kroket. Even een vette bek halen.'

Indertijd vroeg ik me al af of dat wel zo is. Je wílt het zo graag geloven. Dat de vrouw waar je man mee vreemdgaat altijd minder is dan jij. Dommer. Sletteriger. Maar Pieter is gevallen voor een studente geneeskunde, godbetert. En ik maak reality-tv.

'Ze wil zo graag in Afrika gaan werken.' Nou, rot op dan! Ik krijg er altijd jeuk van als ik mensen hoor beweren dat het hun droom is om goed werk te gaan verrichten in Ouagadougou. Bekende Nederlanders hebben daar ook een handje van: 'Ik wilde eigenlijk missiewerk gaan doen...' Gá dan! Maar val mij er niet mee lastig.

En laat mijn man met rust.

We draaien onze straat in – en mijn hart staat stil.

Er is een boog van lichtblauwe ballonnen rond onze voordeur gemodelleerd, en op de stoep staat een opblaasbare ooievaar vervaarlijk te knikken in de decemberwind. In zijn knaloranje snavel prijkt een bord met: WELKOM PIETERTJE!

Er trekt een kramp door mijn lijf die eindigt in een felle pijnscheut tussen mijn benen. In shock parkeren we voor ons huis.

De voordeur vliegt open, en gejuich stijgt op.

Mijn moeder en mijn schoonouders rollen lachend naar buiten, gevolgd door Pieternel en Babette. Boris wurmt zich door alle benen heen en gaat wild blaffend tekeer tegen de ronkende compressor die de ooievaar van lucht voorziet. Man – ik zou mezelf nu ook wel op die zuurstofslang willen aansluiten.

Pieter en ik kijken elkaar heel even beduusd aan, maar dan wordt er al enthousiast op de ramen geroffeld en aan de deuren getrokken. Pieter laat prompt mijn hand los *(nee!)*, mompelt nog iets over 'die fokking moeder van jou' en stapt dan met een brede glimlach uit.

'Waarom heb je al die mensen uitgenodigd?' grom ik onder een geforceerde glimlach naar mijn moeder, terwijl ze me drie uitbundige klapzoenen geeft. Haar adem ruikt naar een zure mix van witte wijn en toastjes met vis, en ze knijpt net iets te hard in mijn schouders.

'Als ver-ras-sing, schat! De dagen tussen kerst en oud en nieuw zijn vaak zo donker en doelloos, dus ik dacht: iedereen heeft vast wel zin in een vrolijke babyborrel!'

Terwijl Pieter onder veel ge-oeh en ge-ah de baby uit de auto haalt en Babette me snel even een knuffel en een knipoog geeft, duwt mijn moeder me naar binnen. Dan pas zie ik wat er op alle lichtblauwe ballonnen staat gedrukt: GEBOREN: PIETER JR.

'Mam...' stamel ik, 'het komt nu écht even niet uit.'

'Ach lieverd, relax, wie kan het wat schelen dat je er niet uitziet? Je bent net bevallen! Ga lekker naar boven, haal een nat doekje over je gezicht, en dan even een blush en een gloss...'

'Mám!' protesteer ik, 'dit gaat niet over een blush en een gloss!'

'Voor meer is nu geen tijd, schat!' zegt ze op de samenzweerderige toon van 'ik begrijp hoe je je voelt'. 'Hup, naar boven jij. Wij gaan alvast de kleine bewonderen!'

Terwijl ik wijdbeens de trap op strompel, zie ik nog net hoe een stralende Pieter onder bewonderende schouderklopjes met Maxi-Cosi en al de woonkamer wordt binnengeloodst. Zijn niks-aan-de-hand-houding maakt me razend, en als Boris kwispelstaartend achter me aan de trap op wil, moet die het met een welgemikte schop ontgelden. Het arme beest kijkt me zo verslagen aan dat ik me prompt schaam voor mezelf.

Er is in dit huishouden maar één iemand die een schop onder zijn kont verdient, en dat ben ik. Mijn god, wat heb ik dit uit de hand laten lopen. Ik heb mijn grote liefde van me vervreemd, mijn baby's naambandje uit het raam gegooid en en passant ook nog even die Suus bedreigd. Bij Media Nox hebben we een vertraging van twee minuten op al het uitgaande e-mailverkeer. Zo'n 'weet je het wel zeker'-app zou je eigenlijk ook moeten kunnen installeren voor het bellen van een rivale in de liefde.

Ik schrik van mijn gezicht in de badkamerspiegel: ik zie er verwilderd uit; met uitgeveegde mascara en ingevallen wangen. Ben ik nu al het cliché van de afgepeigerde moeder die het moet afleggen tegen een frisse, blozende – en, o, laat ik het vooral niet vergeten: briljánte – studente?

Ik gooi wat koud water in mijn gezicht. Ik moet mezelf echt even opknappen. En rustig blijven. Pieter houdt niet van drama; hij wilde niet voor niets thuis rústig met me praten. En daarbij: die Suzanne klonk zo beheerst, zo zeker van zichzelf.

Dat zou ík moeten zijn. Ik heb toch een geschiedenis van tien jaar met deze man? Ik ken hem toch van haver tot gort? Nou ja, misschien zijn we inderdaad een beetje uit elkaar gegroeid. Als je zwanger bent, krijg je nu eenmaal die overrompelende nestdrang. Je wilt alles perfect maken voor de baby: je wilt je omringen met zachte sokjes en pluchen dekentjes. Je wilt het mooiste wiegje, het leukste kamertje. Maar weet je hoe mannen dit vertalen? 'Je wilt niet neuken'.

Cassandra zei laatst dat seks voor mannen zoiets is als hun neus snuiten: het moet eruit, anders lopen ze vol. Ze is tot die ietwat onsmakelijke conclusie gekomen nu ze vanuit haar nieuwe appartement precies in de lagergelegen badkamer van haar overbuurman kan kijken. Hij vindt het blijkbaar te veel moeite om een gordijntje op te hangen – of hij realiseert zich niet dat hij zichtbaar is – waardoor Cassandra iedere dag ongewild op hetzelfde ochtendritueel wordt getrakteerd: gezicht wassen, tandenpoetsen, aftrekken boven de wasbak – en door.

Zouden er vrouwen zijn die iedere ochtend voor de badkamerspiegel masturberen? Vast niet. Niet zolang er nog een mee-eter is die moet worden uitgeknepen.

Maar is het dát dan geweest, het gebrek aan seks?

In dat geval heb ik nog wel genoeg zelfvertrouwen om het tij te keren, want seks-buiten-de-deur lijkt nog het meest op slagroom uit een spuitbus: het is lekker, maar als je eenmaal hebt gespoten is het zó weer opgelost in het niets. Houdenvan, dat is een andere categorie. Ónze categorie. Of houd ik mezelf hiermee voor de gek?

Pieter zei tenslotte dat hij me al over zijn gevoelens voor Suzanne had willen vertellen vóórdat ik zwanger werd. Whoops – ik moet me aan het handdoekenrekje vasthouden om niet te vallen. Ik heb in een zwangerschapsboek gelezen dat je benen na de bevalling nog geruime tijd zullen natrillen van alle krachtsinspanningen. Is dat wat ik nu voel? Of sta ik gewoon te sháken omdat het fundament onder mijn leven vandaan dreigt te worden geslagen?

Er wordt op de badkamerdeur geklopt. Ik ben blij dat ik 'm heb dichtgedraaid want het laatste waar ik nu op zit te wachten, is mijn moeder die mijn make-up komt inspecteren.

'Iris? Gaat het wel?'

Het is Babette. Ik roep dat het prima met me gaat, en dat ik er zo aankom. 'Zeker weten?' vraagt ze. 'Je zag er een beetje...'

'... kut uit?' vul ik met een moeizaam lachje aan.

'Ja, nu je het zegt...'

Ik hoor hoe ze voor de deur drentelt en verwacht dat ik hem opendoe, en eerlijk gezegd zou ik niets liever willen. Maar als ik nu het slot eraf haal, loop ik helemaal leeg. En beneden staat eerst nog al die blije familie tussen de blokjes kaas met blauwe vlaggetjes.

'Je moeder heeft Pietertje al een schone luier gegeven,' probeert Babette. 'Dus kom maar snel, voor ze het helemaal van je overneemt.'

Als dat zou kunnen, denk ik onwillekeurig – en schrik er meteen van. Zo zou ik me toch verdomme niet moeten voelen!

Nadat haar eerste kind Max was geboren, vertelde Babette hoe zijn ogen zich onmiddellijk hadden vastgehaakt in haar hart, en hoe ze was overvallen door het overweldigende besef dat de wereld nooit meer hetzelfde zou zijn. Een soort 11 september dus – maar dan positief. Bij mij stort de boel alleen maar in elkaar.

'Ga nou maar,' wuif ik haar met pijn in mijn hart weg. 'Of wil je soms zien hoe ik mijn kraamverband verwissel?'

Nadat Babette morrend is vertrokken, dreig ik heel even te verdrinken in een vlaag van zelfmedelijden. Maar dan raap ik mezelf bij elkaar, maak mijn gezicht grondig schoon en begin aan wat normaal gesproken mijn ochtendroutine is. Ik breng zorgvuldig de mascara aan in mijn favoriete sterretjespatroon door met het borsteltje steeds een paar wimpers aan elkaar te plakken, en strijk wat terracottapoeder over mijn gezicht. Daarna doe ik flink wat gloss uit zo'n lekkere *juicy tube* op mijn lippen en maak het geheel af met de onovertroffen Orgasm-blush van NARS. Tot slot steek ik met een paar speldjes mijn haar losjes op, en voilà: een ander mens. Geklokte tijd: drie minuten. Al rommelt het vanbinnen, vanbuiten heb ik nu in ieder geval die gezonde gloed die nieuwe moeders schijnen te hebben.

Als ik even later naar beneden ga, heb ik mijn bezwete kleding verruild voor een mooie, glanzende yogabroek met lekker veel stretch in de buikpartij, en een van Pieters smetteloze XL-overhemden. Volgens Bart de Muyselaer, je weet wel, mijn Vlaamse chef-kok van *Orgastronomie*, vinden mannen het erg sexy als een vrouw de *morning after* in hun overhemd rondloopt. Rol de mouwen op, doe een knoopje open en ze zijn verkocht.

Dat 'knoopje open' is momenteel gezien mijn vlezige voorgevel niet heel esthetisch, maar desondanks hoop ik dat de aanblik van een van zijn shirts toch warme gevoelens bij Pieter zal oproepen.

Dat valt tegen.

Onder aan de trap bots ik bijna tegen Pieter op, die verhit heen en weer loopt met een kurkentrekker en wat wijnglazen.

Terwijl ik me net sta te bedenken of het wel een goed idee is dat we uitgebreid wijn gaan schenken *(Iedereen moet oprotten! We moeten praten!)* vraagt Pieter in het voorbijgaan of het wel een goed idee is dat ik zijn overhemd aanheb: 'Of lekken je borsten nog niet?'

Als hij daarna zonder mijn antwoord af te wachten gewoon doorloopt naar de woonkamer, wankel ik aangeslagen naar de keuken. In de gang passeer ik een aantal fotolijstjes: Pieter en ik lachend aan het Comomeer in Italië; innig zoenend bij het Dam Diner; hand in hand boven op het World Trade Center in New York.

Ik kan alleen maar denken: *wie zijn deze mensen?*

En waarom lijken ze zo gelukkig?

Op het aanrecht glanzen de wijnflessen me tegemoet. Ik zie een paar lekkere sancerres, maar ook een Marc Kreydenweiss-riesling en zelfs een Paul Pernot Grand Cru. Het lijkt erop dat mijn schoonvader een greep in zijn rijk gevulde kelder heeft gedaan, en wie ben ik om die geste niet te waarderen?

Ik heb negen maanden lang geen enkel glaasje wijn durven drinken, omdat Pieter daar behoorlijk streng op was. Achteraf gezien nogal wonderlijk voor iemand die durft te beweren dat hij onze prachtige baby eigenlijk helemaal niet wil.

Voor ik mezelf kan stoppen, klok ik in één keer een flink glas sancerre naar binnen. Het heeft een aangename fruitige geur, en een lange frisse, sappige afdronk. In Amerika noemen ze een goed glas wijn niet voor niets *mommy's little helper*. Heerlijk, dat vloeibare zelfvertrouwen.

Terwijl er zich een warm en vertrouwd gevoel door mijn buik verspreidt, denk ik plotseling aan de borstvoeding. Alcohol sijpelt door in de moedermelk, zeggen ze, al zijn de meningen daarover verdeeld. Uit voorzorg schijn je na ieder glas drie uur te moeten wachten met het voeden van je baby.

Ah, *fuck it*. Eén drankje moet kunnen.

Nou, vooruit, twee ook.

Nadat ik een tweede glas achterover heb gegooid, merk ik dat de alcohol best hard aankomt in mijn lege maag. Het geeft me echter ook nét even dat duwtje dat ik nodig had, want het idee dat ik braaf moet gaan opzitten grijpt me behoorlijk naar de strot.

Als ik de woonkamer binnenkom, lijkt het wel of ik buiten mezelf treed. De muziek, het gelach, het tinkelen van de glazen – ik zie het allemaal gebeuren, maar ik kan er niet bij. Ik voel me een vreemde in mijn eigen verhaal; alsof iemand me is vergeten te vertellen dat ik uit de serie ben geschreven.

'Iriiiizzzz!' roept mijn schoonmoeder en mijn haren staan meteen rechtovereind. 'Kijk nou toch,' troont ze me mee naar de kleurig aangeklede box waarin een Yoda-knuffel uiteraard niet ontbreekt. 'Pietertje lijkt als twee druppels water op de babyfoto's van onze zoon!'

'Hij lijkt anders ook sprekend op jóúw babyfoto's,' jubelt mijn moeder, die nooit een gelegenheid laat liggen om een ander naar de kroon te steken.

'We hebben speciaal voor jou een fles kinderchampagne van Jip&Janneke in huis gehaald,' zegt Pieternel lachend, 'zodat we straks op de baby kunnen proosten!'

En dan slaat Pieter zowaar een arm om me heen. Het zweet breekt me uit. 'Eén glaasje champagne kan wel hoor,' knipoogt hij gemoedelijk. 'Het is tenslotte een speciale gelegenheid!'

'Ja nou – jullie weten niet half hóé speciaal,' murmel ik opgelaten, wat me op een bestraffende blik van Pieter komt te staan. Hij doet net of hij me in mijn hals wil zoenen, maar fluistert ondertussen dwingend in mijn oor dat we dit 'even moeten uitzitten' en dat hij 'niemand overstuur wil maken'. Behalve mij dan, blijkbaar.

'Waar is mijn bal met BABY'S EERSTE KERSTFEEST?' vraagt Pieternel enthousiast. 'Dan kunnen we die nu leuk in de boom hangen!'

Pieter produceert het ondeugende scheve lachje dat ik ooit zo woest aantrekkelijk vond *(oké, nog steeds eigenlijk)* en zegt: 'Ik was al bang dat je daarnaar zou gaan vragen. Helaas was Iris vanmiddag een beetje onhandig, en...'

'... toen heb jíj hem laten vallen,' kap ik hem af. 'Je hebt wel meer kapotgemaakt vanavond, hè schat?'

Pieternel kijkt ons niet-begrijpend aan; ze weet duidelijk niet hoe ze dit zogenaamd speelse gekibbel moet plaatsen.

'Iris heeft een beetje last van haar hormonen,' sust Pieter, waarop hij me nota bene een aai over mijn bol geeft.

Nee, denk ik woedend, ik heb last van jóú.

Ik draai me op mijn hakken om en loop linea recta naar de keuken. Daar ontkurk ik de duurste wijn en trakteer mezelf op een flink glas Paul Pernot. Met zijn hoofd om de deurpost lijkt Boris mij beschuldigend aan te kijken – maar het zou ook zomaar kunnen dat ik mijn eigen gevoelens op die stomme hond projecteer.

Ik wil het glas net aan mijn mond zetten, als Cassandra de keuken binnenkomt.

'Gefeliciteerd, lieve schat,' lacht ze, en met een knikje naar het rijkelijk gevulde glas: 'Ben je aan een stiekem borreltje toe?'

'Eéntje moet kunnen,' beaam ik leugenachtig, terwijl ik voor de vorm een beschaafd nipje neem. Als Cas me vervolgens innig omhelst, lijkt het wel of ik in tweeën breek. De tranen blijven maar stromen.

'Ach meissie – wordt het je allemaal een beetje te veel?'

Ik kan alleen nog maar schokschouderen.

'Babette en ik vroegen al aan je moeder of zo'n surpriseparty wel een goed idee was. Ik zei nog: "Iris komt vast helemaal verkreukeld uit het ziekenhuis en wil alleen maar rust." En nu zit je met ons opgescheept! Zal ik vragen of iedereen wil opzouten?'

Opgelucht knik ik van ja. 'S-Sorry,' fluister ik erachteraan.

'Niks sorry,' antwoordt Cas kordaat, terwijl ze mijn ogen voorzichtig droogdept met een zachte theedoek. 'Dit is jóúw moment, niet dat van je moeder.'

Ze reikt me de Paul Pernot weer aan en zegt: 'Hier, deze heb je wel verdiend.'

Dat laat ik me geen twee keer zeggen. Ik neem een flinke slok en voel hoe de wijn meteen naar mijn hoofd stijgt. Dan klinkt er een opgewonden *ting-ting-ting* uit de woonkamer.

'Klinkt alsof er iemand gaat toosten,' verzucht Cassandra.

Het is Pieter van Kralingen senior, mijn schoonvader, de huisarts in ruste, die me het afgelopen jaar al een paar keer heeft gevraagd wanneer ik eens een échte baan ga zoeken. Een familietrekje, besef ik nu.

'Kom op, schat,' zegt Cassandra, 'dit moet je nog even een paar minuutjes uitzitten, en dan veeg ik de hele boel de deur uit, oké?'

Voor de spiegel in de gang probeer ik mijn roodgevlekte gezicht nog een beetje te fatsoeneren, maar dat houd ik al snel weer voor gezien. Terwijl iedereen lachend en borrelend in een kring rond mijn schoonvader gaat staan en de baby tevreden ligt te soezen, voel ik een niet te stuiten balorigheid opkomen in mijn buik.

Eenmaal in de woonkamer lijkt Pieter gefixeerd op mijn rode ogen – en op het veelzeggende bodempje wijn in mijn glas. Hij pakt me bij mijn arm en vraagt fluisterend of ik soms wat gedronken heb.

'Het was toch een spesjále gelegenheid?' lispel ik.

'Ben je... dronken?' fluistert Pieter ontzet.

'Mwah,' giechel ik, 'eerder aangeschoten. Aangeschoten wild.'

Het zweet breekt hem uit. Het doet me goed om hem zo te zien spartelen.

'Ik wil graag een toost uitbrengen op de gelukkige ouders,' zo begint mijn schoonvader, 'en natuurlijk op ons eerste kleinkind en nieuwe stamhouder: Pieter van Kralingen junior!'

Iedereen begint te joelen, waarop Boris van schrik begint te blaffen. Pieter slaat zijn arm weer om me heen, een ooit zo vertrouwd gebaar dat nu iets ongelooflijk ongemakkelijks heeft gekregen, en grimast: 'Gedraag je hè, mijn ouders zijn erbij.'

Het is alsof ik een klap in mijn gezicht krijg. De zoveelste.

Alsof ík me ergens voor hoef te schamen! Hij ligt te copuleren met een coassistent, en dan krijg ík de wind van voren omdat ik me op de wachtlijst heb laten zetten van de Viktor&Rolf-Bugaboo?

Ik neem mijn laatste slok, overhandig Pieter het lege glas en doe een stap naar voren.

'Iris!' sist Pieter, 'doe niets waar je later spijt van krijgt!'

Tss – dat advies had hij beter zelf kunnen opvolgen.

Ik schuif mijn verbouwereerde schoonvader niet al te charmant opzij en zeg: 'Sorry opa, maar voordat u verdergaat, moet ik eerst iets vertellen.'

Je kunt meteen een speld horen vallen.

'Wat is er aan de hand?' vraagt mijn moeder benauwd, en hoewel Babette en Cassandra me nu ook licht paniekerig aankijken, ben ik niet meer te stoppen.

'Mijn geliefde Pieter, de veelgeprezen kaakchirurg,' zo begin ik, opeens verrassend helder, 'wilde nog helemaal geen kinderen. Althans, niet van mij. Dat heeft hij me net in de auto verteld.'

Mijn schoonmoeder slaakt een geschokte kreet en valt zo bleek als een vaatdoek terug in een fauteuil. De rest van het gezelschap staart me met grote ogen aan.

'Iris, ik wil dat je nú...' begint Pieter boos, maar Cassandra snoert hem onmiddellijk de mond: 'Laat haar uitpraten!'

'Waarom hebben wij dan toch deze prachtige baby?' ga ik onverstoorbaar verder. 'Omdat ik Pieter erin heb geluisd. Ik ben stiekem met de pil gestopt; verblind als ik was door mijn droom van een compleet gezinnetje.'

Nu klinkt er een mengelmoes van afkeurend en verbaasd gemompel, en is het mijn moeders beurt om wit weg te trekken. Vreemd genoeg kan het me allemaal niets schelen; ik voel me opgelucht en krachtig – met dank aan Johannes 8:32, en ongetwijfeld ook aan de Paul Pernot Grand Cru.

'Is Pieter, zoals ik had gehoopt, alsnog blij met de baby? Nee. Want meneer blijkt verliefd te zijn op een studente, correctie: op een briljánte studente, waarmee hij naar Afrika wil vertrekken.'

Alle priemende blikken richten zich nu op Pieter, die voor mijn ogen verschrompelt van ellende. Ik weet hoe belangrijk hij het oordeel van zijn ouders vindt, en dan met name dat van zijn erudiete vader. Daar zitten nog wel wat uurtjes therapie; al vindt hij zelf natuurlijk dat hij een 'prima' verstandhouding met die ouwe beterweter heeft.

'Hoe verkoopt Pieter dit alles aan zichzelf?' draai ik het mes nog eens rond. 'Door te claimen dat hij denkt niet de vader van deze prachtige zoon te zijn. De navelstreng was nog maar nauwelijks doorgeknipt, of ik werd al bestookt met de beschuldiging dat dit kind eigenlijk verwekt zou zijn in Milaan, toen ik daar aan het draaien was voor één van mijn, ahem, laagschedelige realityprogramma's.'

Mijn schoonvader helpt zijn vrouw uit haar stoel omhoog; ze hebben duidelijk genoeg gehoord. Maar ik ben nog niet klaar.

'Gelukkig,' zo ga ik verder, 'had Pieter tijdens deze voor hem zo moeilijke bevalling genoeg mentale én orale steun van Suzanne, die me haar onwelriekende kijk op relaties gaf door te zeggen: "bezet geldt alleen voor het toilet". Dus, geachte aanwezigen, hierbij deel ik u officieel mede, dat ik dit – door mij zeer gewenste – kind morgen bij de burgerlijke stand ga aangeven als Milan Vandenberg.'

Terwijl mijn schoonouders niet weten hoe snel ze ons huis moeten verlaten en Pieter verslagen met zijn hoofd in zijn handen zit, til ik Milan voorzichtig uit de box, en vertrek met opgeheven hoofd naar boven – de rest in verbijstering achterlatend.

5

Als ik 's ochtends om halfzeven wakker schrik, is het euforische effect van al die glazen wijn nagenoeg weggeëbd. Het voelt alsof er een bus tussen mijn benen is door gereden.

Niet veel later neemt de scherpe pijn van twee malende kaakjes de rest van de ontnuchtering voor zijn rekening. De borstvoeding die ik Milan kort voor middernacht heb gegeven, leek veel soepeler te gaan – al zou dat eerlijk gezegd ook kunnen komen omdat ik het me niet meer precies kan herinneren.

Mijn kleine mannetje heeft in zijn eerste nacht meteen een flinke ruk gemaakt, en de schrik slaat me om het hart als ik bedenk dat het hoge alcoholpercentage in mijn moedermelk daar misschien iets mee te maken heeft gehad. Eén ding is zeker: ik drink geen druppel meer. Vandaag besloten. Hier en nu.

Wanneer Milan na de voeding met zijn knuistje mijn wijsvinger stevig vastpakt en me doordringend aankijkt, krijg ik opeens een *vibe* van een oud en wijs zieltje.

Ik heb het nog niet gedacht of meneer laat een flinke melkboer achter op mijn schouder; na de klodder bloedslijm is deze zure prut het definitieve einde van mijn zijden pyjama. Toen ik dit poederroze Marni-setje in Cassandra's modewinkel kocht, stelde ik me zo voor dat ik het stralende middelpunt zou zijn van een liefdevol kraambed; omringd door lachende vriendinnen, beschuit met muisjes en een zee van bloemen. Die beschuiten en de bloemen zie ik nog wel gebeuren; de rest is tamelijk kansloos.

Wanneer ik Milan voorzichtig toedek in zijn wiegje aan het voeteneinde van ons bed, verbaas ik me erover dat hij zo lief en rustig is. Pieter had gisteren natuurlijk gelijk toen hij zei dat baby's heel gevoelig zijn voor de emoties van hun omgeving, maar voorlopig lijkt het erop dat Milan zijn ruziënde ouders maar even laat begaan.

Bij mijn moeder in de kast vond ik ooit een vergeeld exemplaar van het opvoedboek *Blije ouders, blije kinderen*, maar ik kan me nauwelijks voorstellen dat ze het daadwerkelijk heeft gelezen. Ik denk dat je je kinderen op twee manieren kunt inspireren: als voorbeeld, en als schrikbeeld. Wat zal Milan later van ons denken?

Babette vertelde vorige week nog dat kinderen dol zijn op de geschiedenis van hun geboorte, dus dat betekent dat Pieter en ik de gang van zaken te zijner tijd een tikje zullen moeten hermonteren. Want tja, het is toch leuker als zo'n verhaal eindigt met: '... en toen vielen we dolgelukkig samen in slaap, met jou in ons midden', in plaats van: '... en toen heeft mama je bestolen van je familienaam, en papa lag mokkend op de bank'.

Eerst maar eens douchen.

Ik stink naar zweet en drank en geronnen bloed, en als ik de gaasonderbroek met het dubbeldikke kraamverband voorzichtig voor de spiegel laat zakken, kijk ik recht in twee ons rosbief.

Terwijl ik me onder het douchen verwonder over de textuur van mijn buik *(Is het een soort cottage cheese? Of toch meer blanke vla?)*, verwonder ik me nog meer over de gebeurtenissen van gisteravond. Heb ik echt zo'n scène durven maken? Met iedereen erbij?

Achteraf gezien was het 'en ik noem hem Milan'-momentje misschien een beetje over de top, maar op dat moment voelde het als de beste manier om Pieter even goed wakker te schudden.

Over wakker schudden gesproken – waar is Pieter eigenlijk?

Ik dacht dat ik hem misschien in zijn hobbykamer zou aantreffen; bouwend aan zijn nieuwste project, het schaalmodel van de Death Star.

Heel soms koopt hij kant-en-klare *Star Wars*-replica's zoals de peperdure *Millennium Falcon* waar hij zichzelf voor zijn verjaardag op heeft getrakteerd, maar Pieter vindt dat hij zijn gedachten het best kan ordenen wanneer hij met zijn eigen twee handen iets in elkaar zet.

En er valt nogal wat te ordenen, zou je denken.

Maar ik vind hem beneden, met zijn grote Samsonite open op tafel.

Hoewel de reiskoffer al helemaal zit volgepropt, probeert hij er toch nog uit alle macht een jas en een vest bij te vouwen.

Ik zie het gebeuren, maar ik geloof het niet.

Op de één of andere manier had ik verwacht dat het vandaag allemaal anders zou zijn. Dat we allebei bij zinnen zouden zijn gekomen, en dat we er misschien wel – God verhoede – samen om zouden kunnen lachen.

'Wat doe je?' vraag ik, omdat ik werkelijk niet weet wat ik anders moet zeggen.

'Ik ga.'

'Maar... waar ga je dan naartoe?'

'Naar Suzanne.'

Ik schiet in een nerveuze lach. 'Ze ziet je aankomen! Een minnares wil de lusten, niet de lasten. Ze krijgt een rolberoerte als jij opeens met je koffer voor haar studentenflatje staat.'

'Ze verwacht me al,' zegt hij, en zijn triomfantelijke blik geeft me een weeïg gevoel in mijn maag. 'Jij hebt jouw keuze gemaakt, Iris, en ik de mijne. Ik wens je veel geluk met Mílan.'

De hatelijke manier waarop hij de naam van onze zoon uitspreekt, brengt een onvermoed beschermingsinstinct bij me naar boven. Als Pieter de zware koffer van tafel tilt en aanstalten maakt om het ding richting de deur te rollen, duw ik hem terug op een stoel.

'Je gaat eerst even zitten, Kraal. Na tien jaar loop je níét zomaar de deur uit. Deze poppenkast heeft nu lang genoeg geduurd. Ja, ik verdien "straf" omdat ik stiekem met de pil ben gestopt, maar nu ben je echt aan het overdrijven. Je hebt je punt gemaakt. Pak je spullen uit, neem een kop koffie en dan gaan we eens rustig met elkaar praten – precies zoals je in de auto tegen me zei.'

Pieter slaat stuurs zijn armen over elkaar. 'Dat was vóór je mij volkomen belachelijk maakte tegenover onze familie en vrienden. Nu valt er niets meer te zeggen.'

Ik voel een lichte paniek opkomen. 'Kom op, man,' roep ik stoer terwijl ik mijn trillende handen probeer te verbergen. 'Je hebt jezelf belachelijk gemaakt. Had je soms liever een toneelstukje gespeeld? Ik weet niet meer wat ik van jou moet denken.'

'Het kan me eerlijk gezegd ook niet meer schelen wat jij van me denkt,' antwoordt hij schouderophalend. 'Wat mij betreft heb jij gisteravond al je schepen achter je verbrand.'

Op de hoek van de tafel ligt een rol plakband, met wat cadeaulint en een schaar. Zwijgend neemt Pieter de schaar in zijn handen en draait ermee rond. Mijn blik glijdt van de schaar naar zijn ogen en weer terug. En opeens zie ik het. *Hij meent het.* Dit is geen bevlieging of loos dreigement; hij wil écht vertrekken. Naar de *Big Daddy*-condooms met aardbeiensmaak. En naar Afrika.

'M-maar dat knijpje dan?' stotter ik, overspoeld door een plotselinge golf van paniek en onzekerheid. 'Dat knijpje in mijn hand, in de auto voor de deur? Betekende dat dan niks?'

'Ik heb geen idee waar je het over hebt,' antwoordt Pieter met een kilte die ik totaal niet van hem ken. Terwijl hij me strak aankijkt, vouwt hij de schaar open. Voordat ik goed en wel besef wat er gebeurt, prikt hij een van de lichtblauwe ballonnen die rond de stoelen zijn geknoopt kapot. *Pang!*

Mijn hart bonst in mijn keel, en Boris springt van schrik rechtovereind.

'Kijk,' zegt Pieter ijzig, terwijl hij een paar verschrompelde blauwe flubbers van de grond opraapt, 'dit is er van ons over. Ik ben blij dat die ballon nu eindelijk is doorgeprikt.'

Ik probeer mijn tranen nog weg te slikken, maar er is geen houden meer aan. 'Z-zó erg was het toch allemaal niet?' stotter ik tussen het huilen door. 'Godsamme man, ik dacht gisteren nog dat je me ten huwelijk ging vragen. Waarom heb je nooit iets laten merken? Waarom heb je niet eerder met me gepraat?'

'Met je praten? Bij jou ging het de laatste tijd alleen nog maar over het marktaandeel van je programma's, of over designerspullen. Suus heeft heel andere dingen aan haar hoofd; die geeft niks om een dure broek van Isabel Marant!'

'Nee,' mompel ik, 'ze trekt 'm toch snel uit.'

'Wat zei je?' vraagt Pieter fel.

In mijn hart voel ik een enorme bal van weerstand *(wíé is hier nu precies vreemdgegaan?)* maar in mijn hoofd besef ik dat ik heel snel een andere toon zal moeten aanslaan om deze situatie nog te redden. Opeens moet ik denken aan mijn collega Barbara, die laatst tegen me zei: 'Als ik ruzie heb met mijn vriendje, dan zeg ik altijd tegen mezelf: "Wat wil je hebben: gelijk – of geluk?"'

Ik wil allebei, maar voor Milan wil ik geluk. Het geluk van een vader.

'Ik zei...' begin ik voorzichtig, '"daar komen we toch heus wel uit?" Geef me de kans om mijn leven te beteren. En geef Milan de kans op...'

'Íris – zoals ik gisteren al zei: Suzanne gaat binnenkort naar een klein ziekenhuis in Malawi, en ik ga met haar mee.'

Terwijl hij vastbesloten opstaat van zijn stoel, gooi ik mijn laatste restje eigenwaarde uit het raam. Ik grijp zijn handen beet, en bid en huil en smeek dat hij moet blijven.

'We hebben zoveel mooie herinneringen samen! En we hebben net een prachtig kind gekregen. Ik begrijp dat je in de ban bent van een hevige verliefdheid, maar dit is niet het moment om... om...'

'Nee, ze kwam niet op het juiste moment,' onderbreekt Pieter mijn smeekbede, om er met een glinstering in zijn ogen aan toe te voegen: '... en dat kan me ook niet schelen.'

'Hè wat?' spring ik op. 'Zei je dat expres zo?'

'Hoe bedoel je?'

'"Ze kwam niet op het juiste moment, en dat kan me ook niet schelen" – dat is een regel uit "Zij maakt het verschil", van De Poema's. Dat is óns liedje! Heb je ons liedje zomaar aan dat mokkel verkwanseld?'

Pieter duwt zijn koffer weer richting de gang, en zegt: 'Er is al lang geen ons meer. Is het je niet opgevallen dat we volledig langs elkaar heen leefden? Met Suzanne heb ik tenminste een echte connectie, en echte gesprekken. Niet dat oppervlakkige gelul over *Crimineel goed*.'

Arie, een van de voormalige zware jongens uit die serie, zei laatst in een aflevering dat zijn psychologe hem had geleerd dat hij geen driftkop is maar dat hij een 'periodieke explosiviteitsstoornis' heeft. Dat ga ik straks ook aanvoeren in de rechtszaal, mocht ik doel treffen. Ik voel namelijk een welhaast onbedwingbare aandrang om iets naar Pieters hoofd te smijten. Liefst iets hards en zwaars – en gericht ook.

Helaas staat alleen de exclusieve geurkaars die ik van Cassandra heb gekregen op grijpafstand; Feu de Bois van Diptyque. *Limited edition.*

Moeilijke keuze.

De laatste keer dat ik iets met opzet naar iemand heb gegooid, was in 6 vwo. Ze heette Sophie Westermeijer – 'Met de nadruk op teméíer,' zei mijn moeder altijd – een van de weinige dingen waar we het hartgrondig over eens waren – en je zou kunnen zeggen dat onze aura's nogal botsten. Zij en haar vriendinnen keken al op me neer sinds aan het licht was gekomen dat ik alleen op studiereizen meekon als de school het reisgeld bijlegde uit de 'sloeberpot'.

Maar toen ik de rol in de eindejaarsmusical had gekregen waar Sophie haar zinnen op had gezet, kwamen de klauwen pas echt naar buiten. Op het slotfeest droeg ik een prachtig jurkje dat ik stiekem met de pinpas van mijn moeder had gekocht, en dat ik de volgende dag weer zou gaan terugbrengen. Het prijskaartje had ik zorgvuldig naar binnen gevouwen en met een pleister vastgeplakt. Toen ik *(eindelijk, eindelijk!)* met Jimmy stond te dansen, zag ik opeens hoe Sophie en haar kliekje gierend van de lach naar me stonden te wijzen. Ik wist het meteen.

De pleister had losgelaten, en het prijskaartje wapperde op mijn rug.

'Zal ik je even helpen?' grijnsde Sophie, en *rrrats*, daar trok ze het kaartje van mijn jurk.

In een vlaag van woede en schaamte rukte ik een potplant uit een van de sierbakken, en slingerde hem met kluit en al naar haar hoofd. De natte aarde raakte Sophie vol in het gezicht, en haar hele decolleté was bezaaid met blaadjes en modder. Ik werd ter plekke van het feest verwijderd en heb de hele zomer fruit moeten plukken om mijn moeder terug te betalen, maar o – wat een voldoening.

Zal ik nog een keer voor zo'n klapper gaan?

Als Pieter me ziet wikken en wegen met de Feu de Bois, schudt hij ongelovig zijn hoofd: 'Als je dát doet, Iris Vandenberg, dan heb ik echt al mijn respect voor je verloren.'

Mijn god – het is toch echt een gave dat meneer het iedere keer zo weet te draaien dat hij in de positie is om respect voor míj te verliezen.

Zodra hij met zijn koffer bij de deur is aangekomen, wint mijn wanhoop het echter al snel van mijn verontwaardiging. Want wat heb ik voor opties? Kijk me hier nu staan als 'beschadigde waar' met een dubbeldikke kraamluier, bonkende hoofdpijn en tepels zo groot als onderzettertjes. Wat kan ik nog zeggen? Wat moet ik nog doen?

'M-maar...' stotter ik aangeslagen, 'hoe moet het dan verder met dit huis? En met de baby?'

'Typerend dat je het huis noemt vóór de baby,' sneert Pieter over zijn schouder. 'Voorlopig hoef je je geen zorgen te maken over de hypotheek. Ik betaal mijn deel zolang ik weg ben. En daarna... zien we wel verder.'

'... en... en al je *Star Wars*-collectables dan?' vraag ik, in een laatste, tenenkrommende poging om hem op andere gedachten te brengen.

Pieter antwoordt schouderophalend dat hij daar nog opslag voor gaat regelen. En dat het voorlopig nog even hier staat.

En dan is hij weg.

Nadat ik huilend en trillend tegen de deur ben gezakt, rol ik mezelf op tot een bal. Zo blijf ik minutenlang liggen. Dan zie ik tussen mijn armen dat Boris voorzichtig bij me komt staan.

'Rot op,' foeter ik, maar dat klotebeest heeft nog nooit naar me geluisterd. Hij houdt zijn kop eerst een beetje schuin, en begint daarna zachtjes aan mijn handen te likken.

Gadverdamme – ook dat nog.

'Waarom heeft Pieter jou niet meegenomen?' vaar ik tegen hem uit, maar Boris geeft geen krimp. 'Ga lekker bij háár de boel onderkwijlen!'

Terwijl ik de onhandelbare herder van me af probeer te houden, ga ik met de nodige moeite rechtop tegen de muur zitten. Had die verpleegkundige niet gezegd dat een harde ondergrond goed was voor de zwelling? Veel harder dan dit kan het niet worden.

Nadat ik met mijn T-shirt mijn wangen heb gedroogd, zit ik even in een vacuüm. Wat nu?

Plotseling klinkt er een sleutel in de voordeur. *What the f–?*

Prompt gaat mijn hart als een razende tekeer. Pieter!

De deur zwaait open; ik spring op, grijp Boris bij zijn halsband en schreeuw: 'Ha! Ik vroeg me al af wanneer je die kuthond eindelijk kwam halen!'

'S-Sorry,' stamelt een man wiens gezicht ik nooit eerder heb gezien, 'volgens mij ben ik maar een paar minuten te laat.'

Ik kijk in een paar onwaarschijnlijk blauwe ogen, die nog helderder lijken door de wilde bos donkerbruine krullen waarmee ze worden omlijst. Wauw.

Maar het is een mán, roep ik mezelf tot de orde. Dus hij moet dood. Of in ieder geval oprotten.

'Wie bén jij?' vraag ik geïrriteerd. 'En hoe kom je in godsnaam aan mijn sleutel?'

'Ik ben Douwe,' zegt hij verbouwereerd. 'Ik ben de hondenuitlater.'

Niet-begrijpend schud ik mijn hoofd: 'Maar dat doet Laura toch altijd?'

'Laura is eh... een beetje ziek, en ik ben haar broer. Ik val voorlopig even voor haar in. Ze zei dat jullie altijd om halfnegen naar het werk zijn, dus eh... sorry als ik op het verkeerde tijdstip ben binnengevallen...'

Jij met je ge-sorry, denk ik chagrijnig. *Weg moet je – en neem die hond voor altijd mee.*

'Ik pak Boris' riem wel even,' zeg ik afgemeten.

Met een verlegen lachje wijst Douwe naar de ballonnenboog. 'Wat leuk gedaan,' probeert hij het ijs te breken. 'Is hier soms net een baby'tje geboren? Gefeliciteerd!'

Ik haak Boris net iets te ruw aan zijn riem en zeg: 'Ik zou het fijn vinden als je je daar niet mee zou willen bemoeien.'

Ik schrik zelf al een beetje van mijn eigen narrigheid, maar Douwe nog meer. 'Nou zeg,' antwoordt hij verbouwereerd. 'Zo'n reactie heb ik nog nooit gehad.' Hij neemt de herder van me over en vraagt: 'Het is een mannetje, toch?'

'Heel scherp van je,' antwoord ik, valser dan ik eigenlijk wil zijn. 'Vandaar ook die jongensnaam.'

'O gelukkig,' zegt Douwe terwijl hij zich omdraait om naar zijn busje te lopen. 'Ik kan beter omgaan met een reu dan met een teef.'

En weg is-ie.

De tweede man die me vandaag minachtend de rug toekeert. Hoeveel erger kan het nog worden?

Dan begint Milan boven te huilen.

6

De eerste twee weken van januari waren helemaal ruk. Ik heb er gewoon geen andere woorden voor. Het begon al met de kraamverzorgster die opgewekt binnenviel met de woorden: 'En, waar is de gelukkige vader?'

Daarna kwam het niet meer goed tussen ons.

Haar niet-aflatende stroom instructies over voormelk en achtermelk, toeschietreflex en tepelhoedjes ging bij mij dan ook het ene oor in en het andere uit.

In Amerika noemen ze de hormonale stemmingswisselingen na de geboorte de *baby blues*, maar ik had meer last van *the-asshole-has-left-me-blues*. En toch wil ik hem terug. Liefst vandaag nog.

De eerste dagen nadat Pieter was opgestapt, zat ik boordevol wraakfantasieën *(suikerklontjes in zijn benzinetank – ja!)* maar Babette wist me iedere keer tot bedaren te brengen. Ze zei dat ik het allemaal niet te persoonlijk moest opvatten, en dat het hele gedoe met die Suzanne niet zozeer met mijn tekortkomingen te maken had als wel met die van Pieter. Nou, dat hoop ik dan maar. Er moet hier verdomme toch meer aan de hand zijn dan de vervuiling van het oppervlaktewater.

Ik heb toch al niks met dat 'niet persoonlijk opvatten'. Op de redactie gaat het er in vergaderingen vaak verhit aan toe, en als iemand dan tegen mij begint met: 'Je moet dit niet persoonlijk opvatten, maar...' dan weet ik dat het wel degelijk zo is bedoeld. Hetzelfde geldt voor *Irizzz* – hoe kan mij dat nu níét persoonlijk aangrijpen?

En waarom zijn die troostende woorden allemaal zo tegenstrijdig?

Hij is je niet waard! Hij komt heus wel terug.

Je moet hem loslaten. Je moet hem aanpakken!

Ik kon het trouwens niet over mijn hart verkrijgen om Babette te vertellen wat Pieter mij in de auto tussen neus en lippen door had medegedeeld: dat Barry het niet bepaald bij één affaire had gelaten. Maar is dat eigenlijk wel waar? Ik weet niet of ik nog één woord kan geloven van alles wat Pieter tegen me heeft gezegd – of nog gaat zeggen.

Wonderlijk hoe de puzzelstukjes achteraf op hun plaats vallen.

Toen ik *The Sixth Sense* voor het eerst had gezien *('I see dead people!')* kwam het voor mij als een complete verrassing dat het personage van Bruce Willis dood bleek te zijn. Hoe had ik daar nu overheen kunnen kijken? Zie je de film echter voor de tweede keer, dan pik je de subtiele aanwijzingen zonder problemen op.

En dat is precies wat ik de afgelopen twee weken heb gedaan: avond aan avond zat ik alleen thuis op de bank, terwijl de film van onze relatie in een onbarmhartige scherpte aan me voorbijtrok.

Verdomme, dacht ik, *je moet niet alleen kijken, je moet ook willen zién.*

Want opeens herinnerde ik me de late telefoontjes. En al die extra weekenddiensten. En dat meneer op een dag zijn ballen begon te scheren. 'Dat is hygiënischer voor in het ziekenhuis,' zei hij destijds. Ja, vast.

Pieter bracht ook steeds meer tijd door in de badkamer, met de deur op slot. Ik riep nog 'n keer gekscherend: 'Joh, hoeveel moeilijke hoeken zitten er aan zo'n balzak?' Ha – je kunt maar naïef zijn.

Maar het mooiste was nog de International Toy Fair in New York. Voor die speelgoedbeurs zitten we ieder jaar een lang weekend in het Hotel Gansevoort, en dan gaan we heerlijk aan de *black cod* in Nobu. De benodigde reservering boek ik al weken vooruit, want nergens kun je zo ongegeneerd *celebrities* kijken als in dat sushirestaurant. De Olsen-tweeling (hint: die met de moeilijk opgetrokken schoudertjes is Mary-Kate), Gwyneth Paltrow (duidelijk van d'r macrobiotische geloof gevallen) en Gisele Bündchen (een onvoorstelbare hoeveelheid naar binnen bunkerend) – ik heb ze er allemaal gezien. Pieter haalde daar altijd een beetje nuffig zijn schouders over op ('Wie zíjn die mensen?') totdat Scarlett Johansson haar pronte boezem eens dusdanig royaal over het tafeltje naast ons had gedrapeerd dat hij in één klap om was.

De prijs die ik steevast voor dit glamoureuze weekendje New York moet betalen is een zondagmiddag te midden van de *nerd herd* op de *Star Wars*-veiling. Afgelopen februari had ik echter een aantal belangrijke draaidagen staan voor *Fashion Forward*, mijn docusoap rond Addy van den Krommenacker, en daar kon – en wilde – ik niet onderuit.

En dus ging Pieter 'dan maar' alleen, want hij wilde o-zo-graag meebieden op een zeldzaam Boba Fett-beeldje. Dát bracht hij niet mee naar huis, maar wel een stapel foto's: Pieter op Ground Zero, Pieter op Broadway, Pieter aan de bagel met gerookte zalm. Toen dacht ik alleen maar: wat fijn dat hij het toch nog leuk heeft gehad.

Nu denk ik: stomme muts – wie denk je dat die foto's heeft gemaakt?

Hoewel ik er aan de ene kant naar snak om weer te gaan werken zodat ik mijn gedachten kan verzetten, ben ik aan de andere kant blij dat ik nog twee weken bevallingsverlof heb. Ik zit nog te veel in mijn eigen Jerry Springer-situatie om te kunnen nadenken over andermans reality.

En daarbij: al die meelijwekkende blikken, daar zit ik echt niet op te wachten. Ik moet het iedere keer weer opnieuw uitleggen; aan de kraamverzorgster, aan de buren, aan de Facebookers, aan de steeds wisselende stoet van artsen op het consultatiebureau: 'Ja, mijn man is ervandoor. Nee, hij kijkt ook niet meer naar zijn kind om. Ja, dat is buitengewoon vervelend. Nee, ik zag het totaal niet aankomen.' Mijn vrienden hebben allemaal het gevoel dat ze mij uit mijn 'isolement' moeten halen. Maar waarom? Ik zit prima in mijn eigen wereldje met Milan. En mijn telefoon.

Misschien heb ik Pieter die eerste dagen inderdaad wat vaak gebeld. 's Nachts ook. Zodra ik zijn stem hoorde, hing ik weer op.

Tja – ik niet slapen, hij niet slapen.

Op 31 december heeft Pieter een ander nummer genomen, en dat maakte me razend. Nog steeds, eigenlijk. Tien jaar samen; tíén jáár lief en leed, en dan zomaar een ander nummer nemen? Ik vind het een brutaliteit.

Dus op oudejaarsavond, toen Milan na zijn late avondvoeding afgetankt en rozig boven in zijn bedje lag, heb ik onze kerstboom misschien iets te letterlijk afgetuigd. Na een paar wijntjes *(ja, ik weet het, maar deze periode in mijn leven is niet het meest ideale moment om mezelf geen drankje te gunnen, oké?)* was ik er helemaal klaar mee, met dat vrede-op-aarde-gevoel. Ik begon – hoe toepasselijk – met de ballen, maar daarna heb ik me lekker laten gaan. En toen begon ook het gelazer.

De kraamverzorgster reageerde de volgende ochtend ronduit verbijsterd op de ravage, en zei mijn agressieniveau 'zorgwekkend' te vinden. En dat vond ík dan weer zorgwekkend. Want een vader die zijn pasgeboren kind verruilt voor een chickie in een witte jas? *Shit happens*. Maar als ik een kunstkerstboom in de fik steek, in mijn eigen tuin nota bene, dan wordt er meteen gedreigd met Jeugdzorg.

Ook mijn buren waren erg geschrokken want 'het vuur had wel over kunnen slaan'. Sjezus, iedereen is altijd zo met zichzelf bezig. Laat me gewoon even. Natuurlijk slaat zo'n vuurtje niet over in de sneeuw. En een kunstkerstboom brandt niet echt; hij smeult, weet ik nu.

Het was een prachtige Deluxe van Royal Christmas – *prelit* en met besneeuwde takken – maar toen ik hem thuis trots uit de doos haalde, was Pieter er helemaal niet blij mee. Hij vond het kitsch, en zei dat je alleen al voor het fabriceren van één zo'n ding maar liefst zeventien gewone kerstbomen had kunnen opstoken. Mij had het juist heel milieubewust geleken. En ook veiliger voor de baby, zo zonder uitvallende naalden.

De vette, zwarte rook die ervan afkwam deed me wonderlijk goed, net als het knisperende scherventapijt van kapotte ballen. Nooit geweten dat het zo therapeutisch kon zijn om iets te slopen. Helaas werd daar door de meeste mensen anders over gedacht.

Na het kerstboomincident en het daaropvolgende vertrek van de kraamverzorgster begonnen mijn vrienden en collega's een soort *suicide watch*, waarbij ze op de meest ongunstige tijden 'spontaan' met boodschappen en een bloemetje bij me aanbelden: 'Ik was toevallig in de buurt...' Hartstikke lief natuurlijk, maar aan mij mankeert niks; Píéter is degene die zijn verstand heeft verloren.

De enige die zich nog niet heeft laten zien is mijn moeder. Ik denk dat ze nog steeds in shock is – en ik kan haar geen ongelijk geven. Mijn vader liet haar in de steek toen ik bijna één jaar oud was, en nu laat de vader van míjn kind me in de steek terwijl de baby nog niet eens één dag oud is. Niet echt de stijgende lijn waar je als ouder op hoopt.

Maar die draait wel bij – helaas.

Want eerlijk gezegd vind ik het een verademing om even van haar lijfelijke aanwezigheid – en alle nerveuze energie die die met zich meebrengt – verschoond te blijven. 's Avonds wil ik sowieso iedereen de deur uit hebben, zodat ik Milan uitgebreid kan badderen om daarna schaamteloos in mijn eentje voor de open haard te gaan zwelgen in mijn verdriet (*en het incidentele 'ik snijd zijn remkabels door'-scenario*) zonder al die goedbedoelde adviezen, schouderklopjes en hoe-voel-je-je-nou's.

Maar vanavond heeft Cassandra me eindelijk zover: ik ga voor het eerst uit eten. Op de fiets naar De Klerenwinkel voel ik me op een wonderlijke manier losgeslagen.

Nu ik moeder ben geworden, ziet de wereld er opeens heel anders uit. Door mijn kleine mannetje ben ik me extra bewust van mijn eigen kwetsbaarheid: het verkeer lijkt drukker, de taxi's nog roekelozer. En waarom ben ik eigenlijk gaan fietsen met die natte sneeuw?

Als ik bij Cassandra aankom, is ze net de winkel aan het afsluiten. Prima timing. Ze had van tevoren gevraagd of ik misschien even door de nieuwe voorjaarscollectie wilde struinen, maar ik heb totaal geen zin om mezelf te pijnigen met allerlei mooie dingen die ik toch nog niet pas.

'Hey moeders,' lacht Cassandra me tegemoet. 'Ben je komen fietsen? En dan ook nog met een wollen muts op? Lieve schat, als je die straks afdoet in het restaurant knettert je haar rechtovereind.'

'Ja-ha, weet ik,' zeg ik een beetje beschroomd terwijl ik mijn fiets op slot zet. Naast een *fashionista* als Cassandra voel ik me altijd al een tikje lomp en onbeholpen, maar nu met dit logge lijf helemaal. Niet dat zij daar iets aan kan doen; het is helemaal mijn eigen projectie. Cassandra is een schat.

Onder die ongeremde, bijdehante, sexy buitenkant zit een vriendin uit duizenden. Lief, zorgzaam en beschermend. Onbegrijpelijk dat ze nog vrijgezel is, maar ja, leer mij de mannen begrijpen.

'Kun je alweer eh... gewoon fietsen?' vraagt ze, met een veelbetekenend knikje naar mijn kruis.

'Ja hoor,' lach ik. 'Ik ben weer uitgedeukt. Maar het voelde toch wel een beetje apart, voor het eerst weer op zo'n zadel...'

Cassandra gooit de bos met winkelsleutels in haar Dior-*saddlebag*, en vist daarna haar autosleutels eruit. Ze kijkt even spiedend om zich heen en fluistert dan: 'Enneh... zijn je schaamlippen nu heel erg uitgerekt, of valt het wel mee?'

'Hè?' vraag ik verbaasd. 'Nee joh! Hoe kom je daar nou bij?'

'Nou, zo gek is dat niet, hoor,' zegt Cassandra, terwijl we in haar auto stappen. 'Ik heb eens met een man gedatet die vertelde dat zijn exvrouw na de bevalling van die lelijke vleesgordijntjes had gekregen...'

'Vleesgordijntjes?'

'Ja, je weet wel,' lacht Cassandra, 'van die hangende schaamlippen. Hij zei dat het net leek of de hele binnenband eruit lag...'

Nu gieren we het samen uit.

'Ah gadver, Cas, zei hij dat echt? Zelfs áls het waar is – dan nog: welke man die net vader is geworden gaat er nu klagen over vleesgordijnen? Je vrouw heeft je net het mooiste cadeau gegeven dat er is!'

Pas als Cassandra even stil is en me een bemoedigende blik toewerpt, begrijp ik de dubbele lading van wat ik heb gezegd. Want heeft mijn man niet ook 'het mooiste cadeau dat er is' gekregen? Hoewel ik bijna drie weken geleden mijn leven letterlijk de deur uit heb zien lopen, heb ik nog steeds het gevoel dat het allemaal niet echt is, en dat Pieter vandaag of morgen bij zinnen komt. Het kan ook volgende week zijn. Of volgende maand.

Maar hij komt terug.

En dan zal ik – of beter gezegd: dan zullen wíj – hem met open armen ontvangen. Daarna kan ik hem altijd nog tegen de vlakte slaan.

'Waar neem je me eigenlijk mee naartoe?' vraag ik, om de stilte te doorbreken.

'Ik heb een tafeltje kunnen krijgen bij Ron Blaauw,' glundert Cassandra, terwijl ze de Haarlemmermeerstraat op draait.

'Maar dat is bij mij om de hoek! Waarom laat je me dan helemaal naar jou komen?'

'Omdat ik dacht dat je misschien de nieuwe collectie van De Klerenwinkel nog even wilde zien, maar nee dus. En ik wilde dat het een verrassing zou zijn. Je favoriete sterrenrestaurant – da's leuk toch? Heb je meteen een frisse neus gehaald.'

Die haal ik zeker, want rond de Sophialaan is er natuurlijk weer wijd en zijd geen parkeerplaats te vinden, waardoor we een flink eind door het gure weer moeten lopen. 'Het is met de parkeerplaatsen in Amsterdam hetzelfde als met de mannen,' foetert Cassandra. 'Als er iets beschikbaar is, dan is het te klein – of gehandicapt!'

'O-hoh,' protesteer ik lachend, 'da's niet aardig, Cas. Dat heet tegenwoordig "minder valide".'

Cassandra kijkt me vorsend aan en zegt: 'Luister eens Iris, je gaat niet nu al in de vertrutting, hè? Dat je kinderen wilt, prima, niemand is perfect. Maar we hebben duidelijk afgesproken dat je geen bakfietsrijdende, naar ligakoeken ruikende mutsenmoeder gaat worden die "chips" zegt als ze "shit" bedoelt, oké?'

'Ja baas...' lach ik.

'En ik hoef zo meteen ook géén foto's van blauwgeaderde navelstrengen te zien, want ik moet nog eten.'

'Wees gerust – die heb ik niet.'

'Echt niet?'

'Nee, dat weet je toch, we hebben helemaal geen foto's gemaakt. Pieters focus lag – hoe zal ik het eens netjes zeggen? – élders.'

'Godzijdank,' verzucht Cassandra terwijl ze de zware glazen deur van Ron Blaauw voor me openhoudt. 'Die foto's vind ik een van de meest moeizame dingen om mee te dealen als vriendinnen kinderen krijgen. "Kijk, hier zie je het hoofdje al," en dan staar ik, met een gebakje op schoot, recht in die opengesperde, bloederige poes.'

Deze laatste opmerking komt haar op een verstoorde blik van een ouder koppel te staan dat samen met ons is binnengekomen. Die bestellen vast geen oesters vanavond.

Als we even later aanschuiven aan een strak tafeltje met *crisp* tafellinnen en gesteven servetten, bedenk ik dat het niet alleen een verademing is om weer eens een hap buitenlucht naar binnen te krijgen, maar het is ook verkwikkend om – na bijna drie weken in een morsige joggingbroek tussen de beduimelde lakens te hebben gelegen – weer eens in een verzorgde omgeving te zijn.

Het is alsof Cassandra mijn gedachten leest. 'Iris...' begint ze voorzichtig, 'je moet dit niet persoonlijk opvatten...' *(let op, daar komt-ie)* '... maar je ziet eruit alsof je in die kleren hebt geslapen.'

'Dat is ook zo,' zeg ik en haal mijn schouders op.

Cassandra's ogen gaan wijd open van schrik: 'Echt?'

'Nee, natuurlijk niet. Maar soms voelt het wel zo. Al die gebroken nachten hakken erin. Milan krijgt een voeding om halfeen, om halfdrie en om halfzes. Dan waggel ik naar zijn wiegje, leg hem aan, wacht op het boertje, verschoon de luier en val weer terug in mijn bed. Overdag lukt het me steeds beter om echt van Milan te genieten, maar 's nachts voel ik me meer een soort onderhoudsmonteur die alleen verantwoordelijk is voor brandstoftoevoer, reiniging en opslag.'

Als de kaart komt, kan ik bijna niet kiezen.

Na al die magnetronmaaltijden duizelt het me van alle heerlijkheden. Ik ga uiteindelijk voor de marshmallow van Schotse zalm, wasabi en komkommer, en Cassandra kiest het scheermes met kreeft, papaja en limoenblad.

'Maar heb je dan in ieder geval nog een beetje plezier gehad van je mooie pyjama?' vraagt Cassandra nadat ze de bilpartij van de weglopende ober nog even grondig heeft bestudeerd.

'Nee schat, sorry. Het jasje is uitgebleekt door een paar welgemikte zure boertjes, en de broek werd in het ziekenhuis al getroffen door een klodder bloedslijm.'

'Bloedslijm?' griezelt Cassandra. 'Het enige wat helpt tegen bloed op zijde is een koudwaterbadje...'

'... met aspirines. Ja, dat weet ik. Maar die had ik voor mezelf nodig. En veel ook.'

Cassandra buigt zich voorover en fluistert verontwaardigd: 'Je hebt die pyjama toch níét zomaar in de wasmachine gegooid, hè?'

'Nee-hee, hij ligt nog... te liggen, zeg maar.'

'Met vlekken en al? Lekker fris, Vandenberg.'

'Ik ben er gewoon nog niet aan toegekomen,' zeg ik defensief. 'Jij bent de afgelopen tien dagen lekker gaan skiën met een of andere *sugar daddy*...'

'Hola – wel *sugar*, geen *daddy*...'

'... maar ík heb nogal wat voor mijn kiezen gehad.'

Cassandra pakt mijn hand en knipoogt: 'Lieffie, ik plaag je toch alleen maar. Ik kan me heus wel indenken hoe je je voelt. Toen Chantal bij mij uit de winkel haar eerste kind had gekregen, heb ik haar niet voor niks zo'n tegeltje gegeven met: "Moeder is de overtreffende trap van moe".'

'Als je het maar weet,' verzucht ik. 'En "alleenstaande moeder" is de overtreffende trap van "klote". Gelukkig is het allemaal maar tijdelijk.'

'Denk je dat nog steeds?' vraagt Cassandra fronsend. 'Dat Pieter terugkomt?'

'Hoe bedoel je, nog steeds? Hij is pas drie weken weg.'

Cassandra trekt een zuinig gezicht. Ik zie dat ze me niet wil kwetsen, maar dat ze er tegelijkertijd het hare van denkt.

'Je zou ook kunnen zeggen: hij is ál drie weken weg,' zegt ze ten slotte.

'Weet je wat het is...' antwoord ik, terwijl we onderwijl genieten van de stoet aan kunstzinnige amuses waar Ron Blaauw bekend om staat, '... zelfs een wereldverbeteraar als John Lennon had achttien maanden een relatie met een andere vrouw voordat hij uiteindelijk met hangende pootjes terugkeerde naar Yoko Ono. Later noemde hij die periode *the lost weekend*. Ik bedoel maar. Misschien betekent "tijd" voor mannen iets anders dan voor ons.'

'Die hele John Lennon was een paar weekenden voor míjn tijd,' lacht Cassandra, 'maar ik meen weleens gelezen te hebben dat Yoko hem alle ruimte had gegeven voor dat uitstapje. Is dat ook jouw tactiek? Pieter even de ruimte geven?'

'Nou ja, "tactiek"... Ik kan hem momenteel niet eens bellen en meneer heeft me ontvriend van zijn Facebook-pagina, dus tja... hij neemt die ruimte vooral zelf.'

'Je moet hem ook helemaal niet bellen of proberen te contacteren,' zegt Cassandra kordaat, terwijl zij voorzichtig een amuse leeg lepelt die in een delicate eierschaal wordt geserveerd. 'Dan lijk je alleen maar wanhopig.'

'Maar ik bén wanhopig!'

Cassandra kijkt me strak aan en wijst streng met haar lepeltje in mijn richting: 'Dát wil ik nooit meer horen, oké? Je moet Kraal juist laten voelen wat hij mist: een sterke, zelfverzekerde, succesvolle vrouw met een prachtig kind. Zíjn kind. Als jij gelooft dat hij terugkomt, dan moet je dat ook écht zo voelen. Dan straal je dat ook uit. En waarom ga je in de tussentijd niet gewoon wat daten?'

Ik verslik me bijna in een paar Hollandse garnaaltjes.

'Dáten? Als ik aan Milan dénk spuit de melk al uit mijn borsten. Daarom heb ik nu van die seksloze zoogkompressen, van die Senseo-pads in mijn bh. Mijn vagina heeft blikschade en ik zit boordevol rancune... Maar verder ben ik vast een heel gezellige date!'

'Ho, ho,' lacht Cassandra, 'ik bedoel ook niet dat je meteen wilde seks moet gaan hebben. Al kan het natuurlijk nooit kwaad om wat namen van je "als-dan"-lijstje af te vinken, voordat Pieter weer bij zijn positieven komt.'

'Wat is in godsnaam een "als-dan"-lijstje?'

'Sjezus, Iris, af en toe ben je echt een beetje naïef. Wat dénk je dat het betekent? Áls ik vrijgezel zou zijn, dán zou ik puntje-puntje mijn bed in slepen!'

'Hebben mensen echt zo'n lijstje?'

'Natuurlijk! Het feit dat je een leuke relatie hebt of gelukkig getrouwd bent, maakt je nog niet doof en blind. Er loopt altijd wel wat voorbij waarvan je denkt: *Hmm, daar zou ik het ook wel op kunnen.* En die zet je dan op je als-dan-lijstje.'

Goh, daar moet ik echt even over nadenken. Pieter is mijn soulmate; ik heb tien jaar van mijn leven met hem gedeeld. Al die jaren van zijn specialisatie heb ik keihard gewerkt om de rekeningen te betalen. Met alle liefde hoor; niet als een soort diepte-investering. Natuurlijk hebben we onze ups en downs gehad, maar wat héb ik met Pieter gelachen. En gedronken, en gefeest en gesekst en gedaan. Hij is mijn ideale man, in alle opzichten. Hoe heb ik die kink in de kabel nu zo spectaculair kunnen missen?

Ik schud mijn hoofd en zeg: 'Sorry Cas, ik ben misschien een beetje old skool, maar ik heb helemaal niks af te vinken. Ik heb niet eens bij benadering een "als-dan"-lijstje. Ja, – ooit, in 5 en 6 vwo had ik een stille liefde: Jimmy. Maar die is inmiddels al lang en breed getrouwd, zag ik op Facebook.'

'Aha,' zegt Cassandra triomfantelijk, 'dus je hebt stiekem zitten cybergluren?'

'Ja, nou je het zegt... Maar het was echt onschuldig, hoor.'

'Kijken wat er van een *crush* is terechtgekomen, is nooit helemaal onschuldig,' lacht Cassandra. 'Maar vertel! Had-ie een kantoorbuik en een vleespet? Of zou je 'm nog doen?'

'Hij had een vróúw, Cas! "Wat gij niet wilt dat u geschiedt" – zegt dat je iets?'

Nadat de hoofdgerechten zijn geserveerd, vallen we allebei even stil om te genieten van de verschillende smaaksensaties.

Ik denk aan Pieter, met wie ik zo graag uit eten ging. Hij liet nooit een ober zijn vis fileren; dat deed hij liever zelf. Dan keek ik geïntrigeerd naar zijn vaardige handen die zo zelfverzekerd te werk gingen, en waarvan ik wist dat ze niet veel later even bedreven over mijn lichaam zouden glijden. Alleen al van de gedachte breekt het zweet me uit – of is dat van de rijkelijk aanwezige wasabi?

'Ik heb geen enkele "puntje-puntje" in de wacht staan,' verzucht ik ten slotte. *En Bart de Muyselaer dan?* flitst er door me heen, maar die gedachte druk ik snel weer weg.

'Ik heb nog helemaal geen ruimte voor een andere man. Ondanks – of misschien wel dankzij – zijn afwezigheid beheerst Pieter mijn hele leven. Zijn badjas ruikt nog naar hem, zijn favoriete sausjes staan nog in de koelkast, en dan is er natuurlijk nog die hele kamer vol met zijn geliefde *Star Wars*-spullen...'

Cassandra schudt niet-begrijpend haar hoofd: 'Wat ís dat toch, met die *Star Wars*?'

'Dat heb ik me ook afgevraagd, maar ik denk dat het heel simpel is. Net zoals vrouwen helemaal opgaan in *The Notebook* of SATC, identificeren mannen zich met *The Godfather* of *The Sopranos*. Mijn camerajongens lopen graag in T-shirts van *The Big Lebowski*. Of van Atari. *Star Wars* is ook zo'n cultding. En het zou me niets verbazen als er in het geval van Pieter ook nog onderhuids zou meespelen dat de vader-zoonrelatie tussen Luke Skywalker en Darth Vader zo gecompliceerd is.'

'Kom op, zeg. Pieters ouders zijn er nu toch wel aan gewend dat hij van het geloof is gevallen? En hij ís toch chirurg geworden? Is die ouwe nu nog niet tevreden dan? Vreselijk, van die mensen die hun eigen dromen op hun kinderen projecteren.'

Wat is er eigenlijk erger? denk ik, plotseling aangeslagen. *Een vader die wil leven dóór zijn zoon, of een vader die wil leven zonder zijn zoon?* Ik schuif mijn bord van me af, en probeer de trilling in mijn lijf te kalmeren met een flinke slok wijn.

'Milan is zo mooi,' weet ik er nog uit te persen voordat mijn stem breekt. 'H-hij is zo lief en kwetsbaar... Steeds als hij in slaap valt in mijn armen, met zijn kleine knuistje vol vertrouwen om mijn wijsvinger, heb ik het gevoel dat ik heb gefaald als moeder. Hoe hebben wij het samen kunnen afleggen tegen die Suzanne?'

Nu stromen de tranen uit mijn ogen. Het is zo'n lelijke huilbui waarbij ook je snot gaat lopen – uitgerekend in een sterrenrestaurant. Er staat dan ook binnen de kortste keren een schichtig om zich heen kijkende ober naast ons tafeltje, die op bezorgde maar ook enigszins dwingende toon vraagt of alles wel goed gaat.

Cassandra tovert haar meest charmante glimlach tevoorschijn en zegt dat twee dubbele espresso's nu heel erg op prijs zouden worden gesteld.

Zodra de ober zijn hielen heeft gelicht, bestudeer ik mijn voorheen zo kraakheldere servet dat nu met een moeilijk te verwijderen mix van mascara, snot en foundation is besmeurd. Ik weet dat je niet wordt geacht je neus te snuiten in dit soort servetten, maar ik doe het toch. Het is dat – of mijn mouw.

'Íris,' lacht Cassandra opgelaten achter haar hand, 'ik heb zakdoekjes bij me!'

Ik heb het gevoel dat het hele restaurant afkeurend naar me kijkt, en dat sentiment duwt me bijna weer over de rand van een nieuwe huilbui. 'S-Sorry,' stamel ik, 'ik heb nog last van een emotionele jetlag, geloof ik. Pieter móét wel bij me terugkomen, want wie wil mij nu nog? Een in de steek gelaten moeder met kind?'

'Schat,' zegt Cassandra bemoedigend, 'ik heb één woord voor je: Mette-Marit.'

'Dat zijn twee woorden,' mompel ik, terwijl ik mijn verfomfaaide servet dusdanig in elkaar vouw dat je nauwelijks meer kunt zien wat ik heb gedaan.

'Oké – zeikerd. Twee woorden, samen één naam.'

'Help me even – wie is het ook al weer?'

'Dat is die blonde vrouw die met kroonprins Haakon van Noorwegen is getrouwd. Als alleenstaande moeder met een tweejarig zoontje – en een ex-man met een crimineel drugsverleden, *mind you* – kwam ze die Haakon in het uitgaansleven tegen, en hij trouwde ook nog met haar!'

'Dus jij vindt dat ik achter een prins aan moet?' grijns ik, blij als ik ben met Cassandra's gave om zelfs de meest zwaarmoedige situaties een frivole wending te geven.

'Nou en of,' straalt ze. 'En ik ga mee. Gaan we samen stappen in Londen, in Mahiki. Worden we *Harry Hunters*!'

'Is die prins Harry niet een beetje jong voor mij?' lach ik.

'Welnee joh. Harry is ook alweer achtentwintig jaar, en jij wordt dit jaar dertig...'

'Welja, onderstreep het nog even,' roep ik gepijnigd. 'Alsof ik niet al depressief genoeg ben.'

Cassandra maakt een wegwuivend gebaar, en zegt: 'Je moet niet zoveel piekeren, Vandenberg. Piekeren is de verkeerde kant op fantaseren. Je ziet er nog hartstikke goed uit. Minus dat statische haar dan. En die rommelige kleding. En die buik mag ook weg...'

'Ja, ja,' lach ik, 'ho maar! Hoe stel je je dat eigenlijk voor – wij samen naar Londen? Weet je hoeveel moeite dit ene etentje me heeft gekost? Eerst moest ik een betrouwbare oppas regelen...'

'Wie heb je daar eigenlijk voor gevonden?'

'Nou, dat was nog een heel gedoe, want ik wil natuurlijk liefst iemand die ik kén en geen bijlmoordenaar van een oppascentrale.'

Cassandra schiet in de lach.

'Nee, lach jij maar,' zeg ik. 'Die ellendeling van dat Hofnarretje, je weet wel, die crèchepedo, die verhuurde zichzelf ook via oppascentrales.'

'Kom op, Vandenberg, niet zo somber.'

'Kijk – vrienden en collega's bieden alsmaar hun hulp aan; Barbara voorop, natuurlijk. En dat vind ik onwijs lief. Maar ik wil niet steeds geholpen worden, snap je? Dat staat haaks op wie ik ben. Of beter gezegd: wie ik wíl zijn.'

Cassandra knikt begrijpend. 'En je moeder dan? Is die nog steeds *missing in action*?'

Ik drink het laatste restje van mijn wijn en knik.

'Waar was ze de vorige keer ook al weer gebleven?' vraagt Cassandra. 'Toen ze vijftig was geworden?'

'Toen zat ze opeens een paar weken in een *retreat*. Iets met sjamanistische healing. Maar goed – de oppas van vanavond is uiteindelijk Melissa geworden, de tienerdochter van de buren. Heb je die weleens gezien?'

'Nee.'

'Jawel – die met dat lange, donkere haar en die blauwe ogen.'

'Nee-hee, ik ken Melissa niet. Ga door met je verhaal.'

'Oké – haar ouders zijn nog op vakantie. Dus ze zegt tegen mij: 'Ik blijf gewoon thuis hoor, en dan leg ik mijn iPhone met de *babyphone*-app in zijn bedje, oké? Dan word ik vanzelf gebeld als Milan begint te huilen.' Ik zeg: 'Nee lieve schat, dat is niet oké. Gewoon analoog oppassen alsjeblieft, en braaf bij mij voor de tv gaan zitten.'

'Braaf bij jou voor de tv gaan zitten? Ha! Ik heb vroeger zelf veel opgepast; ik weet hoe het werkt. Die chick ligt nu op jouw bank te vozen met haar vriendje.'

'Ja, dat was jíj,' grijns ik. 'Zo is Melissa niet.'

Cassandra trekt een wenkbrauw op en leunt dan samenzweerderig over het tafeltje. 'Bij de spywebshop kun je een vloeistof kopen die je over de bank kunt sprayen,' fluistert ze. 'Daarna zet je er de bijgeleverde UV-lamp op, en hoppa: alle zaadsporen worden zichtbaar.'

'Nee, wat vies! Áls er al spermavlekken op mijn bank zitten, dan hoef ik ze echt niet te zien... Maar hoe weet jij dit eigenlijk?'

'O, van horen zeggen,' antwoordt Cassandra met een twinkeling in haar ogen. 'Het heet een overspeldetectiekit.'

'En daar kom je nu mee? Die spray had ik eerder dit jaar goed kunnen gebruiken. Had je me al gezien, iedere keer als Pieter uit het ziekenhuis kwam? "Lieffie, kom je even met je gulp onder de lamp?"'

Ik schrik van de ober, die plotseling naast me staat en met een uitgestreken gezicht twee espresso's op ons tafeltje zet. Nadat hij zich op zijn hakken heeft omgedraaid, ga ik verder: 'Maar even serieus: ik neem aan dat Melissa betrouwbaar is en gewoon netjes *Ik Hou van Holland* zit te kijken. Haar vriendje komt vast niet in de stemming van dat morsige zuigapparaat op het aanrecht en die flesjes moedermelk in de koelkast.'

'Wát voor apparaat?'

'Ik ben aan het afkolven. Dan pomp ik overdag mijn borsten helemaal leeg zodat ik Milan toch borstvoeding kan laten geven ook als ik er niet ben.'

Cassandra trekt haar neus op en neemt een zuinig slokje van haar espresso.

'Niet zo sjiek doen, hè,' lach ik. 'Jij begon net zelf over zaadlampen. Weet je wat trouwens best wel *freaky* is? Een tepel is net een douchekop. Ik dacht dat de melk er netjes uit zou druppelen, maar het spuit in wel zes straaltjes naar buiten!'

'Ander onderwerp,' veegt Cassandra het afkolven van tafel. 'Hoe zit het eigenlijk met die hondenuitlater? Hoe heet-ie ook al weer?'

'Douwe,' antwoord ik, en het lachen is me meteen vergaan. Want zeg nou zelf: hoe gênant was dat? Meteen na onze eerste, dramatisch verlopen kennismaking heb ik Babette naar Reservoir Dogs laten bellen met de mededeling dat ik voorlopig geen uitlaatservice meer nodig had.

Ja, dat was laf, maar er zit nu eenmaal een grens aan het aantal blamages dat ik in een paar dagen kan verdragen. Hoe kan ik die man ooit nog onder ogen komen?

Maar nadat Boris de rest van de week aan de buitendeur had staan krabben en zijn drollen rond de verkoolde kerstboom had gedeponeerd, kwam ik er niet onderuit: een hond, en zeker zo'n grote, moet naar buiten. Omdat ik me nog te gammel voelde om er zelf met Boris op uit te gaan *(en omdat ik sterk de neiging heb om hem 'per ongeluk' in het Vondelpark achter te laten)*, belde ik met frisse tegenzin naar Reservoir Dogs om te vragen of ik weer in het wandelschema kon worden opgenomen.

Tot mijn verrassing kreeg ik niet Douwe maar Laura aan de telefoon. Ze was weer een beetje opgeknapt, zei ze, en ze vond het hartstikke fijn om weer lekker met de honden op stap te kunnen gaan. Ik heb eerlijk gezegd niet durven vragen wat er met haar gezondheid aan de hand was. Soms heb je zoveel aan je hoofd dat je de sores van een ander er gewoon niet bij kunt hebben.

‘Je valt helemaal stil,’ doorbreekt Cassandra mijn gedachten. ‘Is-ie echt zo knap?’

‘Ja...’ zeg ik, voor ik er erg in heb. ‘Ik bedoel: nee. Of eigenlijk: best wel. Heel blauwe ogen, heel donkere krullen. En een heel slechte indruk van mij.’

‘Ik heb het gehoord van Babette,’ lacht Cassandra. ‘Heb je echt tegen hem staan schreeuwen? En noemde hij jou een téét? Dat moet ware liefde zijn!’

‘Doe even normaal, Cas. Ik heb hem één keer gezien, en dat hoop ik zo te houden. Ik schat ’m even oud als wij, maar het lijkt me echt zo’n flierefluiter die alles in zijn leven voor elkaar heeft gekregen met zijn blauwe ogen. En nu valt-ie een beetje in bij de hondenuitlaatservice van zijn zus. Niet echt een hoogvlieger.’

‘Ach schat, daar voel je niks van,’ knipoogt Cassandra.

Ik schuif onrustig op mijn stoel en merk dat ik eigenlijk helemaal niet wil praten over Douwe, Jimmy of prins Harry.

Ik wil praten over Pieter. Alles wat ik hoor, zie, proef, ruik of voel associeer ik met hem. Waarom, bijvoorbeeld, rijdt opeens de halve stad in een donkergrijze A3? Maar ondanks mijn bezetenheid besef ik dat er een maximum zit aan de hoeveelheid shit die zelfs je beste vriendinnen over één onderwerp kunnen aanhoren. Hoe graag ik ook zou doorzagen over Pieter en Suzanne – het wordt nu echt tijd voor een geïnteresseerde wedervraag.

‘En jij?’ vraag ik derhalve. ‘Voel jij er wat van, met de sugar daddy?’

Het is niet de meest gracieuze overgang, maar Cassandra kan er gelukkig om lachen.

Nadat ze de aangeboden dessertkaarten voor ons beiden heeft afgeslagen (‘Da’s beter voor je buik, Vandenberg’), zegt ze: ‘Nee, de seks was geen onverdeeld succes. Weet je, Matthijs is charmant, erudiet en – laat ik het vooral niet vergeten – gul, maar als hij zijn kleren heeft uitgetrokken, voelt het alsof-ie zijn leren jas nog aanheeft...’

Ik proest mijn espresso over de tafel. ‘Wat moet je dan ook met zo’n ouwe kerel?’

‘Hallo – het is niet zómaar een ouwe kerel,’ antwoordt Cassandra een tikje beledigd. ‘Matthijs is op zijn manier heel aantrekkelijk. Hij is heel succesvol, bereisd en belezen, maar seksueel is het wat... ehm... Ach, wie zit ik eigenlijk voor de gek te houden? Het is trekken aan een dood paard.'

'Er loopt toch nog genoeg van je eigen leeftijd?'

'Nou... na Tom was ik wel even klaar met de dertigers. Mannen die op deze leeftijd nog geen fatsoenlijke, langdurige relatie hebben gehad – daar mankeert iets aan. En de fris gescheiden exemplaren hebben allemaal een rugzakje.'

'En kinderen.'

'Ugh – inderdaad! Weet je die kleine Sterre nog? 'Mijn mama noemt jou tante Kut.'

'Ik vond Tom anders erg goed bij je passen...'

'Ik ook! Maar de timing was verkeerd. Die ex-vrouw was net een Post-it; die kleefde maar aan hem vast. "To-hom, mijn internet ligt eruit." En hup, daar ging-ie weer. "To-hom, kun je de dvd-recorder installeren?" Ja hoor, ik kom eraan. "To-hom, Sterre is ziek en vraagt om haar vader." Toen hij wéér belde dat hij op de logeerkamer bleef slapen, heb ik gezegd dat hij niet meer terug hoefde te komen.'

Cassandra vraagt om de rekening en grabbelt in gedachten verzonken naar de portemonnee in haar tas.

'Je mist hem hè?' vraag ik zachtjes.

Cassandra tuit haar lippen, knikt een paar keer bedachtzaam en zegt: 'Ja, hem wel. Heel erg zelfs. Maar dat kind niet. Ik heb geprobeerd om een leuke, hippe tante Cas te zijn, maar dat meisje werd zo opgestookt door haar moeder... Je schijnt het tegenwoordig een "cadeaukind" te moeten noemen, of nog erger: een "relatiegeschenk". Maar het blijft gewoon een stiefkind, zo simpel is het.'

'Dus,' zegt ze monter, nadat ze de ober haar creditcard heeft meegegeven, 'als jij die knappe Douwe niet wil, dan neem ik 'm graag van je over.'

'Niet wil? Ik ken die vogel helemaal niet. En trouwens: ik héb al een relatie. Dat Pieter op een *lost weekend* is, doet daar niks aan af. Maar ik zal Laura wel even vragen of haar broer nog vrijgezel is.'

Cassandra doet haar mond open om iets te zeggen, maar na een korte aarzeling doet ze hem toch maar weer dicht. Te laat. Ik weet precíés welke woorden ze heeft ingeslikt.

'Het maakt je niks uit, hè, of hij een relatie heeft of niet?' probeer ik zo neutraal mogelijk te zeggen, maar de rode vlekken die vanuit mijn hals omhoogschieten naar mijn wangen verraden me.

'Lieffie – je weet: ik ben Team Iris,' begint Cassandra met een schuldbewust gezicht. 'Als ik die Suzanne voor mijn auto krijg, geef ik gas. Maar je weet óók dat ik tegenover jou altijd eerlijk ben. Ik ga nu niet net doen alsof ik nooit... Nee wacht, laat ik het zo zeggen: ik zou niet met opzet achter een getrouwde man aangaan, maar...'

'... maar wát?' val ik haar geërgerd in de rede. 'Wat is er toch zo aantrekkelijk aan een man die al een vrouw heeft?'

'Hij is al ingereden,' antwoordt Cassandra. 'Hij heeft al bewezen dat hij huiselijk kan zijn. En gebonden mannen zijn vaak... ontvankelijk.'

'Hoe bedoel je?'

'Weet je, Iris, misschien ben je momenteel niet in de meest ideale gemoedstoestand om over dit soort dingen te praten.'

Ik voel dat er weer tranen bij me opkomen, maar omdat de ober uitgerekend nu met de rekening komt aanzetten, slik ik ze gauw weg.

'Probeer me maar,' zeg ik, nadat Cassandra de gekrulde papiertjes heeft ondertekend.

'Oké,' antwoordt ze na een kleine overpeinzing. 'Wat ik om me heen zie, is dit: veel vrouwen die zwanger zijn of een kind hebben gekregen, zetten hun man op het warmhoudplaatje. Dat doen ze waarschijnlijk onbewust, maar met af en toe even roeren kom je er niet. Ik ken een accountmanager die kort na de geboorte van zijn tweeling is begonnen met vreemdgaan. Weet je wat hij zei? "Ik moet wel, want aan elke tiet hangt er al één." Mannen zijn simpele wezens; ze staan niet graag op de tweede plaats. Als een vrouw haar kerel geen aandacht geeft, is er altijd wel iemand die dat wél doet.'

'Jij bijvoorbeeld?' vraag ik, terwijl ik heel erg mijn best doe om niet bitter of beschuldigend te klinken.

'Ik begrijp dat je het nu even allemaal heel zwart-wit ziet,' knikt Cassandra, 'en dat Babette en je collega's lekker met je meepraten: "O, wat is het toch een lul. En Pieter ís ook een lul." Maar weet je wat de harde waarheid is? Twee kijven, twee schuld. Misschien wordt het tijd om je eigen rol in dit drama eens onbevooroordeeld te onderzoeken. Kun je je die Amerikaanse scharrel van mij nog herinneren? Die advocaat?'

'Was dat die David?'

'Ja, precies, die. Hij had daar een mooie uitdrukking voor: *hugging the cactus*. Hij heeft me geleerd dat je een probleem moet durven omarmen, omdat je alleen zo verantwoording kunt nemen voor je eigen aandeel in de moeilijkheden.'

'Wauw,' verzucht ik, 'dat klinkt als iemand die een heleboel therapie heeft gehad.'

Als we even later dik ingepakt naar buiten lopen, vraag ik aan Cassandra of zij dat ook heeft gedaan, zo'n zelfanalyse na het imploderen van haar relatie met Tom.

'Dat was niet echt nodig,' zegt ze schouderophalend. 'Het lag overduidelijk aan zijn ex. En Tom heeft natuurlijk de ruggengraat van een dropveter.'

7

Als ik de maandag erop met de wandelwagen onderweg ben naar het consultatiebureau, spoken de woorden van Cassandra nog steeds door mijn hoofd: *wat is mijn eigen aandeel in deze moeilijkheden*?

Ik ben stiekem met de pil gestopt en dat verdient zeker geen schoonheidsprijs. Maar Pieter blijkt vorig jaar al stiekem met míj te zijn gestopt – en dat is volgens mij een veel grotere klotestreek. Was het niet eerlijker geweest als 'doctor Love' mij op de hoogte had gesteld van zijn diagnose vóórdat hij zomaar de stekker uit onze relatie trok? Of was onze liefde naar zijn idee al 'uitbehandeld'? Dat weiger ik te geloven.

Terwijl ik door de Cornelis Schuytstraat loop, schrik ik van mijn eigen reflectie in een etalageruit. Die vermoeide vrouw met die wandelwagen – ben ik dat? Voor de andere mensen op straat ben ik waarschijnlijk gewoon een ietwat afgepeigerde maar desalniettemin gelukkige nieuwe moeder, maar zelf heb ik nog geen vrede gesloten met mijn spiegelbeeld. Het is niet compleet. Niet zoals het zou moeten zijn.

Pieter en ik hebben het afgelopen jaar behoorlijk gekibbeld, maar ik herinner me ook heel wat mooie momenten. Zoals het verven van het babykamertje; wat eindigde met een gepassioneerde wip tegen de muur en moeilijk te verwijderen latex op mijn billen. En wat te denken van al die nachten dat we lepeltje-lepeltje *(of beter gezegd: lepeltje-soeplepeltje)* lagen, Pieters arm beschermend over mijn buik? Was dat allemaal gespeeld? Ik kan er met mijn hoofd niet bij – al geef ik toe dat er wel eerder een lichtje bij me had kunnen gaan branden.

Eind oktober, na het Televizier Ring Gala in Carré, liepen Pieter en ik langs het water naar het Amstel Hotel, waar hij als verrassing een kamer had geboekt. Toen we onderweg even bleven staan om te genieten van de fraai verlichte grachtenpanden, pakte Pieter mij stevig vast en zei dat ons leven binnen afzienbare tijd 'misschien wel helemaal anders' zou zijn. Ik dacht dat hij het over de baby had, en vroeg hem lachend of hij soms last had van koudwatervrees. Daarop gaf Pieter mij een warm kusje op mijn koude neus en zei: 'Nee, ik heb last van mezelf.'

Mijn god – lúísterde ik eigenlijk wel naar die man? Waarom ben ik er niet op ingegaan? Waarom heb ik niet doorgevraagd? Als ik voor Media Nox potentiële kandidaten moet voorbespreken, ben ik gespitst op het kleinste barstje in de lak. Waarom is de totale afbladdering van mijn eigen relatie dan zo aan mij voorbijgegaan?

Ik kan maar één ding bedenken: ik was gelukkig. Vervuld van nieuw leven. En ik had pijn aan mijn poten. Die avond had ik tegen beter weten in hoge hakken aangetrokken, want tja, zwanger of niet, wat heb je aan Louboutins als ze niet worden gezien? En dus spoorde ik Pieter aan dat we door moesten lopen, en daarmee was het moment weer voorbij.

Terwijl ik met de wandelwagen bij een voetgangerslicht sta te wachten, passeert er een tram met een meterslange valentijnsadvertentie van Douglas. Het knerpende geluid van de wielen doet niet alleen Milan met zijn armpjes fladderen; ook mijn hart maakt een sprongetje wanneer een close-up van een zoenend stel aan me voorbijtrekt. Lijkt het maar zo, of is de stad behangen met harten als nooit tevoren? Het duurt nog ruim twee weken tot 14 februari, maar er is nu al geen ontkomen meer aan.

Plotseling herinner ik me dat Pieter en ik vorig jaar op Valentijnsdag naar de film *Titanic* hebben gekeken. Tenminste – dat hebben we geprobeerd. Pieter vindt 'de dag van de liefde' opgelegde romantiek, en daar heeft hij natuurlijk tot op zekere hoogte gelijk in. Maar welke feestdag is er nu niet opgelegd? Alsof onze koningin jarig is op Koninginnedag. Maar commercieel bedenksel of niet – waarom zou je Valentijnsdag niet vieren? Ik had er in ieder geval flink werk van gemaakt.

Met de doorgespoelde pillenstrip in het achterhoofd had ik niet alleen een nieuw dekbedovertrek opgelegd maar ook alvast een zilveren dienblad met kaarsen en massageolie in de slaapkamer klaargezet. Ik had het dekbedovertrek wél eerst even gewassen – op aanraden van Cassandra. Zij heeft het etiket 'koud wassen vóór gebruik' ooit eens genegeerd, om *the morning after* wakker te worden met nauwelijks te verwijderen blauwe textielverf in haar gezicht – en dat van hem. Houd dan maar eens vol dat je 'totaal overrompeld' in bed bent beland; een fantasie die mannen graag koesteren, en vrouwen graag meespelen.

Maar goed – ik had het wasetiket dus wél in acht genomen en was daarna nog naar Renzo gefietst voor Pieters favoriete Italiaanse hapjes, zoals truffeltapenade en olijvenbrood. Pieter kwam die avond later dan verwacht naar huis – iets waar je als doktersvrouw natuurlijk niets van kunt zeggen maar wat ik uiteraard toch deed, hetgeen de sfeer niet ten goede kwam – maar uiteindelijk zaten we dan toch voor de tv; knus op de bank met de open haard aan, totdat Pieter zich tamelijk abrupt van me losmaakte omdat Boris plotseling moest worden uitgelaten.

Ik vroeg nog: 'Kan dat niet even wachten tot na de film?' Maar nee, dat kon niet. Dat was zielig. Voor de hond. Daar kreeg-ie harde poep van.

En ik hoefde ook niet mee, zei Pieter, want 'voordat ik me had aangekleed was hij toch allang weer terug'. Nou, dat viel tegen. Toen meneer eindelijk thuiskwam, was het olijvenbrood op en de Titanic gezonken en hebben we – ieder in een eigen stoel – de rest van de avond zwijgend voor *Pauw&Witteman* uitgezeten. Hij begreep niet dat ik pissig was, en ik begreep niet dat hij dat niet begreep. Maar al dat onbegrip, de aannames, de onuitgesprokenheden – daar doe ik niet meer aan mee. Ik wil duidelijkheid.

Wat ik nu het liefst zou willen, is een lange avond om de tafel. Al zijn grieven wil ik horen. Want ik heb het récht om te weten waarom Pieter ons heeft verlaten; wanneer mijn werk hem te banaal is geworden, en wat er zo moreel verwerpelijk is aan Viktor&Rolf. Ik wil die cactus met alle liefde omarmen, maar dan moet hij éérst tegenover me zitten. Daarna kunnen we altijd nog in relatietherapie, zodat we later tegen Milan kunnen zeggen: 'jouw papa en mama hebben er alles aan gedaan'. Ik weet dat Kraal dat he-le-maal niks vindt; hij noemde de therapeut van Barry en Babette niet voor niets spottend 'de parenfluisteraar'.

Nu was die man ook een zacht ei met zijn 'kibbelschrift' dat ze om de dag aan elkaar moesten doorgeven, maar Barry en Babette zijn nog wél bij elkaar – en dat is meer dan wij kunnen zeggen.

Maar waarom belt Pieter me niet? Waar is hij gebleven? Gaat hij echt helemaal voor de cold turkey? Ik weet dat je meer helderheid kunt krijgen door afstand te nemen, maar in ons geval zijn er nog zoveel losse eindjes.

Vindt Pieter deze hele situatie niet moeilijk? Hoe kom ik aan zijn nieuwe nummer? Hoe heet die Suus van achteren? Waar woont ze? Zal ik anders zijn ouders bellen? Dúrf ik ze wel te bellen? Waarom tonen zij geen interesse in hun kleinkind? Moet ik gewoon naar het VUMC gaan? Bonje maken aan de balie? Of moet ik juist de eer aan mezelf houden en hem laten voelen wat hij mist? En zo maalt het maar door in mijn hoofd.

Te midden van deze gekte is Milan mijn enige rustpunt. Dat klinkt misschien als een zware last voor zijn kleine schoudertjes, maar hij lijkt zich er gelukkig niet van bewust. Het intieme moment van het voeden, het geruststellende huid-op-huidcontact van het samen badderen en het welhaast meditatieve borstelen van zijn pluizige donshaartjes staan haaks op de gejaagdheid die ik voel als ik aan Pieter denk. Ik vind het ook heerlijk om Milans nageltjes te knippen, en alle scherpe randjes met zachte hand uit zijn leventje te verwijderen. Eén scherp randje zal echter moeilijk te verwijderen zijn – en dat ben ik zelf.

Want ondanks de overweldigende liefde die ik voor hem voel en de vertedering die zijn eerste, scheve oefenlachjes bij mij hebben losgemaakt, heb ik ook donkere momenten. Zo ben ik me er pijnlijk van bewust dat ik deze baby vooral graag wilde omdat ik Pieter zo leuk vind. Het beeld van twéé ouders bij de schoolmusical; die droom, dat gemis, dat verlangen uit mijn jeugd – dat wilde ik allemaal met hém. En soms, als ik midden in de nacht trillend van vermoeidheid uit mijn bed rol om Milan te voeden, bekruipt me een akelige gedachte. Ik ben er absoluut niet trots op, en ik stop het ook meteen weer weg.

Maar het zit er wel.

Ik kan me namelijk niet aan de indruk onttrekken dat Milans geboorte Pieter nét even dat laatste duwtje in de armen van Suzanne heeft gegeven. Tegelijkertijd voel ik me schuldig dat ik zoiets zelfs maar dúrf te denken. Dit kleine, prachtige kereltje, wiens oogjes nog niet eens hun definitieve kleur hebben aangenomen, mag niet nu al door mij met allerlei verwijten worden opgezadeld.

Heb ik dan niets van mijn eigen moeder geleerd?

Als ik bij het consultatiebureau ben aangekomen, heb ik nog maar weinig tijd om Milan van zijn kleertjes te ontdoen. Nadat ik een plekje bij een aankleedkussen heb veroverd en Milan met de nodige moeite uit zijn mutsje, jas, trappelpakje en romper heb gepeld, staat het zweet me op de rug. Tijdens de zwangerschap begin je per maand meer te transpireren, en na de bevalling ijlt dat effect duidelijk nog een beetje na.

Mijn kasjmier coltrui plakt in mijn nek en terwijl ik sta te hannesen met mijn luiertas ('Niks luiertas,' zegt Cassandra altijd streng, 'het is een *diaper clutch* van Little Marc Jacobs!') valt ook nog Milans groeiboekje op de grond.

'Boekkejuh,' zegt een ijverige peuter die het van de grond heeft geraapt.

'Dank je wel, schat,' zeg ik met een knipoog, maar zodra ik het boekje aanpak, grijp ik in een glibberige plek. Is het spuug? Of is het snot? Ik besluit het maar niet al te nauwgezet te inspecteren, want van moeders wordt nu eenmaal een bepaalde sputumtolerantie verwacht. Gelukkig heb ik genoeg desinfecterende doekjes bij me; getraind als ik ben door mijn ervaring met Max en Sanne, de kinderen van Babette.

Milan begin te sputteren en schopt ongeduldig met zijn beentjes; duidelijk niet gecharmeerd van het feit dat hij met zijn blote ruggetje op een plastic overtrek moet liggen. Ik heb zijn warme omslagdoek nog niet tevoorschijn kunnen halen, of verpleegkundige Paula laat me weten dat ik aan de beurt ben om Milan te laten wegen.

Zodra hij in de koude weegschaal wordt gelegd, begint hij erbarmelijk te huilen. Babygehuil gaat door merg en been; het komt bij je binnen op een frequentie waar je erg onrustig van wordt, en die je nauwelijks kunt negeren. Paula werkt echter onverstoorbaar door. Terwijl Milan rood aanloopt en de tranen over zijn wangen biggelen, wordt hij door haar gewogen en gedraaid, gemeten en bekeken. Nadat ze mijn kleine mannetje aan me heeft teruggegeven, stopt hij nagenoeg direct met huilen.

'Nou, dat is duidelijk,' lacht Paula. 'Milan is weer waar hij wil zijn.'

Van die simpele constatering schiet ik helemaal vol.

Milan is waar hij wil zijn. Waarom is dat niet genoeg voor mij?

Paula knikt meelevend.

'De tranen zitten los hè, als je eenmaal moeder bent.'

'Ja... nou,' snotter ik opgelaten.

'Je mag meteen doorlopen naar dokter Kurtoglu,' zegt ze. 'Eerste deur rechts.'

Ik dep mijn vochtige ogen met mijn mouwen droog en probeer zo opgewekt mogelijk de kamer van de kinderarts binnen te gaan.

Een van de eerste keren dat ik naar het consultatiebureau ging, ben ik helemaal leeggelopen tegen de dokter van dienst, waarna zij met een ernstig gezicht *Moeder en kind verlaten door vader* in mijn status schreef. Dát mocht ze van mij meteen weer doorstrepen, want ik wil graag 'Iris, moeder van Milan zijn', en niet 'Iris, zielig probleemgeval'.

Deze dr. Kurtoglu ken ik nog niet, maar haar witte jas roept onwillekeurig gemengde gevoelens bij me op. Met een schuine blik naar mijn rode ogen werkt dr. Kurtoglu de waardes van Milan uit in een grafiek en schrijft ze daarna bij in zijn groeiboekje. Nadat ze Milan uitvoerig heeft toegelachen en bekeken, leunt ze peinzend achterover in haar stoel en kijkt me zorgelijk aan. 'Je zoon ziet er blakend uit,' zegt ze, 'maar mag ik vragen hoe jíj je voelt?'

Ik twijfel tussen afgedankt, uitgeput en opgebrand, maar besluit om een wat sociaal wenselijker antwoord te geven. 'Ik ben behoorlijk moe,' zeg ik ten slotte.

'Dat zie ik,' antwoordt dr. Kurtoglu, terwijl ze kritisch over haar bril kijkt. 'Je hebt een bleke huid en zelfs een beetje bleke lippen... Heb je er weleens aan gedacht dat je bloedarmoede zou kunnen hebben?'

Terwijl ik me net zit af te vragen of ik haar niet misschien toch deelgenoot moet maken van mijn huidige situatie *(Bloedarmoede? Ik heb liefdesarmoede – dát is wat mij vanbinnen opvreet!)* gaat dr. Kurtoglu verder: 'Ik schrijf wel even een verwijsbriefje voor je, dan kun je een afspraak maken bij de VU voor een compleet bloedbeeld.'

‘Het VU-ziékenhuis?’ zeg ik en veer op.

‘Ja, het VUmc,’ corrigeert de dokter me al schrijvend. ‘Daar hebben ze een goede prikpoli. Heb je weleens last van hartkloppingen, duizeligheid en oorsuizingen?’

IJverig knik ik van ja.

Hartkloppingen, die heb ik wel. Zeker nu.

Als ik even later met Milan naar huis wandel, loop ik op wolkjes. Ik kan bijna niet geloven wat er in mijn tas zit: een legaal, medisch excuus om naar het VUmc te gaan. Ik hoef niemand te stalken, ik hoef me niet op te dringen of me te verexcuseren, ik mag er gewoon zijn.

En wie weet wie er nog meer is.

Mijn jubelstemming is echter van korte duur wanneer ik mijn straat in loop, en mijn moeder voor de deur zie staan. Zodra ze mij in het vizier krijgt, doet ze haar beste impressie van de kerstspecial van *All You Need Is Love*. Met een grote teddybeer in haar armen komt ze me half rennend, half wankelend tegemoet: ‘O Iris, wat een geluk dat ik je toch nog tref! Ik wilde net weggaan...’

Hoewel ik een glimlach niet kan onderdrukken, loop ik toch enigszins onwillig met de wandelwagen op haar af. Ik weet niet of ik hier wel energie voor heb. De dag had net zo’n positieve wending gekregen. Het liefst zou ik nu met Babette of Cassandra gaan bellen om uitgebreid alle voors en tegens van mijn bezoek aan de prikpoli te bespreken. Maar ja, het aantal naaste familieleden van Milan is in de laatste weken behoorlijk uitgedund, dus hij kan wel een oma gebruiken. Zelfs deze.

‘Had even gebeld...’ is het eerste wat in me opkomt.

‘Sorry, schat, sorry,’ schokschoudert mijn moeder terwijl ze zich met veel gevoel voor theater in mijn armen werpt. ‘Ik dacht dat je mijn nummer niet zou opnemen. Het spijt me dat je me al die weken hebt moeten missen...’

‘Nou...’ begin ik voorzichtig, maar ze luistert al niet meer, betoverd als ze is door Milan, die haar vanonder de kap met grote ogen aankijkt.

‘Is dit hem?’ kraait mijn moeder. ‘Is dit mijn lieve kleine Pietertje?’

‘Milan,’ verbeter ik.

Even kijkt mijn moeder verstoord op. ‘Daar ben je toch niet écht mee doorgegaan, hè, met dat malle plan?' vraagt ze, maar dan wordt haar aandacht alweer afgeleid door de baby, die zijn meest onweerstaanbare scheve lachje op zijn oma uitprobeert. En met succes. Mijn moeder klampt zich geëmotioneerd aan me vast en vraagt of ze haar kleinzoon 'misschien heel even' mag vasthouden.

'Zullen we eerst maar eens naar binnen gaan?' opper ik nuchter. 'Het is nogal koud buiten.'

Ik moet meteen aan Pieter denken. 'Als jouw moeder ergens binnenkomt, springen de ijsbloemen op de ramen,' mocht hij graag verzuchten, maar opvallend genoeg heeft ze die Cruella de Vil-vibe vandaag helemaal niet om zich heen hangen. Ze lijkt eerder wat breekbaar, en misschien zelfs wel een pietsje berouwvol.

Als we even later met twee dampende cappuccino's aan de keukentafel zitten (en ik de uit de kluiten gewassen teddybeer ergens buiten het gezichtsveld van Milan heb geparkeerd), wiegt mijn moeder haar kleinzoon voor het eerst zachtjes in haar armen. Ze aait hem teder over zijn bolletje en maakt de typische *koedie koedie*-geluidjes die mensen altijd op baby's loslaten. Milan laat het zich allemaal aanleunen, en blaast tevreden spuugbelletjes.

Wat mooi eigenlijk, denk ik. Baby's zijn nog helemaal niet vooringenomen; ze hebben met niemand een geschiedenis en hun emmer zit nog niet vol.

Zodra mijn moeder haar blik van Milan heeft losgescheurd om een slokje koffie te nemen, richt ze haar focus weer even op mij. 'Lieve schat...' begint ze voorzichtig, 'ik zie dat je het zwaar hebt gehad.'

Nog voordat ik dit kan bevestigen, gaat ze verder: 'Die uitgroei op je hoofd lijkt wel een landingsbaan. En waarom draag je nauwelijks make-up? God mag weten dat je wel een kleurtje kunt gebruiken.'

Ah, gelukkig, zo ken ik haar weer. Maakt niet uit wat er vanbinnen gebeurt, zolang de buitenboel maar aan kant is.

Vorsend veegt ze een pluk haar uit mijn gezicht. 'Waar is mijn Iris gebleven?'

'Misschien kunnen we beter beginnen met de vraag waar jíj was gebleven,' antwoord ik, terwijl ik mijn mondhoeken tot een minzame glimlach probeer te krullen.

Prompt valt mijn moeder stil. Tot zover geen verrassingen.

Het is tijd om Milan een voeding te geven. Ik sta op, haal een flesje afgekolfde borstmelk uit de koelkast en doe dat in de elektrische flessenwarmer. Omdat ik al jong heb geleerd dat mijn moeder beter over 'moeilijke dingen' kan praten als ik niet tegenover haar zit, ga ik druk in de weer met het schoonvegen van het aanrecht en het afspoelen van de magnetronsterilisator.

Toen ik op de middelbare school zat, koos ik het liefst een autoritje uit om iets bij mijn moeder aan te kaarten. Het lijkt wel of ze haar gevoelens alleen maar kan uiten als ze stug voor zich uit kan blijven kijken – alle sjamanistische healing ten spijt.

'Een flesje?' vraagt ze. 'Ik dacht dat je borstvoeding wilde geven?'

'Dit is moedermelk,' antwoord ik. 'Vanaf half februari gaat Milan een paar dagen per week naar de crèche, dus ik ben alvast bezig om hem stilletjes aan flesjes te laten wennen.'

'Half februari?' zegt mijn moeder, terwijl ze Milan nog eens extra tegen zich aandrukt. 'Is dat niet een beetje snel? Vroeger...'

'Ja mam – vroeger,' val ik haar in de rede, 'toen Nederland nog onder water stond. Als Milan naar de crèche gaat, is-ie zes weken. Ik heb het er aan de ene kant best moeilijk mee, maar aan de andere kant merk ik dat ik steeds meer behoefte krijg aan een leven buiten deze vier muren.'

Uit mijn ooghoeken zie ik hoe mijn moeder, in gedachten verzonken, wat schuim uit haar cappuccino lepelt. Ik pak een schone theedoek uit de la, droog de sterilisator langzaam af en zet hem terug op het aanrecht. 'Wil jij ook een boterham?' vraag ik.

'Nee, bedankt. Ik moet zo dadelijk naar de dokter. Alweer. En je weet dat ik dan van de zenuwen niks kan eten.'

Dat weet ik inderdaad.

Wat ik ook weet, is dat mijn moeder nu verwacht dat ik vraag: 'Jeetje, goh, vertel, waarom moet je "alweer" naar de dokter?' maar daar doe ik dit keer niet aan mee. Ik leg twee donkerbruine boterhammen (waarvan Babette altijd zegt: 'Je wordt belazerd, dat is gewoon geverfd witbrood') op een bord, pak een gerookte kip uit de koelkast en beleg het brood met plakjes avocado. Daarna strooi ik er wat blaadjes rucola overheen.

'Volgende week mag Milan een ochtend proefdraaien,' ga ik ondertussen verder, 'en in die uurtjes heb ik meteen mijn eerste redactievergadering bij Media Nox gepland over het nieuwe seizoen van *Orgastronomie.* Daar heb ik zo'n zin in. Maar leuk of niet – ik móét ook weer gaan werken want voorlopig sta ik er helemaal alleen voor. Toch, mam?'

Met een vrolijke *ping* geeft de flessenwarmer aan dat de voeding op de juiste temperatuur is. Ik haal de fles eruit en schud hem zachtjes heen en weer. Daarna druppel ik voorzichtig wat melk op de binnenkant van mijn pols. Perfect.

'Jij en Milan kunnen altijd op me rekenen,' zegt mijn moeder vastberaden, en zonder een spoor van ironie.

'Tuurlijk,' lach ik schamper. 'Hier, begin eerst maar eens met een flesje.'

Zodra mijn moeder het flesje aan Milan aanbiedt, hapt hij gretig toe. Terwijl ik toekijk hoe hij tevreden in haar armen ligt te drinken, voel ik hoe er onwillekeurig spanning op mijn borsten komt te staan, en er wat melk uit mijn tepels druppelt. Wonderlijk eigenlijk, dat onzichtbare draadje tussen moeder en kind. Waarom gaat het zo vaak verloren? Tijdens het drinken grijpt Milan met zijn knuistje naar mijn moeders wijsvinger om die vervolgens niet meer los te laten.

'Kijk nou,' lacht ze, 'hij kan me nu al niet meer missen.'

Het doet me goed om haar zo ontspannen te zien, maar tegelijkertijd weet ik dat er nog een verhaal komt. Er is altijd een verhaal. Ik leg de gerookte kip op een houten plank en snijd met een gekarteld mes door het vlees. Dat geluid geeft me altijd de rillingen.

Grrrt. Grrrt.

'Mam...' zeg ik zo nonchalant mogelijk, 'zou je Milan misschien willen vertellen waarom hij je een paar weken niet heeft gezien?'

Grrrt.

Mijn moeders glimlach bevriest op haar gezicht. 'Heel eerlijk?' zegt ze, na een korte aarzeling. 'Ik kon het allemaal niet aan.'

Ik leg het mes opzij en rol met mijn ogen. Hoofdschuddend verdeel ik de kip over de boterhammen, en maak het geheel af met een flinke knijp in het flesje met de sherry-truffeldressing. 'Jíj kon het allemaal niet aan?'

'Luister Iris, mijn therapeute zei...'

'... is dat die zweefteef met dat derde oog?'

'Iederéén heeft een derde oog,' zegt mijn moeder met een geforceerde kalmte, 'Ineke is klinisch psychologe, maar daarnaast helpt ze mij met het openen van mijn zesde chakra. Ik vermoed bij jou trouwens ook een blokkade.'

Geërgerd omwikkel ik het restant van de gerookte kip in een rommelig stuk huishoudfolie *(waarom is het toch altijd zo moeilijk om daar netjes iets van af te scheuren?)* en leg het samen met de rucola terug in de koelkast.

'Je moest eens weten hoe geblokkeerd ik ben,' mompel ik.

'Hoe dan ook,' gaat mijn moeder verder, 'Ineke zei dat het voor mij het beste was om even wat afstand te nemen. Want na die vreselijke toestand op jouw babyborrel begonnen al mijn oude klachten weer op te spelen. De benauwdheid, het nachtzweten, de...'

'Ja, ho maar,' onderbreek ik haar bits, terwijl ik het bord met mijn boterhammen iets te hardhandig op tafel zet. 'Voordat je verdergaat over jóúw stressincontinentie en jóúw eczeem – heb je enig idee wat ík de afgelopen weken heb doorgemaakt?'

'Nou en of Iris!' valt mijn moeder onverwacht fel uit. 'Precies hetzelfde als wat ík bijna dertig jaar geleden heb doorgemaakt!'

Milan stopt met drinken en kijkt zijn oma met wijd opengesperde ogen aan. Ze zit trillend in haar stoel, en ik zie dat ze moeite doet om niet te gaan huilen.

'Oké... rustig aan,' zeg ik verrast. 'Geef Milan maar even aan mij. Zijn flesje is toch bijna leeg. Dan kan hij een boertje laten en boven een slaapje gaan doen.'

Mijn moeder zet het flesje met een bevende hand op tafel, geeft Milan een dikke kus en draagt hem aan mij over.

Nadat ik Milan even later met een schone luier in zijn bedje heb gelegd, geef ik een draai aan zijn *Star Wars*-mobile. Die heeft Pieter nog in elkaar geknutseld van de schattige, gehaakte *Star Wars*-karaktertjes die we vorig jaar samen in New York hebben gekocht. Terwijl ik de rondtollende Luke Skywalker en Darth Vader volg met mijn ogen, vraag ik me af wat vaker voorkomt: ouders die hun kinderen levenslang achter de broek aan zitten, of kinderen die hun ouders op wat voor manier dan ook niet los kunnen laten.

Milan valt gelukkig snel in slaap, en nadat ik de deur van zijn kamertje zachtjes heb gesloten, sluip ik stilletjes de trap af. Halverwege schiet er een onverwachte siddering door mijn lijf. Nu ik mijn moeder zo op de rug kijk terwijl zij bedrukt in haar stoel zit, krijg ik een glasheldere flashback van al die keren dat ik als kind stiekem op de trap naar haar zat te kijken.

Toen ik klein was, heb ik de afwezigheid van mijn vader nooit als een groot gemis ervaren. Mijn moeder deed ontzettend haar best, en aangezien ik op 5 mei jarig ben, had ze me wijsgemaakt dat iedereen zó blij was met mijn geboorte dat heel Nederland ieder jaar opnieuw de vlag uitstak.

Maar na het auto-ongeluk is er iets in haar geknakt.

Ze is nooit meer de oude geworden.

Toen het net was gebeurd, zat ze avond aan avond in haar stoel te treuren, met een witte schoenendoos op schoot. Ik weet nog steeds niet wat erin zat, want ik heb 'm nooit ergens kunnen vinden. Blijkbaar had ze hem goed weggestopt; een deel van haar dat ik niet mocht zien. Deze trieste geschiedenis had ons dichter bij elkaar kunnen brengen, maar het tegenovergestelde is gebeurd.

'Wil je nog een cappuccino, mam?' vraag ik als ik beneden kom.

'Nee, bedankt,' zegt ze. 'Ik kreeg het net voorgezet, maar eigenlijk vind ik die prut uit de poederzakjes niet zo lekker. Heb je ook échte koffie?'

'Ja hoor,' antwoord ik – en doe mijn best om niet al te narrig te klinken.

'Ook niet met van die cupjes, hè,' waarschuwt ze. 'Da's allemaal oploskoffie.'

'Nee mam, je krijgt gewone koffie uit een gewone cafetière.'

Terwijl ik drie schepjes geurige, gemalen koffie afmeet, zegt mijn moeder opeens: 'Weet je, Iris, ik ben hier ook naartoe gekomen omdat ik je iets belangrijks wil vertellen. Iets wat je moet weten.'

Ik zei het toch? Er is altijd een verhaal.

Ik vul de cafetière met kokend water uit de Quooker en vloek binnensmonds omdat er gloeiend hete druppels op mijn hand vallen. Door verkalking in de opening van de heetwaterkraan gaat de Quooker om de zoveel tijd sputteren. Dat euvel is makkelijk te verhelpen door het mondstuk een nachtje in azijn te laten weken – maar dat is iets wat Pieter altijd deed. En op de een of andere manier brand ik liever mijn handen dan dat ik er zelf iets aan ga doen.

'Nou, vertel op,' zeg ik, niet bijster enthousiast.

'Pieter...' begint mijn moeder bedachtzaam (en mijn maag krimpt onbewust ineen zodra ik zijn naam hoor) '... is écht een goede partij, dus ik hoop met heel mijn hart dat je hem nog een kans wilt geven zodra hij is bijgekomen van zijn bevlieging.'

Even ben ik sprakeloos. *Een goede partij?*

Wie is dit? Mijn moeder, of Mrs Bennet uit *Pride and Prejudice*?

'Is dát wat je me wilde vertellen?' vraag ik verwonderd. 'Dat ik Pieter nog een kans moet geven?'

'Ja... Of nee, dat niet alleen, maar ik...'

'Mam,' val ik haar ongeduldig in de rede, 'ik ga te voet naar Lourdes als hij míj nog een kans wil geven! Maar waar komt dit opeens vandaan? Jij hebt Pieter toch nooit echt gemogen?'

Mijn moeder schudt haar hoofd. 'Ach, jawel. In zijn hart is het een goeie jongen.'

'Ha – dat had je hem de afgelopen jaren dan weleens mogen vertellen.'

Ze denkt even na, en zegt: 'Een van de belangrijkste dingen die ik je heb willen meegeven, is dat je in dit leven je eigen boontjes moet kunnen doppen. Dat is je gelukt, en daar ben ik heel erg trots op. En dat had ik jóú de afgelopen jaren weleens mogen vertellen.'

Die zag ik niet aankomen. 'Maar...' gaat mijn moeder verder voordat ik al te ontroerd kan raken, 'jij bent óók Pieters boontjes gaan doppen. En zoals je weet heeft het me nooit lekker gezeten dat jij met jouw studie bent gestopt om die van hem te kunnen financieren.'

'Nee, zoveel was duidelijk.'

'Toen hij die plek kreeg als kaakchirurg in het VUmc was ik dan ook blij dat hij nu eens voor jóú zou kunnen gaan zorgen. Maar tegelijkertijd ben ik altijd bang geweest dat hij de druk van die twee niet zou kunnen weerstaan.'

Het bloed schiet naar mijn hoofd. *Die twee? Is er nóg iemand?*

'Weet jij soms iets wat ik niet weet?' stamel ik, terwijl ik met trillende handen een kop koffie voor mijn moeder inschenk.

Ze ruikt met een vies gezicht aan de melk. 'Het is toch hopelijk wel gewone koffiemelk hè, en niet van die soja? Ik krijg...'

'... constipatie van soja. Ik weet het. Pieter was van de biologische sojamelk, ik niet. Dit is ordinaire koffieroom van de Appie. Welke twee, mam?'

'Zijn ouders!'

'O, zijn ouders,' verzucht ik opgelucht. 'Ik dacht even dat er sprake was van twéé briljante studentes die bovengemiddeld konden aftrekken.'

Mijn moeder kijkt verstoord op. 'Kijk, Iris, dit is nu precies het soort taal dat jou niet bepaald tot de ideale schoondochter maakt.'

'Moet dat dan? Pieter is toch ook niet bepaald Arie Boomsma?'

'Reken maar dat zijn ouders dat graag hadden gewild. Hoe langer Pieter met jou samen was, hoe meer afstand hij heeft genomen van de kerk.'

'Ho eens even – dat had niets met mij te maken. Pieter gelooft nog steeds, maar hij is gewoon niet zo'n fan van georganiseerde religie.'

'Vertel dat maar aan zijn vader. Wat hem betreft leidde jij Pieter in bekoring.'

'Ma-ham...'

'Nee, serieus. Hoe vaak heeft die ouwe – o pardon, dókter Van Kralingen – jou al niet gevraagd wanneer je eens "zinvol" werk gaat doen?'

'Vaak.'

'Precies. Hij en Sylvia gruwen van het soort programma's dat jij maakt. Nu moet ik eerlijk zeggen: dat *Bitch Slap*, waarin meiden hun problemen letterlijk in een boksring moesten uitvechten...'

'... dat was inderdaad niet heel smaakvol,' verzucht ik. 'Maar wel heel succesvol. Ik heb principes en vaste lasten, mam. Zo werkt het nu eenmaal.'

'Heb je iets van een koekje?' vraagt mijn moeder opeens.

'Ik dacht dat je van de zenuwen niks kon eten?'

'Dat is ook zo, maar ik heb wat suiker nodig. En mag er een raam open?'

'Ik weet nog goed dat ik Pieter senior voor het eerst ontmoette,' zegt mijn moeder terwijl ik een bovenraampje kantel en een verpakking gevulde speculaas uit de voorraadkast opduikel. 'Hij vroeg me waar ik werkte. "Bij de beautycounter van de Bijenkorf," zei ik trots. Want je weet hoe fier ik was hè, op mijn eerste fulltimebaan.'

'Ja, dat weet ik,' zeg ik, en zet de speculaas op tafel.

'En weet je wat hij zei?'

'Ja, dat weet ik ook. Je hebt het me al vaker verteld.'

'Hij zei: "Aha, dus u smeert al die onzekere vrouwen die nutteloze rommel aan." Dat ben ik nooit vergeten. En toen stuurde Sylvia me zo'n boekje...'

'... van het kerkgenootschap...' vul ik maar alvast aan.

'Inderdaad, met daarin onderstreept het citaat: "Schoonheid bestaat niet uit uitwendige versierselen, maar uit de onvergankelijke tooi van een zachtmoedige en stille geest".'

Mijn moeder breekt een stukje van de gevulde speculaas en begint hoofdschuddend te eten. 'Tss – pedante figuren.'

Ik begin mijn geduld te verliezen. Waar een gesprek ook begint – het komt altijd bij mijn moeder uit. Ik neem een grote hap van mijn dubbele boterham; recht uit het midden, waar alles het lekkerst is. 'Wat zit je nu eigenlijk het meest dwars, mam?' vraag ik met volle mond. 'Dat die twee op míjn werk neerkijken? Of op het jouwe?'

Mijn moeder reageert niet, maar kijkt stuurs naar het tafelblad, waar ze drukdoende is ieder minuscuul koekkruimeltje met haar wijsvinger op te wippen.

'En trouwens,' ga ik verder, 'waar jij het over hebt, is negen jaar geleden. Ze hebben inmiddels iets minder zendingsdrang.'

'Dat denk jij,' zegt mijn moeder. 'Vergeet niet dat meneer de dokter vroeger "goede werken" heeft verricht in Malawi, en dat hij nog steeds een aantal missieposten steunt. Hij hoopt al jaren dat zijn zoon daar een tijdje aan de slag zal gaan...'

'Dat mag zo zijn, maar Pieter gaat echt niet naar Afrika omdat die ouwe dat graag wil. Hij is in de ban van die Suzanne; zij heeft hem de kop verdraaid, die vuile eh… "korte urine trechter".' '… Zo beter, mam?'

'Heel geestig, Iris. Maar één ding: onderschat nooit de hoeveelheid druk die ouders op hun kinderen kunnen leggen.'

'Dat is apart,' zeg ik met een zuur lachje. 'Komende van jou.'

Mijn moeder haalt haar neus op en plukt wat onzichtbare pluisjes van haar vest. 'Ik ken je verwijten wel, hoor,' zegt ze, nu bijna fluisterend. 'Ik weet wat je me allemaal kwalijk neemt… Maar het enige wat ik heb gewild, is dat mijn tragiek jou bespaard zou blijven.'

'Jouw tragíék? Sjezus, mam, er taaien wel meer kerels af, maar jij sleept het Verlaten Vrouwen Syndroom al je hele leven als een soort erekruis met je mee. Laat het toch eens los!'

'Alsof jíj daar zo goed in bent, Iris,' veert mijn moeder op. 'Neem alleen al de naam van je zoon! Ooit gaat hij vragen waarom hij eigenlijk Milan heet. En wat moet jij dan zeggen? "Ik wilde je vader een hak zetten?" Nee, dát is lekker volwassen. Mag ik je een tip geven? Draai die onzin terug.'

Geërgerd schuif ik mijn stoel naar achteren. 'Gezellig dat je er weer bent, mam. Dit heb ik echt gemist; die warme, moederlijke adviezen. Maar misschien is het juist voor jou wel leuk om te weten dat ik je kleinzoon bij de burgerlijke stand heb aangegeven als M.P.R. Vandenberg: Milan Pieter René.'

'René?' stamelt mijn moeder. 'Zoals je vader?'

'Inderdaad,' zeg ik, 'zoals mijn vader. De grote onbekende. Net als in Peter R. de Vries weet straks niemand waar die R voor staat. Ik ook niet, want je hebt me nooit iets over hem willen vertellen.'

'Dat wilde ik wel, maar ik heb gezocht naar een geschikt moment…'

'O ja? En wanneer is dat dan? Later als ik groot ben? Ik ben nú groot, mam, en kijk eens hoe soepel ik met mijn eerste grote relatiecrisis om kan gaan.'

'O Iris, je bent net zo fel als ik vroeger was.'

'Fel? Boos en bitter, bedoel je zeker. De vleesgeworden afwijzing.'

Eerst kijkt mijn moeder me met grote ogen aan, maar dan verschijnt er een droef lachje op haar gezicht. 'Heb je het over mij?' vraagt ze. 'Of over jezelf?'

Whoa, Vandenberg, die zit. Of nee – hij zit helemaal niet.

Natuurlijk heb ik het over háár. Toch?

'Kijk – op dit moment heb je alle reden om boos te zijn,' onderbreekt mijn moeder mijn gedachten. 'Op Pieter, op Suzanne, op mij. Maar je hebt nog steeds de hoop dat het weer goed komt, of niet?'

'Ja.'

'Oké. Maar stel dat binnenkort gaat blijken dat Pieter – om wat voor reden dan ook – niet met je verder wil...'

'... dat wil hij wél, mam. Hij wil verder met óns, met Milan en mij. Dat moet. Meneer denkt nu nog even met zijn kleine kop, maar ooit gaat het licht in zijn bovenkamer weer aan.'

'Maar stel dat hij níét bij je terugkomt,' vervolgt mijn moeder met nauwelijks verholen ergernis, 'dan word je misschien zó boos en onredelijk dat de kans bestaat dat je dingen doet of zegt die je niet meer terug kunt draaien. Ik heb het daar uitgebreid met Ineke over gehad en...'

'Met Ineke? Over míj?'

'Laat me toch eens uitpraten!'

'Je hebt gelijk. Pardon. Het is natuurlijk heel normaal dat jij mijn onredelijkheid met jouw psycholoog bespreekt.'

Mijn moeder besluit mijn laatste opmerking wijselijk te negeren – en gelijk heeft ze. Zij en ik – wij halen niet het beste in elkaar naar boven. Mijn moeder is het krijtje op mijn schoolbord. Als ik zie hoe leuk, warm en ontspannen Babette met haar moeder omgaat, voel ik geregeld een steek van jaloezie.

Toen ik dat ooit tegen Babettes moeder uitsprak, zei ze: 'Weet je, Iris, met één hand kun je niet klappen. Als je een betere relatie met je moeder wilt, zul je bij jezelf moeten beginnen.'

Ja, ja, *hugging the cactus*. Het ligt verdomme altijd aan mij.

'Iris,' zegt mijn moeder, 'luister je nog? Wat ik nu ga zeggen, vind ik echt belangrijk. Geef Pieter altijd de kans om een vader te zijn; ook al is dat misschien in een vorm of op een manier die jou niet aanspreekt.'

Het is wonderlijk, maar mijn moeder kijkt erbij alsof ze zojuist de miljoenennota heeft uitgesproken; vol zware maar noodzakelijke ingrepen.

Dit was het? Dít is de grote levensles?

'Ha,' schamper ik, 'maar dan moet meneer wel een vader wíllen zijn.

Straks taait-ie echt naar donker Afrika af, en dan? Mijn eigen vader keek ook nooit meer achterom!'

Ik heb het nog niet gezegd, of mijn moeder loopt rood aan. 'D-dat van je vader,' slaat ze zichzelf kuchend op de borst, 'dat is niet helemaal waar...'

'Hè, wat?' vraag ik verbaasd terwijl ik haar iets harder dan strikt noodzakelijk op de rug klop *(ja, kom op zeg, ik ken dit benauwdheidstheater al iets langer dan vandaag)*. 'Hoe bedoel je? Wat is er dan wél waar?'

Op dat moment wordt er op het raam getikt. Ik hoor Boris blaffen, en nog een paar andere honden. Verrek – uitgerekend nu komt Laura die hond terugbrengen. Ze zou hem wat langer meenemen omdat ik naar het consultatiebureau moest, maar eerlijk gezegd heb ik sinds mijn thuiskomst geen seconde meer aan dat beest gedacht.

'Mam, wat is er dan wél waar?' dring ik aan.

De deurbel gaat.

'Doe eerst maar even open,' zegt mijn moeder raspend, terwijl ze een slokje van haar koffie probeert te nemen.

'Oké,' antwoord ik met tegenzin. 'Maar blijf zitten waar je zit.'

Terwijl ik de gang in loop, schieten allerlei verwarrende gedachten door mijn hoofd. Mijn maag draait er spontaan van in een knoop. Als ik de voordeur openzwaai, word ik bijna onder de voet gelopen door Boris die zich met vieze modderpoten tussen mijn benen door naar binnen wringt. Het busje van Reservoir Dogs staat met knipperlichten op straat, en uit het laadruim klinkt een pandemonium van opgewonden keffers.

'Ik zag dat je thuis was,' zegt Laura, 'dus ik wist niet of ik zomaar je sleutel kon gebruiken. Dat vind ik altijd zo vrijpostig.'

'O, geen probleem hoor,' zeg ik gehaast, terwijl ik over mijn schouder kijk waar die stomme herder met zijn smerige poten is gebleven.

'Alles goed gegaan?' vraag ik voor de vorm.

'Ik denk dat Boris veel honger heeft,' lacht Laura vermoeid. 'We zijn lekker tekeergegaan in het park.'

'Dat zie ik,' zeg ik, terwijl ik de deur al half sluit. 'Het zweet loopt langs je gezicht.'

Nu ik wat langer naar haar kijk, zie ik opeens dat Laura er behoorlijk afgepeigerd uitziet. Ze heeft donkere kringen onder haar ogen, en haar kleding slobbert om haar lijf.

'Gaat het wel met je?' vraag ik.

'Nou... Ik ben dol op de honden en ik vind het heerlijk om met ze buiten te zijn, maar ik merk dat ik steeds sneller moe word. Maar ja, wat wil je ook, zoiets hakt erin hè...'

Onrustig wip ik van mijn ene been op het andere. Dit is natuurlijk hét moment waarop ik Laura zou kunnen vragen met welke gezondheidsproblemen ze nu precies worstelt, maar uitgerekend nu heb ik mijn moeder binnen zitten, die eindelijk op het punt lijkt te staan om me iets over mijn vader te vertellen. Sorry – eigen shit eerst.

Maar dan verschijnt mijn moeder opeens naast me in de deuropening. Ze heeft haar jas al aan. 'Dag,' glimlacht ze flauwtjes terwijl ze Laura een hand geeft. 'Ik ben Marjan, de moeder van Iris.'

'O, hallo,' antwoordt Laura. 'Nog gefeliciteerd met uw kleinzoon!'

'Dank je, het is een heerlijke jongen.' En dan naar mij: 'Iris, ik moet gaan. Ik heb een afspraak bij de dokter.'

Ik pak haar bij de arm. 'Nee, mam, wacht, ik...'

'Ik moet ook gaan,' zegt Laura verontschuldigend, 'maar ik wilde nog even zeggen dat je misschien even naar Boris' rechterpoot moet kijken...'

Plotseling toetert er een auto; het busje van Laura blokkeert de straat.

'Dag, schat,' zegt mijn moeder terwijl ze naar buiten loopt. 'Ik zie je snel.'

'... want hij lijkt soms te hinken...' gaat Laura verder.

'Ma-ham, blijf nog heel even,' bedel ik. 'Ik ben zo klaar...'

'... dus het kan zijn dat Boris in iets scherps is gaan staan...'

'Ja, ja is goed,' knik ik afwezig naar Laura. 'Bedankt, en tot morgen.'

'Oké,' zegt ze, 'hoe laat haal ik Boris op?'

De auto toetert nog 'n keer.

'Zelfde tijd,' antwoord ik gehaast.

'Prima, dag!'

Als Laura tot opluchting van de druk gebarende automobilist in haar busje stapt, zie ik dat mijn moeder bij haar Smart is aangekomen.

'Mam!' roep ik haar na. Ze draait zich om. Gelukkig.

'Als je me nodig hebt, kun je me altijd bellen!' roept ze.
En dan stapt ze in.
'Maar ik heb je nú nodig,' mompel ik verslagen.
Als ik even later terug in de keuken kom, zie ik hoe Boris met zijn modderpoten op een van de stoelkussens is gaan staan, en smakelijk mijn boterham van de tafel eet.

8

Het is maandag rond het middaguur, en ik ben met Milan in de tram onderweg naar de prikpoli van het VUmc. Na een week van regen breekt eindelijk een winters zonnetje door.

Vandaag ga ik Pieter zien; dat voel ik aan alles.

Ik heb dan ook maar meteen mijn uitgroei laten bijwerken; al was het dit keer niet bij mijn eigen kapper. Normaal gesproken vind ik het heerlijk om naar Blow te gaan, maar al die nichten en die vrouwen – dat loopt hoe dan ook uit op groepstherapie.

Ik heb me al vaker afgevraagd waarom mensen zo geneigd zijn om allerlei persoonlijke dingen te vertellen bij de kapper. In de loop der jaren heb ik de meest ranzige verhalen voorbij horen komen: over rubberen lakens in parenclubs *(die je o zo handig met een nat doekje kunt afnemen);* over schaamhaar dat mettertijd ook grijs blijkt te worden *(echt?)* en over een hitsige collega die een foto had gemaild van zijn stijve pik die hij *(met zijn 06-nummer erop!)* onder het kopieerapparaat had gelegd.

Daar kun je nog smakelijk om lachen, maar ik weet van Robin dat vrouwen hem ook écht persoonlijke dingen vertellen; over verlies en eenzaamheid, spijt en verlangen. 'Een van de belangrijkste redenen daarvoor is dat mensen door mij worden aangeraakt,' heeft hij weleens gezegd. 'Jij kunt het je misschien niet voorstellen, maar voor heel wat van mijn cliënten ben ik een van de weinige lijfelijke contacten die ze hebben.'

Inmiddels kan ik me dat heel goed voorstellen.

Met een baby heb je aan een bepaald soort lichamelijkheid geen gebrek: ik vind het zalig als Milan met zijn hoofdje op mijn borst ligt te slapen, of als ik met mijn mond kleine scheetjes op zijn buikje kan blazen. Maar na al die weken lijkt het me ook heerlijk als iemand míj weer eens zou koesteren – waarbij een aai over mijn bol heel leuk zou zijn, maar een ochtenderectie die in mijn rug prikt nog nét iets leuker.

Pieter is mij één keer bij Blow komen ophalen, en sindsdien krijg ik steevast van Fred en Robin te horen hoe ze hem 'weleens zouden willen bijpunten', en andere wilde variaties op dat thema. Ik moest daar altijd erg om lachen, maar nu even niet. Ik kon van de week dan ook niet de energie vinden om mijn trieste geschiedenis daar te gaan vertellen. Het verhaal is ook nog niet klaar; de eindmontage kan nog alle kanten op.

En ik had geen trek in de onvermijdelijke *I told you so*'s.

Fred kijkt namelijk graag naar *De coassistent*, en hij vroeg me laatst nog of ik me geen zorgen maakte over al dat clandestiene geseks in het ziekenhuis. Toen ik zei: 'Je weet dat het fictie is, hè?' trok hij één wenkbrauw op en antwoordde: 'Tuurlijk schat, maar je weet zelf: een lekker taartje eet je nooit alleen.'

Even voor de duidelijkheid: zó lekker is Kraal nu ook weer niet.

Met zijn grote neus en zijn korte benen is hij niet conventioneel knap, maar op een of andere manier werkt het allemaal wel. Toen ik hem net had leren kennen, probeerde ik dat gevoel aan mijn moeder uit te leggen. 'Ach ja,' zei ze schouderophalend, 'knap gaat vervelen en lelijk went.' Oké – zo bedoelde ik het helemáál niet.

Maar weet je wat wél went? Dat er van je gehouden wordt.

Als het er is, denk je dat het er altijd zal zijn. Het wordt een gegeven; iets waar je van uitgaat, en waar je meestal veel minder dankbaar voor bent dan je zou moeten zijn. Maar dat ga ik vanaf nu allemaal anders doen.

Mijn bikinilijn heb ik alvast laten waxen. Babette en Cassandra – met wie ik gisteravond weer eens ouderwets aan mijn keukentafel ben doorgezakt – vonden mijn *brazilian* iets te voorbarig, maar ik ben opgetogen over mijn kale voor- en achtertuin.Ondanks het feit dat het idioot veel pijn doet en het buitengewoon gênant is om op handen en knieën te moeten gaan zitten zodat iemand hete wax tussen je billen kan smeren, ben ik blij dat ik mijn achterstallige onderhoud heb weggewerkt.

Ik heb de meiden overigens niets verteld over de vreemde opmerkingen van mijn moeder en mijn reactie daarop. Anders krijg ik dáár weer commentaar op, en ik vind ze sowieso al een tikje kritisch de laatste tijd. Ze zeggen steeds vaker dat ik te veel blijf hangen in 'hoe het zou moeten zijn', en dat ik me eens wat meer zou moeten gaan focussen op 'hoe het is'.

'Maar hoe ís het dan?' vroeg ik wrevelig.

Behalve een paar steelse blikken naar elkaar konden ze daar geen antwoord op geven. Ze begrijpen ook niet waarom ik zo verguld ben met mijn verwijsbriefje voor de prikpoli. 'Wat denk je daar eigenlijk te gaan dóén?' zei Babette. 'Het leven is geen fokking romantische komedie. Als je maar niet denkt dat jij en Kraal een soort *meet-cute* gaan hebben in het cadeauwinkeltje, en dat hij tussen de valentijnsballonnen voor je op zijn knieën zal vallen.'

Dat is eerlijk gezegd precies wat ik denk.

Of in ieder geval wat ik hoop. Ik heb me zelfs speciaal gekleed voor de gelegenheid; te beginnen met de suède Shabbies-laarzen die ik vorig jaar van Pieter heb gekregen, en mijn Stella McCartney-jas van eerlijke wol en biologisch katoen. Daar kan in ieder geval geen onvertogen woord over vallen.

Niet geheel toevallig is de jas ook nog eens rood, want Babette heeft mij ooit verteld dat uit wetenschappelijk onderzoek is gebleken dat mannen foto's van vrouwen die iets roods dragen als aantrekkelijker beoordelen dan foto's van dezelfde vrouwen in een blauw truitje. De voorkeur van mannen voor de kleur rood bleek zelfs zo sterk dat een simpel rood kader om de foto de beoordeling al omhoogstuwde.

En dus draag ik vandaag naast mijn gebruikelijke sterretjesmascara en Orgasm-blush ook een rode lipgloss – 'kersenrood', zoals mijn moeder me altijd ingepeperd heeft, 'en niet oranjerood, anders lijken je tanden geel'.

De afgelopen dagen heb ik een aantal malen geprobeerd mijn moeder te bereiken, maar toen ik haar eindelijk te pakken had, zei ze dat ik haar wat mijn vader betreft 'verkeerd had begrepen', en dat de dokter had gezegd dat ze het 'heel rustig aan moest doen', maar dat ik verder 'altijd op haar kon rekenen'. Welja. Ik heb het er maar bij gelaten. Ik kom er wel 'n keer op terug als ik mijn leven weer op de rails heb. Het zou me trouwens niets verbazen als dan blijkt dat mijn moeder met iets vaags over mijn vader op de proppen was gekomen, omdat ze de aandacht wilde afleiden van het feit dat ze me een aantal weken heeft laten zitten.

De tram gaat hoekig door de bocht, en wanneer de wandelwagen begint te rollen, bedenk ik dat ik hem niet op de rem heb gezet. Snel klik ik hem met mijn voet vast, en haal opgelucht adem. De bedoeling is de prikpoli; niet de Eerste Hulp.

Buiten zie ik een vrouw joggen met haar hond. Ik denk aan Boris. Daar ben ik nog mee naar de dierenarts geweest. Hij hinkte zo meelijwekkend door het huis dat zelfs ik het zielig begon te vinden. Toen hij laatst met een diepe zucht bij de voordeur ging liggen, drong er opeens iets tot me door: we missen dezelfde man. Die constatering heeft ons wonderlijk genoeg iets dichter bij elkaar gebracht. Iets – maar niet veel. Want toen ik zaterdagnacht op de bank voor de televisie wakker werd terwijl Boris zijn leverachtige brokkengeur in mijn gezicht stond te ademen, was het effect alweer grotendeels tenietgedaan.

Hoewel Boris officieel 'mijn' hond is, had ik de praktijk van de dierenarts nog nooit vanbinnen gezien. Ik had een hele preek verwacht, maar dat viel me alles mee.

Selke bleek een vrolijk en kordaat type. Ik mocht haar direct; sommige mensen hebben dat over zich. Al was het alleen al om die sticker achter op haar auto: OPGEPAST HEREN, DEZE DIERENARTS KAN CASTREREN.

Boris bleek inderdaad een splinter in zijn rechterpoot te hebben. 'Uiteindelijk gaat zijn lichaam die splinter er vanzelf uitstoten,' zei Selke, 'maar waarom zou je afwachten als je ook kunt handelen?'

Nou, inderdaad.

Toen ik na een kwartier met een opgetogen hond de deur uit liep, heb ik meteen de VU gebeld en een afspraak gemaakt 'voor een compleet bloedbeeld' bij de prikpoli.Daarna heb ik een aantal leuke foto's van Milan naar de HEMA gemaild om er eindelijk eens een paar te laten afdrukken. Afhalen was sneller; en diezelfde dag lagen ze al klaar. Ik had ook portemonneeportretjes aangevinkt, wat de man achter de fotobalie de opmerking ontlokte: 'Zo, die zijn zeker voor papa?'

Ik stond nog te bedenken wat ik hier nu eens op zou antwoorden, toen hij enthousiast verderging: '... want je weet wat ze zeggen, hè?'

'Eh... nee?' antwoordde ik weifelend, met een schuine blik op de rij mensen die achter me stond te wachten.

'Een vader, dat is een man met foto's in zijn portemonnee op de plek waar vroeger het geld zat!' Hij schaterde het uit, duidelijk verguld met zijn eigen gebbetje, en ook de mensen achter me konden er smakelijk om lachen. Er komt ongetwijfeld een dag dat ik dit ook allemaal heel geestig vind, maar zover ben ik nog niet.

Eenmaal weer thuis voelde ik een enorme behoefte om dingen schoon te maken, weg te gooien en op te ruimen. Die aandrang heb ik niet vaak, dus als de planeten op één rij staan moet ik meteen de mouwen opstropen.

Wekenlang heb ik niets durven te veranderen aan Pieters spullen in ons huis; bang als ik ben om een bepaald equilibrium te verstoren. Ik moest van mezelf alles precies zo laten als het was, want alleen dan kon het ook weer precies zo worden. Ik vond dat wel een romantische gedachte, totdat Babette me wakker schudde. 'Dus jij denkt dat de terugkeer van Pieter mede beïnvloed wordt door de positie van je meubilair?' zei ze, terwijl ze met haar vingers een laag stof van de tv veegde. 'Iris, dat is niet poëtisch, dat is pathetisch.'

En dus ging afgelopen weekeinde de bezem erdoor. Pieters badjas ging in de was en de aangebroken flessen van zijn favoriete sauzen verdwenen in de prullenbak. Als hij straks weer thuiskomt, krijgt hij in ieder geval geen opgedroogde restjes. Ik durfde zelfs de stoflap door zijn werkkamer te halen; voorzichtig manoeuvrerend langs alle peperdure *Star Wars*-verzamelobjecten. In deze kamer voel ik Pieters energie misschien nog wel het meest; wellicht is dat de échte reden waarom ik er al die weken met een grote boog omheen ben gelopen. Nadat ik het werkblad met het schaalmodel van de Death Star zorgvuldig had afgenomen, heb ik Pieters lijm, zijn pincet en alle andere benodigdheden liefdevol op dezelfde plek teruggelegd. Hij kan er zó weer in, om af te maken waar hij aan begonnen was.

Zodra we bij de halte van het VUMC zijn aangekomen en de deuren zich nog maar nauwelijks hebben geopend, dromt een aantal ongeduldige types meteen de tram binnen. Terwijl mijn handtas steeds van mijn schouder naar de knik van mijn elleboog glijdt *(hoe verrekte hinderlijk is dát?)* probeer ik Milans wandelwagen tegen de stroom in te draaien zodat ik hem naar buiten kan duwen.

'Pardon, mag ik alstublieft eerst even naar buiten?' vraag ik aan niemand in het bijzonder – waardoor zich ook niemand in het bijzonder aangesproken voelt. Een van de mannen scheert met zijn zware schoudertas rakelings langs me heen, om hem daarna plompverloren voor de wielen van de wandelwagen neer te zetten.

'Meneer,' zeg ik, terwijl ik niet al te ontstemd probeer te klinken, 'u ziet toch dat ik eruit wil? Kunt u alstublieft even die tas uit de weg halen?'

'Haal jezelf uit de weg,' antwoordt de man chagrijnig.

'Sorry?' vraag ik verbluft, terwijl de ons omringende passagiers heel erg hun best doen om de andere kant op te kijken.

'Iedere dag die kolerekinderwagens in de tram,' blaft de man. 'Weet je wel hoe irritant dat is?' Geërgerd schuift hij zijn tas een klein stukje met zijn voet opzij.

Het zweet breekt me uit. Verontwaardigd en geagiteerd duw ik Milan naar buiten. 'Voor mij is het anders ook niet makkelijk, hoor,' zeg ik over mijn schouder.

'Dan had je dat kind niet moeten nemen,' komt het barse antwoord.

Nu schiet het bloed pas echt naar mijn hoofd. 'Hadden jóúw ouders daar maar zo over gedacht!' roep ik met overslaande stem, net voor de deuren zich sluiten.

Terwijl de tram wegrijdt, merk ik dat ik helemaal sta te trillen. Voor het eerst vervloek ik het feit dat Pieter de Audi heeft meegenomen. Oké, technisch gezien is het zijn auto, maar na al die jaren ben ik er natuurlijk behoorlijk aan gewend geraakt dat 'we' een auto hebben.

Ik begrijp dat Pieter de wagen meer nodig heeft dan ik omdat hij als jongste chirurg vaak in de nachtelijke uren moet opereren en geregeld voor spoedjes wordt opgeroepen, maar nu met Milan en de hele santenkraam kan ik wel wat *hufterproof* bewegingsvrijheid gebruiken. Want dat is zo'n kerel toch? Een hufter. Een klootzak. Een bloedlul. Maar wel één die dwars door me heen keek.

Of is dat mijn eigen schuldgevoel?

Beschaamd buig ik voorover naar Milan, die me vanonder zijn gebreide Rock Star Baby-mutsje met grote ogen aankijkt, en aai over zijn wangetje.

Dan had je dat kind niet moeten nemen.

Hoe vaak heb ik dat de afgelopen weken niet gedacht?

Eerst begint Milans lipje te trillen (*o nee, nee, nee – niet nu!)* en dan zet-ie het op een huilen. Ik rammel zachtjes met de wandelwagen heen en weer, en begin te lopen. Het rijden over de stoeptegels brengt Milan enigszins tot bedaren, maar ik zie aan zijn verkreukelde snuitje dat het ieder moment weer los kan gaan. Onder het lopen probeer ik het Suck You-speentje voorzichtig in zijn mondje te duwen, maar hij duwt hem net zo hard weer naar buiten.

'Niet huilen, poppie,' smeek ik, 'niet huilen, alsjeblieft. Dat kan mama er nu even niet bij hebben...'

Als ik met de dreinende Milan bij de ingang van het VUmc ben aanbeland, torent het ziekenhuis als een onneembare vesting boven me uit. Het idee dat Pieter hier ergens binnen is, beneemt me bijkans de adem. Zodra ik de verbindingsbrug ben overgestoken, voel ik hoe de yoghurt met muesli die ik vanochtend heb gegeten een beetje omhoogkomt in mijn mond.

Weg is de bravoure, het opgespaarde zelfvertrouwen, de daadkracht die ik vanochtend voelde. Waarom wilde ik dit ook al weer?

Ik zal niet ontkennen dat ik de halfdoorwaakte uren tussen twee nachtvoedingen meer dan eens heb besteed aan het uitwerken van een droomscenario. Zo weet ik dat Pieter geregeld op de poli komt om patiënten te ontmoeten, allerlei zaken te bespreken of om zijn favoriete koffie te halen. En dus, dacht ik, als ik maar lang genoeg blijf hangen, zouden we elkaar toevallig kunnen tegenkomen – waarbij toevallig natuurlijk een rekbaar begrip is.

Ik zou dan heel verrast zijn. En goed in de kleren. Niet afgetobd. En al helemaal niet confronterend. *Easy-breezy*. Dan zou ik kunnen zeggen: 'Goh, wat bijzonder dat ik je hier tref, ik moet net een bloedonderzoek laten doen.' En dan zou Pieter bezorgd vragen waarom dat zo was, want de dreiging van een ziekte brengt iemand altijd snel bij de les. Maar bovenal zou hij worden ingepakt door Milan, met zijn coole Nike-slofjes en het onweerstaanbare scheve lachje dat iedere DNA-test overbodig maakt.

En mocht het allemaal niet zo lopen, dan was er altijd nog plan B, waarin ik ongezien een valentijnskaart met een luchtige, uitnodigende tekst en een paar mooie foto's van Milan bij 'Mondziekten en Kaakchirurgie' zou afgeven.

Het klonk allemaal zo... logisch.

Maar nu ik hier sta, in de centrale hal, met een bonzend hart en een huilende baby, lijkt het wel of ik naar mezelf kan kijken vanuit een camerakraan die een steeds hoger en wijder shot van me maakt. En opeens zie ik wie ik werkelijk ben: een stumper. Een zielenpiet. Een verlaten vrouw die inderdaad niet onder ogen durft te zien wat er 'is'.

Verdomme – ik geloof zélf niet eens in mijn kinderachtige fantasieën. De waarheid is dat ik weer eens híér wilde zijn, op de plek waar Milan is geboren; in de hal waar ik eind vorig jaar nietsvermoedend met mijn dikke buik naar binnen ben gekomen. Toen mijn leven nog gewoon was. En Pieter nog van me hield.

Er gaat een rilling door me heen bij het idee dat ik misschien wel lucht inadem die hij vandaag ook heeft ingeademd.

Dan had je dat kind niet moeten nemen.

Oké, Vandenberg, *you're losing it.*

Rustig blijven nu. Maar wat moet ik doen?

Wat ik in ieder geval níét ga doen, is bloed laten prikken. God mag weten dat ik een heleboel dingen tekort kom, maar ijzer is er daar niet één van. Maar wat dan – plan B? Of toch maar stilletjes afdruipen met de staart tussen de benen? Dat nooit. Ik hoef me toch nergens voor te schamen? Behalve dan misschien voor mijn ietwat onnozele *(nou ja, zeg maar gerust stupide)* wensdenken dat ik Pieter hier zou treffen? Die kaart gaat er komen.

In het cadeauwinkeltje schud ik met één hand zachtjes de wandelwagen heen en weer, terwijl ik met de andere hand zenuwachtig door de kaartenstandaarden loop. Ik kies uiteindelijk voor een envelopkaart van een pleister op een hart. Een open wond was beter geweest, maar gek genoeg verkopen ze zoiets in een ziekenhuis niet.

Als ik in gedachten verzonken achter een vrouw met een infuus aan een looprek bij de kassa ben gaan staan, wordt er plotseling op mijn schouder getikt. 'Iris?' vraagt een bekende stem. Mijn hart springt in mijn keel en met een schok draai ik me om. Het is Janneke, mijn verloskundige.

Ze schiet in de lach. 'Sorry vrouw, schrok je?'

Terwijl ik nog naar adem sta te happen, gaat ze al verder: 'O, kijk eens naar die kleine kruimel, wat is-ie gegroeid!'

Milan valt meteen stil. Met grote traanogen en een charmant groen snottebelletje aan zijn neus kijkt hij Janneke verwonderd aan.

'Hé, poekie,' koert ze, 'wat ben jij een knappe kerel geworden! Jullie zijn zeker onderweg naar papa?'

Ik aarzel even met antwoorden, want zeg nou zelf: waar zal ik eens beginnen?

'Wat ongelooflijk leuk dat ik jullie tegenkom,' gaat Janneke enthousiast verder, 'en wat een toeval. Eerst zie ik Pieter, en nu jou!'

Het is alsof iemand me in mijn maag stompt.

'... Pieter?'

'Ja schat, je man, hij zit daar, aan de macchiato...'

Pieter is hier? Fuck, ik wíst het!

'... dus ik zeg nog: "Wat een drukke baan hebt u toch, hè, dokter Van Kralingen", en hij moest er wel om lachen. Hij zegt...'

'Zit hij bij de k-koffiecorner?' stamel ik, terwijl ik onwillekeurig een stap naar achteren doe. 'Nu?'

'Ja, hij zit daar,' knikt Janneke, 'op jullie te wachten, neem ik aan. Met een van zijn coassistenten. Dat bijdehante type, god, hoe heet ze ook al weer... Sandra? Sonja?'

'Deze kaart wordt het voor u?' vraagt het meisje achter de kassa.

Wazig knik ik van ja.

'... Suzanne?' vraag ik met een tong van leer.

'Ja – dat is het,' zegt Janneke, waarop ze zich naar me toe buigt en knipoogt: 'Die meid is duidelijk van hem onder de indruk, want ze hing aan zijn lippen.'

Niet alleen aan zijn lippen, wil ik zeggen, maar ik weet het nog net in te slikken. Verdomme, hij is hier – met háár.

Die mogelijkheid had ik in geen enkel scenario opgenomen. Sinds Pieter de deur achter zich dichtsloeg heb ik mail, Facebook en Twitter grotendeels aan me voorbij laten gaan. Niet alleen omdat ik gek werd van al die meningen en adviezen, maar vooral ook vanwege de vele ongevraagde Pieter *sightings*. Het leek verdomme wel Elvis. Of beter gezegd: Elvis met Priscilla.

Pieter haalde net twéé koffie ☹ bij de Coffee Company.

Zag Kraal in Paradiso – met blond wijf in snollenvod.

Ik werd daar zó onrustig van dat ik het letterlijk heb uitgezet. Ook in mijn hoofd. Júíst in mijn hoofd. Ik ben dag en nacht met Pieter bezig, maar eigenlijk alleen met hém. Voor Suus is er geen plaats in mijn fantasieën; behalve dan dat ik hoop dat ze snel naar Afrika gaat en daar tegen het Marburgvirus aanloopt. Of anders tegen de goederentrein naar Kinshasa; dat is me om het even.

Maar nu word ik dus met de realiteit om de oren geslagen: terwijl ik met een huilende baby achter een kaartenstandaard sta te hyperventileren, zit meneer gewoon lekker aan de koffie. Met háár.

Ik ben al nauwelijks in staat om Pieter na al die weken onder ogen te komen, maar met Súúzzz erbij ben ik helemaal bang dat ik als een opgeblazen soufflé in elkaar ga zakken. Of ik word moorddadig, en dat geeft nog meer rommel.

'Sorry Janneke,' zeg ik, terwijl ik met trillende handen mijn portemonnee en de kaart in mijn tas probeer op te bergen, 'het is leuk om je te zien, maar ik moet... eh, gaan.'

Janneke pakt me bij de arm. 'Wacht eens even, jongedame,' zegt ze quasistreng. 'Hij loopt heus niet weg, hoor. Enneh – denk maar niet dat ik ben vergeten dat je nooit een afspraak hebt gemaakt voor de nacontrole.'

'O – dat. Tja, dat eh...'

'... dat komt door Pieter; ik weet het.'

'O ja?' vraag ik aarzelend.

'Ja, ik heb het zojuist ook tegen hem gezegd, en hij lachte het een beetje weg. Hij is dan wel een medicus, maar het was toch beter geweest als jullie het hele traject netjes met mij hadden afgemaakt.'

'Weet ik, Janneke, het spijt me, maar ik...'

Ze pakt mijn handen. 'Ik begrijp het wel, hoor,' zegt ze. 'De kleine is in ieder geval Hollands welvaren geworden, maar jij ziet wat bleek. Pieter had ook flinke wallen onder zijn ogen, als ik zo vrij mag zijn. Dus neem je rust, hè! Wat je niet hebt, kun je ook niet geven.'

Zodra Janneke met een dikke knuffel uit het winkeltje is vertrokken, duik ik op mijn hurken om zogenaamd wat in de luiertas te rommelen. Ondertussen kijk ik, verscholen achter de kaartenstandaard en badend in het zweet, in de richting van de koffiecorner. Van alle tafeltjes is er één niet bezet. Er staan twee koffiebekertjes op. Zaten ze daar?

Spiedend kijk ik in het rond, maar ik zie nergens een glimp van het tweetal. Moet ik nu opgelucht zijn? Of teleurgesteld? Ik probeer zo onopvallend mogelijk naar het tafeltje te slenteren – voor zover dat gaat met een knalrode jas en een wandelwagen.

Daar staan ze, de kartonnen bekers. Even verkneukel ik me erover dat die twee hoeders van het oppervlaktewater blijkbaar niet de moeite hebben genomen om ze even weg te gooien. Of zou er een spoedje tussen zijn gekomen?

Het ene bekertje heeft een randje lippenstift, de ander restanten van een schuimkraag. Ik til het bekertje met de schuimkraag op en ruik aan de buitenkant. Acqua di Parma. Ik herken het uit duizenden. Een golf van heimwee spoelt door me heen. In een trance voel ik aan het zitvlak van de stoel; hij is nog een beetje warm.

Hier zat hij. Zojuist nog. Een onvoorstelbaar gegeven.

Dan pak ik het koffiebekertje met de lippenstift. Dat knijp ik met één felle beweging in elkaar en druk het daarna plat.

Goh, wat voelt dat lekker.

Als ik nogmaals gelukzalig aan Pieters bekertje ruik, kucht er iemand naast me. Het is een vrouw met een schort om. HOW CAN I HELP YOU? staat erop. 'Mevrouw,' vraagt ze verwonderd, 'waar bent u mee bezig?'

Goeie vraag.

'Ik heb mezelf net onsterfelijk belachelijk gemaakt,' zeg ik tegen Cassandra, als ik haar even later bij de tramhalte aan de telefoon heb.

'Heb je écht aan dat bekertje staan ruiken?' vraagt ze ademloos. 'Wat... sneu.'

Ik kan het niet ontkennen.

'En toen?' vraagt Cassandra, 'wat heb je toen gedaan?'

'Ik ben natuurlijk snel weggegaan. Ik dacht: Straks bellen ze nog iemand. "Code rood: we hebben hier een bekersnuiver, als variatie op de dameszadelruiker."'

'De wát voor zadelruiker?'

'*Never mind,*' zeg ik. 'Nadat ik buiten op adem was gekomen, ben ik naar het parkeerdek gegaan waar Pieter meestal zijn auto parkeert. Toen ik 'm had gevonden, heb ik een paar leuke foto's van Milan in de envelopkaart gedaan, en die onder zijn ruitenwisser gestoken.'

'O jee,' verzucht Cassandra. 'En eh... is het nog gelukt met die "luchtige, uitnodigende" tekst?'

'Ik kon zo gauw niks snedigs bedenken...'

'Iris – je hebt toch wel een beetje de eer aan jezelf gehouden hè? ... *Easy-breezy*, zei je toch? ... Iris – wat heb je erop gezet?'

'Alsjeblieft! BEL ME!'

9

In de tram terug naar huis besluit ik een paar haltes eerder uit te stappen om een frisse neus te halen. Cas had nog gevraagd of ik naar De Klerenwinkel wilde komen, maar ik moet eerst even tot mezelf komen.

Deze noodkreet is de eerste en meteen ook laatste emotionele oproep die ik in Pieters richting ga doen. Als hij nu niet gaat bellen... dan ben ik er klaar mee. Echt.

Maar hij gaat wel bellen.

Janneke zei niet voor niks dat Pieter flinke wallen onder zijn ogen had. Hij ligt er 's nachts ook wakker van. Dat moet.

Terwijl ik met de vrolijk pruttelende Milan *(waarom heeft meneer nu wél een goed humeur?)* naar de ingang van het Vondelpark loop, zie ik de Volkswagen Transporter van Reservoir Dogs in een zijstraat staan. De achterdeuren staan open en er klinkt een opgewonden gekef; de honden worden blijkbaar net uit het busje geladen. Dat treft.

Misschien gaat Laura ook het park in; dan kunnen we mooi een stukje met haar en Boris oplopen. Wie weet kunnen we in dit heerlijke winterzonnetje nog ergens samen op een bankje gaan zitten.

Zodra Boris me ziet, begint hij uitgelaten te springen en aan zijn lijn te trekken. Beetje wonderlijk, maar hé, ik ben inmiddels zover dat ik denk: een man die blij is om me te zien, al heeft-ie vier poten – *I'll take it.* Pas wanneer Boris zijn neus over de rand van de wandelwagen steekt, begrijp ik dat hij niet blij was om míj te zien. Dan klappen de achterdeuren van het busje dicht, en kijk ik tot mijn schrik recht in het gezicht van Douwe.

'O... jij bent niet Laura,' weet ik nog uit te brengen.

'Heel scherp van je,' zegt hij, met een spottende glinstering in zijn felblauwe ogen. 'Vandaar ook die jongensnaam.'

'Touché,' mompel ik beschaamd. Ik maak aanstalten om de kinderwagen te keren – en heel hard de andere kant op te hollen – maar dan springt Boris plotseling tegen mijn jas op. 'Néé, viezerik,' zeg ik achteruitdeinzend, terwijl ik de zwarte moddersporen van mijn jas probeer te kloppen. 'Kijk nou wat je doet!'

Ik heb het nog niet gezegd, of er trekt een wolk van afkeuring over Douwes gezicht. *O, kut. Nu zul je het hebben.*

'Hou jij eigenlijk wel van honden?' vraagt hij scherp. Zijn misprijzende blik doet me verschrompelen vanbinnen; voor zover daar nog iets zit wat nóg kleiner kan worden. Ik voel dat mijn kin begint te trillen en voor ik mezelf kan stoppen, gooi ik alles eruit.

Over Pieter, Suzanne en het aardbeiencondoom. Over mijn moeder, Milan en wat Cassandra zei – minus de vleesgordijntjes. Over de beschamende vertoning in het VUmc. En natuurlijk over Boris, de herder die ik cadeau kreeg terwijl ik helemaal niet van honden houd, en die Pieter nu zo onbekommerd bij me heeft achtergelaten.

'Pfoe,' verzucht Douwe als we even later samen op een bankje in het park zijn gaan zitten en Milan lekker ligt te slapen in het behaaglijke winterzonnetje. 'Dat is een pittig verhaal. Daar kan *The Bold and the Beautiful* nog een puntje aan zuigen.'

Ik weet niet of ik moet lachen of doorgaan met huilen.

'Kijk jij naar *The Bold and the Beautiful*?'

'Jij niet dan? Zo'n soap is relaxed, man. Het ultieme visuele kalmeringsmiddel. *As The World Turns* vond ik eerlijk gezegd leuker, maar dat is nu gestopt.'

Hij wrijft even door zijn haar en lacht: 'Gelukkig is de hele verhaallijn van *The Bold* na twee afleveringen volkomen duidelijk. ... Maarreh – jouw verhaal heeft me ook één en ander duidelijk gemaakt.'

'Hoe bedoel je?' vraag ik, terwijl ik twijfel of ik mijn besnotterde gezicht nu wel of niet met de mouwen van mijn rode jas moet afvegen. Ach ja. Het is allemaal organisch materiaal. Kan Stella vast waarderen.

'Nou – ik kwam die Pieter van jou geregeld met Boris tegen,' zegt Douwe. 'En hij was bijna altijd aan de telefoon; lachend en gebarend. Ik vond het zo'n opgewekte kerel, maar nu begrijp ik met wie hij zat te ginnegappen.'

Onthutst kijk ik hem aan. Het idee dat Pieter, die de laatste maanden niet altijd even goed te genieten was, vrolijk keuvelend met háár over straat ging, brandt zich een weg door mijn hart. 'Anders krijgt-ie harde poep.' Ja, ja. Ik kan mezelf wel voor mijn kop slaan.

Douwe vist een verfomfaaide rol meergranenbiscuits uit zijn rugzak en haalt zijn schouders op: 'Hij zou niet de eerste man zijn die een hond aanschaft om zijn vrouw te ontvluchten. Koekje?'

Terwijl ik stilletjes nee schud, voel ik de tranen alweer branden. Ik word er zo langzamerhand zelf moe van. Het is nu toch weleens klaar met dat gejank?

'O – sorry,' zegt Douwe verbouwereerd.

Maar waarvoor zou hij zich moeten excuseren? Ik kan het alleen mezelf verwijten dat er na het scheren van zijn ballen en de foto's uit New York wéér iets is waarvan ik de betekenis niet heb gezien – of niet heb wíllen zien. Hoe dom ben ik eigenlijk?

Bestond het beeld dat ik van mijn relatie had dan alleen maar in mijn hoofd? Was het echt allemaal één grote leugen? Ik vind het ook zo verdrietig voor Boris, die nog iedere dag hoopvol opkijkt zodra hij gerammel hoort bij de voordeur; niet wetende dat zijn baasje hem alleen maar heeft aangeschaft om rustig te kunnen flirten.

Voor het eerst in al die weken voel ik iets van twijfel. Terwijl ik hier in het park tegenover een volslagen vreemde mijn hart uitstort, komt die Kraal vrolijk sjansend en koffie leutend de dag door. De wallen onder zijn ogen zijn natuurlijk van alle seks die meneer heeft.

Wat een lul.

Wíl ik eigenlijk nog wel dat Pieter me belt? Heeft hij überhaupt nog recht op foto's van zijn zoon, of verdient hij alleen nog maar een klap op zijn smoel en een enkele reis naar Afrika? Of kom ik nu gevaarlijk dicht in de buurt van de gemoedstoestand waar mijn moeder me voor waarschuwde?

'Vind je het goed als ik er wel één neem?' vraagt Douwe. 'Granen zijn goed voor mijn stoelgang.'

'Hè – wat?' trek ik verbaasd mijn neus op, maar dan zie ik dat hij een grapje maakt.

'Zeg, niet zo moeilijk kijken, hè,' lacht hij met gespeelde verontwaardiging. 'Jij hebt net je hele doopceel gelicht, tot het perverse bekersnuiven aan toe, en dan zijn mijn darmbewegingen opeens *too much information*?'

'Je hebt gelijk,' zeg ik met een wrang lachje. 'Waarom héb ik eigenlijk mijn hart bij je uitgestort? Ik ken je niet eens.'

'Daarom waarschijnlijk,' zegt Douwe met zijn mond vol koek.

Als Milan zachtjes begint te murmelen, pel ik hem voorzichtig uit zijn slaapzakje en neem hem in mijn armen. Ik doe zijn mutsje af, en geef hem een zacht kusje op zijn bolletje. Hij ruikt naar babyshampoo; de geur van de onschuld.

'Dat Pieter mij om die reden een hond aansmeert,' verzucht ik hoofdschuddend. 'Wat een toneelspeler, zeg. Dat heb je met artsen, hè. Dat zijn toch vaak mensen met een masker op.'

Douwe stopt met kauwen, en kijkt me verwonderd aan. 'Hoe bedoel je dat?'

'Mensen willen genezen is tot op zekere hoogte een roeping,' zeg ik, 'maar het is natuurlijk ook gewoon een baan. Neem bijvoorbeeld een openhartoperatie. Voor een patiënt is zo'n operatie het meest ingrijpende evenement van het jaar; misschien wel van hun leven. Maar de betreffende hartchirurg staat waarschijnlijk al uren op zijn benen. Die kijkt op het schema en denkt: Ha, fijn, nog maar drie omleidinkjes vandaag, en dan lekker weekend...'

'Nou zeg,' protesteert Douwe, 'die mensen doen hun werk echt wel met een heleboel passie en empathie, hoor.'

'Ja, vast. Maar je kunt niet dag in, dag uit met iedereen meevoelen, en de ellende mee naar huis nemen. Medici ontwikkelen toch een bepaalde immuniteit voor andermans gevoelens; anders gaan ze eraan onderdoor. Dus spélen ze betrokkenheid. En dat doen ze dus blijkbaar ook thuis.'

Douwe schiet in de lach. 'Maar verder ben je niet bitter?'

Als ik hem aankijk, schiet ik zelf ook in de lach. *Man, wat zijn die ogen blauw.*

Ik zie dat hij een dun leren touwtje om zijn hals draagt, met een klein zilveren surfplankje. Ik wil er net naar gaan vragen, wanneer hij me plotseling serieus aankijkt.

'De doktoren die Laura behandelen, hebben hun hart echt wel op de goede plaats.'

Shit! Natuurlijk. Laura.

'Ja, nee, zeker, absoluut,' krabbel ik terug.

Er volgt een ongemakkelijke stilte.

'Als ik heel eerlijk ben,' zeg ik ten slotte, 'dan weet ik niet precies wat er met je zus aan de hand is. Ik heb zelf zoveel problemen, dat ik...'

'... nee, joh, dat snap ik,' zegt Douwe. 'Iedereen heeft zijn eigen sores.'

Hij doet het restant van de biscuits terug in zijn rugzak, en haalt een plastic bewaardoos met hondenkoekjes tevoorschijn.

'Laura heeft een gezwel in haar rechterborst. Gelukkig op een "goede" plek, voor zover je daarvan kunt spreken. Ze is bestraald, en het gaat redelijk goed. Langzaam bergopwaarts, zullen we maar zeggen.'

Even kijken we allebei woordeloos voor ons uit. Er passeren fietsers, skaters en een grote Berner Sennen die voor flink wat opschudding zorgt onder de honden. Douwe draait het plastic doosje om en om in zijn handen.

'Wat fijn dat het beter met haar gaat,' zeg ik. 'En wat goed dat jij haar helpt om Reservoir Dogs draaiende te houden.'

'Die honden zijn alles voor Laura,' zegt Douwe. 'Maar hun baasjes zijn druk, en willen zekerheid. Als je geen continuïteit kunt bieden, dan brengen ze hun hond naar een ander.'

Hij opent het doosje met de hondenkoekjes en fluit drie korte tonen op zijn vingers. De honden kijken verwachtingsvol op, en komen dan meteen aanstormen.

'Dat doet u goed, meneer de hondenfluisteraar,' zeg ik bewonderend, terwijl Douwe de uitgelaten menigte iets lekkers geeft.

Sommige honden staan met hun poten op het bankje en likken opgewonden aan zijn handen. Douwe kijkt me lachend aan, met zijn hoofd een beetje schuin, en blaast een paar wilde krullen uit zijn gezicht. Mijn hart maakt een klein sprongetje, al weet ik niet zo goed waarom.

Ik knik naar zijn kettinkje. 'Wat doe je eigenlijk nog meer, behalve dat?'

'Surfen, bedoel je?' vraagt hij, terwijl hij het leren touwtje onwillekeurig vastpakt. Om zijn rechterpols zie ik nog meer leren touwtjes; gevlochten en met kralen, en een paar rafelende, veelkleurige vriendschapslintjes. 'Surfen is een *way of life...*'

Op dat moment knettert er in de zijstraat met ontzettend veel lawaai een motor voorbij. De honden schrikken ervan, en ook Milan fladdert geschrokken met zijn armpjes.

'Waarom heeft Pieter dát nou niet met zijn *quarterlifecrisis* gedaan?' vraag ik als het ronkende geluid weer is weggestorven.

Douwe kijkt me vorsend aan. 'Waarom hij geen motor heeft genomen? Weet je dan niet hoe motorrijders door chirurgen worden genoemd?'

Ik schud mijn hoofd.

'Orgaandonoren.'

'O!' lach ik. 'Dat is grof.'

'Ja, maar ondertussen moet je er wel om lachen,' grijnst Douwe. 'Staat je trouwens goed. Komt er meteen wat kleur op je wangen.'

Even ben ik van mijn à propos. Was dat een complimentje? Of zegt-ie eigenlijk dat ik eruitzie als een vaatdoek? Ik besluit dat het een complimentje is. Ik praat mezelf al genoeg naar beneden. Hoewel ik me ontzettend slecht voel over mijn dramatische ochtend in het VUMC en de dingen die ik nu weer over Pieter te weten ben gekomen, merk ik dat ik het best leuk vind om gewoon weer eens met een man te lachen.

En wat voor een man – laten we eerlijk zijn.

Douwe lijkt me geen ambitieus type; beetje surfen, beetje uitslapen, beetje soaps kijken. Heel wat anders dan een kaakchirurg. Maar hij heeft wél het hart op de goede plaats. En genoeg vrije tijd, waarschijnlijk.

'Weet je wat jij moet doen?' zegt hij opeens. 'Jij moet eens wat vaker naar buiten. Niet meer hele dagen met je telefoon in de hand zitten treuren over die idioot, maar lekker eropuit.'

'Hallo – die "idioot" is anders wel de vader van mijn kind.'

'Net zoals het hebben van een piano je nog niet tot een pianist maakt, zo maakt het hebben van een kind je nog niet tot een vader.'

'Goed punt,' zeg ik. 'Maar toch.'

Douwe ritst zijn gevoerde Abercrombie-vest open. Er komt een retro

Billy Idol-shirt onder vandaan; iets waar Pieter nog niet dood in gevonden zou willen worden.

WHITE WEDDING, lees ik op het shirt. Er schiet door me heen dat ik een paar weken geleden nog serieus dacht dat Pieter me ten huwelijk ging vragen. Waar zát ik met mijn hoofd?

'Waarom ga je Boris niet zelf uitlaten?' vraagt Douwe. 'Buitenlucht is ook gezond voor baby's. In Zweden parkeren vrouwen hun kind met wandelwagen en al iedere dag een uurtje in de vrieskou. Dat is hartstikke goed voor hun weerstand.'

'In de vrieskou?' zeg ik, terwijl ik Milan iets dichter tegen me aan druk. 'Je bent leuk met honden, maar heb je nu ook al verstand van baby's?'

Lekker, Vandenberg, dat kwam er ongelukkig uit.

Douwe kijkt me aan met een blik die ik niet goed kan duiden. 'Je kunt veel van honden leren, hoor,' zegt hij defensief.

Hij heeft het nog niet gezegd, of een van de kleinere honden begint geïnteresseerd aan mijn suède Shabbies te snuffelen. Het duurt niet lang of hij klimt in mijn been en begint tegen me aan te rijden.

'En wat leren we hiervan?' lach ik. 'Dat het maar naar huid hoeft te rúíken of een mannetje duikt er al bovenop?'

'Zo zijn niet alle mannetjes,' antwoordt Douwe terwijl hij de hond een flinke duw geeft. 'Deze is gewoon slecht opgevoed.'

'Maar dat ís het,' zeg ik. 'Waarom moeten mannen door hun vrouw worden opgevoed? Waarom weten zij zichzelf niet te gedragen? Toen de man van mijn beste vriendin bleek vreemd te gaan, zei hij: "Je had me ook wat strakker moeten houden." "Hoezo?" zei mijn vriendin, "ben ik je moeder dan?" Tss. Houd jezelf lekker strak.'

Douwe staat op van het bankje en raapt een tak van de grond. Niks mis met dat kontje. *(Ja, ik weet het, ik zou er niet op moeten letten maar het bukt voor mijn neus!)* Hij slingert de stok in de richting van de honden, die er gretig mee aan de haal gaan. Dan draait hij zich naar me om en zegt: 'Toen Antoni van Leeuwenhoek de microscoop had uitgevonden...'

'Whoa,' onderbreek ik hem lachend, 'je hebt blijkbaar ook nog weleens naar wat anders gekeken dan *As The World Turns...*'

'Ja, National Geographic,' grijnst Douwe. 'Maar in ieder geval: toen Van Leeuwenhoek de microscoop had uitgevonden, heeft hij ook meteen sperma onder de lens gelegd.'

'Uiteraard. Typisch iets voor een man.'

'En weet je wat hij zag? Hij zag "dierkens in het mannelyk saet".'

'Waarmee je wilt zeggen...?'

'... dat mannen onrustig zijn. Ze hebben die "dierkens" in hun vezels. Baby's zijn rustiger als ze strak worden ingebakerd. Mannen zijn ook rustiger als hun vrouw er met de zweep overheen gaat.'

Daar moet ik hardop om lachen. Wat een verademing; dat is me in tijden niet gebeurd. Misschien is het inderdaad wel een idee om af en toe met Douwe en de honden mee naar buiten te gaan. Niks zo goed voor je humeur als een stukje natuurschoon.

'Je bent grappig, weet je dat?' zeg ik lachend.

Ik heb het nog niet gezegd, of Douwe moet uitgebreid gapen. Hij wrijft met twee handen over zijn gezicht en dan door zijn donkere krullen.

'Je kunt het ook gewoon zeggen hoor, als ik je verveel,' zeg ik koket.

Heerlijk, stiekem een beetje te flirten. Beetje schaamteloos, dat wel.

Maar hij begon. Toch?

'Nee, dat is het niet,' grijnst Douwe. 'Ik... eh... ik ben vannacht flink wakker gehouden door een jongedame.'

Bam. Ik ben meteen genezen.

Een jongedame – natuurlijk. Heel wat anders dan een verlaten moeder. Liet ik me toch bijna meeslepen door een *half ass* complimentje. 'Zo gedetailleerd hoef je nu ook weer niet te zijn,' zeg ik knorrig, terwijl ik opsta en Milan zachtjes terugleg in de wandelwagen.

'O,' zegt Douwe verbaasd, 'ik bedoelde niet...'

'... ik weet precies wat je bedoelde. Geen probleem, hoor.'

Douwe kijkt oprecht verbouwereerd. Ik zou het bijna geloven. Bíjna.

'Het was niet mijn bedoeling om je eh...'

'Geen probleem, zei ik toch? Ik ben een grote meid. Niet iedereen heeft liefdesverdriet, dat begrijp ik ook wel. Ik moest toch al gaan. Milan krijgt zo een flesje. En ik neem Boris alvast mee.'

'Denk je dat je hem meekrijgt?' vraagt Douwe met een knikje naar de kluwen vrolijk spelende honden.

'Moet jij eens opletten,' snoef ik. 'Boris! ... Bó-ris!'

Als er een WK zou zijn voor gênante momenten, dan was dit toch wel een potentiële poulewinnaar. Want die kuthond komt natuurlijk niet in beweging. Sterker nog: hij ziet me niet eens stáán.

'Zal ik hem straks maar weer bij je afleveren?' vraagt Douwe geamuseerd.

Ik moet er zelf eigenlijk ook om lachen, maar dat gun ik hem niet. 'Wat jij wilt,' zeg ik, en duw de wandelwagen nuffig voor me uit.

'Ik vond het leuk om je wat beter te leren kennen,' roept Douwe me nog na.

Yeah, right.

10

Zodra ik bij Media Nox naar binnen stap, voel ik me meteen weer thuis. De drukte, de collega's, de telefoon, de chaos.

Man, wat heb ik dit gemist.

Vanochtend heb ik Milan voor het eerst een paar uurtjes op de crèche achtergelaten, en dat gaat me tot nu toe wonderwel af. Je leest altijd dat vrouwen het ontzettend moeilijk vinden om hun kind uit handen te geven, en ik heb me dan ook even afgevraagd of er iets mankeert aan mijn moederlijke instincten. Maar mijn kleine kabouter pruttelde er lustig op los, oefende zijn lachje op iedereen en lag meer dan tevreden in zijn wippertje. Misschien dat Milan ook weleens wat nieuwe input kon gebruiken? Ik in ieder geval wel.

En ik moet natuurlijk ook gewoon weer gaan wérken, want Pieter betaalt zijn deel van de hypotheek nu nog mee, maar wat als hij bij die Suus gaat blijven? Daar wil ik niet eens over nadenken.

Eerlijk gezegd had ik verwacht dat hij me gisteravond na zijn dienst meteen zou bellen; dat zou ík in ieder geval gedaan hebben. Maar misschien heeft hij wel in de piketkamer geslapen, en ziet hij de envelop nu pas. Of vanavond. Ja, dat zal het zijn.

Feit is dat ik blij ben dat ik mijn iPhone letterlijk en figuurlijk even naast me neer kan leggen. Ik heb gewoon pijn in mijn knokkels van het krampachtige grijpen; durf nog niet te pissen zonder hem mee te nemen. Vannacht ben ik zelfs met mijn telefoon in de hand in slaap gevallen.

Ik moet meteen aan Douwe denken. Het steekt me dat hij denkt dat ik de hele dag naast de telefoon zit te wachten. Het steekt me omdat het zo ís. Wanneer ben ik toch zo'n deurmat geworden? Als ik 's ochtends in de spiegel kijk, dan denk ik: ik maak je op, maar ik ken je niet. Maar hier, bij Media Nox, hier bén ik iemand. Dit is mijn habitat; hier kan ik iets, hier word ik gewaardeerd. Tenminste – daar ga ik voor het gemak even van uit.

'Als je niet aan de tafel zit, dan sta je op het menu,' zegt mijn moeder altijd, en hoewel ik haar achterdochtige levenshouding niet deel, merk ik wel dat ik er een beetje bij hang nu ik zes weken niet op kantoor ben geweest. Er zijn inside jokes over draaidagen waar ik niet bij ben geweest; beslissingen die buiten mij om zijn gegaan, nieuwe ideeën waar ik het niet een-twee-drie mee eens ben.

De immer luidruchtige Claudia, die mijn taken heeft waargenomen, neemt iets te vaak en nadrukkelijk het woord *('Ik zal de line-up even simpel aan je uitleggen, Iris' – wat, denkt ze dat met het vruchtwater ook mijn hele cv naar buiten is gespoeld?)*, maar oké, ik moet er gewoon weer even inkomen.

Het is overduidelijk dat Barbara iedereen heeft ingefluisterd om vooral niet over 'de affaire' te praten. In plaats daarvan wordt er veel ge-oeh't en ge-ah't boven de babyfoto's van Milan en voel ik me na een enerverende vergadering over de nieuwe seizoenen van *Fashion Forward* en *Orgastronomie* weer helemaal *part of the team*. Jammer alleen dat Bart er niet bij is; hij staat ergens vast op de A2, achter een gekantelde vrachtwagen.

Ik kijk op mijn horloge. Terwijl iedereen uitzwermt naar de montagesets, de lunchkamer of de redactieruimtes, is het voor mij alweer tijd om Milan op te gaan halen. En ik heb er zin in. Het is zo'n scheetje. Als hij op zijn buikje ligt, kan hij al een paar seconden zijn hoofdje optillen. Ook als hij zit, lukt het hem steeds beter om zijn hoofd recht te houden. Nu zijn mama nog.

Ik pak mijn spullen bij elkaar, en zeg iedereen gedag. Als ik Barbara op de gang een dikke knuffel geef, passeert net Claudia met een hele stapel 'kijk-me-eens-druk-zijn'-paperassen onder haar arm. Ze klopt me opbeurend op de rug en zegt: 'Nou meid, het ging best goed hè?' *Ah, fuck off.*

'Ja, hoor,' zeg ik poeslief. 'Het is maar zwangerschapsverlof hè... geen resocialisatietraject.'

Achter Claudia's rug trekt Barbara een gezicht, en geeft me daarna een dikke knipoog. Heerlijk. We zijn weer begonnen.

Als even later de deuren van de lift opengaan, komt geheel onverwacht Bart de Muyselaer naar buiten. Hij draagt een lekkere jeans en een stoer suède hemd (vorige collectie van Ralph Lauren, als ik het goed heb) met een nonchalant geknoopte sjaal in een verwassen spijkerstof.

'Bart!' roep ik uit, waarbij ik mezelf verbaas met mijn enthousiasme. 'Ik miste je al bij de vergadering.'

Hij kijkt me ondeugend aan. 'Miste u mij?' herhaalt hij met gespeelde verbazing. 'Amai – ik dacht dat die dag nooit zou komen.' Met een krachtige beweging trekt hij me naar zich toe en begraaft zijn gezicht in mijn hals. Zijn stevige greep, het schuren van zijn tweedagenbaard en de kruidige zweem van Tom Ford maken me week in de knieën.

Plotseling besef ik hoezeer ik dit heb gemist: omhelsd worden door een man; je veilig voelen in een paar sterke armen. Het is misschien niet feministisch, maar wel verdomde wáár.

'Schoonheid, wat heerlijk om u te zien,' fluistert Bart. 'Ik vond u altijd al een ravissante verschijning, maar nu u moeder bent geworden helemáál.'

'Dat staat tamelijk haaks op hoe ik me voel,' zeg ik, ietwat beduusd.

'Die *salot* van een Pieter,' zegt Bart onverwacht fel. 'Meneer de kaakchirurg. Ik heb hem nooit gemogen.'

'Dat gevoel is geheel wederzijds,' lach ik wrang.

'Dat begrijp ik,' zegt hij, terwijl hij me nogmaals stevig tegen zich aandrukt. 'Mannen houden niet van concurrentie.'

'Denk je dat Pieter jou als concurrentie ziet? Hij vindt je een glijer, Bart.'

'Ik een glijer? Híj laat de moeder van zijn kind zitten voor een studente!'

Er gaat een steek door me heen. Dus dat is het verhaal, denk ik bitter. Door Barbara's instructies kon ik me heel even wentelen in de illusie dat niemand zich druk maakte over mijn relationele leed, maar gekletst is er natuurlijk toch. 'Met baby gedumpt voor een studente'. Mijn hele leed in een *six word story*; als soundbite voor bij de koffieautomaat.

'Heb je het al gehoord? Iris' d'r man is ervandoor met een studente.'

'Zwangere Iris?'

'Ja, die. Erg hè.'

'Ja, nou! Kut, de cappuccino is op. Ook erg.'

Dan legt Bart onverhoeds zijn handen om mijn billen.

'Hola,' schrik ik wakker. 'Ben je verdwaald?'

Bart haalt zijn schouders op. 'Ik kan het niet helpen,' grijnst hij met de jongensachtige innemendheid die hem zo eigen is. 'Ik zie nieuwe rondingen, zachte vormen... U moest eens weten hoezeer chef-koks door zwangerschap en geboorte worden geïnspireerd.'

'Serieus?'

'Hebt u niet gelezen dat een Amerikaanse chef ijs maakt van moedermelk? Dat lijkt me ook een uitdaging.'

'Gadver, Bart,' lach ik. 'Doe even normaal!'

'Ik meen het! Er is zelfs een Nederlandse chef die een tijdje geleden een moederkoek heeft gebakken.'

'Nu moet je echt stoppen. Je begon heel leuk met je zachte rondingen en zo, maar... gebakken moederkoek?'

'Het is gewoon orgaanvlees, hoor. Het schijnt leverachtig te smaken. U hebt niet toevallig uw placenta nog in de vriezer liggen?'

'O, bah – je bent nog zieker dan ik al dacht,' zeg ik, nu schaterlachend.

Bart trekt zijn meest onschuldige gezicht. 'Ik begrijp die afkeer niet goed. Neem nu moedermelk – daar zijn we toch allemaal groot mee geworden? En er zijn genoeg andere lichaamssappen die we ons óók laten smaken... toch?'

Ik merk dat ik begin te blozen en wend snel mijn blik af van zijn stoute, priemende ogen. Ik begrijp niet waarom zijn ogen me zo onrustig maken; ik heb dat soort gevoelens nooit voor hem gehad. Of is het misschien zo dat ik ze nooit heb toegelaten? Nee, volgens mij niet. Bart heeft gewoon van alles te véél: te veel handen, te veel testosteron, te veel overrompelend charisma. Maar bovenal te veel veroveringen achter zijn naam.

'Bolleke, ik plaag u alleen maar,' zegt Bart. 'Ik zou dolgraag eens bij u thuis voor u koken. Maar ik beloof dat u niet zelf met de ingrediënten op de proppen hoeft te komen. ... Laten we zeggen: Valentijnsdag?'

'Ik moet nu Milan van de crèche halen,' stamel ik verlegen.

Ik hoef die man echt niet met Valentijnsdag over de vloer!

'We bellen nog wel,' zeg ik ten slotte.

'Oké, deal, ik kom dus op Valentijnsdag voor u koken. Geen enkele vrouw behoort alleen te zijn op de *jour d'amour*... En zeker u niet.'

'Maar ik ben niet alleen,' sputter ik, 'ik heb Milan...'

'... en mij,' straalt Bart. 'Plus een Château La Mission Haut-Brion uit 1982. Niet geheel toevallig uw geboortejaar. Voilà!'

Nee hè. Hoe kom ik daar nu weer onderuit?

Of vind ik het stiekem toch wel leuk?

Godzijdank – de liftdeuren gaan open. Terwijl ik naar binnen stap, voel ik dat ik nog even over mijn schouder moet kijken. En inderdaad: Bart staart me ongegeneerd na. 'Lekkere poep!' roept hij bewonderend.

Hoofdschuddend druk ik op de B.

'Ontspan u – da's Vlaams voor lekker kontje.'

'Weet ik,' lach ik, 'maar het went nooit.' En dan sluiten zich de deuren.

11

Als Bart op Valentijnsdag rond vijf uur 's middags daadwerkelijk bij me aanbelt, zit ik er behoorlijk doorheen. Niet eens zozeer vanwege het feit dat ik de even charmante als grijpgrage Vlaming voor het eerst bij me thuis heb uitgenodigd *(al geeft dat ook de nodige onrust)* maar vooral omdat Pieter de hele week niets van zich heeft laten horen. Wat een klootzak.

Vrouwen zeggen graag dat mannen 'niet duidelijk' zijn, maar volgens mij zijn ze juist heel duidelijk. Als ze je niet bellen, willen ze je niet zien. Simpel.

Maar dat Pieter zelfs zijn eigen zoon niet wil zien... dat doet misschien nog wel het meeste pijn. Hoe kun je zo'n koppie nu weerstaan?

Tot mijn verrassing vliegt Boris bij het horen van de bel niet meteen naar de deur, maar luistert hij netjes naar mijn 'af'-commando. De afgelopen dagen ben ik eens wat vaker zelf met de hond gaan wandelen, en dat begint – samen met een schaamteloze hoeveelheid beloningskoekjes en kluifjes van de slager – wonderwel zijn vruchten af te werpen. Het gaat mij niet nog eens gebeuren dat ik zo voor schut ga bij die Douwe.

Ik heb hem deze week wel in het park gezien, maar ondanks zijn enthousiaste gezwaai ben ik steeds met een boogje om hem heen gelopen. Van een afstandje zag ik hoe meneer binnen de kortste keren druk in gesprek was met twee joggende 'jongedames', en toen had ik alweer gegeten en gedronken.

Zodra ik de deur openzwaai, straalt Bart me tegemoet. Naast hem op de stoep staat een groot pakket met een zeil eroverheen.

'Hallookes,' glundert hij *(wat me er meteen weer aan herinnert hoe-*

zeer zijn zachte tongval vloekt met zijn mannelijke uiterlijk – het Arnold Vanderlyde-effect). 'Kijkt u eens!'

'Een... zeil,' lach ik verwonderd. 'Dat had je nu niet hoeven doen!'

'Uwen ex-man, vanaf nu geheten: "Voldemort", hij die niet meer genoemd mag worden, is zo onfatsoenlijk geweest om de moeder van zijn kind zonder vervoer achter te laten.'

'Nou, kijk...' protesteer ik zonder veel overtuiging.

Bart steekt zijn hand op. 'Geen excuses voor die schoft. Ik heb gezien dat Hollandse moekes allemaal op zo'n zware bakfiets ploeteren, en dan liefst ook nog met Crocs-klompen aan de voeten. Laat mij u vertellen: van Crocs gaat bij geen enkele man de vlag omhoog...'

Ik schiet in de lach. 'Ik heb helemaal geen Crocs!'

'... en u hebt godzijdank ook nog geen bakfiets. Want, bolleke, u verdient beter. Een stijlvolle vrouw, een stijlvol vervoermiddel. Ik presenteer u: de Taga Bike!'

Met een flinke ruk trekt Bart het zeil naar achteren en onthult een futuristisch ogende driewielerfiets met een kinderzitje voorop. Dan vouwt hij met één eenvoudige handeling het voorwiel naar achteren, en verandert het hippe gevaarte in een wandelwagen. Ongelooflijk.

Verrukt klap ik in mijn handen.

'Bart, wat een fantastisch cadeau! Zo'n ding heb ik nog nooit gezien!'

Als ik hem enthousiast omhels, zoent hij me vol op mijn mond. *Oeps.* Ik hoop dat de buren het niet hebben gezien.

'Weet je hoe ik wist dat je het mooi zou vinden?' fluistert hij in mijn oor. 'Omdat ik het zelf ook mooi vind. U en ik – wij zitten wel vaker op één lijn.'

Ja, de horizontale lijn, zou Pieter zeggen.

De animositeit tussen hem en Bart was een typisch geval van botsende aura's. Het zat Pieter nooit lekker dat ik zulke lange draaidagen met hem maakte. Hij was ervan overtuigd dat Bart zou proberen om mij het bed in te praten – en ziehier, denk ik triomfantelijk, misschien krijgt hij daar vandaag wel gelijk in. Niet eens in De Witte Bergen, de befaamde Gooise glijhut, maar gewoon in zijn eigen huis.

Die brutale gedachte druk ik echter meteen weer weg. Bart komt alleen maar voor me koken, houd ik mezelf voor, terwijl we lachend en dollend de Taga Bike via het fietsgangetje naar mijn tuin leiden.

Niets meer en niets minder.

Maar een hele fles Château La Mission later ('Speciaal voor u uitgezocht op haar volle mondgevoel') begin ik er toch stiekem anders over te denken. Ik voel me licht in mijn hoofd en licht op mijn voeten; een welkome afwisseling op al die avonden die ik snotterend voor een dvd'tje met oude vakantiefilmpjes heb doorgebracht. Na een fabuleus hoofdgerecht, gekruid met grappige anekdotes en dubbelzinnige plagerijtjes, reikt Bart me de hand en walst me met een galante *slow dance* naar de keuken, waar hij een heerlijke verzameling exquise kaasjes heeft klaarliggen.

'Heb je een kaasmes?' vraagt hij, terwijl hij met vaardige handen de kaasjes voorzichtig uit het papier vouwt.

'Eh... geen idee,' giechel ik. 'Ik ben niet zo'n culinaire prinses...'

Bart klakt met zijn tong en rommelt wat door mijn besteklade. 'Daar moet je wat aan doen, bezeke,' zegt hij quasiverontwaardigd, terwijl hij me het juiste mes aanreikt. 'Want bij de man gaat de weg naar het hart door de maag.'

'Ja, dat weet ik,' knik ik. 'Mooi recht steken, en dan met kracht een opwaartse beweging maken, toch?'

Bart pakt het mes meteen van me terug.

'Met u moet ik oppassen,' lacht hij.

'Als je het maar weet,' antwoord ik, en besluit er vol voor te gaan. Ik houd mijn hoofd een beetje schuin, en zeg: 'Maar aangezien jij beter kookt dan de meeste vrouwen... wat is dan de weg naar jóúw hart?'

Dat was precies de opening waar hij op zat te wachten. 'Door de mond,' fluistert hij, en trekt me stevig naar zich toe.

In tegenstelling tot eerder deze week laat ik het dit keer gewoon gebeuren. Hij is me eigenlijk veel te overtuigd van zichzelf, te geroutineerd, te *suave*... maar verdomd, het werkt wél.

Heb ik hem daar destijds niet zelf op uitgezocht? Toen ik ging casten voor een chef-kok die een programmatitel als *Orgastronomie* kon dragen, was het toch logisch dat ik meer bij een soort Sergio Herman uit zou komen dan bij Joop Braakhekke?

Bart zoent me zachtjes maar ook dwingend in mijn hals, en het lijkt alsof mijn hele ruggengraat begint te tintelen. Of is dat de wijn? Ah, *what the hell.* We staan met onze onderlichamen tegen elkaar aan gedrukt, en het valt me op hoe goed we in elkaar passen.

Mijn hart begint steeds sneller te bonzen. Het is nu ruim anderhalve maand geleden dat ik ben bevallen. Kan ik al seks hebben? Wíl ik al seks hebben?

Tijd voor een bekentenis.

'Ik heb nog nooit seks gehad met een andere man dan Pieter.' Zo. Dat is eruit.

Bijna dertig jaar, en nog maar seks gehad met één man; hoe tweeduizendnul is dat? Maar op de middelbare school is het er niet van gekomen; het zenuwachtige tongen met Marc in het fietsenhok (waarbij ik enthousiast over de bobbel in zijn broek wreef totdat hij zei: 'Eh – dat is mijn zakdoek') reken ik maar even niet mee.

Als eerstejaars was ik vastbesloten om de schade dubbel en dwars in te halen; zeker nadat ik tijdens de introductieweken mijn *partners in crime* Babette en Cassandra had ontmoet. Dat liep echter uit op een paar valse starts, zoals met die student grafische vormgeving die ik op Valtifest had opgeduikeld maar die eenmaal thuis zó dronken bleek te zijn dat het er niet meer van kwam. Of nog erger: die lekkere Zuidasser die ik een geile zuigzoen in zijn nek wilde geven toen ik plotseling iets in mijn mond voelde: ik had een puist opengezogen. Daarna was ik – tot zijn verrassing – niet meer in de stemming om ontmaagd te worden.

En toen liep ik Pieter tegen het lijf.

Daar heb ik nooit een seconde spijt van gehad, want de seksuele aantrekkingskracht tussen mij en Pieter was vanaf dag één *rocking.* Waar Babette na een aantal jaren met Barry nog weleens wilde klagen dat het voorspel was afgetakeld naar het niveau van een hamburger ('Drie minuten aan elke kant') bleven Pieter en ik ontegenzeglijk dol op elkaar. Wonderlijk eigenlijk hoe ik zelfs nu, in de – verdomd vaardige, mag ik wel zeggen – armen van een andere man alleen maar aan Pieter kan denken. Soms lijkt hij zo dicht bij me, dat ik hem bijna kan voelen.

Dan komt Bart uit mijn hals omhoog. Hij kijkt me indringend aan om me vervolgens te zoenen – en dit keer echt. Dwingend, gulzig en vol overgave. Ik proef de Château La Mission in zijn mond en laat me overrompelen door zijn krachtige omhelzing en de onmiskenbare hardheid in zijn jeans.

Boris, die het tafereel eerst nog verwonderd had gadegeslagen, wordt nu zo onrustig dat hij piepend en blaffend de keuken uit loopt.

Bart hapt lachend naar adem en zoent me zachtjes op mijn neus.

'Boris!' roep ik halfslachtig, terwijl ik mijn ogen niet van Bart kan afhouden. 'Boris – áf!'

'Ik denk dat hij bang is voor wat het baasje gaat doen...' plaagt Bart.

'O ja?' lach ik, 'en wat gaat het baasje doen dan?'

Daarop grijpt Bart me stevig bij mijn billen en zoent me zo mogelijk nog hartstochtelijker. Ik laat het me kreunend welgevallen, en bedenk dat Cassandra misschien toch gelijk had: 'Je komt het beste over de één onder de ander.'

Maar Boris blijft piepen, en dat is niet echt sfeerverhogend. Moeizaam maak ik me los uit de heerlijke zoen, kijk opzij en zeg: 'Bo...'

En dan zie ik Pieter in de gang staan.

12

Mijn hele gestel krijgt zo'n optater, dat het lijkt of ik met twee handen schrikdraad heb vastgepakt. Geschokt laat ik Bart los en deins achteruit.

'P-pieter...' stamel ik onthutst, 'wat doe jij hier?'

'Volgens mij is dit ook míjn huis,' antwoordt hij verbolgen, zijn gezicht rood van woede.

Ook Bart is verbluft, maar hij herstelt zich veel sneller dan ik.

'Komaan, dókter Van Kralingen,' zegt hij spottend, 'waar zijn uw manieren? Het is niet beleefd om mensen zo te besluipen.'

'Dit is niet wa-wat het lijkt,' stotter ik, terwijl ik zenuwachtig probeer om mijn kleding te fatsoeneren.

Mijn god, zei ik dat echt? Het enige moment waarop mensen zoiets zeggen is wanneer de situatie wel degelijk is wat-ie lijkt.

'Hou je bek, Belg,' zegt Pieter, veel feller dan ik van hem gewend ben. 'Iris – hij eruit, of ik eruit.'

Bart doet een dreigende stap naar voren. 'Ik kan me vergissen,' sneert hij, 'maar u wás er al uit.'

Ik zak met tranen in mijn ogen op een keukenstoel. Mijn hoofd tolt. Wekenlang heb ik gedroomd over het moment dat ik Pieter weer zou spreken of zien. Eigenlijk had ik de hoop al opgegeven. En nu dit.

'Oké,' zegt Pieter afgemeten, 'dan ga ik.' Hij draait zich op zijn hakken om.

'Nee!' zeg ik en ik schiet overeind, waarna ik me meteen geneer voor mijn eigen wanhoopskreet. Pieter kijkt daarop namelijk zó triomfantelijk naar Bart dat ik die laatste nauwelijks onder ogen durf te komen.

Verdomme – al die avonden van eenzaamheid; van hopen en wachten en huilen. En dan op déze avond besluit meneer voor de deur te gaan staan. Sterker nog: bij mij in de gang!

Bart kijkt me vorsend aan, trekt me zachtjes naar zich toe en geeft me – tot zichtbaar ongenoegen van Pieter – een zoen op mijn hoofd. 'Het is al goed, bolleke. Ik spreek u snel. Laat u niet op de kop zitten, hè,' knipoogt hij. Zonder Pieter verder een blik waardig te gunnen, beent hij met opgeheven hoofd naar buiten.

Als ik de voordeur in het slot hoor vallen, begin ik over mijn hele lijf te trillen. Ik ben zó ontdaan dat ik ervan ga klappertanden. 'W-waarom ben je hier?' bibber ik.

Pieter slaat nijdig zijn armen over elkaar. 'Jíj hebt me gevraagd, weet je nog? Jíj deed een briefje onder mijn ruitenwissers met "bel me". Nou, hier ben ik dan. Mooi op tijd om jou in die kolerebelg te zien klimmen.'

'Jeetje... sorry,' fluister ik, volkomen overweldigd door de situatie.

'Bespaar me je gesorry,' zegt Pieter, 'ik kom niet voor jou maar voor de baby. Is-ie nog wakker of krijgt hij straks nog een voeding?'

O nee, dit is een nachtmerrie. Uitgerekend vandaag.

'De ehm...baby,' zeg ik, de naam Milan zorgvuldig vermijdend, 'is helaas een nachtje logeren bij Babette...'

'Sjezus Iris!'

'Maar... maar het is de allereerste keer dat hij ergens anders slaapt,' zeg ik handenwringend. 'Hoe kon ik nu weten dat jij...'

'Wilde je het hele huis voor jezelf?' valt Pieter me in de rede. 'Was je soms bang dat hij wakker zou worden van het gebonkebonk tegen de muur van de slaapkamer?' Boos draait hij zich om en loopt de keuken uit.

'Waar ga je heen?' vraag ik paniekerig. 'Je gaat toch niet weg?'

Maar Pieter gaat niet weg. Hij stuift de woonkamer in, en ik loop als een geslagen hondje achter hem aan. Ik weet dat ik mezelf verloochen, maar ik kan niet anders. Pieter is eindelijk weer binnen – en daar moet ik hem zien te houden.

'Bart de Gruizelaer...' verzucht Pieter, met een misprijzende blik op de romantisch gedekte tafel waar Bart en ik zojuist nog onbekommerd hebben zitten lachen. 'Ik wist wel dat het ervan zou komen. Je hebt er geen gras over laten groeien.'

Waarom maakt hij zich zo druk over Bart? Hij heeft míj toch verlaten? En was gruizig niet een 'heel ordinair' woord? Waar zit hij met zijn hoofd?

Pieter houdt de lege wijnfles tegen het licht. 'Zo, zo... een Château La Mission Haut-Brion... Uit 1982 nog wel. Heeft dat de uiteindelijke doorslag gegeven, Iris? "Glaasje op, laat je rijden"?'

Mijn maag knijpt zich samen. Pieter binnenhouden is één ding, maar de hoeveelheid sneren ik over mijn kant kan laten gaan is weer wat anders.

Met zijn handen in de zakken van zijn jeans staart Pieter in gedachten verzonken door de tuindeuren naar buiten. Als ik niet beter zou weten, zou ik zijn gezichtsuitdrukking misschien wel als melancholiek typeren. Zou hij nu echt geen spijt hebben? Ook niet een beetje? Dat je na een relatie van tien jaar ontvankelijk bent voor een vleugje *eau-de-ho*, dat kan ik nog begrijpen. Maar dat je zo'n scharrel vervolgens verwart met de liefde van je leven... dát kan ik nog steeds niet rijmen met de bedachtzame Pieter die ik ken.

Als in een droom kijk ik naar de vertrouwde knik in zijn heup, zijn kleine kontje, zijn brede schouders. Staat hij daar echt, in mijn – in ónze – eigen woonkamer? Ik ken iedere centimeter van zijn lijf; het moedervlekje op zijn rechterbil, het litteken onder aan zijn rug.

Maar hij draagt een trui die ik niet ken, en dat is nooit een goed teken.

'Wat is dát voor apparaat?' roept hij uit zodra hij de Taga Bike in de tuin ziet staan. 'Was dat Viktor&Rolf-ding met die leren wieldoppen soms niet genoeg?'

'Deze heb ik niet gekocht; ik heb 'm gekregen,' zeg ik iets te enthousiast.

'Van wie?' vraagt Pieter dan ook meteen argwanend.

'Het is een onwijs handig ding,' probeer ik eroverheen te praten. 'Design nog wel. Een fiets en een wandelwagen in één.'

'Van wie? ...Van die bef-kok, zeker?'

Rustig blijven, Vandenberg. Adem in, adem uit.

'Kraal...' weet ik er met opgelegde kalmte uit te persen, 'ik begrijp heus wel wat je probeert te doen. Je wilt me uit mijn tent lokken. De aandacht bij jou weghalen. Je hoopt dat ik je de huid ga vol schelden, zodat jij met een gerust hart de deur achter je dicht kunt slaan: "Ik heb geprobeerd om met Iris te praten, maar ze werd hysterisch."'

'O ja?' zegt Pieter cynisch. 'Ben ik zo doorzichtig?'

'Ik kan geen enkele andere reden bedenken waarom je zo blijft doorzagen over zoiets onbeduidends als mijn omhelzing met Bart.'

'Onbeduidend hè?' zegt Pieter scherp. 'Je geilt al twee seizoenen op die eikel. Denk je dat ik dat niet doorhad?'

Oké – that's it.

'Wie denk jij godverdomme wel niet dat je bent?' schreeuw ik uit het niets. 'Andries fucking Knevel?'

Pieter schrikt zó van mijn plotselinge uithaal dat ik hem letterlijk zie verstijven. Woedend loop ik op hem af, waardoor hij onwillekeurig een stapje achteruit doet. We staan nu lijnrecht tegenover elkaar. Met grote, verbaasde ogen kijkt hij me aan.

'Hoe durf je mij morele verwijten te maken, vuile klootzak,' schreeuw ik, terwijl ik hem geagiteerd met mijn wijsvinger in de borst prik. 'Jíj gaat al een jaar vreemd met een coassistente die denkt dat ze een betere beoordeling krijgt als ze bij jou nog een extra mondeling doet. Jíj hebt mij zonder enige verklaring als een abces uit je leven gesneden. Maar het allerergste, het allerlaagste, het meest gewetenloze dat je hebt uitgehaald is toch wel de ontkenning van je bloedeigen zoon!'

Nu is het Pieters beurt om volkomen onthutst te zijn. Zo ben ik nog nooit tegen hem uitgevaren. Ik wist eerlijk gezegd niet dat ik het in me had. En weet je wat het wonderlijke is? Het voelt nog maar als het topje van de ijsberg. Ergens in mij zit een vulkaan, en als die uitbarst kan ik inderdaad maar beter geen kaasmes in mijn handen hebben.

'Whoa...' zegt Pieter, 'doe eens rustig, Iris.'

'Rústig?' spuug ik uit. 'Ben jij helemaal besodemieterd? In plaats van dat je eindelijk eens je excuses komt aanbieden...'

'Mijn excuses?' vraagt Pieter met een geïrriteerde frons.

'Ja, ex-cu-ses, je weet wel, wat normale mensen doen als ze zich als een zwijn hebben gedragen. Maar nee hoor, meneer komt hier binnenwalsen alsof er niks gebeurd is, op Valentijnsdag nog wel, en maakt míj verwijten!'

'Is het vandaag Valentijnsdag?' zegt Pieter verwonderd.

'Is het vandaag Valentijnsdag?' imiteer ik hem met een irritant stemmetje. 'Denk je dat ik achterlijk ben? BK-negatief? Dat zetten jij en je collegae toch altijd zo leuk op de status van "domme" patiënten? *BK-negatief: buskruit niet uitgevonden*? Zit ik soms ook in die categorie?'

'Eh... nee, hoezo?'

'Moet ik geloven dat jij niet weet dat het Valentijnsdag is? Heb je al die harten in de stad gemist? De krant niet gezien? De radio niet gehoord?'

'Je weet dat ik Valentijnsdag geïmporteerde commerciële...'

'... onzin vind. Ja, ja. Dat weet ik. Behalve vorig jaar dan hè, toen ik met jouw favoriete Italiaanse hapjes op je zat te wachten, en jij zo nodig een dik uur Boris moest gaan uitlaten... om met "Suuzzz" te kunnen bellen!'

Pieter verschiet van kleur. 'D-daar herinner ik me niks van...' stamelt hij.

'Nee, vast niet. Weet je wat jij je ook niet herinnert? Dat je een hond hebt. Of denk je soms dat ik niet heb uitgevogeld dat jij mij Boris "cadeau" hebt gedaan om 's avonds ongestoord met die kuthola te kunnen bellen?'

Er trekt een spiertje boven Pieters neus. Mooi zo.

'Ik denk dat ik maar eens ga,' mompelt hij.

'Niks daarvan,' zeg ik fel, en duw hem ruw op de bank. 'Zítten jij! Ik moet nú wat te drinken hebben, en als ik terugkom, krijg ik van jou een paar eerlijke antwoorden.'

Ik ben werkelijk verbluft hoe gedwee Pieter gaat zitten, en moet meteen aan Douwe denken met zijn theorie dat mannen het fijn vinden als hun vrouw er met de zweep overheen gaat.

'Wat lach je?' vraagt Pieter voorzichtig.

'Hè?'

'Je zit in jezelf te lachen. Waar moet je aan denken?'

Aan Douwe. Alweer. Waar ben ik de laatste tijd toch mee bezig? Wat zeiie nou helemaal? Dat ik een leuke lach had. Tss, met zijn 'dierkens in het saet'...

'Je moest weer lachen,' zegt Pieter, nu wat stuurser. 'Is er iets grappigs wat je met me zou willen delen?'

Ik ben meteen weer bij de les. 'Nee, er is helemaal níéts grappigs. Blijf zitten, ik haal even wat te drinken.'

Ik heb het keukenkastje nog niet geopend, of Pieter staat in de deuropening.

'Welk deel van "blijf zitten" begrijp je niet?' vraag ik vinnig.

'Iris, ik maak me zorgen over je...'

Ik stoot een spottende lach uit. 'Daar ben je dan wel rijkelijk laat mee.'

Pieter knikt naar de verzameling lege wijnflessen in de hoek van de keuken. 'Ga je nu alwéér wat drinken?'

IJlings verruil ik het wijnglas dat ik achter het keukenkastje al in mijn hand had voor een theekopje en laat dat met een triomfantelijk gebaar aan hem zien.

'Het gaat me niet alleen om je buitensporige drinken,' begint hij, 'maar ook om je gemoedstoestand. Je werd net uit het niets hysterisch, en toen begon je ineens in jezelf te lachen... Gaat het wel goed met je?'

'Gaat het wel goed met me?' herhaal ik ongelovig. 'Natuurlijk gaat het niet goed met me, Kraal! Hoe kun je nu zeggen dat ik "uit het niets" hysterisch word? Je hebt mij, óns, na tien jaar gewoon naar het prullenbakje gesleept. Jij hebt me belogen en bedrogen, en...'

'Ugh, wat stinkt die rotzooi,' valt Pieter me in de rede. In één snelle beweging raapt hij de dure kazen bij elkaar en dondert ze in de afvalemmer. 'Zo,' zegt hij, terwijl hij zijn handen afveegt. 'Opgeruimd staat netjes.'

'Daar ben jij goed in, hè?' zeg ik nijdig. 'Iets kostbaars weggooien.'

'Ik hoor alleen maar jij, jij, jij,' zegt Pieter, al even verbolgen. 'Maar heb jij míj soms niet belogen en bedrogen? Jij hebt onder valse voorwendselen een mens op de wereld gezet, Iris. Een kind is voor het leven. Zo'n ingrijpende beslissing mag je nooit in je eentje nemen. Dat is onvergeeflijk.'

Ik denk aan Milan, en krimp in elkaar. Godsamme – ik had Pieter net bij de ballen, en dan komt-ie met zoiets. Ik merk dat ik weer begin te trillen. 'M-maar... dat wist je toch helemaal niet,' breng ik ertegenin. 'Jij ging al maanden vreemd voordat je überhaupt wist dat ik stiekem met de pil was gestopt...'

'Ik vóélde het,' zegt Pieter met een uitgestreken gezicht. 'Ik voelde een verwijdering. Jouw leugen stond tussen ons in.'

'Maar waarom heb je daar dan nooit met mij over gepraat? We kunnen er nog steeds over praten – toch?'

Er valt een schaduw over Pieters gezicht. 'Ach, jij was altijd op reis. Onderweg. Met al die... die...'

'... die wat?'

'Die camerateams. Bart de Muyselaer. Altijd laat thuis. "In de montage". De laatste jaren draaide bij jou alles om die klotekijkcijfers en dat verdomde marktaandeel... En míjn aandeel dan?'

Onthutst kijk ik hem aan. 'Was je... jaloers?' stamel ik.

'Jaloers? Hoe kom je daar nou weer bij?'

'Je zei net dat ik altijd onderweg was met al die mannen en zo...'

'Is dát wat je onthouden hebt? En trouwens: ik zag het toch goed? Ik ben koud de deur uit, of je staat die Bart al op te naaien in mijn eigen keuken!'

Mijn hoofd tolt. Koud de deur uit? Ik heb ruim anderhalve maand taal noch teken van hem vernomen!

Met bevende handen houd ik het theekopje onder de Quooker en vul het met kokend water. De bloedhete spetters doen me dit keer helemaal niks – daarvoor staat mijn hart te veel in brand.

'Pas op voor je handen,' zegt Pieter plotseling op een wonderlijk familiaire toon, alsof we gewoon even samen in de keuken staan. 'Dat mondstuk moet je een nachtje in azijn laten weken.'

Nadat hij mijn niet-begrijpende blik *(Mijn handen? Maakt hij zich druk over mijn hánden?)* verkeerd heeft geïnterpreteerd, schroeft hij in een paar tellen het kraanonderdeel los, pakt de azijn, vult een bakje en dompelt het mondstuk erin. 'Kijk eens,' zegt hij, 'morgen functioneert hij weer normaal.'

'En jij?' vraag ik, terwijl ik een zakje rustgevende kamillethee in mijn kopje laat vallen. 'Wanneer functioneer jij weer normaal?'

Als we even later ieder aan een uiteinde van de bank zitten, heeft Pieter nog steeds geen antwoord gegeven; al lijkt hij wel iets te ontdooien. Terwijl hij de gelukzalig kijkende Boris over zijn kop kroelt, kijkt hij met een schuin oog naar het stapeltje vakantiefilms die als stille getuigen op een hoopje voor de dvd-speler liggen.

'Comomeer,' zeg ik. Pieter zwijgt, en knikt nadenkend.

Het was mijn beste verjaardag ooit: twee nachtjes in het betoverende Villa d'Este; met de boot langs het huis van George Clooney, eten bij het Locanda Isola Comacina. Helemaal in het geniep voorbereid door Pieter. Dat vond ik toen nog wel zo'n ongelooflijke prestatie. Ha.

Stiekem bestudeer ik zijn gezicht. Hij heeft inderdaad wallen onder zijn ogen, maar verder lijkt hij zo zichzelf; zo vertrouwd – en tegelijkertijd zo anders.

'Als ik had geweten dat je kwam, had ik even opgeruimd,' zeg ik.

'Hem ook?' vraagt Pieter met een knikje naar de gedekte tafel, waar de kaarsjes nu één voor één beginnen te doven. Hij produceert er zowaar een klein lachje bij.

'Hem ook, ja,' lach ik voorzichtig met hem mee. Mijn god, wat was dat met Bart een ongelukkige timing. Alhoewel – tien minuten later en de timing was pas écht ongelukkig geweest.

Voorzichtig blaas ik in mijn thee. Bah, ik houd helemaal niet van kamille; het ruikt naar natte hond. Ik ken een aantal presentatrices die op locatie de lege bekertjes van de koffieautomaat stiekem vullen met een borreltje. Plastic roerspaan erin, beetje blazen voor de vorm... Daar kan geen pammetje tegenop. Misschien kan ik in een onbewaakt moment nog een scheutje in deze kruidenthee kwijt?

Focus, Vandenberg, focus!

'Wat eh... vond je van de foto's van je zoon?' vraag ik.

Hoewel ik de naam Milan met opzet vermijd om de zaak niet terug op scherp te zetten, voelt het niet goed. Het is bijna alsof ik Milan ontken. En zo'n ouder heeft-ie al. Pieter schraapt zijn keel. 'Het is een leuke baby,' zegt hij schor.

Ik schrik een beetje van zijn antwoord, want het is het eerste positieve dat Pieter ooit over Milan heeft gezegd.

'Natuurlijk is-ie leuk,' zeg ik, met een onverwacht dikke keel. 'Je moeder zei niet voor niets dat hij sprekend op jouw babyfoto's lijkt.'

'Nou...' glimlacht Pieter, plotseling verlegen. 'Volgens jóúw moeder lijkt-ie sprekend op jóúw babyfoto's.'

Nu glimlachen we samen. Een beetje onwennig, maar toch. Ik strek mijn been uit op de bank, en geef hem met mijn kousenvoet een speels porretje tegen zijn heup. Als hij me daarop een paar seconden te lang aankijkt, maakt mijn maag een kleine salto.

Dan legt hij onverhoeds zijn linkerhand om mijn enkel, en knijpt er zachtjes in. Er gaat een siddering door me heen. Het is onze eerste aanraking sinds hij eind december de deur achter zich dichtsloeg. Het is alsof mijn voet gaat gloeien. Ik durf hem niet meer te bewegen, bang als ik ben dat Pieter zijn hand weer terugtrekt. Mijn hart bonst bijna uit mijn borstkas, en ik voel hoe het zweet op mijn rug begint te prikken. Geen wonder dat men in de victoriaanse tijd in extase kon raken van een ontblote enkel. Het heeft allemaal met schaarste te maken, en met opgespaard verlangen.

Terwijl Pieter zachtjes over mijn voet wrijft, kijkt hij me met een moeilijk te definiëren blik aan; het houdt het midden tussen indringend en beschroomd. 'Iris...' zegt hij, nog steeds schor. 'Iris, meisje... ik...'

En dan piept zijn telefoon. *Teet-teet.*

Het onmiskenbare geluid van een sms.

Pieter springt overeind alsof de tandarts een zenuw bij hem heeft aangeboord. Hij kijkt naar het schermpje en loopt gespannen naar de andere kant van de woonkamer om het berichtje te lezen.

Ik geloof gewoon niet wat ik zie. Het is ook te veel om in één keer te verwerken. Pieter – míjn Pieter – staat in onze woonkamer een sms te lezen van háár; een berichtje dat hij nota bene heeft ontvangen op een nummer dat ik niet ken. Hoe krijgt die troela het voor elkaar om precíés in te breken op het moment dat hij mijn been streelt en me weer 'meisje' is gaan noemen? Heeft ze hem verdomme gezenderd of zo?

Zodra Pieter de telefoon weer in zijn broekzak heeft opgeborgen, grijpt hij de houten rand van Milans box met twee handen beet en staart naar de bontgekleurde speeltjes op het boxkleed. Ik zou het wel willen uitschreeuwen, maar mijn mond zit vol meel.

Pieter buigt voorover, en vist de Yoda-knuffel uit de box omhoog. In gedachten verzonken kijkt hij een paar tellen naar het groene wezentje, en drukt dan op het buikje. 'Fear is the path to the dark side,' zegt Yoda met een blikken stem. Pieter stoot een cynisch lachje uit en zet de knuffel weer terug tegen de spijlen.

Het bloed suist in mijn oren. Mijn voet, die zojuist nog door Pieter werd gestreeld, voelt plotseling loodzwaar aan. 'Wie was dat?' vraag ik met een gekunstelde kalmte.

Pieter ontwijkt mijn blik, en pakt nu de vrolijke rammelaar die ik van Barbara heb gekregen uit de box. Hij draait hem om en om in zijn handen, en zegt dan zonder op te kijken: 'Dit had je niet moeten doen, Iris.'

Mijn maag knijpt zich samen. 'Wat bedoel je?'

'Dit soort speelgoed kopen. Van zachte kunststoffen. Daar kunnen toxische weekmakers in zitten. Als kinderen op zo'n ding sabbelen, kunnen de ftalaten verstorend op hun hormoonhuishouding werken.'

'Sjezus...' verzucht ik, opgelucht en geïrriteerd tegelijk. 'Kunnen we het niet over iets belangrijks hebben?'

'Dit ís belangrijk. Het gaat over de gezondheid van de baby.'

'"De baby" heeft een nááám, Kraal. Hij heet...'

'... Milan,' valt Pieter me in de rede; zijn gezicht een masker van gestolde emotie. 'Dat weet ik. Het was jouw keuze om dit kind te krijgen, en jouw keuze om hem zo te noemen. Daar zit niks van mij bij.'

'Honderdvijftig miljoen spermatozoïden. Noem het maar niks.'

'Je weet precies wat ik bedoel, Iris.'

'O ja, is dat zo?' zeg ik nijdig. 'Ik begrijp juist steeds minder van wat jij allemaal bedoelt. Toen je net tegenover me zat, zag ik heel even een glimp van de echte Pieter van Kralingen. De originele uitvoering; niet deze nagesynchroniseerde versie. Maar kijk: één sms'je, en je bent meteen weer van de leg. Suzanne, de menselijke weekmaker. Zíj werkt verstorend op jóúw hormonenhuishouding – heb je daar al eens aan gedacht?'

Heel even lijkt Pieter van zijn stuk gebracht, maar dan zegt hij: 'Weet je wat me opvalt? Dat jij er steeds overheen praat wanneer ik je iets probeer duidelijk te maken over de pijn die het me heeft gedaan dat jij me ongevraagd met een zoon hebt opgezadeld...'

Opgezadeld? Wat een lelijk woord voor een baby. Met de feestdagen kun je worden opgezadeld met je schoonmoeder, die altijd van die witte vlokjes in haar mondhoeken heeft. En in de zomer met de blauwstaartpapegaai van je buren, die iedere keer als de telefoon gaat 'teringgg' roept. Maar je kunt toch niet worden opgezadeld met een wolk van een zoon?

'Het is een hartstikke schattig mannetje,' zeg ik defensief. 'Je zou hem echt eens moeten zien...'

'Maar ja, dát kan niet, hè?' kopt Pieter hem erin. 'Zijn moeder had vanavond heel andere plannen, en daar kon ze dat "hartstikke schattige mannetje" niet bij gebruiken.'

Mijn kin begint te trillen.

'Natuurlijk – daar komen de tranen weer,' verzucht Pieter. 'Suzanne zei al dat jij zou gaan proberen om mij emotioneel te chanteren. Ik ben hier gekomen zodat ik de baby in ieder geval één keer had gezien voordat ik wegga. Maar helaas.'

'Je kunt iedere dag van de week terugkomen, hoor,' zeg ik, terwijl ik snel opspring van de bank en mijn tranen *(en woede, en ergernis, en de behoefte om voor die Suzanne een zilveren kogel en een houten spies te gaan googelen)* probeer weg te slikken. 'Hij is er altijd.'

'Je hoort niet wat ik zeg, hè? Ik ga weg. Ik neem een aantal maanden een sabbatical om samen met Suzanne in een klein provincieziekenhuis in Malawi te gaan werken.'

Hij heeft het nog niet gezegd, of er gebeurt iets eigenaardigs in mijn lichaam. Ik val en ik val en ik val, maar ik blijf gewoon rechtop staan. Ergens in de verte tettert Pieter gewoon door: '... het was altijd een droom van mij om iets terug te geven, en dat is ook precies de reden waarom ik nog geen...'

Heel even worden tijd en ruimte van elkaar gescheiden en heb ik een *out of body experience* waarbij ik boven mijn eigen woonkamer zweef, maar dan opeens sta ik weer met beide benen op de grond. 'Wát zei je?' vraag ik scherp, terwijl ik de beginnende tranen ruw uit mijn ogen veeg. 'Wat was dat laatste?'

Pieter schrikt van mijn plotselinge felheid en begint te hakkelen. 'Ik eh... ik zei dat ik mijn auto ga verkopen om onze, ik bedoel mijn reis te financieren, en om allerlei broodnodige medische *supplies* te kopen...'

'Dus als ik het goed begrijp betaal jij háár reis en verblijf van de opbrengst van ónze auto?' vraag ik met een snelgroeiend rood waas voor mijn ogen.

Pieter haalt zijn neus op. 'Jij hebt nu toch die tuktuk, van die koekenbakker? Enneh – technisch gezien is het mijn auto.'

'En technisch gezien is Milan jouw zoon! Dat "doctor Love" naar Malawi gaat, is nog tot daar aan toe. Maar had je de auto nu echt niet die paar maanden bij ons kunnen achterlaten? Als je dan toch iets terug wilt geven: ík heb jouw specialisatie gefinancierd!'

Pieter recht zijn rug. 'Ja, hoe kan ik het vergeten,' zegt hij sarcastisch, 'aangezien jij geen moment voorbij kunt laten gaan zonder het mij onder de neus te wrijven. Maar wees gerust: zolang ik in Malawi ben, betaal ik netjes mijn deel van de hypotheek...'

'Dat ben je wettelijk verplicht, Einstein.'

'... en als ik terugkom, kun je me uitkopen. Of we doen het huis in de verkoop.'

Plotseling breekt het zweet me uit. Wat – het huis verkopen? Dat lost weekend begint nu wel heel vervelende proporties aan te nemen. 'Jou uitkopen?' vraag ik. 'Van mijn salaris? En vérkopen is helemaal geen optie, Pieter. De hele huizenmarkt ligt op zijn gat! We hebben nul overwaarde, sterker nog...'

'Geld, geld, geld,' schampert Pieter. 'Bij jou draait alles om geld.'

Die kloteopmerking alléén duwt me al over de rand, maar de daaropvolgende *teet-teet* van zijn mobieltje nog meer. Ik spring op hem af en probeer de telefoon uit zijn handen te rukken. 'Laat zien,' roep ik nijdig, 'laat zien wat dat stomme wijf nu weer te melden heeft!'

Terwijl Pieter met zijn ene hand het mobieltje beurtelings boven zijn hoofd en achter zijn rug houdt, probeert hij met zijn andere hand mij van het lijf te houden. Na het nodige duw- en trekwerk staan we plotseling verhit en opgedraaid tegen elkaar aan.

Ik kijk hem in de ogen, en voel hoe de energie tussen ons knettert: gaan we wild zoenen of elkaar op de bek slaan? Vóór ik mezelf kan stoppen, sla ik mijn armen om hem heen en zoen hem vol op de mond. Van de weeromstuit zoent hij me terug, en een paar seconden lijkt het of ik droom. Zodra ik eenmaal besef wat we aan het doen zijn, trek ik me met rode wangen terug en begraaf mijn verhitte gezicht in zijn hals. Ik voel zijn hartslag pulseren tegen mijn wang, en wentel me verrukt in het vertrouwde boeket van Acqua di Parma en Murray's haarpommade.

Bart en ik pasten goed in elkaar, maar dit is thuiskomen. Zachtjes wiegen we in elkaars armen. 'O, Kraal,' verzucht ik gelukzalig, 'ik heb je zo gemist...'

Daarop grijpt Pieter me zo stevig vast dat ik er kippenvel van krijg.

'Ik wil er alles aan doen om ervoor te zorgen dat we samen weer gelukkig worden,' fluister ik. 'Ik heb je verwaarloosd, lieve schat, en ik had nooit stiekem met de pil moeten stoppen. Het spijt me allemaal zo.'

Pieter pakt mijn gezicht in zijn handen en kijkt me indringend aan. Lijkt het maar zo, of worden zijn ogen een beetje vochtig?

'Iris...' fluistert hij hees.

'Blijf bij mij,' zeg ik zachtjes, terwijl ik mijn mond weer dichter bij de zijne breng en zijn onderlichaam tegen me aan trek. 'Blijf bij ons... Fuck Afrika.'

Ik heb het nog niet gezegd, of ik zie zijn gezicht verstrakken.

'Fuck Afrika?'

Kut! Verkeerde woordkeuze.

Pieter trekt zijn handen van me af en doet een stap naar achteren. 'Fuck Afrika?' herhaalt hij nogmaals. Zijn ogen spugen vuur. 'Verdomme, Iris, daar had je me bijna te pakken... Jouw wereld is écht niet veel groter dan Amsterdam-Zuid, hè? Ook daarin had Suzanne gelijk. Ik weet dat jij denkt dat je reality maakt, maar de échte realiteit speelt zich elders af. Er zijn talloze kinderen in de wereld die geen dak boven hun hoofd hebben!'

'Nou – inderdaad,' bijt ik gekwetst van me af. 'En jouw kind wordt er daar straks één van als jij ons gaat dwingen om dit huis te verlaten.'

'Holy shit, Iris. Hoe durf je Milan te vergelijken met een kansloos aidsweesje uit Malawi!'

'Zo bedoelde ik het helemaal niet...' krabbel ik terug. 'Ga je me nu pakken op twee woorden? Misschien brengt "Fuck Suzanne" beter onder woorden wat ik bedoel.'

Pieter trekt gedecideerd zijn trui recht en loopt richting de gang. 'Begrijp me niet verkeerd,' begint hij *(een aankeiler waar zelden iets goeds op volgt),* 'jij en ik hebben het samen best goed gehad...'

'Godsamme, wat is dát voor laffe kwalificatie, Kraal? Durf eens te zeggen dat jij niet óók iets bijzonders voelde, toen we net stonden te zoenen!'

'... maar Suzanne en ik hebben dezelfde achtergrond en idealen,' negeert Pieter mij stoïcijns 'Wij inspireren elkaar op een kosmisch, misschien wel astraal niveau.'

Ik schiet in een nerveuze lach. *Wát zegt-ie nou?* 'Astraal? Bedoel je niet toevallig clitoraal?'

'Kijk, Iris, dit is nu precíés het soort taal...'

'... dat van mij niet de ideale schoondochter maakt?'

'Inderdaad!'

'Jij en mijn moeder...' lach ik wrang, 'twee eikels van dezelfde boom.'

Pieter haalt zijn schouders op. 'Ik heb geen idee wat je daarmee bedoelt – maar ik ga.' Hij beent naar de voordeur, en voor de tweede keer draaf ik paniekerig achter hem aan.

'Als jij nu door die deur gaat, Pieter van Kralingen,' roep ik, 'dan hoef je nooit meer terug te komen!'

'Dat was ik ook niet van plan,' zegt hij, en zwaait de deur open.

'Ik meen het,' zeg ik met overslaande stem, terwijl ik Boris stevig vasthoud om te voorkomen dat hij achter Pieter aan de straat op rent. Of is het andersom? Rot op met 'de eer aan jezelf houden'; het liefst ging ik nu aan zijn been hangen.

Bam. Daar valt de deur dicht. Alweer.

Vol ongeloof zak ik langs de muur naar beneden. Minutenlang staar ik voor me uit. Dit moet een vergissing zijn. Dit bestáát toch niet? Vijf minuten geleden stonden we nog te zoenen!

Als Boris aan mijn handen begint te likken, heb ik het gevoel dat mijn leven op *repeat* staat. Nu Douwe nog aan de deur, en de cirkel is rond.

Ik heb het nog niet gedacht, of er wordt aangebeld. Met bonzend hart schiet ik overeind. Dus toch! Hij is naar zijn auto gelopen, heeft mij geproefd op zijn lippen – en zich bedacht. Ik fatsoeneer mijn kleding, dep mijn ogen droog, en nadat ik Boris met een flinke duw naar achteren heb geschoven, zwaai ik zo energiek mogelijk de deur open. Als ik inderdaad in Pieters ogen kijk, word ik week in de knieën.

'Sorry...' zegt hij enigszins beschroomd, 'ik eh... ik ben iets vergeten.'

'Ja,' lach ik hoopvol, 'mij!'

En dan zie ik dat Pieter zijn golftas over zijn schouder heeft geslagen.

Mijn glimlach bevriest op mijn gezicht.

'Deze lag nog achter in de auto,' zegt hij, terwijl hij de tas met clubs voor mijn voeten neerzet. Om het clubhoofd van zijn Callaway Big Bertha zit een Darth Vader-cover; een van de cadeautjes die ik hem twee jaar geleden met Sinterklaas heb gegeven.

'Ik eh... heb geen tijd meer om de clubs naar mijn ouders te brengen, dus ik dacht: ze kunnen natuurlijk ook gewoon thuis staan.'

'Thuis?'

'Ja, boven. In mijn werkkamer; bij mijn *Star Wars*-collectables. Die laat ik ook hier staan tot ik terug ben. Het is tenslotte ook nog steeds mijn huis, en mijn spullen staan niemand in de weg, toch?'

'Nee hoor,' zeg ik, terwijl ik een welhaast bovennatuurlijke kalmte over me voel komen. 'Dat komt helemaal goed.'

'Bedankt, Iris,' zegt Pieter, zichtbaar opgelucht. 'Wij komen er samen wel uit.'

En dan, na een vluchtige kus op mijn wang die me – in schrille tegenstelling tot de onverwachte zoen van daarnet – de rillingen bezorgt, draait Pieter zich om en loopt voor de derde keer uit mijn leven.

Nadat ik de lichten van de Audi de hoek om heb zien gaan, til ik de golftas over mijn schouder en sluit de deur.

Zodra ik de clubs in Pieters werkkamer op de grond heb gezet, weet ik het zeker: het komt helemaal goed. Langzaam til ik de *sand wedge* uit de tas; een prachtige club van titanium, speciaal ontworpen voor als je je een weg uit de shit moet banen. Ik kijk naar het blad en knik tevreden. Op dat moment krabt Boris piepend aan de dichte deur. Ha, denk ik geamuseerd, hij is zeker bang voor wat het baasje gaat doen.

'Ga maar even zitten, jongen,' roep ik over mijn schouder. Daarna haal ik in één keer verwoestend uit en sla de Death Star aan gruzelementen.

Het gevoel dat het me geeft om het bouwwerk waar Pieter zoveel tijd, liefde en energie in heeft zitten tegen de muur kapot te zien spatten, is werkelijk onbeschrijflijk. Mijn wangen gloeien en mijn vingers tintelen; het lijkt wel of er vanuit mijn buik een stroom lava naar alle delen van mijn lichaam golft.

Nadat ik het restant van de Death Star met veel geweld doormidden heb gekliefd, moet de Millennium Falcon eraan geloven.

Wham! Sjezus, wat lekker.

Nu ben ik echt helemaal los. Als een wildeman sla ik om me heen; ik hoor mezelf schreeuwen en grommen als een dier. De houten plankjes met de *figurines* van Blue Snaggletooth, Yak Face en Admiral Ackbar uit 1983 ('Nog in de verpakking,' zei Pieter altijd trots – nou schat, nu niet meer), vliegen door de lucht.

'Fore!' roep ik, grijnzend als een bezetene.

Met een welhaast orgastische razernij versplinter ik het Republic Frigate uit *The Clone Wars*. Ik vertrap Obi-Wan Kenobi's Jedi Starfighter en moet 'n paar keer flink uithalen voor de Super Star Destroyer Executor zich gewonnen geeft – maar ja, dat is dan ook het vlaggenschip van Darth Vader.

Als ik uiteindelijk hevig nahijgend midden in de kamer sta, is de ravage even groot als mijn opluchting. Plotseling herinner ik me dat Babette van haar parenfluisteraar *(inderdaad, die van het kibbelschrift)* de opdracht had gekregen om haar frustraties bot te vieren op een 'boos kussen': een hoofdkussen waar je naar hartenlust met je vuisten tegen kon slaan.

Een boos kussen? Een honkbalknuppel zul je bedoelen. Sinds ik de kerstboom heb afgetuigd, heb ik me niet meer zo licht gevoeld.

Ik sta nog helemaal na te gloeien, als beneden de deurbel gaat. Ik schrik er niet eens van; het kan me werkelijk geen reet schelen wie er nu weer op de stoep staat.

Als ik met de sand wedge nog over mijn schouder de werkkamer verlaat, zie ik opeens een lijstje hangen met daarin een foto van een stralende Pieter op Ground Zero. Met het rubberen uiteinde van de golfclub tik ik recht in zijn gezicht. *Kkrrak*, zegt het glas. Daarna vervolg ik opgewekt mijn weg naar beneden, waar Boris even hoopvol als verslagen voor de deur staat. Net op het moment dat er voor de tweede keer wordt aangebeld, doe ik open. Het is Melissa, die me met grote schrikogen aankijkt.

'Iris, w-wat is er?' stamelt ze. 'Wat gebeurt er? Ik hoor allemaal lawaai en geschreeuw en... en dingen die kapot vallen en... Is er iets met Milan? Gaat het wel goed met je?'

'Wat lief dat je even komt kijken,' zeg ik. 'Maar het gaat hier prima, hoor. Ik heb eindelijk eens wat ruimte voor mezelf gemaakt.'

13

Vier weken later ben ik op een verrassend zonnige zaterdagmiddag onderweg naar MOMO, om te gaan lunchen met Babette. Terwijl ik door het ontluikende Vondelpark fiets, realiseer ik me dat ik zelf ook weer voorzichtig aan het opbloeien ben.

Nadat ik de restanten van Pieters *Star Wars*-collectie bij elkaar had geveegd, heb ik samen met de klep van de afvalcontainer ook een deel van mijn hart gesloten. Daarbeneden broeit nog wel iets, dat kan ik niet ontkennen, maar ik ben blij dat ik eindelijk korte metten heb gemaakt met mijn slachtofferrol. Alles in huis wat me aan Pieter herinnerde, heb ik in een grote boog in zijn werkkamer gegooid *(op Boris na dan – al was het verdomd verleidelijk)* en daarna de deur op slot gedraaid.

Een week later ging Babette met haar gezin op wintersport, en vertrok Cassandra voor een inkoopsreis naar Milaan. Dat kwam me niet eens zo slecht uit, want ik was wel even klaar met het P-woord, en al die goedbedoelde 'Help Iris de winter door'-borrelavonden.

Gezien het grote aantal pornofilms met dit thema is het een mannenfantasie om met een groepje vrienden één vrouw te lijf te gaan. Welnu – het is een vrouwenfantasie om met een groepje vriendinnen één probleem te lijf te gaan. Maar in tegenstelling tot de pornovariant laten vrouwen hierbij zelden het achterste van hun tong zien. Over hun diepste gevoelens zijn vrouwen nooit helemáál eerlijk; zelfs niet tegen hun beste vriendinnen.

Ik ook niet.

Zo had ik het gedeelte over 'slopersbedrijf Vandenberg' nog even voor me gehouden, en dat bleek maar goed ook. Nadat Babette zich had verbaasd over Fuck Afrika ('Heb je dat écht gezegd?') en Cassandra al iets eerder was gestruikeld over Bart de Muyselaer ('Heb je écht met hem gezoend?') sloegen mijn vriendinnen allebei een arm om me heen en zeiden dat ik me nergens voor hoefde te schamen, en dat ik me van het begin tot het eind waardig had gedragen.

'Op dat ruiken aan die koffiebekertjes na dan...' zei Cassandra.

'En die kerstboom!' riep Babette uit. 'Dat was echt even verontrustend, maar gelukkig heb je verder geen "Tineke Verburg" gedaan...'

'... Een wát heb ik niet gedaan?'

'Tineke Verburg, die presentatrice. Ken je haar niet meer, van *Tros Aktua*? Toen haar man bleek vreemd te gaan, heeft ze alle knopen van zijn kleren geknipt met de boodschap: "Als zij zo goed kan naaien, kan ze ze er vast weer aan zetten."'

Daar moest ik smakelijk om lachen *(want zeg nou zelf: dat is toch geestig?)*, maar Babette en Cassandra waren dat niet met me eens. Als vrouw moest je altijd de eer aan jezelf houden; boven de situatie staan, je niet laten kennen.

En praten. Heel veel praten.

Ik heb meer met Elin Nordegren, de ex-vrouw van Tiger Woods. Die ging met een golfclub achter hem aan, en sloeg zijn autoramen aan diggelen. 'Om hem te bevrijden,' zei ze later tegen de politie. Nou, inderdaad: van zijn trouwring, en van tweehonderd miljoen dollar. Zo'n douceurtje zit er voor mij niet in; ik vrees dat het mij alleen maar geld gaat kosten. Pieter heeft Milan nog niet eens officieel erkend, dus ik zie het niet zo snel gebeuren dat hij kinderalimentatie gaat betalen.

Maar daar zit het 'm ook niet in; ik maak me vooral zorgen over de hypotheek. Voor Milan wil ik heel graag in ons huis blijven, want mijn kleine mannetje heeft recht op rust en stabiliteit; hij is de laatste die zou moeten lijden onder de bokkensprongen van zijn ouders.

Maar ja, ik heb geen idee hoe ik Pieter straks moet uitkopen. De bank ziet me aankomen met mijn freelancecontracten. Als we het huis gedwongen in de verkoop moeten doen, blijven we misschien wel met een restschuld zitten. En dan?

Ik las laatst iets over de 'generatie Boemerang': jonge mensen van rond de dertig die door schulden, verbroken relaties en de slechte economie weer bij hun ouders moeten intrekken. Dat nooit. Als ik bij mijn moeder moet gaan zitten, heb ik binnen de kortste keren aan één sand wedge niet genoeg.

En dus heb ik de afgelopen weken mijn romantische idee om een boek te gaan schrijven definitief naast me neergelegd *(misschien ben ik na het splijten van de schedel van Yoda ook niet de meest aangewezen persoon voor een boek over* mindful *moederen)* en ben ik weer volop aan het werk gegaan. Het is niet alleen verstrooiend om eens lekker mee te denken over het nieuwe seizoen van een no-brainer als *Bitch Slap*; het is ook nodig, want ik heb het gevoel dat ik na mijn zwangerschapsverlof mijn terrein weer even moet afpissen. Ik heb me nooit eerder druk gemaakt over mijn contractverlenging bij Media Nox, maar de kaarten zijn nu anders geschud.

Die kolere-Kraal. Nooit gedacht dat het hier op uit zou draaien.

Stiekem geloof ik het ook nog niet helemáál. Liefde huist niet voor niets in je reptielenbrein; het oudste en meest taaie stukje van je hersenen, waar het licht pas op het allerlaatst uitgaat. Maar daar wil ik niet meer aan toegeven. Ik heb het van me af geslagen, en daarna luchtdicht afgesloten.

Streep eronder. Weg ermee.

Vanaf nu wil ik alleen nog maar upcurven.

Het zijn niet alleen roerige tijden voor mij, maar ook Media Nox beleeft spannende dagen. Vorige week, op de eerste maandagavond van maart, hebben we op RTL5 een nieuw format gelanceerd: *The Biggest Queen*, een realityserie waarin we in acht afleveringen met evenzoveel travestieten in een huis aftellen naar Koninginnedag. Wie alle opdrachten en de bijbehorende eliminatierondes overleeft, wordt op 30 april gekroond tot 'Queen B'. Het huis heet officieel The Palace, maar Villa Hysterica zou misschien een betere benaming zijn geweest. In weerwil van mezelf heb ik bij het draaien geregeld kramp in mijn kaken gehad van het lachen.

Babette vertelde me dat uit een onderzoek is gebleken dat patiënten die herstellende zijn van een operatie eerder op de been zijn als ze naar humoristische films kijken. En aangezien mijn hart met een roestig mes uit mijn lichaam is verwijderd, zijn deze uitbundige dragqueens *just what the doctor ordered.*

Ook de kijker weet het programma gelukkig te waarderen; het marktaandeel van de eerste twee afleveringen was veelbelovend. Daarnaast heeft RTL laten doorschemeren dat er misschien een *timeslot* gaat vrijkomen van een programma dat worstelt met tegenvallende kijkcijfers, dus we zijn volop aan het brainstormen. De een zijn dood is de ander z'n brood – en dat geldt trouwens ook wanneer je er een paar maanden tussenuit gaat om een kind te krijgen.

Het was me al eerder opgevallen dat Claudia tijdens mijn afwezigheid iets te enthousiast mijn werk had overgenomen. Nu ik weer terug ben, kan ze het niet laten om in redactievergaderingen poeslief te vragen of het mij 'als alleenstaande moeder' wel gaat lukken om me aan de tijden op het *callsheet* te houden, of dat productie misschien 'extra rekening met me moet gaan houden'.

Met alle zorgen die ik al heb, zit ik er totaal niet op te wachten dat iemand aan mijn poten gaat zagen. Ik loop lang genoeg mee om te weten dat een single vrouw zonder kinderen door productiebedrijven als de ideale werknemer wordt gezien: veel verantwoordelijkheidsgevoel, weinig privéleven. En dus wemelt het in Hilversum van de oudere meisjes: pittige tantes, getekend door de lange draaidagen, het slechte eten en de vele nachten in de montagesets. Ze dragen bij voorkeur leren jasjes, afgetrapte laarsjes en haar op de tanden. Zoals Claudia.

Babette opperde dat ik Claudia's hanige gedrag misschien iets te negatief inkleur omdat ik zélf onzeker ben over mijn positie, maar Cassandra had een heel andere theorie over de situatie. 'Die vrouw heeft een kut van bladerdeeg,' zei ze. 'Daar moet nodig eens een man overheen.' Volgens Cassandra is seks dé oplossing voor alles. Ze vindt dat ik mijn nieuwe, vrije leven bij de ballen moet grijpen; en dan liefst zo letterlijk mogelijk.

Nu zou ik zo langzamerhand inderdaad weleens 'n avondje *(of twee)* ongecompliceerde, bel-me-daarna-vooral-níét-meer-seks willen hebben om weer in het zadel te komen, maar na die beschamende vertoning met Bart de Muyselaer word ik al ongemakkelijk als ik aan een man dénk.

En daarbij: heb ik zelf geen kut van bladerdeeg?

Ik heb in zo'n babyboek gelezen dat de hormonen die je borstvoeding reguleren er ook voor zorgen dat je vagina droger wordt: *Het is dan ook aan te raden om een tube glijmiddel op het nachtkastje paraat te houden.* Ja, naast de borstpomp zeker, want in hetzelfde boek las ik dat je je borsten vóór het vrijen moet afkolven omdat ze anders van de opwinding kunnen gaan lekken.

Geen al te feestelijke vooruitzichten.

Het idee dat een andere man dan Pieter mij de kleren van het postnatale lijf gaat scheuren maakt me ook een tikje onzeker. De laatste tijd heb ik dan ook weer geregeld – veilig in een badjas en met sloffen – een stief kwartiertje op YouPorn zoekgebracht.

Ik hoor bij de twintig procent van de vrouwen die regelmatig porno kijkt; en daarmee bedoel ik niet die halfzachte vrouwvriendelijke variant met dat oeverloze gestreel en geaai, maar gewoon wat we vroeger een HP'tje noemden: een 'harde politiefilm'.

Ik had er laatst met Babette nog een discussie over want zij vindt het allemaal maar ranzig, en daarin heeft ze natuurlijk groot gelijk. Het ís ook ranzig – maar dat lijkt me juist de bedoeling. Porno heeft net zo weinig met echte seks te maken als romantische komedies met echte relaties. Ondanks de idioterieën die ik op YouPorn krijg voorgeschoteld, kan ik niet ontkennen dat ik het opwindend en kalmerend tegelijk vind.

Zeker tegen het einde van mijn zwangerschap klikte ik geregeld een filmpje aan. Ik weet dat de meeste mensen de woorden 'geil' en 'zwanger' liever niet in één zin zien – als moeder schijn je bij 'wippen' alleen nog maar aan de speeltuin te mogen denken – maar feit is dat veel vrouwen in de achtste en negende maand met opgewonden gevoelens rondlopen waarvoor ze zich niet alleen schamen, maar die ze ook nog eens niet durven uiten omdat ze zich verre van sexy voelen.

Maar ondertussen drukt het hoofdje tussen je benen, is je vagina uitzonderlijk goed doorbloed én razen de hormonen door je lijf. Wanneer je over de uitgerekende datum heen bent, is het een prima idee om eens ongegeneerd klaar te komen, want de hormonen die vrijkomen bij een orgasme wekken ook weeën op.

Niet dat je dít allemaal in een babyboek zult terugvinden; die bedoelen met 'zuigbehoefte' toch net even wat anders.

Plotseling rennen er vlak voor mijn wiel twee honden over het fietspad die uitgelaten achter elkaar aan jagen. Geschrokken knijp ik iets te hard in mijn remmen. Als ik slippend en schuivend akelig dicht bij een paaltje tot stilstand kom, moet ik meteen aan Douwe denken.

Zou hij hier ook ergens zijn? Ik hoop van niet. Telkens wanneer ik die man tegenkom, presteer ik het om mezelf compleet belachelijk te maken. Onderuitgaan met mijn fiets zou naadloos in dat patroon passen.

Gelukkig heb ik Douwe al een aantal weken niet gesproken of gezien. Nu ik weer aan het werk ben en Milan iedere dag naar de crèche moet brengen en ophalen, ben ik bijna nooit meer thuis op het moment dat Boris door Reservoir Dogs wordt opgehaald of teruggebracht.

Afgelopen donderdag zag ik toevallig de Volkswagen Transporter mijn straat in rijden. Ik twijfelde of ik niet stiekem om de hoek moest blijven wachten *(ja, dat is laf, maar iets aan die man maakt me wiebelig)*, maar toen ik zag dat er een vrouw achter het stuur zat, ben ik toch maar doorgelopen. De vrouw stelde zich voor als Pauline, en ze bleek een vriendin van Laura te zijn. Ze vertelde dat ze af en toe bijsprong als Douwe was verhinderd. Welja. Ik wil niet eens weten waar die man allemaal zo druk mee is.

Gelukkig vertelde Pauline ook dat het steeds beter gaat met Laura. Daar moet ik aan denken wanneer ik mezelf weer op mijn fiets hijs. Ik kijk naar het betonnen paaltje dat ik maar ternauwernood heb gemist en realiseer me hoe het leven zich in een onbewaakt moment tegen je kan keren, en hoe je niets moet uitstellen tot morgen.

14

'Wat wil je?' vraagt Babette, als we niet veel later bij MOMO zijn aangeschoven en zij haar menukaart afspeurt.

Ik leg de mijne neer, buig voorover over het tafeltje en fluister: 'Wil je het echt weten? Onderweg hier naartoe zat ik er nog aan te denken: ik wil wel weer eens 'n keer seks.'

'Ha – ik ook,' lacht Babette iets te hard, waarna ze – een tikje verschoten door haar eigen antwoord – weer snel in het menu duikt.

'Wát zei je?' grinnik ik verbaasd.

'O – niks,' antwoordt Babette, waarbij het me opeens opvalt dat haar s een beetje slissend klinkt. Het is maar een zweempje, maar toch.

Toen ik bij MOMO binnenkwam, zat ze al met een roze sake aan de bar te wachten, en inmiddels staat er alweer een nieuw glas op tafel.

'Babsie...' begin ik voorzichtig, 'je bent toch niet op dit uur al een ietsiepietsie aangeschoten, hè?'

'Ach, weet je Vandenberg,' grijnst ze, 'statistisch gezien is op ieder moment van de dag 0,7 procent van de wereldbevolking dronken. Niet dat ik dronken ben, hoor. Ik voel me hartstikke goed.'

'Maar het is nog niet eens halféén,' lach ik een beetje ongemakkelijk, want zo ken ik haar eerlijk gezegd helemaal niet.

Cassandra, Babette en ik – we kunnen 'm allemaal aardig raken, maar Babette is de meest verantwoordelijke van ons drieën. Zeker op een zaterdagmiddag; dan is ze eigenlijk altijd druk met haar gezin. Ik ben dan ook benieuwd waarom ze hier wilde afspreken, en niet gewoon bij haar thuis.

Babette haalt haar schouders op. 'Ik heb vanochtend niet zoveel gegeten, en dan komt zo'n glaasje roze bubbels misschien iets te hard aan. Maar ik slaap de laatste dagen ook slecht, omdat ik...'

'Hebt u al een keuze gemaakt?' vraagt de serveerster die uit het niets naast ons tafeltje staat.

Ik heb er zo'n hekel aan als ze dat doen; je schrikt niet alleen maar ze breken ook vaak in op een ongewenst moment.

'Eh, n-nee,' hakkel ik, 'maar we kunnen hier wel een potje groene thee en een dubbele espresso gebruiken. En alvast twee porties *edamame.*'

'Jij neemt zeker je favoriete *bento box*?' vraagt Babette zodra de serveerster weer weg is, 'met de gemarineerde *black cod*?'

'Nee, ik denk dat ik eens voor de *noodle salad* met groenten ga...'

'Die met de *nutty dressing*?' lacht Babette.

'Ja, die,' grijns ik. 'Ik heb me voorgenomen om eens wat nieuwe smaken te gaan proberen.'

Babette bestudeert nog even de kaart, waarna haar keuze valt op de salade met de gegrilde garnalen.

'Waarom slaap je zo slecht?' vraag ik.

'Dat komt eerlijk gezegd door jou,' zegt Babette, terwijl ze haar eetstokjes uit elkaar trekt. 'Sinds jij weer vrij bent, is er bij mij van alles gaan borrelen.'

'Nou ja, "vrij",' sputter ik. 'Ik ben natuurlijk vooral verschrikkelijk besodemieterd en in de steek gelaten. Ik zit nu in de fase dat ik de scherven van mijn leven zo leuk mogelijk aan elkaar probeer te lijmen.'

Nadat de serveerster mijn bestelling heeft gebracht en meteen onze lunchwensen heeft opgenomen, schuif ik de dubbele espresso woordeloos door naar Babette, en schenk voor mezelf een porseleinen kopje vol met groene thee.

'Maarreh... wat borrelt er dan allemaal bij jou?' vraag ik, terwijl ik de dampende edamameboontjes begin te doppen.

Daarop wappert Babette dermate in gedachten verzonken met haar suikerzakje dat er een scheurtje in het zakje komt en een deel van de suiker over de tafel vliegt. Nadat ze de korrels bij elkaar heeft geveegd en alsnog in haar espresso heeft gedaan, steekt ze van wal.

'Je weet: toen Barry vorig jaar bleek vreemd te gaan, wilde ik maar één ding: dat hij zou blijven. Bij mij. En bij de kinderen. Het plaatje dat ik in mijn hoofd had van het ideale gezin en het samen oud worden wilde ik koste wat kost in stand houden.'

'En daar heb je goed aan gedaan,' knik ik instemmend. 'Ik wilde dat ik die mogelijkheid had gehad.'

'Ik weet het niet, Iris...' zegt Babette, terwijl ze alsmaar in haar espresso blijft roeren. 'Ik weet niet of ik daar nog wel zo zeker van ben.'

'Wat bedoel je?' vraag ik geschrokken. 'Barry heeft voor jóú gekozen; veel meer is er toch niet te willen, schat?'

'Dat is het 'm nu juist,' verzucht Babette. 'Híj heeft gekozen. Hij was blijkbaar in de positie dat hij kón kiezen. Hij wist dat ik hem toch wel met open armen zou ontvangen. Maar nu, twee jaar later, denk ik: en ík dan? Ik zou ook weleens ongestraft buiten willen spelen.'

'Whoa – wacht even. Zo ongestraft was het toch niet? Barry heeft er flink van langs gekregen.'

'Tuurlijk. Maar op een gegeven moment vond hij dat ik erover op moest houden. Het was nu eenmaal gebeurd; water onder de brug. Hij had voor mij gekozen, spijt betuigd, braaf aan de relatietherapie meegedaan. We moesten alleen nog maar vooruitkijken, vond hij. En dat wilde ik ook. Maar toch blijft er iets knagen. Want waarom is híj degene die kan bepalen wanneer ik het naast me neer moet leggen?'

Ze neemt een slok van haar espresso en trekt een gezicht. 'Brr – sterk. ... Steeds vaker denk ik: ik heb me verdomme gedragen als een deurmat. Nee, erger dan een deurmat: als een fokking gangloper.'

Ik reik over de tafel en pak Babettes hand.

'Sjezus, Babsie, zo moet je echt nooit over jezelf denken. Je bent een sterke vrouw die de juiste keuze heeft gemaakt voor haar gezin. En je hebt mij geleerd dat ik erboven moet staan.'

Babette haalt haar schouders op. 'Ach, voor een ander weet ik het altijd zo goed. Maar die bowlingsnol – dat blijft een kras op mijn ziel. En ik merk steeds vaker dat mijn plaat erin blijft hangen. Mijn gevoel van onbehagen wordt niet minder; misschien wordt het zelfs wel meer.'

'Dit moet ik echt even verwerken,' zeg ik en laat me achterovervallen in mijn stoel. 'Jij en Barry zijn voor mij juist het lichtend voorbeeld van hoe het óók had kunnen lopen tussen Pieter en mij. Dat je er sterker uit kunt komen, als twee volwassenen. Maar... je houdt toch nog wel van Barry?'

'O, ik hou zeker van Barry. Hij is een geweldige vader.'

'Jeetje, dat vind ik echt een dodelijke opmerking. Aan de ene kant denk ik: ik zou ervoor tekenen, want jouw kinderen hébben tenminste een vader. Maar aan de andere kant... Toen Linda de Mol al uit elkaar lag met haar ex Sander Vahle en niemand het nog mocht weten, zei ze bij *Zomergasten* ook dat hij zo'n fantastische vader was. Daarmee zeg je niks, en tegelijkertijd ook alles.'

Nadat de serveerster de heerlijk geurende noedels en garnalen met een opgewekt 'alstublieftttt!' op tafel heeft gezet *(Waarom wordt in de horeca bij het uitserveren die t altijd zo benadrukt? Wie leert ze dat?)*, beginnen Babette en ik zwijgend te eten.

Allerlei gedachten tollen door mijn hoofd.

'Zal ik eens heel eerlijk zijn?' zeg ik ten slotte. 'Ik ben de afgelopen maanden behoorlijk jaloers op jou geweest. Dat jij je gezinnetje wél bij elkaar hebt weten te houden. Gezellig met z'n viertjes naar de sneeuw...'

'O, hou op over die wintersport,' verzucht Babette. 'Dat was één groot rampenplan. Jij en Pieter waren net uit elkaar, en door jouw verhalen over Suzanne kwam bij mij allerlei oud zeer naar boven. Als ik dan 's nachts weer eens wakker lag omdat Barry languit lag te snurken en zelfs scheten liet in zijn slaap, moest ik opeens denken aan wat ik ooit heb gelezen: "De beste wraak op de vrouw die je man heeft ingepikt, is dat ze hem mag houden."'

Ik verslik me bijna in een stronkje broccoli. 'Wát? Had je liever gezien dat-ie bij die Saskia was gebleven?'

'Zal ík nu eens heel eerlijk zijn?' zegt Babette. 'Behoorlijk wat getrouwde vrouwen zijn stiekem jaloers op hun gescheiden vriendinnen. Die hebben de stap wél aangedurfd en genieten nu weer van hun vrijheid, en alle spannende mogelijkheden die daarbij horen.'

'Nou, zo spannend vind ik het niet hoor, dat ik misschien mijn huis moet verkopen,' protesteer ik.

'Kom op, Iris, je weet best wat ik bedoel,' zegt Babette terwijl ze haar espresso in één teug leegdrinkt. 'Ik zal je nog wat anders vertellen. In de lounge van ons hotel was een soort bibliotheekje waar gasten boeken konden achterlaten. Daar heb ik een vergeeld exemplaar van *Four Blon-*

des van de plank gevist; een wat ouder boek van Candace Bushnell – ken je die?'

'Eh... ja, die naam komt me wel bekend voor.'

'Zij is de oorspronkelijke schrijfster van *Sex and The City*. Een van de hoofdpersonen van *Four Blondes* zegt op een gegeven moment dat vrouwen twee fantasieën hebben: de witte en de zwarte.'

'En dat houdt in?'

'Jonge vrouwen hebben de witte fantasie. Ook al zijn ze nog zo geëmancipeerd, ze dromen heimelijk tóch van een huwelijksdag met een prachtige witte jurk, een koets met witte paarden en een kerk vol witte rozen.'

'Yep – daar hoorde ik ook bij,' zeg ik met een zuur lachje. 'Minus die koets dan; dat is me iets te *Big Fat Gypsy Wedding*.'

'Maar na een x-aantal moeizame huwelijksjaren kruipt de zwarte fantasie naar boven,' gaat Babette onverstoorbaar verder. 'En dat is de stille hoop dat hun man bij het joggen – of in het bed van zijn minnares – sterft aan een acuut hartfalen, zodat ze niet hoeven te scheiden en er dus ook niet financieel op achteruitgaan, maar hun hele levensstandaard kunnen bewaren én als treurende weduwe ook nog op ieders sympathie kunnen rekenen.'

'W-wacht even,' stamel ik geschokt. 'Dus jij wenst Barry... dood?'

'Nou, dat zou een beetje rigoureus zijn,' zegt Babette, terwijl ze achteloos de kop van een garnaal trekt. 'Maar dat citaat zette me wel aan het denken.'

'Wie bén jij?' vraag ik, half voor de grap en half serieus. 'En wat heb je met mijn verstandige, rationele en verantwoordelijke vriendin gedaan?'

'Die wil ook weleens uit de band springen,' zegt Babette, met weer die lichte slis in haar s.

Als de serveerster toevallig passeert, bestel ik zelf tegen beter weten in ook maar zo'n *sparkling* roze sake. Ik kan wel een hartversterkertje gebruiken. Ondertussen ratelt Babette gewoon door.

'Toen de man van de vormgeefster van QED het met de moeder van een van de vriendinnetjes van hun dochter bleek te doen...'

'Godsamme,' kreun ik, 'gaat er tegenwoordig ook nog weleens iemand niét vreemd?'

'... zei ze tegen mij dat ze soms dacht: *was-ie maar dood. Liever op het kerkhof dan op een ander*. Daar begreep ik toen niks van, want juist door die Saskia vond ik Barry opeens aantrekkelijker dan ooit. Ik heb het nog nooit tegen iemand durven zeggen, maar de concurrentie maakte me zó geil. Barry en ik hebben in die tijd onze beste seks gehad. Dat zie ik ook bij een programma als *The Bachelor*; vrouwen krabben elkaar de ogen uit voor een volkomen nietszeggende man. Waarom? Voor de heb. Ik durf te wedden dat de winnares de ochtend na de finale wakker wordt, en denkt: wat moet ik met die kneus?'

Zodra mijn sake arriveert, moet ik er eerst een flinke slok van nemen. Deze lunch verloopt zó anders dan ik voor ogen had, dat ik er een beetje duizelig van ben. Ik had het vooral níét over Pieter willen hebben, maar samen even onbekommerd willen lachen over alle hysterie rond de 'meiden' van *The Biggest Queen* en vertellen hoe opgelucht ik ben dat Bart veilig zit opgeborgen in Italië voor de opnames van *Orgastronomie: over de grens*. En ik had natuurlijk de nieuwste fotootjes van Milan willen laten zien, want die kleine heeft me toch een schattig snoetje gekregen.

Maar niets van dat alles.

'Dus in die fase zit jij nu?' vraag ik, wanneer ik weer een beetje bij mijn positieven ben gekomen. 'Dat je Barry een kneus vindt?'

'Ach, ik weet het allemaal even niet. Feit is dat Barry en ik aan kinderen zijn begonnen omdat we elkáár zo leuk vonden, maar na jaren van slaapgebrek en opvoeddiscussies is dat gevoel een beetje ondergesneeuwd. *Enter* de bowlingsnol.'

'Maar zei je net niet dat zij jullie seksleven op wonderbaarlijke wijze ook goed heeft gedaan?'

'Ja, ik voelde inderdaad iets van een overwinning, en dat was enorm opwindend. Maar de gedachte: *ik trek de kleren van zijn lijf* is zoetjes aan weer vervangen door: *ik trek de kop van zijn romp*.'

Babette schuift haar bord van zich af en legt haar eetstokjes erop. Dan buigt ze zich naar me toe, en fluistert: 'En dus, zo zit ik soms stiekem te fantaseren: als ík nu eens vreemdga? Dan trek ik niet alleen de score gelijk, maar injecteer ik misschien ook weer wat passie in mijn thuissituatie.'

Ik hap naar adem. 'Dat... lijkt me heel drastisch, schat.'

'Maar ik heb zin in iets drastisch! Weet je dat seks in het echtelijke bed voor je lichaam ongeveer even inspannend is als douchen? Seks met een minnaar daarentegen is qua belasting te vergelijken met het omspitten van de tuin.'

'Hoe wéét jij dit soort dingen?'

'Het is allemaal wetenschap,' grinnikt Babette. 'Er zijn behoorlijk wat mannen die tijdens het neuken komen te overlijden, maar in bijna tachtig procent van de gevallen gaat het daarbij om buitenechtelijke seks. Thuis zullen ze dat risico niet zo snel lopen.'

Nerveus draai ik de sake een aantal malen rond in mijn handen. 'Lieffie...' zeg ik voorzichtig. 'Ik begrijp heel goed in wat voor vibe je op dit moment zit, maar vind je het niet een beetje wrang dat je tegen míj begint over de zegeningen van het vreemdgaan? Pieter heeft me zoveel verdriet gedaan dat ik...'

'Heeft het gesmaakt?' vraagt de serveerster, die ik er nu écht van verdenk dat ze het expres doet.

Ongeduldig wacht ik tot ze onze borden heeft afgeruimd zodat ik mijn zin kan afmaken, maar Babette is me voor.

'... maar juist omdát Pieter je zoveel verdriet heeft gedaan,' fluistert ze opgewonden, 'zin jij dan nooit op wraak? Heb jij nog nooit over de ultieme *fuck you* gefantaseerd?'

Er gaat een rilling over mijn rug als ik me herinner wat voor extatische voldoening het me heeft gegeven om Pieters geliefde *Star Wars*-collectie aan gruzelementen te slaan. Misschien is dit wel het moment om Babette alsnog te vertellen wat ik écht heb gedaan toen Pieter bij me wegging.

'Weet je nog wat jij tegen me zei, de avond dat jij en Cas me kwamen troosten?' begin ik omzichtig, 'dat je zo trots op me was dat ik geen Tineke Verburg had gedaan? Nou, eigenlijk...'

'Ja, ja, ik weet wat ik heb gezegd,' valt Babette me ongedurig in de rede, 'maar de afgelopen tijd ben ik er anders over gaan denken. Noem het voortschrijdend inzicht. Ik ben iemand die zich altijd aan de regels heeft gehouden; die alles probeert te benaderen vanuit de ratio. Maar feit is dat het gebied in je hersenen dat je gevoel en je intuïtie beheerst, tweehonderdduizend keer zo groot is als het gebied van de logica en de rede. Dus misschien moet ik me nu maar eens door mijn gevoel gaan laten leiden.'

'Dat begrijp ik heel goed schat, want wat ik wilde zeggen, is...'

'Ik wil gewoon eens los, Vandenberg,' raast Babette verder, terwijl ze met een 'Mag ik?' een kloeke slok van mijn sake neemt. 'Ik wil ook eens die macht voelen. Die keuzevrijheid. Alles wat jij nu weer hebt. Want weet je: ik heb het helemaal volgens het boekje gedaan, met een relatiecoach en een kibbelschrift en een heleboel geduld en vergevingsgezindheid, en tóch heb ik soms het gevoel dat Barry het alsnog niet bij dat ene wijf heeft gelaten.'

'Ja,' verzucht ik, 'zoiets zei Pieter ook al...' Het is er nog niet uit, of mijn hart staat stil.

O. Shit.

Heel even hoop ik dat Babette déze opmerking ook niet helemaal heeft geregistreerd – maar helaas.

'Wát zei je?' zegt ze fel.

15

Als ik door het Vondelpark terug naar huis fiets, staat het huilen me nader dan het lachen. Ik kan mezelf wel voor mijn kop slaan. Babette was behoorlijk in haar wiek geschoten – en terecht. Ze wilde natuurlijk alles weten: wanneer Pieter dat had gezegd. Wat zijn precíéze woorden waren geweest. Waarom ik het niet eerder had verteld.

Ik heb nog geprobeerd het uit te leggen: dat ik niet wist of Pieter het wel meende. Dat ik haar niet op stang had willen jagen met iets wat tussen neus en lippen door in een ruzie was geuit. Dat ik dacht dat hij deed wat veel betrapte kerels doen, namelijk naar hun vrienden wijzen: 'Ik ben misschien erg, maar Jantje is nog veel erger, hoor.'

En dat ik de afgelopen maanden meer dan genoeg had aan mijn eigen shit; maar hoe zeg je zoiets netjes? Maar wat ik ook zei – Babette moest er niet veel van hebben. Net als de meeste vriendinnen hebben we elkaar ooit plechtig beloofd dat we elkaar altijd op de hoogte zouden brengen als ons iets ter ore zou komen over onze mannen. De praktijk is weerbarstiger, heb ik gemerkt.

We hebben geen toetje meer genomen.

En dus zit ik nu iets eerder dan gepland op de fiets terug naar een leeg huis. Melissa is een middagje met Milan aan de wandel, en Boris is – als het goed is – om halftwee opgehaald door Reservoir Dogs.

Terwijl ik me zit te bedenken of ik Babette niet een extra whatsapp'je moet sturen om haar op het hart te drukken dat ze de venijnige opmerking van Pieter beter even kan laten bezinken – in plaats van Barry bij thuiskomst naar de strot te vliegen – zie ik tot mijn schrik dat er een man met bekende contouren op me af komt joggen.

Dat rossige haar is niet te missen.

Het is duidelijk dat ik hem eerder herken dan hij mij. *(Shit – waar ligt dat aan? Heb ik nog zo'n bolle kop of moet ik nu écht eens mijn uitgroei gaan laten bijwerken?*) Mijn hart bonst in mijn keel. Snel kijk ik om me heen of ik nog ergens een zijpad kan nemen, maar het is al te laat.

'Iris!' roept hij met een mengeling van verbazing en blijdschap.

Argh – wat nu?

Moet ik hem te woord staan of op zijn bek slaan?

Kom op, Vandenberg – niet meer in die 'bedrogen vrouw'-modus.

Mondhoeken omhoog en schouders omlaag.

'Hé, Peter-Paul,' zeg ik zo neutraal mogelijk terwijl ik mijn ademhaling onder controle probeer te krijgen. 'Wat een... verrassing.'

Voordat ik goed en wel besef wat er gebeurt, word ik door Peter-Paul omhelsd. Dat doet hij inniger dan ik had verwacht, en tot mijn verbazing reageert mijn lichaam er welwillender op dan ik had verwacht. Peter-Paul mag dan met de vijand heulen – zijn vertrouwde *bear hug* heeft iets geruststellends; een bitterzoete herinnering aan een zeer recent verleden dat vreemd genoeg voelt als een vorig leven.

Ik zie aan zijn gezicht dat hij niet goed weet waar hij moet beginnen. Het feit dat hij zich nog meer opgelaten lijkt te voelen dan ik, geeft me een wonderlijk soort voldoening.

'Leuk felicitatiekaartje had je me gestuurd,' zeg ik. 'Het was toch die baby met dat kuifje, met de tekst: "Ik heb meer haren dan mijn papa?"'

Het lijkt erop dat Peter-Paul begint te blozen; al kan ik dat niet goed inschatten omdat hij al rode wangen heeft van het hardlopen. Nog steeds een beetje nahijgend veegt hij het zweet van zijn gezicht en wrijft zijn handen droog aan zijn witte, driekwart sportbroek. 'J-ja,' stamelt hij, waarbij hij schuin door zijn rossige wimpers kijkt. 'Ik had die kaart al op de bus gedaan voordat ik eh...'

'... wist dat-ie geen papa had?' vul ik vals aan.

Bedremmeld staart Peter-Paul naar de grond. Het is ontwapenend om die grote, joviale kerel zo beschroomd te zien. Het geeft hem iets jongensachtigs; iets *(durf ik het te zeggen?)* knuffeligs. Als-ie zo blijft hakkelen wordt het nog moeilijk om hem iets kwalijk te nemen. Maar misschien is dat ook wel zijn hele insteek.

'Hoe eh... gaat het eigenlijk met Pieter junior?' vraagt hij ten slotte.

'Mílan. De baby heet Milan.'

'Meen je dat nou? Dat heeft Pieter nooit verteld.'

'Er is wel meer wat Pieter nooit heeft verteld, P.'

'Ik wíst gewoon dat je dat zou gaan zeggen...' grijnst hij voorzichtig.

'O ja? De echte vraag is natuurlijk: wat wist jij nog meer?'

'Helemaal niks!' roept Peter-Paul iets te snel uit, om daar – na een kritische blik van mijn kant – schoorvoetend aan toe te voegen: 'Oké – ik vermoedde wel iets, maar ik wist het niet zeker. Echt niet.'

Met een zucht haal ik mijn neus op. 'Kom op, P. Jij bent een van zijn beste vrienden. Hoe kun jij nou niks van die Suus hebben geweten? Je stond er met je neus bovenop!'

Nadat we twee keer bijna zijn aangereden door gehaaste fietsers die waarschuwend naar ons tingelen, besluiten we om na een derde, typisch Amsterdamse regieaanwijzing *('Oprotten!')* inderdaad maar even aan de zijkant van het pad te gaan staan.

'Iris – echt, ik heb er wakker van gelegen,' zegt Peter-Paul, terwijl het zweet nog steeds langs zijn gezicht parelt. 'Er werd natuurlijk wel geroddeld op de afdeling...'

'Echt?' vraag ik, gekrenkter dan ik wil klinken. Het idee dat Pieter op zijn werk over de tong is gegaan terwijl ik me ledig hield met de aankoop van luierpakjes, luierzakjes en een luierautomaat roept allerlei kolkende gevoelens in me op die ik net zo fijn in een ongebruikte hoek van mijn geheugen had weggezet.

'Ja, maar kijk – in een ziekenhuis wordt altijd geroddeld. En laten we eerlijk zijn: er gebeurt natuurlijk ook het nodige. Imran Bhutani, ken je die?'

'Nee.'

'*Boet*, die zaalarts van oncologie?'

'Nee-hee.'

'Nou, in ieder geval – hij noemde zijn afdeling laatst nog *Oh Oh Chemo*.'

Ik trek mijn wenkbrauwen op. 'Sjiek.'

'Eh... nee, de woordkeus is inderdaad niet altijd even fijngevoelig. Maar wat ik wil zeggen: er is altijd 'n hoop gekonkel gaande, maar ook geklets en achterklap. Dus ik wist niet of ik het moest geloven. Ik heb

Kraal er nog op aangesproken. Ik zei: "Luister pik, loop jij te rommelen met je co?" Maar hij ontkende bij hoog en bij laag. En wie ben ik dan om eh...'

'Leuk geprobeerd P, maar ik weet dat mannen elkaar altijd de hand boven het hoofd houden. *Semper fidelis* en al die studentenshit, toch?'

'Sjezus, ja, sorry. Achteraf gezien vind ik het ook allemaal zwaar kut. Maar je was zo stralend mooi zwanger dat ik je niet op stang wilde jagen met iets van horen zeggen.'

Het is alsof er een deur wordt opengetrapt in mijn hoofd.

'Ik wilde je niet op stang jagen...' Zijn dat niet precies de woorden die ik zojuist nog tegen Babette heb gebruikt?

Al die tijd heb ik Peter-Paul verweten dat hij nooit iets tegen me heeft gezegd, 'want zo zijn mannen', maar toen ik zelf de kans had om een van mijn liefste vriendinnetjes in te lichten, heb ik het ook nagelaten.

Ha. Krijg ik hier even een dikke middelvinger van het universum.

'Gaat het, schoonheid?' onderbreekt Peter-Paul mijn gedachten. 'Je ziet ineens zo bleek.'

Als ik ondanks het lentezonnetje begin te rillen, legt Peter-Paul onverhoeds zijn twee handen op de overgang tussen mijn taille *(of wat er van over is)* en mijn heupen, en trekt me naar zich toe. Zijn lichaam voelt warm en nat. En veilig.

'Kom eens hier, meissie,' fluistert hij, terwijl hij me stevig omhelst en me een dikke zoen op mijn voorhoofd geeft. 'Pieter verdient je niet.'

'Ach, dat zeggen mensen altijd tegen degene die in de steek is gelaten,' glimlach ik flauwtjes. 'Je koopt er alleen zo weinig voor.'

Peter-Paul kijkt me indringend aan, en zegt: 'Je moet niet aan jezelf twijfelen, Iris. Ik heb je altijd heel bijzonder gevonden. Pieter mocht zijn handen dichtknijpen met een vrouw zoals jij.' Als hij daarop zachtjes in mijn heupen knijpt, voel ik me plotseling licht in mijn hoofd. Ik weet niet of het door de sake komt, of doordat ik al een hele tijd niet meer in het gezelschap van een bezwete, zwaar ademende man heb verkeerd, maar ergens in mijn onderbuik groeit een slecht idee.

Een héél slecht idee.

Of ik nooit over wraak heb gefantaseerd, vroeg Babette. Nou – wat denk je zelf?

Nadat Jude Law zijn verloofde Sienna Miller had bedrogen met de plompe nanny van zijn ex-vrouw, schijnt Sienna hem te hebben teruggbetaald door het bed in te duiken met een van zijn beste vrienden: Daniel Craig. Los van het feit dat het een goddelijk soort gerechtigheid is dat je overspelige man zulke lekkere vrienden heeft, is het natuurlijk de ultieme fuck you om seks te hebben met een van zijn maten.

Ik voel hoe mijn hartslag begint op te lopen.

Peter-Paul gaat er met de minuut beter uitzien.

'Ik heb zo meteen nog dienst,' zegt hij een tikje schor, 'maar misschien moesten we binnenkort maar eens wat afspreken om eh... wat langer te praten?'

Nu pompt de adrenaline pas echt door mijn lijf.

'Ja,' zeg ik met hernieuwde energie, 'misschien moesten we dat op korte termijn maar eens doen.'

Als ik dan toch terug in het zadel moet: Peter-Paul ken ik tenminste. Het is een tikje intimiderend, een gynaecoloog, maar wie weet wat voor 'gevalletje weekendverlof' ik in de stad tegen het lijf ga lopen. Barbara heeft me ooit verteld hoe ze er pas in de slaapkamer achter kwam dat de lekkere gast die ze in de Jimmy Woo had opgeduikeld een flink strafblad had: 'Ik sta helemaal niet afwijzend tegenover attributen met batterijen,' zei ze, 'maar een elektronische enkelband is me dan weer net iets té kinky.'

'... Iris?'

'Eh – ja?' schrik ik wakker.

Peter-Paul kucht even, en haalt dan zijn handen ietwat nerveuzig door zijn bezwete haar.

Dat ik nu al die tijd heb gedacht dat P totaal niet mijn type was. Hij is best te doen. *Eens kijken hoe snel dát nieuws in Malawi is.*

'Iris, ik eh... ik wil je al 'n tijdje iets vragen, maar ik durf niet zo goed. Ik weet namelijk niet of het op dit moment gepast is...'

'Probeer het maar,' zeg ik koket. 'Nee heb je, en ja kun je krijgen.'

'Jouw vriendin Cassandra... die met de krullen... klopt het dat die weer vrijgezel is? En zo ja: zou je mij haar nummer willen geven?'

16

Kotsmisselijk ben ik van mezelf. Kijk me hier nu toch weer zitten.

Het is me nog gelukt om met een geforceerde glimlach afscheid van Peter-Paul te nemen *('Snel wat afspreken?' riep hij nog achterom. Nou, reken maar. Wat dacht je van: de dag na nooit?)* maar daarna kwam alles omhoog: Pieter, mijn stupiditeit, en de noedels.

Nadat ik ergens in een zijpad heb staan kokhalzen, ben ik huilend op een bankje gaan zitten. En daar zit ik nu nog steeds.

Wat een verschutting.

Als ik dit beeld zou moeten monteren, dan zou ik er waarschijnlijk het melancholische 'Bagagedrager' van Spinvis onder zetten: *Hoe kom je hier, hoe kom je hiervandaan. En als je wegkomt, waarheen wou je dan wel gaan.* Geen lachebekje, die Spinvis. Maar hij heeft wel gelijk.

Ik zie een verliefd stelletje dat ligt te flikflooien in het gras; een man en een vrouw met een kinderwagen die samen van één ijsje eten; een lachende vader die zijn schaterende dreumes als een vliegtuigje boven zich uit tilt. Wat een blije eikels allemaal. Moet al dat geluk zo opzichtig worden geëtaleerd?

Nadat ik een papieren zakdoekje uit mijn tas heb gevist, begin ik mijn volgelopen neus leeg te blazen. Ik ben net lekker aan het snuiten als er plotseling van achteren twee handen op mijn schouders worden gelegd. Van de schrik laat ik het zakdoekje iets naar voren schieten, waardoor het met een groene draad aan mijn neus verbonden blijft. *Charming.*

'Jezus christus!' roep ik uit, als ik zie wie er achter me staat.

'Zeg maar Douwe hoor,' grijnst hij terug.

Opgelaten veeg ik mijn neus schoon, en probeer daarna met het kleverige zakdoekje ook meteen mijn tranen weg te vegen.

'Ben jij weleens níét in het park?' vraag ik geïrriteerd.

'En jij?' zegt Douwe geamuseerd, en duidelijk niet in het minst ongemakkelijk met de situatie. 'Ben jij weleens niet aan het huilen?'

'Wat dóé je?' vraag ik, als hij onuitgenodigd naast me komt zitten.

Lachend leunt hij achterover, rekt zich eens lekker uit *(latertje zeker weer?)* en zegt met een twinkeling in zijn ogen: 'Nou, mevrouw Vandenberg, ik ben onder andere uw hond aan het uitlaten.' Daarop fluit hij drie korte tonen op zijn vingers, en een paar seconden later word ik onder de voet gelopen door Boris en de rest van de honden, die zich dwars over mijn witte Isabel Marant-*wedge sneakers* een weg banen naar de beloningskoekjes die Douwe in de tussentijd uit zijn rugzak heeft opgediept.

Hoewel Boris en ik de laatste weken iets nader tot elkaar zijn gekomen – hierbij geholpen door Milan die iedere keer aanstekelijk gaat kraaien wanneer hij de hond ziet – ben ik duidelijk nog geen match voor de rattenvanger van Hamelen. Nadat Boris heel even aan mijn handen heeft gelikt, stort hij zich vol overgave in het pandemonium dat Douwe met zijn koekjestrommel heeft veroorzaakt.

'Oeps,' zegt Douwe iets te verkneukeld, wanneer de hele meute weer weg is en hij de zwarte pootafdrukken op mijn schoenen ziet staan.

'Geeft niks hoor,' zeg ik narrig. 'Ik ben het gewend dat er over me heen gelopen wordt.'

Douwe kijkt me aan met een blik die ik niet goed kan duiden – al wordt het zo langzamerhand pijnlijk duidelijk dat dat sowieso niet mijn sterkste kant is – en schudt dan lachend zijn hoofd.

Man, wat is die kerel toch onuitstaanbaar met z'n hypnotiserende blauwe ogen. Ik trap er mooi niet in. Eén keer is meer dan genoeg vandaag.

'Heb je het weer aan je darmen?' vraag ik, als hij voor de tweede keer in zijn rugzak begint te rommelen.

'Nee, geen volkoren biscuits; ik heb wat beters,' zegt hij, en tovert een blikje Heineken tevoorschijn. 'Net gekocht. Delen?'

'Nee, bedankt. Ik heb bij de lunch al aan de rijstwijn gezeten. En je weet wat ze zeggen: bier na wijn geeft venijn.'

'Kom op, venijniger dan dit kun je toch niet worden,' knipoogt Douwe.

Verdomme, meneer is nog geestig ook. Niks zo ergerlijk als iemand die je probeert op te beuren terwijl je je net even lekker in je chagrijn wilt wentelen.

'Ach welja,' zeg ik ten slotte. 'Wat kan mij het ook schelen.'

Nadat we stilzwijgend om beurten een paar slokjes bier hebben genomen, vraagt Douwe of ik misschien wil vertellen wat er is gebeurd.

'Wat geeft je de indruk dat er iets is gebeurd?' lach ik wrang, terwijl ik met mijn ringvinger zwarte prutjes oogpotlood uit de binnenkant van mijn ogen veeg.

Douwe haalt zijn schouders op. 'Misschien heb ik daar wel een speciale antenne voor.'

'Gaan we dit iedere keer zo doen?' vraag ik. 'Ik huilen, jij luisteren?'

'Vorige keer luchtte het erg op, zei je.'

'Heb ík dat gezegd? Echt niet. Ik vroeg me juist af waarom ik mijn hart had uitgestort bij een wildvreemde.'

'Zeg – gaan we de bokkenpruik nog afzetten?' lacht Douwe. 'Het is allemaal vast niet zo dramatisch als je denkt.'

'O nee? Tien minuten geleden zat ik er nog serieus over te denken om bij wijze van wraak seks te hebben met een van de beste vrienden van mijn ex. En dat is een gynaecoloog – moet je nagaan.'

Douwe verslikt zich bijna in een slok bier. 'Dat is... inderdaad dramatisch,' kucht hij. 'Maarreh... zei je: "ex"? Dat briefje onder Pieters ruitenwisser heeft dus niets opgeleverd?'

Woordeloos neem ik het blikje Heineken van hem over en neem twee flinke teugen. 'Jij bent duidelijk in een oude aflevering blijven hangen,' zeg ik. 'Mijn relatiesoap zit inmiddels al in het tweede seizoen.'

'Eerlijk gezegd had ik best op de hoogte willen blijven van de verhaallijn,' zegt Douwe, plotseling serieuzer. 'Maar op de een of andere manier kreeg ik je niet meer te spreken.'

Op dat moment komt een taupekleurige labradoedel *(hoeveel méér Amsterdam-Zuid kan een hond zijn?)* naar het bankje rennen met een tennisbal in zijn bek. 'Hey Barack, jongen,' zegt Douwe zacht, en haalt de hond aan door hem stevig over zijn kop te kroelen.

'Soms had ik het gevoel dat je me aan het ontlopen was,' zegt Douwe, terwijl hij strak naar de hond blijft kijken en onderwijl probeert om de tennisbal aan zijn kaken te ontfutselen.

'Dat klopt,' zeg ik baldadig, waarop Douwe zich prompt omdraait.

'Echt?'

'Ja. Echt.'

Zodra Douwe de bal bij de speelse hond heeft losgewrikt, gooit hij hem met een flinke omhaal het veldje op, waarna de labradoedel er uitgelaten achteraan rent.

'Maar... waarom dan?' vraagt hij.

Het doet me goed om hem een beetje van zijn stuk te zien. *Misery loves company.*

'Zal ik het even voor jou op een rijtje zetten? De eerste keer dat ik je ontmoette, heb ik je staan uitkafferen en noemde jij mij een teef. De tweede keer ben ik helemaal tegen je leeggelopen, en noemde jij Pieter een idioot. En nu kom ik je voor de derde keer tegen, terwijl ik nét heb staan kotsen en huilend op een bankje zit!'

'Heb je echt staan overgeven?' vraagt Douwe.

'Uh-huh.'

'Had je me dat dan niet kunnen vertellen vóórdat we samen een blikje gingen delen?'

Voor ik mezelf kan stoppen, schiet ik schaterend in de lach – en dat terwijl ik me nog zó had voorgenomen om in de bitchstand te blijven staan. Opgelucht lacht Douwe met me mee; duidelijk verheugd dat hij me eindelijk om heeft weten te krijgen.

'Had ik gelijk of niet?' glundert hij.

'Van wat? Van de teef of van de idioot?'

'Beide.'

'Oké, bijdehand stuk vreten,' grijns ik. 'Dit punt is voor jou.'

'Maar nu weet ik nog steeds niet wat er is gebeurd,' zegt Douwe.

Ik haal diep adem en vraag hem of hij de ruwe of de gemonteerde versie wil horen. 'Doe mij maar de ruwe versie,' antwoordt hij. 'Iets zegt mij dat daar de betere details zitten.'

En dus vertel ik uitgebreid over Barry en Babette; wat ik had gezegd en wat Babette toen zei.

Douwe hoort het allemaal onbevangen aan; af en toe lachend of juist bedachtzaam knikkend. Wat een verademing dat een man gewoon eens naar me lúístert in plaats van meteen commentaar geeft.

Maar dat kon natuurlijk niet uitblijven.

Ik ben nog maar nauwelijks bij de beschamende confrontatie tussen Pieter en Bart de Muyselaer aanbeland, of Douwe valt me in de rede: 'Wacht eens even – is dat die Vlaamse kok? Die glijer?'

'Begin jij nu ook al?' zeg ik, meteen weer kribbig.

'Nee, serieus,' zegt Douwe, 'als ik thuis zou komen en míjn vriendin stond te vozen met die gast van *Orgastronomie*...'

'Éx-vriendin,' corrigeer ik.

'Maar dat wist je toen nog niet. Je had toch een briefje achtergelaten met "bel me"? En dan komt-ie eindelijk, en dan...'

'Ja-haa,' breek ik hem af. 'Aan wiens kant sta jij eigenlijk? Jíj had mij toch geadviseerd om niet meer naast de telefoon te gaan zitten treuren, maar eropuit te gaan?'

'Zó letterlijk bedoelde ik het nu ook weer niet.'

Wat krijgen we nu? Is hij... beledigd?

'Luister eens, als ik verwijten wil horen, praat ik wel met mijn moeder.'

'Nou, eh, ik vind gewoon dat, eh...' stamelt Douwe, 'ik vind die Bart gewoon een eigengeiler. Hij hoeft maar gehakt te kneden, of de vrouwen zeggen al: "O, kijk toch eens hoe goed hij is met zijn handen."'

'Hij ís ook goed met zijn handen,' zeg ik met een minzame glimlach.

Douwe haalt zijn neus op.

Als de labradoedel weer terugkomt en de tennisbal dit keer netjes voor Douwes voeten legt, staat hij op om hem van de grond te rapen.

'Dat mag zo zijn,' zegt hij zonder me aan te kijken, 'maar je bent het hopelijk wel met me eens dat dat programma van hem, dat *Orgastronomie*, "met recepten om je relatie te kruiden", echt vreselijk is.'

Kijk eens aan. Nu wordt het interessant.

'O ja?' zeg ik zo neutraal mogelijk. 'En waarom dan wel?'

Terwijl Douwe zich klaarmaakt om de bal te gooien, bestudeer ik zijn kleding. Hij draagt een grijs T-shirt van Ripcurl Australia, een legergroene cargobermuda en een paar goeie Jordans. Het setje lijkt bij elkaar geraapt, maar volgens mij er is verdomd goed over nagedacht; tot de door zon en zeewater verweerde polsbandjes aan toe.

Douwe slingert de bal veel verder dan de eerste keer, en begint dan

Barts onmiskenbare Vlaamse accent te imiteren: 'Zuigen op anijszaad vergroot het verlangen. Frambozen zijn als fruittepels in de mond...'

En wéér moet ik om hem lachen. Dat doet-ie toch goed.

'Het mooiste vond ik nog die aflevering met de asperges,' smaalt Douwe, opgestookt door mijn lachsalvo. 'Toen zei Bart de Muyselaer dat je die "heel romantisch met veel boter naar binnen moest laten glijden"... Hij vergat er alleen bij te vertellen dat je urine na het eten van asperges nogal penetrant naar zwavel ruikt.'

'Goed punt,' zeg ik lachend. 'Ik zal het in de eerstvolgende vergadering meteen op de agenda zetten.'

Verwonderd draait Douwe zich naar me om. 'Welke vergadering?'

'Ik ben een van de makers van *Orgastronomie*. Ik werk als eindredacteur bij het productiebedrijf Media Nox.'

Prompt verschiet Douwe van kleur. 'Au – dat is gênant... nu mag ik zeker niet meer mee naar het tweede seizoen?'

'Laat ik het zo zeggen: dat punt van net ben je weer kwijt.'

'Maar wacht eens even,' zegt Douwe en hij veert op, 'die Bart is dus een naaste collega van jou? Je weet toch wat ze zeggen, over relaties op de werkvloer? *Don't get your honey where you get your money.*'

'Bedankt voor je wijze woorden, meneer de hondenfluisteraar, maar ik ben een groot meisje. Ik weet heus wel waar ik mee bezig ben.'

'O ja? Tien minuten geleden zat je anders nog te huilen én het onzalige plan te overwegen om seks te hebben met een van de beste vrienden van je ex...'

'D-dat aanbod heb ik beleefd afgeslagen,' lieg ik erop los.

Ik ga die bijgoochem echt niet alles aan zijn neus hangen.

'Gelukkig maar. Ik weet niet of je Pieter ooit nog hoopt terug te winnen, maar zo'n stunt had hij absoluut niet leuk gevonden.'

'Is dat niet de bedoeling van een wraakactie? En trouwens: Bart de Muyselaer kan hij ook niet luchten of zien.'

'Wat Pieter allemaal gedaan heeft, vind ik onbegrijpelijk,' zegt Douwe, 'maar dat van Bart – dáár kan ik inkomen. Ik vind die Belg nog gladder dan een paling in een emmer snot. Hij past niet bij je.'

'Sorry hoor, maar je kent me nauwelijks,' werp ik tegen. 'Hoe kun jij nu weten bij wie ik wel of niet zou passen?'

'Ik denk dat ik door mijn werk met honden ook behoorlijk wat over de karakters van mensen heb geleerd. Ik moet zowel de honden als hun baasjes snel leren doorgronden, want eh... er zitten nogal wat moeilijke keffertjes tussen.'

'Oké, oké – ik snap hem,' verzucht ik, terwijl ik een lichte ergernis voel opkomen. 'Vertel het me maar. Ik weet dat je staat te popelen. Hoe hoog scoor ik op jouw schaal van rabiës?'

Maar in plaats van te antwoorden, schudt Douwe lachend zijn krullen uit zijn gezicht. *Welja. Het enige wat er nog aan ontbreekt, is de slow motion. Wat denkt meneer wel dat dit is? Een Jillz-commercial?*

'Wandel je een stukje met me mee?' vraagt hij, terwijl hij energiek in zijn handen klapt. 'Honden mogen hier in principe loslopen, maar de Vereniging Hondenbezitters Vondelpark heeft met de gemeente afgesproken dat we de overlast voor de rest van de parkgangers zo veel mogelijk beperken. Daarom blijf ik nooit te lang op één veldje. Loop je even met me mee, of moet je weg?'

Ja, Vandenberg, je moet weg. En wel nu!

'Nee, ik hoef nog nergens heen,' hoor ik mezelf zeggen.

'Komt dat even goed uit,' zegt Douwe, terwijl hij me twee plastic boterhamzakjes overhandigt. 'Dan kun je me meteen even helpen met het opruimen van de poep.'

Als ik niet veel later warme hondendrollen sta te rapen, kan ik Douwe wel schieten (en mezelf nog meer) maar omdat hij regelmatig geamuseerd mijn kant opkijkt, besluit ik me niet te laten kennen. Het is al ergerlijk genoeg dat ik zo graag wil horen wat voor indruk ik op hem heb gemaakt – en dat terwijl ik bij voorbaat al weet dat zijn antwoord me niet gaat bevallen.

Nadat we de uitwerpselen in de prullenbak hebben gedeponeerd en richting de Vondelweide lopen – ik met mijn fiets aan de hand en Douwe omgeven door een kluitje enthousiaste honden – kan ik het dan ook niet laten om voor de tweede keer te vragen waar hij me heeft ingeschaald.

'Ben je daar nog steeds mee bezig?' antwoordt hij met een triomfantelijke glinstering in zijn ogen. 'Eigenlijk had ik niet anders verwacht. Ik heb jou ingedeeld bij de bijtertjes, want je hapt nogal snel. Bijtertjes willen eigenlijk het liefst aangehaald worden. Ze hebben gewoon een beetje leiding nodig... en een beetje een harde hand.'

Ik voel hoe ik vuurrode wangen krijg.

'Ha!' roep ik uit, veel geagiteerder dan ik wil klinken. 'Je kent me dus inderdaad niet. Van wie zou ík nou leiding nodig hebben? En die harde hand – die heb ik zelf wel.'

Vóór ik goed en wel besef dat ik me tot een flinke ontboezeming heb laten verleiden, vertel ik Douwe in geuren en kleuren hoe ik Pieters prijzige *Star Wars*-collectie aan diggelen heb geslagen, en wat een ongeloofijke rust en helderheid mij dat wekenlang heeft gegeven.

Als we daarna samen in het gras gaan zitten en Douwe een tijdlang stilvalt, bekruipt me het gevoel dat ik het op de een of andere manier heb verbruid. Heb ik ook nu weer te snel gehapt? Ik kan mezelf wel voor mijn kop slaan dat ik zo persoonlijk ben geworden. Alsof deze vrijbuiter zich überhaupt zou interesseren voor de sores – en de ietwat verontrustende agressie – van een alleenstaande moeder. Maar dan onderbreekt Douwe plotseling mijn gedachten.

'Ik denk dat ik wel begrijp hoe dat voelt,' zegt hij zacht, terwijl hij gedachteloos plukjes gras uit de grond trekt. 'Als ik een teleurstelling moet verwerken of mijn verdriet van me af wil slaan, dan ga ik het liefst naar het huis van mijn ouders om in hun bostuin openhaardhout te hakken. De combinatie van de kracht die je moet zetten en het splijten van het hout geeft me een wonderlijk soort voldoening.'

Houthakken? Hij heeft het nog niet gezegd, of ik merk hoe mijn blik onwillekeurig afdwaalt naar zijn bovenlichaam; meer in het bijzonder naar de welvingen van zijn schouders onder zijn Ripcurl-T-shirt.

'Heb ik iets verkeerds gezegd?' vraagt Douwe. 'Je kijkt een beetje glazig.'

Houd het luchtig, Vandenberg!

'O – eh, nee hoor... Ik had opeens een mentale voorstelling van jou als houthakker,' flap ik eruit.

'Echt?' zegt Douwe verbaasd.

'Sorry, ik ben nu eenmaal erg visueel ingesteld. Ik vind het fijn om iets eh... te kaderen. Noem het beroepsdeformatie.'

Het lijkt alsof Douwe hier even over moet nadenken.

'En?' vraagt hij ten slotte. 'Hoe zag het eruit?'
'Nogal gay,' jok ik.
'Gay?' roept Douwe lachend uit.
Gelukkig – we lachen weer.
'Ja, ik zag je helemaal voor me in zo'n geruit overhemd van Ralph Lauren, en ik dacht meteen aan The Village People.'
'Die van "YMCA"?'
'Ja, die! Daar zat toch ook zo'n houthakker bij?'
'Volgens mij was het een bouwvakker...' peinst Douwe. 'En dan had je nog een cowboy, een indiaan en een marinier...'
'... en een motoragent! Genoeg voor een hele *Gay Pride*.'
'Ho, ho,' zegt Douwe, terwijl hij zich op zijn zij naar me toedraait, 'laten we de dames niet vergeten. Volgens mij zaten er ook de nodige vrouwenfantasieën tussen. Zo las ik laatst in de *Grazia*...'
'Wacht even – dus je kijkt niet alleen soaps maar je leest ook nog vrouwenbladen? Weet je zeker dat je een x- én een y-chromosoom hebt?'
'Ik las dus laatst in de *Grazia*,' gaat Douwe onverstoorbaar verder, 'dat er een beroepen-top drie is waar mannen en vrouwen in bed het liefst over fantaseren. Wil je ze horen?'
'Mijn god, waar gaat dit gesprek héén,' kreun ik ongemakkelijk.
'Nu niet opeens preuts gaan doen, hè?' zegt Douwe. 'Volgens mij ben jij degene die een programma maakt over fruittepels en het zuigen op anijszaad.'
Daarop geeft hij me een speelse duw waardoor ik zijdelings in het gras rol. Zodra Boris mij lachend in het gras ziet liggen, sprint hij naar me toe, danst om me heen en probeert me in mijn gezicht te likken.
'Hij vindt je leuk,' zegt Douwe, terwijl hij me iets te lang aankijkt.
Tenminste – dat denk ik. Maar daar heb ik me vandaag al eens eerder in vergist.
'Dat is niet wederzijds,' zeg ik resoluut, en duw de speelse herder met de nodige moeite van me af. 'Kom maar op met je top drie.'
Douwe lijkt even van zijn à propos, maar hij herpakt zich snel. Sterker nog: hij gaat er eens goed voor zitten.
'Vrouwen,' zegt hij, met een zelfvoldane *know it all*-ondertoon, 'blijken het meest te fantaseren over brandweermannen.'

'Nee! Dat geloof ik niet. Tegen de tijd dat zo'n snorremans aanbelt, slaan de vlammen uit de bovenverdieping. Dat vind ik persoonlijk niet zo opwindend.'

'Misschien is het meer het bééld van een brandweerman,' zegt Douwe. 'Stoer pak aan, grote spuit in de hand. Ik denk dat vrouwen diep vanbinnen nog steeds graag "gered" willen worden.'

'Ach joh, rot toch op met je ouderwetse gelul,' wuif ik hem weg.

'Hoe verklaar je dan de nummers twee en drie op de lijst van vrouwelijke fantasieën? Dat zijn soldaten en politieagenten. Zijn het de handboeien? Of is het dat sexy camouflagepak?'

'Och,' haal ik mijn schouders op. 'Het lijkt me op zich best handig, zo'n man die je na gebruik onzichtbaar in de tuin kunt zetten.'

Nu is het Douwes beurt om in lachen uit te barsten. Terwijl hij zich achterover laat vallen in het gras, legt hij zijn hand op de mijne en knijpt er zachtjes in. Dit onverwachte gebaar stijgt meteen naar mijn benevelde hoofd. Ik voel dat zijn ontegenzeglijke charisma met me op de loop gaat, maar zo langzamerhand heb ik niet meer de energie om me ertegen te verzetten.

'Je bent grappig, Iris, weet je dat? Bitchy – maar grappig.'

'Waar fantaseren mannen eigenlijk over?' vraag ik schalks, overmoedig door zijn complimentje. 'Willen die ook gered worden?'

'Nee,' grinnikt Douwe, 'mannen willen graag verzorgd worden. Onze favoriete seksuele fantasiefiguur blijkt de verpleegster te zijn.'

Prompt voel ik mijn gezicht verstrakken. Al laat ik me nog zo meeslepen door de zon en het gezelschap – er hoeft maar dít te gebeuren, en ik ben terug bij af.

'Tss,' zeg ik stuurs, 'bedoel je niet toevallig: de coassistente?'

'Teer puntje?' vraagt Douwe. 'Voor wat het waard is: mijn zeil gaat niet echt bol staan van witte panty's in witte klompen. De nummers twee en drie daarentegen...'

Mismoedig schud ik mijn hoofd. 'Nou, vooruit – vertel...'

'Op de tweede plaats staat het kamermeisje, en op de derde plaats de stewardess.'

'Goh,' zeg ik met een wrang lachje. 'Verzorgen, zuigen en bedienen: de mannelijke belevingswereld in een notendop.'

'Hey, wat is daar mis mee?' grijnst Douwe. En dan een paar tellen later, wat serieuzer: 'Wonderlijk eigenlijk, dat de droombeelden van mannen en vrouwen zo ver uit elkaar liggen.'

'Nou, inderdaad,' antwoord ik. 'De prins op het witte paard voor de één, en het dienstertje met het witte schort voor de ander.'

Na enige aarzeling *(die vooral te maken heeft met de witte J Brand-jeans waar ik stad en land voor afgelopen heb)* ga ik ook maar languit in het gras liggen. 'Fantasielijstjes zijn volgens mij per definitie onrealistisch,' zeg ik, terwijl ik mijn handen achter mijn hoofd vouw en me bedenk dat dit eigenlijk best wel lekker ligt. 'Want zeg nou zelf: wie wil er nu werkelijk door oom agent in een wielklem worden genomen?'

'Jij blijkbaar niet,' lacht Douwe. 'Maar welk type man trekt dan wél jouw aandacht? Ik begrijp dat dokters inmiddels van deelname zijn uitgesloten?'

'Dát kun je wel zeggen, ja.'

Vanuit mijn ooghoeken zie ik hoe Douwe een Tupperware-bakje uit zijn rugzak opdiept, met daarin keurig gesneden appelpartjes.

Niks voor hem. Typisch iets wat een vrouw heeft klaargemaakt.

'Weet je wat het is, Douwe,' zeg ik, terwijl ik grotendeels uit narrigheid een stukje appel afsla. 'Mijn gevoelsradar heeft me nu al een paar keer dusdanig in de steek gelaten dat ik er nauwelijks nog op durf te vertrouwen. Laatst werd Milan huilend wakker, en toen ik zachtjes wiegend met hem voor het raam stond, zag ik dat het een prachtige, heldere nacht was. Maar in plaats van dat ik ervan kon genieten, werd ik verdrietig van het idee dat de sterrenhemel zoals ik die op dat moment zag, helemaal niet meer bestaat.'

'Hoe bedoel je dat?' vraagt Douwe.

'Nou ja, kijk – hoewel hun licht onze aarde nu pas bereikt, zijn sommige sterren allang uitgedoofd. En ik realiseerde me dat dit ook voor een heleboel relaties geldt. Soms denk je iets moois te zien wat er helemaal niet meer blijkt te zijn.'

'Dat klinkt inderdaad verdrietig,' zegt Douwe, terwijl hij nog vier appelpartjes uit het bakje haalt en het daarna terugstopt in zijn rugzak. 'Maar dat betekent dat het omgekeerde óók waar is: misschien is er in de tussentijd allang iets moois naar je onderweg. Het feit dat je het nog niet kunt zien, wil niet zeggen dat het er niet is.'

'Wauw – zo heb ik het nog niet bekeken,' zeg ik. 'Maar ik weet niet of ik zin heb om lijdzaam te gaan zitten wachten tot er eventueel iets op me afkomt. Misschien vind ik mijn gevoel voor eigenwaarde terug als ik zelf het heft in handen neem. Mijn vriendin Cassandra heeft me laatst geadviseerd om een rondje te gaan *speeddaten*; dan krijg je drie minuten, waarin je meteen schijnt te voelen of het klikt.'

'Soms is drie seconden al genoeg,' zegt Douwe, terwijl hij ingespannen naar de honden blijft turen. 'Wat wij liefde op het eerste gezicht noemen, is eigenlijk een chemische cocktail van hormonen. Je lichaam "ruikt" al of je bij iemand zou passen voordat je zelf goed en wel beseft wat er gebeurt.'

'National Geographic?' vraag ik geamuseerd.

'Nee,' lacht Douwe. 'Discovery Channel: *The science of sex.*'

Nadat hij zijn appelpartjes nogal luidruchtig heeft opgegeten *(waarom gaan mannen hun eten toch zo lawaaierig te lijf?)* zegt Douwe opeens: 'Ik wil me nergens mee bemoeien, maar héb jij niet al een man? Is Milan niet alles wat je nodig hebt voor je gevoel van eigenwaarde?'

Geërgerd ga ik rechtop zitten. 'Wat is dit – het *Polygoonjournaal*? Bedoel je dat ik geen goede moeder ben als ik niet iedere avond thuiszit? Dan heb ik nieuws voor je: ik zít iedere avond thuis, terwijl de vader van mijn baby met zijn *fuckbuddy* de Afrikaanse kindjes aan het redden is.'

'Dus vanavond ben je ook thuis?' vraagt Douwe, blijkbaar niet in het minst onder de indruk van mijn uitval.

'Hè?' vraag ik verward.

'Ben je vanavond thuis? Ik bedenk net dat ik nog een lading openhaardhout achter in mijn auto heb liggen. Zal ik wat bij je langsbrengen? Dan kan het goed indrogen voor de wintermaanden.'

'H-hoe weet jij dat ik een open haard heb?' stamel ik.

'Ben je vergeten dat ik een sleutel van je huis heb?'

Verrek. Mentale Post-it: niks gênants meer laten slingeren.

'Werkt dat meestal goed, deze *pick-up line*? "Zo meisje, zal ik straks eens even een flinke bos hout voor jouw deur komen brengen"?'

Douwe schiet in de lach. 'Het zegt meer over jou dat jij in een vriendelijk gebaar een versierpoging ziet, maar hé, als je aandringt wil ik best wat bij je komen drinken straks, hoor.'

Oei – touché. 'Wat vindt je vriendin daarvan?' sla ik terug.

'Mijn... vriendin?'

'Ja, het meisje waar je het de vorige keer over had, dat je "hele nachten uit je slaap houdt"?'

Douwe kijkt me verwonderd aan. 'Dát heb jij onthouden?'

Ja, Vandenberg, waarom eigenlijk?

'Als je het echt wilt weten,' gaat Douwe verder, 'ze is op dit moment in het buitenland.'

'Aha,' zeg ik, triomfantelijker dan ik me voel. 'Dus meneer heeft zijn handen vrij? Fraai is dat. Babette zegt altijd...'

'Wacht even: is dat de Babette die haar man dood wil?'

'Ja, die,' lach ik. 'Maar verder is ze heel aardig, hoor.'

'O, dat zal best, maar ik zou Barry toch willen adviseren om met zijn ogen open te slapen.'

'Luister nou eens, bijdehand. Ken je het fenomeen dat kleine kinderen denken dat mensen "weg" zijn zodra ze de kamer verlaten? Nou, Babette zegt dat mannen dat idee eigenlijk nooit kwijtraken. Zodra hun vriendin het huis – laat staan het lánd – heeft verlaten, denken ze "*technisch gesproken ben ik nu weer vrijgezel*".'

Douwe schudt zijn hoofd. 'Het zit anders dan jij denkt...'

'O ja? Ben jij zo iemand die op Facebook zijn relatiestatus aanvinkt als: *it's complicated*?'

Op dat moment rinkelt er een telefoon. Het is die van Douwe.

Fronsend kijkt hij naar het nummer, staat dan op en neemt een eindje verderop het gesprek aan.

Sjezus, wat een lul. Hij windt er bepaald geen doekjes om.

Als hij even later terugkomt, is er van zijn goede humeur weinig meer over. 'Ik moet gaan,' zegt hij.

'Is ze soms eerder thuis dan verwacht?' vraag ik cynisch.

'Zoiets,' zegt Douwe. Als hij daarop de bekende drie tonen fluit, komen alle honden aangerend.

'Hier,' zegt hij, terwijl hij me Boris met riem en al overhandigt. 'Kun jij hem alvast meenemen? Dat scheelt me alweer één stop.'

Net wilde hij nog bij me langskomen, en nu ben ik al gedegradeerd tot 'stop'?

'Sorry, Iris,' zegt hij, 'gevalletje overmacht. Hopelijk tot snel?'

Ik dacht het niet, vriend.

17

Het is Tweede Paasdag, en ik ben met Milan en Boris onderweg naar pannenkoekenboerderij Meerzicht in het Amsterdamse Bos.

Ik betwijfel of Milan al oog heeft voor de geitjes van de dierenweide, maar het was mijn moeders idee, en ik wil haar niet meteen frustreren. Jazeker – mijn moeder is weer in beeld.

Ze bleek naar een stilteretraite te zijn geweest; een Belgisch klooster waar ze dagenlang moest zwijgen. Het eerste wat in me opkwam om te zeggen, was: 'Aha – dus je kúnt het wel!' maar gelukkig wist ik dat tijdig in te slikken.

Toen ik afgelopen dinsdag met Milan voor zijn DKTP-prikken op het consultatiebureau was, zei dr. Kurtoglu – die eerst nog wat zat te mopperen dat ik het door haar aanbevolen bloedonderzoek nooit had laten uitvoeren – dat ik een veel betere, ja zelfs zachtere indruk maakte.

'Dat doet de natuur toch slim hè,' zei ze. 'Het knuffelhormoon oxytocine regelt niet alleen de toeschietreflex voor de borstvoeding, maar maakt je ook voor de rest iets, nou ja, "toeschietelijker". Het zorgt niet alleen voor de moederbinding, maar ook voor het willen opbouwen van relaties en het plezier in het verrichten van zorgtaken.'

Dat dus – en Douwe.

Sinds hij meende te moeten zeggen dat ik te veel van me afbijt, ben ik behoorlijk gemotiveerd om het tegendeel te bewijzen. De afgelopen weken heb ik me dan ook voorgenomen om eens wat vaker tot tien te tellen en mensen iets minder af te kammen.

Tenzij ze het verdienen, natuurlijk.

Helaas heb ik hem de resultaten nog niet onder de neus kunnen wrijven, want na die dag in het Vondelpark heb ik hem nauwelijks meer gezien. Het lijkt wel of hij af en toe oplost in het niets.

Meestal krijg ik Pauline aan de deur, maar steeds vaker ook weer Laura. Hoewel ik uiteraard heel blij ben dat het zoveel beter met haar gaat dat zij haar werk weer in toenemende mate kan oppakken, zou ik ook Douwe graag nog eens zien – al was het alleen maar om hem precies te vertellen wat ik van hem denk.

Zou hij serieus geloven dat ik dringend aangehaald moet worden? Hoe wanhopig denkt meneer wel dat ik ben? Nou ja, vooruit: ik wíl ook aangehaald worden, maar dat is een ander verhaal. Het is niet aan hem om dat zomaar te vinden; om zomaar vanuit het niets mijn leven binnen te walsen en ongevraagd zijn vinger op de zere plek te leggen. En wat weet ik nu eigenlijk over hém?

Vorige week heb ik na twee rosé *(denk ik, maar het zouden er ook zomaar drie geweest kunnen zijn)* Douwe eens gegoogeld. Ik was begonnen met Laura; die heet Dekker, net als het zeilmeisje. Na heel veel pagina's over de solotocht-over-de-wereld recordpoging, het gevecht tegen Jeugdzorg en de Kinderbescherming en de tv-serie die er eerst wel en toen weer niet zou komen, kwam ik uiteindelijk uit bij de site van Reservoir Dogs, Laura's verleden als showhondentrainer en haar profiel op LinkedIn.

Maar toen ik vervolgens Douwe Dekker intypte, vond ik niks. Ja, een hele rits pagina's over de schrijver Multatuli. Maar over Douwe zelf geen woord: geen wapenfeiten, geen surfuitslagen, zelfs geen tags op Facebook. Wat voor *underachiever* moet je zijn om geen enkele digitale voetafdruk achter te laten?

Toen ik afgelopen zaterdag eindelijk de moed had verzameld om zo nonchalant mogelijk aan Pauline te vragen of Douwe 'soms weer eens een dagje vrij had', liet ze me een berichtje lezen dat hij 's ochtends had gestuurd: Allerliefste Lien! Kun je vandaag voor me invallen? Dikke, mellow lijnen in Noord-Holland; longboard time! Eeuwige dank en kus x

'Die man – daar kun je toch niet boos op worden?' zei ze lachend.

O nee? Mij lukt het anders prima.

Het irriteert me dat ik aan hem denk *(en dat ík zijn 06-nummer niet heb)* en het irriteert me nog meer dat hij van alles over míj denkt. Maar vandaag heb ik geen zin om me te ergeren. Aan wie dan ook. Het paaszonnetje is niet zo warm, maar wel behaaglijk. Het is heerlijk om buiten te fietsen: overal bloeien narcissen, de vogels kwinkeleren en er komt alweer flink wat groen aan de bomen.

Naast mij rent Boris – aangelijnd en wel – enthousiast met me mee. Sinds ik het drietonige fluitje ook zelf ben gaan gebruiken, lijkt hij veel beter naar me te luisteren. Ik zou nog niet willen beweren dat ik uitgesproken dol ben op die hond, maar sinds ik me ben gaan realiseren dat hij net zo hard in de steek is gelaten, ben ik wel wat ontvankelijker geworden voor die stumper. Toen ik laatst thuiskwam was Boris zó blij me te zien dat hij met zijn kwispelende staart de Feu de Bois van de koffietafel veegde – inderdaad, de limited edition van Diptique waarvan ik het destijds niet over mijn hart kon verkrijgen om hem naar Pieters hoofd te gooien. Daar zou ik nu geen enkele moeite meer mee hebben. Het is een prijzige geurkaars, maar de uitdrukking op Pieters gezicht zou pas écht onbetaalbaar zijn geweest. En nu ligt het ding alsnog in stukken.

Het universum heeft zo haar eigen manieren om je iets duidelijk te maken.

Aan zijn opgewonden gekraai te horen, geniet Milan ook van ons fietstochtje door het bos. Hij draagt een grijs joggingbroekje van Stoer!, een hoodie van IKKS en zijn Nike-slofjes, waarmee hij wild ligt te trappelen in de Maxi-Cosi die ik met een speciale beugel op de Taga Bike heb geklikt. Milan lijkt zoveel op Pieter dat het soms pijn doet aan mijn buik; zeker als hij er ook nog zo'n scheef lachje tegenaan gooit.

Hoewel ik mezelf dwing om realistisch te zijn, voel ik dat de droom van een compleet gezinnetje mijn lichaam nog niet helemaal heeft verlaten. Het is als een diepe vleeswond die halfslachtig is gehecht, en die bij iedere verkeerde beweging kan openspringen. Elke ochtend loop ik met Milan op de arm door zijn kamertje, en dan groeten we zijn knuffels, de commode, het raam, het zonnetje – en papa. Achteraf ben ik blij dat ik niet alle ingelijste foto's van Pieter heb ingetikt; al valt het me zwaar om te moeten zien hoe Milan zijn vader voorlopig alleen maar kent als een gezicht achter glas.

Gisteren moest ik nog denken aan wat Babette had gezegd: *liever op het kerkhof dan op een ander*. Hoewel ik de emotie erachter wel degelijk kan begrijpen (dit in tegenstelling tot Babette zelf, die me de dag na onze benevelde lunch vertelde dat ze zich 'doodschaamde' over wat ze allemaal had uitgekraamd), ben ik het er toch niet mee eens.

Milan verdient de vader die ik nooit heb gehad. Pieter is er dan misschien niet, maar hij lééft wel. En dat is toch al een vooruitgang van vijftig procent.

Zodra ik bij Meerzicht ben aangekomen, zet ik Milan even in zijn Maxi-Cosi op de grond en verander de Taga Bike in twintig seconden van een fiets in een wandelwagen.

Ik ben nog iedere dag verrukt over het wonderbaarlijke vervoermiddel dat Bart me heeft gegeven – al loopt het tussen hem en mij iets minder op rolletjes. Hij is er nog steeds van overtuigd dat wij onze *coïtus interruptus* op enig moment gaan voortzetten, maar ik ben huiverig om me voor een tweede maal in zijn armen te werpen. Zijn schaamteloze vleierij was erg goed voor mijn ego; en *vozen* – zoals Douwe dat nogal neerbuigend noemde – kon hij ook als de beste, maar het lijkt wel of ik Bart en het onthutste gezicht van Pieter in één frame heb gemonteerd en ze nu niet meer los van elkaar kan zien.

Daar komt nog bij dat ik de laatste redactievergadering als behoorlijk ongemakkelijk heb ervaren door de hitsige blikken die Bart over de tafel wierp. Hoe beschamend zou het zijn als ze bij Media Nox zouden weten dat ik mezelf bijna aan het veelbesproken rijtje van productieassistentes en stagiaires had toegevoegd? Misschien had Douwe toch gelijk met de *honey* en de *money*; al zal-ie dat uit mijn mond nooit horen.

Godzijdank zit de draaiperiode voor *Orgastronomie* er inmiddels op en is Bart weer fulltime aan het werk in zijn sterrenrestaurant in Antwerpen – al heeft hem dat er niet van weerhouden om mij met bronstige berichtjes te blijven bestoken.

Nadat ik mijn moeder op het uitpuilende terras van Meerzicht heb gelokaliseerd – wat gezien haar allesoverstemmende 'Joe-hoeee!' niet zo heel ingewikkeld was – word ik overvallen door het gevoel dat ik blij ben haar te zien; deels veroorzaakt door het feit dat mijn collega's maar een beperkte hoeveelheid babynieuws kunnen verdragen.

Mijn enthousiaste verhalen over Milans eerste lepeltje gepureerd fruit worden een minuut of twee met enige welwillendheid ontvangen, maar daarna doet iedereen een Matthijs van Nieuwkerk: 'De wereld draait dooorrr.' Gelukkig is er één iemand op die wereld die wél een eindeloze hoeveelheid non-nieuws over Milan kan verdragen, en dat is zijn oma.

Zodra we bij haar tafeltje zijn aangekomen *(nou ja, 'we' – na haar uitroep: 'Hé, knappe kerel!' realiseer ik me met een glimlach dat ik me geen enkele illusie hoef te maken over de focus van haar affectie)* veert ze helemaal op.

Mijn moeder ziet er, als altijd, mooi verzorgd uit in een ragfijne, lichtblauwe kasjmier coltrui en bijpassende oorbellen die ik nog niet eerder heb gezien. Terwijl Boris braaf aan mijn voeten gaat liggen, til ik Milan voorzichtig uit zijn zitje en overhandig hem aan haar.

Onderweg ruik ik nog even aan zijn luier, maar die hoeft gelukkig niet verschoond te worden. Vóór ik zelf kinderen had, vond ik het op zijn zachtst gezegd een tikje wonderlijk als ouders hun baby met kont en al op hun neus zetten, maar inmiddels doe ik er net zo hard aan mee.

Nadat Milan zich tevreden in mijn moeders armen heeft genesteld, vertel ik honderduit over zijn fascinatie voor knisperboekjes, zijn aanstekelijke schaterlach bij het vliegtuigje-spelen en zijn verbaasde snoetje tijdens kiekeboe met een zakdoekje.

Daarna doe ik uitgebreid uit de doeken hoe Milan het *activity center* op zijn speelmat al helemaal lijkt te begrijpen; dat hij moeiteloos van zijn zij op zijn buik kan rollen, en dat hij al minstens vier gezichten kan herkennen – wat volgens dr. Kurtoglu heel knap is voor zijn leeftijd.

Ik kan het natuurlijk ook niet laten om te vertellen dat de consultatiearts me heeft laten zien dat Milan inmiddels al zó sterk is dat je hem van de rugligging voorzichtig in de zitstand omhoog kunt trekken.

Toen ik Babette gisteren hetzelfde vertelde, moest ze daar erg om lachen. 'Het is alsof ik mezelf hoor,' proestte ze. 'Ik zat vroeger ook altijd over de prestaties van mijn kinderen te snoeven. "Hoog in de curve, voor op de rest, sneller dan gemiddeld." Inmiddels ben ik zeven jaar verder en weet ik dat Max en Sanne maar één ding hebben: het DNK-syndroom, van Dood Normaal Kind.'

Zover ben ik nog niet. En zo normaal vind ik Milan ook niet.

Mocht ik dat onverhoopt toch gaan vinden, dan neemt mijn moeder het stokje moeiteloos van me over. Want ik ben nog niet uitgepraat, of ze begint uitvoerig te verhalen dat Milan véél slimmer en alerter is dan ik ooit was; dat ik helemaal geen beweeglijke baby was en zelfs een geplet achterhoofdje had van het stug op mijn rug liggen en dat ik zo'n onverbeterlijke bangebroek was dat vliegtuigje-spelen me deed huilen.

Op dit soort momenten kan ik wel een extra dosis van dat knuffelhormoon gebruiken, maar ze bedoelt het vast allemaal goed.

Als de ober onze bestelling komt opnemen en met gevoel voor klantenbinding vraagt 'wie van de twee jongedames de moeder is', gooit mijn moeder haar geföhnde haren naar achteren en kirt gevleid: 'Je zou het misschien niet zeggen, maar ík ben de oma. Een heel trotse oma van een heel bijzonder kind!'

Hoewel ook hier een element van kromme tenen in zit, doet het me goed om haar zo stralend te zien. Het lijkt wel of Milan ons een gezamenlijk doel heeft gegeven; een bliksemafleider buiten onszelf.

Nadat ik een flesje in de keuken heb laten opwarmen en de temperatuur op de binnenkant van mijn pols heb gecontroleerd, geef ik de melk door aan mijn moeder. Zodra zij de speen in de buurt van Milans gretig zoekende mondje houdt, begint hij vol overgave te drinken.

'Hoe gaat het eigenlijk op je werk?' vraagt ze, nadat we enige tijd woordeloos van het zonnetje hebben genoten. 'Ik heb de afgelopen maand een paar afleveringen van *The Biggest Queen* gezien, en ik moet zeggen: ik kijk er graag naar.'

'Echt waar?' vraag ik verbaasd. 'Meestal ben jij toch niet zo van de nichten?'

Mijn moeder haalt haar schouders op met een glimlach die ik niet helemaal kan thuisbrengen.

'Je bent nooit te oud om je blik te verruimen,' zegt ze. 'Al dat hysterische gedoe is natuurlijk grappig, maar het mooie vind ik dat er ook levensverhalen tussen zitten die me echt raken. Zoals die van Miss Fire, die jongen met die stugge familie uit Urk.'

Prompt valt er een ongemakkelijke stilte.

Ik weet dat zij weet dat ik weet wat ze bedoelt. Of zoiets.

'Tja...' zeg ik ten slotte, met een dikke keel die uit het niets is komen opzetten. 'Afgewezen worden door je ouders... Dat is zwaar klote.'

Terwijl ik me bedenk dat ik deze kant vandaag helemáál niet op wil, laat Milan een flinke boer. Hij is klaar met zijn flesje, en ligt rozig in mijn moeders armen te soezen.

We moeten allebei lachen, en even denk ik dat we de sfeer luchtig kunnen houden – zeker nadat de ober ook nog twee heerlijk geurende appelpannenkoeken op tafel heeft gezet, en zelfs aan een bakje water voor Boris blijkt te hebben gedacht.

Maar dan haalt mijn moeder diep adem en zegt: 'Weet je wat ik me realiseerde toen ik in dat Belgische klooster zat? Dat ik met Milan een tweede kans heb gekregen. Dat ik met hem – en dóór hem – een aantal dingen anders kan doen.'

'Anders dan... bij mij?' zeg ik, terwijl ik mijn pannenkoek met onvaste hand onder een veel te dikke laag poedersuiker laat verdwijnen.

'Je weet wat Youp van 't Hek heeft gezegd,' lacht mijn moeder voorzichtig. '"Kinderen zijn net pannenkoeken: de eerste mislukt altijd." ... Niet dat jíj mislukt bent. Begrijp me niet verkeerd.'

Nee, stel je voor.

'Jij doet het juist hartstikke goed,' gaat ze snel verder. 'Vooral dat programma met Addy van den Krommenacker vind ik leuk.'

'*Fashion Forward*?'

'Ja – dat. Doe je dat nog?'

'Jazeker,' zeg ik, blij dat ik het gesprek een andere kant op kan sturen. 'Het nieuwe seizoen wordt helemaal top. Addy is uitgekozen om Nederland te vertegenwoordigen op de International World Fashion Week. Op 11 november gaan we naar een gala in New York waar alle deelnemers aan de pers worden voorgesteld. Stella McCartney vertegenwoordigt Engeland, Missoni is de afgevaardigde van Italië, Elie Saab van Libanon...'

'O, Elie Saab!' veert mijn moeder op. 'Ga je hem dan ook ontmoeten? Díé moet je warm houden. Hij maakt de meest práchtige trouwjurken.'

'Mam...' verzucht ik met een flauwe glimlach.

'Wat? Sylvie van der Vaart is anders ook in een jurk van Elie Saab getrouwd, hoor. En die heeft echt wel smaak.'

'Ma-ham!'

'Let op mijn woorden,' zegt mijn moeder, terwijl ze met haar wijsvinger op de tafel tikt. 'Vroeg of laat komt Pieter terug uit Afrika. En drie keer raden waar hij dan met de hoed in de hand voor de deur staat. Jij krijgt je happy end nog wel – geloof mij nu maar.'

'Zou het?' zeg ik zuur. 'Ik zou liever zien dat hij met Suus d'r hoofd in de hand voor de deur kwam staan. Maar dat zal wel weer strafbaar zijn.'

Mijn bittere uitval wijselijk negerend, buigt mijn moeder voorover om Boris een klein stukje pannenkoek te voeren dat hij blij verrast opeet.

'Ahem,' kuch ik. 'Zo leer je hem bedelen, mam.'

'Ach, wat maakt het uit,' knipoogt ze. 'Iedereen vindt het toch leuk om verwend te worden?'

Dát had ik als kind nu ook weleens willen horen. Ik mocht vroeger slechts kiezen uit twee menu's: graag of niet. Ach ja. Moet ik blijven treuren over toen? Of moet ik eens beginnen met blij zijn over nu?

Precies op het moment dat mijn moeder weer omhoogkomt, doet Milan een graai naar een van haar oorbellen en houdt die, samen met een plukje haar, stevig in zijn vuistje geklemd.

'Oewzjaaa!' kraait hij triomfantelijk.

'Au, schat,' reageert mijn moeder geschrokken. 'Help me even, Iris. Als baby's eenmaal iets vasthebben, krijg je hun greep niet zo makkelijk meer los.'

'Babette heeft me verteld dat dit een overblijfsel is uit de tijd dat onze aapachtige voorouders zich aan de vacht van hun moeder moesten vastklemmen,' grijns ik, nadat ik Milans vingertjes voorzichtig heb losgekoppeld. 'Dus eigenlijk is het heel natuurlijk als kinderen hun moeder in de haren zitten.'

'Leuk geprobeerd,' lacht ze, nawrijvend over haar oor.

'Wat zijn dat eigenlijk voor mooie blauwe stenen, mam?'

'Lapis lazuli. Ik heb ze op aanraden van Ineke.'

Ah – natuurlijk, Ineke. Dan kan het derde oog nooit ver weg zijn.

'Zij heeft me verteld dat deze edelstenen me helpen bij het openen van mijn voorhoofdchakra, en ik moet zeggen: sinds ik ze draag put ik veel meer wijsheid uit het verleden en heling uit het heden.'

Dat bedoel ik. Waarom vraag ik er ook naar?

'Ik heb trouwens nog wat voor je,' zegt ze, en reikt naar haar tas. Ze haalt er een klein cadeautje uit, dat ze me met een veelzeggende glimlach overhandigt. Even vrees ik dat ik óók met een setje helende stenen wordt opgezadeld maar als ik het papiertje heb opengemaakt, houd ik een bekend make-updoosje in mijn handen: de Orgasm van NARS.

'Ik weet dat dit jouw favoriete blush is,' verduidelijkt mijn moeder, 'maar ik had je er al een tijdje niet mee gezien. Dus ik dacht: misschien is-ie wel op.'

'Nou... hij is niet zozeer op; het is meer dat ik niet zoveel behoefte had om me op te tutten.'

'Dat wordt weer tijd, schat. En het wordt tijd voor échte *orgasms*.'

'W-wat?'

'Zoek een leuke kerel en ga eens los, Iris. Dat zal je goed doen.'

'Mám, hou op,' fluister ik, terwijl ik beschaamd om me heen kijk. 'Ik kan toch niet met jou over mijn seksleven praten? Dat is zoiets als... als een oproep voor een uitstrijkje. Daarvan weet ik ook dat het goedbedoeld is, maar toch geeft het me de rillingen.'

Beduusd neem ik een paar happen van mijn pannenkoek. 'En hoezo moet ik eigenlijk "los"?' vraag ik met volle mond. 'Je zei net nog dat je denkt dat Kraal vroeg of laat weer voor de deur staat.'

'Ja, dus? Moet je tot die tijd in een zelfgemaakt klooster blijven zitten? Er is me veel duidelijk geworden in dat stilteretraite, hoor.'

'Dat kun je wel zeggen,' lach ik ongemakkelijk. 'Je lijkt Cassandra wel. Die komt vrijdagavond bij me eten, en dan wil ze samen met mij een tekst gaan opstellen voor mijn – hou je vast – online datingprofiel. Maar eerlijk gezegd vraag ik me nog steeds af of dat wel iets voor mij is.'

'Gewoon doen, schat. Uit je *comfort zone*. Maar waarom bij jou thuis? Ik pas wel op Milan, en dan gaan jullie lekker met z'n tweeën uit eten. Wie weet waar je nog tegenaan loopt.'

Verwonderd kijk ik mijn moeder aan.

Hebben die Belgische nonnen soms iets door haar eten geroerd?

En zo ja: moet ik daar niet ook wat van gaan halen?

18

'Roept u maar,' zegt Cassandra enthousiast. 'Datingsites zijn er in alle soorten en maten, en voor iedere denkbare doelgroep. Maar het begint allemaal met de vraag: naar wat voor soort man ben je op zoek?'

We zitten in Bar22 en onze voorgerechten zijn net geserveerd; Libanese chipjes met mangochutney en yoghurtdip voor Cassandra, en een crostini met tonijnmayonaise en feta-munttapenade voor mij. Cassandra had eigenlijk al bij Ron Blaauw gereserveerd, maar toen ik haar na enige aarzeling vertelde dat mijn uitgavenpatroon dringend naar beneden moet worden bijgesteld, kwam ze met dit hippe restaurantje in de Wolvenstraat op de proppen. Niet dat het hier nu zo goedkoop is, maar alle beetjes helpen.

De laatste maanden heb ik schrikbarend weinig geld overgehouden. Niet alleen emotioneel maar zeker ook financieel moet ik er duidelijk nog aan wennen dat ik een alleenstaande moeder ben. Ik wil er niet eens aan dénken wat er allemaal nog over me heen gaat komen als Pieter inderdaad zou besluiten dat 'we' het huis moeten gaan verkopen.

'Nou – weet je...' begin ik weifelend. 'Ik ben niet echt op zoek. Niet naar een relatie, in ieder geval.'

'Nee, dat had ik al van Babette begrepen,' zegt Cassandra geamuseerd. 'Ze vertelde me dat je vooral in de markt bent voor keiharde, betekenisloze maar desalniettemin zeer bevredigende seks.'

Ik schiet in de lach. 'Is dát wat Babette je heeft verteld? Ik vrees dat we hier te maken hebben met een klassiek geval van projectie.'

'Dat vrees ik ook,' grinnikt Cassandra. 'Babette had in ieder geval een flinke kater na jullie lunch. Weinig slaap en veel sake is misschien niet de meest ideale combinatie.'

'Ik denk dat Babette vooral werd geprikkeld door het "wilde singlesleven" dat ik in haar ogen weer zou kunnen gaan leiden,' zeg ik, terwijl ik een stukje van mijn crostini in de tapenade doop. 'Maar dat lijkt me een iets te rooskleurige voorstelling van mijn huidige situatie. Ik heb haar dan ook gezegd dat ik een moord zou doen voor het gezin dat zij ondanks alles bij elkaar heeft weten te houden.'

'En toen zei ze: "Prima – begin maar eens met Barry"?' lacht Cassandra.

'Hè? Wat bedoel je?'

'Wat betreft die moord! Je bent niet erg scherp vandaag, Vandenberg.'

'O, sorry,' lach ik beschroomd. 'Ik heb het de afgelopen week ook zo idioot druk gehad. Mijn lichaam zit wel hier, maar mijn hoofd zit nog steeds in de montage.'

'Dat klinkt niet goed, schat.'

'Nee. Met de Koninginnedagfinale voor de deur moeten we de laatste afleveringen van *The Biggest Queen* al onder tijdsdruk monteren, maar nu hebben we verdomme gisteren ook nog de uitzending van aanstaande maandag teruggekregen van de zender. Eén sponsormoment zat er niet goed in en het einde moest scherper worden gemonteerd. "Nóg scherper?" denk ik dan. Maar goed – wie betaalt, bepaalt.'

Cassandra kijkt bedenkelijk. 'Misschien moet je...'

'... en alsof het allemaal nog niet genoeg is,' raas ik verder, 'ben ik deze week ook nog twee keer naar Den Bosch gereden voor besprekingen met Addy. File heen, file terug. Wat denk je? Twee keer te laat bij de crèche. *Bam* – gele kaart.'

'Gele kaart? Wat betekent dat?'

'Nou, da's heel simpel: drie gele kaarten is één rode. En dan mag je kind voor straf een dag niet komen.'

'Nou ja! Geldt op jouw crèche dan niet: wie betaalt, bepaalt?'

'Helaas niet,' zeg ik met een wrang lachje. 'Daar heb ik zelf voor getekend. Ik snap het ook wel, hoor. Als je dat zootje mondige ouders niet strak aan de lijn houdt, komt niemand meer op tijd. Weet je wat Jedidjah altijd zegt?'

'Wie is Jedidjah?'

'Onze crècheleidster. Ze zegt: "File is geen excuus, file is een gegeven."'

'Goed punt,' knikt Cassandra.

'Weet je wat ook een gegeven is? Dat ik het me allemaal zo anders had voorgesteld... Maar ook dat is geen excuus.'

Cassandra legt haar handen zo teder op de mijne dat mijn lip gaat trillen van de onverwachte, liefdevolle aanraking. 'Ach, schat...'

'Ah, kut, daar ga ik weer,' mompel ik, terwijl ik verwoede pogingen doe om mijn tranen terug te slikken. 'Sommige dingen blijven gewoon moeilijk, Cas; zeker als ik ook nog moe ben. In mijn eentje wakker worden in een tweepersoonsbed. Gedachteloos twee borden op tafel zetten. Nieuwe seizoenen van onze favoriete series downloaden van HBO en me dan pas realiseren dat we ze niet samen gaan kijken... Laatst liet Milan een knalscheet nadat ik talkpoeder op zijn blote billetjes had gedaan. Toen kwam er *poef!* zo'n schattig wolkje poeder omhoog. Ik riep al lachend: "Hé Pie...", en toen dacht ik: hoe kán het toch dat het nog steeds niet tot me is doorgedrongen dat hij er niet meer is?'

'Tien jaar is een lange tijd, Iris. Jullie waren zo met elkaar vergroeid; het is bijna een soort amputatie.'

'Ja, verrek. Zo voelt het. Als een amputatie. Met fantoompijn.'

'Als ik mijn nek laat rechtzetten, dan trekt die manueel therapeut ook altijd even aan het vel van mijn ruggengraat. Dat doet écht zeer, maar daarna voel ik me heel licht en beweeglijk. Misschien was dat bij jou en Pieter ook wel nodig; misschien waren jullie als jeugdliefdes té veel aan elkaar verkleefd.'

Daar moet ik even over nadenken. Zo heb ik het nog nooit bekeken. Peinzend schraap ik met het laatste korstje van mijn tonijncrostini het bakje met de feta-munttapenade leeg.

'Daar zit eigenlijk wel wat in,' zeg ik ten slotte. 'Pieter en ik waren zo met elkaar verweven dat ik me gewoonweg níét kon voorstellen dat hij nog geen kinderen wilde. De signalen die hij me gaf over zijn veranderende interesses heb ik totaal niet serieus genomen. Ik dacht zelfs dat ik hem "spontaan" met een kinderwens kon laten ontwaken door tijdens zijn slaap allerlei affirmaties in zijn oor te fluisteren. Sjezus. Ik had beter met hem kunnen praten toen-ie nog wakker was.'

'Heb je dat écht gedaan?' lacht Cassandra verwonderd. 'In zijn oor fluisteren terwijl hij sliep? Wat zei je dan tegen hem?'

'Van die dingen als: "Ik wil heel graag een baby. Vader worden is mijn grote droom. Ik word een leuke papa".'

Nu giert Cassandra het uit. 'O, Vandenberg, wat beschamend!'

Van de weeromstuit lach ik met haar mee. 'Ja, erg hè? En om nu te zeggen dat het geholpen heeft – nee... Weet je wat ik ook beschamend vind? Dat ik over twee weken dertig word, en in al die jaren nog maar met één man seks heb gehad.'

'Maar dáár gaan wij vandaag verandering in brengen,' jubelt Cassandra, en heft haar glas. 'Op de datingsites! En op de keiharde, betekenisloze maar desalniettemin zeer bevredigende seks!'

Niet lang nadat we enthousiast met onze glazen hebben geklonken, slaat de twijfel alweer bij me toe. 'Ik wíl wel weer gaan daten,' zeg ik weifelend, 'want God mag weten dat ik behoefte heb aan een beetje positieve aandacht, maar het idee dat ik met mezelf moet gaan leuren op de relatiemarkt vind ik behoorlijk intimiderend. Wie zou mij nu willen? Sinds ik ben ingeruild voor een jonge – en bovenal briljante studente – voel ik me dik, oud én dom.'

'Iris, zeik niet. Je bent niet dik.'

'Maar dus wel oud en dom?'

'Die paar extra zwangerschapskilo's misstaan je niet,' zegt ze ferm. 'Voor de meeste mannen mag het best een onsje meer zijn.'

'Een onsje?' lach ik cynisch, terwijl ik de hammen onder aan mijn rug met beide handen vastgrijp. 'We hebben het hier al gauw over twéé onsjes.'

'Kom op – je hebt me zelf verteld hoe lyrisch Bart de Muyselaer was over je "nieuwe rondingen" en je "zachte vormen"...'

'Ja, hij begon goed. Maar daarna bleek al snel dat hij mijn placenta wilde verwerken tot een soort leverkaas.'

'Mannen vinden jou nog steeds leuk, hoor. Je moet je niet meteen omdraaien, maar daar aan de bar zitten bijvoorbeeld twee gasten die...'

Cassandra heeft het nog niet gezegd, of ik zit al achterstevoren. Twee Baker & McKenzie-types kijken me grijnzend aan.

'Ik zei nog: "niet omdraaien",' sist Cassandra. 'Wat is dat toch, dat zodra iemand zegt: "Je moet niet kijken", iedereen meteen zijn nek verrekt? Eigenlijk zou je moeten zeggen: "Je moet nú kijken!" want dan reageren mensen geheid met: "Hoezo? Dat bepaal ik zelf wel."'

'Waarom mocht ik me niet omdraaien?' vraag ik bedremmeld.

'Omdat ik alleen maar wilde illustreren dat mannen wel degelijk naar je kijken. Maar nu denken die lullo's dat we geïnteresseerd zijn.'

'... en dat zijn we niet?'

'Nee. Geloof mij nou maar. O shit, daar heb je ze al.'

'Willen de dames misschien een glaasje van ons drinken?' lispelt een van de twee kantoorjongens, wiens vrijmibo zo te horen al heel wat uurtjes geleden is begonnen.

'Heel aardig van je,' antwoordt Cassandra, 'maar nee, bedankt.'

'Ik vroeg het eigenlijk aan jóú,' zegt de man tegen mij, en dan met een knikje naar Cassandra: 'Of doet zij altijd het woord?'

'Sorry,' zeg ik met een afwerende glimlach, 'maar we zitten net even in een diep gesprek.'

'Ja, ik zag jullie al handje-handje zitten,' grijnst hij, terwijl zijn vriend er lodderig bij staat te lachen. 'Zijn jullie soms lesbisch? Jort en ik zijn heel ruimdenkend, hoor. Wij staan open voor elke nieuwe ervaring.'

'Spaar je adem, lieve schat,' zegt Cassandra minzaam. 'Die heb je straks nog nodig om je pop op te blazen. En nu opzouten.'

Nadat de twee morrend *(en onder vermelding van 'zure potten')* zijn afgedropen, kijk ik Cassandra hoofdschuddend aan.

'Nee, dát was goed voor mijn ego: zatte Zuidassers.'

'Ik zei toch: niet omdraaien,' haalt Cassandra lachend haar schouders op. 'Meestal komt hier een wat creatievere *crowd*, maar zeker op de vrijdagavond weet je nooit wat je in de stad aantreft. Alleen daarom al lijkt het me voor jou als aarzelende herintreder beter dat je op een datingsite je eigen voorselectie gaat houden. Er zijn 2,5 miljoen alleenstaanden en daarvan zitten er 800.000 online – één grote snoeptrommel.'

'Maar er zijn zovéél van die sites. Ik heb geen idee waar ik zou moeten beginnen.'

'Het ligt er maar helemaal aan wat – of wie – je wilt bereiken. Je hebt de grote jongens, zoals RelatiePlanet, Lexa of Pepper waar iedereen zich bij kan aanmelden. En de wat kleinere sites als eMatching en Parship voor de hoger opgeleiden...'

'Dat lijkt me toch wel een voorwaarde; hoger opgeleid.'

'Ik begrijp wat je bedoelt, maar je gaat voorlopig toch vooral voor de *fun*? Misschien loop je op zo'n site voor hoger opgeleiden wel een prettige pijpfitter mis. Of... een glazenwasser.'

'O ja – die glazenwasser van jou! Wat een fijn ding was dat! Hoe heette hij ook al weer?'

'Robbie.'

'Robbie! Wat een goeie glazenwassernaam.'

'Robbie had wel meer goeie dingen. Je kon er geen fatsoenlijk gesprek mee voeren, maar dat hoefde ook niet. Ik was blijkbaar niet de enige die er zo over dacht, want hij vertelde me dat vrouwen dat écht doen: in hun negligé de glazenwasser opwachten, en hem dan vragen of hij de binnenboel ook even streepvrij wil komen trekken.'

'Echt? Wat heerlijk ordinair. Doe mij ook zo'n vakman. Is er geen speciale datingsite voor glazenwassers, verwarmingsmonteurs en andere mannen die goed zijn met hun handen?'

'Díé ben ik nog niet tegengekomen, maar verder kun je het zo gek niet bedenken of er is wel een aparte site voor. Je hebt "piratendating" voor mensen die van het levenslied houden of "branddating" waarbij je wordt gekoppeld aan de hand van je favoriete merken. Er zijn speciale sites voor alleenstaande ouders, voor veganisten, christenen, diabetici... En natuurlijk voor agrariërs.'

'Ongetwijfeld geïnspireerd door het succes van *Boer zoekt vrouw*.'

'Yep, maar dat is nog niet alles. Er zijn ook datingsites voor zeelieden, voor roodharigen en voor mensen met een visvergunning. En dan heb ik het nog niet eens gehad over de explosie aan sites voor mensen die vreemd willen gaan of losse sekscontacten zoeken – al dan niet betaald.'

'Ja? Is dat zo'n groeimarkt? Ik voel zomaar een nieuw tv-programma opborrelen: *Hoer zoekt jou*.' Ik heb het nog niet uitgesproken, of de serveerster zet met opgetrokken wenkbrauwen onze hoofdgerechten op tafel: oosters gestoofd rundvlees voor Cassandra, en een geroosterde lamsspies voor mij.

'Sorry – ik had het niet tegen jou, hoor,' haast ik mij te zeggen, terwijl Cassandra haar lachen nauwelijks kan inhouden.

'Dat mag ik hopen – als je de zaak niet uitgezet wilt worden,' zegt het meisje bits, en draait zich op haar hakken om.

'Rrraaoww,' grinnikt Cassandra. 'Iedereen is zo assertief vandaag de dag. Dat vind ik echt wel een van de dingen die ik de afgelopen tien jaar heb zien veranderen; zeker in de vrijgezellenscene. Mensen hebben allemaal hun woordje klaar, vinden overal wat van, hebben heel wat noten op hun zang en voelen zich snel aangesproken.'

'Sjezus,' kreun ik vermoeid terwijl ik bestudeer hoe ik mijn lamsspies het beste te lijf kan gaan. 'Verder nog iets waar ik rekening mee moet gaan houden?'

In gedachten verzonken roert Cassandra door haar stoofpotje. 'Ja,' zegt ze ten slotte, 'er is nog iets veranderd: het kijken van internetporno is behoorlijk *mainstream* geworden.'

'O ja? Ik ben niet zo antiporno, hoor,' zeg ik iets te hard, waardoor de vrouwen aan het tafeltje naast ons enigszins verstoord opkijken van hun *California rolls*.

'Laat ik het dan zo zeggen,' fluistert Cassandra terwijl ze zich naar me toe buigt, 'ik kan het meteen merken als een man porno kijkt.'

'Is dat geen pleonasme, "een man die porno kijkt"? Babette vertelde me laatst dat iemand wetenschappelijk onderzoek had willen doen naar de verschillen in seksualiteitsbeleving tussen mannen die wel en mannen die geen porno keken. Dat onderzoek is uiteindelijk afgeblazen: er waren geen mannen te vinden die géén porno keken.'

'Ik kan wel wat verschillen in seksualiteitsbeleving opnoemen, hoor,' grijnst Cassandra. 'Vooral de wat jongere mannen hebben van die porno-*moves* die een normaal mens niet in zijn hoofd haalt, zoals met hun stijve pik tegen je gezicht slaan, of tegen je kont of borsten.'

'Néé...' fluister ik lachend. 'Wat gênant!'

'Volgens mij is dat kloppen pure noodzaak van die pornoacteurs om de boel een beetje overeind te houden in zo'n armoedige garagebox-slash-filmstudio,' grijnst Cassandra. 'Als mannen die onzin maar vaak genoeg zien, gaan ze vanzelf denken dat het blijkbaar bij het standaardrepertoire hoort. ... Weet je wat ik ook een waardeloos pornoding vind? Klaarkomen in je gezicht.'

'O god, inderdaad. Als je één keer sperma in je ogen hebt gehad, ben je meteen genezen. Loop je de rest van de dag met een pijnlijk rood oog. Díé nasleep zie je dan weer niet op YouPorn.'

'En wat vind je dan van dat achterlijke *deepthroaten*?' gaat Cassandra verder. 'Laatst zei ik nog tegen een jongen die mijn hoofd klemvast hield: "Wat denk je dat je aan het doen bent, vriend? Degenslikken doen ze in het circus."'

'Heb je dat echt gezegd?' vraag ik, hikkend van de lach.

'Natuurlijk. Het leek verdomme wel *force-feeding*. Zelfs bij ganzen is dat verboden. Oprotten!'

'Kan ik nog iets voor jullie inschenken?' vraagt een leuke, jonge ober die uit het niets naast ons tafeltje is opgedoken. 'Of eh... hebben de dames al genoeg gehad?'

'Nee hoor,' grijns ik, terwijl ik een beetje naschokkend de tranen uit mijn ogen wrijf, 'doe nog maar een rondje van hetzelfde.'

Hij is nog niet weg, of Cassandra pakt moeiteloos de draad weer op; ze is duidelijk nog niet klaar met het onderwerp. 'Viagra,' zegt ze. 'Nog zoiets vreselijks. Dan krijgt zo'n kerel een pik als een poller; je weet wel, zo'n verkeerspaaltje dat op de gekste momenten naar boven komt en dan niet meer naar beneden wil.'

'Moet ik hierbij aan Matthijs denken?' vraag ik geamuseerd – maar dat is onverwacht tegen het zere been.

'Geen commentaar,' zegt Cassandra, terwijl haar gezichtsuitdrukking op slag verandert. 'Dat is mijn afdeling niet meer.'

'Teer puntje?' vraag ik voorzichtig. 'Heb je het er moeilijk mee dat het nu echt uit is tussen jullie?'

'Nee hoor,' zegt ze luchtig, al verraden haar ogen iets anders. 'Ik heb er zelf een punt achter gezet. Maar leuk is natuurlijk anders.'

Met een schok schiet me iets te binnen. 'Ken je Peter-Paul nog, die vriend van Pieter? Heb je die weleens op een verjaardag bij ons thuis gezien? Beetje type Chris Zegers *meets* Art Rooijakkers, maar dan rossig?'

'Die gynaecoloog?'

'Ja, die. Ik kwam hem laatst in het Vondelpark tegen, en hij had gehoord dat jij weer vrijgezel was. Hij schijnt je al langer leuk te vinden, maar nu had hij eindelijk de moed bij elkaar geraapt om je nummer te vragen.'

'En? Heb je het hem gegeven?'

'Nee joh, dat doe ik niet zomaar. Ik wil eerst weten wat jij ervan vindt.'

Nadat Cassandra met wat voorzichtig blazen een hap van haar rundvlees heeft genomen, kijkt ze me grijnzend aan. 'Eerlijk zeggen: denk jij nu ook aan de eendenbek?'

Ik proest mijn eten bijna over de tafel. 'O god – ik begrijp precíés wat je bedoelt. Een gynaecoloog – hoe intimiderend is dát?'

'Voordat ik überhaupt met hem zou afspreken,' zegt Cassandra, terwijl ze demonstratief met haar vork één rozijntje uit de salade prikt, 'zou ik eerst met de vergrotende kant van mijn make-upspiegel gaan kijken of ik nergens een genitaal wratje heb zitten...'

'Gadver, Cas – ik word niet goed!'

'Wat? We hebben het hier wel over een specialist. Die man ziet de hele dag probleemgevallen; ik neem aan dat hij het prettig vindt om in zijn vrije tijd naar een opgeruimde poes te kijken.'

'Moet ik nu je nummer geven of niet?'

'Tuurlijk, schat – altijd. Maar het gaat vanavond niet over mij, hè. We hadden het over jou.'

'Én over datingsites voor mensen met een visvergunning.'

'Alstublieftttt,' zegt de leuke werkstudent, terwijl hij een nieuwe fles huiswijn met een knipoog op tafel zet.

'Je hebt zelfs een datingsite waar je wordt gematcht aan de hand van het profiel van je hond,' zegt Cassandra, nadat we andermaal hebben geproost.

'Dát zou wat voor mij zijn,' beaam ik lachend. '"Hallo, ik ben Boris. Ik ben in de steek gelaten, ik luister niet goed en ik maak graag dingen stuk." Hmm – klinkt als iemand die ik ken.'

'Ik vind het niet echt een aanlokkelijk profiel, Vandenberg.'

'Nee, maar het is wél waar.'

'Internetdaten gaat niet over "waar". Voor mannen geldt sowieso De Regel van Vijf: ze zijn per definitie vijf jaar ouder en vijf kilo zwaarder dan op hun profielfoto. Vaak scoren ze ook nog vijf IQ-punten lager én ze reageren op vijf keer zoveel advertenties als ze tegenover jou met hun standaard: "ik doe dit anders nooit" zullen toegeven.'

Met een diepe zucht schuif ik mijn bord met de restanten van mijn lamsvlees voor me uit. 'Weet je, Cas, ik word al moe als ik eraan denk. Laatst zei iemand tegen me dat ik mijn gevoel voor eigenwaarde uit mijn zoon moet halen, en niet uit een *random* man.'

'Wie was dat? Je moeder?'

'Nee, mijn moeder adviseerde me juist om eens lekker los te gaan.'

'Jóúw moeder?'

'Uh-huh.'

'Weet je nog dat wij elkaar tijdens de introductieweken hebben leren kennen? Een van de eerste dingen die je mij vertelde was wat je moeder had gezegd toen je ging studeren: "Iris, houd je opties open..."'

'"...en je benen dicht,"' vul ik lachend aan. 'Klopt. Ze is duidelijk van mening veranderd.'

'Maar wie was het dan?'

'Douwe,' zeg ik schoorvoetend.

'De hondenuitlater? Ik wíst het! Ik vond al dat je zo lauw reageerde op ons internetdatingproject. Jij hébt al een man op het oog!'

'Nee, nee, helemaal niet,' zeg ik met een stuitend gebrek aan overtuiging. 'Douwe is eerder aanmatigend dan aantrekkelijk. Hij is...'

'... kijk die *big smile* dan!' valt Cassandra me in de rede. 'Je kunt jezelf niet verbergen, jongedame!'

'Nee, ik hoef écht niks van hem. En trouwens: hij heeft al een vriendin. Maar los daarvan – misschien is het helemaal geen slecht idee om juist níét op zoek te gaan naar keiharde, betekenisloze maar desalniettemin zeer bevredigende seks, en het even een tijdje rustig aan te doen.'

'Luister eens, schoonheid – van alle seksuele afwijkingen is kuisheid de meest onnatuurlijke.'

'Wie zegt dat?'

'Aldous Huxley. En dat was al in 1939. Ik bedoel maar.'

'Wie is ook al weer Aldous Huxley?'

'En dat noemt zich journalist? De schrijver van *Brave New World*.'

'Ah – natuurlijk. Aan het eind slaat John Savage zijn onbereikbare liefde dood en hangt zichzelf op. De wereldliteratuur loopt over van de goede voorbeelden.'

Met gespeelde moedeloosheid schudt Cassandra haar hoofd. 'Voor het eerst moet ik je moeder gelijk geven: jij moet inderdaad even lekker los. En snel ook. Ga gewoon een paar avonden met mij de stad in; zet een geurvlag uit. Dan schrijf ik je online profiel wel. Wat heb je te verliezen?'

Als ik twee uur later op de tast mijn huissleutel in het slot probeer te steken, ben ik nog helemaal vol van de heerlijke, ongecompliceerde avond die ik heb gehad. Babette zei laatst dat Cassandra altijd alles weglacht, en dat ze weleens wat meer het achterste van haar tong zou mogen laten zien. Daar zit wat in, maar op dit moment vind ik het prima dat ze me uit de put helpt met verhalen over pijpfitters en piratendating.

Boven een kaasplankje met vijgenbrood heeft ze me ook nog even wegwijs gemaakt in alle afkortingen die in de datingwereld circuleren, zoals GBGS: geen baard, geen snor, KGB: kinderen geen bezwaar en GVH: gevoel voor humor. Bij die laatste heb ik bijna in mijn broek gepist van het lachen, want zeg nou zelf: hoe zouteloos bén je als je jezelf omschrijft als 'iemand met GVH'? Dat is net zo erg als een verjaardagskaart met HG waar hartelijk gefeliciteerd wordt bedoeld.

De lantaarnpaal voor mijn huis is nog steeds kapot, en hoewel er normaal gesproken een strookje licht uit mijn woonkamer naar buiten zou moeten vallen, heeft mijn moeder natuurlijk weer alle gordijnen potdicht gedaan – een wonderlijke tic van de oudere generatie.

Als ik mijn sleutel eindelijk in het slot heb gewurmd, sluip ik op kousenvoeten naar binnen; bang als ik ben dat Boris gaat blaffen en Milan misschien uit zijn slaap wordt gehaald.

Terwijl ik binnensmonds begin te vloeken omdat mijn moeder het licht in de gang niet heeft aangelaten *(dat kolere groene gedoe!)* blijft mijn scheenbeen in het donker achter iets haken, en voordat ik goed en wel besef wat er gebeurt, lig ik languit op de grond.

Pas als mijn moeder verschrikt het licht aanknipt – en Boris alsnog wild blaffend de gang in komt rennen – zie ik waaraan ik mijn been heb opengehaald: er staat een meter openhaardhout tegen de muur opgestapeld.

'Mam!' grom ik, terwijl ik van de grond opkrabbel. 'Wat ís dit?'

'O schat, heb je je pijn gedaan?' vraagt ze, volledig ten overvloede.

'Dit is een bijzonder aardige jongeman vanavond komen brengen. Hij zei dat jij ervan wist?'

Aargh – Douwe. Het zal ook eens niet!

Geïrriteerd wrijf ik over mijn pijnlijke onderbeen. 'Ja, ik wist ervan. Min of meer. Maar ik had niet verwacht dat-ie het in mijn gang zou plempen zodat ik mijn nek erover zou breken.'

'Hij bedoelde het goed, Iris. Hij zei dat hij het eigenhandig had gekapt in de bostuin van zijn vader. Waar maak je dat nog mee? Misschien wil je hem wel even... persoonlijk bedanken?'

'W-wat?' stamel ik. 'Is hij nog hier?'

'Nee joh,' lacht mijn moeder terwijl ze een opgevouwen papiertje uit haar achterzak haalt. 'Ik heb zijn 06-nummer gevraagd!'

Heer, sta me bij. Kan het nog gênanter?

'Kijk niet zo ontdaan, schat. Ik zei tegen hem dat jij hem nog wel zou bellen, maar toen hij antwoordde dat jij zijn nummer niet hebt, ben ik meteen een pen gaan halen. Ik mag dan wel een dagje ouder zijn, maar ik heb mijn ogen niet in mijn zak. Híér.'

19

'Heb je een feestje?' vraagt de jongen van Gall&Gall als ik de kratten bier, flessen wijn en alle andere drank bij hem sta af te rekenen.

'Ik hoop het wel,' grijns ik, 'anders heb ik een probleem.'

Het is de namiddag van mijn dertigste verjaardag, en tot nu toe kon mijn dag niet beter. Ik had van mijn moeder een dagje *dayspa* cadeau gekregen in de Newport Health&Spa in Huizen, en toen ik vanochtend in haar Smart over de A1 reed, was ik voor het eerst in lange tijd écht gelukkig. In de bocht bij Naarden-Vesting scheerde er een indrukwekkende zwerm vogels in formatie over de snelweg, en links van mij bewoog een statige parade van helderwitte zeilen over het IJmeer. Plotseling realiseerde ik me dat je dit soort dingen pas weer ziet als er ruimte is in je hoofd.

Er zijn dagen dat ik de krant weer kan lezen zonder dat ik overal de naam Pieter zie staan *(Pieter van den Hoogenband, Pieter Storms, Pieter van Vollenhoven – om van het fokking Pieterpad en Pieterburen nog maar te zwijgen),* en vandaag heb ik gemerkt dat ik ook weer kan autorijden zonder dat iedere donkere Audi mij de adem beneemt.

Wat zeker ook heeft meegespeeld, is dat de finale van *The Biggest Queen* zo'n succes is geweest: 920.000 kijkers en een marktaandeel van 16,2 procent. Mooie cijfers voor zo'n relatief klein programma – al heb ik zelf de meeste voldoening uit onze gedroomde winnaar gehaald: Jasper Miss Fire Groen, die het hart van de kijker heeft veroverd met zijn zelfspot, kwetsbaarheid en doorzettingsvermogen.

Nu zijn ouders nog. Ik verwacht dat de titel van *Queen B* ook in Urk het nodige in beweging zal brengen. Er zit wel degelijk een positieve kracht in het medium televisie, óók in de commerciële variant; al is lang niet iedereen dat met me eens.

Vanochtend, toen ik Milan bij haar afzette en de auto ging ophalen, zei ik het nog tegen mijn moeder: zodra mensen horen dat ik reality-tv maak, is iedereen – van de tandarts tot de tegelzetter – opeens een expert. Men meent te weten dat het allemaal doorgestoken kaart is, dat het helemaal gescript is en dat de winnaar al van tevoren vaststaat.

Maar zo simpel is het niet.

Natuurlijk zijn er scripts, maar dat komt doordat iedereen bij de allereerste *Big Brother* heeft kunnen zien wat er gebeurt als je de deelnemers géén scenario geeft: niets. Mensen zitten op de bank, roken een sigaretje, rommelen wat onder de dekens. En dus ga je opdrachten bedenken: vervelende opdrachten, moeilijke opdrachten, gênante opdrachten. Opdrachten die iemands karakter naar boven halen. Zo moesten onze *Queens* de stormbaan van de Landmacht doorlopen; bij de ANWB een auto-te-water training volgen *(ik geef toe: dat sloeg nergens op – maar het was wel hilarisch)* en in de jeugdgevangenis voorlichting geven over het groeiend aantal *hate crimes* tegen holebi's en travestieten.

Soms klagen deelnemers aan realityshows dat ze 'niet goed zijn neergezet', maar dat zijn altijd de mensen die er niet al te charmant van afkomen. Naar mijn weten heeft er nooit iemand geklaagd dat hij of zij 'te sympathiek' was geportretteerd. Ik vergelijk realityprogramma's graag met een centrifuge: je draait de kandidaten helemaal dol en kijkt dan wat er aan de wanden blijft kleven. Dat is hun ware aard; hun natuurlijke inborst die ze – zo weet ik uit ervaring – na één aflevering al niet meer kunnen verbloemen. Is dat aardig? Niet altijd. Is dat eerlijk? Meestal wel. Maar je hoeft absoluut geen medelijden te hebben met de kandidaten, want ze zijn allemaal opgegroeid met reality en weten verdomd goed hoe het spel wordt gespeeld.

Zeker bij een programma als *Bitch Slap* is er geregeld bonje tussen de assertieve deelneemsters en de productie. Toen ik bijvoorbeeld vorig seizoen de meiden kwam vertellen dat ze niet meer mochten roken, staken ze allemaal demonstratief een sigaret op en zeiden: 'Stuur ons maar naar huis dan. Heb jij geen programma.' ... Touché.

Eigenlijk zouden we eens 'n realityprogramma moeten maken over het maken van realityprogramma's zodat de kijker zelf kan zien wat er nu werkelijk achter de schermen gebeurt – en wat niet. Hey, misschien is dít wel een idee om eens verder uit te werken voor de bedrijfspitch die Media Nox voor dat nieuwe timeslot van RTL heeft uitgeschreven. Maar vandaag ga ik helemaal niks uitwerken, en de deadline is toch pas 1 juli. Alle drank staat inmiddels in de achterbak, en ik ben *ready to roll.*

Maandenlang heb ik als een berg tegen mijn dertigste verjaardag opgekeken, maar toen ik vanochtend eerst nogal stevig met zeezout werd gescrubd en daarna met warme olie werd gemasseerd, kon ik een tevreden glimlach niet onderdrukken.

Voorafgaand aan de behandeling had de masseuse de ruimte met een takje brandende salie van alle 'negatieve energieën' ontdaan *(als ik had geweten dat het zo simpel was, had ik niet die hele kerstboom in de fik hoeven steken!)* en al snel zakte ik weg in een ongekend gevoel van ontspanning. Een klein minpuntje deed zich voor na een minuut of twintig, toen de masseuse voorzichtig informeerde 'of ik soms een auto-ongeluk had gehad want mijn lichaam zat helemaal vast', maar na een korte synopsis van de afgelopen zes maanden *(baby gekregen, man weggelopen)* deed ze er beleefd het zwijgen toe, waarna ik weer zalig kon wegzinken in alle voorpret over mijn verjaardagsfeestje.

Het is maar 'n klein borreltje, maar het feit dat ik me überhaupt in staat voel om zoiets te organiseren vind ik een enorme opsteker. Naast Babette en Cassandra heb ik mijn vaste cameraploegen en wat andere leuke collega's van Media Nox uitgenodigd. Minus Bart de Muyselaer die godzijdank op Bali verblijft; al heb ik hem moeten beloven dat wij mijn verjaardag op een later moment nog eens zullen 'savoureren' – iets waarvan ik niet precies weet wat het betekent, al heb ik wel zo mijn vermoedens.

Daarnaast heb ik ook Peter-Paul uitgenodigd. Niet alleen omdat hij druk met Cassandra aan het whatsapp'en is geslagen, maar ook omdat hij hopelijk te zijner tijd richting Pieter kan laten vallen hoe goed ik eruitzag, en hoe ontzettend gezellig, ongedwongen en relaxed ik mijn dertigste verjaardag heb gevierd.

En ik heb Douwe gevraagd om te komen. Inderdaad. En ik schaam me er niet voor. Nou ja, een beetje dan. Eigenlijk zou ik met een grote boog om hem heen moeten lopen *(zo graag word ik nu ook weer niet een 'moeilijk keffertje' genoemd)* maar na een niet al te diepgravende analyse ben ik tot de conclusie gekomen dat het – zoals met wel meer dingen in mijn leven – allemaal de schuld is van mijn moeder. Zíj kwam met dat telefoonnummer op de proppen, en toen moest ik wel contact met hem zoeken. Maar hoe?

Douwe had ooit gezegd dat hij me grappig vond ('*Bitchy* – maar grappig'), dus ik wilde iets geestigs formuleren, maar wel een beetje met een *bite*, en meneer moest vooral niet denken dat ik geïnteresseerd was dus het moest ook een bepaalde afstandelijkheid hebben, maar toch ruimte laten voor een respons.

Dat bleek nog niet makkelijk.

Nadat ik Milan 's ochtends weer op mijn arm mee onder de douche had genomen – zijn verwonderde gezichtje over al dat gutsende water blijft een genot om naar te kijken – en hem daarna met zijn favoriete speeltjes in de box had gelegd, was ik er eens goed voor gaan zitten.

Mijn eerste opzetje was: Nou, da's ook wat: sta jij met een bos hout voor de deur, ben ik er niet, maar dat vond ik uiteindelijk toch te dubbelzinnig. En dat van dat hout had ik al eens eerder gebruikt.

Bedankt voor het hout. Lag mijn 'stop' nu wel op je drukbezette route?

Hmm – misschien een beetje te zuur. Dan had Douwe kunnen denken dat onze laatste ontmoeting me nog steeds niet lekker zat – wat ook zo was, maar dat hoefde hij niet te weten.

Zo, meneer, meteen nummers uitgewisseld met mijn moeder?

Nee, nee, nee – creepy!

Bedankt voor het openhaardhout – en de open beenwond.

Ja, dat kwam al aardig in de richting.

Terwijl ik enthousiast van mijn cappuccino slurpte, werd ik plotseling overvallen door een mengeling van spijt en schuldgevoelens. Ik realiseerde me dat de berichtjes die ik het laatste jaar aan Pieter had geschreven, het niveau van: Hoe laat ben je thuis? en: Rij jij nog langs Marqt? nauwelijks nog waren ontstegen. Net zoals je altijd druk bent met de inrichting van je huis maar nooit stilstaat bij de fundering onder je woning, zo was Pieters liefde een vanzelfsprekendheid waar ik altijd op meende te kunnen rekenen. Had ik hém niet moeten blijven verrassen met grappige sms'jes en welgemeende complimentjes in plaats van me ervan af te maken met de zielloze ik-ook-van-jou die al voorgeprogrammeerd staan in je telefoon? Had Pieter niet de speciale aandacht verdiend die ik nu zo 'bedacht-spontaan' aan Douwe ging spenderen?

Maar vóór ik ook maar iets had kunnen spenderen, kreeg ik zelf een sms'je binnen. Van Douwe.

Hey Iris, lekker op stap geweest? Heb je het hout gevonden? Je moet het een paar maanden rustig laten drogen, dan brandt het des te beter. ... dat geldt trouwens voor meer dingen ;P Groet, Douwe

Ik was meteen weer bij de les, en belde op hoge poten naar mijn moeder: 'Mam! Ben je gisteravond niet een "klein" detail vergeten te vermelden? Je hebt niet alleen Douwes nummer genoteerd, maar ook mijn nummer aan hém gegeven!'

'Rustig aan,' zei ze. 'Ik heb mijn koffie nog niet eens op. Maar nee – ik heb jouw nummer niet aan die Douwe gegeven. Als een man je leuk vindt, weet hij je nummer echt wel te achterhalen.'

'Hij vindt me niet leuk, mam. Hij heeft al een vriendin.'

'Luister eens, lieve schat... Een man die eigenhandig een kuub openhaardhout je huis in komt dragen en die al contact met je zoekt voordat jij überhaupt hebt gereageerd – noem me ouderwets – maar die noem ik geïnteresseerd.'

'Misschien ben ík wel niet geïnteresseerd,' zei ik nuffig.

Daarop viel mijn moeder even stil. 'Geloof je het zelf?' lachte ze ten slotte.

En toen dacht ik: als mijn eigen moeder al denkt dat ik iets van hem wil, wat moet Douwe dan wel niet denken? Tijd om meneer de hondenfluisteraar uit de droom te helpen.

Hoe kom je aan mijn nummer? sms'te ik hem terug.

Jij ook een goeiemorgen! kwam het onmiddellijke antwoord. Uit het bestand van Reservoir Dogs, natuurlijk...

Verrek – uiteraard.

Maar wacht eens even: al die tijd had hij dus wel míjn telefoonnummer? Dus als hij daadwerkelijk, zoals hij laatst beweerde, mijn verhaallijn had willen blijven volgen, had hij me toch gewoon kunnen bellen?

Driftig drukte ik op de toetsen: Nog bedankt voor het openhaardhout – en de open beenwond.

Hè?! Wat is er gebeurd?

Dat zal ik je vertellen: toen ik 's avonds thuiskwam, was ik niet op die stapel hout bedacht. En dus ben ik er tamelijk oncharmant overheen gevallen...

Daar moest hij blijkbaar even over nadenken.

Ai, wat vervelend... schreef hij ten slotte. ...Wat maar weer eens bewijst: drank maakt meer kapot dan je lief is...

Hahaha! ... Smartass ;P

En toen was het stil.

Waar was-ie opeens gebleven? Geen idee.

Twee dagen later was hij plotseling weer terug. Geen hallo of niks, maar alleen: Hoe is het met de open beenwond?

Jij ook een goeiemorgen! typte ik verheugd – en dus te snel, want volgens Cassandra lijk je veel te happig ('Om niet te zeggen: wanhopig') als je binnen een uur op een berichtje van een man reageert. Maar tot mijn ergernis kon ik mezelf niet stoppen; Douwe intrigeert én irriteert me, met zijn wonderlijke mix van vertrouwdheid en ongrijpbaarheid.

Over de beenwond: mijn advocaat gaat nog wel contact opnemen met de jouwe ☺ Maarreh, meester Yoda, wat bedoelde je eigenlijk met: 'rustig laten drogen' en 'dat geldt voor meer dingen'?

Niks wat je niet al weet, kwam na enige uren het antwoord. Je moeder vertelde dat je met online dating bezig bent. Ik hoop dat je rustig aan doet. Je hebt niet één maar twee mannen in huis die jouw liefde en aandacht verdienen: Milan... en Boris ;P

Ja hoor, daar was-ie weer: de niet al te subtiele terechtwijzing van de man die zich alleen maar druk hoeft te maken over zijn stoelgang en 'dikke, mellow lijnen in Noord-Holland'. Maar ik hapte niet.

... Boris... yeah, right! antwoordde ik zo neutraal mogelijk.

Weet je dat 14% van de hondenbezitters nog liever hun partner zouden inruilen dan hun hond? schreef Douwe.

Wat een niks-reactie. Wat kunnen mij die idioten nou schelen? Maar opeens bedacht ik een ingang om het gesprek richting iets persoonlijks te leiden: Echt?! Ik hoor duidelijk bij die andere 86%... En jij?

Ik kan helaas geen hond hebben ☹

Wat – meneer de hondenfluisteraar heeft zelf niet eens 'n hond? Dat was natuurlijk een inkoppertje. Fuck dat uur bedenktijd: Is je vriendin soms allergisch voor de haren? schreef ik meteen terug.

Hahaha! Je blijft het proberen hè? kwam zijn reactie.

En jíj blijft het uitlokken hè? kaatste ik terug.

Hoe bedoel je dat?

Jij met je geheimzinnige gedoe, verduidelijkte ik. Ik weet eigenlijk niks over jou.

... Wat wil je weten?

Alles!

En toen was het weer stil.

Eén ding is zeker: mannen zijn beter in sms'en dan vrouwen. Het spel van: 'even het rokje oplichten en dan weer terugtrekken' hebben zij vreemd genoeg veel beter in de vingers dan wij.

Maar misschien was 'alles' ook wat te veel gevraagd van een man die geen enkele vermelding op Google heeft weten te vergaren.

Het aantal dagen dat ik niets van hem hoorde, liep in gelijke tred met mijn groeiende ergernis – zeker nadat ik ook nog met mijn peperdure *cotton velvet* Wolford-panty aan dat kolere openhaardhout was blijven hangen.

Net nadat ik met mezelf had afgesproken om níét meer iedere tien minuten mijn berichten te checken, was hij opeens weer boven water.

Hey Iris, alles goed? Nu Laura godzijdank weer aan de beterende hand is, hoef ik nauwelijks nog in te vallen bij Reservoir Dogs. Langs die weg zal ik je dus niet meer zien, maar er zijn dingen die ik je wil vertellen – koffietje doen?

Hoewel ik een paar dagen daarvoor nog een gat in de lucht zou hebben gesprongen over dit berichtje, riep het nu zoveel tegenstrijdige gevoelens bij me op dat ik even niet wist wat ik ervan moest vinden. Soms laat een reactie gewoon te lang op zich wachten, en bezwijkt de voorpret onder de druk van de teleurstelling – en de twijfel.

Want waarom zit ik alsmaar te wachten? Waarom neemt hij niet de moeite om te reageren? En waarom heb ik mijn laatste berichtje niet wat minder opdringerig geformuleerd? Gelukkig zit Douwe niet op Facebook, anders was de verleiding om even op zijn pagina te spieken wel heel erg groot geweest.

Tien jaar geleden, in de tijd dat Pieter en ik elkaar leerden kennen, kon je als een man niet belde gewoon je schouders ophalen en je troosten met het meest waarschijnlijke scenario: dat hij met een gebroken been onder aan de trap lag. Nu zie je op Facebook dat hij wel degelijk *out and about* is – en dat allemaal zonder jou.

Barbara vertelde me eens hoe ze alsmaar zat te wachten op een berichtje van een jongen waar ze een wilde nacht mee had beleefd, totdat ze op een zondagochtend op zijn Facebook-pagina las: **Ik verveel me!**

En zelfs tóén liet hij niks van zich horen. *Ouch.*

Vrouwen zeggen graag dat mannen 'zo ongrijpbaar' zijn, en dat je alsmaar moet 'raden' wat ze denken. Daar ben ik het niet mee eens. Mannen zijn juist glashelder; je moet het alleen wél willen horen.

In Cassandra's beginperiode met Tom, toen het een tijdlang aankijken was of hij zich wel genoeg zou kunnen losmaken uit de klauwen van zijn veeleisende ex-vrouw *(nee, weten we inmiddels),* heb ik met bewondering gekeken naar de kalmte die Cassandra aan de dag kon leggen. 'Ik ga echt niet de hele dag op mijn telefoon kijken,' zei ze schouderophalend. 'Mannen zitten heel simpel in elkaar: als ze je willen naaien, kunnen ze ook je nummer draaien.'

Cassandra had het misschien iets charmanter kunnen formuleren, maar het is een waarheid als een koe: hij ligt niet onder aan de trap en hij zit ook niet in de knoop met zijn gevoelens – een man die niets van zich laat horen, is niet geïnteresseerd.

Maar toen bleek Douwe dus te willen praten.

En nadat ik hem een hele dag had laten zweten – tenminste, dat hoop ik dan maar – schreef ik terug: **Dacht dat je kopje-onder was gegaan in de Noordzee... 5 mei ben ik jarig (thirty-love!). Vanaf 20u is er sushi – en blikjes bier om te delen – ik beloof dat ik niet zal overgeven ;)**

Het antwoord liet dit keer niet lang op zich wachten: **Had ik heel leuk gevonden! Maar sorry, 5 mei kan ik niet...**

Ja hoor, dacht ik geërgerd, daar gáát dat rokje weer, maar een paar uur later kwam er toch nog iets achteraan: **Moest even wat regelen, maar kan nu wel naar je verjaardag komen – alleen iets later! Halfelf ook goed?**

Shit, wat laat.

Tuurlijk is dat goed. Kan alleen niet garanderen dat er dan nog iets te eten is.

Maakt niet uit, schreef hij terug. **Als jij er nog maar bent ☺**

De rest van de week liep ik op wolkjes *(ik weet het: het is treurig, maar een kinderhand is gauw gevuld)* en dat doe ik eigenlijk nog steeds. Het is al na zessen, en ik heb net van Melissa een whatsapp'je gekregen dat ze Milan van de crèche heeft gehaald en thuis op mij wacht. Zelf heb ik zojuist bij Kaiko in de Jekerstraat alle sushi afgerekend *(kolere zeg – volgende keer gewoon bitterballen en vlammetjes),* en nu moet ik met mijn handen vol naar mijn moeders auto rennen, want het begint zachtjes te motregenen. Uiteraard, zou ik bijna willen zeggen, want ik heb nét mijn haar laten föhnen, maar ik ben vandaag in een veel te goed humeur voor welke vorm van cynisme dan ook.

Na mijn spabehandeling in Huizen – waar ik ook meteen maar even de hele bikinibuurt heb laten aanharken, want hé, je weet maar nooit – ben ik ook nog een paar uurtjes langs Blow geweest. Fred had me voor mijn verjaardag een heuse make-over beloofd, en het is werkelijk fantastisch geworden. Mijn haar is niet alleen prachtig gepolijst, maar het lijkt ook te sprankelen door alle subtiel aangebrachte highlights. Als ik Milan straks in zijn bedje heb gelegd, breng ik nog een mooi make-upje aan, en dan is de wederopstanding van Iris Vandenberg compleet.

Het was trouwens nog wel een tikje confronterend om me door Fred onder handen te laten nemen.

'Poes, ik moet eerlijk tegen je zijn,' zei hij, nadat ik in zijn stoel had plaatsgenomen. 'De eerste paar maanden na "het gebeuren" dacht ik: die arme Iris is niet meer knap te knuppelen. Jij én je haar waren zo dof en ellendig, dat het pijn deed aan mijn hart. Maar zoals je vandaag binnen komt gehuppeld – zo ken ik je weer! Dus mijn vraag is: hoe heet-ie?'

Die nichten hoef je ook nooit wat wijs te maken; het lijkt of ze nog méér door je heen kunnen kijken dan je beste vriendinnen.

Ik had Fred en Robin graag willen uitnodigen voor mijn borrel, maar ze vertrekken morgenochtend voor een vakantie naar de zuidkust van Kroatië. Sinds ze in Split naar de Gay Pride zijn geweest, zijn ze helemaal gecharmeerd van het plaatselijke natuurschoon en de aanpalende gayscene – al vermoed ik dat dit zomaar één en hetzelfde zou kunnen zijn.

'Nee, nee, er is niemand,' zei ik zo geloofwaardig mogelijk, waarbij ik misschien ook wel mezelf probeerde te overtuigen.

Fred trok eerst nog vragend één wenkbrauw op, maar daarna zei hij: 'Oké – als jij het zegt. Da's misschien maar beter ook. Want wat jij hebt meegemaakt... dat moet je eerst helemaal laten uitzweren. Je moet niet vergeten: je hart hangt nog met plakband aan elkaar.'

'Weet je wát je eens zou moeten bezoeken?' zei hij een tijdje later, terwijl hij mijn haar met behulp van reepjes aluminiumfolie nauwkeurig in de verf aan het zetten was. 'Het Museum van de Verbroken Relaties in Zagreb.'

'Hè?' vroeg ik lachend. 'Bestaat dat echt?'

'Ja, grappig hè? Mensen met liefdesverdriet kunnen daar een klein maar veelzeggend aandenken achterlaten, waar ze dan een kaartje met beschrijving aan toevoegen. Sommige van die beschrijvingen lijken wel van die haiku's, die in één regel een compleet verhaal vertellen.'

'O ja? Zoals?'

'Er staat bijvoorbeeld een ongeopende fles champagne: OM ONS ÉÉNJARIGE JUBILEUM MEE TE VIEREN. Ik zag een doosje met "liefdeswierook" met de tekst: WERKT NIET. En bij een oude Nokia-telefoon staat: HIJ GAF ME ZIJN TELEFOON. ZODAT IK HEM NIET MEER KON BELLEN.'

'Oei, dat is hard.'

'Weet je welke ik ook onthouden heb? Een ongeopend pakje met een eetbaar slipje van snoepkraaltjes: OMDAT MIJN EX EVEN GOEDKOOP BLEEK TE ZIJN ALS ZIJN CADEAUTJES. Daar moest Robin heel erg om lachen.'

'Het klinkt alsof deze mensen hun liefdesverdriet allemaal heel beschaafd hebben gehouden,' zei ik.

'Nou, dat valt tegen hoor,' lachte Fred. 'Er staat bijvoorbeeld ook een kapotte tuinkabouter die iemand in razernij tegen een deur heeft gegooid. Er ligt ook een zijspiegel die van een auto is getrokken. En een bijl waarmee een vrouw het meubilair van haar ex-vriendin in mootjes heeft gehakt.'

Daarop ging er een steek van herkenning door me heen. 'Is het niet wonderlijk,' peinsde ik, 'dat het blijkbaar een universele drang is om bij innerlijke pijn iets kapot te trappen?'

'Tja,' zei Fred schouderophalend, 'misschien is het wel zo dat je bepaalde dingen pas achter je kunt laten nadat je ze letterlijk met de grond gelijk hebt gemaakt.' Daarna schakelde hij vrij snel over naar feeërieke watervallen van Krka als de volgende toeristische attractie die ik zeker ook 'n keer gezien moest hebben, en is mijn 'hart van plakband', in tegenstelling tot de ondergoedadvertenties van David Beckham ('Denk je dat hij een blikje cola in zijn slip doet?'), gelukkig niet meer ter sprake gekomen.

Als ik om halfzeven bij mij thuis voor de deur parkeer, moet ik echter weer aan het Museum van de Verbroken Relaties denken.

De restanten van de Super Star Destroyer Executor, het vlaggenschip van Darth Vader, zouden er niet hebben misstaan, denk ik met enige voldoening. En wat zou ik op het kaartje hebben geschreven? Het eerste wat me te binnen schiet, is: *I am (not) your father*.

Even moet ik erom glimlachen, maar dan besef ik dat ik het eigenlijk helemaal niet zo grappig vind. Ik merk dat Freds verhaal – hoe goedbedoeld ook – een bepaalde onrust bij me heeft opgepookt die blijkbaar dichter onder de oppervlakte ligt te smeulen dan ik had gehoopt. Maar ik besluit me er niet door van de wijs te laten brengen; ik heb een heerlijke dag gehad, en de sushi moet de koelkast in.

20

Ik bel Melissa dat ik voor de deur sta, en samen zeulen we de kratten bier en de flessen wijn naar binnen. Bij dit soort dingen (*én het kapotte lampje in de koelkast én dat verdomde kastje van* UPC *dat altijd storing geeft)* mis ik echt een man in huis; al heb ik het mondje van mijn Quooker-kraan er laatst eigenhandig afgeschroefd en een nachtje in azijn laten weken. Maar straks heb ik vier handige camerajongens over de vloer; die kan ik dan mooi meteen aan het werk zetten. Iedere man wordt immers graag op zijn vaardigheden aangesproken – zeker als er ook nog andere mannen bij zijn.

Zodra Milan me ziet, begint hij te kraaien van plezier.

Prompt krijg ik een hart van peperkoek. Een kind is toch werkelijk het allermooiste cadeau dat een mens mag ontvangen in zijn leven. En ooit komt de dag dat Pieter er net zo over denkt als ik; daar ben ik heilig van overtuigd.

'Ik heb hem alvast in bad gedaan,' zegt Melissa, terwijl ze haar jas aantrekt, 'dus je hoeft hem alleen nog maar in bed te leggen. Er lag wat post in de gang; dat heb ik allemaal op de keukentafel gelegd. En je moeder belde: veel plezier vanavond, Boris voelt zich helemaal thuis bij haar, en je mag de auto morgen nog 'n dagje houden als je wilt.'

Ik neem Milan op mijn arm, en als Melissa ziet hoe hij zijn kleine snuitje gelukzalig in mijn hals begraaft, begint ze te lachen: 'Dat hij je nog herkent... je ziet er zó mooi uit vandaag!'

Even kijk ik Melissa met gespeelde verontwaardiging aan, maar dan bedank ik haar voor het compliment. Ik zíé er ook mooi uit vandaag.

Nadat ik Milan heb voorgelezen uit *Welterusten, Kleine Beer* en mezelf van een stralend make-upje heb voorzien, kom ik helemaal blij de trap af. Het voelt 'n beetje als pakjesavond, en ik ben benieuwd wat er voor mij uit de zak gaat rollen.

Ik kan niet wachten om Douwe aan mijn vriendinnen voor te stellen – al moet ik Cassandra daarna misschien wel strategisch aan de andere kant van de woonkamer opstellen, want ze is nogal een mannenmagneet en dit is míjn feestje.

En ik ga foto's maken. Heel veel blije, lachende, uitgelaten foto's waarmee ik niet alleen de lege lijsten in mijn huis opnieuw kan bezielen, maar waarmee ik ook mijn verdroogde Facebook-pagina weer wat kan opfleuren.

Het is pas kwart over zeven, en ik stuiter nu al tegen de muren op.

Wat kan ik die laatste drie kwartier nog doen?

Niet dat er ook maar iemand klokslag acht uur voor de deur zal staan. Als je zegt: 'Vanaf acht uur', komen de mensen op zijn vroegst om halfnegen. Behalve wanneer je in je joggingbroek en met de krullers in je haar nog even snel de vloer staat te dweilen – dán is iedereen op tijd.

Ik schik en herschik de flessen wijn; leg schone gastendoekjes op het toilet en scrol door mijn iPod voor de juiste muziek, al weet ik natuurlijk allang wat ik ga draaien: mijn favoriete albums van Gare du Nord, de meest zwoele jazz die er ooit in Nederland is gemaakt. Ik klik op het verleidelijke 'Voodoo' van het album *Love for lunch*, en dans in mijn eentje door de woonkamer: '... *He really blows my mind, to another place, another time; I don't know what to do, feels like voodoo...*'

En opeens weet ik het zeker: ik voel me sexy vandaag. Sexy, sterk en zelfverzekerd.

Misschien hoef ik Cassandra vanavond toch niet aan de andere kant van de woonkamer te positioneren. Het klonk misschien onaardig wat ik zojuist over haar zei, maar kom op: iedere vrouw heeft wel een vriendin die haar weliswaar heel dierbaar is, maar waar ze 's zomers op Bloemendaal toch liever niet naast gaat liggen – zéker niet als je, zoals ik, nog volop aan het ontzwangeren bent.

Mijn verloskundige Janneke had me verteld dat 'borsten heus niet lelijk worden van het geven van borstvoeding'. Dat klopt. Ze worden lelijk van het stoppen met borstvoeding. Nu de melkklieren zich hebben teruggetrokken en er nog geen nieuw vetweefsel voor in de plaats is gekomen, lijken mijn borsten nog het meest op twee leeggelopen verjaardagsballonnetjes: ze herinneren nog vaag aan iets feestelijks, maar de spanning is eraf.

Maar met dat vetweefsel zal het uiteindelijk wel goed komen *(ik bedoel: hoe moeilijk kan dát zijn?)*, en met de juiste, voorgevormde bh lijkt het voorlopig nog heel wat.

Vol verwachting kijk ik op mijn horloge. Bijna halfacht.

Het is voor het eerst in lange tijd dat ik in mijn eentje een borrel geef. Zou de gedachte: *komt er wel iemand?* je ooit verlaten?

Jaren geleden heb ik eens een programma gemaakt over kinderen die werden gepest, en één meisje staat nog steeds in mijn ziel gegrift. Om een beter contact te krijgen met de kinderen in haar klas, had haar moeder bedacht om een feestje te geven. Haar klasgenoten hadden allemaal aangegeven dat ze het leuk vonden om te komen, en het meisje kon van de opwinding niet slapen. Op de dag van het feestje had haar moeder haar geholpen om de kamer te versieren, en samen hadden ze drie verschillende taarten gebakken. En toen kwam er niemand. De kinderen uit haar klas bleken stiekem te hebben afgesproken om 'lekker' niet te gaan. Toen het meisje dit met horten en stoten voor de camera vertelde, sprongen ook bij mij de tranen in de ogen. Ik zag haar daar zó zitten, op een versierde stoel, met haar mooiste kleren aan. Ik vond het hartverscheurend.

Als Milan later zoiets zou overkomen, weet ik niet of ik voor mezelf zou kunnen instaan. Ik zou vermoedelijk bij al die pestkoppen aanbellen, en ze één voor één wurgen met de slingers.

Weer kijk ik op mijn horloge. Het is nu halfacht.

Melissa zei dat ze nog wat postdingetjes op de keukentafel had gelegd; zou ik die anders even doorkijken? Hmm. Daar zitten ongetwijfeld ook creditcardafschriften tussen, en ik weet niet of ik nu al geconfronteerd wil worden met de afrekening van het prijzige Alexander McQueen-jurkje dat ik op dit moment aanheb. Maar misschien zitten er ook nog verjaardagskaarten tussen, dus ik loop naar de keuken en pak het stapeltje van de tafel.

Mijn hart maakt een sprongetje als ik DR. PIETER VAN KRALINGEN op een adressticker zie staan. Hij heeft al zijn post via een adreswijziging naar zijn ouders laten sturen, maar dit blaadje is zeker aan zijn aandacht ontglipt. Als ik het omdraai om te kijken wat het is, kijk ik recht in het gezicht van een stralende en zongebruinde Pieter. Met een gil alsof ik zojuist een dooie rat in mijn handen heb gehouden, gooi ik het blad van me af. Het is de *Tracer*, het personeelsmagazine van het VUmc.

Mijn hart bonst in mijn keel.

Een interview met Pieter. Uit Malawi. Op mijn verjaardag. In mijn keuken. *Verbrand het!* schreeuwt een stem in mijn binnenste. *Steek er een staak doorheen!* Maar eerst moet ik iets drinken.

Nee, Vandenberg, je gaat niks drinken. Je had je voorgenomen om minstens tot halfelf niks te drinken, want je moet fris en fruitig zijn als Douwe straks komt.

Met trillende handen raap ik de *Tracer* van de grond en scheur het plasticfolie eraf. *Gooi het weg! Pis eroverheen!* galmt er in mijn hoofd, maar de irrationele hunkering van mijn gekwetste hart wint het van mijn gezonde verstand. Ik hap naar adem, en begin te lezen.

De kop van het artikel is al een klap in mijn gezicht: ‘In Nederland is iedereen vooral heel erg druk met niks.’

Met niks? Noem de dagelijkse verzorging van Milan maar niks, klootzak!

‘Pieter van Kralingen, chirurg van de afdeling Mondziekten- en Kaakchirurgie van het VUmc, heeft enige maanden geleden een sabbatical opgenomen om – net als zijn vader vroeger – tot het einde van dit jaar in Malawi te gaan werken. Hij verdeelt zijn tijd tussen Malembo Mission en het Monkey Bay Community Hospital, nabij het schitterende Cape Maclear Natuurreservaat. Van Kralingen: “Hier in Monkey Bay, waar de mensen niets hebben maar toch opvallend positief in het leven staan, besef ik pas goed dat ik in Nederland weliswaar een volle agenda had, maar verder ook een leeg leven.” – Lees verder op pagina 5.’

Ik sta te tollen op mijn benen en voel een dikke keel opkomen.

Een relatie van tien jaar. Een prachtige zoon. Een leeg leven.

Duizelig en verward ga ik op een keukenstoel zitten. Verder lezen op pagina 5? Ik weet niet of ik dat kan. Of wil. Of überhaupt moet doen.

Maar dan heb ik het blaadje al opengeslagen.En daar is nog een foto van Pieter. Met háár.

'Van Kralingen in het Monkey Bay Community Hospital met arts in opleiding Suzanne Sikkel,' luidt het onderschrift.

Sjezus, wat ziet Pieter er goed uit in zijn verwassen jeansshirt met afgeknipte mouwen. Zo relaxed. En gelukkig. Godverdomme.

En dan zij ernaast, juffrouw Sníkkel, met een triomfantelijke grijns op d'r smoel. Ik dacht dat ze veel knapper zou zijn; in mijn fantasie was Suzanne uitgegroeid tot een soort Doutzen Kroes. Maar kijk haar daar nu staan, in zo'n idiote afritsbroek.

En dan al die blije kindertjes eromheen! Pieter houdt zelfs een klein jongetje bij de hand. Waarom is dat kindje wél de moeite waard?

Er valt een dikke traan op de foto.

En dan nog één. En nog één. Al snel kan ik mezelf niet meer stoppen, en stromen de tranen over mijn wangen. Schokschouderend lees ik verder: 'Mijn vader had me al vaker gepord om ontwikkelingswerk te gaan doen,' zegt Van Kralingen, 'maar ik had mezelf in slaap gesust met allerlei onzindingen waarvan ik dacht dat ik ze éérst wilde: een Bulthaup-keuken, een bank van B&B Italia, een Bang&Olufsen-geluidsinstallatie...' 'Het was zelfs zó erg,' vult Suzanne Sikkel lachend aan, 'dat toen ik hem voor het eerst vroeg waar hij nog van droomde, hij antwoordde – nee wacht, Kraal, zeg jij dat zelf maar...'

Kraal? Noemt ze hem nu ook al Kráál?!

'Van Kralingen lijkt enigszins in verlegenheid gebracht. "Ik antwoordde haar toen: een Oblique-boekenkast van Marcel Wanders, en een Orange Slice-stoel van Artifort. Toen heeft Suzanne mij in niet mis te verstane bewoordingen uitgelegd hoeveel goeds je met het geld van zulke prestigemeubelen kunt verrichten in een plek als Malembo Mission."'

'En wanneer mag ik háár eens in niet mis te verstane bewoordingen uitleggen hoeveel ellende ze hier thuis heeft aangericht?' schreeuw ik huilend tegen het blaadje.

Trillend van woede en verdriet probeer ik de rest van het interview uit te lezen, maar veel verder dan een aantal flarden kom ik niet.

'Het leven in Monkey Bay voelt als thuiskomen.' 'Zorgen dat deze kinderen weer kunnen lachen – daar doe ik alles voor.' 'Ik ga zo snel mogelijk de verkoop van mijn huis in gang zetten.' 'Er is niets wat mij nog aan Nederland bindt.'

Niets? Milan en ik zijn niets. En straks ook nog fokking dakloos.

Nu moet ik écht wat drinken. Maar eerst moet ik iets anders doen. Ik pak mijn telefoon en typ verhit een groepsbericht voor al mijn verjaardagsgasten: Duizendmaal excuses – maar mijn feestje vanavond gaat niet door. Ben plotseling ziek geworden, en ga nu naar bed. We prikken snel een nieuwe datum!

Ach, welnee. Ik heb alleen geen zin in gezeik.

Ik doe mijn telefoon uit, haal de deurbel eraf en sluit voor het eerst in lange tijd mijn gordijnen. En dan begin ik met een witte Bordeaux Blanc Sec uit 2010, de Le G de Chatêau Guiraud; daar had ik laatst in het *Volkskrant Magazine* zo'n leuke recensie over gelezen. Even kijken of ik 'm nog ergens heb – ja, hier, op mijn prikbord: *Hij briest, hij snuift, hij steigert van citrus en kruisbes en andere blikkerende vruchtengeurtjes, klaterend fris en opwekkend als een zeewind.*

Geen idéé wat dat allemaal zou moeten betekenen, maar het klinkt als iets wat ik nu verdomd goed kan gebruiken.

Na een paar grote glazen komt de bodem van de fles al aardig in zicht. Prima wijntje, al komt-ie wel hard aan op mijn nuchtere maag. Ik sta een beetje wiebelig op, loop naar de koelkast en leg vier plakjes California roll op een bordje. Vis moet zwemmen, dus er kan nog wel een glaasje bij.

Eens kijken wat ik nog meer in huis heb gehaald. Wat was het ook al weer: bier na wijn geeft venijn? Nou, kom op dan. Ik wankel naar de woonkamer, met een nieuwe fles en twee biertjes onder de arm. Huilend en drinkend en scheldend lig ik op de bank, tot ik niet meer zo goed weet wat onder en boven is.

Liggend probeer ik wat van de rolls te eten, maar dat blijkt nog niet zo makkelijk. Er vallen visseneitjes in mijn hals en er kleeft avocado in mijn haar, en het duurt niet lang of mijn vingers ruiken nogal vissig naar de verse krab die Kaiko altijd gebruikt.

Als ik bijna stik in een veel te grote hap en de stukjes rijst gierend en hoestend op de grond moet spugen, dringt het langzaam tot me door dat ik misschien maar niks meer moet eten. Drinken daarentegen...

Gare du Nord is ondertussen bij het album *Kind of Cool* aanbeland, en ik verdenk ze ervan dat ze het melancholieke 'Sold my Soul' speciaal voor mij hebben ingezet: '*...The bottle is my friend since the day you walked out that door; Sold my soul to the devil, and now he's back for more...*'

Maar ik raak al snel de draad kwijt van de lyrics, want ik kan me nauwelijks nog ergens op focussen. Terwijl mijn ogen steeds zwaarder worden en ik langzaam wegzak in een donkere waas, zie ik alleen nog maar losse scènes voorbijkomen: Milans geboorteborrel, waar ik Pieter zonodig ten overstaan van iedereen moest *outen* als vreemdganger.

De cafetaria van het VUMC waar ik als een pathetische liefdesjunk mijn handen heb gelaafd aan de warmte van zijn lege stoel. De jammerlijke timing van de tongzoen met Bart de Muyselaer. En dan de doodssteek: 'Fuck Afrika.' Het Afrika waar Pieter nu is thuisgekomen. Daarna is er niets meer.

Maar opeens droom ik dat Pieter naast me op de bank zit en mijn wang streelt. 'Iris,' fluistert hij. 'Iris, je moet wakker worden...'

'S-sgatje...' lispel ik, 'ben je het echt...? Het spijt me allemaal zo...'

Zachtjes aait hij over mijn hoofd. 'Kun je wakker worden, Iris?'

'Pieter...' verzucht ik, 'waarom heb je ons verlaten?'

'Ssttt,' klinkt het, terwijl er nog steeds liefdevol over mijn hoofd wordt geaaid. 'Stil maar. Ik ben het.'

Lodderig doe ik één oog open. En zie Douwe.

... Douwe?

'W-wat doe jíj hier?' vraag ik versuft. 'Hoe ben je binnengekomen?'

Glimlachend veegt hij een plukje haar achter mijn oor. 'Wanneer onthou je nu eens dat ik een sleutel van je huis heb?'

'Owww...' kreun ik draaierig. 'De vorige keer dat je dat zei, dacht ik nog: "geen gênante dingen meer laten slingeren..." En kijk nou eens. Nu ben ik vergeten mezelf op te rapen.'

'Kom op,' zegt Douwe. 'Rechtop, jongedame. Dan draag ik je naar bed.'

Er wordt aan me gesjord, en er valt een glas om.

Sjezus, wat gebeurt er allemaal?

Als ik de trap wordt opgedragen, is mijn gezicht heel dicht bij dat van

Douwe. Zijn lichaam voelt sterk en veilig, en ik mag dan wel niet helemaal bij mijn positieven zijn, maar één ding krijg ik wel verdomd goed mee: wat ruikt-ie lekker. Het is geen aftershave of eau de toilette – het is de geur van zijn huid; die is werkelijk onweerstaanbaar.

Vóór ik mezelf kan stoppen, bijt ik zachtjes in zijn hals.

Verrast draait hij zijn gezicht naar me toe.

'Iris...' begint hij, maar nog vóór hij verder kan gaan, zoen ik hem recht op zijn mond. Terwijl hij me aarzelend begint terug te zoenen, voel ik hoe mijn maag zich omdraait.

'Ugh,' kerm ik. 'Ik geloof dat ik moet overgeven...'

En daarna wordt alles zwart.

21

Er staat een man onder mijn douche. Een náákte man.

Dat heb je weleens vaker, onder een douche, maar ík heb zoiets in geen maanden gezien.

Toen ik zojuist met een houten kop de badkamer binnenkwam, zag ik hem daar staan, met zijn rug naar me toe. Met open mond staarde ik een fractie van een seconde *(oké, misschien iets langer)* naar zijn gespierde billen en de draaktatoeage op zijn linkerschouderblad, om daarna de deur weer zo snel en geruisloos mogelijk dicht te doen.

O. Mijn. God.

Dat is Douwe. Bij mij onder de douche.

Waarom?

Godsamme, wat heb ik een kater. Mijn hoofd spat bijna uit elkaar.

Terwijl ik me vast moet houden aan de muur, valt alles opeens in een misselijkmakende draaikolk op zijn plaats: mijn verjaardag, het interview met Pieter, een paar flessen drank, en dan Douwe die...

Ja – die wát eigenlijk? Wat heb ik vannacht gedaan? Waarom is Douwe nog hier? Wacht eens even... heb ik met hem gezoend? Néé toch zeker? Of nog erger: was ik zó dronken dat ik niet meer weet dat ik seks met hem heb gehad? Dat zou toch werkelijk de ultieme verschutting zijn. Kolere, ik denk dat ik moet overgeven. Kan die man niet door het doucheputje wegzinken?

Plotseling slaat de schrik me om het hart. *Milan!* Volgens mij heb ik hem gisteravond laat niet meer verschoond, en heeft hij vannacht ook geen flesje meer gehad – tenminste, niet dat ik me kan herinneren. Ach jezus, dat arme mannetje.

Als ik met bonzend hart zijn kamertje binnenstorm, blijkt mijn paniek ongegrond. Milans gordijnen zijn al open, en hij ligt in een kraakhelder rompertje tevreden in zijn bedje te keuvelen tegen zijn knuffelbeer. Op het aankleedkussen ligt zelfs al een nieuw trappelpakje klaar, en zijn vieze luier is netjes opgeborgen in de emmer. Diep in mijn hart weet ik dat ik blij zou moeten zijn, maar ik ben razend. Op mezelf – en op Douwe.

Heb ik hem soms gevraagd om aan mijn kind te zitten? Of vond meneer dat ik wel wat hulp kon gebruiken; laveloze kutmoeder die ik ben? En wat heb ik eigenlijk aan? Een joggingbroek en een T-shirt – dat zou ik zelf nooit hebben uitgezocht om in te slapen.

Geagiteerd loop ik naar mijn slaapkamer, waar mijn Alexander McQueen keurig aan een hangertje aan de kast hangt. Heer sta me bij – heeft Douwe me ook nog ómgekleed?

Ik trek mijn joggingbroek een stukje omlaag, en zie dat ik nog steeds dezelfde correctieslip draag als gisteravond. Gelukkig – Douwe heeft me niet verschoond. Maar hij heeft wél dat seksloze, huidskleurige omaondergoed gezien, en dat stemt me totaal niet vrolijk.

Geërgerd loop ik de trap af naar de keuken, waar Milans uitgewassen flesje keurig op een tissue op het aanrecht staat te blinken. Als ik ook nog de *Tracer* met Pieters interview op de keukentafel zie liggen, heb ik het helemáál gehad. Woedend scheur ik het blad aan stukken, waarbij ik schrik van mijn eigen spiegelbeeld in het raam.

Shit – Douwe is in huis en ik zie eruit als een morsig drankorgel. Correctie: ik bén een morsig drankorgel, en nu is er godbetert nog een getuige van ook. Ik ruik naar zure vis en dure wijn *(of is het andersom?)* en moet me dringend wassen, maar meneer houdt boven de badkamer bezet.

Snel haal ik boven de spoelbak *(van mijn fokking Bulthaup-'prestigekeuken')* een nat washandje over mijn gezicht, en grabbel in mijn Birkin naar mijn make-uptasje. Met een toefje blush, een likje gloss, mijn vaste sterretjesmascara en een snelle borstel door mijn haar ben ik weer enigszins toonbaar – maar de vernedering blijft. Van alle scenario's die ik rond mijn dertigste verjaardag – en de aanwezigheid van Douwe – had bedacht, was deze blamage in de verste verte niet bij me opgekomen.

De hoofdpijn concentreert zich nu voornamelijk achter mijn linkeroog; een welhaast ondraaglijke, pulserende pijn die steeds harder lijkt te klinken – tot het tot me doordringt dat er iemand op het raam in de woonkamer staat te bonzen.

'Lieve schat, hoe gáát het met je?' vraagt Babette als ik de deur voor haar opendoe. 'Klopt het dat je deurbel het niet doet?'

'Ja, dat klopt. Die had ik gisteravond uitgezet. Ik wilde even niemand zien; ik had andere dingen aan mijn hoofd.'

Ik heb het nog niet gezegd, of Douwe komt op zijn dooie gemak de trap af lopen, in een lage, *vintage wash* G-Star jeans – en verder niks.

Ik ben met stomheid geslagen. En ik niet alleen.

'Zo, zo,' gniffelt Babette. 'Ik maakte me zorgen over je, Vandenberg, maar ik zie nu welke andere dingen jij aan je hoofd had.'

'Goeiemorgen,' zegt Douwe monter, terwijl hij schalks door zijn natte krullen wrijft. 'Ik ben Douwe, de eh... hondenuitlater.'

Babette geeft hem giechelend een hand, en ik hap opgelaten naar adem.

'Waarom heb jij geen shirt aan?' vraag ik korzelig, terwijl ik me realiseer dat ik klink als een mutsige moeder die tegen haar tienerdochter zegt: 'Ga je zó naar buiten?'

Douwe haalt lachend zijn schouders op. 'De rest van mijn kleren liggen nog op de bank bij de tv,' zegt hij, alsof het de gewoonste zaak van de wereld is. 'Maarreh... mag ik misschien een brutale vraag stellen?'

'Brutaler dan halfnaakt de trap af komen?' zeg ik bits, wat me op een bestraffende blik van Babette komt te staan.

'Let maar niet op Iris,' fleemt ze, duidelijk onder de indruk van de indrukwekkende torso die zomaar opeens in het wild voor haar neus staat. Op ieder ander moment had ik Douwe óók buitengewoon aantrekkelijk gevonden, maar vandaag heb ik te veel hoofdpijn, te veel schaamte en te veel gaten in mijn geheugen om het onverwachte uitzicht op waarde te schatten. 'Iris is 's ochtends nooit op haar best. Vooral niet na een eh... kort nachtje.'

'Vertel mij wat,' grijnst Douwe. 'Maar eh – mijn brutale vraag is: zou ik me even mogen scheren met de scheerspullen die ik boven op de badkamer zag staan? Ik heb geen mond- en klauwzeer, maar desondanks beloof ik dat ik het gebruikte mesje keurig zal weggooien.'

'Ja hoor,' zeg ik met een geforceerde glimlach. 'Ga vooral je gang.'

Nadat Douwe zich met een opgewekt: 'Oké!' heeft omgedraaid en naar de bank in de woonkamer loopt om zijn shirt te gaan halen, valt Babettes oog op de tatoeage op zijn schouderblad.

'Een Chinese draak – toe maar,' fluistert ze iets te hard, waardoor ik me gedwongen voel haar met een elleboogstoot tot bedaren te brengen.

Douwe is echter nog niet halverwege de trap naar boven, of ze kan zich al niet meer inhouden. 'I-ris Van-den-berg!' sist ze opgewonden. 'Ga zitten, en verklaar u nader!'

'O, Babsie, hou op,' kreun ik vermoeid, terwijl we samen aan de keukentafel gaan zitten en ik de snippers van de *Tracer* met mijn handen bij elkaar veeg. 'Dit is helemáál niet wat het lijkt.'

Ik vertel over de spa, de sushi en de drank. Over mijn goede humeur, mijn mooi geföhnde haar en mijn hooggespannen verwachtingen voor de avond. En toen de *Tracer*.

'Milan en ik, wij zijn dus níéts voor Pieter,' zeg ik met trillende stem. 'Kun je je voorstellen hoe het is om zoiets te lezen? Níéts. Zijn leven was één grote leegte.'

Babette schuift haar stoel wat dichterbij, en omhelst me met twee armen.

'Ach, meissie toch...' fluistert ze, terwijl ze me dicht tegen zich aandrukt, en me een kus op mijn hoofd geeft.

'Zoals je zult begrijpen, had ik nog maar weinig zin in mijn feestje. Toen heb ik iedereen met een smoesje afgebeld. En daar zat ik dan. Met al die drank. Te kijken naar die vervloekte bank van B&B Italia en de Bang&Olufsen en al die andere dingen waar Pieter en ik voor hebben gespaard, en die we samen hebben uitgezocht. Wat heb ik er nog aan? Dit huis is als een mooie schelp waarvan de oorspronkelijke bewoner allang dood is. Het enige wat je nog hoort, is het ruisen van de leegte.'

'Nou, nou, Iris, niet zo melodramatisch,' sust Babette. 'Fuck die Pieter van Kralingen. Dat meneer de *Flying Doctor* lekker daar blijft in dat Monkey Bay, met dat wijf in die kansloze afritsbroek. Dit huis is géén lege huls, hoor je me? Het is het huis van jou en Milan, en daardoor een huis van liefde.'

'Maar voor hoelang nog?' jammer ik. 'Ik moet Pieter gaan uitkopen, of ik word gedwongen om met Milan te verhuizen. En wat dacht je van de restschuld? Een nieuwe hypotheek kan ik met mijn freelancecontracten wel vergeten. Straks zit ik met Milan bij mijn moeder op zolder, en ben ik nog jaren aan het afbetalen.'

Babette staat op en pakt de keukenrol, zodat ik mijn neus kan afvegen. 'Zal ik een verse muntthee voor je maken?' vraagt ze, terwijl ze een bakje muntbladeren omhooghoudt.

'Ja, lekker,' knik ik, en begin mijn neus te snuiten.

Die muntbladeren waren eigenlijk voor de mojito's bedoeld maar als ik aan drank dénk, voel ik me al niet goed worden. Ik geloof werkelijk dat ik nooit meer wat zal drinken. Nóóit meer. En dit keer écht.

Het is tijd voor een paar grote veranderingen.

'Weet je...' zeg ik na enig nadenken, 'gisteravond had Cassandra het datingprofiel dat ze voor mij heeft opgesteld aan me willen onthullen, maar nu ik heb gelezen dat Pieter de verkoop van ons huis zo snel mogelijk in gang wil zetten, geloof ik niet dat ik mijn tijd moet verdoen aan zinloze fladderdates.'

'Hoe bedoel je?' vraagt Babette terwijl ze me het hete water met de blaadjes overhandigt.

'Nou, het lijkt me verstandig dat ik me niet op de eerste de beste geile winterschilder ga storten, maar dat ik op korte termijn een serieuze man ga vinden die met mij en Milan wil samenwonen én de helft van de hypotheek wil ophoesten.'

'Kom op, schat, doe eens even rustig aan,' lacht Babette. 'Ik begrijp dat je een kater hebt, maar je laat je door één zo'n interview toch niet van de wijs brengen? Voorlopig hoef jij nergens heen. Komt tijd, komt raad. In deze economie staat een huis sowieso minstens een jaar te koop. En wat die serieuze man betreft: zou je me dan nu misschien willen uitleggen waarom er zo'n prachtexemplaar halfnaakt door het huis huppelt?'

O ja – Douwe.

Ik had zijn aanwezigheid net even verdrongen, maar nu voel ik weer een stekende hoofdpijn opkomen. Ik sta op en pak een doosje paracetamol uit een keukenkastje.

'Douwe is in ieder géén kandidaat voor een serieuze vacature,' zeg ik afgemeten, terwijl ik vier tabletten van 500 mg uit de strip druk, maar er uiteindelijk toch maar twee met een glas water wegspoel.

Mijn lever heeft gisteravond al genoeg te verduren gehad.

'Je moet er wat bij eten,' zegt Babette.

'Waarbij?'

'Bij die paracetamol. Anders werken ze niet.'

Morrend begin ik een bruine boterham met kaas te smeren.

'Nee, geen vette kaas,' zegt Babette. 'Kook liever een eitje. In eieren zit veel cysteïne. Dat zorgt ervoor dat de acetaldehyde die wordt gevormd in je lichaam als je flink gedronken hebt, wordt afgebroken.'

'... En nu in gewoon Nederlands?' verzucht ik.

'Ga maar zitten; ik doe het wel. Vertel jij ondertussen over Douwe.'

Vermoeid leun ik met mijn hoofd in mijn handen.

'Ik zal eerlijk zeggen dat ik Douwe erg grappig vind. En charmant. En charismatisch. Maar tegelijkertijd is die man voor mij één zwart gat. Het is een vrijbuiter die 'n beetje surft en zo, en hij schijnt nogal druk te zijn met de dames. Al heeft-ie volgens mij ook een vriendin. Ik zat een keer naast hem toen hij een telefoontje kreeg, en toen ging hij een eindje verderop staan omdat ik het niet mocht horen. Hallo – hoe dom denkt hij dat ik ben?'

'Maar waarom is hij dan hier?' vraagt Babette, terwijl ze vier eieren via een lepel voorzichtig in een pannetje water laat glijden. 'En waarom is hij blijven slapen?'

'Nou, ehm... ik had de laatste tijd wat sms-contact met hem. Heel leuk eigenlijk wel. Maar weer zo vaag allemaal. En toen zei hij opeens dat hij me iets wilde vertellen over zichzelf. En toen zei ik: "Ik geef 5 mei een verjaardagsborrel – kom langs." Ik had Peter-Paul ook uitgenodigd; allereerst voor Cassandra, maar stiekem ook zodat hij te zijner tijd aan Pieter kon laten weten hoe leuk mijn dertigste verjaardagsfeestje wel niet was geweest. En dan misstaat zo'n lekker ding als Douwe natuurlijk niet.'

'Maar je feestje ging niet door.'

'Nee. Douwe heeft me gisteravond ladderzat van de bank geraapt...'

'Echt?'

'... en me naar boven gedragen.'

'... Écht?! En toen?'

'Toen niks. ... Hoop ik.'

'Maar – hoe kwam hij überhaupt je huis binnen?'

'Hij heeft een sleutel, hè. Omdat hij Boris uitlaat.'

Babette slaat haar handen voor haar mond. 'O, Iris,' stamelt ze, 'wat gênant allemaal.'

'Zei ik toch? Maar het wordt nog veel gênanter. Want Douwe heeft Milan vannacht ook nog de fles gegeven én hem verschoond. En vanochtend nog 'n keer. Kijk – daar staat het flesje keurig te blinken op het aanrecht. Speentje omgespoeld en alles.'

'Nee! Helemaal uit zichzelf? Maar... waar was jij dan?'

'Ik lag blijkbaar in een soort delirium. Bestaat er iets ergers?'

'Je bedoelt zeker: bestaat er iets beters? Iris, niet om het een of ander – maar die Douwe klinkt als een echte gentleman.'

Ik rol met mijn ogen. 'Ja, vast. Maar sorry dat ik dáár nu even niet aan kan denken. Deze hele situatie is toch een compleet brevet van onvermogen? Als moeder heb ik zó gefaald. De liefde van mijn leven heb ik een kind opgedrongen dat hij helemaal niet wilde, en deze Douwe, die eigenlijk een volslagen vreemde voor me is, heeft me op mijn verjaardag in mijn eigen huis boven de toiletpot moeten ondersteunen omdat ik zo ongenadig moest kotsen.'

'O god – is dat óók nog gebeurd?'

'Ja! Wat voor mislukkeling bén ik?'

'Je bent geen mislukkeling, schat. Je hebt nog steeds liefdesverdriet. En een verontrustende neiging tot het overinnemen van drank.'

'Dát is nu definitief voorbij, als je dat maar weet.'

'En met Douwe? Hoe gaat dat nu verder?'

'Verder? Dat gaat helemaal niet verder. Ik heb mezelf toch onsterfelijk belachelijk gemaakt bij die man? En trouwens: Pieter is een kaakchirurg. Een parttime hondenuitlater is niet echt een upgrade.'

Verontwaardigd trekt Babette haar wenkbrauwen op. 'Ho eens even, Vandenberg. Het laatste wat ik heb gehoord, is dat Douwe zijn zieke zus heeft geholpen, en Pieter zijn zwangere vrouw heeft bedrogen. Je kunt je nog behoorlijk vergissen in mensen – witte jas of niet.'

'Tja, als je het zo bekijkt...' mompel ik. 'Je hebt ook wel gelijk. Het is gewoon... Het is alsof Douwe mij de hele tijd een spiegel voorhoudt. En wat ik daarin zie, is niet al te fraai.'

Als de eierwekker plots afgaat, schrik ik van het onverwachte belletje.

Babette springt lachend op ('Slecht geweten, jongedame?') en draait het vuur onder het steelpannetje naar beneden. 'Maar wat wilde Douwe je nu eigenlijk vertellen?' vraagt ze, terwijl ze de eieren laat schrikken onder de koude kraan.

'Geen idee. Dat ga ik zo meteen horen, denk ik. Al durf ik hem nauwelijks onder ogen te komen. Ik mag blij zijn als hij Jeugdzorg niet gaat bellen. Weet je wat ik ook zo erg vind? Toen hij me in zijn armen naar boven droeg, heb ik hem nog geprobeerd te zoenen. Of hij mij. Maar ik vrees dat het andersom was. Het staat me allemaal niet meer zo helder bij.'

'En? Zoende hij je terug?'

'Eh... volgens mij wel.'

'Dan heb je nog een kans, Iris! Misschien is er toch nog hoop voor je.'

'Nou, zo bijzonder was het niet, hoor,' zeg ik narrig. *(Ik bedoel: hallo – is het nu al zo treurig met me gesteld dat ik moet 'hopen' op een 'kans'?)* 'Ik kan me er nauwelijks iets van herinneren. Ik moet eigenlijk alleen maar denken aan wat mijn moeder altijd zei: "Laat je niet voor de gek houden door een kus, en laat je niet kussen door een gek."'

Als we gestommel boven aan de trap horen, pakt Babette snel haar spullen bij elkaar.

'Ik knijp ertussenuit,' fluistert ze opgewonden. 'Jullie hebben vast een heleboel te bespreken. En ik wil het straks allemaal horen. Woord voor woord!' Met een snel kushandje sluipt Babette de deur uit; net vóór Douwe zijn entree maakt in de keuken. In tegenstelling tot zijn eerdere, opgewekte humeur kijkt hij nu erg duister uit zijn ogen.

'Ik ga,' zegt hij kortaf.

'W-wil je niet eerst even een ontbijtje, of een kopje koffie?' stamel ik verbaasd. 'Ik heb eieren gekookt, en ik wilde je nog bedanken voor...'

'... voor wát?' valt hij me nijdig in de rede. 'Ik heb begrepen dat ik niet alleen een zwart gat voor je ben, maar ook nog een volslagen vreemde.'

Ik krimp in elkaar. 'O jezus, nee hè – heb je dat gehoord?'

'Zo groot is je huis nu ook weer niet, Iris. En je praat nogal hard als je boos bent. En ik begin zo langzamerhand te geloven dat jij in een doorlopende staat van boosheid verkeert.'

Een golf van misselijkmakende schaamte overspoelt mijn lichaam en kleurt me rood tot aan mijn kruin. Steeds als ik denk dat het niet erger kan, weet ik mezelf te overtreffen. Waarom komt toch altijd alles zo rottig mijn strot uit?

'I-ik weet dat het slecht klinkt,' begin ik hakkelend, 'm-maar zo bedoelde ik het allemaal niet. Ik heb soms echt last van woorddiarree en dan... dan praat ik mezelf in een negatieve spiraal naar beneden en dan blijft de shit maar komen, en... eh... ik weet niet wat je allemaal gehoord hebt, maar ik kan je verzekeren: ik meende er de helft niet van!'

'Welke helft meende je dan wél?' vraagt Douwe met een geërgerde frons tussen zijn wenkbrauwen. 'Dat je mij alleen maar hebt uitgenodigd als decoratie? Of dat mijn werk als hondenuitlater je te min is?'

'Ik bedoelde het eigenlijk meer eh... overdrachtelijk,' stamel ik beschaamd. 'Ik bedoelde niet letterlijk de helft... Wat ik eigenlijk wilde zeggen is...'

'Het zal je verbazen, maar ik weet wat overdrachtelijk betekent,' sneert Douwe. 'Of denk je werkelijk dat je je hebt laten kussen door een gek?'

'Dus we hebben écht gezoend?' vraag ik verbluft.

'Is dat alles wat je daarop te zeggen hebt, Iris? Heb ik me dan zo in jou vergist? Toen ik gisteren je afmelding kreeg, voelde ik meteen dat er iets met je aan de hand was. Ik begrijp namelijk heel goed in wat voor emotionele situatie je zit, en ik wilde je graag helpen. Ook met Milan. Maar ook dát wordt me geloof ik niet in dank afgenomen.'

'Wél!' roep ik aangedaan, terwijl ik tranen voel branden van schaamte en spijt. 'Ik schááám me, Douwe. Ik schaam me voor alles. Ik had me de hele dag verheugd op je komst, en toen... toen...'

'Had dát dan gezegd,' snauwt hij, driftig zijn jas aanschietend. 'En niet dat ik een *downgrade* voor je zou zijn.' Zodra hij richting de deur loopt, springt Boris enthousiast overeind. Douwes gezicht verzacht terstond, en even kroelt hij peinzend achter Boris' oren en onder zijn kop. 'Sorry jongen,' zegt hij ten slotte. 'Laura of Pauline komen je voortaan halen. Mij zie je niet meer terug.'

Wat? Echt niet?

'W-waar ga je heen?' vraag ik paniekerig en volledig tegen beter weten in. 'En... en wat wilde je me eigenlijk vertellen?'

'Ik geloof niet dat dát nu nog veel zin heeft,' antwoordt Douwe.

Zijn felblauwe ogen staan koud en afstandelijk.

Handenwrijvend loop ik achter hem aan door de gang.

'Wil je echt geen koffie meer?' vraag ik in een laatste, tenenkrommende poging om het gesprek op gang te houden. 'Ik heb ook nog sushi. En eieren. En waarom heb je eigenlijk die drakentatoeage op je rug?' Hoofdschuddend draait Douwe zich bij de deur om.

'Waarom dénk je?' vraagt hij smalend.

'Ik eh... ik heb werkelijk geen idee.'

'Jij bent er echt niet goed in, hè?' verzucht hij, 'om één en één bij elkaar op te tellen. O ja: nog gefeliciteerd met je verjaardag.'

En dan slaat hij de deur achter zich dicht.

22

Het heeft meer dan een maand geduurd voordat ik eindelijk weer een beetje bij mijn positieven was.

Ik ben nog steeds niet helemaal de oude *(voor zover dat überhaupt een gesteldheid is om naar terug te verlangen)* maar ik vermoed dat Babette en Cassandra tot de conclusie zijn gekomen dat er nu maar eens iets moet gebeuren, want ze hebben zichzelf vanavond bij mij thuis uitgenodigd – en ik word nog geacht te koken ook. Ik weet dat ze me komen opbeuren maar na een maand van *rolling in the deep*, zoals Adele dat zo mooi noemde, moet ik me zelfs voor mijn beste vriendinnen opladen.

De afgelopen weken ben ik vooral met Milan bezig geweest. Natuurlijk heb ik ook gewerkt, maar dat heb ik grotendeels op de automatische piloot gedaan.

Bij Media Nox zijn we bezig met het uitwerken van de mogelijke reallife-serie *Wat je van ver haalt*, over Nederlandse mannen en hun postorderbruiden. Hoewel het me irriteert dat uitgerekend Claudia's *onepager* voorlopig de meeste handen op elkaar heeft gekregen, heb ik momenteel niet de mentale energie om zelfs maar een *fiveliner* voor de bedrijfspitch op papier te zetten.

Ari – je weet wel, die van de periodieke explosiviteitsstoornis – kwam nog met het idee van *Papa's met proefverlof*, waarin we vaders die net uit de gevangenis zijn ontslagen gaan volgen bij hun resocialisatietraject. Als voorbeeld gaf Ari een uitzending van *De taart van Abel* waarin een jongetje een taart wilde maken voor zijn vader die zojuist een gevangenisstraf had uitgezeten. Het bewuste fragment en de onbevangenheid van het jongetje grepen me behoorlijk aan. Met een steek van inzicht realiseerde ik me dat kinderen niet zelden gestraft worden voor de fouten van hun ouders. En wat héb ik de laatste maanden een fouten gemaakt.

Nadat Douwe de deur achter zich had dichtgeslagen, heb ik me eerst een aantal dagen ziek gemeld. Ik wás ook ziek; van de drank, maar meer nog van mezelf. En toen begon Milan. Hij huilde en hij jengelde en hij had zo lang de diarree dat hij zich door zijn pijnlijke, rode billetjes nauwelijks liet verschonen.

Toen ik nog zwanger was, had ik in een van die geboorteboeken gelezen dat een baby in de eerste zes maanden nauwelijks onderscheid kan maken tussen zijn eigen gevoelens en die van zijn moeder. Dat had me toen nog zo romantisch geleken; een mooi startpunt voor mijn boek over mindful moederen. Maar nu vond ik het alleen maar beschamend. Milan had pijn en verdriet en hij liep aan alle kanten leeg; een scherpere weerspiegeling van mijn eigen emoties leek mij nauwelijks denkbaar. En net toen ik dacht dat ik vanbinnen zou exploderen door mijn voortdurende gepieker over Pieter, de dreigende verkoop van ons huis en de vernederende vertoning met Douwe, begon Milan met spuitluiers.

Ik had Babette al eens gehoord over het fenomeen 'romperstront' maar je moet het zien om het te kunnen geloven. Milan wist zijn poep er zó krachtig uit te knallen dat die zelfs tot in zijn nek eindigde. Hoe kan een klein lijfje zoveel G-krachten mobiliseren? Na iedere ontploffing zat alles onder de diarree: zijn bedje, zijn kleertjes, zijn wippertje, zijn boxkleed.

De eerste paar keren heb ik de hele bende nog huilend staan afhalen *(zulke dingen gebeuren namelijk bij voorkeur kort vóór een belangrijke vergadering, of juist nadat je alles schoon hebt opgelegd)*, maar daarna onderging ik de viezigheid gelaten; overtuigd als ik was dat ik het dubbel en dwars had verdiend.

Maar daar wilde dr. Kurtoglu niets van weten. 'Kom, kom – niet zo slachtofferig,' zei ze luchtig, nadat ik mijn verhaal met horten en stoten in haar spreekkamer had verteld. 'Daar koopt Milan niks voor. Zijn ondertandjes staan op het punt om door te komen; daarom jengelt hij zo en heeft hij dunne ontlasting. Is het je niet opgevallen dat hij veel moet kwijlen en een flinke bijtbehoefte heeft?'

'O, ehm, n-nee,' stamelde ik. 'Weer iets wat ik heb gemist. De verpleegkundige van hiernaast, duidelijk een andere dan Paula, heeft me net ook al ten overstaan van iedereen op de gele korstjes gewezen die zich achter Milans oortjes hebben gevormd.'

'Alle baby's krijgen smetjes,' reageerde dr. Kurtoglu schouderophalend, 'vooral in de halsplooien en achter de oren. Daar druppelt het ongemerkt vol met restjes melk en ander ongerief, en dat droogt nogal ranzig op. Je moet het gewoon even bijhouden, en met een babydoekje wegvegen.'

Opgelaten plukte ik aan mijn T-shirt; een Zoe Karssen met een Batman-print. Normaliter een cool shirt, maar nu had ik opeens het gevoel dat ik er volkomen de verkeerde indruk mee maakte.

'Was het beschamende gedrag van zijn moeder maar zo makkelijk weg te poetsen,' zei ik met een diepe zucht.

Daarop deed de consultatiearts haar leesbril af, legde hem op het bureau en leunde peinzend achterover in haar stoel. 'Iris Vandenberg – iemand zou jou eens een goede schop onder je kont moeten geven,' zei ze ten slotte.

'Sorry?' antwoordde ik verbaasd.

'Veeg jezelf eens bij elkaar, vrouw. Iedereen maakt fouten, en er zijn wel meer mensen met liefdesverdriet. Maar jij hebt een goede baan én een gezonde zoon. Vooral dat laatste zie ik in deze spreekkamer nog weleens anders. Dus wat wil je nog meer?'

Ah, natuurlijk, het 'wees-blij-dat-iedereen-gezond-is'-argument.

'Natuurlijk ben ik dankbaar dat Milan niks mankeert,' wierp ik tegen, 'maar om daar nu alles mee af te doen... Dat vind ik net zoiets als vroeger, als ik die bittere witlof van mijn moeder niet lustte. Dan zei ze altijd: "Denk maar aan de hongerige kindjes in Afrika, die zouden er maar wát blij mee zijn!" Los van het feit dat ik toen al betwijfelde of je de Afrikaanse kindjes een plezier zou doen met die slijmerige witlof, vond ik het een oneigenlijke redenering. En dat is dít ook!'

Driftig begon ik mijn opkomende tranen terug te slikken. 'Het alleenstaande moederschap valt me gewoon zwaar,' zei ik met trillende stem. 'Ík heb hier niet voor gekozen, weet je nog? Ik had het me allemaal zó anders voorgesteld. Niets is zoals het zou moeten zijn.'

'Zijn daar regels voor dan? Voor hoe iets zou "moeten" zijn? Weet je wat jouw probleem is: jij bent gewend om je eigen realiteit te monteren.

En als je het in de *edit* niet rond krijgt, kun je altijd nog wat nadraaien, of niet soms?'

'En waar haal jij die wijsheid vandaan?' vroeg ik korzelig.

'Ik heb een tijdje items voor de ziekenhuisomroep gemaakt.'

Welja. De ziekenhuisomroep. Ik zei het toch? Iedereen heeft verstand van televisie.

'Ieder scenario over "hoe het zou moeten zijn" kun je maar beter loslaten,' ging dr. Kurtoglu verder. 'Het moederschap pakt bijna altijd anders uit dan je verwacht. Iedereen focust zich op de uitgerekende datum, maar niemand houdt rekening met de psychische ontsluiting en de emotionele persweeën die je in de maanden na de geboorte nog gaan overvallen. Hoe je een goede, evenwichtige moeder moet zijn, is iets wat je gaandeweg moet leren. En daarbij helpt het niet om alsmaar in je verdriet te blijven zwelgen.'

'Nou ja, zwélgen...' protesteerde ik. 'Een vriend van mij noemde het uitzweren. Dat vond ik wel een goede omschrijving. Hij zei dat ik mijn verdriet helemaal moest laten uitzweren.'

Ongeduldig tikte dr. Kurtoglu met haar pen op het bureau.

'Tja, dat klinkt misschien leuk, maar als medicus ben ik daar geen voorstander van. De wond ontsmetten en werken aan je afweer – dát zet zoden aan de dijk.'

'Zei ze dat echt?' vraagt Babette lachend. 'Zit je al met jezelf in de knoop, krijg je op het "consternatiebureau" ook nog eens de wind van voren!'

Babette is als eerste voor ons etentje gearriveerd, en heeft net enigszins verwonderd een groot glas kraanwater met blaadjes munt en schijfjes citroen in ontvangst genomen.

'De eerste paar dagen was ik inderdaad flink over de zeik,' beaam ik, terwijl ik voor mezelf ook een glas muntwater inschenk uit de kan die op de tuintafel staat, 'maar daarna moest ik toegeven dat dr. Kurtoglu misschien toch wel een punt had. Vooral dat ontsmetten heb ik tamelijk letterlijk genomen.'

'O god,' grinnikt Babette, 'wat heb je gedaan? Heb je het restant van Pieters kleding in een aromatisch badje van zoutzuur laten weken?'

'Dát was ook nog een optie geweest – maar nee. Ik heb niet alleen mijn hele huis op mijn knieën geschrobd en door de Glorix gehaald, maar ook de tuin met de hogedrukspuit onder handen genomen en de laatste sporen van de verbrande kerstboom tussen de tegels vandaan geblazen.'

'Klinkt als een rituele reiniging.'

'Sterker nog: ik ben zelfs gedroogde witte salie gaan kopen bij spiritueel centrum De Roos in het Vondelpark.'

Meewarig lachend schudt Babette haar hoofd. 'Als je gaat beginnen met het branden van salie, Vandenberg, dan ben je nog maar één stap verwijderd van de helende stenen.'

'Daar zit wat in. Dat kan ik niet ontkennen. Voor BV *De Toekomst* heb ik genoeg kontkijkers en kaartenleggers over de vloer gehad om te weten dat er een hoop onzin wordt verkocht.'

'Je meent het.'

'Maar in dit geval... Weet je – ik wilde gewoon graag terug naar dat ene moment van rust en tevredenheid vóór mijn hele verjaardag zo spectaculair naar de kloten ging. Ik heb me in De Roos zelfs nog een abaloneschelp laten aansmeren. Als ik de takjes daarin zou branden, zo vertelde die aardige mevrouw, dan zou ik door "het samenspel van de vier elementen water, vuur, lucht en aarde" weer helemaal in balans komen.'

'En, werkt het?' vraagt Babette met glinsterende pretoogjes.

'Nou, ehm... ik vind het in ieder geval heel lekker ruiken. En ik voel me alweer een stuk beter.'

Babette verslikt zich bijna in haar muntwater. 'Sorry hoor – maar dat mág ook wel na ruim een maand,' roept ze uit. 'Cassandra en ik begonnen ons echt zorgen over je te maken.'

'Vandaar deze *intervention*?' vraag ik lachend.

'Precies. En gezien de brandende salie zijn we net op tijd.'

'Wees blij dat ik niet óók een veer van wilde kalkoen heb gekocht. Dat ging zelfs mij te ver.'

'Een wàt? Waarvoor? Om in je reet te steken, qua positieve affirmatie?'

'Nee, lieve schat, volgens de overlevering...'

'Welke overlevering?'

'Van de indianen.'

'Die arme indianen krijgen ook altijd alles in de schoenen geschoven.'

'Luister nou – volgens de overlevering kun je de helende rook van brandende salie het beste door een ruimte verspreiden door te wapperen met een veer van een wilde kalkoen.'

Ik heb het nog niet gezegd, of we gieren het uit. Boris schrikt wakker uit zijn slaap en komt nieuwsgierig aanlopen. Met vragende ogen legt hij zijn kop op mijn bovenbeen. Als ik een tijdje zachtjes achter zijn oren kroel, zet hij het uitgebreid op een gapen.

'Pfffoei, Boor,' zeg ik en duw hem lachend achteruit. 'Wat stink jij uit je waffeltje! Ga lekker bij Babette zitten; die houdt van honden.'

'Ik zie dat jullie nog steeds dikke vrienden zijn?' zegt Babette, terwijl Boris met een diepe zucht onder haar stoel gaat liggen. Zonder mijn antwoord af te wachten voegt ze daar quasinonchalant aan toe: 'Heb je eigenlijk nog weleens wat van Douwe gehoord?'

'Eh... nee,' probeer ik zo luchtig mogelijk te antwoorden, terwijl ik mijn glas iets te snel naar mijn mond breng. Prompt loopt er een straaltje muntwater langs mijn kin omlaag. Wonderlijk hoe je meestal door je kleine motoriek wordt verraden.

'Oeps – verkeerde vraag, geloof ik,' zegt Babette.

'Nee hoor,' zeg ik stoer. 'De eerste twee weken heb ik talloze versies van sms'jes geschreven die ik uiteindelijk niet durfde te versturen. Daarna heb ik in mijn hoofd allerlei dialogen gerepeteerd die ik spontaan zou oplepelen als ik hem bijvoorbeeld in het Vondelpark zou tegenkomen. Maar dat gebeurde ook niet.'

'En toen?'

'Toen heb ik al mijn moed verzameld en zo achteloos mogelijk aan Paulien van Reservoir Dogs gevraagd "waar Douwe tegenwoordig zoal mee bezig was".'

'En wat zei ze?'

'Ze zei dat hij "dat meisje" achterna was gereisd naar Amerika. "Ja, zo is Douwe nu eenmaal," voegde ze er ook nog trots aan toe. "Al is er nog maar de kleinste kans – hij gaat ervoor!"'

'Wáárvoor?' vraagt Babette. 'Welke kans zou ze bedoelen?'

'Ik heb geen idee. Misschien heeft hij iets met dat meisje goed te maken? Misschien had hij zijn relatie met haar beëindigd?'

'... voor jou?'

'Sjezus, daar durf ik niet eens aan te denken.'

'Misschien is ze wel boos dat Douwe een nachtje bij jou is blijven slapen?'

'Dan had-ie haar even moeten laten bellen,' lach ik schamper. 'Dan had ik haar kunnen verzekeren dat er helemaal níéts is gebeurd!'

'Nou, niet helemáál niets, Iris...'

'Ja, oké, er was iets van een zoen...'

'Zoenen is heel belangrijk,' zegt Babette. 'Wat je eigenlijk doet, is het aftasten van elkaars DNA. Door te tongen "proef" je als vrouw onbewust de proteïnen in het immuunsysteem van de man, waardoor je kunt "voelen" of je bij elkaar zou passen.'

'... en wat betekent het als je moet kotsen?'

'Dat je te veel gezopen hebt, Vandenberg. Maar kijk: vandaag drinken we gewoon water.'

'Kraanwater nog wel. Al dat flessenwater is van de zotte. Voor één flesje mineraalwater van twee euro kun je vijftienhonderd liter kraanwater drinken. Da's net iets beter voor mijn portemonnee.'

'En voor je lever. Maar waar zijn al die flessen van je verjaardag eigenlijk gebleven? Heb je die door de gootsteen gespoeld?'

'Nee, alle drank is naar de Voedselbank.'

'*Good for you,*' zegt Babette, waarna we onze glazen vrolijk tegen elkaar klinken. 'Op een flinke dosis nuchterheid!'

'Gelukkig mag ik nog wel eten – zoals je ongetwijfeld kunt zien,' grinnik ik. 'Eerst probeerde ik mezelf nog wijs te maken dat al dat troosteten gunstig voor mijn verschrompelde borsten zou zijn, maar inmiddels is mij pijnlijk duidelijk geworden dat zo'n reep Toblerone overal gaat zitten, behalve in je bh.'

'Ha – vertel mij wat,' lacht Babette. 'We worden in dit leven gevormd door alles wat we liefhebben... en dan vooral door de toetjes.'

Weer schieten we samen in de lach, en op dat moment kan ik mezelf wel voor mijn kop slaan dat ik dit niet eerder heb gedaan.

Hoe kon ik nu denken dat ik me hiervoor moest opladen?

De afgelopen weken had ik het gevoel dat ik éérst met mezelf in het reine moest komen, maar als ik heel eerlijk ben, heeft dit kwartiertje met Babette mijn bloeddruk sneller doen dalen dan het eindeloze luisteren naar de ontspannings-cd die ik bij het uitsoppen van de boekenkast heb teruggevonden. Ik had dat ding ooit eens in een kerstpakket gekregen, en ik weet nog goed hoe ik voor het eerst *(en tevens voor het laatst)* op ons bed naar de klaterende bergbeekjes lag te luisteren, toen Pieter thuiskwam van zijn dienst. 'Kolere,' foeterde hij, 'loopt de wc nu alwéér door?' Merkwaardig eigenlijk, hoe je allebei naar hetzelfde kunt luisteren en totaal iets anders kunt horen.

Als de bel gaat, spring ik enthousiast overeind: 'Daar zul je Cassandra hebben!' maar terwijl ik naar de deur loop, registreer ik nog net hoe er een wolkje van teleurstelling over Babettes gezicht trekt. 'Dat zag ik,' knipoog ik in het voorbijgaan.

'O, ja, sorry...' verzucht ze, 'maar we waren net zo lekker bezig.'

Cassandra valt enthousiast mijn huis binnen met een grote bos krullen, een grote bos bloemen en een grote doos baklava. 'Van Gulluoglu bij het Muntplein,' jubelt ze. 'Speciaal voor jou gaan halen – de beste baklava van Amsterdam!'

'O ja?' zegt Babette. 'Ik dacht die van Serifoglu in West...'

Hoewel het míjn beste vriendinnen zijn, betekent dat opvallend genoeg niet dat Babette en Cassandra ook heel goed met elkáár kunnen opschieten. Meestal gaat het wel aardig tussen die twee, maar er is altijd een onderstroom van onuitgesproken concurrentie.

Het feit dat ze met z'n tweeën de koppen bij elkaar hebben gestoken om bij mij een etentje af te dwingen, geeft wel aan dat ze zich écht zorgen over mij hebben gemaakt.

'O, jongens, wat heerlijk,' praat ik er snel overheen. 'En we blijven er ook zo lekker slank bij.'

'Nou...' zegt Cassandra, terwijl ze uitgelaten met haar *high-waisted* skinnyjeans in de rondte draait, 'als je je afvraagt waarom ik vandaag zo retro ben: ik blijk mijn jeans van de middelbare school nog steeds te passen!'

'Jeetje, wat leuk voor je,' zegt Babette met een minzame glimlach.

'Dat had ik nou laatst ook. Toen bleek ik mijn oorbellen van de middelbare school nog steeds te passen.'

Hè, gezellig! De toon is weer gezet.

23

'Ik heb je Katja genoemd,' zegt Cassandra vrolijk, als we een uurtje later binnen aan de eettafel zitten.

Het begon buiten niet alleen koud op te trekken maar mijn linkerburen bleven ook nog eens hardnekkig in hun tuin zitten, en dat zet toch een beetje de handrem op de conversatie. Sinds het akkefietje met de brandende kerstboom kijken ze me nogal scheef aan, en gezien het niveau van mijn recente gesprekken met Babette en Cassandra leek het me beter als we ons etentje binnen zouden voortzetten.

Ik heb mijn vaste, *idiotproof* recept op tafel gezet; iets wat ik meestal kook als ik eters krijg omdat het niet te lang duurt en niet kan mislukken: in sukiyaki gemarineerde zalmpakketjes uit de oven; aardappeltjes met rozemarijn van de Albert Heijn en veldsla met oude kaas en avocado. Tijdens het bakken van de aardappelen kringelde er een heerlijke, Provençaalse geur door het huis die me in een flits deed denken aan Pieters fameuze gebraden kip met honing en rozemarijn en aan al die avonden dat we samen in de keuken hebben gestaan, maar het verbaasde me hoe snel het me lukte om die onwelkome herinneringen ergens diep in een donker hoekje weg te drukken.

'Kátja?' vraag ik verbaasd. 'Hoezo dat?'

'Als je gaat beginnen met internetdaten is het verstandig om een apart e-mailadres aan te maken én om een andere naam aan te nemen,' zegt Cassandra terwijl ze haar zalm voorzichtig uit het aluminiumfolie vouwt. 'Anders word je nog jaren gestalkt. Niet alleen door afgewezen heren met onverkwikkelijke ideeën, maar ook door de site zelf. Dus ik dacht: ik geef jou een sexy naam. Bij een "Marijke" hebben mannen toch heel andere associaties dan bij een "Katja".'

'Ik had vroeger een handwerkjuf, die heette Marijke,' grinnikt Babette.

'Dat bedoel ik,' zegt Cassandra. 'Al kan de gedachte aan insteken en doorhalen voor sommige mannen ook heel aantrekkelijk zijn.'

In gedachten verzonken schuif ik de aardappeltjes op mijn bord van links naar rechts. 'Jongens... ik weet eigenlijk niet of ik hier wel klaar voor ben,' zeg ik ten slotte.

'Ow, gaan we dat weer krijgen?' vraagt Babette. 'Je hebt inmiddels toch hopelijk dat onzalige idee van je afgeschud dat je alléén maar op zoek bent naar een serieuze man die de helft van je hypotheek wil ophoesten, hè? Durf eens een beetje te leven, Iris!'

Cassandra legt haar mes en vork neer en kijkt me peinzend aan. 'Schattie – Babette heeft gelijk. We willen je weer eens zien genieten. Wat heb je de afgelopen maand nu helemaal gedaan? Je hebt als een bezetene je huis gepoetst, met Milan getutteld en eindeloos in bad gezeten...'

'Maar ik hou van in bad zitten,' werp ik tegen. 'Het is niet alleen rustgevend maar ook verhelderend. Als je heel stil ligt, kun je op een gegeven moment je eigen hartslag horen.'

Ik zie hoe Babette en Cassandra een snelle blik wisselen.

'Dat is heel spannend, Vandenberg,' zegt Cassandra, 'maar de hartslag van een ander is nog nét iets spannender. Beetje zwaar ademen erbij, en hopla – voor je het weet heb je eindelijk weer eens 'n keer seks.'

Ze heeft het nog niet gezegd, of Milan begint zachtjes te drenzen op de babyfoon. Cassandra schiet in de lach: 'Als het zover is, zou ik dan mogen adviseren om dáár een avondje de stekker uit te trekken?'

'Echt niet,' zeg ik, terwijl ik opsta en aanstalten maak om naar boven te lopen. 'Milan en ik zijn een *package deal*. Een man die hier over de vloer komt, moet zich daar maar naar schikken.'

'Ga jij nog steeds bij iedere kik in zijn kamertje kijken?' vraagt Babette. 'Hij houdt heus wel op met sputteren hoor. Of heb je nog steeds het gevoel dat je iets moet goedmaken?'

Wat denk je zelf? Ik heb Milan niet kunnen voeden omdat ik te dronken was om rechtop te staan!

'Nee hoor...' zeg ik. 'Nou ja, misschien een beetje. Maar Milan is momenteel heel druk met omrollen, en omdat je als nieuwe moeder behoorlijk bang wordt gemaakt met verhalen over buikligging en wiegendood ga ik geregeld even kijken of-ie wel goed ligt en zo...'

'Dat begrijp ik, maar het hoeft niet hoor, schat,' zegt Babette. 'Als baby's eenmaal van hun rug naar hun buik kunnen draaien, zijn ze ook sterk genoeg om hun hoofdje opzij te leggen of weer terug te rollen naar hun rug.' Ze steekt haar wijsvinger op: 'Luister maar – Milan maakt al geen geluid meer.'

'Maar... dat zou ook kunnen betekenen dat hij met zijn gezichtje in het matras ligt,' zeg ik nerveuzig, en loop alsnog de trap op.

Als ik weer beneden kom, zie ik aan hun gezichten dat de jury aan het beraadslagen is geweest. En het oordeel is niet mals. 'Iris Vandenberg,' verzucht Cassandra, 'jij moet er dringend uit.'

'Niet zo zeiken, dames,' zeg ik, terwijl ik licht geërgerd ga zitten. 'Als ik het gevoel heb dat Milan me nodig heeft, dan wil ik hem graag de bevestiging geven dat ik er ben, en dat ik ook kom.'

Babette tuit kritisch haar lippen. 'Eén ding moet je niet vergeten, Iris: baby's leren pijlsnel hoe ze je aandacht moeten trekken. Als Milan eenmaal doorheeft dat jij bij ieder wissewasje komt kijken, dan gaat hij straks, als-ie eenmaal kan praten, de hele avond in de babyfoon jengelen.'

'Gaat Milan binnenkort al praten?' vraagt Cassandra verbaasd.

'Nee-hee,' lacht Babette. 'Pas over een maand of vijf. Hij is nu nog aan het tateren; dat betekent dat hij allerlei klanken probeert uit te stoten – toch, Iris?'

'Ja, het gaat de hele dag van "ha-ta-ta-tat".'

'Met zeven maanden gaat hij brabbelen,' gaat Babette verder, 'en in december kunnen we het eerste woordje verwachten. Dat is overigens meestal "papa"; dat rolt wat makkelijker uit de mond dan "mama".'

'O ja?' grijns ik cynisch, terwijl ik een stukje avocado met mijn vork platdruk tegen mijn bord. 'Ik kan het anders mijn strot niet uit krijgen.'

Dat maakt ons alle drie aan het lachen, en al snel is de sfeer weer als vanouds. Als we een tijdje later klaar zijn met het eten en ik de schaal met baklava samen met drie schuimige cappuccino's op tafel heb gezet, haalt Cassandra een opgevouwen A4'tje uit haar tas.

'Tadaaa,' zegt ze, terwijl ze het papier met de nodige egards opent. 'Jouw internetprofiel!'

O jee – nu gaan we het krijgen.

'Ik heb het helemaal klaarstaan,' gaat Cassandra enthousiast verder, 'je hoeft straks alleen nog maar online te gaan, en je profiel te activeren. Als portretje heb ik een foto van jou gebruikt van toen wij samen in Parijs waren; bij Café Marly, weet je nog? Met de glazen piramide van het Louvre pal achter je. Kosmopolitisch maar niet té, zo van: "Kijk me eens in Kuala Lumpur", en met een zweem van cultuur.'

'Een zwéém van cultuur?' vraag ik lachend, terwijl ik met mes en vork de overheerlijke maar kleverige stukjes baklava te lijf ga.

'Een zweem is genoeg. Je wilt niet dat een man denkt dat hij met jou een discussie moet gaan voeren over de verschillende stromingen binnen het pointillisme. Het Louvre, dat snapt iedereen. Al was het alleen maar van de *Da Vinci Code*.'

'Wat is er mis met een discussie over het pointillisme?' vraagt Babette.

'Lieve schat,' verzucht Cassandra, 'er moet ook nog geneukt worden.'

'Het één hoeft het ander toch niet uit te sluiten?'

'Dames,' kom ik tussenbeide, 'ik zou nu best graag het profiel willen horen waarmee ik volgens jullie kan gaan hengelen naar – wat was het ook al weer? – keiharde, betekenisloze maar desalniettemin zeer bevredigende seks.'

'Je hebt helemaal gelijk,' zegt Babette.

Daarop schraapt Cassandra quasiofficieel haar keel, en begint te lezen: 'Katja, 30 – levenslustig en creatief mediameisje; moeder geworden maar vrouw gebleven; sexy, slim en sprankelend; op zoek naar een man die haar prikkelt. In het wild: Finch, Vondelpark, Bar22.'

Even ben ik sprakeloos. *Gaat dit over mij?*

Als dít een Katja is, dan ben ik waarschijnlijk toch meer een Marijke.

'Goh...' weet ik na een paar keer slikken uit te brengen. 'Hartstikke leuk. Al heb ik hier en daar wel een kleine kanttekening.'

'Vertel,' zegt Cassandra opgewekt.

'Nou, eh... ik voel me de laatste tijd allesbehalve levenslustig en ik kan geen letter op papier krijgen. Het woord "sexy" zou ik persoonlijk niet zo snel met mijn huidige verschijning associëren, en slim durf ik mezelf al helemaal niet meer te noemen sinds ik niet zag aankomen dat Pieter mij, terwijl de placenta nog warm was, zou gaan inruilen voor een briljante bètastudente. Finch heb ik in geen maanden van dichtbij gezien; ik loop in een grote boog om het Vondelpark heen, en in Bar22 ben ik laatst nog – met jou, Cas – voor pot uitgemaakt. Maar verder is deze Katja griezelig accuraat.'

'Kom op, lachebekje,' zegt Cassandra, 'in autocommercials rijden ze ook al sinds jaar en dag door de zonovergoten glooiingen van Toscane, met een rieten picknickmand vol verse panini's op de passagiersstoel. En dat terwijl we allemaal weten dat de kans veel groter is dat je met een vette zak van de McDrive in de regen in de file op de A10 komt te staan. Jouw datingprofiel is Toscane – zo moet je dat zien.'

'... en ikzelf ben de vette zak op de A10?'

'Sjezus, Vandenberg, soms ben jij echt moeilijk te plezieren.'

'Je voelt je op dit moment misschien niet zo geweldig,' zegt Babette sussend *(zou je denken?)*, 'maar dit is hoe wíj jou kennen. Dit is de Iris die je altijd bent geweest; de Iris die je weer moet worden.'

'Precies,' onderstreept Cassandra. 'Zoals ik het zie, heeft die kut in die afritsbroek, die overigens een geheel nieuwe betekenis heeft gegeven aan de term "artsen zonder grenzen", jouw leven gehackt en je besmet met een minderwaardigheidsvirus waar je héél snel weer vanaf moet. En wat is er nu een betere opsteker voor een gedeukt ego dan iedere dag nieuwe aanbidders in je inbox?'

Met een diepe zucht knoop ik mijn jeans een stukje open, en leun achterover in mijn stoel. Die baklava komt altijd harder aan dan je denkt.

'Tja, als je het zó brengt...' zeg ik ten slotte. 'Misschien moet ik het inderdaad gewoon eens proberen. Maar zitten er wel 'n beetje normale mensen op die datingsites?'

Cassandra trekt een zuinig mondje. 'Ehm... laat ik het zo zeggen: internetdaten is een beetje de doos van Pandora. Maar dat maakt het tegelijkertijd ook zo spannend. Ik zou je wél willen aanraden om een eerste afspraakje kort te houden; doe een koffiedate of zo. Want als het niks is, duurt zo'n avond in een restaurant heel lang.'

'Heb jij dat weleens gehad dan?' vraagt Babette, terwijl ze nóg een baklava op haar bordje laadt.

'Mijn laatste hoor,' fluistert ze, als ze me ziet kijken.

Lachend gooi ik mijn handen in de lucht: 'Hé, ik zeg niks.'

'Nee, maar je kíjkt wel, Vandenberg.'

'Ja, Babsie, maar jíj zit altijd te zeiken over je deukdijen.'

'Het is allemaal de schuld van Cas,' besluit Babette. 'Zij is onze *feeder*.'

'Dat heb ik zeker weleens gehad,' gaat Cassandra onverstoorbaar verder. 'Ik weet nog dat ik vorig jaar zomer werd opgehaald door een knappe kerel waar ik tot dan toe een heel leuk mailcontact mee had gehad. Ik had een kort Dolce&Gabbana-rokje aan, je weet wel, die asymmetrische met die Schotse fluorruiten...'

'Ja, ja,' knik ik ongeduldig, 'ga nou maar door...'

'... dus ik had blote benen, met daaronder een paar knappe Louboutin-*wedges*. Komt meneer voorrijden in een Porsche Panamera.'

Babette schiet in de lach. 'Wat een proletenbak!'

'Echt?' vraagt Cassandra verbaasd. 'Dat vind ik helemaal niet. Maar wat ik wilde vertellen: ik sta op het punt om in te stappen als hij zegt: "Wacht even, ik pak even een doekje." Daarop haalt hij een soort gastendoekje uit het handenschoenenvak, dat hij vervolgens op de passagiersstoel legt. Weet je wat hij zei? "Niks persoonlijks hoor, maar vrouwen kunnen nogal zweten dáárbeneden."'

'Niet!' roepen Babette en ik tegelijk.

'Ik zweer het. Je begrijpt: dat etentje was al meteen niet meer te redden. Ik dacht alleen nog maar: "Wat jij vanavond in ieder geval níét te zien krijgt, vriend, is daarbeneden. Maar verder niks persoonlijks."'

Babette en ik gieren het uit.

'Dat een man tegen je zegt: "Die zweetreet van jou geeft kringen op mijn leer",' lach ik hikkend. 'Wat een slecht begin van de avond! En wat voor duur leer was het dan? De meeste auto's hebben toch gewoon skai?'

'Walvisvoorhuid misschien?' smaalt Babette. 'Van Onassis is bekend dat hij vroeger op zijn boot krukken aan de bar had staan die met walvisvoorhuid waren bespannen. Puur en alleen om tegen de aanwezige dames te kunnen zeggen: "Zeg meisje, weet jij wel waar je op zit?" Zoiets armoedigs kan toch echt alleen een man bedenken.'

'Weet je wat ook armoedig was?' zegt Cassandra. 'Ik had 'n keer met een man afgesproken voor een lunch; kom ik aan bij de parkeerplaats, zie ik hem zijn portier opengooien en zo hup zijn asbak legen op de grond. Nou, dan heb ik al gegeten en gedronken. Waar moet je het met zó iemand nog over hebben?'

'Dat is inderdaad asociaal,' zegt Babette geamuseerd, terwijl ze de laatste restjes schuim uit haar cappuccino lepelt, 'maar zo'n asbak is veel minder vervuilend dan een Porsche Panamera met twee van die dikke uitlaten, hoor.'

'Dat was toch niet Peter-Paul hè, met die asbak?' vraag ik snel, hoewel ik het antwoord natuurlijk donders goed weet.

'Nee, nee, zeker niet,' straalt Cassandra met een glimlach van oor tot oor. 'P rijdt op zo'n oude, verrotte herenfiets. Heel jongensachtig. O, er is niks zo leuk als 's avonds na het eten door Amsterdam te fietsen; lekker achterop, met je armen veilig om zo'n stevig mannenlijf.'

'Ik vind het echt geweldig dat het tussen jullie zo goed klikt,' zeg ik enthousiast. *En dat meen ik; al is deze ontwikkeling natuurlijk ook gunstig voor mijn lijntje naar Malawi.*

'Ja hè? Eergisteren zijn we nog samen naar Bistro Neuf gegaan.'

'Is dat dat Franse tentje vlak bij de Movies?' vraagt Babette.

Cassandra knikt van ja.

'Het eten daar is zo smaakvol,' zegt ze, terwijl ze met een laatste minihapje eindelijk één stukje baklava naar binnen heeft gewerkt. *(Zó moet dat dus, Vandenberg!)* 'De huisgemaakte boerenpaté is heerlijk, net als de Bouillabaisse à la Marseillaise. Allemaal Franse klassiekers.'

'Ik heb er weleens eend gegeten,' zegt Babette. 'De *cassoulet au confit de canard*. Echt een aanrader.'

'Niet voor Cas,' grinnik ik, 'qua associaties met de eendenbek.'

Babette rolt met haar ogen.

'Mijn hemel, dames, kunnen jullie niet een keer ophouden met die puberale grapjes over het feit dat Peter-Paul een gynaecoloog is?'

'Nou,' lacht Cassandra, 'eigenlijk is het wel een dingetje. Bij Tom en Matthijs kon ik makkelijk vragen: "En, hoe was het vandaag op de zaak?" Maar wat vraag ik aan P? Ik weet dat er een heleboel plastic handschoentjes bij komen kijken, maar verder...'

Ik schiet in de lach, maar Babette schudt moedeloos het hoofd.

'Dus ik vraag hem dingen waarvan ik weet dat niemand anders het hem vraagt – of durft te vragen,' gaat Cassandra verder, duidelijk opgestookt door onze verschillende reacties. 'Zoals bijvoorbeeld of het echt waar is dat je een man kunt verleiden door vóór een date even je vingers tussen je *wings* door te halen en het vocht achter je oren te deppen...'

'Je wíngs?' vraagt Babette.

'Je schaamlippen, schat,' verduidelijkt Cassandra. 'Je foef, je punani. Of, zoals die brave huismoeders het altijd zo seksloos zeggen: je voorbips.'

'Wings...' mijmert Babette, 'dat heb ik echt nog nooit gehoord.'

'Je kent "Nobody's Wife" toch wel,' zegt Cassandra, 'dat liedje van Anouk? Daarin zingt ze: *When I spread my wings, to embrace him for life.* Wat dacht jíj dan dat ze daarmee bedoelde?'

Narrig haalt Babette haar schouders op. 'Iets spiritueels, misschien?'

'Maar – werkt het?' spring ik ertussen. 'Werkt het echt om vaginaal vocht achter je oren te deppen? Want dat heb ík nog nooit gehoord.'

'Peter-Paul dacht van niet,' lacht Cassandra. 'En ook weer van wel. Hij zei dat vaginaal vocht ongetwijfeld een hoop feromonen bevat, maar of die daadwerkelijk tot het onderbewuste doordringen – daar was de wetenschap nog niet uit. Maar wat wél verdomd verleidelijk was, zei hij, was zéggen dat je je vingers door je natte poes had gehaald en dat achter je oren had gedaan. Volgens P was dat eigenlijk al genoeg.'

'Wist je boven die vissoep nu echt niks beters te verzinnen?' vraagt Babette knorrig. 'Die man heeft een prachtig beroep; is gespecialiseerd in de kraamkamer van het leven, en jij weet er weer een of andere *Shock Doc* van te maken.'

'Wat zou jíj hem dan vragen, professor Barabas?' kaatst Cassandra terug, om met de stem van een schooljuffrouw te vervolgen: 'Vertel eens Peter-Paul, ben jij van de obstetrie en de prenatale diagnostiek? Of gaat je hart meer uit naar het fertiliteitsonderzoek en de endocrinologie?'

Als Babette verbaasd haar wenkbrauwen optilt, zegt Cassandra smalend: 'Ja-ha, dat zijn een hoop moeilijke woorden hè? Ik ken ze heus wel, hoor. Maar ik ga nu eenmaal iets anders met mannen om dan jij.'

'Jongens, laten we het gezellig houden,' zeg ik. 'Wie wil er nog een cappuccino? Of een espresso?'

'Of een limoncello?' probeert Cassandra.

O – ja!

'Niks ervan,' zeg ik, veel kordater dan ik me voel. 'Ik sta voorlopig droog en jullie ondersteunen mij – vrijwillig verplicht.'

'Doe dan maar een espresso.'

'En voor mij nog zo'n bráááf muntwatertje,' zegt Babette, terwijl ze misnoegd gaat verzitten.

'Kom op, schat,' zeg ik, 'niet zo zuur. Het is allemaal maar voor de lol.'

'Maar zo zien jullie mij toch? Als een burgerlijk huismoedertje?'

'Nou, Babsie, dat was eerlijk gezegd vóór je mij deelgenoot had gemaakt van je "zwarte fantasie". Hoe ging het ook al weer: "Liever op het kerkhof dan op een ander"?'

'Ik had het eigenlijk niet willen vertellen,' zegt Babette, 'want nu zadel ik jullie óók met een geheim op, maar oké – jullie vragen erom. Hierbij deel ik officieel mede dat ik me enige tijd geleden heb ingeschreven bij Second Love.'

'Hè – wat?' roep ik verbluft uit. Ook Cassandra's mond valt open van verbazing. 'Bij Second Love? Maar dat is toch die vreemdgangerssite?'

'Yup.'

'Ben je helemaal gek geworden?' vraag ik, terwijl ik snel naar de keuken loop om een nieuwe kan muntwater uit de koelkast te halen en Cassandra's espresso te maken. 'Blijf even hangen, ik wil het allemaal horen!'

Als ik even later met een vervaarlijk wiebelend dienblad terugkom, zegt Babette schouderophalend: 'Ik las dat er alleen al in Nederland meer dan 250.000 mensen bij Second Love staan ingeschreven. Dus ik dacht: waarom ik niet?'

'Maar... dat zijn toch bijna alleen maar mannen?' vraagt Cassandra.

'Des te beter,' grinnikt Babette. 'De verdeling is inderdaad 80-20. Of misschien in het gunstigste geval 70-30. Voor vrouwen is het lidmaatschap dan ook gratis. Mannen betalen, meen ik, iets van 65 euro per twee maanden.'

Cassandra fluit tussen haar tanden. 'Fuck man – ik zit in de verkeerde business. Moet je dat eens uitrekenen! Daar moet ik een heleboel T-shirtjes voor verkopen.'

'Maar waaróm, Babette,' vraag ik, nog steeds aangeslagen. 'Ik dacht dat je weer bij zinnen was gekomen.'

'Dat ben ik ook,' antwoordt ze, duidelijk in haar nopjes dat haar roekeloze actie zo'n beroering teweeg heeft gebracht, 'en dit is het resultaat. Je weet hoe machteloos ik me heb gevoeld toen Barry vreemdging, en hoe oneerlijk ik het altijd heb gevonden dat híj kon kiezen of hij met ons huwelijk wilde doorgaan. Nu kan ík kiezen. En ik kan jullie vertellen: het is puur genieten om door al die gewillige kerels te klikken, en 99 procent naar de prullenbak te slepen.'

Ik ben helemaal sprakeloos. Cassandra niet.

'Over T-shirtjes gesproken...' zegt ze mijmerend, alsof Babette zojuist niet iets compleet shockerends heeft verteld, '... jij hebt toch ooit over seks en relaties de "bovenste-T-shirtjes-theorie" bedacht?'

'Ja, maar dat is alweer een tijdje geleden,' lacht Babette. 'Die theorie heb ik inmiddels bijgesteld.'

'De T-shirtjes-theorie?' vraag ik verwonderd. 'Heb ik iets gemist?'

'Iedere keer als mijn dochter Sophie 's ochtends voor de kast staat,' zegt Babette, 'kiest ze bij de rest van haar outfit zorgvuldig een T-shirtje uit. Mijn zoontje Max daarentegen pakt gewoon datgene wat toevallig bovenop ligt. Toen ik dat opmerkelijke verschil een aantal keer had geobserveerd, dacht ik opeens: verrek – als mannen later groot zijn, gedragen ze zich in hun relatie tot vrouwen nog precies zo: ziet het er soort van schoon uit en kost het niet te veel moeite om te pakken? Dan nemen ze die. Maar als het er écht om gaat, willen ze toch liever iets wat goed bij ze past.'

'Dat lijkt een beetje op wat mijn moeder me altijd heeft voorgehouden,' zegt Cassandra. 'Een man wil er één om op te douwen, en één om mee te trouwen.'

Lachend schudt Babette haar hoofd. 'De welsprekendheid zit duidelijk bij jou in de familie.'

'Waarom heb je die theorie eigenlijk bijgesteld?' vraag ik. 'Ik vind 'm nogal aannemelijk klinken – waarbij ik Suzanne meteen maar even in de categorie: "bovenste T-shirtje" heb ingedeeld.'

Cassandra haalt haar neus op. 'Die Súús is categorie: "vuile was". Daar zitten vlekken in die er niet meer uitgaan. Dat gaat uiteindelijk zelfs een man opvallen.'

'Ik vond het zelf lange tijd ook heel plausibel klinken,' zegt Babette, nadat ik voor ons allebei een groot glas water heb ingeschonken. 'Maar inmiddels ben ik anders gaan denken over wat "typisch mannelijk" en "typisch vrouwelijk" is. In augustus komt QED met een themanummer over de vrouwelijke seksualiteit. Uit nieuw psychologisch onderzoek is gebleken dat die helemaal niet zoveel verschilt van de mannelijke seksualiteit.'

'Dat geloof ik niet,' zegt Cassandra. 'De gemiddelde man wil toch veel meer seks dan de gemiddelde vrouw?'

'Vrouwen willen helemaal niet minder seks. Maar de weg ernaartoe is anders. Bij een man is het, simpelweg gesteld: "Zie tiet, krijg erectie". Een vrouw wil begeerd worden. Als de mannen bij mij op de redactie beginnen te zeuren dat hun vrouw geen seks meer wil, dan zeg ik altijd: "O nee? Stel dat McDreamy vanavond bij je vrouw zou aanbellen; heeft ze dan nog steeds hoofdpijn? Ik dacht het niet. Je vrouw wil heus wel seks – alleen niet met jou."'

'Zo,' zeg ik, 'dat is vast heel goed voor de sfeer op de redactie.'

Babette gaat op het puntje van haar stoel zitten. Ze komt duidelijk steeds meer op dreef.

'Als een vrouw een aantal jaren met dezelfde man samen is, wordt hij gevoelsmatig familie. Dat is dodelijk voor de begeerte. Net als al die kleine huishoudelijke irritaties. Ik ging 'n keer eten bij mijn neef en zijn vrouw, en bij het afruimen van de tafel begonnen die twee te kibbelen of de messen met de punt naar boven of met de punt naar beneden in de afwasmachine moesten. En of ik daar even een oordeel over kon vellen.'

'En?' vraagt Cassandra. 'Wat was jouw oordeel?'

'Voor het reinigingsproces maakt het niks uit, maar met de punt naar beneden is veiliger bij het leeghalen van de afwasmachine. Maar daar ging het natuurlijk helemaal niet over; zo'n onzinnige messendiscussie komt voort uit andere issues. Niet lang daarna zijn ze uit elkaar gegaan. Ik las laatst iets over een "hola": een huwelijk op loopafstand. Daar zouden veel mensen bij gebaat zijn, denk ik. En hun seksleven ook.'

'Is dat dan je nieuwe theorie?' vraag ik aarzelend, nog steeds niet helemaal wetend hoe ik deze verrassende wending moet plaatsen.

'Mijn nieuwe theorie is dat vrouwen heus niet altijd het lijdend voorwerp hoeven te zijn. Uit onderzoek blijkt dat zij nagenoeg evenzeer geneigd zijn tot vreemdgaan als mannen. En dat zij net zo goed kunnen differentiëren tussen *one to show, and one to blow.*'

'Ik weet niet of dat iets is om trots op te zijn,' mompel ik.

'Maar mannen zijn genetisch gezien toch de jagers?' vraagt Cassandra. 'Tenminste – dat claimen ze zelf maar al te graag.'

'Ja, dat klopt ook,' lacht Babette. 'Maar de andere kant van die prehistorische medaille wordt door mannen nogal eens vergeten: vrouwen zijn verzamelaars. Van noten en zaden.'

Daarop barsten we alle drie in lachen uit.

'Touché,' zegt Cassandra. 'Die ga ik voortaan ook gebruiken.'

'Maar even terug naar Second Love,' gooi ik er snel achteraan, 'ben je eigenlijk al eh...'

'... aan de slag geweest?' vult Babette aan. 'Nou, voorlopig vind ik het spel leuker dan de knikkers, maar eerlijk is eerlijk: ik heb het tot nu toe één keer geprobeerd. Toen heb ik met een – op het oog erg leuke – advocaat afgesproken in het Conservatorium Hotel. Ik dacht: als het wat is, dan kunnen we meteen door naar boven.'

'Maar?' vraagt Cassandra.

'Hij was op zich wel appetijtelijk, maar toen begon hij te klagen. Hij zei: "De service hier is van likmekutje." Nu hou ik er sowieso niet van als mannen over de bediening zeuren maar dít ging me helemaal te ver. Dus ik zei: "Vestje." Hij zegt: "Vestje?" Ik zeg: "Ja, vestje. Het is likmevestje; niet likmekutje." Weet je wat-ie zei? Hij zegt: "Wie likt er nou een vestje?" Toen was ik er meteen klaar mee. Ik bedoel: kom op – een discussie over de verschillende stromingen binnen het pointillisme is misschien iets te veel gevraagd, maar een béétje fatsoenlijk Nederlands mag ik toch wel verwachten?'

Ik sla mijn armen om Babette heen en zoen haar op het voorhoofd.

'Ah – gelukkig,' zeg ik opgelucht, 'dát deel van onze oude, vertrouwde Babsie is tenminste bewaard gebleven.'

Als Cassandra en Babette allang weer zijn vertrokken, duizelt het me nog steeds. 'Je hoeft alleen maar online te gaan en je profiel te activeren!' had Cassandra nog iets te hard door de straat geroepen.

Ik denk aan natte punani's, Porsche Panamera's en het pointillisme.

En opeens weet ik wat ik ga doen. Ik open mijn laptop, en stuur een mailtje aan Bart de Muyselaer.

24

'Amai, wat bent ge mooi getuttematooid!' zegt Bart met zijn gebruikelijke enthousiasme, als ik twee weken later in het Alexander McQueen-jurkje van mijn verjaardag de deur voor hem open.

Ik heb nog even getwijfeld of er geen slechte vibe om dat jurkje zou hangen, maar dat heb ik opgelost door het met brandende salie van eventuele negatieve energieën te zuiveren. (*Nee – zeg maar niks.)*

'Getuttematooid?' vraag ik lachend. 'Is dat een compliment?'

'Jazeker,' glimt Bart. 'En zeer welverdiend.'

Hij overhandigt me een imposante bos pioenrozen en een chique papieren tas met daarin een ingepakt cadeau. 'U hoeft dat nu niet open te maken, maar ik zeg u alvast wat het is: een messenset van Laguiole – inclusief kaasmes, uiteraard. Deze messen zijn *hors catégorie*. En zeer scherp. Dus als u weer eens de behoefte voelt om een man via de maag in het hart te raken, dan kunt u in stijl toesteken.'

Terwijl ik hem met drie Hollandse zoenen bedank voor zijn verlate verjaardagsgeschenk, weet hij het zo te manoeuvreren dat mijn laatste zoen midden op zijn mond belandt.

'O la la, juffrouw Vandenberg, waar zijn uw manieren?' zegt hij, met een ondeugende glinstering in zijn ogen.

Nog vóór ik daar een gevat antwoord op kan geven, hoor ik een verlegen kuchje achter me. Het is Melissa, die met steeds roder wordende blosjes komt vertellen dat Boris zijn eten heeft gehad, en dat Milan in bad is geweest en nu in bed ligt.

'Ach, wat spijtig,' zegt Bart, terwijl hij zijn stralend witte glimlach op Melissa richt. 'Ik had Milan graag eens gezien.'

'Het is een heel eh... lief en eh... mooi mannetje,' hakkelt mijn oppas, schuchter met haar vingers frummelend.

Daarop leunt Bart met een perfect getimede loomheid tegen de muur van de gang, houdt zijn hoofd een beetje schuin en zegt schalks: 'Ik had ook niet anders verwacht, met zo'n charmante moeder.'

'Zo kan-ie wel weer, Muys,' wuif ik zijn flirterige opmerking een beetje ongemakkelijk weg. Het gracieus in ontvangst nemen van complimenten is niet een van mijn sterkste punten; zeker niet nu ik er al een hele tijd verdomd weinig oefening in heb gehad.

'Zal ik je even... helpen?' doorbreekt Melissa mijn gedachten, terwijl ze me met een klein maar dwingend hoofdknikje laat weten dat ze me echt even onder vier ogen wil spreken.

'*O-my-god-o-my-god,*' hiepert ze, als we even later in de keuken de volumineuze pioenrozen in een vaas proberen te doen. 'Is dat die kok van de tv? Dit gaat zóóó op Twitter. Wat is-ie lekker in het echt!'

Hoewel ik Bart niet direct als 'lekker' zou willen kwalificeren (die gewichtsklasse heb ik in zijn geheel voor Ryan Gosling gereserveerd) begrijp ik precies wat ze bedoelt. Bart is aantrekkelijk op een overrompelende manier. Zijn complimenteuze en galante aard is bijna ouderwets te noemen; en hoewel zijn charme er soms wel erg dik bovenop ligt, is er nauwelijks weerstand aan te bieden. Toch zou ik er niet aan moeten dénken om hem iedere dag om me heen te hebben. 'Die De Muyselaer is net een chocoladefontein,' heeft Cassandra vorig jaar, toen we onderuit gezakt op mijn bank naar de seizoensopener van *Orgastronomie* zaten te kijken, eens verzucht. 'Het is niet goed voor je en je kunt er niet te vaak aan toegeven, maar als-ie dan tóch op tafel staat, dan moet je je er ook helemaal in onderdompelen.'

En dat is precies wat de fruittepels vanavond gaan doen.

Niet dat Bart dit nu al hoeft te weten. Ik laat hem mooi nog een avondje zijn best doen om mij te veroveren – én te overtuigen. Want hoewel ik er méér dan klaar voor ben om weer eens ouderwets genomen te worden en Bart mij voor dit specifieke doel een veiliger keuze lijkt dan al die ongeleide projectielen die ik online zou kunnen treffen *(zo vertelde Barbara me gisteren nog over een man die bij hun eerste koffiedate ongevraagd uit de doeken had gedaan hoe hij vreesde dat zijn scrotum was gekrompen doordat hij steeds met een warme laptop op schoot zat te werken)*, voel ik diep in mijn hart ook een bepaalde onrust en onzekerheid.

De pijnlijke associatie tussen Bart en het gechoqueerde gezicht van Pieter is grotendeels gesleten; het is meer de gevreesde hoon van mijn collega's die me doet twijfelen. En *(oké, vooruit)* de mening van Douwe. Hoe noemde hij Bart ook al weer? Een paling in een emmer snot.

Op de een of andere manier kan ik daar nu veel minder om lachen dan toen. Wie denkt Douwe wel dat hij is, om zomaar over mensen te oordelen? Ja, Bart is gelikt; al zou ik hem, zoals hij daar met aanstekelijke binnenpretjes in zijn ogen op me staat te wachten, liever gepolijst willen noemen. Het fluwelen Tom Ford-jasje dat hij nonchalant over zijn schouders heeft geslagen is misschien iets te *flashy*; het op maat gemaakte Attolini-shirt iets te gesteven en zijn Franck Muller-horloge iets te groot.

Maar weet je wat, Douwe Dekker? Dat gaat straks allemaal uit.

'Wat lief dat je me bent komen ophalen,' zeg ik, terwijl Melissa de deur met een nadrukkelijke knipoog achter me op slot doet. 'Was het niet handiger voor jou geweest als we in het Okura hadden afgesproken?'

Bart trekt een misprijzend gezicht. 'Dat vind ik zo Nederlands, om tegen een dame te zeggen: "Neem maar de tram, of zie maar hoe u hier geraakt".'

'Zo bedoel ik het niet,' zeg ik lachend. 'Jij logeert al in het Okura. Dan is het toch niet zo raar als we elkaar bijvoorbeeld in de bar hadden getroffen?'

'Niks ervan,' zegt hij beslist. 'Ik ben een Vlaming; wij doen dat anders. En daar ben ik fier op.'

Net als op je auto, denk ik geamuseerd als we aan het einde van de straat bij een klassieke Mercedes stilhouden. 'Wauw, Muys,' zeg ik op de bewonderende toon waarvan ik weet dat die nu van mij verwacht wordt. 'Wat is dit voor prachtige auto?'

'Een Mercedes 300 SEL 6.3 uit 1970,' antwoordt hij trots, het portier met een zwierige beweging voor me openend. 'Mijn vader heeft hem destijds voor mijn moeder gekocht om mijn geboorte mee te vieren... Al vermoed ik dat zij liever had gezien dat hij eens wat minder buiten de baan had gereden.'

Het zal ook eens niet. Terwijl ik hoofdschuddend in de auto stap, stoot ik onwillekeurig een kort lachje uit.

'Mijn vader was een sympathieke kerel, hoor,' zegt Bart verdedigend. 'Een echte bon vivant en dol op mijn moeder. Maar misschien had hij beter niet kunnen trouwen.'

Als we de straat uitrijden lijkt Bart even in een overpeinzing verzonken, maar het duurt niet lang of zijn gezicht klaart weer op. 'Weet je wie mijn vader graag aanhaalde?' vraagt hij grijnzend. 'De Britse schandaaldichter John Wilkes. Die schijnt in 1742 gezegd te hebben: "Life can little more supply than just a few good fucks, and then we die." Daar is – wat mij betreft – nog steeds niet veel tegenin te brengen.'

'Dus de zin van jouw leven is... seks?' vraag ik met gespeelde verbazing, terwijl Bart met een flinke dot gas nog nét door het oranje licht naar de Van Baerlestraat weet te draaien.

'Góéde seks,' corrigeert hij lachend, het driftige getingel van een achteropkomende tram compleet negerend, '... en goed eten.'

Ik trek één wenkbrauw op en kijk hem plagerig aan. 'Zullen we met het eten beginnen?'

De avond in Yamazato, het Japanse specialiteitenrestaurant van het Okura, verloopt geheel zoals verwacht. Bart is onderhoudend en innemend, en hij maakt me onbedaarlijk aan het lachen als hij op een samenzweerderige fluistertoon informeert naar de stand van zaken rond 'Voldemort': hij die niet genoemd mag worden.

Als ik begin te vertellen over het interview in de *Tracer* en de foto's rond het Monkey Bay Community Hospital, legt Bart plotseling zijn hand op de mijne – waarbij ik me stilletjes afvraag of het verontrustend is dat zijn nagels, inclusief de nagelriemen, beter zijn gemanicuurd dan die van mij.

'Monkey Bay in Malawi?' vraagt hij verwonderd. 'Is dat niet in de buurt van het Cape Maclear Natuurreservaat?'

'Ja, zoiets meen ik wel gelezen te hebben... Hoezo?'

Bart fluit tussen zijn tanden. 'Wat een ongelooflijke toevalligheid,' zegt hij, terwijl hij mijn hand quasigedachteloos begint te strelen. 'Een bekende Vlaamse projectontwikkelaar, Thierry de Rucke, is daar momenteel bezig een *high end* ecoresort op te zetten. Clear Minds moet het gaan heten; met een yogaretreat en een ayurvedische spa en wat al niet meer. Enige tijd geleden heeft hij mij benaderd met de vraag of ik het hele *food and beverages*-gedeelte op me zou willen nemen.'

'Nee! Echt?' roep ik lachend uit. 'Wat zal Pieter in de vlekken schieten als jíj daar ineens opduikt!'

'Alleen dáárom al zou ik het moeten heroverwegen,' zegt Bart. 'Maar nee, ik heb het aanbod afgeslagen. Ik ben niet alleen te verknocht aan mijn Antwerpse restaurant, maar die Thierry is ook een linkmichel; een type dat zijn eigen moeder nog zou verkopen. Als zo'n sujet ineens groen gaat doen, kan ik daar alleen maar vraagtekens bij zetten.'

'Hè, wat jammer...' verzucht ik geamuseerd, terwijl ik me Barts steeds nadrukkelijker wordende liefkozingen nog even laat welgevallen. 'Ik was je graag in den vreemde komen opzoeken.'

'Maar dat kan altijd, bolleke,' straalt Bart verrast. 'Zeg me waar u heen wilt: de Seychellen, Mauritius, Martinique – en we gaan!'

En... terugtrekken die hand.

'Bali en Milaan heb je zeker al afgevinkt?' vraag ik met een uitgestreken gezicht. Even lijkt Bart van zijn à propos maar zodra hij ziet dat ik me niet zuinig kan houden, breekt ook bij hem een grote glimlach door.

'Ik dacht dat u mij de les ging spellen,' zegt hij, zichtbaar opgelucht. 'Oké – ik was inderdaad niet alleen op Bali, en het zou zomaar kunnen dat ik bij de opnames van *Orgastronomie over de grens* iets te veel werk van een cameravrouw heb gemaakt...'

'Zoiets had ik al van Barbara gehoord, ja.'

'Maar schoonheid, één ding,' vervolgt Bart, nadat de serveerster twee rechthoekige borden met kunstig gesneden fruit op tafel heeft gezet, 'ik zie u graag. Heel graag zelfs. De afgelopen maanden kreeg ik echter sterk de indruk dat u mij aan het ontwijken was, en *allez* – ik kook nu eenmaal liever voor twee.'

'Je bent me echt geen tekst en uitleg verschuldigd, hoor,' grinnik ik vergoelijkend. 'En ik kan er wel een mooi verhaal van maken, maar ik wás je ook aan het ontwijken.'

'Echt waar? Maar waarom dan? Ik meen me te herinneren dat het heel goed voelde, tussen u en mij. Afgezien natuurlijk van het ehm... ietwat rommelige einde van de avond.'

Rommelig? Tien minuten later en het juiste woord was 'bloederig' geweest.

'Het was inderdaad een gedenkwaardige avond,' zeg ik, een tikje ongemakkelijk in mijn stoel schuivend. 'Ik vond het moeilijk om je daarna onder ogen te komen, waardoor ik me nog eens extra realiseerde dat we collega's zijn – en blijven. Sterker nog: als eindredacteur is het míjn taak om jou in het gareel te houden.'

'Hmm...' kreunt Bart terwijl hij een verse lychee van de pit sabbelt, 'ik vind het nu al lekker.'

Ik schiet in de lach. *Die man is toch werkelijk niet te doen.*

'Je weet heel goed wat ik bedoel, Muys. Er zijn grenzen...'

'Ach, grenzen zijn rekkelijke begrippen. De enige manier om ze goed te leren kennen, is om er bij tijd en wijle overheen te gaan.'

'Is dat nog zo'n juweeltje van je vader?'

'Nee, dat heb ik gelezen in een interview met de Nederlandse psychiater Bram Bakker. En wie ben ik om in discussie te gaan met een psychiater?'

'Ga je je de hele avond verschuilen achter citaten van anderen?' zeg ik plagerig, het prachtig gevormde drakenfruit leeg lepelend. 'Of heb je ook nog oorspronkelijke gedachten?'

'Spreek voor uzelf, jongedame Vandenberg. Ik heb begrepen dat tot nu toe alleen *Wat je van ver haalt*, het programma-idee van Claudia, tot een mogelijk format wordt uitgewerkt door Media Nox. Maar waar zijn úw oorspronkelijke gedachten?'

Au. Die zit.

'Ik eh... tja. Goed punt. Het lijkt wel of ik qua creativiteit helemaal op slot zit. Ik krijg geen letter op papier. Maar het is een goed idee hoor, die onepager van Claudia. Ik kan niet anders zeggen. Ze had het plan om mannen te gaan volgen die een postorderbruid hebben uitgezocht in de Oekraïne of de Filippijnen of waar die vrouwen ook vandaan komen, en dan hun gezamenlijke eerste jaar in Nederland in beeld te brengen.'

'Denk je dat je daar kandidaten voor krijgt?'

'Overal krijg je kandidaten voor. Er is zo langzamerhand geen balzak met wratten meer die zich niet op de televisie durft te laten zien. Het leuke aan *Wat je van ver haalt* vind ik dat die mannen het gevoel hebben dat ze de hoofdprijs hebben gewonnen; dat ze een "echte" vrouw mee naar huis brengen, volgzaam en verzorgend. Of, zoals een van de mannen in de *pilot* zei: vrouwen zoals ze hier niet meer worden gemaakt.'

Bart kijkt me niet-begrijpend aan. 'En waarom vind jij dat precies zo leuk?'

'Omdat die postorderbruidjes natuurlijk helemáál niet zo volgzaam en verzorgend zijn als hun ietwat naïeve echtgenoten graag zouden willen geloven. Het zijn pittige, ondernemende types met maar één doel voor ogen: een beter leven. Als je ze in een groepje bij elkaar zet en in hun eigen taal interviewt, komen de meest hilarische verhalen naar boven. Want reken maar dat ze een mening hebben over Nederland en onze gewoontes.'

'Ik vrees dat mannen in het algemeen nogal geneigd zijn om vrouwen te onderschatten,' grinnikt Bart. 'Een vriend van mij is chef in een van de vijfsterrenhotels in Dubai, en hij vertelde mij over het wilde leven van de expatvrouwen. Hun echtgenoten moeten nogal eens op zakenreis, en de dames hebben daar wat op gevonden: zodra manlief is vertrokken, zetten zij in hun *compound* een pak OMO voor het raam.'

'Hè – een pak OMO? Als in: waspoeder?'

'Ja. Het is een code voor *On My Own*.'

'Niet! Dat klinkt als een broodje aap.'

'Nee, ik zweer het,' lacht Bart terwijl hij twee vingers opsteekt. 'Mijn vriend Jules kan getuigen. En over apen gesproken: de vrouwelijke chimpansee, die evolutionair gezien toch een zeer naast familielid van ons is, staat te boek als een van de meest overspelige zoogdieren. Wat heeft ons de illusie gegeven dat dit bij mensen anders zou zijn?'

Nadat ik enigszins verontwaardigd adem heb gehaald om hem van repliek te dienen, moet ik opeens aan de ooit zo onkreukbare Babette denken – en slik mijn woorden wijselijk in.

'Vrouwelijke chimpansees accepteren ook allerlei eetbare cadeautjes van mannetjes die haar het hof proberen te maken,' zegt Bart. 'En ook dát zie ik in mijn restaurant gebeuren. Er zijn diverse jongedames die zonder te verblikken of te verblozen een paar keer per maand bij mij aanschuiven. Steeds met andere mannen, die keurig de gepeperde rekening betalen. Ik heb zo'n vrouw weleens stiekem aangesproken, en toen haalde ze er lachend haar schouders over op. "Het is crisistijd," zei ze. "En zolang deze mannen dénken dat ik misschien seks met ze ga hebben, kan ik heerlijk in dure restaurants eten."'

Grijnzend prik ik de laatste stukjes exotisch fruit op mijn vork. 'Dus als ik het goed begrijp... ben ik keihard door de mand gevallen met dit dinertje?'

'Ik had u gelijk doorzien,' fluistert Bart, zich langzaam over de tafel naar mij toebuigend, 'maar een ravissante vrouw als u... mag mij iedere dag helemaal leegeten.'

'Is dit er één van jezelf?'

'Zeker en vast,' zegt Bart met een uitdagende twinkeling in zijn ogen. 'Dit is een geheel oorspronkelijke gedachte.'

Lachend schud ik mijn hoofd. 'Wérken ze weleens, die bloemrijke teksten van jou?'

Nog geen tien minuten later staan we hevig tongzoenend in de lift naar boven. Misschien had ik voor de vorm wat langer weerstand moeten bieden aan zijn even zachte als begerige handen, maar ik wil me niet langer verzetten tegen de verleiding. Het was godbetert mijn eigen moeder die me heeft geadviseerd om weer eens *(en ik citeer)* 'los te gaan op een kerel' – dus waarom niet op deze?

Babette vertelde laatst dat uit hersenscans is gebleken dat mensen die in een zekere staat van seksuele opwinding verkeren, niet meer helder kunnen denken. Dat klopt – ten dele. Mijn onbehagen over het oordeel van Douwe; de hoon van mijn collega's en het triomfantelijke gezicht van Suzanne Snikkel op die foto in de *Tracer* – het is allemaal weg. Maar één prangende vraag spookt nog wel door mijn hoofd: waar laat ik mijn Spanx?

Ja, ik draag wéér *shapewear* onder mijn jurk. Mijn ijdelheid heeft het wederom gewonnen van mijn gezonde verstand, al heb ik er dit keer iets beter over nagedacht: ik draag geen huidskleurige seniorenslip maar een loeistrak, corrigerend instapmodel dat reikt van mijn middenrif tot halverwege mijn bovenbenen. Het geeft een mooi lijntje – al moet het natuurlijk wel een keer uit.

‘Ik heb zo’n hekel aan push-upbeha’s,’ zei een van mijn cameramannen laatst. ‘Zo’n ding is net een zak chips: als je hem opentrekt, is de helft van het volume er al uit.’

Correctieondergoed werkt echter precies andersom: als je dát uittrekt, heb je opeens hele lappen vel over. Maar goed – ter afleiding draag ik onder mijn Spanx een hemelsblauw Stella McCartney-lingeriesetje met een kittig, hardroze randje. De bedoeling is dat ik mij zo dadelijk op Barts hotelkamer even terugtrek op het toilet, zodat ik daar heimelijk mijn *shapewear* naar beneden kan stropen. Maar getuige Barts gulzige, bijna dwingende manier van zoenen krijg ik de indruk dat hij iets te veel haast heeft om ruimte te maken voor een sanitaire stop. Waarschijnlijk kan hij amper geloven dat hij me eindelijk zover heeft gekregen, en wil hij toeslaan voor ik me bedenk.

Zodra Bart de deur van zijn hotelkamer heeft geopend, blijkt echter al snel dat híj in ieder geval geen moment heeft getwijfeld over de afloop van deze avond: de gordijnen zijn gesloten, het licht is gedimd en uit een mooi vormgegeven iPod-dock klinkt zoetgevooisde R&B.

‘*Entrez*,’ zegt hij uitnodigend, waarna hij met een soepele beweging de Hermès Birkin van mijn arm neemt en op het bed deponeert.

‘Hoor ik nou Marques Houston?’ vraag ik, iets nerveuzer lachend dan ik zou willen. ‘Ik had jou eerlijk gezegd niet zo old skool ingeschat.’

‘Het is nu eenmaal de perfecte slaapkamermuziek,’ grinnikt Bart. ‘Een van Houstons albums heet zelfs *Mattress Music*. En meneer is een filosoof, hè. “Put a little swag in your sex, that’s how you keep her from becoming your ex” – dat is pure poëzie.’

Als hij me vervolgens hartstochtelijk bij de billen grijpt en me strak tegen zich aantrekt, begrijp ik dat ik snel moet zijn.

‘Ik eh… ik moet eerst nog even naar het toilet,’ stamel ik, plotseling verlegen. ‘Al die potjes groene thee hebben mijn blaas nogal onder druk gezet, dus die heeft niet veel aanraking nodig om eh – nou ja, je begrijpt wat ik bedoel.’

Sjezus, Vandenberg – serieus?

Nadat ik me uit Barts stevige omhelzing heb losgeweekt, laat hij me met frisse tegenzin naar de badkamer vertrekken.

Onder het onbarmhartige licht van een reeks halogeenspotjes *(hoe zouden hotelinrichters toch ooit op het idee zijn gekomen dat ook maar íémand zulk onflatteus operatielicht op zijn badkamer zou willen hebben?)* sta ik dusdanig te worstelen met het naar beneden stropen van mijn strakke Spanx dat het zweet me al snel op de rug staat.

Of zijn het de zenuwen waardoor ik zo rood aanloop?

Als ik in de spiegel kijk, zie ik een licht hysterische versie van mezelf met grote ogen en een nerveus trekkende mond, en de aanblik van de rode striem die als een stille getuige vanaf mijn middenrif naar beneden loopt, maakt het geheel er niet beter op. Ik knijp wat bodylotion uit een van de hotelflesjes, en masseer de naar oranjebloesem ruikende crème vruchteloos over mijn buik. *Never mind.* Die streep trekt straks vanzelf weer weg. En zó snel zal mijn jurk nu ook niet uitgaan – toch?

Ik wil de badkamerdeur alweer opendoen, wanneer ik me plotseling realiseer dat ik de Spanx nog in mijn handen heb. Waar láát ik dat ding? Ik voel er niet veel voor om hem te verstoppen, want dat ben ik later op de avond natuurlijk glad vergeten en dan vist Bart morgenochtend zo'n bezwete steunkous onder zijn smetteloze handdoeken vandaan.

'Bart...?' vraag ik aarzelend, mijn hoofd voorzichtig om de deur stekend. 'Zou je mij misschien mijn handtas even kunnen aangeven?'

Als hij twee tellen later met mijn Birkin voor me staat, zie ik dat hij zich niet alleen van zijn jasje heeft ontdaan, maar dat zijn kraakheldere overhemd inmiddels dermate ver is opengeknoopt dat me een blik op zijn woest krullende borsthaar wordt gegund.

'Borsthaar?' zeg ik, waarbij mijn verbazing niet eens zozeer gespeeld is. 'Bestaat dat nog? Wat retro-kinky!'

Grijnzend haalt Bart zijn schouders op. 'Ik bied graag een mannelijk tegenwicht aan de Cristiano Ronaldo's van deze wereld.'

'Daar is er gelukkig maar één van,' lach ik, terwijl ik snel mijn tas van hem overneem.

'Waar hebt u die tas eigenlijk voor nodig? Hebt u de maandstonden?'

De wát? O – wacht.

'Nee-hee,' lach ik opgelaten, het correctieondergoed haastig tussen mijn portemonnee, mijn telefoon, de papieren zakdoekjes en de *Orgasm* proppend, 'ik moet gewoon even iets... doen.'

'Zeg protje, u bent toch niet met van die vaginale verfrissingsdoekjes in de weer, hè?' vraagt Bart vanaf de andere kant van de deur.

'Sjezus Muys, hoe kom je dáár nou weer bij?'

'U zou de eerste niet zijn,' zegt Bart, waarschijnlijk zonder zich te realiseren dat dit niet zo'n charmante formulering is. 'Vrouwen hebben zich laten wijsmaken dat zij hun natuurlijke aroma moeten wegpoetsen. Maar ik ben een man van pure smaken. Ik zit in mijn moestuin niet voor niets graag met mijn handen in de natte aarde. Ik hou van de geur van het leven, van de bedwelmende odeur van...'

'Ja, ja – ho maar,' zeg ik lachend, terwijl ik nog steeds enigszins verhit uit de badkamer tevoorschijn kom.

Zonder verder iets te zeggen, pint Bart me hartstochtelijk tegen de muur; pakt in een vloeiende *(of moet ik zeggen: geroutineerde?)* beweging mijn McQueen bij de zoom en trekt het jurkje in één keer over mijn hoofd. Nog vóór ik me überhaupt druk kan maken over de striemen van mijn correctiebroekje zijn zijn mond, zijn handen en zijn tong overal – een sensatie die ik me kreunend laat welgevallen. Door mijn halfgeloken ogen zie ik dat Bart een kaars heeft aangestoken en het bed uitnodigend heeft opengeslagen.

O god, nu gaat het echt gebeuren.

'Is de ambiance een beetje naar uw goesting?' vraagt hij, als hij ziet dat ik steels in het rond zit te kijken. Wanneer ik dat woordeloos beaam, neemt hij me mee naar het bed – waarbij hij het presteert om onderweg zonder enige hapering mijn bh los te maken – en legt me teder op mijn buik.

Mijn hart bonst bijna uit mijn borstkas.

De brandende kaars blijkt massageolie te zijn, en als Bart de warme olie via mijn kuiten en mijn bovenbenen naar mijn billen masseert, gaat er een welhaast orgastische rilling door mijn lijf.

Die De Muyselaer hoeft maar gehakt te kneden, of vrouwen denken al: o, wat is-ie goed met zijn handen. Onwillekeurig schiet ik in de lach.

Die Douwe.

Met zijn Billy Idol-shirt. En die warrige krullen. En zijn verweerde polsbandjes. En ... *hola, Vandenberg – even bij de les blijven.*

'Is er iets grappigs?' vraagt Bart, enigszins verrast.

'Nee, nee,' antwoord ik snel. 'Ik ben gewoon een beetje, eh... kittelig.'

'Ah – dan apprecieert u wellicht een iets hardere hand?'

Daarop zet hij zijn twee krachtige duimen op de onderkant van mijn hak en masseert met lange, diepe halen via de peesplaat naar mijn voorvoet. Weer trekt er een sensueel stroompje door mijn buik.

Verdomme zeg – hij is inderdaad goed.

Als hij zich langzaam weer een weg naar boven baant en bij iedere wrijving dichter en vooral dwingender met zijn vingers langs het kanten randje van mijn flinterdunne slipje strijkt, weet ik werkelijk niet meer waar ik het zoeken moet. Aan de ene kant roept een stem in mijn binnenste: 'Iris, wat ben je aan het dóén?' maar aan de andere kant is het zo verleidelijk, zo bedwelmend, zo'n fokking verademing om weer eens begeerd te worden; om weer eens in het gezelschap te verkeren van een man die me géén teleurstelling vindt en die me overduidelijk níét adviseert om mijn houtblokken eens flink te laten indrogen.

Als hij even later voor me komt staan, is zijn shirt verdwenen en staat zijn jeans een flink stuk open. Zijn erectie, die zich inmiddels zeer uitnodigend aftekent in zijn witte Armani-slip, is nu zó dichtbij dat ik alleen nog maar mijn mond hoef te openen.

Alleen al bij die gedachte gaat er zo'n intense trilling door me heen, dat ik... hé, wacht eens even – die trilling komt uit mijn tas.

Fuck, het is mijn telefoon. Dat geloof je toch niet?

'Wat is er, schoonheid?' vraagt Bart, die mij zoekend om me heen ziet kijken.

'Dit is echt heel gênant,' zeg ik, 'maar mijn telefoon staat op trilfunctie, en iemand probeert me nogal dringend te bellen, geloof ik.'

'Gewoon lekker laten gaan,' sust Bart, terwijl hij alvast een nieuw scheutje warme olie in zijn handen schenkt.

Maar de telefoon blijft trillen. En trillen.

Als dit mijn moeder is, denk ik geërgerd, *dan zie ik mezelf genoodzaakt om morgen met één van haar helende stenen een heel lange kras langs de zijkant van haar auto te trekken.*

'Sorry Muys,' verzucht ik gegeneerd, 'maar ik moet eerst even dat kloteding uitzetten.' Nadat ik de driftig zoemende BlackBerry uit mijn tas heb opgediept, kijk ik verstoord op het schermpje.

Shit – het is Melissa.

Met een schok schiet ik overeind. Op dit uur kan een telefoontje van mijn oppas maar één ding betekenen. Ik druk meteen op het groene telefoontje.

'Melissa – wat is er?' vraag ik, veel minder kalm dan ik wil klinken. 'Is alles goed met Milan?'

'O, Iris,' huilt ze, helemaal overstuur. 'Het spijt me zo, het spijt me zo... Er is iets vreselijks gebeurd – Milan is van de commode gevallen!'

25

Het is alsof ik door een ijskoude hand bij mijn keel wordt gegrepen.

'Van de commode gevallen? Maar – dat is heel erg hoog!'

'J-ja,' hakkelt Melissa. 'En... en eerst was-ie ook helemaal stil en... en leek hij zelfs even bewusteloos...'

'Bewústeloos?' roep ik in de telefoon, nu zelf overstuur.

'Maar nu huilt hij gelukkig weer een beetje, en hij...'

'Wie hoor ik daar op de achtergrond?' val ik haar scherp in de rede.

'... eh, Milan?' antwoordt Melissa aarzelend.

'Nee – die mannenstem!'

'O, dat. Eh, dat is mijn vriendje Wesley.'

Ja hoor!

'Zeg verdomme níét dat je lag te flikflooien terwijl je eigenlijk op Milan had moeten letten,' roep ik geagiteerd – waarna ik me met een vlijmscherpe steek realiseer ik dat ik háár, een tiener, nauwelijks kan verwijten waar ik zelf mee bezig was.

Bart, die de massageolie inmiddels wijselijk aan de kant heeft gezet, komt met een bezorgd gezicht naast me op het bed zitten.

'Sorry, Iris, sorry, sorry,' snikt Melissa. 'Wat moet ik doen? Hij is gelukkig niet helemaal naar beneden gevallen, maar eerst op het beddengoed in de wasmand en toen pas op de grond...'

Ach, mijn arme kereltje. De tranen branden in mijn ogen.

Bart slaat troostend zijn armen om me heen, en kust me zachtjes in mijn haar. Ik weet dat het goedbedoeld is, maar van het één op het andere moment kan ik zijn aanwezigheid nauwelijks nog verdragen.

'Hij is op de rechterkant van zijn gezichtje terechtgekomen,' gaat Melissa verder, 'en... en zijn oogkas is helemaal blauw en paars en...'

'Heeft hij óók nog een blauw oog?'

'Ja... O, Iris, ik vind het zo erg. Zeg me wat ik moet doen!'

'Is je moeder thuis?' vraag ik, terwijl ik een welhaast bovennatuurlijke kalmte over me voel komen.

'Nee, die is een weekendje weg... Moet ik de huisartsenpost bellen? Of zal ik Milan met een taxi naar het VUmc brengen?'

'Nee, níét naar het VUmc,' zeg ik resoluut. 'Het Emma Kinderziekenhuis is beter. Koel zijn oogje met ijs, maar doe er wel iets tussen. Een vaatdoek of zo. Een schóne vaatdoek, Melissa. Ga zitten, hou Milan voorzichtig rechtop in je armen en verroer je niet! Ik kom nú naar huis en breng hem zelf naar het ziekenhuis.'

Zodra ik heb opgehangen, schiet ik pijlsnel mijn jurkje aan, vis mijn bh van het bed en prop hem in mijn tas, en ren samen met Bart de deur uit. Dat ik nog geen vijf minuten geleden op het punt stond om zijn pik in mijn mond te nemen, lijkt opeens volkomen surrealistisch. Ik begin zo langzamerhand daadwerkelijk te geloven dat het universum me iets probeert te vertellen – en misschien moet ik er maar eens naar gaan luisteren.

Niet veel later scheuren we met piepende banden tot voor de deur bij de Eerste Hulp van het AMC. 'Gaan jullie maar alvast,' zegt Bart, terwijl ik de nog altijd zacht jammerende Milan nog eens extra toedek met het dekentje waar Melissa hem in had gewikkeld, 'dan probeer ik de auto op het parkeerdek neer te zetten. Mocht dat niet lukken, dan moet ik omrijden naar de garage. Dat kan even duren, maar wees gerust, bolleke: ik kom eraan.'

Eigenlijk zou ik nu willen zeggen: 'Weet je, Bart – rij maar gewoon naar huis; dit moet ik – nee, dit wíl ik – verder zelf doen.' Maar dat voelt ook weer zo ondankbaar. 'Doe maar rustig aan,' zeg ik daarom een beetje laf. 'We zijn in goede handen.'

Eenmaal binnen hoeft de dienstdoende verpleegkundige maar één blik op Milans gehavende gezichtje te werpen om te besluiten dat hier een kinderarts aan te pas moet komen. 'Ik zou rekenen op een MRI, een röntgenfoto en een nachtje ter observatie,' verzucht ze geroutineerd, waarna ze driftig op haar toetsenbord begint te tikken en een tweetal telefoontjes pleegt.

Als ze daarbij o-zo-subtiel haar blik over mijn kleding *(of beter gezegd:*

het gebrek daaraan) laat glijden, kan ik bijna hóren wat ze denkt. Of is dat mijn eigen schuldgevoel?

Na de gebruikelijke plichtplegingen van verzekeringspasjes en ponskaartjes word ik met Milan door een doolhof aan gangen geleid, om ten slotte in een uitgestorven wachtruimte te eindigen.

'Dokter Drakema is zo voor u gereed,' zegt de verpleegkundige, waarna ze met mijn status *(ik vermoed: 'moeder op stap, baby gevallen')* door de deur van een spreekkamer verdwijnt.

Terwijl ik de klok vooruit zit te kijken (23.26... 23.27...), spoken er allerlei gedachtes door mijn hoofd. Van alle seksuele afwijkingen mag kuisheid dan misschien wel de meest onnatuurlijke zijn, maar wie braaf thuis blijft zitten, hoeft zijn kind in ieder geval niet over te leveren aan de grillen van een hitsige tiener. En ik maar zeggen tegen Cassandra: 'Nee hoor, zo is Melissa niet.' Godsamme. Had ik nu tóch maar die spermadetectielamp over m'n bank gehaald.

Beschermend druk ik Milan tegen me aan, en overstelp zijn zachte bolletje met kusjes. Met mijn mond voel ik zijn fontanel, het kwetsbare plekje op zijn schedel, en realiseer me dat ik als moeder één grote, kwetsbare plek ben geworden die – naar het zich laat aanzien – nooit meer helemaal zal dichtgroeien.

Terwijl Milan met zijn ene knuistje stevig mijn vingers omklemt, fladdert zijn andere handje steeds niet-begrijpend naar zijn dichtgeslagen oogje. De aanblik van de rauwe, blauwpaarse bloeduitstorting snijdt dwars door mijn ziel, maar denkend aan de woorden van dr. Kurtoglu ('Veeg jezelf eens bij elkaar, vrouw!') doe ik er alles aan om niet in huilen uit te barsten.

Plotseling zwaait de deur van de spreekkamer weer open, en gebaart de verpleegkundige dat ik naar binnen mag. Nadat ik voorzichtig met Milan ben opgestaan, kijk ik nog snel even de gang uit om te checken of Bart misschien al in aantocht is. Dat is hij niet, en dat vind ik ergens ook wel een opluchting.

Prompt schaam ik me voor die gedachte, waarna ik dáár weer kregelig van word. Hoeveel schaamte kan een mens op een dag verdragen?

Eerst moet ik horen dat met Milan alles in orde is.

De in een witte jas gehulde dokter, die met zijn rug naar me toe staat, klikt nog wat papieren in een multomap, en zet hem vervolgens tussen een reeks andere ordners in de boekenkast.

Als hij zich daarna omdraait, kijk ik recht in het gezicht van Douwe.

26

'Jíj... bent dokter Drakema?' stamel ik verbijsterd.

'Ja, daar lijkt het wel op hè?' zegt Douwe afwerend, terwijl hij de zacht protesterende Milan van me overneemt en zijn gezichtje aandachtig met een lampje begint te onderzoeken.

'Maar... jij heet toch Dekker? Douwe Dekker – zoals Multatuli?'

'Láúra heet Dekker; naar haar ex-man,' zegt Douwe, zonder op te kijken. 'Omdat ze onder die naam bekendheid had verworven in de wereld van de showhonden is ze zich na haar scheiding zo blijven noemen.'

Mijn hoofd tolt. *Douwe Drakema.*

Dus dáárom was er online niets over hem te vinden.

En die tatoeage van die draak! ... Hoe dom bén ik?

Pas nadat hij een uitgebreide checklist zorgvuldig heeft nagelopen, kijkt Douwe me weer aan. Zijn felblauwe ogen priemen beschuldigend in de mijne. 'Iris – hoe heeft dit kunnen gebeuren?'

Ongemakkelijk schuif ik op mijn stoel. Ik voel me alsof ik terug ben op de middelbare school en voor de zoveelste keer bij de conrector op het matje moet komen.

'Ik.. eh, ik was uit eten,' begin ik aarzelend, 'en toen belde mijn vaste oppas Melissa me huilend op dat Milan van de commode was gevallen. Gelukkig eerst op de wasmand, en toen pas op de grond. Maar ze vermoedde wél dat hij heel even buiten bewustzijn was geweest, dus ik was helemaal van de kook. En toen ben ik meteen vanuit het hotel...'

'Hotel? Ik dacht dat je zei dat je uit eten was.'

Foute woordkeuze – alwéér.

'W-we waren ook uit eten,' stotter ik. 'In Hotel Okura. Bij Yamazato. D-die hebben een ster, weet je dat? En daarna zijn we, eh...'

'Wie is "we"?' vraagt Douwe, terwijl hij stuurs zijn armen over elkaar heen slaat. Op dat moment wordt er op de deur geklopt.

Lieve God, prevel ik in gedachten, *ik ga te voet naar Lourdes als dit de verpleegkundige blijkt te zijn.* Maar nee. Nog vóór Douwe ook maar 'binnen' heeft kunnen zeggen, staat Bart al in zijn spreekkamer.

'Iris, *ma biche,'* zegt hij buiten adem. 'Is alles goed met Milan?'

Geërgerd rolt Douwe met zijn ogen.

'Als je denkt dat je alles gehad hebt,' verzucht hij, 'dan is er ook nog Bart de Muyselaer. Excuseer!'

Hij beent langs ons heen en verdwijnt door de deur.

'Tss,' zegt Bart hoofdschuddend. 'Is het niet curieus hoe sommige mensen op beroemdheden reageren?'

Als Douwe na een minuut of tien terugkeert, zegt hij dat Milans reacties en reflexen weliswaar goed zijn, maar dat hij uit voorzorg alsnog een CT-scan en een röntgenfoto heeft geregeld om te controleren of hij niet zijn oogkas heeft gebroken of ergens een bloedpropje heeft, én dat hij een nachtje ter observatie in het ziekenhuis moet blijven.

'Er is ruimte voor *rooming in*,' zegt Douwe. 'Voor één persoon,' voegt hij daar nogal nadrukkelijk aan toe.

'Ga maar naar huis,' fluister ik tegen Bart. 'Ik vind het superlief dat je me gebracht hebt, maar je hoeft hier verder niet bij te blijven.'

'Maar redt u het dan wel alleen?' vraagt Bart, terwijl hij me beschermend naar zich toetrekt.

Als ik vanuit mijn ooghoeken zie hoe Douwe daarop korzelig in zijn papieren begint te rommelen, breekt het zweet me uit.

'Loop even mee naar de gang, Bart,' zeg ik met een geforceerde glimlach.

'Het lijkt wel of het ons niet is gegund,' zegt hij enigszins verslagen, wanneer we even later samen op de gang staan.

'Sommige dingen, hoe aanlokkelijk ook, zijn nu eenmaal *not meant to be,'* antwoord ik, terwijl ik niet al te opgelucht probeer te klinken.

Bart drukt me bij wijze van afscheid nog eenmaal stevig tegen zich aan, en geeft me daarna een teder kusje op mijn voorhoofd. 'Ik zal altijd een boontje voor u hebben.'

Ondanks de ongemakkelijke situatie schiet ik toch weer in de lach. 'En ook dat is een... compliment?'

'Zeker en vast.'

Terwijl Bart de gang uitloopt, heb ik even een paar minuten nodig om tot mezelf te komen. Nadat ik genoeg moed heb verzameld om terug naar binnen te gaan, meen ik achter mij flarden van gegiechel te horen.

Als ik verwonderd over mijn schouder kijk, zie ik hoe Bart aan het einde van de gang in een geanimeerd gesprek is geraakt met een kirrende, hoogblonde dokterette, die koket haar hoofd achterover gooit.

Die Muys, denk ik grinnikend. *Altijd een potje op het vuur.*

Eenmaal terug in de spreekkamer is het lachen me snel vergaan.

'We gaan meteen door naar radiologie,' zegt Douwe afgemeten, terwijl hij de doezelende Milan voorzichtig op zijn arm neemt. 'Des te eerder hebben we het achter de rug.'

'Nou, daar zitten we dan,' zeg ik, nadat Milan een uurtje later in een plexiglas ziekenhuiswiegje in een diepe slaap is gevallen, en Douwe en ik woordeloos het rooming in-bed in de kamer hebben opgezet.

Het is geen sterke opening aangezien Douwe niet zit maar ostentatief tegen de deurpost leunt, maar ik moet ergens beginnen.

'Milans uitslagen waren gelukkig allemaal goed,' zegt Douwe, terwijl hij vermoeid door zijn ogen wrijft. 'Dat had ik ook wel verwacht. Maar toch was het raadzaam dat we die onderzoeken hebben laten doen want eh... ik heb het helaas vaker meegemaakt dat een eerste indruk, hoe positief ook, uiteindelijk toch tegen bleek te vallen.'

'Heel erg bedankt dat je al die extra moeite voor Milan hebt gedaan,' zeg ik, zijn laatste opmerking *(voor mij bedoeld?)* wijselijk negerend.

'O – geen probleem hoor,' antwoordt Douwe, waarna hij iets lijkt te ontdooien. 'Ik moet zeggen dat Milan zich er als een kleine zenmeester doorheen heeft geslagen,' zegt hij met een bewonderend knikje. 'Ondanks de pijn die hij ongetwijfeld moet hebben, bleef hij relatief rustig en liet hij zich goed troosten.'

'Kind van zijn moeder,' probeer ik een voorzichtig grapje.

Voor het eerst kijkt Douwe me welwillend aan, en herken ik iets van de sprankelende man die ik dacht te kennen. 'Was je erg zenuwachtig?' vraagt hij. 'Of heb je het gewoon warm?'

'Hoezo?'

'Omdat je zo zit te zweten. Je huid glinstert helemaal.'

'O – eh, nee,' lach ik nerveuzig, terwijl ik over mijn benen wrijf. 'Dat is nog van die massageolie.' Ik heb het nog niet gezegd *(Sjezus Vandenberg! Leer toch eens je bek te houden!)* of er valt een ongemakkelijke stilte.

'Goed,' zegt Douwe ten slotte, overduidelijk van plan om zich uit de voeten te maken. 'Heb je verder nog vragen?'

'Ja, ik heb nog wel wat vragen,' zeg ik, veel kordater dan ik me voel. 'Zoals bijvoorbeeld – ik noem maar eens wat – waarom jij mij nooit verteld hebt dat je kinderarts bent.'

Douwe haalt zijn neus op. 'Dat wilde ik wel,' zegt hij, zijn handen demonstratief in de zakken van zijn witte overjas stekend, 'maar toen ik jou voor de tweede keer ontmoette – nadat je me de eerste keer zo vriendelijk te woord had gestaan onder die blauwe ballonnenboog – vertelde je mij dat doktoren allemaal leugenaars zijn, weet je nog? Mensen met een masker op, die een bepaald soort immuniteit voor andermans gevoelens hebben opgebouwd.'

'Ha – met dat masker zat ik er anders niet ver naast, hè?' lach ik een tikje zuur. 'Jij met je: "ik kijk veel naar Discovery Channel".'

Heel even meen ik te zien dat Douwe hier eigenlijk om moet lachen, maar mocht dat al zo zijn, dan weet hij zich snel te corrigeren.

'Het leek mij gewoon niet het meest geschikte moment om mezelf te onthullen als een van de *bad guys,*' zegt Douwe schouderophalend. 'En trouwens: je vroeg er ook niet naar. Je vroeg eigenlijk nooit ergens naar. Je praatte vooral veel over jezelf.'

'N-nou zeg,' stamel ik ontdaan, 'dat vind ik wel erg onaardig. Ik heb juist heel leuke herinneringen aan onze gesprekken, en ik...'

'Ik heb het later nog eens geprobeerd,' gaat Douwe onverstoorbaar verder. 'Ik heb je bijvoorbeeld verteld dat ik soms hout ga hakken als ik een teleurstelling moet verwerken of verdriet van me af moet slaan. De meest logische reactie zou zijn geweest: "Welke teleurstelling? Welk verdriet?" Dan had ik je kunnen vertellen over mijn patiëntjes. Over hoe ze me nachten uit mijn slaap kunnen houden. En hoe ik soms met ze mee naar Amerika ga als ik denk dat er daar nog een behandeling voor ze mogelijk is. Maar dat vroeg je allemaal niet.

Jij bleef hangen bij mijn geruite houthakkersoverhemd.'

Het meisje dat hem uit zijn slaap hield.

Mijn god. Als er een valluik in deze kamer was geweest, dan had ik nu de hendel overgehaald. 'Ik... ik probeerde het luchtig te houden,' zeg ik verbouwereerd, 'ik wilde grappig overkomen omdat ik bang was dat ik je zou vervelen met mijn beker snuivende alleenstaande-moedersores...'

'Toen we het hadden over het soort mannen waar jij op valt, heb ik zelfs letterlijk aan je gevraagd of doktoren van deelname waren uitgesloten,' zegt Douwe, die ik er nu serieus van verdenk dat hij helemaal niet naar me luistert, maar dat hij het verbolgen verhaal afdraait dat hij wekenlang in zijn hoofd heeft gerepeteerd.

Zouden mannen zoiets ook doen? Het lijkt er verdorie wel op.

Nadat Milan in zijn slaap een klein kreuntje heeft laten horen, opper ik dat we misschien beter even buiten de kamer verder kunnen praten.

Ik dek mijn gehavende schatje nog eens extra toe, geef hem een zacht kusje op zijn voorhoofd en volg Douwe naar de uitgestorven gang. Als hij ook daar weer stuurs en met zijn armen over elkaar op de vensterbank gaat zitten, kan ik dat beeld nauwelijks rijmen met dat van de ongecompliceerde hondenuitlater uit het Vondelpark.

'Ik begrijp dat ik je heb beledigd...' begin ik aarzelend, 'en dat spijt me nog steeds heel erg, maar ik vind het niet helemaal eerlijk zoals je nu tegen me doet. Oké – ik begon over de Village People, maar jíj kwam vervolgens met die top drie op de proppen, van de beroepen waar mensen in bed het liefst over fantaseren, weet je nog?'

'Wat wil je daarmee zeggen?'

'Dat lijkt me nogal duidelijk: ik had geen idéé dat je iets op je lever had. Ik vond je juist erg grappig en ongecompliceerd, en...'

'Ik heb niet veel tijd of ruimte voor een privéleven,' zegt Douwe opeens, terwijl hij het lampje uit zijn borstzak haalt en het een paar keer doelloos aan- en uitknipt. 'Dit werk is emotioneel behoorlijk belastend, en afgelopen jaar kwam daar ook nog de ziekte van Laura bij. Maar toen ontmoette ik jou. Steeds in de meest wonderlijke omstandigheden. En ik heb echt even gedacht dat er iets bijzonders tussen ons was.'

Deze tweetrapsraket raakt me vol in mijn maag. Heel even kom ik los van de grond *(ik heb het me dus niet verbeeld – hij voelde het óók!)* maar dan dringt het tot me door dat hij in de verleden tijd spreekt.

'En dus ging ik naar je verjaardag,' gaat Douwe langzaam verder, terwijl hij in gedachten verzonken uit het donkere raam staart. 'Ik moest er nog een dienst voor zien te ruilen. Ik wilde je zo graag vertellen wie ik ben, wat ik doe en... Nou ja – je weet vast nog wel wat er tóén gebeurde.'

En of ik dat weet.

Waarom moest Pieter nu uitgerekend op mijn verjaardag gaan blaten over zijn o-zo-verantwoorde keuzes en al die kindjes die hij zo graag wilde zien lachen? Moet je kijken hoe Milan er nu bij ligt – voor hem valt er niet veel te lachen!

'Die avond was een complete *clusterfuck*,' zeg ik, terwijl mijn bovenlichaam begint te trillen. 'M-maar het was ook een keerpunt. Ik heb sindsdien geen druppel meer gedronken, en ik eh... ik maak betere keuzes.'

'O ja?' lacht Douwe spottend. 'Je bent anders nog steeds met die gebraden haan in de weer.'

Langzaam voel ik een bal van ergernis opkomen in mijn buik. 'Gebraden haan? Laat ík hem nu kennen als de prijswinnende chef-kok Bart de Muyselaer van het kijkcijfersucces *Orgastronomie*.'

Douwe knippert een aantal keren onrustig met zijn ogen. 'Het gaat me helemaal niet om die Vlaamse gaai...'

'O nee?'

'Nee – het gaat me om jou. Er zit nog zoveel onrust in je lijf. Dat is ook normaal, maar dat moet je vanbínnen oplossen. Terug bij jezelf komen, ook voor Milan. Vooral voor Milan. Het is natuurlijk niet voor niks dat ze landbouwgrond af en toe braak laten liggen; daar wordt de bodem vruchtbaarder van.'

'Goh,' zeg ik narrig. 'Eerst moest ik van jou mijn hout laten indrogen, en nu mag ik mijn natte kleigrond niet laten bewerken? Heb je misschien nog meer relationele adviezen uit de *Enkhuizer Almanak*?'

Ik heb het nog niet gezegd of Douwe slaakt een diepe zucht en kijkt demonstratief op zijn horloge. Daarbij piept heel even een bonte verzameling aan gevlochten, geknoopte en verweerde polsbandjes mee naar buiten, die net zo snel weer onder zijn witte jas verdwijnt. 'Je weet best wat ik bedoel, Iris,' zegt Douwe ten slotte. 'Ondanks het feit dat ik een bepaalde chemie tussen ons dacht te voelen, wist ik dat dit niet de tijd was om daar iets mee te doen. En die Bart... Ik hoop dat je begrijpt dat je voor hem gewoon het zoveelste potje bent om in te roeren.'

Fok – kan die man gedachten lezen?

Ik weet het allemaal heus wel, maar... ik had het zo nódig.

'N-nou, je zult het wel oppervlakkig vinden,' hakkel ik, terwijl naast mijn bovenlijf nu ook mijn kin oncontroleerbaar begint te trillen, 'maar ík vond het in ieder geval een verademing om weer eens in het gezelschap te verkeren van iemand die mij wél de moeite waard vindt.'

'Ben jij dan zo'n kale kerstboom die zich moet optuigen met aandacht?' vraagt Douwe venijnig.

Ik zie dat hij schrikt van zijn eigen opmerking *(tenminste, dat hóóp ik te zien)* maar het is al te laat. Plotseling biggelen er dikke tranen over mijn wangen. Ik had me nog zo voorgenomen om eens níét te gaan janken waar hij bij was, maar ook daarin heb ik voor de verandering gefaald. Huilend begraaf ik mijn gezicht in mijn handen.

Een kale kerstboom; veel lulliger heb ik mezelf nog niet omschreven horen worden. Maar weet je wat het ergste is? Ik begin te geloven dat het waar is.

Precies op het moment dat een verpleegkundige de hoek om komt lopen, springt Douwe op van de vensterbank en slaat een arm om me heen.

Even ben ik in verwarring. Wilde hij me echt troosten? Of speelt meneer zijn rol als betrokken dokter met verve? Maar ook nadat de verpleegkundige met wat steelse blikken is gepasseerd, blijft Douwe me innig omarmen. 'Sorry, Iris,' fluistert hij. 'Het spijt me. Dat had ik niet moeten zeggen.'

'Als je je afvraagt wat er tussen mij en Bart is gebeurd,' zeg ik schokschouderend, 'dan kan ik dat in één woord samenvatten: niets.'

'Het is al goed, Iris,' sust hij. 'Rustig maar.'

'Nee, ik meen het,' snif ik, terwijl ik met de achterkant van mijn hand het onvermijdelijke snot probeer weg te vegen.

'Heb je misschien papieren zakdoekjes in je tas?' vraagt Douwe, onverwacht teder over mijn haar strijkend.

'J-ja,' stamel ik, 'maar...'

'Ik pak ze wel even,' zegt hij, en buigt zich voorover.

Vóór ik hem kan stoppen *(o – nee!)* rommelt hij al in mijn Birkin en haalt niet alleen de tissues naar boven, maar ook mijn blauwe bh.

En de binnenstebuiten gekeerde Spanx.

'Zo, zo. Noem het maar niets,' lacht hij bitter. 'Maar ja, misschien zag je in die "prijswinnende chef-kok" wél iemand die de helft van je hypotheek kon ophoesten...?'

'Kolere, Douwe,' val ik plotseling uit, waarbij ik niet alleen hem maar zeker ook mezelf verbaas met mijn felheid. 'Ik ben er zo langzamerhand wel klaar mee, met dat Iris *bashen*. Ik hoef aan jou geen enkele verantwoording af te leggen over de invulling van mijn zaterdagavond.'

Driftig veeg ik met een zakdoekje de tranen van mijn wangen. 'Ik begrijp dat ik je heb gekwetst, en je hebt vanavond héél erg je best gedaan om de score gelijk te trekken. Maar vanaf nu gaan we dit als volwassenen benaderen, oké?'

'Hoe bedoel je dat?'

'We waren leuk samen, Douwe. En dat weet jij ook. Dus ik stel voor dat we alle stekeligheden een tijdje laten bezinken, en dan eens rustig gaan kijken of er mettertijd nog een vriendschap voor ons in zit.'

Douwe schraapt zijn keel. Ik zie dat hij worstelt met zijn antwoord, en met het verongelijkte gat waar hij zich ingegraven heeft. 'Vriendschap?' zegt hij met een schorre stem. 'Ik meen me te herinneren dat jij gezegd hebt dat ik geen upgrade voor je was.'

'Je trof me daar écht op het slechtst denkbare moment. Het was heel dom van mij om zoiets te zeggen. Onvergeeflijk. Maar als je toch stond te luistervinken, dan moet je ook gehoord hebben dat ik je grappig vind, en charmant, en charismatisch.'

'En een zwart gat.'

Geërgerd rol ik met mijn ogen. 'Sjezus man, wat is er toch met jou? Ben je ongesteld vandaag?'

Douwe kijkt op zijn horloge; het is één uur 's nachts. 'Nee, het is de sterfdag van mijn moeder. Dan ben ik meestal een tikje lichtgeraakt,' zegt hij cynisch.

'O... Sorry. Wat erg voor je. Dat eh... dat wist ik niet.'

Douwe staat op, en trekt zijn jas recht. 'Ik ga de overdracht doen met de arts die deze dienst van mij gaat overnemen. Jij redt het verder wel, hè? Het ga je goed, Iris. Let goed op Milan.'

Terwijl zijn voetstappen langzaam wegsterven in de gang, blijf ik in verbijstering achter. Eén ding is zeker: salie doet het goed in een stoofschotel, maar verder is het helemaal ruk.

27

Als Milan de volgende dag rond het middaguur uit het ziekenhuis wordt ontslagen, kan de dienstdoende verpleegkundige het niet laten om het mes nog eens rond te draaien. 'Wel goed op je kleine pukkie blijven letten, hè,' zegt ze, uiteraard iets te hard, zoals het hoort bij dat typische 'iedereen is doof en dom'-toontje waar medisch personeel het patent op lijkt te hebben.

En ik voel me al zo ongemakkelijk bij de gedachte aan de onvermijdelijke *walk of shame*: mijn gang door het ziekenhuis in de onmiskenbare uitgaanskleding van gisteravond.

'Deze verwonding was anders niet míjn schuld,' antwoord ik snibbig, wat me op een flinke por van mijn moeder komt te staan. Ik weet het: je moet altijd aardig blijven tegen de mensen die misschien ooit jouw katheter moeten inbrengen, en de valpartij van Milan was in zekere zin natuurlijk wél mijn schuld. Maar toch. Ik heb even geen ruimte meer voor verwijten; die heb ik de laatste maanden al genoeg gehad.

Als ik met mijn moeder – en een verrassend montere Milan die met een zangerig: 'Uh-duh?' steeds zijn handje naar zijn gezwollen oogje brengt – op de A2 de afslag Centrum neem, komt het stoom nog steeds uit mijn oren. Waar ben ik het afgelopen halfjaar niet voor uitgemaakt? Vervuiler van het oppervlaktewater. Maker van laagschedelige tv-programma's. Vrouw die niet kan meepraten op een kosmisch, laat staan astraal niveau. Ik was al een lege huls, maar nu dus ook nog een kale kerstboom.

Tijd om mijn leven te beteren; te beginnen met de handbijl die ik bij Hornbach ga halen. Daarmee kan ik de bank van B&B Italia die Pieter destijds zo graag wilde hebben in mootjes hakken en dát lekker laten indrogen. De bijl stuur ik vervolgens door naar het museum in Zagreb, waarna niemand meer kan zeggen dat ik geen wezenlijke bijdrage heb geleverd aan de totstandkoming van kunst en cultuur.

Het moge duidelijk zijn: ik ben razend. En dan vooral op mezelf.

Waar ben ik toch mee bezig? Gisteravond heb ik me verdomme bijna laten neuken door Bart de Muyselaer, wat mij tot in lengte van dagen tot de risee van Media Nox zou hebben gemaakt. En waarom? Om de doodeenvoudige reden dat hij mij wílde neuken.

'Zeg jongedame, moet dat nu weer zo ordinair?' vraagt mijn moeder opeens, waardoor ik me met een schok realiseer dat ik deze hele tirade niet in mijn hoofd heb gehouden maar hardop heb geuit.

'Sorry hoor,' mompel ik opgelaten. 'Maar jíj zei toch dat ik weer eens los moest gaan?'

'Ja, maar niet op je collega's, en zeker niet met een bijl op je interieur.'

Met een diepe zucht kijk ik uit het raam.

'Nee, mam. Maar stel je eens voor hoe lekker dat zou zijn: alles van je afslaan en dan weer op nul beginnen.'

Als we onder aan de afslag RAI voor het stoplicht staan, staart mijn moeder in gedachten verzonken langs het rode licht.

'Tja...' verzucht ze ten slotte, nadat een ongeduldig toeterende automobilist achter ons heeft laten weten dat we weer mogen rijden, 'dat klinkt inderdaad best aanlokkelijk. Maar Ineke zegt juist dat je bij pijn of verdriet niet wild om je heen moet slaan, maar je ergernissen weloverwogen en liefdevol moet omarmen.'

Ik schiet in de lach. 'Dat zal ik onthouden voor als ik Melissa straks weer zie,' zeg ik vals. 'Dan knuffel ik haar langzaam dood.'

Nadat ik uitgebreid met Milan heb gebadderd en zijn oogje voorzichtig met arnicazalf heb ingesmeerd, heb ik het gevoel dat ik een heleboel negativiteit van me heb afgespoeld.

Terwijl ik vertederd toekijk hoe Milan kraaiend en spartelend zijn speelkleed verkent, realiseer ik me dat het niet lang meer duurt of hij gaat kruipen. Baby's leven voorwaarts, en kijken nooit achterom. Het doet me denken aan de dichtregels van Theo Bakker die Barbara alweer een hele tijd geleden bij Media Nox op de inspiratiemuur heeft gehangen: *Leven is schaatsen over één nacht ijs; sta erbij stil en het is gebeurd. Vaart houden, vaart houden. Zwieren.*

Dat is precies wat ik wil doen. Wat ik móét gaan doen.

Maar hoe?

Op Buienradar heb ik gezien dat het over niet al te lange tijd stopt met regenen en zodra het zover is, wil ik om te beginnen met Milan en Boris gaan uitwaaien op de Taga Bike.

Ik heb echt even wat tijd voor mezelf nodig om de gebeurtenissen van de afgelopen vierentwintig uur helder op een rijtje te kunnen zetten, maar voorlopig drentelt mijn moeder nog steeds nerveuzig om ons heen. Hoewel ik aan haar zie dat ze twijfelt of zij haar keutel niet moet intrekken, vrees ik toch dat er iets aan zit te komen in de categorie: 'levenslessen'.

En inderdaad.

'Weet je, Iris,' zegt ze, terwijl ik met mijn rug naar haar toe een lunch probeer te maken van de restanten in mijn keuken, 'ik heb er lang over nagedacht, maar ik denk dat ik eens met je moet praten over mannen.'

'Als je nu nog aan seksuele voorlichting gaat beginnen, ben je rijkelijk laat, mam,' probeer ik me er met een slechte grap vanaf te maken, maar mijn moeder laat zich niet van de wijs brengen.

'Misschien moet ik het wat preciezer formuleren,' zegt ze. 'Ik denk dat ik eens met je moet praten over jóú en de mannen. Wat me de afgelopen maanden is opgevallen – en corrigeer me gerust als jij denkt dat ik ongelijk heb – is dat jij niet zozeer naar een man luistert, als wel je eigen fantasieën en verlangens op hem projecteert.'

Hmm. Noem me kritisch, maar dit klinkt niet als de: 'geen hand vol maar een land vol'-peptalk die ik min of meer had verwacht.

'Ineke noemt dat "wensdenken", dus dat je...'

'Ik wéét wat wensdenken betekent,' zeg ik ongeduldig, terwijl ik het rozijnenbrood uit de broodrooster haal en de warme sneetjes met plakkerige geitenkaas en vijgenjam probeer te besmeren.

'Laat ik het anders zeggen,' gaat mijn moeder onverstoorbaar verder. 'De buitenwereld is een spiegel van je binnenwereld. Je creëert situaties in je leven die de gevoelens die je over jezelf hebt, bevestigen.'

Ah, gelukkig, we zijn er weer: het is allemaal míjn schuld.

Dat maakt het leven wel zo overzichtelijk.

Hoofdschuddend snijd ik de boterhammen doormidden, en doe daarna twee nieuwe sneetjes in de broodrooster.

'Sjezus, mam,' verzucht ik ten slotte. 'Waarom probeert iedereen toch steeds mijn gedrag te ontleden en te verklaren?'

'Omdat je het zelf niet doet?'

Verwonderd draai ik me om. 'Dat moet jíj zeggen!'

In plaats van haar gebruikelijke studie van de broodkruimels op het tafelblad, kijkt mijn moeder me nu recht aan.

'Over mij gaan we het zo hebben. Maar nu gaat het eerst over jou.'

'Oké,' zeg ik narrig, 'Als jij het zo goed weet – vertel het me dan maar. Welke "buitenwereld" heb ik gecreëerd? Welk "beeld" heb ik van mezelf?'

Mijn moeder lijkt even te twijfelen, maar zegt dan recht voor zijn raap: 'Dat van kind zonder vader, misschien?'

Pinggg, zegt de broodrooster.

In een flits zie ik mezelf op de lagere school; dapper knutselend aan een Vaderdagvlieger die nooit de lucht in zou gaan.

Blijven ademen, Vandenberg.

Zodra ik de besmeerde boterhammen enigszins afwezig op tafel heb gezet, reikt mijn moeder naar een plastic tas waarvan ik niet eens gezien had dat ze die bij zich had.

Uit de tas komt een kleine, witte schoenendoos.

Ik herken hem meteen, ook al heb ik 'm nooit van dichtbij gezien.

MEISJESSANDAAL MET BLOEMEN – MAAT 26.

'Dit is van jou,' zegt mijn moeder terwijl ze de doos met trillende handen over de tafel naar me toe schuift. 'Ik had het je veel eerder moeten geven.'

Ik had me dit moment altijd heel groot en filmisch voorgesteld, maar het gebeurt heel klein en alledaags; op een regenachtige middag, met Boris die zijn waterbak ongegeneerd leegslobbert en Milan die vrolijk op de achtergrond ligt te tateren. Mijn oren beginnen te suizen. Ik hoor mezelf ergens in de verte zeggen dat ik hier vandaag geen zin in heb. Dat ik niets over René van Amerongen hoef te weten. Dat het al dertig jaar goed met me gaat. Prima zelfs. Uitstekend. Dan biggelt er één enkele traan over mijn wang.

Mijn moeder schuift de doos nog iets dichter naar me toe, met een knikje dat wil zeggen: toe maar.

Nadat ik het deksel met bonzend hart heb geopend, zie ik een flinke stapel ansichtkaarten, brieven en ouderwetse luchtpostenveloppen; keurig bij elkaar gehouden met een breed postelastiek.

Alle post is geadresseerd aan 'Iris van Amerongen'; in een handschrift dat verrassend veel lijkt op het mijne. Er zijn kaarten van flamencodanseressen met geborduurde jurkjes aan. Kaarten van jachten in de haven van Puerto Banús. Kaarten van aapjes op de rots van Gibraltar. Kaarten van... mijn vader?

Al die kaarten? Al die tijd?

Mijn hoofd tolt.

Allerliefste Iris! lees ik op een ansichtkaart van een dolfijn met een roze sombrero. *Gefeliciteerd met je 3e verjaardag! Ik denk aan jou en hoop je snel weer te zien. Lekker veel taart eten vandaag! Kusjes uit Marbella van Papa en Casta.*

Ik hap naar adem.

Met wonderlijk ongecoördineerde vingers draai ik de kaart om naar mijn moeder en tik op de naam: 'Casta – is dat de vrouw...'

'Man,' zegt mijn moeder zonder omhaal.

'Wat?'

'Casta is een man.'

'Een mán?'

'Ja, een man. Je vader is verliefd geworden op een man.'

'Was hij... homo?'

'Blijkbaar. Biseksueel waarschijnlijk.'

'En dat wist jij niet?'

'Nee.'

'Heb je er nooit iets van gemerkt?'

'Nee.'

'Maar – wat zal je gechoqueerd zijn geweest!'

'Nogal.'

'En boos!'

'Behoorlijk. Maar daar heb jíj zeker nooit iets van gemerkt?'

Prompt schieten we allebei in een ongemakkelijke lach.

Daarna zakt mijn moeder met een diepe zucht achterover in haar stoel. Ze heeft opeens iets van een vogeltje dat uit een nestje is gevallen; een kwalificatie waarvan ik niet had gedacht dat die ooit op mijn moeder van toepassing zou zijn.

'Hij heeft je geschreven,' zegt ze. 'Vanaf dag één.'

Zwijgend staart ze naar het plafond.

'En ik heb hem genegeerd,' gaat ze verder, terwijl haar kin zachtjes begint te trillen. 'Vanaf dag één.'

Getroffen door haar kwetsbaarheid reik ik over de tafel naar haar handen. Het valt me voor het eerst op hoe frêle ze eigenlijk zijn.

Als kind vond ik ze zo groot – en zo aanwezig vooral.

Ze trok me door het leven; aan mijn jasje, aan mijn arm.

Ik kijk naar haar minutieus gelakte nagels en haar opvallend gladde, mooi verzorgde huid. De kwetsbare botjes zitten aan de binnenkant.

Zou ik nu niet boos op haar moeten zijn, ziedend misschien zelfs wel, omdat ze me al die jaren de brieven van mijn vader heeft onthouden? Vreemd genoeg voel ik dat op dit moment helemaal niet zo. Die brieven zijn er; die gaan niet meer weg. Maar eerst wil ik het verhaal. Het verhaal waarvan ik altijd heb geweten dat het er was.

'Ik heb zoveel van René gehouden,' fluistert mijn moeder, terwijl ze met een zakdoekje in haar ogen dept. 'We waren zo gelukkig met z'n drieën. Tenminste – dat dacht ik. Dat hij op zijn werk "zomaar" verliefd was geworden op een Spaanse stagiair vond ik moeilijk te geloven, en nóg moeilijker te verteren. Was het een andere vrouw geweest, dan had ik voor mijn gevoel nog een kans gehad, begrijp je? Ik vond het zó vernederend. Alsof ik gefaald had. Ik dacht: hoezeer moet je als vrouw tekortschieten om je man te veranderen in een homo?'

'Mam!' zeg ik ontsteld. 'Zo moet je dat helemaal niet zien. Zoiets is niet iemands "schuld"; zo word je geboren.'

'Dat weet ik nú, maar in die beginjaren kon ik helemaal niet rationeel denken. Ik zat vol verwarring en verwijten, voelde me hulpeloos en verraden, bezoedeld ook; alsof onze liefde, onze relatie, ons kind allemaal toneelspel was geweest.'

'Maar... dat was toch niet zo?'

'Nee, maar zo zag ik dat wel. Hij zei steeds: "Marjan, ik zal altijd van je houden, maar ik moet mijn hart volgen." En míjn hart dan? Hij wilde niets liever dan een vader voor jou zijn – en blijven. Maar ik dacht alleen maar: "Over mijn lijk, je hebt een andere levensinvulling gekozen." Mijn god, wat heb ik die man het leven zuur gemaakt. En hij kreeg al zoveel voor zijn kiezen. Zijn coming-out, de breuk met zijn streng religieuze vader die in een laatste telefoongesprek had gezegd: "Je bent mijn zoon niet meer, en als je moeder dit zou weten, zou ze zich omdraaien in haar graf!" Niet lang daarna is zijn vader overleden.'

Het begint me zo langzamerhand te duizelen.

Ik weet eerlijk gezegd niet of ik hier nog méér van wil horen. Sommige familiegeheimen zijn misschien wel bedoeld om voor altijd in een schoenendoos te blijven.

'Ha-ba-ba!' kraait Milan plotseling; duidelijk op zoek naar publiek. Ik heb hem nog niet van het speelkleed getild, of ik ruik het al.

'Dat is zeker een ha-ba-ba,' zeg ik met een klein lachje, dankbaar voor de welkome onderbreking. Ook mijn moeder veert uit haar stoel omhoog.

'Ik verschoon hem wel even,' zegt ze. 'Dan kun jij je boterhammen opeten. Je ziet eruit alsof je wel een time-out kunt gebruiken.'

Wat dacht je van een borrel?

Misschien had ik bij de geen-alcohol-afspraak die ik met mezelf heb gemaakt een clausule moeten inbouwen voor het onwaarschijnlijke geval dat mijn vader een homo zou blijken te zijn. En Douwe een fokking dokter!

'Op een gegeven moment is René in arren moede met Casta naar Spanje vertrokken,' gaat mijn moeder verder, terwijl ze de billen van de lichtprotesterende Milan met babydoekjes onder handen neemt. 'Eerst woonden ze een hele tijd in Barcelona, en daarna zijn ze naar Marbella verhuisd, waar Casta in de bergen bij Ojén van zijn oma een oude finca had geërfd. Daar wilden ze een nieuwe start maken, en een bed&breakfast beginnen: Arco Iris.'

Mijn maag maakt een onverwachte buiteling. 'Arco Iris?' vraag ik met volle mond. 'Echt waar?'

'Ja, dat betekent regenboog in het Spaans. In de Griekse mythologie was Iris de boodschapper tussen hemel en aarde, waarbij ze reisde over de regenboog. De zeven kleuren van de regenboog corresponderen trouwens niet geheel toevallig met de zeven chakra's, die...'

Ik rol met mijn ogen. 'Ma-ham...'

'O, sorry,' zegt ze, terwijl ze haar leesbril moet opzetten om de kleine drukkertjes van Milans rompertje dicht te kunnen maken. 'Waarom maken ze die dingen toch zo idioot klein?' vraagt ze. (*Iets waar ik op dit moment maar beter geen antwoord op kan geven.)*

'Ben jij er weleens geweest?' vraag ik. 'In Arco Iris?'

Mijn moeder kijkt me verwonderd aan. 'Nee, natuurlijk niet.'

'Ja, dat dacht ik eerlijk gezegd al, maar het klinkt alsof je het allemaal zo goed kent, van dat Ojén en Marbella en die finca en zo...'

Met een vrolijk: 'hop, paardje hop' neemt mijn moeder de kirrende Milan op schoot, maar haar gezicht wordt al snel weer serieuzer.

'Dat eh... dat komt waarschijnlijk omdat ik de brieven van je vader erg vaak heb gelezen. Ik ken ze woord voor woord.'

Onwillekeurig trek ik de schoenendoos wat dichter naar me toe.

'Hij is altijd blijven schrijven, en altijd blijven hopen. Hij wilde je zó graag weer zien, en een echte vader voor je zijn.'

Ik hoor het mijn moeder allemaal zeggen, maar het komt nog niet echt bij me binnen. Dertig jaar denken dat je vader nooit meer achterom heeft gekeken, maak je niet in dertig minuten ongedaan.

Het is duidelijk dat mijn moeder haar tranen eigenlijk de vrije loop wil laten, maar ze wordt afgeleid door de monter pruttelende Milan, die enthousiast naar haar rozijnenbrood grabbelt. Hebberig brengt hij een klein stukje naar zijn mond, tot de onverwacht scherpe smaak van de geitenkaas zijn neusje doet rimpelen.

'Dat krijg je ervan, eenogige piraat,' lacht mijn moeder zachtjes, dapper haar tranen wegslikkend.

'Weet je wat het is, Iris,' zegt ze nadat ze twee keer flink haar neus heeft gesnoten. 'Als je van iemand houdt, zit die persoon in je hart. Maar als je iemand haat, zit die persoon in je hoofd – en daar neemt hij of zij nog veel meer ruimte in. Dat is op een gegeven moment gewoon niet meer te doen. Het was alsof mijn geest werd bewoond door een kraker die ik er alleen nog maar uit kon krijgen door hem binnen te laten.'

'Goh, dat eh... dat heb je mooi gezegd, mam,' knik ik bewonderend.

Zou ik ooit met juffrouw Snikkel op dit punt komen? Ik hoop het niet. Sommige mensen verdienen een gewelddadige ontruiming door de ME.

Peinzend staart mijn moeder uit het raam; Milan onderwijl ritmisch op haar schoot wippend. 'Huh-huh-huh,' tatert hij uitgelaten.

'En toen heb ik René geschreven dat-ie mocht komen,' zegt ze ten slotte. 'Mét Casta.'

'Hè? Echt waar?' stamel ik verbaasd.

'Ja, echt waar. Het was de gelukkigste dag van zijn leven, schreef hij terug.'

'Maar – wanneer is hij naar Nederland gekomen dan?'

'Hij heeft het nooit gehaald, schat,' fluistert mijn moeder, terwijl ze de tranen dit keer niet meer kan tegenhouden. 'René is verongelukt op de AP-7; onderweg naar het vliegveld van Málaga. Samen met Casta. Ze reden in een ondeugdelijk barrel; een veel te oude Peugeot 504. Al hun spaargeld zat in die finca. Een eenzijdig ongeluk, zei het onderzoeksrapport. Dwars door de vangrail, ergens ter hoogte van Calahonda.'

Met een gepijnigde kreet sla ik mijn handen voor mijn mond.

Komt het door het beeld van een auto die naar beneden tuimelt? Of door mijn moeders asgrauwe gezicht?

'De Spaanse politie heeft er een paar weken over gedaan voordat ze hadden uitgedokterd dat René in Nederland familie had,' zegt ze met trillende stem. 'Toen was hij al begraven. Het was 1989; de tijd vóór de mobieltjes, vóór het internet. Ik dacht dat ik ging flauwvallen toen de marechaussee bij ons voor de deur stond.'

Ik voel me alsof iemand een spaak tussen mijn wielen heeft gestoken, waardoor mijn hart niet alleen abrupt tot stilstand is gekomen, maar ook nog eens ongecontroleerd voorover buitelt. De zwaarte en de betekenis van mijn moeders woorden dringen nu pas in volle hevigheid tot me door. Ik heb altijd geweten dat mijn vader een auto-ongeluk heeft gehad, maar niet dat hij onderweg was naar míj.

Ik begin hartstochtelijk te huilen; in grote, niet te stelpen halen.

Alles komt eruit.

Buiten is het gestopt met regenen.

28

Als mijn moeder, Milan, Boris en ik later die middag door het Vondelpark wandelen, heb ik moeite om me te focussen.

Alles wat ik dacht te weten en wie ik dacht te zijn staat op losse schroeven, en het lijkt wel of ook de rest van mijn omgeving uit het lood is geslagen. Ik zie van alles om me heen gebeuren: fietsers en joggers, ruisende bomen en opbollende bloemkoolwolken tegen de donkere lucht – maar hun beweging lijkt zich in een wonderlijk soort slow motion te voltrekken.

Als ik had mogen kiezen, zou ik zeggen dat ik voor één dag meer dan genoeg had gehoord, maar mijn moeders verhaal is duidelijk nog niet ten einde.

'Vanmiddag, in de auto naar huis, vroeg je mij of ik nooit de behoefte heb gehad om iets kort en klein te slaan,' zegt ze, nadat we samen op een bankje zijn gaan zitten en naar Boris kijken, die al rollend en dollend in een vijver terecht is gekomen en nu uitgebreid zijn vacht staat uit te schudden.

'Die behoefte heb ik zeker gehad. Jarenlang, als ik een Peugeot 504 zag, wilde ik hem met een knuppel te lijf. Maar ik wilde ook mezelf kapotmaken. Ik heb me zó lang schuldig gevoeld over je vaders dood. Ik at niks meer, rookte alleen nog maar. Als jij naar school was, lag ik urenlang in bed. En toen stierf ook nog mijn moeder...'

'Ach ja, die lieve oma,' fluister ik zachtjes.

'Ze is altijd dol op René geweest. Ondanks haar leeftijd was ze veel ruimdenkender dan ik. Zíj was het die tegen mij zei: "Marjan, je moet hem altijd de kans geven om een vader te zijn; ook al is dat misschien in een vorm of op een manier die jou niet aanspreekt."'

Met open mond kijk ik haar aan. 'Maar – dat is toch wat jij tegen míj zei? Over Pieter?'

'Inderdaad,' zegt mijn moeder met een wrang lachje. 'Maar je stond er niet echt voor open. Waarom zou je ook? Hoe noemde je mij ook alweer: "de vleesgeworden afwijzing"?'

'Sjezus, heb ik dat echt gezegd? Het spijt me, ik...'

Mijn moeder heft haar hand op. 'Nee, nee – je had helemaal gelijk. Ik heb veel verkeerd gedaan in mijn leven; ook met jou. Vooral met jou.'

'Maar mam – waarom heb je me dit hele verhaal niet veel eerder verteld? Het had ons allebei zoveel ergernissen kunnen besparen. Het had zoveel dingen duidelijk gemaakt.'

'Ik wilde het je ook vertellen, maar toen het allemaal net gebeurd was, vond ik je te jong. En daarna, toen oma zo onverwacht kwam te overlijden, was ik echt even op drift. Maar op een dag werd ik wakker, en toen was het net of er een ijzeren harnas over me neer was gedaald. Plotseling realiseerde ik me: Iris heeft alleen nog mij. Toen heb ik mijn rug gerecht. En als eerste ben ik gestopt met roken.'

'O, dat weet ik nog,' lach ik voorzichtig. 'Daar heeft je humeur behoorlijk onder geleden – en je was al niet het zonnetje in huis.'

Mijn moeder kijkt me even quasibestraffend aan, en vertelt dan hoe ze de brieven van mijn vader uit het zicht had opgeborgen in de kluis bij de bank en hoe ze zich had vastgebeten in haar nieuwe baan als schoonheidsspecialiste: 'Alles moest mooi zijn. Verzorgd. In model gekamd. Zo hield ik mezelf rechtop. Ik wilde me alleen nog maar omringen met mooie spullen; met dingen die nooit hun waarde zouden verliezen, zoals die Birkin die ik je op je eenentwintigste verjaardag heb gegeven. Dat vond ik toen een heel mooi gebaar. Een soort houvast van blijvende schoonheid. Allemaal onzin natuurlijk. Ik had je gewoon de brieven van je vader moeten geven.'

'Waarom deed je dat niet?'

'Ik wilde niks verstoren. Jij was lekker aan het studeren; je had Pieter net leren kennen. En ik had mezelf eindelijk in evenwicht – dacht ik. Maar toen kreeg ik eczeem. En spanningshoofdpijn. En aambeien. Ik zat maar te knijpen, en ik...'

'Ja mam – ik begrijp het, ga nu maar door met je verhaal.'

'Toen dacht ik: ik geef de brieven bij haar afstuderen. Maar je stopte met je studie en ging werken. Ik geef ze als Iris haar eerste kind krijgt.

Maar dat liet nogal op zich wachten. En zo schoof ik het maar voor me uit. De dag dat je beviel van Milan was ik zó intens gelukkig. Ik wist dat je niet om een babyborrel had gevraagd, maar stiekem had ik toch iedereen gebeld en jullie hele huis versierd.'

'O god, ja – die opblaasooievaar,' kreun ik. 'Dat was echt de hel.'

'Ik had de schoenendoos bij me,' zegt mijn moeder zacht.

'Echt waar?'

'Ja, ik had het helemaal gepland. Ik dacht: als straks iedereen naar huis is, dan... Maar toen gebeurde er dát.'

Ik kijk naar Milan, die prinsheerlijk in zijn wandelwagen ligt te slapen. Allerlei gedachten waaien wild door mijn hoofd, totdat ze plotseling net als bij een wervelwind in één scherpe punt samenkomen. Ik voel me helemaal niet meer uit het lood geslagen – integendeel zelfs.

De brieven van mijn vader waren erbij.

Híj was erbij.

Hij is er altijd bij geweest.

'Toen je zei dat je stiekem met de pil was gestopt omdat je verblind was door de droom van een compleet gezinnetje, vielen de schellen van mijn ogen,' ratelt mijn moeder ondertussen verder. 'Ik had net een aflevering van *dr. Phil* gezien waarin hij praatte over meisjes van wie de vader het gezin vroeger de rug had toegekeerd, en hoe dat hun hele verdere leven had beïnvloed. Over hun diepgewortelde angst voor afwijzing en de keuzes die ze daardoor maakten in mannen en relaties. En toen keek ik naar jou, en ik dacht...'

'Weet je, mam,' zeg ik, terwijl ik mijn arm om haar schouders sla en haar zachtjes naar me toe trek, 'laat maar.'

'Maar ik...'

'Nee, sssht – laat gewoon maar. Die laatste lijntjes tussen de puntjes kan ik zelf ook wel trekken.'

Haar tengere bovenlijf begint zachtjes te trillen.

'M-maar het komt allemaal door mij, Iris,' huilt ze. 'Het is allemaal mijn schuld.'

'Ho, ho,' zeg ik met een klein lachje, 'dat lijkt me iets te veel eer.'

Verbaasd haalt mijn moeder haar neus op.

'Hoe bedoel je?'

‘Niet álles komt door jou. Ik zou zelf ook graag wat credits voor mijn eigen tekortkomingen willen krijgen,’ grijns ik.

Jarenlang heb ik me aan mijn moeder geërgerd. Ik heb haar vervloekt en van alles verweten – maar niet vandaag.

Misschien wel nooit meer.

Vandaag heb ik de liefde van mijn vader teruggekregen, en het is net alsof ik mijn moeder voor het eerst écht zie. Kleiner en kwetsbaarder dan ooit tevoren, maar ook moedig. En mooi. Ik kijk naar de donkere hemel waar het wolkendek zich nog altijd samenpakt, en knik tevreden.

Johannes 8:32, de waarheid zal u vrijmaken.

Dank je wel, oma. U had gelijk.

‘Kom, mam,’ zeg ik met hernieuwde energie, terwijl ik naar Boris wijs die heerlijk tussen de madeliefjes ligt te rollen. ‘Wij gaan ook in het gras liggen.’

‘O jeetje,’ kreunt ze. ‘Ik weet niet of ik daar wel de goede broek voor aanheb, hoor. En kijk eens wat daar voor donkere lucht aankomt!’

‘Niet zeiken,’ lach ik, ‘gewoon doen.’

Niet veel later liggen we languit op onze rug.

In een flits moet ik aan Douwe denken, en aan hoe wij met z’n tweeën precies zo in het gras hebben gelegen, maar een kreet van mijn moeder brengt me razendsnel weer terug naar het hier en nu.

‘Ieeew, ik voel van alles kriebelen,’ piept ze. ‘Straks wandelen er nog mieren mijn kraag binnen!’

‘Wauw, mam – wat een *walk on the wild side* voor je,’ zeg ik lachend, terwijl ik op mijn zij rol en vervolgens op mijn linkerelleboog steun.

‘Kijk eens,’ zeg ik, wijzend op de madeliefjes die tussen ons in groeien. ‘De blaadjes hebben roze randjes. Madeliefjes hebben dezelfde stof in hun blaadjes als die weerpoppetjes uit een souvenirwinkel – dat heb ik van Babette geleerd. Hoe rozer de blaadjes, hoe mooier het weer. Morgen schijnt de zon, mam.’

Met een tevreden zucht sluit mijn moeder haar ogen.

‘Ik kan niet wachten.’

Als ik 's avonds doodmoe en emotioneel overweldigd in bed lig, alle brieven en kaarten in een wanordelijke waaier om me heen verspreid, schieten er flarden van mijn vaders woorden door mijn hoofd.

Ik besef dat je deze brieven nog niet kunt lezen, maar ik schrijf ze voor later, zodat je weet dat ik nooit ben gestopt met aan je te denken en dat ik blijf hopen dat je eens hierheen mag komen. (...) Je oma stuurt me af en toe schoolfoto's, ik weet niet of je moeder dat weet, dus 'Shhht!' dat houden we gewoon tussen ons. ((...) Cas en ik gaan naar Nederland, Iris! Dit is de gelukkigste dag van mijn leven! Nee, de één-na-gelukkigste; want de allerbeste dag moet nog komen – als ik jou weer zie!

Uitgeput sluit ik mijn ogen, en als ik even later wakker schrik heb ik geen idee hoeveel tijd er voorbij is gegaan. Shit, het is al 2.30 uur.

Eén fragment zingt nog steeds door mijn hoofd. Wat was het ook al weer? Hoe zei mijn vader dat nu precies? Slaapdronken rommel ik door de papieren. Was het deze brief? Nee – deze dan? Als ik hem heb gevonden, wrijf ik door mijn vermoeide, prikkende ogen en begin te lezen.

We hebben vandaag met grote sloophamers een muur ingebeukt, en bij iedere steen voelde ik me gelukkiger worden. Het klinkt gek, maar toen we de muur met de grond gelijk hadden gemaakt, voelde ik me zó licht in mijn hoofd! Alsof ik ook met een heleboel andere dingen korte metten had gemaakt.

'O, papa...' fluister ik, 'ik begrijp precies wat je bedoelt.'

Plotseling schiet ik overeind.

Wacht eens even – ik begrijp écht wat hij bedoelt. Opeens valt alles op zijn plaats: het aftuigen van mijn kerstboom; het kapotslaan van Pieters *Star Wars*-collectie; de afgebroken muur van mijn vader.

Wat voor dag is het vandaag? Maandag 1 juli.

Verrek – het kan nog!

Ik spring uit bed en zet mijn computer aan.

Met trillende vingers begin ik te typen:

KORTE METTEN – een programma waarin mensen de kans krijgen om hun trauma, verdriet of pijnlijke herinneringen van zich af te slaan. Nadat de situatie zo natuurgetrouw mogelijk is nagebootst, krijgt de hoofdpersoon alleen, of met een door hem of haar uitgezocht groepje familie of vrienden, de gelegenheid om met 'wapens' naar keuze (zoals een honkbalknuppel, sloophamer, golfclub, kettingzaag, breekijzer of gewoon met de blote handen) die situatie te lijf te gaan en met de grond gelijk te maken.

STUDIO – introductie van de hoofdpersoon: wie, wat, waar, waarom.

LOCATIE – hoofdpersoon in de thuissituatie, foto's, filmpjes, getuigenissen van familie en/of vrienden. Het human interest-verhaal moet staan als een huis.

DOEK GAAT OP – de bewuste situatie of het betreffende symbool is door decorbouwers zo natuurgetrouw mogelijk nagebootst, zoals bijvoorbeeld het klaslokaal van een traumatische schooltijd; het bureau van de baas die jou ten onrechte heeft ontslagen; het echtelijke bed waarin je je man met de buurvrouw hebt betrapt; de versierde kamer van die verjaardag waarop niet een van je klasgenootjes kwam opdagen. Hoofdpersonen mogen natuurlijk ook hun eigen object meenemen, zoals het daadwerkelijke echtelijke bed.

ACTIE – de hoofdperso(o)n(en) en hun familie of vrienden trekken overalls en beschermende brillen aan en mogen zich helemaal uitleven op het interieur. Niets blijft overeind!

ONTKNOPING – gevoelens, losgekomen emoties, herinneringen, opluchting. De deelnemer kiest welk 'relikwie' hij of zij mee naar huis wil nemen, waarna het ter plekke op een mooi voetje wordt gemonteerd. Een ander zelf uit te kiezen symbolisch onderdeel wordt tentoongesteld in het Korte Metten Museum, waar mensen letterlijk en figuurlijk een deel van zichzelf kunnen achterlaten.

Nadat ik het attachment in een roes naar Media Nox heb gemaild, bel ik tegen beter weten in naar mijn moeder.

'Jeetje Iris...' mompelt ze versuft, 'ik sliep eindelijk...' En dan, opeens een stuk wakkerder: 'Zeg niet dat Milan weer ergens vanaf is gelazerd.'

'Nee, nee,' zeg ik gejaagd, 'papa heeft me een idee gegeven voor een nieuw tv-programma!'

'Pápa?' vraagt mijn moeder verbaasd.

'Waar ligt hij eigenlijk begraven, mam? Weet jij dat?'

'Eh...' kreunt mijn moeder, 'kan dit niet morgen, schat? Ik ben een beetje... O wacht, ik denk dat ik... iets met cement? Het eh... o ja, het Cementerio Inglés in Málaga. Maar waarom wil je dat weten?'

'Ik ga erheen!'

29

Morgenochtend vlieg ik eindelijk voor een weekend naar Málaga.

Het heeft twee weken geduurd, maar ik heb het rond.

Eerst moest ik nog flink wat voorproductie doen voor *Fashion Forward*, want hoewel we pas eind augustus weer gaan draaien – met als grote finale natuurlijk de International World Fashion Week op 11 november in New York – gaat Addy van den Krommenacker vandaag zes weken op vakantie; dus vóór die tijd moest ik een groot deel van de invulling van de nieuwe afleveringen met hem afstemmen.

Gelukkig is de couturier een schat van een man: enthousiast, gezellig en meewerkend; wat maar weer eens bevestigt dat de grootste sterren meestal niet in het bezit zijn van de grootste ego's – uitzonderingen daargelaten.

Omdat mijn Transavia-vlucht zo ongenadig vroeg vertrekt *(half fokking zeven!)* wilde ik eigenlijk op tijd naar bed, maar nadat mijn moeder Milan en Boris had opgehaald, liep ik thuis dermate met mijn ziel onder de arm dat het voor Babette niet zo moeilijk was om me over te halen samen nog een hapje te gaan eten in The Harbour Club.

We hebben een mooi parkeerplekje recht voor de deur, al moesten we eerst nog even wachten op een man die een aantal keren tevergeefs probeerde om zijn veel te dikke Range Rover erin te steken.

'Sorry hoor,' lacht de man schaapachtig, wanneer we hem en zijn gezelschap even later bij de deur van The Harbour Club tegen het lijf lopen. 'Ik moest het gewoon even proberen.'

'Dat begrijp ik,' zegt Babette met gespeelde beminnelijkheid. 'Mannen denken tenslotte altijd dat ze 'm overal in krijgen, of niet?'

'Zo, zo,' grinnik ik terwijl de heren brommend afdruipen. 'Kan ik hieruit concluderen dat je ietwat vijandige houding jegens het mannelijk geslacht nog steeds niet geheel is getemperd?'

Nog vóór Babette daar antwoord op kan geven, zegt ze over haar schouder: 'Blijven lachen – in de bar staat dat secreet van de *Femme*.'

'Van de wie?'

'De hoofdredactrice van de *Femme*. Wat een vermoeiende beterweter is dát. Ik zag haar laatst weer op het tijdschriftengala, bij de Mercur Awards. Zij was genomineerd, ik niet, en mevrouw ging mij weleens even haarfijn uitleggen hoe dat kwam. Niet dat ze gewonnen heeft – ha. Het mens is ragdun, en het blijft maar kakelen: "O, maar ik eet als een paard, hoor." Ja – een hobbelpaard.'

'Hallooo, collega,' koert de hoofdredactrice, duidelijk niet aan haar eerste drankje van de avond.

'Lekker aan een wijntje?' vraagt Babette in het voorbijgaan.

'Zeg jij nog wíjntje?' komt het onverwachte antwoord. 'Het is een "glaasje wijn", schat. Wijntje is zo burgerlijk. Of ben jij iemand die nog steeds gebakje zegt in plaats van taartje, en toilet in plaats van wc?'

Zodra ik Babettes wijd open neusvleugels zie, denk ik: *dat wordt matten*, maar tot mijn verbazing weet ze een geknepen glimlach te produceren.

'Wat leuk dat je dat vraagt,' zegt ze fijntjes. 'Het toeval wil dat ik bevriend ben met enige leden van het Koninklijk Huis – die hier om privacyredenen uiteraard onvermeld zullen blijven – en zij spreken over toilet noch wc, maar over "Kamer 100". Of woorden wel of niet "juist" zijn, zo hebben zij mij verzekerd, is typisch iets voor de *sine nobilitas* om hun hoofdjes over te breken.'

'De eh – wat?' vraagt de hoofdredactrice verbaasd.

'De snobs. Fijne avond!'

Als we even later achter onze menukaarten zitten, gier ik het uit.

'Sjezus Babs, ik dacht dat ík gespannen was maarreh... wie heeft het lontje aan jóúw tampon aangestoken?'

'Misschien ben ik een tikje prikkelbaar,' lacht Babette opgelaten met me mee, 'maar het is op 't moment nogal druk in mijn hoofd.'

'Heb je hier wel tijd voor dan?'

'Tuurlijk schat,' zegt ze. 'Jij liep thuis tegen de muren op, en ik kon wel zo'n gláásje witte wijn gebruiken.'

'Zeg,' fluister ik, nieuwsgierig over de tafel buigend. 'Ken jij echt mensen van het Koninklijk Huis?'

'Welnee! Ik kreeg vanmiddag een artikel over de geschiedenis van de etiquette op mijn bureau, en niets schijnt zo kleinburgerlijk te zijn als andere mensen wijzen op wat zogenaamd sjiek is, en wat niet.'

'Maar jij corrigeert toch ook graag?' vraag ik plagerig. 'Er schiet me iets te binnen over een... likmevestje?'

'Correct Nederlands is iets anders dan een pedante discussie over toilet of wc,' zegt Babette beslist. 'Daar veeg ik mijn kont mee af.'

'Hebt u al een keus kunnen maken?' vraagt de serveerster, die een mandje brood met makreeltapenade komt brengen.

Babette gaat voor de Bisque Presso en ik kies de gebakken sardientjes met hummus. Als hoofdgerecht wil ik de tartaar van zeebaars eens proberen, en Babette neemt de Shaoxing-oesters in zwarte bonensaus.

'Zo, en nu over naar jou,' zegt Babette, nadat de serveerster na een flinke worsteling met haar besteltablet *(wat is er eigenlijk mis met pen en papier?)* eindelijk haar hielen heeft gelicht. 'Heb je er zin in?'

'Nou ja, zin,' zeg ik een beetje ongemakkelijk. 'Ik ga naar het graf van mijn vader, dus ik heb niet zoiets van "jippie". Ik ben blij dat ik de afgelopen weken zoveel heb moeten werken, want gevoelsmatig zat ik in een soort draaimolen waarbij ik mijn aandacht heel sterk op één punt moest richten, anders werd ik gek.'

'Hé,' zegt Babette opeens, met een knikje naar mijn handen.

Ik kijk naar beneden en zie tot mijn verbazing dat ik een van de broodjes gedachteloos aan stukken heb gescheurd. 'Ik heb mijn trip naar Málaga hanteerbaar voor mezelf gemaakt door het te benaderen als een aflevering van *Spoorloos*,' ga ik verder, nadat ik alle kruimels bij elkaar heb geveegd. 'Ik heb een DV-camera bij me, zodat ik de beelden thuis aan mijn moeder kan laten zien, en ik neem een iris mee, zo'n mooie paarsblauwe met gele strepen, die ik op of bij mijn vaders graf wil planten.'

'Zou dat mogen?'

'Knappe jongen die mij tegenhoudt.'

'Het is me wel een verhaal, hoor,' zegt Babette peinzend, terwijl ze een stuk boerenbrood met de makreeltapenade besmeert. 'Nadat je het mij verteld had, heb ik er echt een paar dagen mee rondgelopen. Ik kan er eigenlijk nog steeds niet over uit.'

'Ja,' knik ik, 'dat zei Cassandra ook al. Die moest er zelfs om huilen; ze vond het allemaal zo tragisch. Maar weet je wat het gekke is? Voor een programma als *Spoorloos* is het meestal een anticlimax als het gezochte familielid overleden blijkt te zijn, maar voor mij leeft mijn vader méér dan ooit tevoren.'

'Wat hoop je eigenlijk te vinden?'

'Geen idee. Sinds ik zijn brieven heb gelezen, heb ik gewoon heel sterk het gevoel dat ik naar Spanje moet. Mijn vader had dat zó graag gewild. En misschien verlost het mij van een heleboel innerlijke onrust. Ik heb de afgelopen maanden zoveel lopen fronsen dat ik voor het eerst van mijn leven aan een potje antirimpelcrème ben begonnen.'

'Ach lieve schat,' grinnikt Babette. 'Dat is toch allemaal weggegooid geld. Als die crèmes echt zouden werken, zou niemand meer vingerafdrukken hebben.'

Ik schiet in de lach. 'Da's waar.'

'Eenmaal de gebakken sardientjes,' zegt de serveerster monter, terwijl ze de heerlijk geurende visjes op tafel zet. 'En de kreeftensoep. Kan ik verder nog wat voor u inschenken?'

'Doe mij nog maar zo'n wit wijntje,' zegt Babette. 'En jij?'

'Voor mij een kannetje water, alstublieft. Met wat extra schijfjes citroen.'

'Je houdt het goed vol hè?' zegt Babette bewonderend, als we even later te midden van het aangename geroezemoes in het grote restaurant van onze voorgerechten genieten.

'Ik kan niet ontkennen dat er af en toe een fijne limoncello naar me staat te lonken,' zeg ik met een diepe zucht. 'Maar sinds ik niet meer drink, voel ik me een stuk helderder, zoveel is zeker.'

'Én je creatieve sappen beginnen weer te stromen, gezien het originele maar ook ietwat wonderlijke programma-idee dat je op de valreep hebt ingeleverd; hoe heet het ook al weer – *Korte Metten*? Heb je daar al iets over gehoord?'

'Ja, *Korte Metten,*' veer ik op. 'Nee, ik heb nog niks gehoord, maar ik heb het ook rijkelijk laat – zeg maar gerust té laat – ingeleverd, dus ik weet niet of iemand nog tijd of geld wil vrijmaken om naast de dure pilot voor *Wat je van ver haalt* nóg een proefaflevering op te nemen. Ik heb nog even getwijfeld of ik het niet *Met de grond gelijk* zou noemen, maar...'

'Sorry hoor,' valt Babette me in de rede, 'maar er moet me écht iets van het hart. Waarom zijn titels van tv-programma's toch altijd zo voor de hand liggend? *Een dubbeltje op zijn kant*; *In Holland staat een huis*; en nu weer *Wat je van ver haalt* – er blijft geen keukentegel onbenut.'

Lachend haal ik mijn schouders op.

'Tja, John de Mol zegt altijd dat televisie eenvoudig moet zijn; de kijker moet het meteen begrijpen. En daar heeft hij natuurlijk gelijk in.'

'Maar waarom lijkt het dan typisch iets voor de commerciëlen? Bij de publieke omroep hebben ze lang niet van die tuttige titels.'

'Nou, eh – afgelopen zomer zijn we nog getrakteerd op *Zonde van de week*, waarbij er werd teruggekeken op het nieuws van de week aan de hand van de zeven zonden. Ik bedoel maar. Alle zenders schuren tegenwoordig tegen elkaar aan. *Boer Zoekt Vrouw* bijvoorbeeld, dat is toch gewoon een datingshow? Het is *De Bachelor* met kaplaarzen. Het verschil zit 'm vaak alleen nog in de benaming. Ik draai met mijn ploegen straatinterviews; bij de publieken noemen ze dat voxpop'jes.'

'Voxpop'jes?'

'Van *vox populi*.'

'Ja, dát snap ik,' lacht Babette. 'Maar wat grappig! Ik...'

Op dat moment verschijnt de serveerster aan ons tafeltje. 'Speciaal voor u,' zegt ze, 'twee glázen witte wijn – dat moest ik doorgeven van het groepje daar links achteraan.'

Zodra we ons omdraaien, heft de hoofdredactrice van de *Femme* vrolijk haar glas, om daarna met haar coterie in lachen uit te barsten.

'Santé,' gebaart Babette voor de vorm. 'En schuif die bel maar door naar mij, Vandenberg.'

Het effect laat niet lang op zich wachten. Naarmate de avond vordert, wordt Babette steeds uitbundiger. 'Hé Iris,' zegt ze opeens, terwijl even na tienen de borden van onze hoofdgerechten worden afgeruimd, 'we hebben het vanavond nog helemaal niet over dókter Drakema gehad.'

Met een diepe zucht leun ik achterover in mijn stoel. *Ah. Douwe.* 'Sinds die avond in het Emma Kinderziekenhuis heb ik hem niet meer gesproken of gezien, en dat hoop ik zo te houden. Milans rechteroogje is gelukkig prima genezen, en voor de nacontrole ben ik naar het consultatiebureau gegaan.'

'Mooi,' zegt Babette opgewekt. 'Nu heb je twéé ziekenhuizen waar je je niet meer kunt vertonen. ... Ach ja, er is altijd nog het OLVG.'

'Het is mijn persoonlijke missie om met Milan nooit meer een ziekenhuis vanbinnen te zien,' zeg ik fel, terwijl ik het voor de zekerheid stiekem afklop tegen de houten tafelpoot. 'Nu Milan op het punt staat om te gaan kruipen, heb ik niet alleen traphekjes laten plaatsen, maar ik heb ook nog eens van die afdekplaatjes voor alle stopcontacten gedaan. Én ik ben op handen en knieën mijn hele huis af gekropen om te controleren of er nergens losse kabels of andere gevaarlijke dingen rondslingeren. En wat denk je dat ik tegenkwam, in een stofnest achter de buffetkast?'

'Nou?'

'Een Darth Vader-poppetje van Lego; met scherp laserzwaardje en al.'

'*I am your father,*' zegt Babette met een zware stem.

'Precies. Dus die heb ik afgestoft, en een prominent plekje op de kast gegeven. Het voelde ergens wel... symbolisch.'

'Weet je wat ook soort van symbolisch is?' fluistert Babette, waarbij ik een zweem van de bekende lispel meen op te vangen. 'Dat jij morgen op zoek gaat naar je vader, die René heet, en dat ik morgen via Second Love een geheime date heb met een man, die ook René heet.'

Ik hap naar adem. 'Nee – echt? Waarom heb je me dat niet eerder verteld?'

'Omdat het vanavond alleen maar over jou en je reis naar Málaga zou moeten gaan. Maar ik kan het niet meer voor me houden! O, Iris, vind je het niet spannend?'

'Ik eh... ik weet het niet, Babsie,' begin ik voorzichtig. 'Ik had stiekem gehoopt dat je dit onzalige plan inmiddels al lang en breed had laten varen. Barry doet echt heel erg zijn best, maar zolang jij in het geniep nog bezig bent om de rekening te vereffenen, kun je volgens mij niet openstaan voor een daadwerkelijke doorstart van je huwelijk.'

'Ik heb besloten dat ik dit mezelf ga gunnen,' zegt Babette vastberaden. Om er even later giechelend aan toe te voegen: 'Het is wel een stouterd, hoor. Hij schrijft hééл prikkelende mailtjes.'

Hoofdschuddend wrijf ik met mijn handen door mijn haar.

Een 'stouterd'? Jak. Een overspelige huisvader zul je bedoelen.

'Maar wat als Barry die mailtjes leest? Je hebt twee kinderen, schat! Wat ben je toch allemaal aan het doen? Dit past zó niet bij je.'

'Kom op, Vandenberg, sinds wanneer ben jij van de plezierpolitie? Doe nou even leuk mee.'

'Oké – maar zodra jij die René *(of god mag weten hoe dat kreng echt heet)* drie keer door de kamer hebt geslingerd, ben je er kláár mee. Beloofd?'

'Dat hangt ervan af of ik bevredigd ben.'

'"Bevredigd" als in: dat je die ongezonde wraakgevoelens genoeg hebt uitgeleefd?'

'Nou, ik hoop vooral dat hij niet aan valse voorlichting heeft gedaan,' zegt Babette, iets te hard lachend. 'Want meneer pronkt nogal met zijn, eh, forse apparaat.'

'Wilt u de dessertkaart misschien nog even zien?' valt de serveerster volkomen onverwacht met de deur in huis.

'Eh, n-nee,' stamel ik, nadat ik snel op mijn horloge heb gekeken. 'Maar twee dubbele espresso's kunnen we hier wel gebruiken.'

Nadat het meisje buiten gehoorafstand is, kijk ik Babette met grote ogen aan. 'Wát zei je nou? Een fors apparaat?'

'Ja, ik zei eerst ook: "Moet dat erbij?" maar René schreef dat dit soort informatie op Second Love volkomen normaal was. Sterker nog: dat hij veel meer reacties kreeg als hij in zijn profiel liet merken dat hij bovengemiddeld was geschapen.'

Onwillekeurig schiet ik in de lach. *Waar hebben we het in godsnaam over?*

'Luister,' fluister ik, 'we weten toch allemaal dat de grootte er helemaal niet toe doet? Ik heb ooit in een galerie een schilderij van Herman Brood gezien, met de passende titel: *It ain't the gun, it's how you blow it.*'

'Tuurlijk, schat,' zegt Babette, terwijl ze een extra laagje Labello op haar lippen doet. 'Maar waarom maken ze dan geen kleine dildo's?'

'Even voor mijn referentiekader,' vraag ik lachend, 'wanneer spreken we van "bovengemiddeld"?'

'Je begrijpt dat ik dat even heb opgezocht,' zegt Babette. 'De kleinste pikkies vind je in Azië; daar zijn ze tussen de 9,5 en 11,5 centimeter. De grootste pikken floreren in Zuid-Amerika, en dan met name in Bolivia, Colombia en Venezuela. Een opvallende outsider is Soedan: zij kunnen bogen op méér dan 18 centimeter.'

'Brr, Soedan,' zeg ik, 'dat is niet bepaald de meest aantrekkelijke *all-inclusive* vakantiebestemming. En Nederland?'

'Nederlandse mannen horen bij de hogere gemiddeldes: 15,87 centimeter, schoon aan de haak.'

'Dat is dan weer het goede nieuws van vanavond,' zeg ik, terwijl ik voorzichtig nip aan de loeisterke espresso die de serveerster net is komen brengen.

'Ik vond Bolivia ook wel verrassend,' grijnst Babette. 'Ik kijk voortaan toch heel anders naar die vrolijke puntmutsjes en hun panfluiten.'

Prompt verslik ik me in een slok koffie, en gebaar naar Babette dat ze nu echt moet ophouden met al die onzin: 'Ik geloof er echt helemaal niks van,' weet ik nog piepend uit te brengen.

'O nee? *Big dicks* zijn *big business*. Weet je dat er wereldwijd drie keer zoveel geld wordt uitgegeven aan onderzoeken naar penisverlenging als aan onderzoek naar de ziekte van Alzheimer?'

'Wauw,' kuch ik, als ik weer een beetje bij adem ben, 'dat zou behoorlijk scheef zijn. Maar als ik heel eerlijk mag zijn: dat is deze discussie óók. Mijn hele wereldbeeld ligt in duigen. Cassandra is inmiddels dermate gedomesticeerd dat ze me gisteren liet weten dat ze het appartementje van P stond te zuigen, terwijl jij...'

Als ik zie dat Babettes wenkbrauwen geamuseerd omhooggaan, begrijp ik meteen hoe laat het is. 'Nee, nee,' lach ik, 'jij mag deze zin níét afmaken. Jij was altijd de verstandige van ons drieën!'

'Ja, inderdaad,' verzucht Babette, plotseling serieuzer. 'En kijk eens waar het me gebracht heeft.'

'Hé, dat gevoel ken ik. Ik droomde als kind van een compleet gezinnetje. En kijk eens waar dát me gebracht heeft.'

In ieder geval op de Cementerio Inglés in Málaga, want daar ben ik zojuist helemaal draaierig uit een taxi komen rollen.

Ik ben gisteravond niet alleen veel te laat naar bed gegaan, maar het chemische geurboompje dat de taxichauffeur aan zijn spiegel had hangen, heeft me ook nog eens kotsmisselijk gemaakt.

Maar ik ben er.

Met camera, plantje, en lood in mijn schoenen.

30

Het is zaterdagochtend elf uur, en ik sta in Zuid-Spanje op een begraafplaats. Veel onwerkelijker kan een weekend niet beginnen.

In het beheerdershuisje was (nog?) niemand aanwezig, dus ik dool in mijn eentje tussen de zerken. En wat voor zerken; ik kan me niet heugen dat ik ooit zo'n schilderachtig kerkhof heb gezien. Tussen de kromgegroeide bomen staan prachtige stenen engelen, tombes en obelisken, waarvan de meeste zijn overwoekerd door bovengrondse wortels, kruipplanten en bodembedekkers. Grillige takken van stokoude treurwilgen hangen melancholiek tussen de gebarsten grafstenen, die zó esthetisch met vergeet-mij-nietjes zijn overgroeid dat het geheel me wonderlijk genoeg nog het meest aan *The Haunted Mansion* in EuroDisney doet denken. Ik geloof niet dat iemand hier een probleem van mijn iris zal maken.

Na een aantal rijen met wat meer recente graven, waartussen ik mijn vaders naam niet kan ontdekken, is er een gedeelte met mysterieuze oude zerken die met honderden grote, witte schelpen zijn belegd. Tussen allerlei gotische en koptische kruizen staan kleine, bemoste tombes met gebroken pilaren die uitgespreid liggen over het wilde gras. Ik zie een graf met een tamelijk dramatische dekplaat waarop een vrouwelijk naakt uitgeteld over een rots is gedrapeerd. Daarna passeer ik de laatste rustplaats van twee Britse schrijvers en van vier vliegeniers die in de Tweede Wereldoorlog zijn gesneuveld. Mijn maag knijpt zich samen als ik vervolgens op het sombere graf van een Duitse tiener stuit die, getuige de inscriptie, 'ver weg van zijn *Heimat*' is begraven. *Dat is mijn vader ook*, denk ik met pijn in mijn hart. Maar waar is hij?

Nadat ik enige minuten moedeloos op een bankje heb gezeten, hoor ik hoe in de verte bij het toegangshek een autoportier wordt dichtgeslagen. Zou dat de beheerder zijn?

Met een licht gevoel in mijn hoofd loop ik terug naar de ingang.

'Can I gelp you?' vraagt een sympathiek ogende dame met een zwaar Spaans accent, als ik haar kantoortje binnenstap.

'Me look for my father,' zeg ik in steenkolen-Engels, waarbij ik me meteen afvraag wat dat toch voor wonderlijk mechanisme is om krukkig Engels op eenzelfde manier te beantwoorden.

'Ze name?' vraagt ze vriendelijk, terwijl ze haar computer aanzet.

'René van Amerongen,' zeg ik. 'He died in 1989.'

Terwijl ik met bonzend hart sta te wachten, ontspint zich hetzelfde tafereel als bij een incheckbalie op het vliegveld: heel veel tikken op het toetsenbord, moeilijke blikken naar het scherm, nog meer typen, nog meer fronsen, driftig geklik met de muis.

En net als je begint te denken dat er ergens iets heel erg mis moet zijn gegaan met je reservering, zegt zo'n grondstewardess uit het niets: 'Oké!' en begint dan blijgemoed je bagagelabels uit te printen.

Deze dame kijkt me na enige tijd echter zorgelijk aan, en zegt: 'Your father is gone.'

Weg? Hoe bedoel je, weg?

'Gone?' vraag ik, met een opvallend droge mond.

'Yes. I'm sorry. Ze tumba. It is gone. You understand? Three years ago, tumba twenty years. Is finish.'

Het begint me te duizelen. Probeert ze me te vertellen dat mijn vaders graf drie jaar geleden is... geruimd?

Ik voel dat ik echt even moet gaan zitten, anders komt de zompige chicken-curry-wrap die ik vanochtend in het vliegtuig heb gegeten – en die ik in de taxi al bijna was verloren – alsnog naar boven. Terwijl de muren van het kantoortje vervaarlijk beginnen te golven, probeer ik met handen en voeten duidelijk te maken dat dit hele kerkhof overloopt van de oude meuk en dat het toch werkelijk godgeklaagd is dat een graf van twintig jaar zomaar wordt geruimd zonder de familie in te lichten en dat daarbuiten veel oudere zerken staan en dat het een schande is dat ons niets gevraagd is.

En dan komt de wrap naar buiten. Gelukkig heb ik nog de tegenwoordigheid van geest om mijn bovenlichaam naar links te draaien, waardoor de gele brei niet over het bureau maar over de terracottategels klatert.

Als ik even later met een glas cola *(hét universele medicijn tegen een veelvoud aan kwalen)* rillend op een bankje in de zon zit, komt de vriendelijke mevrouw stilletjes naast me zitten. Hoewel ik me doodschaam dat zij zojuist met een emmertje sop mijn braaksel heeft moeten opdweilen, lijkt ze daar zelf nauwelijks van onder de indruk.

'I'm s-sorry,' bibber ik, terwijl ik tevergeefs probeer te vechten tegen de tranen. 'I cannot believe my father is not here.'

'Your father,' zegt ze, met een weids gebaar in de richting van de begraafplaats, 'never here.'

Door mijn tranen heen kijk ik haar niet-begrijpend aan.

Dan pakt ze mijn linkerhand en legt die op mijn hart.

'Your father. Always here.'

Nog helemaal beduusd zit ik achter in een taxi die met een noodgang over de AP-7 naar Marbella rijdt. Terwijl ik me net zit af te vragen of het niet wat minder kan op zo'n gevaarlijke snelweg door de bergen, wordt mijn aandacht afgeleid door mijn telefoon.

Het is Barbara, die meteen van wal steekt met een razend enthousiast verhaal over *Korte Metten* en RTL en een pilot en op zeer korte termijn een goede kandidaat vinden en het wordt fantastisch en we hebben er zin in en we gaan ervoor.

'Iris?' vraagt ze ten slotte. 'Hoorde je wel wat ik zei?'

'Ja, ja,' stamel ik, terwijl de taxi grote verkeersborden met de naam Calahonda passeert. 'De eh... de verbinding is nogal slecht.'

'Gaat het een beetje met je?' vraagt Barbara. 'Is er iets?'

'Eh – nee,' zeg ik. 'Er is niets.'

En daar is geen woord aan gelogen.

Ergens midden in Barbara's antwoord druk ik mijn telefoon uit. Slecht bereik in de bergen. Dat begrijpt ze vast wel.

Nadat ik ben ingecheckt in het H10 Andalucia Plaza in Puerto Banús *('Waarom slaap je niet in het Marbella Club Hotel?' vroeg mijn moeder. 'Daar zitten Raf en Sylvie ook altijd!' Ja, vast, maar één hamburger kost daar ongeveer evenveel als mijn hele overnachting in dit H10-dinges)*, probeer ik onder een niet al te indrukwekkend douchestraaltje deze koleredag van me af te spoelen. Daarna geef ik mijn slaphangende plantje nog wat extra water, en ga uitgeteld op het bed liggen. Wat nu?

Ik wilde eigenlijk nog een kijkje nemen bij de finca Arco Iris, maar ik weet eerlijk gezegd niet of mijn hart, dat toch al – zoals Fred dat zo treffend zei – 'met plakband aan elkaar hangt', het zou kunnen verdragen als daar óók de graafmachine overheen blijkt te zijn geweest.

Op aanraden van de hotelconciërge ga ik lunchen in Terra Sana; een biologisch eettentje dat recht tegenover mijn hotel ligt. Ik bestel een glas gemberijsthee, en een wentelteefje dat is aangekleed met smaakvolle aardbeien, schijfjes banaan en ouderwetse *maple syrup*. Langzaam kom ik weer bij mijn positieven.

Your father. Always here.

Met hernieuwde energie besluit ik om toch naar het adres van de finca te gaan zoals het staat beschreven op een van mijn vaders vergeelde enveloppen; al was het alleen maar om de plek waar hij ooit zo gelukkig was met mijn eigen ogen te zien.

Nadat ik mijn spullen ben gaan halen en vóór het hotel in een taxi ben gestapt, rijden we vanaf de snelweg bij Ojén ongeveer tien minuten over een kronkelweg door de bergen omhoog. Dan mindert de auto plotseling vaart om onder een witte boog rechtsaf een zandpad in te slaan. Blijkbaar zuig ik daarop zo duidelijk hoorbaar mijn adem in, dat de taxichauffeur zich omdraait en ter geruststelling op de tekst wijst die op de boog staat geschreven: 'Is good – you look: Arco Iris.'

Een enorm geluksgevoel golft door mijn lijf; ik vind het werkelijk onvoorstelbaar dat het huis er bijna een kwart eeuw later nog gewoon blijkt te staan. Éíndelijk zit er eens iets mee – tenzij ik nu natuurlijk op een muur van rottweilers ga stuiten.

Twee wapperende Balinese vlaggen in regenboogkleuren geven mij echter niet het idee dat hier mensen wonen die van gevaarlijke waakhonden houden; een vermoeden dat wordt bevestigd als ik bij het verlaten van de taxi word bestormd door een klein, pluizig keffertje dat al blaffend en grommend indruk op mij probeert te maken.

'Hola, buenos días,' begin ik in mijn beste *(en enige)* Spaans tegen de zongebruinde vrouw die uit de witte finca tevoorschijn komt.

Ze draagt een luchtige witte harembroek, een wit hemdje en een ketting van blauwe stenen met een boeddha-amulet.

'Kom je soms uit Nederland?' vraagt ze lachend.

'Eh – ja,' stamel ik, plotseling opgelaten.

Wat doe ik hier? Hoe ga ik dit uitleggen?

'Hallo, ik ben Angela,' zegt ze, terwijl ze me een verrassend krachtige hand geeft. Daarna buigt ze zich soepel voorover en tilt in één vloeiende beweging het Maltezer leeuwtje van de grond: 'Goed volk, Yoda.'

'Yoda?'

'Ja, dat is die kleine wijsgeer uit *Star Wars*.'

Dat weet ik, wil ik zeggen, maar ik slik het nog net op tijd in.

Wat heeft zij eraan om te weten dat ik dat weet? En nu ik toch bezig ben: wat heeft zij eraan dat mijn vader en zijn vriend deze finca ooit hebben opgeknapt en verbouwd?

Zenuwachtig frummel ik aan de blaadjes in mijn tas. Ik kan mezelf wel voor mijn kop slaan dat ik de taxi niet heb laten wachten.

'Wil je wat informatie over Arco Iris?' vraagt Angela. 'Of kan ik je ergens mee helpen? Al hoop ik niet dat je van plan was om hier te overnachten; graag natuurlijk, maar we zitten helemaal vol.'

'Nee, ik eh... ik kwam niet om te overnachten. Ik weet niet eens of ik hier wel hoor te zijn.'

Angela kijkt me onderzoekend aan. 'Overal waar je bent, is precies waar je op dat moment hoort te zijn,' zegt ze. 'Maar wie ben jij eigenlijk? En wat heb je daar bij je?'

'Dat is een iris die ik eh... die ik hier wilde planten, want ik ben zeg maar, eh, de Iris in Arco Iris.'

Sjezus, dat kwam er knullig uit. Hoe doet die Derk Bolt dat toch?

Zachtjes aait Angela over het bolletje van Yoda, die me vanonder zijn pluizige haartjes nog steeds wantrouwig zit te bekijken.

'Wil je misschien wat drinken?' vraagt ze ten slotte; waarschijnlijk de enige zinvolle respons die ze op mijn warrige verhaal kan bedenken.

Ik zal je besparen hoeveel ik nu weer heb gehuild, maar twee uur later zitten Angela en ik nog steeds op de kleurige futons in haar tuin, terwijl een eindje verderop een groep vrouwen zich onder de weldadige schaduw van een pergola aan een pittige yogales onderwerpen. Omringd door het zachte ruisen van palmbladeren en het rustgevende getingel van een bamboe windgong, heb ik in een niet-aflatende stroom van woorden mijn hele leven bij Angela op tafel gelegd.

Het voelt intens bevrijdend om ongehinderd te kunnen praten tegen iemand die alleen aandachtig luistert en niet oordeelt; die nergens verbaasd of verbolgen op reageert, maar mijn verhaal fris en onbevangen aanhoort. Als ik dit aan het einde van het gesprek aan Angela probeer uit te leggen, schiet ze in de lach.

'Begrijp je dan niet dat je deze geschiedenis niet aan mij, maar aan jezélf hebt verteld? Dat je eindelijk eens naar jezelf hebt geluisterd, zonder te twijfelen, en zonder te oordelen?'

Ze heeft het nog niet gezegd, of het zweet breekt me uit: onder mijn oksels, op mijn rug en in mijn bilnaad – overal voel ik het water kringelen. Het lijkt wel of het me nu pas opvalt hoe warm het hier eigenlijk is. Het lijkt wel of ik nu pas iets vóél.

'Ik zie dat je bloed weer begint te stromen,' lacht Angela. 'Dat is wat de Sierra de las Nieves, het beschermde natuurgebied waar wij onderdeel van uitmaken, met mensen doet. Ik zit hier pas vier jaar met mijn meditatie- en stilteretraite, maar deze finca heeft altijd Arco Iris geheten, en het is altijd een plek geweest waar mensen kwamen voor heling en zuivering.'

Oké, ik zal eerlijk zijn: dat soort woorden doen me iets te veel aan Ineke denken. Maar nu Angela het zegt, in deze ambiance, met het doezelende hoofdje van Yoda in alle rust op mijn been, begin ik te geloven dat er misschien een kern van waarheid in zit.

'Het klinkt misschien zoetsappig,' zeg ik, 'maar ik voel me hier... thuis, alsof ik een deel van mijn vader heb gevonden.'

'Weet je wat mijn ervaring is?' zegt Angela. 'Dat mensen die een ander zoeken, in welke vorm dan ook, eigenlijk op zoek zijn naar zichzelf.'

Daar moet ik even over nadenken.

'Zou het echt zo simpel zijn?' vraag ik ten slotte.

'Ik zei niet dat het simpel was,' lacht Angela. 'Eenvoud is nooit eenvoudig. Ik vind het in ieder geval heel bijzonder dat je hier een iris wilt planten. Kom, dan zoeken we een mooi plekje uit waar-ie goed kan wortelen.'

De volgende dag, wanneer ik te midden van een lange rij bruinverbrande vakantiegangers de volgepakte Transavia binnenschuifel, voel ik me ontzettend licht, alsof er een loden last van me is gevallen – en dan bedoel ik niet eens de 85 kilo van Pieter, aan wie ik werkelijk geen seconde heb gedacht. Eindelijk heb ik de ruimte om te genieten van het feit dat we een pilot voor *Korte Metten* mogen maken; en dat er op de terugvlucht een film van Ryan Gosling wordt vertoond – da's ook niet verkeerd.

Zodra ik mijn plaats heb ingenomen en mijn telefoon wil uitzetten, begint hij te trillen. Als ik op het schermpje kijk en de naam Babette zie staan, kan ik een glimlach niet onderdrukken.

'Hé, schat,' fluister ik. 'Hoe wás het?'

'Dat kan ik beter aan jou vragen!' zegt ze.

'Nee, nee,' zeg ik snel, 'dat is een lang verhaal. Of een kort verhaal, eigenlijk; maar dat ga ik je allemaal thuis vertellen. Maarreh – vóór we gaan taxiën wil ik natuurlijk nog wel één ding weten.'

Schichtig kijk ik opzij naar mijn medepassagiers; twee nette dames die, zoals Cassandra dat zou zeggen, gekleed zijn alsof ze voor het Rode Kruis gaan collecteren. 'Was het... veel?'

Prompt schiet Babette in de lach. 'Het was té veel!'

'Echt?' grinnik ik met mijn hand voor mijn mond.

'Ja, een E te veel, om precies te zijn. Kom ik bij het College Hotel, spreekt een vrouw me aan. "Ik ben Renée," zegt ze, "met twee e's." Blijkt dat deze jongedame Second Love afstroopt met een foto van haar broer, en vrouwen opnaait met geile praat. "Alles wat ik je heb beloofd, kan nog steeds," fleemde ze. Ik zeg: "Nee schat, daarvoor mis je een paar essentiële onderdelen," maar volgens haar viel overal een mouw aan te passen. Ze zei dat ze op deze manier vaak succes had – maar niet bij mij. Ik moest meteen aan jou denken, Vandenberg. Ik ben er klaar mee, met die hele poppenkast.'

'Godzijdank,' lach ik zachtjes in de telefoon. '*Fasten your seatbelts* – ik kom naar huis!'

31

Ik had nooit gedacht dat ik er nog eens getuige van zou zijn hoe mijn moeder met een honkbalknuppel een auto te lijf gaat, maar dat is precies wat er is gebeurd. Nadat ik haar had verteld dat we naarstig op zoek waren naar een geschikte kandidaat voor een proefaflevering van *Korte Metten*, heeft ze zich spontaan aangemeld.

Normaliter gaat daar een uitputtend selectieproces met indringende voorgesprekken aan vooraf, want het verhaal van de geportretteerde moet natuurlijk wel genoeg ballen hebben om de televisiekijker een hele uitzending te blijven boeien.

Dat was in dit geval snel beklonken.

Ik kon zelfs de DV-opnames van het Cementerio Inglés en de Arco Iris gebruiken om mijn moeders verhaal te illustreren. Natuurlijk heb ik nog even geaarzeld of ik mijn eigen familiegeschiedenis wel zo open en bloot op televisie wilde laten zien, maar het enthousiasme van mijn moeder om eindelijk eens die Peugeot 504 in elkaar te kunnen rammen, heeft mijn laatste twijfel weggenomen.

Én ze had nog een mooie quote op het eind. Ze zei: 'Als je alles wat je dwarszit naar buiten gooit, maak je je omgeving stuk. Maar als je het allemaal opkropt en binnenhoudt, maak je jezelf stuk. Ik ben blij dat ik vandaag mijn frustraties eindelijk eens heb kunnen uitleven zonder dat ik anderen daarbij heb geraakt.'

Dat was overigens niet helemaal waar; ze heeft die dag wel degelijk mensen geraakt. Iedereen die op de vloer aanwezig was, bijvoorbeeld. Het beeld van een frêle vrouwtje dat in een grote overall haar pijn en verdriet van zich af staat te meppen, bleek zo krachtig en overrompelend dat de hele ploeg er stil van was.

Zo niet mijn moeder. Die was euforisch.

Als allereerste item voor het Korte Metten Museum koos ze voor de kapotgeslagen achteruitkijkspiegel, met de tekst: VANAF VANDAAG GA IK ALLEEN NOG MAAR VÓÓRUIT LEVEN. Ik durf bijna niet te zeggen welke trofee ze mee naar huis nam: de pook.

Ik zei: 'Mam, ik kan alleen maar hópen dat je hiermee iets bedoelt in de trant van: "ik ga leven in een andere versnelling".' Daar moest ze heel hard om lachen. Het is haar gegund, zal ik maar zeggen – méér hoef ik er niet over te horen.

De rest van de zomer is voorbijgevlogen.

Na het evalueren van de pilot heeft RTL5 tot mijn grote vreugde – en minstens zo grote verbijstering – acht afleveringen van *Korte Metten* besteld, dus ik heb de hele maand augustus in de studio gestaan. En één keer buiten, omdat een man graag met een Monstertruck over een verzameling spuuglelijke gipsen tuinbeelden wilde rijden. *(Nee, ik ga niet vertellen waarom; daarvoor moet je straks de uitzending maar bekijken.)*

Het bureau van de baas en het echtelijke bed bleken twee zeer populaire frustratieobjecten. Het aantal mensen dat met een kettingzaag een PlayStation, flatscreen of computer doormidden wilde zagen, vond ik ook opvallend groot.

Niet alle aanmeldingen waren even praktisch ('Ik zou graag het kantoor van die klootzak die mijn hypotheek heeft geweigerd willen onderschijten'), maar ik denk dat we er toch een heel gevarieerd seizoen van hebben weten te maken. Zo hebben we een broer en zus die met zichtbaar genoegen het 150-delige servies van hun wijlen stiefmoeder aan barrels slaan; twee vriendinnen die samen honderd kilo zijn afgevallen en nu een met taarten en gebakjes gevulde keuken mochten slopen en een twaalfjarige jongen *(die mij zelf erg raakte)* die ooit als kind door een vechthond in zijn gezicht was gebeten en nu samen met zijn broertje een levensgrote *piñata* te lijf mocht gaan.

Door mijn voorgesprekken met alle potentiële kandidaten en het luisteren naar de verschillende manieren waarop zij hun problemen hadden aangepakt, kreeg ik trouwens ook nog een rondje gratis therapie. Sommige mensen dienden daarbij als voorbeeld, andere als schrikbeeld.

Ik vond het werkelijk onthutsend *(en ja, ook pijnlijk herkenbaar)* hoeveel mensen zich dermate hadden vastgebeten in hun verdriet dat ze overduidelijk niet van plan waren het ooit nog los te laten. Eén man die me is bijgebleven had al jaren oorlog met zijn buurvrouw over iets schijnbaar simpels als een heg. Om het slepende – en door hem verloren – juridische gevecht voor eens en voor altijd achter zich te laten, wilde hij met een bijl een rij coniferen omhakken; een actie die hij motiveerde met de opmerking: 'Snoei is bloei.'

De bewuste man heeft de uitzending niet gehaald; mede omdat ik sterk de indruk kreeg dat hij er iets te levendig over fantaseerde om óók zijn buurvrouw tussen die coniferen op te stellen. Maar 'snoei is bloei' heb ik onthouden. *Voor als ik Douwe ooit nog eens zie*, dacht ik met een zuur lachje. Kon ik hem ook eens met een motto uit de land- en tuinbouwsector om de oren slaan.

Ach ja. Ooit.

Maar wat denk je? Begin september kreeg ik opeens een uitnodiging van de directie van Media Nox in de bus: ze hadden een loge gekocht op een benefietgala voor het Emma Kinderziekenhuis in de Gashouder, en omdat Claudia en ik 'met onze succesvolle ideeën zoveel voor het bedrijf hadden betekend', waren wij beiden van harte uitgenodigd om bij deze exclusieve feestnacht aanwezig te zijn.

'Feest... nacht?' vroeg ik aan onze *creative director* Thomas.

'Ja, leuk hè,' glunderde hij. 'Emma's Fun(d) Raising Night is een van de meest bijzondere benefietgala's van het jaar. Niet zo'n stijf vlinderstrikjesgebeuren met grijze dakduiven, maar een bruisend feest van tien uur 's avonds tot vier uur 's nachts, met lekkere dj's en spetterende optredens. Zeventig loges, vijftienhonderd gasten...'

... en Douwe?...

'Vorig jaar hebben ze méér dan vierhonderdduizend euro opgehaald voor de grote, kindvriendelijke metamorfose van het Emma Kinderziekenhuis; ongelooflijk toch? Het is een onwijs succesvol particulier initiatief van een club jonge ondernemers en bevlogen artsen...'

... waaronder Douwe?...

'... én ze hebben een veiling met topitems, zoals kaarten voor een catwalkshow van Chanel in Parijs, met een overnachting in Hotel Costes. Misschien iets voor jou?'

Hallo, Vandenberg, er wordt je iets gevraagd!

'Dat eh... dat klinkt een beetje boven mijn budget, Thomas,' lachte ik ongemakkelijk.

'Niet zo bescheiden, Iris. Of heb je je afschriften voor dit seizoen van *Korte Metten* nog niet gezien? Die formatrechten lijken me toch een leuke bonus. En wacht maar tot we het programma meenemen naar de MIP in Cannes; wie weet wat er dan nog voor je uit komt rollen.'

Mijn mond viel open. 'Gaat *Korte Metten* mee naar de televisiebeurs in oktober?'

'Natuurlijk! De drang om iets kort en klein te slaan, zeker in deze slechte economische tijden, lijkt ons redelijk universeel. In Japan zijn er niet voor niets speciale themakamers die je kunt huren en waar je je vervolgens met een knuppel op mag uitleven.'

'Speciale themakamers? Bestaan die écht?'

'Ja, grappig hè? En weet je welke het meest populair zijn?'

'Nee – niks zeggen, laat me raden: het bureau van de baas en het echtelijke bed?'

'Inderdaad! Ik denk dat jij een diepmenselijke behoefte in een format hebt weten te vangen, en het zou mij dan ook niets verbazen als daar internationale belangstelling voor bestaat.'

Helemaal beduusd zat ik op mijn stoel.

'Maar dat is nog niet alles,' zei Thomas. 'Media Nox is een jong bedrijf, maar nu we over meer middelen beschikken, vind ik het belangrijk dat we ook meer aandacht gaan besteden aan maatschappelijk verantwoord ondernemen, door bijvoorbeeld bijdrages te gaan leveren voor emmatv, het *inhouse* tv-kanaal van het Emma Kinderziekenhuis. We willen ook onze diensten gaan aanbieden aan de Stichting Steun Emma, dat fondsen werft voor de verbouwing van het ziekenhuis, onder de naam Maak Emma Beter. En nu dachten wij: wie zou dit project beter kunnen gaan leiden dan... jij?'

'Wie – ik?'

'Ja, jij. Je hebt zelf net een kleintje van bijna negen maanden, en daardoor een grote affiniteit met kleine kinderen. En door het werk van je man...'

'Ex-man.'

'... excuseer, ex-man, ben je behoorlijk ingeburgerd in de medische wereld. Én ik begreep van Barbara dat je zoontje onlangs nog een nachtje in het Emma heeft doorgebracht?'

'Eh – ja.'

'Nou, dat schept een band.'

'Ik, eh...'

'Ik begrijp dat ik je hiermee overval,' zei Thomas, 'maar vrijdag gaan we gezellig met een select groepje naar dat feest, en misschien is het een idee dat jij daar dan alvast de eerste contacten legt met mensen van de Stichting. O ja: de *dresscode* voor mannen is *tuxedo and jeans*, en voor vrouwen *cleavage and mascara*. Doe er iets leuks mee!'

En nu zie ik er dus uit als Michelle Obama.

Tenminste, dat zei mijn moeder toen ik net Milan en Boris bij haar kwam brengen. Milan begon ook al te huilen toen ik hem kwam ophalen op het kinderdagverblijf, dus misschien ben ik inderdaad een tikje uitgeschoten met de *spray tan*.

Het zou zomaar kunnen dat ik vanavond voor het eerst sinds maanden Douwe weer eens zie, en ik mag dan vanwege mijn eigen programma de hele zomer binnen hebben gestaan – ik was echt niet van plan om hem met een bleek bekkie en twee melkflessen onder ogen te komen.

'Wil je *medium* of *dark*?' vroeg het hevig kauwgomkauwende meisje dat mijn lijf met een airbrushpistool zou gaan besproeien. 'Medium past het beste bij jouw huidtype, als je het mij vraagt.'

'Doe maar dark,' zei ik. 'Dan komen mijn ogen mooi uit.'

'Wat jij wilt,' zei het meisje schouderophalend.

Nooit een goed antwoord, nu ik erover nadenk, maar ik wilde zó graag zo'n aantrekkelijke, o-zo-ontspannen *sunkissed glow* dat ik mijn gezonde verstand op de stoep van de *spray tan*-studio had laten liggen.

Toen ze klaar was, leek ik wel getectyleerd.

'Morgenochtend pas douchen en de komende uren geen deo of bodylotion gebruiken,' zei ze geroutineerd. 'Vijftig euro, alsjeblieft.'

'Ik heb eh... vanavond, of beter gezegd vannacht, een feestje,' vroeg ik voorzichtig. 'Dat kan toch wel? Of bladder ik dan af?'

Het meisje trok één wenkbrauw op. 'DHA, het actieve ingrediënt, gaat vanaf nu werken. Dat betekent dat je ieder uur donkerder wordt. Je moet het even twaalf uur de kans geven om rustig in te trekken.'

'Ieder uur donkerder? Maar ik ben al zo donker...'

'Wat je nu ziet, is vooral de kleurstof waarmee ik kan bepalen welke delen ik heb gehad, begrijp je? Als ik kleurloos zou sprayen, bestaat de kans dat ik hele stukken oversla, of juist dubbel doe. Maar jij wilde dark, en geloof me: dat wordt het ook.'

Eenmaal thuis heb ik mijn gezicht met lotion nog wat lichter kunnen maken, maar de rest van mijn lijf ziet eruit alsof het onder de grill heeft gelegen. Best oké, dacht ik eigenlijk, nadat ik mezelf uitgebreid in de spiegel had bestudeerd. Lekker *beachy*.

'Maar dan wel méér Torremolinos dan St. Tropez,' zegt mijn moeder wanneer ik bij haar op de bank plof.

'Dat komt omdat jij weet hoe bleek ik eigenlijk ben, mam,' zeg ik geërgerd. 'Douwe weet dat niet. Ik wil gewoon de vibe afgeven dat ik van buiten zijn hou. Van het strand, bijvoorbeeld. En van surfen.'

'Afgeven doe je zeker,' lacht mijn moeder.

'Muh-muh,' zegt Milan met grote ogen, terwijl hij zich in de hals van mijn moeder verbergt, 'muh-muh!'

Milan zit momenteel midden in de eenkennigheidsfase. Doordat hij is gaan kruipen, is zijn wereld een stuk groter geworden maar ook een stuk bedreigender. Zodra ik thuis een kamer dreig te verlaten, kruipt hij huilend achter me aan en klemt zich als een aapje aan mijn been. Hij reageert momenteel ook niet zo goed op onbekende gezichten, dus het moet behoorlijk verwarrend voor hem zijn dat zijn eigen moeder met een ander kleurtje is thuisgekomen.

Het helpt ook niet dat zijn oma steeds lacherig zegt: 'Wat is dattenou? Is mama Zwarte Piet?'

Nadat ik de argwanend kijkende Milan een voorzichtig kusje heb mogen geven, fiets ik met een lege Taga Bike terug naar huis. Het is alweer een paar weken geleden dat Milan voor het laatst bij zijn oma is gaan logeren, en ik voel me zo rusteloos als hij er niet is; alsof ik ben losgeslagen van mijn anker.

Misschien ben ik zelf ook een beetje eenkennig geworden. Het liefst zit ik gewoon lekker thuis te tuttelen met m'n kleine man en de hond. Ja, de hond. Boris slaapt allang niet meer beneden maar op het kleedje naast mijn bed, waar zijn geruststellende ademhaling – en zelfs zijn irritante ruften – een vast en kalmerend onderdeel zijn geworden van mijn eigen slaapritueel.

Sinds Angela mij heeft verteld dat je altijd daar bent waar je op dat moment hoort te zijn, heb ik geconcludeerd dat dat ook voor Boris geldt. Hij is waar hij hoort te zijn. Bij mij.

32

Als de *big shots* van Media Nox mij niet zo enthousiast hadden uitgenodigd, had ik het feest van vanavond met alle liefde aan me voorbij laten gaan. Ik merk dat alleen al het idéé dat Douwe er ook zou kunnen zijn behoorlijk wat onrust bij me oproept; en de reactie van Claudia maakt mijn humeur er niet beter op.

'Hallo zeg, Vandenberg,' lacht ze, als ik even vóór 22.00 uur bij haar, Thomas en de vrouw van Thomas in de auto stap. 'Ben je in slaap gevallen onder de snelbruiner?'

'Heel grappig,' zeg ik, veel narriger dan ik wil klinken. 'Ik ben met mijn zoontje naar het strand geweest, en ik kleur nogal snel.'

'Laat ik daar nu in al die jaren nooit wat van gemerkt hebben,' repliceert Claudia vals.

'Wauw, mooi jurkje heb je aan, Iris; goeie decolleté!' zegt de vrouw van Thomas opgewekt, waaruit ik kan opmaken dat zij en haar man het gekissebis op de achterbank niet hebben meegekregen.

'Dank je,' zeg ik, terwijl ik onwillekeurig een paar niet-bestaande pluisjes van de stof veeg. *(Hoe komt dat toch, dat als iemand iets over je kleding zegt, je er automatisch aan gaat plukken?)*

'Het is een Issa,' zeg ik trots. Geleend van Cassandra, maar dat gaat ze niks aan. 'Hun jurkjes hebben zo'n mooie pasvorm dat je er spontaan een zandloperfiguur van krijgt.'

'Ja – nou,' smaalt Claudia, 'met het meeste zand in de onderkant.'

Dát hoorden Thomas en zijn vrouw wel, en ze moeten er hartelijk om lachen. 'Ha, ha, die Claudia, wat is ze toch geestig.' Ah – sterf.

Ik heb al vaker een feestje in de Gashouder gehad, maar deze Fun(d) Raising Night is wel bijzonder groots aangepakt.

De zeventig loges zijn prachtig verzorgd, met in het midden een groep viptafels die geheel in het wit zijn aangekleed, en boven het podium straalt de naam Emma in majestueuze blauwe neonletters. Het is ontzettend druk en damperig door het geblaas van diverse rookmachines, en als ik na anderhalf uur de krullenkop van Douwe nog steeds niet tussen alle deinende smokings heb kunnen ontwaren, begin ik langzaam te ontspannen.

Misschien is hij er wel helemaal niet.

Maar dan, klokslag twaalf uur, valt de muziek stil en worden er spots op het podium gericht. 'Dames en heren,' zegt een ronkende voice-over, 'mag ik uw aandacht voor een van de aanjagers van de Stichting Steun Emma Kinderziekenhuis AMC: dokter Douwe Drakema!'

Mijn hart springt in mijn keel als Douwe, schijnbaar vanuit het niets *(Waar komt hij vandaan? Aan welke tafel zat hij?),* achter een spreekgestoelte van plexiglas plaatsneemt.

Hij ziet er ongelooflijk goed uit in een smokingjasje met een wit overhemd, een baggy jeans en Hogans. Ik verbaas me erover hoe dichtbij hij lijkt te zijn, maar tegelijkertijd ook ver weg.

Is dit werkelijk de man met wie ik in het Vondelpark in het gras heb gelegen? Die *The Bold&The Beautiful* kijkt, van volkoren koekjes houdt, en mij in benevelde toestand van m'n bank heeft geraapt?

'Kanonne,' roept Claudia boven het donderende applaus uit. 'Is dát even een fijne dokter. Die mag mij ook weleens komen gladstrijken!'

'Hij is kinderarts, hoor,' bijt ik haar toe. 'Niet van Monumentenzorg.'

'Zoals u ongetwijfeld allemaal weet, werkt het Emma Kinderziekenhuis AMC de laatste jaren hard aan een bijzonder zorgvernieuwingsproces dat "De Metamorfose" heet,' begint Douwe met een opvallend heldere en krachtige stem. 'Onderdeel daarvan is de complete vernieuwbouw van het Emma die nu plaatsvindt. De zuigelingenafdeling is inmiddels klaar, en de nieuwe verpleegafdeling Kinderoncologie op F8 Zuid is zojuist betrokken. Er wordt nu hard gewerkt aan de andere afdelingen, maar daarvoor is nog veel geld nodig. Ook úw geld.'

Er rolt een lacherig geroezemoes door de zaal.

Met zijn bevlogen verhaal, gecombineerd met indringende foto's van kleine, maar dappere kinderkoppies van verschillende afdelingen, windt Douwe de menigte moeiteloos om zijn vinger.

Nee, het is niet echt een hoogvlieger, die hondenuitlater van mij.

Om je dood te schamen.

'Twee miljoen euro is er nog nodig,' sluit Douwe zijn voordracht af. 'En ik hoop met heel mijn hart dat wij dat enorme bedrag stukje bij beetje bij elkaar kunnen krijgen. Want er zijn maar weinig dingen die méér pijn doen aan je hart dan de aanblik van een kind in een ziekenhuis. Zo'n klein hoopje mens, aangesloten op allerlei piepende apparaten, slangen en infusen. Weggerukt uit de vertrouwde omgeving; overgeleverd aan pijnlijke onderzoeken en een hoop onzekerheid. Gelukkig is het Emma Kinderziekenhuis een pionier op het gebied van de "positieve ziekenhuisbeleving". Help ons helpen. Maak Emma beter. Want als je kind gezond is, heb je wel duizend wensen. Maar als je kind ziek is, nog maar één.'

Zodra Douwe klaar is met spreken, raak ik in het klaterende applaus behoorlijk geëmotioneerd. Ik denk aan Milan, en aan zijn val van de commode, en aan hoeveel slechter het voor hem had kunnen aflopen, en dat voor zóveel kindjes dat geluk niet is weggelegd, en...

'Iris!' schudt Thomas me wakker. 'Hoorde je wat ik zei?'

'Eh – nee,' zeg ik naar waarheid, terwijl ik gebaar naar de ongelooflijk harde muziek die de dj prompt heeft ingezet.

'Die Drakema; wat een charismatische man! Daar moet jij echt even mee gaan kennismaken,' roept Thomas.

'Moet dat nu?' vraag ik benauwd. 'Is het niet handiger als ik hem bijvoorbeeld maandagochtend ga bellen? Ik bedoel – iedereen duikt nu op hem af en zo, en misschien is hij vanavond wel heel erg druk...'

'Ík wil het anders wel doen, hoor,' zegt Claudia, terwijl ze aanstalten maakt om op te staan. 'Ik vind die dokter Drakema één en al positieve ziekenhuisbeleving!'

'Zitten blijven,' zeg ik, plotseling fel. 'Dit is míjn project. Ga jij vooral door met de champagne.'

'Veel succes, Iris,' zegt Thomas, die door het lawaai maar de helft van het onderonsje heeft meegekregen. 'Zeg maar dat je graag een nauwe samenwerking wilt aangaan.'

Met houten benen loop ik over de dansvloer in de richting van Douwes tafel, die ik, in tegenstelling tot eerder deze avond, nu opeens wél verrassend snel heb gespot.

Douwe is in gesprek met een wat oudere man rechts van hem, maar veel andere gasten aan zijn tafel zijn blijkbaar aan de wandel, want aan de linkerkant is een aantal met witte stof omtrokken stoelen vrij.

'Hi,' zegt hij relatief neutraal, als ik met bonzend hart naast hem kom zitten, om er een seconde later een veel enthousiaster: 'Hi!' achteraan te gooien; alsof hij zich pas na twee keer kijken realiseerde dat ik het ben.

De man aan de rechterkant rondt met een ferme handdruk het gesprek af, waarna Douwe zich energiek mijn kant opdraait. Zijn ietwat bezwete en broeierige aanwezigheid stijgt dermate snel naar mijn hoofd dat ik mezelf niet langer voor de gek kan houden: ik vind hem écht heel erg leuk. En ik heb het écht heel erg verkloot. Vanwege de harde muziek brengt hij zijn naar zoete wijn ruikende mond heel dicht bij mijn oor en zegt: 'Wil je neuken misschien?'

Prompt breekt het zweet me aan alle kanten uit.

'Wát zei je?' stamel ik verbijsterd.

Lachend kijkt hij me aan. 'Zo gek is dat toch niet?'

'Kun je het nog 'n keer zeggen?' schreeuw ik in zijn oor.

'Ik vind het leuk je te zien!'

Aha. Oké. Toch jammer.

Met een gepijnigde hoofdknik geef ik aan dat we beter even naar buiten kunnen lopen; er valt hier nagenoeg niet te praten. Zodra ik opsta van mijn witte stoel, zie ik tot mijn ontsteltenis dat mijn spray tan grote, bruine afdrukken heeft achtergelaten op de plek waar mijn bezwete benen hebben gezeten.

Nee! Het lijkt verdomme wel de lijkwade van Turijn.

Ik probeer er nog snel een servet over te draperen, maar Douwe heeft de vlekken al gezien. En niet alleen dat – hij komt niet meer bij.

'Ik vond je al zo bruin,' giert hij in mijn oor.

Het liefst zou ik me nu ergens in een heel donker hoekje gaan verbergen, maar dan pakt Douwe me onverhoeds bij de hand en loodst me behendig langs alle mensen door naar buiten.

'Waarom keek je zo geschokt toen ik zei dat ik het leuk vind je te zien?' vraagt Douwe, als we even later buiten de Gashouder staan. 'Ik moest het zelfs twee keer zeggen!'

'Ik eh – ik verstond het verkeerd,' zeg ik opgelaten.

... én onze laatste ontmoeting was verre van soepel.

'Wat dacht jij dan dat ik zei?'

'Iets héél anders. Laten we het daar maar op houden.'

'Meestal vind ik het wel lekker, die harde muziek,' zegt Douwe. 'Daar kan ik mezelf echt in verliezen. Maar deze avond is voor mij vooral een netwerkavond, en dan is het onwijs vermoeiend om steeds zo te moeten schreeuwen. Ik was trouwens wel verrast toen je opeens naast me zat. Ik had Media Nox weliswaar op de logelijst zien staan, maar meestal komt dat soort bedrijven met de directie en met BN'ers, en niet met...'

'... onderknuppels die programma's als *Bitch Slap* maken?' val ik hem wrevelig in de rede.

Schuldbewust kijkt Douwe me aan. 'Dat kwam er lullig uit, hè?' zegt hij ten slotte.

'Dat kun je wel zeggen, dokter Draak,' lach ik zuinig. 'Maar dat ben ik inmiddels wel 'n beetje van je gewend.'

Zo. Denk daar maar eens over na.

Doelloos frummelt Douwe aan de gevlochten bandjes om zijn pols. 'Als je het echt wilt weten,' verzucht hij na enige tijd, 'ik heb inderdaad een aantal dingen gezegd waar ik spijt van heb.'

'Nou, dan kunnen we elkaar een hand geven,' lach ik opgelucht.

'Geeft-ie niet af?' vraagt Douwe, terwijl hij mijn uitgestoken hand met gespeelde weerzin probeert te ontwijken.

'Luister eens bijgoochem, je hebt me net ook al een hand gegeven, hoor.'

'Weet ik toch,' grijnst Douwe. 'Leuk om te zien dat je nog steeds een bijtertje bent.'

Ik maak meteen van de goede sfeer gebruik door hem allereerst te vertellen dat het helemaal is goed gekomen met het oogje van Milan, en daarna over mijn succes met *Korte Metten* (maandag voor het eerst op zender!) en tot slot dat Media Nox mij naar voren heeft geschoven om een samenwerking tot stand te brengen met de Stichting Steun Emma.

Prompt betrekt zijn gezicht. Niet echt een goed teken. Maar dan grijpt hij in de binnenzak van zijn smokingjasje naar zijn telefoon, die driftig blijkt te trillen.

'Problemen?' vraag ik voorzichtig, terwijl hij fronsend een sms'je begint te lezen.

'Mjah, een update uit het ziekenhuis. Ik was vanavond twee uur te laat op het gala want er kwam nog een spoedje binnen, en dat gaat bij mij altijd vóór. Een vijfjarig kind dat zonder veiligheidsgordel op de achterbank van een auto lag te slapen. Dat zoiets nog bestaat! Zeiden die ouders: "Maar hij draagt niet graag een gordel." Nou en? Bij de kleinste botsing vlieg je als een kogel in het rond. Het jongetje had dan ook ernstig hoofdletsel. Echt vreselijk. Zijn toestand is nu stabiel, maar het blijft frustrerend. Zo onnodig.'

Even kijken we samen bedrukt voor ons uit.

'Mijn vriendin Babette had met haar kinderen Max en Sanne ook altijd strijd om die gordel om te krijgen,' zeg ik ten slotte. 'Maar weet je wat ze daar uiteindelijk op heeft gevonden? Ze zei: "Als je de gordel maar om doet, dan is het voor de *aliens* moeilijker om je uit te auto te zuigen." Dát heeft meer indruk op ze gemaakt dan welke preek dan ook.'

Ik heb het nog niet gezegd of ik kan mezelf wel voor mijn kop slaan, maar tot mijn grote opluchting schiet Douwe in de lach.

'Die aliens ga ik erin houden.'

'O – gelukkig, je kunt erom lachen,' verzucht ik. 'Ik dacht even dat ik wéér een YMCA had gedaan.'

'Dat is ook zo – maar eerlijk gezegd vind ik dat ook zo leuk aan je,' zegt Douwe, terwijl hij me schuin aankijkt. 'In het ziekenhuis hebben we gevoel voor humor nodig; lachen is een soort overloopmechanisme om de spanning te ontladen. Maarreh – is dat de Babette die...?'

'Ja, ja,' knik ik, 'die haar man dood wilde. Maar wees gerust: Barry hoeft niet meer met één oog open te slapen. Babette vertelde me laatst dat ze had gelezen dat de formule voor een gelukkig huwelijk 5:1 was, dus vijf complimenten tegenover één kritische opmerking. Bij haar thuis was het nu nog 1:5, maar daar ging ze zelf ook aan werken, zei ze. Ze is wel even klaar met het revanchedaten.'

'En eh... jij?' probeert Douwe zo nonchalant mogelijk te vragen. 'Ben jij nog 'n beetje aan het daten?'

‘Iedere avond,’ zeg ik met een stalen gezicht.

Douwe schraapt zijn keel. ‘Echt?’

‘Ja, met mijn kleine man. Milan is een makkelijke en bovenal goedkope date. Als hij met zijn wortelenhapje een paar lekkere belletjes mag blazen is hij al dik tevreden.’

‘Leer hem vooral netjes eten,’ grinnikt Douwe zichtbaar opgelucht, ‘want in een van de vrouwenbladen die in het ziekenhuis slingeren, heb ik gelezen dat je heel wat over het karakter van een man kunt leren aan de hand van de manier waarop hij eet.’

‘Zoals?’ vraag ik lachend.

Douwe gaat er eens goed voor staan. ‘Ik citeer: “Is hij een slurper of een knoeier, een genieter of een twijfelaar? Kijkt-ie eindeloos op de kaart, wil hij nooit wat nieuws proberen of lepelt hij altijd jouw toetje leeg?”’

‘... Of vertelt hij je ongevraagd over zijn stoelgang?’

Net als Douwe daar op wil reageren, begint zijn telefoon weer te trillen. ‘Ow, ik word gezocht,’ zegt hij. ‘Ik moet nog op de foto. En ik heb zo’n hekel aan foto’s.’

‘Welnee joh,’ zeg ik plagerig. ‘Jij bent echt wel een poseur.’

Douwe trekt verontwaardigd zijn wenkbrauwen op. ‘Een poseur?’

‘Ja man, zoals jij met je haar kunt gooien: “Omdat ik het waard ben...” Cassandra vertelde mij dat Douwe de mannelijke variant is van de Friese meisjesnaam Doutzen. Vandaar waarschijnlijk.’

‘Nou – dat is meer omdat mijn moeder uit Friesland komt. Of beter gezegd: kwam,’ zegt Douwe, plotseling een stuk serieuzer.

Aargh, hoe presteer ik het om dát onderwerp aan te snijden?

‘Dat van je moeder, toen in het ziekenhuis, van haar sterfdag, dat eh... dat wist ik niet.’

‘Ah, meissie,’ zegt Douwe, terwijl hij zijn arm om mijn schouder legt en me met een zacht knijpje naar zich toe trekt. ‘Dat was ook gemeen van mij. Ik zat zelf niet goed in mijn vel, en ik...’

‘Schatje – dáár ben je,’ klinkt er opeens een ongeduldige vrouwenstem.

Schatje? Wat gaan we nu krijgen?

Vóór ik ook maar met mijn ogen kan knipperen, heeft Douwe me al losgelaten en loopt hij haastig op een vrouw af die de dresscode *cleavage and mascara* overduidelijk naast zich neer heeft gelegd en gekleed is in een stijlvolle, Audrey Hepburn-achtige jurk.

'Wat was je lang buiten,' zegt ze.

En dan, na een vorsende blik naar mij, waarbij ze me in één keer scant zoals alleen vrouwen dat kunnen doen, vraagt ze: 'Is dit iemand bijzonders?'

'Eh – nee,' zegt Douwe snel *(... nee?!)*, 'dit is eh, iemand die ik ken. Van het productiebedrijf Media Nox. Zij willen ons graag gaan ondersteunen met audiovisuele middelen. Iris, dit is Cécile, een nieuwe aanwinst van de Stichting. Alle partnerships lopen via haar, dus als je haar maandag even belt, kunnen jullie samen bespreken wat de mogelijkheden zijn.'

'En nu die foto, schat,' zegt Cécile met een allerliefste glimlach, terwijl ze haar arm in die van Douwe haakt. 'Da-hag, Iris. Neem vooral contact op. Met mij.'

En weg zijn ze. Maar wacht eens even – zó zijn we niet getrouwd.

Geërgerd pak ik mijn telefoon uit mijn tasje en begin driftig te tikken.

Hey Draak, zo te zien ben jij wél aan het daten geweest!

Nee, Vandenberg, nee, nee, nee.

Adem in, adem uit.

Hey Douwe, was heel leuk je te zien, minder leuk dat je me als 'niet veel bijzonders' aan je verkering (delete, delete) **aan Cécile hebt voorgesteld. Je zult er wel je redenen voor hebben...?**

Het antwoord laat niet lang op zich wachten.

Vond het ook leuk om jou weer te zien, maar ook verwarrend. Als we echt samen moeten gaan werken kunnen we ons beter professioneel opstellen en gewoon vrienden zijn.

Als we samen móéten gaan werken? Mijn hoofd tolt. Kan iemand mij uitleggen wat hier de laatste vijf minuten precies is gebeurd? En wie is die troela? Ziedend loop ik terug naar de loge van Media Nox.

'Zo, zo, Vandenberg,' lacht Claudia schamper als ze me enigszins verwilderd ziet binnenkomen. 'Ik wist niet dat jij zo goed was in eh, relatiemarketing. Thomas stuurt je eropuit om met dokter Drakema te gaan praten, en wat zie ik? Nog geen vijf minuten later loop je al met 'm naar buiten.'

'Sjezus Claudia, het is echt helemáál niet wat jij denkt. Douwe en ik...'

'O? Mag jij al Douwe zeggen, tegen dokter Drakema?'

'Dóúwe en ik kennen elkaar al langer. Wij zijn, eh, vrienden. Gewoon vrienden. Verder niks.'

Claudia kijkt me onderzoekend aan. 'O ja?' zegt ze spottend. 'En waarom heb jij daar dan de hele avond nog helemaal níéts over gezegd? Sterker nog: je zat er niet echt om te springen om naar hem toe te gaan! En dat voor "vrienden"...'

Geërgerd haal ik mijn neus op.

'Ahaaaa,' glundert Claudia opeens. 'Ik begrijp het al. Jullie "kennen" elkaar – op die manier. Wat is er gebeurd, Vandenberg? Heeft dr. Lóve nooit teruggebeld? Zo'n man is ook een beetje hoog gegrepen voor jou, als alleenstaand ploetermoedertje.'

Ik weet niet wat me over de rand duwt, het dr. Love waar ik niet al te beste herinneringen aan heb, of de benaming van ploetermoeder – maar ik sta op het punt om Claudia in de haren te vliegen. Niet heel sjiek, op een liefdadigheidsgala voor zieke kinderen, maar ik ben allang tot de conclusie gekomen dat sjiek en ik niet in hetzelfde huis wonen. Misschien zelfs wel niet in hetzelfde land.

Maar dan wordt er plotseling op mijn schouder getikt.

Met een ruk draai ik me om.

'Hoe ging het?' vraagt Thomas, die met een drankje lekker staat mee te deinen op de muziek.

'O – heel goed,' gooi ik eruit, razendsnel schakelend. 'Maandag kan ik bellen en dan gaan we kijken wat we voor elkaar zouden kunnen betekenen.'

Thomas steekt zijn duim naar me op, en gaat dan door met dansen.

Ik houd het nog een halfuurtje vol om te moeten toekijken hoe Douwe en Cécile zich te midden van de feestende menigte vermaken.

In de taxi terug naar huis realiseer ik me opeens waarom Claudia's woorden me zo raakten: omdat ik zelf zo langzamerhand óók geloof dat Douwe voor mij te hoog is gegrepen. Én Pieter. En wie niet, eigenlijk?

Wéér op een feestje in een jurk die niet van mij is, kijkend naar een jongen die nooit van mij zal zijn.

Shit. Er is niet veel veranderd sinds de middelbare school.

33

'Degene die heeft bedacht dat je "gewoon" vrienden kunt blijven met iemand voor wie je gevoelens hebt gehad, moesten ze onder water houden tot er geen bubbeltjes meer boven komen,' zegt Cassandra, als ze een paar dagen later bij me op de koffie komt. 'Wanneer je eenmaal lichaamssappen hebt uitgewisseld...'

'... voor het merendeel kots, in mijn geval...' zeg ik, terwijl ik een opgestijfde monchoutaart uit de koelkast haal.

'... kun je nooit meer terug naar "normaal". Dat is me met Matthijs niet gelukt, en met Tom al helemaal niet. Het is net zoals met de sauna. Daar doen mensen alsof het opeens "gewoon" is dat je poedelnaakt bent. Ik kwam 'n keer in een klein handdoekje zo'n cabine binnen, toen een van de aanwezige mannen na enige tijd zei: "Je kunt dat handdoekje rustig laten vallen hoor; je moet niet denken dat er hier iemand op je let." Ik zei: "O nee? Jíj let anders op mij." ... Er is niks "gewoons" aan. Een collectieve leugen, dat is het.'

Als ik de monchoutaart in een paar flinke punten snijd, kijkt Cassandra fronsend toe.

'Lieve schat,' zegt ze ten slotte, 'de hoeveelste is dit inmiddels? Je weet dat dr. Oetker geen therapeut is, hè?'

'Ik knap anders wél op van zijn recepten,' zeg ik schouderophalend. terwijl ik mijn taartpunt omdraai en aan de lekkerste kant *(de koekjesbodem!)* begin.

'Ik neem toch aan dat er nog een paar andere dingen zijn waar je van opknapt, Iris. De eerste aflevering van *Korte Metten* bijvoorbeeld; hoe geweldig was dát? Mooi kijkcijfer, nog mooier marktaandeel...'

Zuchtend gebaar ik met een knikje naar de andere kant van de tafel. 'Daar staan de bloemen van RTL...'

'Fantastisch toch? Én je krijgt de kans om iets te gaan betekenen voor zielige kinderen die in het ziekenhuis liggen; daar moet je moederhart toch sneller van gaan kloppen.'

Lachend kijk ik haar aan.

'Het zijn geen "zielige kinderen", Cas. Het zijn kleine kanjers, met onwijs veel spirit en doorzettingsvermogen.'

'Dat bedoel ik. Dus jij, met je gezonde lijf, moet niet zo zeuren met je: "Dokter Douwe was niet aardig tegen me".'

'Maar ik had hem nog zoveel willen vertellen. Over mijn reis naar Málaga, over mijn vader, over mij...'

'Dat komt allemaal nog wel. Of niet. Laat het gaan. Sta erboven. En als niemand kijkt, druppel je gewoon wat Visine in die Cécile d'r koffie.'

'Visine? Wat is dat?'

'Oogdruppels. Dan krijgt ze een niet te stuiten aanval van diarree.'

Ik schiet in de lach. 'Dat weet jij hopelijk van horen zeggen?'

'Natuurlijk. Waar hou je me voor?'

Terwijl ik overweeg om nog een tweede stuk monchoutaart te nemen, zie ik dat Cassandra nog niet eens halverwege het hare is.

Misschien beter van niet.

'En – nog nieuws uit Malawi?' vraag ik, terwijl ik heel erg mijn best doe om het zo terloops mogelijk te laten klinken.

'Het is rustig op het moment. Geen dramatische ontwikkelingen – helaas. Ik weet dat Peter-Paul geregeld met Pieter skypet, maar daar vertelt hij me nagenoeg niets over. "Om belangenverstrengeling te voorkomen," zoals hij zelf zegt.'

'Maar ik wíl juist belangenverstrengeling,' lach ik.

'Nee, lieffie,' zegt Cassandra, 'wat jij wilt, of beter gezegd: wat jij nodig hebt, is afleiding. Daarom heb ik iets nieuws voor je: 33xMe. Dat spreek je uit op z'n Engels: *thirty-three times me*. Geen idee waarom, want het is gewoon een Nederlandse datingsite, maar...'

'Nee! Alsjeblieft niet wéér een datingsite, Cas. Na die Renée met twee e's ben ik helemaal genezen.'

'Zeik niet, Vandenberg, jíj hebt het helemaal niet geprobeerd. En dit zijn geen mensen die een clandestiene kut zoeken; deze site levert maatwerk, maar dan wel op een verrassende manier. Je moet namelijk

33 vragen invullen met het eerste wat in je hoofd opkomt. Het is een eclectische mix van songteksten, boektitels, keukentegels en vakantiebestemmingen, en aan de hand van jouw antwoorden zoekt 33xMe daar dan jouw *perfect match* bij.'

'Met foto?'

'Ja en nee. Je stuurt wel een foto mee, maar die krijgt de "tegenpartij" niet te zien. Jij ook niet. Deze *matchmaking* gaat zo veel mogelijk op toon, gevoel, interesse en levenshouding. Daarom moet je, zo adviseert de site, ook niet te lang over je antwoorden nadenken. Het moet een spontaan, ongepolijst profiel zijn...'

'... en niet zo'n bedachte Katja.'

'Eh, nee. Precies.'

'Wa-waaaa!' klinkt er opeens uit de box.

'Hey, kleine boef, ben je wakker?' zeg ik, terwijl mijn hart helemaal opengaat als ik zie hoe stralend Milan naar me kijkt.

'Jeetje, Iris – hij staat gewoon rechtop!' zegt Cassandra verrast.

'Ja, leuk hè? Sinds twee dagen trekt hij zich niet alleen aan de spijlen van de box omhoog, maar ook aan alle andere dingen die hij tegenkomt. Nu hij het kunstje eenmaal doorheeft, is hij niet meer te stoppen.' Met een grote zwaai til ik de kraaiende Milan uit de box, en bijt hem grommend in zijn dikke beentjes. Als hij even later bij me op schoot zit, blijft hij net zo lang proberen om weer rechtop te gaan staan totdat het uiteindelijk lukt. Hij staat een beetje wankel – maar hij staat.

'Misschien kun je een voorbeeld nemen aan je zoon,' zegt Cassandra lachend. 'Rug recht, hoofd omhoog, en gaan.'

Daar moet ik aan denken als ik 's avonds met een lekker kopje groene thee *(zo 'lekker' vind ik het eigenlijk niet, maar als ik het blijf herhalen wordt het misschien vanzelf waar)* achter mijn computer ben gaan zitten en naar de site van 33xMe ben gesurft. Misschien moet ik die bonte verzameling vragen toch maar eens beantwoorden.

Wat heb ik te verliezen? Als mijn *perfect match* een gebochelde met drie benen blijkt te zijn, heb ik in ieder geval een goed verhaal.

En dus begin ik te typen.

1. Favoriete songtekst: Gare du Nord, *Sex 'n Jazz*: *'Baby, what do you want me to do? I've got something in my mouth that belongs to you.'*
2. Meest dubieuze Nederlandse gezegde: 'Het leven is een pijp kaneel; ieder zuigt en krijgt zijn deel'.
3. Beste beslissing: moeder worden.
4. Beste prestatie: mijn zoon.
5. Dit vind ik moeilijk: alles van Arnon Grunberg.
6. Dit is mijn motto: *'There's a crack in everything; that is how the light gets in'* (Leonard Cohen).
7. Dit vind ik raar: waarom je vóór de tv zit en achter je computer.
8. Boek dat meegaat naar een onbewoond eiland: *Hoe bouw ik een boot.*
9. Vaak cadeau gekregen maar stiekem nooit gelezen: *Haar naam was Sarah. Taal is zeg maar echt mijn ding.*
10. Wat ik wel wil, maar niet meer mag: alcohol.
11. Wat ik wel mag, maar niet meer wil: dieetmayonaise.
12. Ooit nog proeven: jou.
13. Nooit meer doen: hem.
14. Mijn beroep: creatief met de waarheid.
15. Onverwacht stijlicoon: mijn moeder.
16. Wat is mijn *porn star name*: Dolly DoMe.
17. De twee woorden die ik te veel gebruik: 'Sjezus' en 'kolere'.
18. De twee woorden die ik te weinig gebruik: 'Ik luister'.
19. Mijn drie geneugtes: Ryan Gosling, een warm bad en chocolade (of Ryan Gosling in een bad van warme chocolade).
20. Meest overschatte deugd: matigheid.
21. Favoriete keukentegeltje: 'Als het niet gaat zoals het moet, dan moet het maar zoals het gaat.'
22. De vier woordjes die ik het liefste hoor: 'Schat, je hebt gelijk.'
23. Mijn favoriete bedfantasie: meer slaap.
24. Wat ik te bieden heb: twee linkerhanden en cappuccino uit een zakje.
25. Beste vakantie: in, op en aan het Comomeer.
26. Beste mondgevoel: de smaakexplosie van visseneitjes in Nobu.
27. Lekkerste vette bek: uit de muur.

28. Het lekkerst op de bek: tegen de muur.
29. Mijn droom: alle kinderen een gelukkig thuis.
30. Beste dieetadvies: 'Eet nooit meer dan je kunt optillen' (Miss Piggy).
31. Beste filosofische advies: 'Een ons geluk is meer waard dan een kilo goud' (Frans Bauer).
32. Ideale olympische discipline: stuurman bij de roei-equipe. Dan roep je: 'hup, hup!' en krijg je ook een medaille.
33. Leukste woord dat ik ken: *ullewupper*; Vlaams voor flessenopener.

Zodra ik klaar ben, druk ik zo snel mogelijk op verzenden.

34

Meer dan vier weken lang hoor ik he-le-maal niks. Blijkbaar is het nog moeilijker om mij te matchen dan ik zelf al dacht.

De eerste paar dagen was ik nog gespitst op een antwoordmailtje, alsof ik verwachtte dat zij zomaar even mijn soulmate uit hun bestand zouden schudden. Na een week ging ik twijfelen *('het leven is een pijp kaneel' – serieus?)* en nog een week later was ik 33xMe helemaal vergeten.

Zij mij niet.

Terwijl ik met Barbara onderweg ben naar de salon van Addy in Den Bosch, komt er opeens een mailtje op mijn telefoon binnen. Onderwerp: *We've found your perfect match.*

Mijn hart schiet in mijn keel.

Maar vóór ik het mailtje ga openen, moet ik eerst vertellen wat voor 'n ongelooflijke maand ik achter de rug heb. Ik loop nog steeds op wolken.

Na een tamelijk stroef intakegesprek met Cécile *(Ik: 'Lekker weertje hè?' Zij: 'Vind je?')*, ben ik me voor Media Nox gaan verdiepen in het Emma Kinderziekenhuis en zijn bewoners. Dat heeft erin geresulteerd dat ik tussen het monteren van *Korte Metten* en het draaien voor *Fashion Forward* door, op de zevende verdieping van de H-toren een aantal mooie items voor emmatv heb mogen maken bij Zuigelingen en Kinderoncologie; de eerste twee verpleegafdelingen die een complete metamorfose hebben ondergaan.

Hoewel ik onwijs dankbaar ben voor het aanhoudende succes van *Korte Metten* – waarbij de aflevering met de twee vriendinnen die een keuken vol met taarten mochten slopen tot nu toe onze best bekeken uitzending was – en ik me er ook erg op verheug om in november met Addy naar New York te reizen, sprong ik op de ochtenden dat ik naar het Emma Kinderziekenhuis mocht gaan nét iets energieker uit bed.

Het is natuurlijk geen straf dat Douwe er ook rondloopt, maar het zijn vooral de kinderen die mijn hart hebben gestolen. Iedereen die denkt dat-ie zich kut voelt, kan ik van harte aanbevelen om eens een tijdje vrijwilligerswerk in de zorg te gaan doen. Een styliste die ik geregeld voor mijn programma's heb geboekt, heeft het kleden van BN'ers op de lange baan geschoven om in een hospice te gaan werken. Zij had mij al eens eerder verteld dat ze daardoor een heel andere kijk op het leven had gekregen: 'Het zet mijn dagelijkse ergernissen in een breder perspectief,' zei ze, en ik denk dat ik nu pas begrijp wat ze daarmee bedoelde.

De onverzettelijkheid waarmee de patiëntjes in het Emma met hun vaak pijnlijke, beangstigende en onvoorspelbare ziektes omgaan, maakt niet alleen nederig; hun kinderlijke optimisme is ook nog eens ongelooflijk inspirerend. Zoals dat van mijn kleine held Mitchel, met zijn stoma, die graag zijn zelfbedachte gedichtje wilde voordragen: 'Ik wou dat ik een gloeiworm was, dat zou ik echt wel willen. Want hoe kun je ooit verdrietig zijn, als de zon schijnt uit je billen?'

Of de goedlachse, vierjarige Aslan, die aan het 'afdoppen' is, wat betekent dat hij zelf weer moet leren ademen na lange tijd met een buis in zijn keel te hebben geleefd.

En natuurlijk Elise, met het piratensjaaltje om haar kale bolletje, die al zo vaak in het ziekenhuis is geweest dat ze iedereen bij de voornaam kent. 'Jij bent op dokter Douwe,' zei ze zonder omhaal, nadat Douwe en ik samen in haar kamer waren geweest. 'Je wordt helemaal rood,' gierde ze, toen ik kleurde tot in mijn kruin. 'Nu weet ik het zeker!'

'Het is ook een beetje waar,' lachte ik verlegen *(wat zeggen ze ook al weer over kinderen en dwazen?)* 'Maar dokter Douwe is helaas niet op mij.'

'Welles,' zei Elise stellig. 'Hij weet het alleen nog niet.'

'Volgens mij heeft hij een ander vriendinnetje,' zei ik.

Elise haalde haar neus op.

'Die heb ik hier anders nog nooit gezien. En ik ken iedereen.'

Dat wilde ik lachend beamen, toen ik me plotseling realiseerde hoe verdrietig dat eigenlijk is. 'Ik ben niet zielig, hoor,' zei Elise, die mijn gedachten leek te kunnen lezen. 'Ik ben een piraat.'

'Dat ik een beetje op dokter Douwe ben, is ons geheimpje, oké?' zei ik.

'Oké,' glunderde ze. 'Pirateneed.'

Toen haakte ze mijn pink in de hare, en schudde onze twee pinken drie keer heen en weer. 'Ay-ay-ay!' riep ze.

'Is dit dé officiële pirateneed?' fluisterde ik.

'Ja,' knikte Elise beslist. 'Ik heb 'm net bedacht. Maar hij werkt wel.'

En hij werkte zeker.

Want hoewel Douwe af en toe duidelijk toenadering tot mij zocht door me iets te lang aan te kijken of een grappige opmerking te maken, gaf ik geen sjoege. Ik heb ook niet meer naar zijn eventuele relatie met Cécile gevraagd. Niet alleen omdat ik er al eens eerder naast heb gezeten, maar vooral ook omdat ik niet geïnteresseerd wilde lijken.

Ik dacht: als hij me iets over haar wil vertellen, dan moet-ie dat maar doen. Maar hij zei niks. Ook goed.

Wil je het professioneel hebben, dan kun je het professioneel krijgen.

Maar al mijn stoere praat ten spijt had ik natuurlijk wel degelijk een knoop in mijn maag toen ik op een dag een item met Douwe moest draaien over de nieuwe, multifunctionele gezinskamers. Er lijkt een laag smog van misverstanden en onuitgesproken gevoelens tussen ons in te hangen die me bij ieder privégesprek de adem beneemt.

Gelukkig kom ik in een groep nog wél tot mijn recht. Aan tafel met mijn camerajongens, twee zaalartsen, een verpleegkundige en Douwe heb ik iedereen aan het lachen gekregen met het verhaal van mijn reis naar Málaga. Vreemd genoeg doet vooral de scène met het overgeven het iedere keer weer goed. Het blijft bijzonder hoe je uit de meest pijnlijke situaties uiteindelijk toch iets geestigs kunt peuren.

De vader van Barbara zit in de vleesverwerkende industrie, en ze vertelde me laatst over de vermalsers die hij gebruikt: mechanische hamers met naalden die net zo lang op taai vlees beuken totdat het lekker mals is geworden. Dat is eigenlijk ook wat humor doet. Om jezelf kunnen lachen is bevrijdend, verlossend – en aantrekkelijk.

Kuzey, een van de zaalartsen, haalde aan het einde van de lunch zijn iPhone tevoorschijn en zei met een serieuze frons: 'Hé, er is iets niet goed met mijn telefoon.'

'Wat is er dan?' vroeg ik ook nog, sukkel die ik ben.

Waarop hij begon te lachen en zei: 'Jouw nummer staat er nog niet in.'

Er zijn maar weinig dingen méér bevredigend *(en doeltreffend)* dan sjans hebben waar de man wiens aandacht je eigenlijk wilt trekken bij is. Het effect liet dan ook niet lang op zich wachten.

Tijdens het korte voorgesprekje over de gezinskamers kreeg ik sterk het gevoel dat Douwe me iets wilde vertellen, maar nét op het moment dat ik genoeg moed had verzameld om de vreemde spanning tussen ons aan te kaarten, kwam mijn cameraploeg binnen.

Ze hadden een mooi interviewplekje gevonden in de H-toren.

Geweldig.

Camerastatief en licht opgezet.

Bedankt jongens.

En we konden beginnen.

'Naast de kindvriendelijke onderzoekskamers zijn hier op de zevende verdieping ook knusse gezinskamers gerealiseerd, waar de ouders van het zieke kind én de andere gezinsleden weer eens gezellig samen wakker kunnen worden,' begon Douwe met dezelfde bevlogen stem als die avond in de Gashouder.

'Een ziek kind trekt niet alleen een zware wissel op de ouders, maar ook op eventuele broertjes en zusjes. Papa en mama zijn altijd onderweg van en naar het ziekenhuis, zitten uren zorgelijk naast het bed, hebben geen ruimte in hun hoofd voor de dagelijkse dingetjes van de andere kinderen. Het is een immense inbreuk op het gezinsleven. Daarom willen wij in het Emma ook veel aandacht besteden aan de sociale kant van het ziekteproces.'

Door de passie waarmee Douwe sprak, werd ik binnen de kortste keren losgerukt van mijn onzekerheden *(en het staren naar zijn mond – ja, ik zeg het gewoon maar eerlijk)* en meegezogen in zijn aangrijpende verhaal over de dagelijkse realiteit van een kinderziekenhuis.

'Ouders die een kind verliezen, voelen zich alsof de grond onder hun voeten vandaan is geslagen,' zei Douwe, duidelijk geraakt. 'Maar óók ouders van wie het kind is genezen, hebben na de ziekenhuisopname vaak te kampen met een posttraumatisch stressyndroom. Het hakt er ongelooflijk in; zeker bij de zwaardere ziektes.'

Daarna vertelde Douwe *off-camera* het verhaal van een vader wiens dochtertje niet lang meer te leven had. De man had dit doorgegeven op zijn werk, en mocht de laatste levensdagen van zijn kleine meisje vrij nemen.

Het kind leefde echter iets langer dan het ziekenhuis had ingeschat, en dus kreeg de vader een telefoontje van zijn werkgever, die vroeg: 'Zeg, ze zou toch doodgaan? Wanneer kom je nu weer?'

Na het interview mocht ik op voorspraak van Douwe met wat ouders van verschillende afdelingen praten, en het beeld dat daaruit opsteeg was werkelijk ontluisterend: ouders van zieke kinderen verliezen niet zelden hun baan omdat heel wat werkgevers weinig begrip of geduld kunnen opbrengen voor de situatie.

'Jíj bent toch niet ziek, je kind is ziek,' kreeg een vader bijvoorbeeld van zijn geïrriteerde chef te horen.

Die avond fietste ik met een tollend hoofd naar huis. Híér zou ik nu weleens een langer item over willen maken, dacht ik; misschien zelfs wel een hele reportage.

Toen ik de volgende ochtend Thomas' kantoor binnenstapte om mijn idee aan hem voor te leggen, reageerde hij uiterst verrast.

'Niet te geloven, Iris,' zei hij. 'Als je het over de duivel hebt... Ik moest jou nét hebben. Ik leg zojuist de telefoon neer; het waren twee telefoontjes eigenlijk, en ze gingen allebei over jou. Er is goed nieuws en er is slecht nieuws – welke wil je eerst?'

Ik moest echt even schakelen, want ik had een heel verhaal voorbereid over ouders van ernstig zieke kinderen en dat hun huwelijk vaak onder druk komt te staan en dat ze niet zelden in een sociaal isolement terechtkomen – en nu was er opeens goed nieuws en slecht nieuws... voor mij?

'Nou, zeg eens wat,' zei Thomas. 'Welk nieuws wil je eerst?'

'D-doe maar het slechte nieuws,' stamelde ik, terwijl ik langzaam wegzakte in een van de lome fauteuils voor zijn bureau.

Wat zou het kunnen zijn? Wordt mijn contract soms niet verlengd? Maar wat is dan in godsnaam het goede nieuws?

Thomas haalde diep adem. 'Oké,' zei hij, pauzerend voor extra dramatisch effect. 'Je gaat niet naar New York.'

'New York?'

'Je ging toch met Addy van den Krommenacker naar het Welcoming Gala van de World Fashion Week? Dat gaat niet door.'

'Hoe bedoel je, dat gaat niet door? We vertrekken al over tien dagen...'

'Het gala is uitgesteld, omdat de enorme belangstelling voor de World Fashion Week ook de organisatoren heeft verrast. Er zijn nu méér dan veertig couturiers uit evenzoveel landen die deelnemen, en de aanmeldingen blijven maar binnenstromen. Het Comité heeft daarom besloten om de opening te verplaatsen naar het voorjaar. Dat wordt even geen Nobu, Vandenberg.'

Verwonderd schudde ik mijn hoofd. 'Geen Nobu? Geen fokking line-up, zul je bedoelen! Hoe moet dat nu met de laatste drie afleveringen van *Fashion Forward*? Onze hele serie van dit najaar is naar "de grote finale" in New York toe geschreven!'

'Relax, ik leg net Addy neer, en hij verzekerde mij dat hij genoeg andere evenementen op stapel heeft staan. Dingen die niet doorgaan – het bellen, de teleurstelling, de jurk waar al die tijd aan gewerkt is – leveren óók interessante tv op. En dan zijn er natuurlijk nog de dingen die wél doorgaan.'

'Wat dan?' vroeg ik afwezig; malend over de vergadering die ik zo snel mogelijk met mijn redactie moest gaan beleggen en de nieuwe line-up die er liefst vandaag nog moest gaan komen en...

'Je format is verkocht,' riep Thomas enthousiast.

'Mijn format?'

'Ja! Kijk je weleens in je agenda, Iris? Media Nox staat op dit moment op de MIP in Cannes, en onder de naam *Tearing down the house* hebben we *Korte Metten* inmiddels al aan Bulgarije, Portugal, Kroatië en Australië verkocht. En er staan nog drie landen uit!'

Verbluft veerde ik op uit mijn stoel.

Kroatië. Natuurlijk.

'Jouw aandeel in de verkoop loopt nu al in de tienduizenden euro's,' ging Thomas enthousiast verder, 'maar wie weet hoeveel verder dat deze week of de komende seizoenen nog gaat oplopen!'

Toen ik voelde dat ik een dikke keel kreeg, probeerde ik mijn tranen eerst nog terug te slikken, maar al snel was er geen houden meer aan.

O, papa... dank je wel.

'Ja, mooi hè,' kuchte Thomas, terwijl hij opstond en me een onhandig klopje op mijn schouder gaf. 'Je eerste format verkopen is altijd een emotioneel moment.'

'Nee, nee – dat is het niet,' zei ik en lachte door mijn tranen heen. 'Ja, ook, maar ik realiseer me opeens dat mijn zoon en ik voorlopig gewoon in ons huis kunnen blijven wonen. Dat is voor mij een enorme opluchting!'

Lachend schudde Thomas zijn hoofd. 'Voorlopig in je huis blijven wonen? Misschien kun je eerdaags je hele hypotheek aflossen, je ex uitkopen én eindelijk eens een auto aanschaffen, zodat je niet iedere dag met die bolderkar naar kantoor hoeft te komen. Wat dacht je daarvan!'

'Ongelooflijk toch?' zei ik tegen Cassandra, nadat ik aan het einde van de middag rechtstreeks vanuit mijn werk met rode konen van de opwinding naar haar modewinkel was gefietst.

'Hoe kicken zou het zijn als ik Pieter kon uitkopen? En weet je wat ook geweldig was? Thomas was in zo'n goed humeur dat hij meteen het groene licht heeft gegeven om een eventuele documentaire rond de ouders van het Emma Kinderziekenhuis verder uit te werken.'

'Da's hartstikke aardig van die Thomas,' lachte Cassandra. 'Maar misschien financier jij dat project binnenkort wel zélf.'

Wauw – ja.

Opeens schoot me iets te binnen.

'O, Cas, dit moet je ook nog even horen,' zei ik glunderend. 'Bel ik vanmiddag naar die Cécile om mijn reportage-idee met haar te bespreken, krijg ik iemand anders aan de lijn. "Cécile werkt hier niet meer," werd mij gezegd. Haar proefcontract was niet verlengd! Mij verbaast het niet, want voor zo'n functie moet je een echte *people's person* zijn, en deze dame had de warmte van een koel-vriescombinatie. Misschien is dát wat Douwe mij gisteren probeerde te vertellen?'

'Dat van die koel-vriescombinatie?' smaalde Cassandra.

'Nee-hee, dat ze weg is!'

'Ik weet wat je bedoelt, schat. Maar eerlijk gezegd vind ik dat je nu maar eens moet ophouden met van alles in die man te willen lezen. Hij hééft je nummer. En hij belt niet. En je kent de Eerste Wet van Cassandra: "Als ze je willen naaien..."'

'... dan kunnen ze je nummer draaien. Ja, ja. Ik weet het. Je hebt eigenlijk ook wel gelijk.'

Lachend gaven we elkaar een boks.

'Sjezus Cas, wat gebeurt er toch allemaal?' verzuchtte ik gelukzalig. 'Voor het eerst sinds Pieter de deur achter zich dichttrok, heb ik het gevoel dat ik mijn leven weer in eigen hand heb.'

Ik had het nog niet gezegd of Cassandra stopte abrupt met het labelen van haar nieuwe collectie. 'Over Pieter gesproken,' zei ze, terwijl ze de *tag gun* even neerlegde. 'Ik weet niet wat er aan de hand is, maar het rommelt in Malawi. Peter-Paul vertelde mij dat Pieter al een tijdje niet online is geweest; geen Skype, geen Facebook. Hij heeft zelfs nauwelijks op zijn verjaardagsfelicitaties gereageerd.'

Ik schoot overeind. 'Verrek – Pieter was jarig! Mijn god, dat is helemaal aan me voorbijgegaan. Ik heb laatst wel nog over hem gedroomd...'

'Echt?'

'Ja, voor het eerst sinds tijden. Het was heel intens – iets met glas; er ging iets kapot. Of viel hij nu ergens doorheen? Door een ruit? Ik weet het niet meer precies, maar ik schrok er wel van wakker. Zou alles goed met hem zijn? Je leest best vaak dat Afrikaanse missieposten door mannen met hakmessen worden overvallen en zo...'

'Ach welnee. Onkruid vergaat niet. Je hebt gewoon heftige dromen door alles wat je meemaakt in het ziekenhuis. Dat gaat je niet in de koude kleren zitten. En trouwens: wat kan jou Pieter schelen? Wat híj jou allemaal geflikt heeft...'

Toen ik niet snel genoeg reageerde, keek Cassandra me onderzoekend aan. 'Verdomme, Vandenberg,' zei ze hoofdschuddend. 'Ik zie het aan je ogen! Je hebt nog gevoelens voor dat stuk verdriet.'

'Ho, ho,' sputterde ik. 'Er zit volgens mij nog wel wat ruimte tussen: "gevoelens hebben voor iemand" en "niet willen dat-ie in vier stukken wordt gezaagd". Het is wel de vader van Milan, hè.'

In zichzelf mopperend ging Cassandra verder met het labelen van een rekje Isabel Marant-broeken en Chloé-T-shirtjes.

'Heb je eigenlijk al wat van 33xMe gehoord?' vroeg ze na enige tijd.

'Nee, nog niet,' antwoordde ik.

'Dat kan nooit lang meer duren,' zei Cassandra.

En ze had gelijk.

Het is een week later, en terwijl ik met Barbara onderweg ben naar de salon van Addy in Den Bosch, heb ik zojuist het mailtje op mijn telefoon binnengekregen: **We've found your perfect match.**

Hij heet 'Tim', is 31 jaar en fiscaal jurist.

'Da's alvast handig,' lacht Barbara, 'voor als je straks al die nullen op je bankrekening hebt staan.'

Het zweet breekt me uit. Er staat een speciaal mailadres bij waarmee we met elkaar kunnen communiceren, en de waarschuwende tekst: **33xMe raadt ten stelligste af om vooraf foto's uit te wisselen of antwoorden te gaan vergelijken. Het selectieproces is zeer nauwkeurig geweest, dus laat je verrassen op de eerste date!**

'Ik vind het wel confronterend hoor; iemand die zogenaamd perfect bij mij zou passen,' zeg ik met een knoop in mijn maag. 'Wat als het een of andere *weirdo* blijkt te zijn? Is het dan officieel?'

'Wat?'

'Dat ik óók een weirdo ben, natuurlijk!'

'Ik vind jou niet zo raar, hoor,' grijnst Barbara. 'Behalve dan dat je een ietwat ongezonde voorliefde hebt voor mannen in witte jassen. Maar wie ben ik om daarover te oordelen? Mijn score van het afgelopen jaar omvat een gast met een elektronische enkelband en een idioot met een verschrompeld scrotum.'

Als ze ziet dat ik fronsend uit het raam zit te kijken, geeft ze me een speelse por in mijn zij. 'Kom op, Vandenberg, met die date van jou komt het heus wel goed. Ik zeg altijd maar zo: het leven is een speeltuin; je moet overal eens op gezeten hebben.'

35

Twee weken later is het eindelijk zover: mijn *perfect match* komt om halfacht voor een drankje naar de bar van het Conservatorium Hotel, en om acht uur kunnen we aan tafel. We hebben spaarzaam heen en weer gemaild, en 'Tim' opperde om als herkenningsteken een zelf te kiezen boek van Arnon Grunberg mee te nemen. Dat vond ik alvast geestig.

Maar eerst moest ik nog werken.

Zo makkelijk als Thomas het deed klinken was het natuurlijk niet; samen met de redactie heb ik er nog behoorlijk aan moeten trekken om de laatste drie afleveringen van *Fashion Forward* goed op de rit te krijgen. Maar *it's a wrap*; alles staat erop. Tijd om me te gaan onderdompelen in de ongetwijfeld opwindende wereld van de fiscale jurisprudentie.

Melissa past vanavond weer eens op Milan, want iedereen verdient een tweede kans. Ik ook. En dus ben ik zonder toeters en bellen – geen Spanx, geen spray tan – maar in een gewone skinnyjeans waar ik na elf maanden eindelijk weer *(soort van)* in pas; een suède jackje van Zadig&Voltaire en een paar stoere *biker boots* onderweg naar een nieuw begin.

Helaas moet ik eerst een omweg langs het Emma Kinderziekenhuis maken, want na mijn vergadering voor emmatv van vanmiddag heb ik mijn telefoon daar laten liggen.

Wonderlijk eigenlijk, hoe je zonder telefoon nauwelijks nog kunt functioneren. Zonder mijn iPhone voel ik me compleet onthand, alsof het een soort pacemaker is die mijn organen moet aansturen. Ieder ander ding had ik daar lekker een nachtje laten liggen, want ik weet dat Douwe dienst heeft en ik heb absoluut géén zin om hem nog even snel tegen te komen. Maar wat denk je?

Ik loop de lift uit, en daar staat-ie, bij het mededelingenbord. Verdomme, wat is hij toch weer knap. Dat het ooit naakt bij mij onder de douche stond... Waar zát ik met mijn hoofd?

'Hey Iris,' zegt hij verrast. 'Wat zie jij er cool uit!'

'Dank je,' antwoord ik met een klein lachje.

En dóórlopen, Vandenberg!

'Wat fijn dat ik je nog even zie,' zegt Douwe, terwijl hij een tikje verwonderd met me meedraait zodra hij merkt dat ik echt van plan was langs hem heen te lopen. 'Ik wilde je namelijk nog iets vragen.'

Door de manier waarop hij kijkt, krijg ik opeens het gevoel dat hij me niet zomaar iets wil vragen. Mijn hart springt in mijn keel.

Zeg het, en ik laat die 'Tim' vanavond zitten.

Zeg het, Douwe. Zeg iets.

'Nou – kom maar op.'

'Mijn vader heeft diabetes,' begint Douwe. 'Hij kan er prima mee leven hoor; hij heeft verder nergens last van – maar hij moet wel zijn voeten goed verzorgen omdat diabetici daar vaker wondjes krijgen die niet goed genezen...'

Dit gesprek moet heel snel een draai van 180 graden gaan maken, wil het nog interessant worden.

'En ehm... mijn moeder regelde altijd de pedicure voor hem, maar je begrijpt... En nu dacht ik: jij vertelde laatst dat jouw moeder schoonheidsspecialiste is. Doet zij toevallig ook pedicures?'

'Ja, toevallig wel,' zei ik met een diepe zucht.

'En komt zij misschien ook bij mensen thuis?'

Is dát wat je wilde vragen? Zie ik eruit als de fokking Thuiszorg?

'Ja hoor, bij sommige cliënten wel. Ik zal haar daar morgen even over bellen, oké? Ik moet nu...'

'Maar – maar er is nog iets anders wat ik je wilde vragen,' valt Douwe me nerveuzig in de rede. 'Ik zou je één dezer dagen graag aan iemand willen voorstellen. Ik vind haar heel erg leuk, en ik...'

... haar? Zei hij nu echt háár? Rot op, zeg.

'Sorry,' zeg ik narrig. 'Hier heb ik geen tijd voor. Ik moet ergens heen, en ik heb me al veel te lang door jou laten ophouden.'

Verrast en gekwetst kijkt hij me aan.

Op ieder ander moment had ik zijn indringende blauwe ogen ongetwijfeld heel aantrekkelijk gevonden, maar ik ben er nu wel even klaar mee. Het kost me te veel energie om alsmaar te doen alsof hij me niks doet.

'Waar eh... waar moet je heen dan?' vraagt hij met een schorre stem.

Gaat je niks aan. Of wacht eens even – het gaat je eigenlijk wél wat aan.

'Als je het per se wilt weten: ik heb een aantal weken geleden – na het gala in de Gashouder om precies te zijn – op advies van Cassandra drieëndertig vragen over mezelf ingevuld op de nieuwe relatiesite 33xMe, en aan de hand van mijn antwoorden zijn zij op zoek gegaan naar mijn *perfect match*. En raad eens? Die hebben ze gevonden. Vanavond ga ik voor het eerst met hem uit eten. ... En hopelijk niet voor het laatst.'

'O,' zegt Douwe bedremmeld. 'Oké.'

Dat is alles? Fuck you. Ik ga.

Geërgerd storm ik langs hem heen, pak mijn telefoon uit het kantoor en ga via een andere lift naar beneden.

In de taxi draai ik mijn raampje een stukje open om wat helderheid te krijgen. Als ik met een wee gevoel in mijn buik achteromkijk naar het steeds kleiner wordende AMC, roep ik mezelf tot de orde.

Vooruit kijken, Vandenberg. Vóóruit.

Ik ben een kwartier te vroeg bij het Conservatorium Hotel, en op van de zenuwen.

Voorzichtig steek ik mijn hoofd om het hoekje van de bar om te scannen wat voor mensen er aan de tafeltjes zitten: een groepje Japanners, twee zakenmannen met hun boorden open, een stelletje dat verdrinkt in elkaars ogen en een man die in de gauwigheid wel iets van Pieter wegheeft. Maar geen boek van Arnon Grunberg.

Met een opgelucht lachje realiseer ik me dat het alweer een hele tijd geleden is dat ik zo'n Pieter-*sighting* heb gehad. De eerste paar maanden kon ik geen man met een kortgeschoren koppie voorbijlopen zonder dat ik een kronkel in mijn buik voelde, maar nu kan ik er wel de lol van inzien: *ha, ha, kijk – wéér zo'n man met het profiel van Pieter.*

Maar deze heeft eerlijk gezegd ook wel een beetje de schouders van Pieter. En dan die handen... Plotseling trekt al het bloed uit mijn gezicht. Met een bonzend hart en suizende oren druk ik mezelf plat tegen de muur van de gang.

Het ís Pieter.

Maar dat bestaat toch niet? Hij hoort in Malawi te zijn!

'Gaat het wel met je?' vraagt een serveerster, terwijl ze passeert met een dienblad vol vuile glazen. 'Of moet ik even een plastic zakje voor je halen om in te ademen?'

Ja hoor, als ik er ook in mag kotsen.

Als ik weer een beetje bij mijn positieven ben, tuur ik met een misselijk gevoel in mijn maag stiekem door de bladeren van een grote plant.

Kijk nou – daar zit-ie!

Daar zit meneer gewoon: in fokking Amsterdam, aan een tafeltje in het Conservatorium Hotel, waar ieder moment mijn date binnen kan komen lopen. Mijn date van wie ik geen idéé heb hoe hij eruitziet. Stel je voor dat het een ongelooflijke kneus is – daar wil ik dan toch niet mee gezien worden? Ik moet hier weg. Nee – ik moet juist blijven. Ik moet die 'Tim' opwachten bij de deur, en dan moet ik... En opeens begrijp ik het.

Pieter is het. Pieter is mijn *perfect match.*

Zou het echt? Koortsachtig loop ik in gedachten mijn antwoorden na. *De vakantie aan het Comomeer. De visseneitjes van Nobu. De vaak ondoorgrondelijke Volkskrant-columns van Arnon Grunberg die we samen probeerden te ontcijferen.* O mijn god. Pieter heeft natuurlijk dezelfde antwoorden ingevuld.

Dit bedenk je toch niet? Zulke dingen gebeuren toch niet echt?

Nou ja – alles gebeurt echt.

Ik las laatst in de krant dat een Belgische man een prostituee op zijn kamer had besteld, en toen ze aanklopte bleek het zijn eigen echtgenote te zijn. Ik bedoel maar.

Ik weet nog dat ik in mijn rode Stella McCartney-jas naar het VUmc ging, en dat Babette aan mij vroeg of ik soms dacht dat Pieter en ik elkaar daar huilend in de armen zouden gaan vallen, en dat het leven toch echt geen romcom was. En moet je nu eens kijken: dit zou zomaar een scène uit een film kunnen zijn.

Maar wacht eens even – misschien is die Suzanne er wél bij. Zou Pieter op háár zitten te wachten? Moest ze op het toilet misschien nog even haar vampierengebitje indoen?

Hijgend van de zenuwen kijk ik na enige tijd weer door de bladeren van de plant. Pieter zit er nog steeds. Alleen. Hij is bruiner dan ik hem ooit heb gezien, en staart schijnbaar diep in gedachten verzonken naar een flesje Heineken.

Waarom is hij hier? En waar is Suzanne? Er moet iets gebeurd zijn. Anders slaat hij toch niet aan het internetdaten? En dat-ie dan aan míj wordt gekoppeld! Als dat geen grap is van een 'kosmisch, misschien wel astraal' niveau.

'Ga er nu maar gewoon heen,' zegt de serveerster bemoedigend, als ze voor de tweede keer langsloopt.

'Sorry?' vraag ik met een droge mond.

'Ik zie je de hele tijd kijken en twijfelen. Stap gewoon op hem af. Ze zeggen niet voor niets dat je méér spijt krijgt van de dingen die je niet hebt gedaan, dan van de dingen die je wel hebt gedaan.'

'M-maar hier zit een heel verhaal achter,' stamel ik gegeneerd.

Het meisje haalt lachend haar schouders op.

'Nou en? Wat is het ergste wat je kan gebeuren?'

'Iris!' roept Pieter verwonderd uit, nadat ik plompverloren naast hem ben gaan zitten.

'Hey Kraal,' probeer ik zo beheerst mogelijk te zeggen, terwijl ik nauwelijks nog gevoel in mijn benen heb.

'Wat doe jíj hier?' vraagt hij verbaasd.

'Hetzelfde als jij, waarschijnlijk,' zeg ik met een door de zenuwen bevroren glimlach.

Enthousiast springt hij overeind, trekt me van mijn stoel en omhelst me zó krachtig dat ik een paar van mijn ruggenwervels voel kraken.

De vertrouwde geur van Acqua di Parma en Murray's haarpommade breekt door mijn laatste restje zelfbeheersing, en vóór ik mezelf kan stoppen sta ik schokschouderend tegen zijn o-zo-bekende, maar tegelijkertijd vreemd aanvoelende borstkas te huilen.

'O, meisje, meisje...' fluistert hij, terwijl hij zachtjes met zijn hand door mijn haar wrijft, 'wat heb ik je toch allemaal aangedaan... Het spijt me zo. Ik heb je verschrikkelijk gemist.'

Ben ik aan het trippen? Of gebeurt dit echt?

Nadat we met horten en stoten weer zijn gaan zitten en de serveerster met een knipoog een paar vochtige servetjes bij me heeft neergelegd om mijn uitgelopen ogen wat te fatsoeneren, durf ik hem eindelijk recht aan te kijken. 'Ben jij het écht?' vraag ik hoofdschuddend.

'Ja,' lacht hij, 'ongelooflijk hè?'

'Welk boek heb jij bij je?' vraag ik, terwijl ik *Blauwe Maandagen* uit mijn tas haal en op de bar leg.

Niet-begrijpend kijkt Pieter me aan. 'Hoe bedoel je?'

Ik geef hem een speelse por in zijn zij. 'Welk boek van Arnon Grunberg; dat was toch het afgesproken teken?'

'Welk teken?'

Het is alsof ik een plens ijswater in mijn gezicht krijg, dat langzaam doordruppelt van mijn hals naar beneden. Met een diepe zucht begraaf ik mijn gezicht in mijn handen.

Zijn er dan werkelijk geen grenzen aan mijn stupiditeit?

'Sorry...' kreun ik ten slotte. 'Even terug naar af. Wat doe jij hier?'

Nerveus krabt Pieter in zijn hals. Dan kijkt hij me zijdelings aan en zegt: 'Wil je de lange versie of de korte?'

'De korte alsjeblieft. Ik wil nu eerst maar één ding weten: ben jij hier voor de datingsite 33xMe? Ben jij mijn *perfect match*?'

Ik heb het nog niet gezegd, of ik realiseer me hoe belachelijk het klinkt. Hij heeft me belogen en bedrogen; wil zijn eigen zoon niet kennen en is met juffrouw Snikkel afgetaaid naar Afrika – maar verder: perfect.

Pieter barst dan ook in lachen uit. Het is zo'n uitbundige, aanstekelijke en bovenal bekende lach, dat ik van de weeromstuit met hem mee moet lachen.

'O, Iris, schatje,' haalt hij gierend adem. 'Ben jij hier op een blind date? Dat is toch niks voor jou. En dacht je echt dat ík het was? Dat is al helemáál niks voor jou.'

De twinkeling in zijn ogen is zo authentiek en zijn hele lichaamshouding zo door-en-door Píéter dat ik het nauwelijks kan geloven.

'En een boek van Arnon Grunberg,' gaat hij lachend verder, 'hoezo dát? Wij begrepen samen nooit wat van die columns!'

Nu liggen we allebei helemaal dubbel. Heel even lijkt het of Pieter nooit is weggeweest.

Ik vertel hem over de drieëndertig vragen die ik heb ingevuld, en over de antwoorden waarvan ik dacht dat hij ze misschien ook had gegeven, en dat het me opeens volkomen logisch leek dat híj mijn *perfect match* was – want dat zijn we tenslotte tien jaar geweest.

Daarop slaat Pieter een arm om me heen, trekt me naar zich toe en kust me stevig op mijn wang die prompt begint te tintelen. 'We waren ook een goed team,' fluistert hij, terwijl ik behoorlijk wat alcohol in zijn adem ruik. 'Misschien wel het beste.'

Het lijkt wel of ik droom.

Maar dan schudt Pieter me wakker door op zijn horloge te tikken en met een grote glimlach aan te kondigen dat mijn échte date nu toch wel ieder moment binnen zou kunnen komen.

Fuck – ja!

En alsof hij een teken van de regie heeft gekregen, komt precíés op dat moment een man de bar binnenlopen met een exemplaar van *Tirza* onder zijn arm. Het is best een aardig ogende kerel; type Kalvertoren – maar één ding is zeker: dat was wat mij betreft geen latertje geworden.

Razendsnel moffel ik de *Blauwe Maandagen* terug in mijn tas, en terwijl de man zoekend in het rond kijkt, zitten Pieter en ik te ginnegappen als twee pubers.

'Hoe heet je date?' vraagt Pieter, opzettelijk iets te hard.

'Sshh!' maan ik hem giechelend tot stilte. 'Hij noemt zichzelf Tim, maar ik weet natuurlijk nog niet hoe hij echt heet.'

'En hoe heet jij vanavond?' grinnikt Pieter, die nog een Heineken voor zichzelf bestelt en helemaal verbaasd is dat ik het bij een watertje met extra schijfjes citroen weet te houden.

'Ik ben Mikki.'

'Mikki?'

'Ja, ik had in een oude QED gelezen over het QWERTY-effect: dat namen met veel letters uit het rechterdeel van het toetsenbord sympathieker worden gevonden dan namen met veel letters uit het linkerdeel. Eerst dacht ik aan Nikki, maar dat zag er zo porno uit...'

'Niks mis mee,' lacht Pieter.

'Nee, vast niet, maar Mikki klinkt iets... beschaafder.'

'Dat artikel heeft "Tim" blijkbaar ook gelezen,' zegt Pieter plagerig. 'Misschien passen jullie toch wel bij elkaar?'

Hij heeft het nog niet gezegd, of mijn telefoon begint te trillen.

Ik krijg een mailtje binnen. Van Tim. Of ik er al ben? Pieter heeft gelijk: dit is niks voor mij. Steels over mijn schouder kijkend, typ ik snel een antwoordmailtje.

Hey Tim, sorry – maar ik kom niet. Ik heb koudwatervrees. Het idee van een 'perfect match' vind ik te benauwend. Het spijt me! Mijn excuses.

'Sorry, het spijt me én excuses?' zegt Pieter, die schijnbaar stiekem op mijn schermpje heeft meegelezen. 'Je kent die gast niet eens.'

Met een schamper lachje kijk ik hem aan. 'Ik geloof niet dat jíj een autoriteit op het gebied van verontschuldigingen bent, dr. Lóve.'

'Goed punt,' zegt Pieter nadat hij een flinke slok van zijn bier heeft genomen. 'Ik geloof niet dat je me al hebt vergeven.'

'Vergeven? Man – ik ben nog niet eens begonnen met je ballen eraf te draaien. Maar dat komt straks; eerst moet ik die Tim een beetje beschaafd zien te lozen.'

Op dat moment krijg ik weer een mailtje binnen.

Mikki, ik ben helemaal uit Zwolle komen rijden. Ik had me er zoveel van voorgesteld! We kunnen toch wel gewoon een drankje doen?

'Meneer geeft niet zo makkelijk op,' zegt Pieter.

'Nee, híj niet,' wil ik zeggen, maar ik houd mijn mond. Voor nu.

Dan rinkelt mijn telefoon. Shit – een onbekend nummer.

Pieter begint weer te lachen. 'Daar zul je 'm hebben!'

Zenuwachtig druk ik het gerinkel weg; bang als ik ben dat Tim hoort dat bij míj de telefoon overgaat.

'Hoe komt hij aan mijn nummer, Kraal?' fluister ik met een intonatie die het midden houdt tussen lacherig en paniekerig.

'Misschien is het 'm wel niet,' sust Pieter.

'Wie moet het anders zijn? Niemand die ik ken, belt met een onderdrukt nummer.'

En wéér gaat mijn telefoon over. Nu ben ik er klaar mee. Deze avond is al stressvol genoeg zonder al die ruis op de lijn. Ik zet mijn telefoon uit, en draai mijn bovenlichaam naar Pieter.

'Zo,' zeg ik kordaat. 'Over naar jou, Pieter van Kralingen. Waarom ben jij in godsnaam in Amsterdam? Waar is die briljante co van je – juffrouw Snikkel?'

'Ze heet Sikkel,' zegt Pieter zuinig. 'Zonder n.'

'Ah – zoals in: sikkelcelzíékte?'

'Ik ben gisterochtend geland,' zegt Pieter, mijn opmerking wijselijk negerend. 'Ik kon uiteraard niet naar eh... huis. Ik wilde niet meer naar Suzanne, en bij mijn ouders mocht ik wel mijn spullen droppen maar daarna moest ik opzouten, want ze zijn behoorlijk boos op mij.'

'Niet alleen je ouders.'

Met de duim en wijsvinger van zijn rechterhand veegt Pieter de condens van zijn flesje Heineken in gelijkmatige banen naar beneden. Het is iets wat ik hem al honderden keren heb zien doen, maar nu maakt het een bitterzoete gloed van herkenning bij me los.

Hij is in zoveel hetzelfde, maar tegelijkertijd zo... anders.

'Mijn ouders vinden dat ik het zo snel mogelijk met jou moet bijleggen,' zegt hij, duidelijk niet op zijn gemak.

Bijleggen? Een misverstand kun je bijleggen. Dit – iets minder.

'Ze kwamen zelfs met een Bijbeltekst op de proppen.'

'Uiteraard,' lach ik, niet in het minst verrast.

'Bijbelvers 1 Korinthiërs 13, over de geduldige, lankmoedige liefde: 'Alles verdraagt ze, alles gelooft ze, alles hoopt ze, in alles volhardt ze."'

'En dat moest dan over mij gaan?'

Verslagen haalt Pieter zijn schouders op. 'I-ik heb zoveel fouten gemaakt...' stamelt hij, terwijl zijn ogen zich vullen met tranen, 'd-dat ik gewoon niet weet waar ik moet beginnen.'

O, wat zou ik me nu graag superieur willen voelen en me willen wentelen in het leedvermaak dat ik dubbel en dwars heb verdiend, maar de waarheid is: mijn hart breekt. Ik heb Pieter nog nooit zien huilen. Mijn stoere, standvastige man. Wat is er met hem gebeurd?

Onwennig sla ik mijn arm om zijn schouders. 'Begin maar eens gewoon bij het begin,' zeg ik.

'Ik heb me laten meeslepen,' fluistert hij, terwijl hij ruw door zijn rode ogen wrijft. 'Was ik eindelijk klaar met mijn ellenlange studie, kreeg ik die baan al aangeboden. Had ik daar mijn draai nog maar net gevonden, namen we die grote hypotheek al op onze nek. En ondertussen zat mijn vader maar over Afrika te zeuren, en bleef jij over een baby drammen...'

Verontwaardigd doe ik mijn mond open om hem van repliek te dienen, maar dan denk ik aan Angela en sluit hem weer. Eerst luisteren. Niet oordelen. Dit is zíjn waarheid.

Met een grote teug drinkt Pieter zijn biertje leeg, waarna ik me afvraag de hoeveelste dat eigenlijk was.

'Ik had het gevoel dat ik nooit eens vrij en zorgeloos kon zijn. Daar wilde ik met je over praten; daar had ik met je over móéten praten. Maar ik draaide zelf al van die lange diensten en als ik dan thuiskwam, was jij óf net de deur uit, óf in de montage óf op reis voor een van je programma's. Als ik je daarop aansprak, kreeg ik altijd de wind van voren: dat je gestopt was met jouw studie om die van mij te betalen, en dat deze carrière daar uit voortgekomen was, en dat je graag een kind wilde, en dat je dan zou stoppen met werken, en dat het tijd werd dat ik voor jou ging zorgen...'

'Hola – dát heb ik nooit gezegd.' *(Oké, ik geef toe: 'eerst luisteren en dan oordelen' duurt bij mij nooit lang.)*

'Nee, maar je moeder wel. En aan de andere kant waren míjn ouders aan het klagen dat jouw werk niet bepaald verheven was, en hoe belangrijk het voor mijn persoonlijke groei zou zijn als ik ontwikkelingswerk zou gaan doen. Ik deed het voor niemand goed. En toen was daar Suzanne. Zij gaf me aandacht en waardering. Ze was bevlogen en geëngageerd...'

'... en geil.'

'Sjezus, Iris.'

'Ja sorry hoor – maar laten we wél eerlijk blijven. Ik vond geen bevlogen of geëngageerd pamflet in je jaszak, maar een ranzig Big Daddy-condoom met aardbeiensmaak.'

Met een geërgerde frons kijkt Pieter me aan. De lacherige sfeer van zojuist is duidelijk even bevroren. 'Is er dan helemaal niets in mijn verhaal – nog even los van het feit dat jij stiekem met de pil bent gestopt, wat ik nog steeds een ongelooflijke klotestreek vind – dat je doet denken: misschien heb ik óók een beetje bijgedragen aan onze onenigheid?'

Let op je woorden, Vandenberg. Houd de dialoog open.

'Hoewel ik "onenigheid" een behoorlijk nonchalante formulering vind voor wat jij Milan en mij hebt aangedaan,' begin ik voorzichtig, 'heeft Cassandra mij geleerd dat er ook nog zoiets is als hugging the cactus: het omarmen van mijn eigen aandeel in de ellende.'

'Verstandige woorden,' zegt Pieter, wiens gezicht onmiddellijk opklaart. 'Uit onverwachte hoek, maar desalniettemin verstandig.'

'Dat ik met de pil ben gestopt, was niet een van mijn betere ideeën...'

'Over nonchalante formuleringen gesproken,' grijnst Pieter.

'Eh, inderdaad,' lach ik verlegen, 'maar ik héb je al eens verteld hoezeer me dat spijt. Ik kan mezelf wel voor mijn kop slaan dat ik zo aan je voorbij ben gegaan. Onze relatie was na tien jaar zo'n vaste waarde in mijn leven; zo'n solide gegeven, dat ik er eerlijk gezegd van uitging dat hij vanzelf wel zou blijven draaien. Het raakt me heel erg om te moeten horen dat jij het gevoel had dat je het voor niemand goed deed. Ik heb je namelijk altijd geweldig gevonden. Gewoon, zoals je bent. En dat kan Suzanne niet zeggen.'

Gespannen schraapt Pieter zijn keel. 'Hoe eh... hoe bedoel je dat?'

'Nou, jij zegt wel dat je aandacht en waardering van haar kreeg, maar in de *Tracer* heb ik gelezen...'

'Oww,' valt Pieter me kreunend in de rede, 'ik had zo gehoopt dat je dat interview niet zou zien.'

'Anders ik wel! Ik vond het héél vervelend.'

'Wat dacht je van mij?'

'Geen idee, Kraal. Jíj hebt het interview gegeven. En daarin zei Súús dat zij jou de ogen had moeten openen, want je had de verkeerde dromen, de verkeerde meubelen, de verkeerde vrouw én het verkeerde kind.'

'Ho, ho – die laatste twee stonden er niet bij.'

'Verrek, inderdaad,' zeg ik sarcastisch. 'Die had ik al eerder voor mijn kiezen gekregen. Toen ze mij Írizzz noemde, en me door de telefoon liet weten dat het nog maar de vraag was of Milan jouw kind was.'

'Heeft ze dat echt gezegd?' vraagt Pieter zachtjes.

Verwonderd kijk ik hem aan. 'Je wéét dat ze dat heeft gezegd.'

'Wat een kutwijf is het toch ook.'

Kutwijf? Sjezus – wat zou er gebeurd zijn?

'Ik heb zo getwijfeld of ik wel naar Afrika moest gaan,' zegt Pieter met een zucht die wel uit zijn tenen lijkt te komen. 'Ik voelde me zo schuldig over alles. Maar nadat jij me ten overstaan van iedereen te kijk had gezet, had ik het gevoel dat ik niet meer terug kon. Maar toen deed je die foto's van Milan onder mijn ruitenwisser, en ik dacht: ik ga naar huis, en ik...'

Pieter wrijft met zijn handen door zijn gezicht. 'Maar Milan was er die avond niet. Die kolere Bart de Muyselaer natuurlijk wél. Kutbelg. Kutvlaanderen. De fik erin.'

'Whoa, Kraal,' zeg ik verrast. 'Rustig aan.'

Hoewel ik het ergens wel vleiend vind dat hij zich tien maanden later nog steeds aan mijn tongzoen met Bart kan storen, vind ik het een tikje buitenproportioneel om daar heel Vlaanderen voor te willen afbranden.

'Fuck Afrika heeft ook niet echt geholpen,' zeg ik met een klein lachje, in een poging het gesprek weer een beetje lucht te geven.

Pieter kijkt me zijdelings aan, en geeft me dan een vermoeide variant van zijn bekende scheve lachje. Daarna staart hij even voor zich uit. 'Het werken in de kliniek in Monkey Bay was echt fantastisch, Iris,' zegt hij ten slotte. 'Ik ga je nog zoveel verhalen vertellen over de kinderen die ik daar heb ontmoet. Ik heb bijvoorbeeld een ontzettend leuk jongetje geopereerd aan een schisis. Hij heette Tsoka, oftewel "pechvogel". Nadat ik zijn hazenlip helemaal netjes had gemaakt, hebben zijn ouders hem laten omdopen tot Sekani, wat "lachen" betekent. Mooi hè?'

Onrustig schuif ik op mijn stoel. Het is zeker mooi. Door mijn werk in het Emma Kinderziekenhuis weet ik hoe bijzonder het contact met sommige kinderen kan zijn. Maar Pieter en ik hebben samen óók een 'ontzettend leuk jongetje'. En dat doet pijn.

Pieter pakt zijn telefoon erbij. 'Ik zal je wat foto's van Sekani laten zien,' zegt hij enthousiast.

Terwijl hij door zijn fotobestand scrolt, zie ik tot mijn verbijstering een bekend snuitje voorbijkomen: Milan met zijn eerste mutsje op, Milan met Jedidjah op de crèche, Milan met mij op de pannenkoekenboerderij, Milan die zich optrekt aan de spijlen van de box.

'Stop eens, stop eens,' zeg ik, terwijl ik mijn hand onwillekeurig op die van Pieter leg. 'Hoe kom jij aan die foto's?'

'Die ehm... die heeft P me gemaild,' lacht Pieter ongemakkelijk. 'Ik begrijp hieruit dat jij daar niets van af wist? Hij zei dat hij ze via jouw Facebook-pagina had eh, gekregen...'

Die Peter-Paul. Met z'n belangenverstrengeling.

'Kijk,' zegt Pieter, duidelijk van plan om er snel overheen te praten. 'Dit is Sekani. En deze kleine smurf hier – dat is Bwerani. Zonder dat hij het zelf weet, is hij heel belangrijk voor mij geweest.'

'O ja?' vraag ik afwezig, terwijl ik nog steeds probeer te verwerken dat Pieter al die tijd foto's van Milan op zijn telefoon heeft gehad. En van mij. Zou Suzanne misschien dáárover zijn gevallen?

'Ik vroeg hem wat Bwerani betekent,' gaat Pieter verder, 'want in Malawi hebben de meeste namen een betekenis. Hij zei: "Het betekent: je bent welkom", en dat vond hij maar een rare naam. Want alle kinderen waren toch welkom? Dat raakte mij vol in mijn buik. Hoe had ik ooit kunnen denken dat Milan niet welkom zou zijn?'

Hij heeft het nog niet gezegd, of er valt een stilte die nog het beste is te vergelijken met de ruimte tussen de laatste tik van een tijdbom en het moment dat de explosie daadwerkelijk afgaat.

Eén seconde van zwaarbeladen stilte – en dan schieten bij ons allebei de tranen in de ogen. Wanneer we elkaar omhelzen, voel ik hoe Pieters wild kloppende hart steeds rustiger wordt in mijn armen.

'Ik h-heb zoveel gemist van Milans eerste levensjaar,' zegt hij schokkerig. 'Ik heb zoveel opgegeven, weggegooid, onherstelbaar beschadigd – en waarvoor? Die verloren tijd krijg ik nooit meer terug.'

Als hij uiteindelijk verlegen lachend achteroverleunt in zijn stoel en opgelaten de tranen uit zijn ogen veegt, weet ik het zeker: ik houd nog steeds van die man. Het is anders dan het was, dat is zeker. Maar wie weet wat het nog kan worden?

'Wat doen we nog hier?' vraag ik door mijn tranen heen. 'Misschien is hij nog wel wakker!'

'Wie?'

'Milan natuurlijk!'

'Echt?' stamelt Pieter. 'Mag ik hem zien? Ik durfde er niet naar te vragen. Ik vreesde dat ik mijn rechten als vader wel zo ongeveer had verspeeld.'

Met hernieuwde energie springt hij op van zijn stoel. 'Geef me twee minuten,' zegt hij opgewonden. 'Dan haal ik mijn spullen van de kamer, check even uit en dan gaan we naar huis!'

Eh – wat? Dát is misschien ook weer iets te enthousiast.

Maar Pieter is de bar al uit.

Shit. Zou hij nu echt verwachten dat hij zomaar kan blijven slapen?

De gedachte alleen beneemt me al de adem.

Terwijl ik in de lobby op Pieter sta te wachten, zie ik opeens Tim staan, die – met het exemplaar van *Tirza* nog onder zijn arm geklemd – in een zeer geanimeerd gesprek met een studentikoze brunette is geraakt.

Die *perfect match* moet je blijkbaar ruim zien.

Als Pieter en ik lachend een taxi inrollen, lijkt het wel of ik zweef.

Ik voel me heel licht in mijn hoofd, alsof ik niet helemaal mezelf ben. Pieter gooit zijn weekendtas achterin en pakt me daarna bij mijn hand alsof hij nooit gestopt is met van me te houden.

Alsof de hele Afrikaanse episode – én al het gerommel met Suzanne dat daaraan voorafging – inderdaad niet veel meer was dan een lost weekend. Alsof het allemaal één grote vergissing is geweest, en we nu weer grappend en grollend naar huis gaan.

Terwijl we met een scherpe bocht naar de De Lairessestraat draaien, leunt Pieter zó dicht tegen me aan dat hij me spontaan een lange, stevige zoen vol op mijn mond geeft. Verwonderd kijk ik hem aan, en de uitdagende, stoute blik in zijn ogen doet mijn hart smelten. Maar ergens klopt het niet. Het gaat me te gemakkelijk, en te snel.

Radio3 lijkt mijn gedachten te kunnen lezen. Ze draaien de akoestische versie van 'Soon' van Triggerfinger: I want it soon, but not right now... I have to tell you about the stain in my chest; you left, you left, you left a mess.

Maar verdomme, ik wil het zo graag... toch? Dit is toch wat ik wil?

Pieter is op zijn knieën naar huis gekomen, Suus is uit beeld, en we zijn samen onderweg naar Milan. En Pieters handen – die heerlijke, vaardige handen – hebben zich als vanouds in die van mij gehaakt.

36

Melissa moet zich letterlijk aan de deurpost vasthouden als ik met Pieter binnenkom.

'Was *híj* jouw *perfect match*?' fluistert ze met een driftig hoofdknikje in de richting van Pieter, die aan het einde van de gang lachend en dollend de wild springende Boris van zich af probeert te houden. 'Iris, dat geloof je toch zeker zelf niet!'

'Het is een lang verhaal,' verzucht ik. 'Morgen krijg je alle details – en je geld. Maar nu moet ik eerst... iets anders doen.'

Als Pieter en ik niet veel later op kousenvoeten Milans kamertje binnensluipen, gaat er een ongekende siddering door mijn lijf.

Nooit gedacht dat mijn avond híérop uit zou draaien.

'Ah-mah?' murmelt Milan verbaasd, duidelijk nog niet in slaap.

'Dag schatje,' zeg ik. 'Daar is mama weer.'

Nadat ik zijn Cars-lampje heb aangedaan, knippert Milan eerst wat onwennig met zijn oogjes, gaat dan op zijn knieën zitten en trekt zich aan de spijlen omhoog.

'Hé jongen,' zegt Pieter bewonderend. 'Wat ben jij al een grote man!'

'Milan kan soms een beetje eenkennig zijn,' zeg ik waarschuwend, terwijl ik hem voorzichtig uit zijn bedje til. 'Dus trek het je niet aan als hij begint te huilen.' *(Nou ja – hoewel?)*

Maar Milan geeft geen kik. In plaats daarvan staart hij vanuit de veiligheid van mijn armen met grote, onderzoekende ogen naar Pieters gezicht; zijn trouwe Yoda-knuffel stevig tegen zich aandrukkend.

'Kijk eens wie er is?' zeg ik, terwijl ik voor Milans gemoedsrust de trilling in mijn stem zo veel mogelijk probeer te onderdrukken. 'Het is papa, van de foto!'

'Van de foto?'

'Iedere ochtend en iedere avond begroeten Milan en ik samen alle leuke dingen in zijn kamer. Dan zeggen we dag tegen het zonnetje en de knuffels, én tegen jouw foto die daar hangt.'

'Echt waar?' zegt Pieter, die nu ook alle zeilen moet bijzetten om zijn tranen weg te slikken. 'Wat...wat lief.'

Als hij uitnodigend zijn wijsvinger uitsteekt, klemt Milan er zonder aarzelen zijn knuistje omheen.

Zachtjes schudt Pieter het handje heen en weer.

'Aangenaam,' zegt hij lachend. 'Ik ben het: papa.'

'Pa-pa,' zegt Milan.

Wat? Zei hij nu zijn eerste woordje? Daar is het weer: 'Pa-pa.'

Ja, verdomd; het is zijn eerste, echte woordje! En het is nog papa ook.

Lachend neemt Pieter Milan van me over, en slingert hem moeiteloos boven zijn hoofd, zoals alleen vaders dat kunnen. Milan kraait het uit van plezier.

'Hij zegt pápa,' juicht Pieter. 'Iris – kun je het geloven?'

Als we een paar minuutjes later met z'n drieën een innige groepsknuffel doen, denk ik heel even dat ik niet gezegender kan zijn.

Nadat we Milan met heel veel kusjes en een half flesje warme melk weer in slaap hebben gekregen, bedient Pieter in de keuken het Nespresso-apparaat alsof hij nooit is weggeweest.

'Weet je wat ik óók zo leuk vind?' zegt hij stralend, terwijl hij het tweede cupje in de machine doet, 'dat Milan zo verknocht is aan die Yoda-knuffel. Ik zie ons later al helemaal met z'n allen naar de International Toy Fair in New York gaan. Dan parkeren we mama ergens in een spa, en gaan de mannen op jacht naar Boba Fett.'

O. Kut. Pieters Star Wars-collectables. Die was ik helemaal vergeten.

'Ehm... misschien moet je op jacht naar iets méér dan alleen Boba Fett,' zeg ik met een schuldbewuste grimas.

Met een zwierig gebaar zet Pieter de twee heerlijk geurende koffietjes op tafel. 'Hoe bedoel je?' vraagt hij nietsvermoedend.

'Nou, eh – het zit zo: toen jij definitief naar Malembo Mission bleek te gaan, was ik nogal... boos.'

'Dat begrijp ik.'

Wauw. Gelukkig maar.

'En toen heb ik jouw hele *Stars Wars*-verzameling eh... weggegeven aan het Emma Kinderziekenhuis.'

Pieters ogen worden heel groot, en even lijkt het of al het bloed uit zijn gezicht wegtrekt – maar dan barst hij in lachen uit.

'Níét!' roept hij gierend uit. 'Alles? Echt alles?'

'Eh – ja,' zeg ik, compleet verrast door zijn reactie.

'Zelfs Obi-Wan Kenobi's Jedi Starfighter?'

'Ja,' zeg ik, nu ook lacherig.

'En de Super Star Destroyer Executor?'

'Ja – alles!'

'Maar toch niet Blue Snaggletooth, Yak Face en Admiral Ackbar, hè?'

'Ook.'

'Maar die zaten nog in de originele verpakking uit 1983!'

'Nu niet meer.'

Het is nauwelijks voorstelbaar, maar Pieter komt niet meer bij.

Heeft het feit dat Milan 'papa' kan zeggen hem in een soort bewustzijnsvernauwing gebracht? Of zijn het al die biertjes?

Wanneer hij weer enigszins tot bedaren is gekomen en de tranen uit zijn ogen heeft geveegd, reikt hij over de tafel naar mijn hand en leidt me naar zich toe. Als verdoofd ga ik op zijn schoot zitten.

'Wat ben je toch een gek wijf,' zegt hij, terwijl hij zijn gezicht in mijn hals begraaft. 'Maar ik had het verdiend. Ik vind het eigenlijk nog wel spannend ook. Ik kijk ernaar uit mijn lege planken weer te gaan vullen.'

Hij heeft het nog niet gezegd, of hij steekt zijn handen begerig onder mijn shirtje naar mijn blote rug.

'Vrij met me, Iris...' kreunt hij. 'Ik heb je zo verschrikkelijk gemist. Ik had een paar nummers van De Jeugd van Tegenwoordig op m'n iPod, en bij het refrein van 'Niet als Jouw' moest ik altijd aan jou denken: Het voelt niet als jou, het doet niet als jou, beweegt niet als jou, ze zweet niet als jou.'

'En dat is een compliment?' vraag ik lachend.

'Echt wel.'

'De Jeugd van Tegenwoordig – dat zijn toch die romantische zielen van: lik hoertje lik, tot je stikt?'

'Ehm – ja,' grijnst Pieter, 'maar dat is een ander nummer. 'Niet als jouw' gaat over liefdesverdriet.'

Terwijl ik *cowgirl* op zijn schoot ga zitten, kan ik voelen dat het hem menens is. Hij begint me hartstochtelijk te zoenen, en van de weeromstuit doe ik met hem mee. Zijn geur, zijn mond, zijn lichaam – man, wat heb ik hiernaar verlangd.

'Sorry, maar ik kan nog niet met je seksen, Kraal,' hoor ik mezelf plotseling zeggen, nadat ik me ternauwernood uit zijn dwingende tongzoen heb kunnen losmaken.

Hij heeft het Afrikaanse zand verdomme nog achter zijn oren zitten!

'Mag ik vannacht wel bij je slapen?' vraagt hij, met een paar *Pussinboots*-ogen waar ik domweg geen nee tegen kan zeggen.

'Oké...' lach ik schoorvoetend, 'maar handjes boven de dekens.'

Als we niet veel later wonderlijk vertrouwd tegen elkaar aan gekruld in bed liggen (en die arme Boris door Pieter weer naar beneden is gestuurd), vertel ik hem honderduit over mijn vader, en mijn onverwachte reis naar Málaga. Ik vertel hem ook over het succes van *Korte Metten*, dat we nu al aan negen landen hebben weten te verkopen; een zegetocht waarvan het einde nog lang niet in zicht is. Maar het meeste vertel ik over het Emma Kinderziekenhuis AMC en dokter Douwe Drakema; over *Maak Emma Beter*; de documentaire die ik op stapel heb staan en alle ideeën die ik nog hoop te gaan uitvoeren...

Maar dan zie ik dat Pieter al in slaap is gevallen.

Ik rol hem zachtjes op zijn buik en kijk naar de kruinen op zijn hoofd, het moedervlekje op zijn rechterbil en het litteken onder aan zijn brede rug.

Pieter is thuis, galmt er door mijn hoofd.

Waarom ben ik dan niet gelukkiger?

37

Als ik 's ochtends wakker word, ben ik blij dat Pieter nog steeds in een diepe slaap lijkt te liggen.

Wakker worden naast een nieuwe *lover* heeft al iets ongemakkelijks, maar wakker worden naast je ex is helemáál gênant.

Milan staat al ongeduldig te hupsen in zijn bed, en pakt naadloos de draad op van waar hij gisteravond was gebleven: 'Pa-pa! Pa-pa!'

'Sshtt,' fluister ik. 'Papa slaapt nog.'

En hopelijk blijft dat nog even zo, want nadat ik Milan een boterhammetje heb gegeven en hem in zijn wippertje voor *Bumba* heb gezet, heb ik eerst een heel sterke bak koffie nodig. Én crisisberaad met mijn achterban, want *what the fuck* moet ik met Pieter van Kralingen beginnen; de man die boven in mijn bed zo onverantwoord beeldig ligt te wezen?

Nadat ik mijn telefoon ergens in mijn tas onder de *Blauwe Maandagen* vandaan heb gegrabbeld, verbaas ik me over de hoeveelheid berichten die er binnenkomt. Ik heb een hele rits gemiste oproepen, en drie whatsapp'jes van Cassandra: **Bel me! – VDB, waar zit je?! – Bel me NU: Pieter is terug in Nederland!** Lachend schud ik mijn hoofd.

Dat 'lijntje naar Malawi' is ook lekker nuttig gebleken.

Ik wil net op Cassandra's naam drukken, als er aan de deur wordt gebeld. Wat nu weer? Straks wordt Pieter nog wakker. Met mijn telefoon in de hand loop ik op een drafje naar de voordeur. Die zwaai ik geërgerd open – en daar staat Douwe.

'D-douwe,' stamel ik verbijsterd, terwijl er in mijn buik tegelijkertijd een soort geluksexplosie plaatsvindt. 'Wat doe jíj hier?'

Dan zie ik dat hij een hondenriem in zijn hand heeft, en dat er achter zijn benen een ongelooflijk schattige Duitse herderpup schuilgaat, met aandoenlijk grote oren en een paar pluizige poten onder het kleine lijf.

'Dit is Steffi,' zegt Douwe, duidelijk nerveus. 'Jij hebt Boris al, dus ik dacht: dan neem ik Steffi...'

Nee! Niet nu!

'... van Boris Becker en Steffi Graf?' verduidelijkt Douwe verlegen.

'Ja, nee, dat snap ik,' lach ik, al net zo ongemakkelijk als hij, terwijl ik zo onopvallend mogelijk over mijn schouder de gang in kijk.

'Ik ben alleen een beetje verrast,' zeg ik, 'want eh... ik dacht dat jij beter was met een reu dan met een teef?'

Daarop breekt er bij Douwe een brede lach door – en dan barst hij los.

Dat Steffi degene is aan wie hij me wilde voorstellen.

Dat hij het wéér verkeerd had geformuleerd.

Dat hij nauwelijks nog uit zijn woorden komt als hij bij mij in de buurt is.

En of Boris en ik misschien een stukje mee willen gaan wandelen?

Ik ben helemaal sprakeloos.

Zég iets, Vandenberg!

Het liefst zou ik hem nu om zijn nek vliegen, maar in plaats daarvan sta ik aan de grond genageld in mijn deuropening.

Het begint zachtjes te motregenen.

'Toen jij gisteren zei dat je je *perfect match* had gevonden en hem die avond zou gaan zien, sloeg ik helemaal dicht,' doorbreekt Douwe de ongemakkelijke stilte. 'Maar nadat je was vertrokken, wist ik het zeker: ik moest iets gaan ondernemen. Ik besloot je te bellen met een onderdrukt nummer, want ik dacht: als je ziet dat ik het ben, neem je vast niet op...'

Moedeloos leun ik met mijn hoofd tegen de voordeur.

Het was niet Tim. Het was Douwe.

'Maar je drukte me weg, en daarna stond je telefoon uit. Toen werd ik helemaal gek. Ik weet dat het niet rationeel is, maar vanaf het moment dat jij afgelopen december deze deur opendeed, heb ik je niet meer uit mijn hoofd gekregen. Ik zal eerlijk zijn: wat er allemaal op je verjaardag is gebeurd heeft me heel erg dwarsgezeten. En toen kwam je ook nog met die vreselijke Bart de Muyselaer naar het ziekenhuis...'

Hola – wacht even.

'Jij was anders ook met die minstens net zo vreselijke Cécile in de weer,' zeg ik vals. *(Sorry Bart, maar ik moest even een punt maken.)*

'Ik heb twee keer een date met haar gehad, maar ik was er meteen klaar mee toen ze me zo claimde, die avond in de Gashouder. En toen zag ik ook nog jouw teleurgestelde gezicht...'

'Je leek je de rest van de avond anders prima te vermaken.'

'Kom op Iris. Die fundraiser is voor onze Stichting een van de belangrijkste avonden van het jaar. Daar word ik geacht om mijn beste beentje voor te zetten, niet om mijn privésores uit te vechten.'

Goed punt. Had ik ook zelf kunnen bedenken. Verdomme.

Langzaam gaat het harder regenen.

Douwe kucht nadrukkelijk, en knoopt zijn kraag iets hoger dicht.

'Maandenlang heb ik gehoopt dat je precies dít zou zeggen,' fluister ik, mijn opkomende tranen uit alle macht verbijtend. 'Waarom kom je er uitgerekend nu mee?'

Nu ik Pieter ben tegengekomen. Nu Milan papa heeft gezegd.

Nu ik een kans heb op het gezinnetje waar ik altijd van droomde.

Gespannen krabt Douwe aan zijn neus. 'Dit is niet echt de reactie waar ik op gehoopt had, Iris. Het regent, maar je vraagt me niet binnen. Ik krijg het gevoel dat ik te laat ben.'

Zijn ogen kijken me nu recht aan, of beter gezegd: ze boren zich een weg naar binnen. 'Ben ik te laat, Iris?'

'N-nee, nee,' hakkel ik, 'dat is het niet. Het is meer dat...'

Zodra ik achter me iets hoor kraken, zakt mijn hart als een baksteen naar beneden. Pieter komt de trap af. In een jeans. En verder niks. Ik heb een déjà vu van de allerslechtste soort.

'Het trok boven in de badkamer nogal koud op,' zegt hij. 'Dus ik dacht: waarom blijft de voordeur zo lang open? Toch even gaan kijken.' Dan slaat hij een arm om mijn middel *(welja!)* en zegt: 'Schatje, wie is dit?' Ik durf Douwe nauwelijks onder ogen te komen.

'Dit is eh... dokter Douwe Drakema,' mompel ik opgelaten. 'Van de Stichting Steun Emma Kinderziekenhuis AMC.'

'Douwe...?' overpeinst Pieter. 'O ja – volgens mij heeft Iris gisteravond iets over jou verteld. Maar het is nogal laat geworden. Sorry.'

Dan steekt hij zijn hand uit en zegt: 'Ik ben Pieter.'

'Pieter?!' weet Douwe nog uit te brengen.

'Ja, dókter Pieter van Kralingen, van Mondziekten en Kaakchirurgie van het VUmc. Collega.'

Daar staan ze dan, op nog geen halve meter van elkaar. De één natgeregend en verslagen, de ander zongebruind en met een triomfantelijke blik in zijn ogen.

'Moet jij niet even een trui gaan aantrekken?' zeg ik tegen Pieter, terwijl ik me ongemakkelijk uit zijn arm vouw. 'Het is hier geen Afrika. En ik moet met dokter Drakema nog even wat eh... bespreken.'

'Tuurlijk pop,' zegt Pieter. 'Dan maak ik alvast een lekker ontbijtje voor ons tweetjes.'

Voor ons tweetjes? Ik kan hem wel op zijn bek slaan.

Terwijl hij naar de keuken loopt, laat hij de tussendeur openstaan, waardoor Boris naar de deur komt rennen en enthousiast tegen Douwe begint op te springen. Zodra hij Steffi eenmaal in het vizier krijgt, is hij helemaal niet meer te houden; hij springt en danst om het tweetal heen, alsof hij wil zeggen: deze moeten we houden!

Of is dat mijn eigen fantasie?

'Ik denk dat het maar beter is dat ik ga,' zegt Douwe.

'Douwe...' zeg ik met een vreselijke knoop in mijn maag, 'zou je alsjeblieft wat later kunnen terugkomen?'

'Terugkomen?' vraagt hij met een verdrietig lachje, terwijl hij de regen uit zijn gezicht veegt. 'Wanneer dan? Als de twee tortelduifjes klaar zijn met hun ontbijt? Ik dacht het niet.'

'We zijn geen tortelduifjes,' fluister ik fel. 'Maar hij is... Godsamme, Douwe, Pieter is de vader van mijn kind. Ik moet hem een kans geven.'

O – zei ik dat echt?

Douwe staart naar het trottoir, en knikt gelaten met zijn hoofd. 'Ik begrijp het heus wel,' zegt hij ten slotte. 'Ik ben gewoon te laat.' Zachtjes geeft hij Boris een duwtje naar binnen. 'Kom op, gozer. Het is vies weer buiten.' Dan tilt hij de kleine, bibberende Steffi van de grond, en neemt haar in zijn armen. 'Eén ding nog, Iris. Milan verdient inderdaad een goede vader. Maar jij verdient ook een goede man.'

Terwijl ik mijn mond opendoe om daar antwoord op te geven, rinkelt de telefoon die ik nog steeds in mijn handen heb. Het is Cassandra. Die móét ik spreken – maar niet nu.

'Dag Iris,' zegt Douwe, en draait zich met hangende schouders om.

De telefoon blijft maar rinkelen. Moet ik Cas wegdrukken?

Argh, wat een clusterfuck!

'Douwe, wacht, ik...'

'Neem gerust op,' roept hij over zijn schouder, 'Steffi en ik moesten toch al gaan. Ik spreek je wel weer.'

En weg is hij.

Moedeloos sluit ik de deur, en zak tegen de muur van de gang naar beneden. Dan neem ik de telefoon op. 'O, Cas,' verzucht ik. 'Je gelooft nóóit wat er is gebeurd...'

'Jaaaa, ik weet het!' roept Cassandra opgewonden. 'Had jij dit ooit van Pieter verwacht – een vechtpartij? En dan weggestuurd worden uit het Community Hospital? Wat een verschutting!'

Verbijsterd krabbel ik overeind. 'W-wat? Wat bedoel je? Welke vechtpartij?'

'Weet je het dan nog niet? Suzanne is in dat Monkey Bay smoorverliefd geworden op één of andere Belgische projectontwikkelaar die bij het Cape Maclear Natuurreservaat een ecoresort wil gaan bouwen...'

Het is alsof de bliksem bij me inslaat.

'Hè? Bedoel je soms – god, hoe heet-ie ook al weer... Thierry de Rucke? Van Clear Minds?'

'Dus je weet het wél?' vraagt Cassandra verward.

'Ja, die naam kende ik, maar verder weet ik niks!'

'O, Vandenberg, het ís een verhaal... Die Vlaamse vastgoedbons heeft haar onder de neus van Pieter veroverd met luxueuze helikoptersafari's en een Rolex Daytona en wat al niet meer. Én hij heeft haar van alles voorgespiegeld over dat ecoresort, en dat zij dat met hem mocht gaan runnen, en blablabla.'

Mijn hart bonst bijna uit mijn borstkas. Misselijk van de adrenaline staar ik naar het einde van de gang, waar Pieter duidelijk hoorbaar bezig is in de keuken. 'M-maar... is dit wel echt waar?' fluister ik.

'Reken maar dat het waar is,' grinnikt Cassandra. 'Ik heb het zelf van P gehoord! Het is een behoorlijk bittere pil voor Pieter.'

‘Hebben we het hier écht over dezelfde Suzanne Sikkel? Die met de mond vol over materialisme en prestigemeubelen?’

Cassandra stoot een cynisch lachje uit. ‘Ach, dat idealistische geblaat van zo’n jong ding... Zoals ik het nu zie, heeft ze dat vooral gebruikt om Pieter over de streep te trekken, en met haar naar Afrika te gaan.’

‘Verdomd, nu je het zegt: ze heeft Pieter zelfs zo gek gekregen om met de verkoop van onze auto ook háár reis en verblijf te betalen...’

‘Kijk – dat bedoel ik! Dit soort vrouwen vindt altijd wel ergens een creditcard om door hun gleuf te halen.’

‘Maar Bart de Muyselaer heeft mij verteld dat die De Rucke een onbetrouwbare figuur is met wie je maar beter geen zaken kunt doen?’

‘Schijnbaar heeft Pieter dat ook tegen Suzanne gezegd, maar die lachte het weg, en zei dat hij jaloers was. En dat wás hij natuurlijk ook. Sterker nog: hij is nog steeds razend. Hij heeft zoveel voor haar opgegeven...’

Ja – mij. En Milan. En tien gelukkige jaren.

‘Toen die De Rucke haar in het Community Hospital kwam ophalen, is Pieter hem aangevlogen, en toen zijn ze samen door de glazen deur van een koelkast met kostbare vaccinaties gevallen!’

Een glazen deur? Wat was er ook al weer met een glazen deur?

‘Maar het wordt nog erger,’ gaat Cassandra opgewonden verder. ‘Hem werd daarna vriendelijk doch zeer dringend verzocht Malembo Mission te verlaten – en Suzanne ging ook. Met Thierry de Rucke, in zijn privéjet. En Pieter zat opgevouwen in de toeristenklasse van Bokki Wokki Air. Met één ongebruikt ticket! Dus toen hij haar gisterochtend in het VUMC tegen het lijf liep...’

Gisterochtend?

‘... werd dat óók nog een heel vervelende scène omdat Pieter op hoge toon eiste dat Suzanne alles aan hem zou terugbetalen. En nu hoorde ik van P – die trouwens net zo gechoqueerd is over de hele gang van zaken als wij – dat Pieter zich voorlopig niet op de kliniek mag laten zien!’

‘O, mijn god,’ fluister ik. ‘O, mijn god, o mijn god.’

Douwe. Ik heb Douwe weggestuurd. Voor dit.

‘Wat een verhaal hè!’ juicht Cassandra. En dan opeens, alsof ze zich iets herinnert: ‘Maar wacht eens even – als jij dit allemaal niet wist, wat was dan het ongelooflijke nieuws dat jíj zojuist wilde vertellen?’

Als ik tollend op mijn benen de keuken binnenkom, zet Pieter net de laatste bordjes op tafel.

'Hey, schoonheid,' zegt hij. 'Klaar met bellen? Ik heb bruine boterhammen met chocoladevlokken gemaakt – die heb ik zó gemist – en daarnaast natuurlijk mijn fameuze roereieren met prosciutto en rozemarijn; vers geperst sinaasappelsap én... een kus.'

En *smak*! Daar heb ik alweer een volle zoen op mijn mond te pakken. In tegenstelling tot gisteren krijg ik nu de behoefte om er een desinfecteerdoekje bij te pakken.

Pieter wijst op de kinderstoel. 'Zullen we Milan er gezellig bij zetten?'

'Nee, die heeft al gegeten,' zeg ik zo neutraal mogelijk. 'Laat hem maar heel eventjes naar *Bumba* kijken.'

'O,' zegt Pieter, duidelijk verrast. 'Oké.'

Zodra hij is aangeschoven, gaat hij er eens goed voor zitten. Hij haalt diep adem en zegt: 'Iris, liefje, er is iets belangrijks wat ik met je wil bespreken.'

Je meent het. Ik ben benieuwd.

'Terwijl ik net onder de douche stond, dacht ik opeens: ik weet niet of ik me nog wel thuis voel in het VU ziekenhuis.'

'Is dat zo?'

'Ja,' knikt Pieter, terwijl hij met smaak van zijn boterhammen met chocoladevlokken zit te eten. 'Maar nu jij opeens zoveel geld hebt verdiend met je tv-programma – en wie weet hoeveel méér je daar nog aan gaat verdienen – hoeven we ons in ieder geval geen zorgen meer te maken over de hypotheek.'

'We?'

'Je weet dat ik – vóórdat ik me specialiseerde tot kaakchirurg – eerst Tandheelkunde heb afgerond,' gaat Pieter onverstoorbaar verder. 'Dat betekent dat ik ook tandarts kan worden. Daarvoor moet ik wel even terug naar de studiebanken, maar dat is helemaal niet lang. Daarna zouden we met het geld van de formatrechten een tandartsenpraktijk voor mij kunnen openen zodat ik minder onregelmatige werktijden heb, en geen nachtdiensten meer hoef te draaien. Dan kan ik veel meer tijd met Milan doorbrengen. En met jou, natuurlijk.'

Dat doet de deur dicht. Opeens is alles me helder. Volkomen helder, zelfs. Ik weet precies wat me te doen staat.

'Sorry,' zeg ik schouderophalend. 'Het geld van *Korte Metten* heb ik al anders besteed.'

Pieter zet prompt zijn koffie neer. 'Wat?'

'Ik was inderdaad van plan om míjn deel van de hypotheek af te betalen en – als het een beetje meezit – jou uit te kopen. Maar alles wat ik daarna nog binnenkrijg, ga ik aan de Stichting Steun Emma Kinderziekenhuis AMC doneren.'

'Álles wat je daarna binnenkrijgt?'

'Ja. Ben je niet trots op me? "Geld, geld, geld," zei je tegen me, "alles draait bij jou om geld." Je verweet me dat ik geen oog had voor de arme kindjes van deze wereld. En kijk eens? Ik heb mijn leven gebeterd. Of nee: de kinderen van de H-toren hebben mijn leven gebeterd.'

Pieter duwt zijn bord van zich af. 'Overdrijf je niet een beetje, Vandenberg?' zegt hij wrevelig.

Wat – geen liefje, schatje, schoonheid meer?

Even staart hij peinzend voor zich uit, maar dan verandert plotseling zijn gezichtsuitdrukking. Met felle ogen kijkt hij me aan. 'Wacht eens even – wil jij met die donatie soms indruk maken op dokter Douwe, die hier zojuist voor de deur stond? Die met dat malle surfplankje om zijn hals? Ben je soms verliefd op die gast?'

'Ja,' zeg ik, 'ik ben inderdaad verliefd op hem. En hij is verliefd op mij.'

Tenminste – dat wás hij, totdat jij zonodig de trap af moest komen.

Even lijkt Pieter van zijn stuk gebracht, maar hij herstelt zich snel.

'Als je zo verliefd op hem bent, waarom heb je míj dan mee naar huis genomen? Jij voelt óók dat er nog iets bijzonders tussen ons is.'

'Dat zal die "lankmoedige liefde" wel zijn geweest: "Alles verdraagt ze, alles gelooft ze." Sjezus man, ik geloofde écht alles. Ik geloofde dat je spijt had, en dat je me gemist had, en dat je dolgraag een tweede kans wilde.'

'Maar ik wil ook niets liever,' sputtert Pieter. 'Alles wat ik heb gezegd – dat meende ik. Met heel mijn hart.'

'O ja? Was je soms ook eerder naar Nederland gekomen als je níét naar huis was gestuurd? En had je ook begrepen hoeveel je kapot hebt gemaakt als Súúzzz je níét voor een rijke vastgoedboer had laten zitten?'

Pieters mond valt open. 'H-hoe weet jij dat allemaal?' stamelt hij aangedaan. 'Wie had je net aan de telefoon?'

'Dat doet niet ter zake. Je hebt gegokt en verloren, Kraal. Je hebt je reputatie op het spel gezet, en als ik jou was, zou ik me maar héél nederig bij het VUMC opstellen wil je daar nog in genade aangenomen worden.'

Pieter slaat zijn handen voor zijn gezicht. 'O god,' kreunt hij, 'wat heb ik toch allemaal gedaan? Waar zat ik met mijn hoofd? Iris, schatje, geloof me, ik was mezelf niet. Het lijkt wel of ik langzaam bijkom uit een soort narcose.'

Ik stoot een spottend lachje uit. 'Ik heb het al eens eerder tegen je gezegd, maar het zijn profetische woorden gebleken: "Suzanne Sikkel, de menselijke weekmaker".'

Ik sta op, en pak mijn fietssleutel van het haakje. Daarna grijp ik mijn jas, mijn tas, en de riem van Boris. 'In de *Tracer* heb ik gelezen dat niets je nog aan Nederland bindt en dat het leven hier één grote leegte is.'

'Iris, ik...'

'Maar de enige die met lege handen staat, Pieter van Kralingen, ben jij. Gelukkig is het universum je gunstig gezind. Je hebt – geheel onverdiend, mag ik wel zeggen – de leukste zoon van Nederland gekregen, en hij zit voor de tv op zijn papa te wachten.'

Ik doe een warme sjaal om, en haak Boris aan zijn riem. 'Daar liggen de luiers, daar staan de flessen en hij mag kleine stukjes boterham zonder korst. Ik heb potjes, maar ik heb liever dat je vanmiddag even verse groenten kookt en die dan door de blender haalt.'

'Maar ik...'

'Luister popje: als je kunt opereren, kun je ook pureren. Weet je wat? Bel je ouders; bel je zus. Laat ze gezellig langskomen om Milan te leren kennen. Ze zijn méér dan welkom; vooral als ze jou daarna weer meenemen. Ik ben even weg.'

'Maar wat ga jij doen dan?' vraagt Pieter benauwd.

'Ik ga de hond uitlaten,' zeg ik. 'En dan weet jij vást wat ik bedoel.'

Als ik even later zwoegend op mijn Taga Bike door de regen fiets, vervloek ik het Hollandse weer. 'Wonen in Nederland is als wonen in een autowasserette,' heeft een Italiaanse cameraman eens tegen me gezegd, en verdomd, hij had gelijk.

In Hollywoodfilms zijn regenscènes altijd heel romantisch, en kunnen zelfs de zwaarste hoosbuien de verliefde hoofdpersonen nauwelijks deren. Maar hallo – dit is Amsterdam. De regen striemt in mijn gezicht en de wind is fokking koud.

Zelfs Boris kijkt me onder het rennen af en toe aan met een blik die zegt: *moet dit?* Ja, het moet. We moeten Douwe vinden. Ik móét hem spreken, maar hij heeft zijn telefoon uitgezet.

Tegen de tijd dat we het Vondelpark hebben bereikt, ben ik helemaal doorweekt. Het park is nagenoeg uitgestorven, maar het is dan ook niet bepaald 'kom-we-gaan-eens-lekker-naar-buiten'-weer. Maar Douwe is niet van suiker. Ik wéét dat hij hier ergens is. Dat voel ik.Hij houdt van het water en van de wind door zijn haren.

Ik iets minder.

Mijn haar, dat gisterochtend nog speciaal door Fred voor mijn blind date in model was geföhnd, plakt in natte slierten aan mijn hoofd.

Ach, wat maakt het uit. Douwe heeft me inmiddels kotsend gezien, huilend, dronken én getectyleerd, dus dit kan er ook nog wel bij. Ik maak me veel meer zorgen over wat ik moet zeggen. *Gewoon de waarheid*, spreek ik mezelf moed in. Johannes 8:32.

Maar waar ís Douwe? Moedeloos kijk ik om me heen. Terwijl Boris hijgend aan zijn riem staat te trekken, krijg ik plotseling een lumineus idee. Ik haak hem los, en zeg: 'Zoek! Zoek Douwe!'

Met zijn kop een beetje schuin kijkt Boris me niet-begrijpend aan.

'Verdomme Boor, je bent een spéúrhond,' zeg ik, terwijl het huilen me nader staat dan het lachen. 'Er hoeft maar ergens ter wereld een aardbeving te zijn geweest, en ik zie dat team met herders alweer op Schiphol staan. Ga zoeken, Boris, je kunt het!'

Met zijn pientere ogen kijkt Boris me aan. Ook hij druipt van de regen, en zijn tong hangt hijgend uit zijn bek. Ik zie dat hij me probeert te begrijpen, maar wat wil het baasje toch? En opeens weet ik het.

Ik fluit de drie tonen waarmee Douwe de honden van Reservoir Dogs bij elkaar roept, en prompt zie ik Boris' oren draaien.

'Zoek!' zeg ik, en fluit de tonen nog 'n keer. 'Zoek, Boris, zoek!'

En daar gaat-ie. *Shit – nu moet ik er natuurlijk op die bolderkar achteraan.*

Boris rent en rent; weides over, paden door. Het duurt niet lang of ik ben hem kwijt.

Als ik hem na enige tijd in de verte opgewonden hoor blaffen, probeer ik met een bonzend hart te lokaliseren waar het geluid vandaan komt. Maar lang hoef ik niet te zoeken, want terwijl Boris en de kleine Steffi uitgelaten over een grasveld rollen, komt Douwe uit een zijpad lopen.

'Iris!' roept hij, en zijn hele lichaamshouding straalt godzijdank uit dat hij blij en verrast is mij te zien.

Ik laat mijn Taga Bike staan en begin door de plassen te rennen, om uiteindelijk dolgelukkig in zijn armen te springen – wat trouwens nog helemaal niet zo makkelijk is in een stroeve, kletsnatte jeans. In één opgewonden ademteug probeer ik hem alles te vertellen over het Conservatorium Hotel en Pieter en Milan en het telefoontje van Cassandra, en hoe mijn hart van plakband eindelijk is geheeld, maar hij weet mijn koortsachtige woordenstroom effectief te stoppen door me zonder omhaal op mijn mond te zoenen.

'Wat zie je eruit,' lacht hij, als hij me daarna met een paar heerlijke pretogen aankijkt.

'Nee, jíj trekt volle zalen,' zeg ik lachend.

Maar dat is een leugen, want met zijn drijfnatte krullen en zijn doorweekte lijf ziet hij er beter uit dan ooit.

'Je had gelijk,' zeg ik, rillend van de kou en de opwinding. 'Ik verdien een betere man. Weet jij er toevallig nog één?'

'Hmm...' fronst hij keurend, 'kun je een beetje koken?'

'Zeker wel,' lach ik. 'Iemand heeft me bijvoorbeeld geleerd hoe ik asperges moet maken, die je romantisch met veel boter naar binnen moet laten glijden...'

Daarop schiet Douwe in een bulderende lach.

En dan zoent hij me zoals nog nooit iemand me gezoend heeft.

38

Het is de dag vóór Milans eerste verjaardag, en buiten sneeuwt het lichtjes. Binnen heb ik een kerstboom staan; een echte dit keer, door Douwe eigenhandig uit de bostuin van zijn vader gezaagd.

Ik was erbij. En mijn moeder ook.

De eerste keer dat zij met haar pedicurespullen bij Douwes vader was langsgegaan, had er een gastvrij kopje koffie klaargestaan.

De tweede keer koffie met gebak.

En met de kerst hebben we er met z'n vieren gegeten.

Nog een kanshebber in de categorie: 'Dat ik het nog mag meemaken', is Cassandra. Zij is niet alleen met Peter-Paul gaan samenwonen, maar vorige week op haar verjaardag heeft ze ook nog eens met een grote glimlach een kitten in ontvangst genomen.

'Weet P dat je niet heel handig bent met levende have?' vroeg ik enigszins bezorgd, maar Cassandra wuifde dat weg door te zeggen dat het mij tenslotte ook was gelukt om met Boris een band op te bouwen.

'Ik heb haar Choupette genoemd,' zei ze stralend. 'Zo heet het poesje van Karl Lagerfeld ook. Dus dat zit alvast goed.'

Ook verrassend: Barry is op kerstavond op één knie gegaan en heeft aan Babette gevraagd of zij in het voorjaar opnieuw met hem wil trouwen. En ze heeft ja gezegd! Met een reprise van de 'witte fantasie' wil ze haar sluimerende wraakfantasieën voorgoed begraven – al was het alleen al voor haar eigen gezondheid.

'Als je heel lang boos blijft op iemand,' zei ze, 'dan is het net alsof je zelf vergif inneemt, in de hoop dat de ander sterft.'

Dat vond ik zó mooi en beeldend geformuleerd, dat ik het tegen iedereen heb herhaald, totdat Barbara met haar ogen rolde en zei: 'Dat heeft Babette niet zelf verzonnen hoor; dat is een citaat van Nelson Mandela.'

Ook goed. Of nee: des te beter. Van hem kunnen we tenslotte allemaal nog wat leren als het om vergevingsgezindheid gaat.

Of ik Pieter al heb vergeven? Niet echt.

Maar Milan kan nu wél een band met zijn vader gaan opbouwen, en mijn kleine mannetje heeft er meteen wat familieleden bij.

Drie keer raden wat er in de boom hangt: een bal met BABY'S EERSTE KERSTFEEST. Van Pieternel, inderdaad. Omdat dit Milans eerste échte kerstfeest is.

En Suzanne? Aan haar heb ik geen moment meer gedacht.

Bart de Muyselaer vertelde mij toevallig gisteren dat hij in het Antwerpse geruchtencircuit had vernomen dat Thierry de Rucke haar alweer had ingeruild voor de hoogblonde Miss Ternaaien *(ja, je bedenkt het allemaal niet)*; een van de deelneemsters van Miss België. 'Bezet geldt alleen voor het toilet' kennen ze blijkbaar ook in Vlaanderen.

Met Laura gaat het trouwens heel goed. Ze is met een vriendin naar Miami; eerst naar een grote, internationale hondenshow en dan door naar de Florida Keys. Ze wilde graag 'met de zon op haar lijf het nieuwe jaar in', zoals ze dat zelf zei.

En ook Elise is schoon verklaard! Ze had wel wat moeite om haar inmiddels vertrouwde piratendoek weer af te doen, maar er groeit alweer een zacht donslaagje van kleine haartjes op haar hoofd. 'Gaan jij en Douwe nu trouwen?' vroeg ze, toen ik haar (hopelijk voor het laatst) in het Emma Kinderziekenhuis tegen het ranke lijfje liep.

'Nee hoor,' lachte ik. 'We zijn elkaar eerst nog een beetje aan het leren kennen. Rustig aan. We hebben geen haast.'

'Jullie gaan echt wel trouwen,' zei Elise beslist. 'Jullie weten het alleen zelf nog niet.'

Als de bel gaat, spring ik uitgelaten overeind. Dat moet Douwe zijn, met Steffi. Zodra ik de deur opendoe, valt mijn oog meteen op een klein, mooi ingepakt doosje dat hij in zijn handpalm houdt.

'Ta-daaa!' zegt hij enthousiast. Zijn sprankelende ogen lijken nog blauwer door al het reflecterende wit om hem heen.

'Je hoeft niet zo verschrikt te kijken,' lacht hij, terwijl hij een paar besneeuwde krullen uit zijn gezicht schudt. 'Ik ga echt niet op m'n knieën hoor!'

Opgelucht haal ik adem.

Als ik het doosje heb geopend, blijkt er een identificatiebandje van het VUmc in te zitten: MILAN PIETER RENÉ VANDENBERG, 27-12-21, 15.01 UUR.

'Ik heb al mijn charmes in de strijd moeten gooien om die zaalarts te vermurwen,' lacht Douwe.

'Laat me raden,' zeg ik plagerig, 'je moest mee naar de piketkamer?'

'Vraag me niet naar de details,' zegt Douwe met een quasigepijnigde blik. 'Ik heb het allemaal voor jou gedaan.'

'O, schatje...' zeg ik ontroerd, 'wat een bijzonder cadeau! Hoe ben je dáár opgekomen?'

Verlegen haalt Douwe zijn schouders op. 'Nu is het compleet,' zegt hij.

Geëmotioneerd knik ik van ja.

'Ik wilde het je eigenlijk morgen geven, op Milans verjaardag, maar dan is iedereen erbij en het brandde in mijn zak, en ik...'

'O, ben jij zo'n man die het niet kan houden tot Valentijnsdag en zijn cadeautje de dertiende al geeft?' val ik hem lachend in de rede.

Grijnzend kijkt Douwe me aan. 'Is dit alvast een hint?' vraagt hij. 'Dat ik op Valentijnsdag wéér met iets voor de dag moet komen?'

'Als jíj maar komt. En je hoeft jezelf niet eens in te pakken. Behalve misschien een strategisch geplaatste strik.'

'Kom eens hier jij,' lacht Douwe, terwijl hij me aan mijn heupen naar zich toe trekt. Zijn mond is koud en warm tegelijk, maar bovenal gretig. 'Je weet dat ik er morgen iets eerder ben, hè?' zegt hij, nadat hij zich met enige tegenzin uit onze omhelzing heeft losgemaakt en me een zacht kusje op mijn neus heeft gegeven. 'Ik had je moeder beloofd om haar te helpen met het installeren van de, eh... ballonnenboog.'

Ik schiet in de lach. 'Néé, niet weer die ballonnenboog! Echt?'

'Jazeker,' lacht Douwe, 'maar met dit keer met: GEBOREN: MILAN. Je hebt mij ooit eens verteld dat je de geboortedag van Milan graag zou willen hermonteren. Ik denk dat je al een heel eind op weg bent.'

Als we even later samen met Boris en Steffi richting het Vondelpark lopen, dwarrelt de sneeuw zachtjes over ons heen.

'Welke route zullen we nemen?' vraagt Douwe.

'Maakt me niet uit,' zeg ik, terwijl ik hem lekker naar me toe trek.

Overal waar ik kijk, is het even wit.

Alles is mooi, alles ligt open.

Alles is zoals het zou moeten zijn.